中国新时期文学研究资料汇编

乙种

总策划　路英勇　陈光新

编辑统筹　尹奎友　李凤奎　孙立寿

莫言研究资料

主编 孔范今 施战军
编选 路晓冰

山東文藝出版社

中国新时期文学研究资料汇编

乙种

总主编 孔范今 雷达 吴义勤 施战军

出版说明

发端于上世纪七十年代末的中国新时期文学至今已走过了近三十个年头，在这三十年里，中国当代文学的面貌发生了天翻地覆的变化，一大批优秀的作家、作品支撑起了中国文学新的天空，中国文学迅速融入了世界文学的潮流并迎来了它最为辉煌的发展时期。而中国新时期文学的繁荣也带来了新时期文学评论和文学研究的繁荣，可以说，对中国新时期文学的追踪研究一直是中国当代学术界和评论界最具生机活力的领域，并取得了一系列令人瞩目的研究成果。

然而，与文学界和研究界的这种“繁荣”局面相比，新时期文学的资料工作则显得有些滞后：到目前为止，国内尚没有一套权威性的能完整反映新时期文学发展全貌的文学大系，也没有能够全面反映中国新时期文学研究历程和整体成就的系统资料汇编。这无疑为我们在新世纪全面展示、回顾、总结新时期的文学成就，反思新时期文学的经验教训，深化对新时期文学的研究工作带来了诸多困难和不便。

有鉴于此，我们特意邀请孔范今、雷达、吴义勤、施战军四位在新时期文学研究方面卓有成就的知名学者和评论家来主编这套《中国新时期文学研究资料汇编》。我们希望通过我们的工作能为广大新时期文学研究者提供第一手的权威研究资料，同时也能为他们提供在资料查找和检索方面的便利，从而为推进中国新时期文学研究走向深入和突破做出贡献。我们力求做到：一，全面系统地展示中国新时期文学研究的成就和中国新时期文学研究的现有水平；二，为全面客观地评价和认识中国新时期文学提供科学的参照和理论的依据；三，全面梳理、呈现和总结中国新时期文学的研究历史和研究脉络。

本套丛书分为甲、乙两种，甲种是关于中国新时期文学思潮、流派、文体等方面的综合研究资料汇编，乙种是中国新时期代表性作家的个人研究资料汇编。每卷除精选各个领域最优秀的研究成果外，还将以附录方式展现相关研究成果的整体索引。本套书采取开放的体例，并将长期出版下去，我们希望把它打造成一个重要的学术工程。我们的目标是资料的系统性、学术的科学性、观点的多元性、筛选的权威性并重，力争能使广大读者既对中国新时期文学研究的历史与现状有一个全面、客观的认识，又能以最快捷的方式读到中国新时期文学最优秀的研究文章。

目 录

生平与创作自述

研 究 资 料

附　　录

生平与创作自述

有追求才有特色

——关于《透明的红萝卜》的对话

徐怀中　莫　言　金　辉　李本深　施　放

《中国作家》编者按：对《透明的红萝卜》的作者莫言，读者大概很陌生。他是一位青年军人，发表过一些短篇小说，其中《民间音乐》一篇受到著名作家孙犁的赞赏。本篇是莫言的第一部中篇小说，写作上有新意，艺术上有追求，是值得一读的作品。当然，《透明的红萝卜》自有不足之处，但对一个刚刚步入文坛的青年作者的追求、探索的精神，我们认为是应充分肯定的。为此，我们在刊登这篇小说的同时，发表了作者和他的老师、著名作家徐怀中，以及其他几位青年作者的对话。

徐怀中：莫言，你怎么想起这么写《透明的红萝卜》的？

莫言：我这篇小说，反映的是“文化大革命”期间的一段农村生活。刚开始我并没想到写这段生活。我想，“文化大革命”期间的农村是那样黑暗，要是正面去描绘这些东西，难度是很大的。但是我的人物和故事又只有放在“文化大革命”这个特定时期里才合适。怎么办呢？我只好在写的时候，有意识地淡化政治背景，模糊地处理一些历史的东西，让人知道是那个年代就够了。我觉得写痛苦年代的作品，要是还像刚粉碎“四人帮”那样写得泪迹斑斑，甚至血泪斑斑，已经没有多大意思了。就我所知，即使在“文革”期间的农村，尽管生活很贫穷落后，但生活中还是有欢乐，一点欢乐也没有是不符合生活本身的；即使在温饱都没有保障的情况下，生活中也还是有理想的。当然，这种欢乐和理想都被当时的政治背景染上了奇特的色彩，我觉得应该把这些色彩表达出来。把那段生活写得带点神秘色彩、虚幻色彩，稍微有点感伤气息也就够了。

徐怀中：莫言对农村是比较熟悉的。他有一篇《民间音乐》，你们看过吗？那篇东西很精彩。莫言对农村还是有很深的感情的，写农村题材是他的优势。

金辉：这恐怕与他参军时年龄较大有关系。参军时二十了吧？

莫言：是的。

徐怀中：这篇作品恐怕是属于那种用几句话不容易概括出主题的作品。

莫言：生活是五光十色的，包含着许多虚幻的、难以捉摸的东西。生活中也充满了浪漫情调，不论多么严酷的生活，都包含着浪漫情调。生活本身就具有神秘美、哲理美和含蓄美。所以，反映生活的文学作品，也是很难用一两句话概括出主题的。

金辉：是的，生活中确有某些现象，是很难一下说出个究竟来的。像莫言刚才提到的，关于美与丑，在极端的意义上，还是比较容易说清的。譬如说杀人，基本上可以说是丑的，但也不绝对。只有在特定的环境下，你才能说，这是美的，或这是丑的。

莫言：这些美或丑，人人都能感觉到，但是很难用数学一样精确的语言把它描述出来——即使数学也还有模糊数学这一说。数学语言也有它含混的地方。

金辉：这段时间我对模糊性琢磨得比较多。莫言自己也谈到了模糊性。现在有不少理论文章提到了文学的模糊性，这还仅仅是从文学作品本身的模糊性谈起，实际上还应该更拉开视野去认识。数学上出现模糊数学，是因为有许多事物无法用精确的数学语言表达。也就是说，世界上存在着能用精确的数学语言来表述的事物；也存在着模糊得只能用模糊数学语言表达的事物。如果硬要用精确表述模糊，反而失其真了。模糊数学对事物进行的是模糊概括、模糊描述、模糊把握。我觉得要谈文学的模糊，首先要从生活本身的模糊谈起，生活中的某些模糊性，决定了某些文学作品的模糊性。比如肖像描写，你把每根头发、每颗牙齿都进行了精确描绘，给人的印象也不一定清楚。中国的白描手法，有时仅用几笔，如“高个子、无胡须”，反而给人一个较清晰的印象。除了生活本身的模糊外，还有人本身的模糊——思维过程的模糊。作家把握生活是一种总体上的感觉，不可能一二三四地几条就列出来了。感觉到的生活是模糊的。构思呢？构思也是模糊的。郑板桥说有三种竹子：眼中之竹——这是生活中的模糊；心中之竹——画家思维中的模糊；笔下之竹——作品中的模糊。这样比附显得有点勉强，但郑板桥说这三种竹子是不同的，每一种竹子都有自己的模糊性和精确性。生活反映到作家的头脑中，再变成文字，基本上都是模糊语言，很少有精确语言。再就是欣赏的模糊。作品模糊性越强，读者再创作的余地就越大。像《红楼梦》，不同的读者就有不同的感受，同一读者在不同时期不同情绪下读它，也会有不同的感受。这就是《红楼梦》百读不厌的原因。

莫言：生活中原本就有的模糊、含蓄，决定了文艺作品的朦胧美。我觉得朦胧美在我们中国是有传统的，像李商隐的诗，这种朦胧美是不是中国的蓬松潇洒的哲学在文艺作品中的表现呢？文艺作品能写得像水中月镜中花一样，是一个很高的美学境界。作品应与生活有一段距离。我看鲁迅先生的《铸剑》时，就觉得那里边有老庄的那种潇洒旷达、空灵飘逸的灵气。站得很高很远地观察生活，也许可以逃避很多困难。

李本深：从某种意义上来理解，功利主义和非功利主义与写实、写意的问题有相通之处，《透明的红萝卜》写意成分很浓，追求一种空灵意境，有点神秘气氛，也无可非议。但我同时觉得，这种追求，不能过了头，不能为追求神秘气氛造成玄虚。“妙不可言”固然很好，但我觉得要是“妙而可言”是不是更好一些呢？作者有意掩藏自己的意图，也不能隔着太多层次，还是要适当考虑艺术效果，适当考虑可读性。

金辉：莫言的作品还是有可读性的。至少从语言上还是可读的。长期以来，我们的读者也养成了一个欣赏习惯，看完一篇作品，总想很轻松地一下抓住主题。

莫言：其实我在写这篇小说时，并没有想到要谴责什么，也不想有意识地去歌颂什么。一个人的内心世界哪怕是一个孩子的内心世界，也是非常复杂的。这种内心世界的复杂性就决定了人的复杂性。人是无法归类的。善跟恶、美跟丑总是对立统一地存在于一切个体中的，不过比例不同罢了。从不同的角度观察同一事物，往往得出不同的甚至截然相反的结论。

我写这篇小说的时候，已经听老师讲过很多课，构思时挺省劲的，写作时没有什么顾忌。我跟几个同学讲过，有一天凌晨，我梦见一块红萝卜地，阳光灿烂，照着萝卜地里一个弯腰劳动的老头；又来了一个手持鱼叉的姑娘，她叉出一个红萝卜，举起来，迎着阳光走去。红萝卜在阳光下闪烁着奇异的光彩。我觉得这个场面特别美，很像一段电影。那种色彩、那种神秘的情调，使我感到很振奋。其他的人物、情节都是由此生酵出来的。当然，这是调动了我的生活积累，不足的部分，可以用想象来补足。

李本深：莫言的这篇作品，是凝聚着作者的追求的，一种风格上的追求，美学上的追求。这篇东西，初看一遍，的确感到有些朦胧，好像眼前罩着一层雾。作者究竟要表现一种什么东西，究竟要告诉读者一种什么东西，一下子很难想清。但它确实给人留下深刻的印象，我把这些印象清理了一下，与其说是几个人物的个性和形象，还不如说是感觉到一种很浓的气氛，一种很有色彩的调子。我总感觉到这个作品的字里行间透露出一种荒凉感，一种心灵上的荒凉感。作品中所描写的野性的情爱、传统的重荷，以及人们在穷困的重压下的简单的追求，全都笼罩在一种淡淡的哀愁之中。作品中描写的那个地方，空气好像不大流通。萝卜地、地瓜地、黄麻地、铁匠铺、桥洞、河水；石匠、铁匠、姑娘、孩子，就呼吸着不大流通的空气，在这种色彩斑驳的环境中生活着。我想，这种气氛，这种意境是怎样制造出来的呢？我觉得作者在景物描写上也好，在心理刻画上也好，全部采用的是一种类似白描的手法，感情冲得很淡，从而造成一种看不见的距离感，这种距离感也许是使作品产生朦胧气氛的原因。

金辉：说到反映生活要有点距离感的问题，我觉得反映过去了的生活要达到艺术真实，必须有点距离感。如果完全没有距离，即便能写出真实情景，也只能写出表面真实，或某一个侧面的真实，写不出多面的、立体的真实。如果没有若即若离的距离感，也许能写出客观真实，但很难写出心理真实。

莫言：我倒是愿意对生活有意进行一些夸张和变形。

金辉：这也就是作品的主观色彩。现在有好几种创作观点。有一种主张是作家退出小说，认为作家主观色彩隐藏得越深越好。实际上，无论怎么隐藏作家也不可能不给他的作品加上很强的主观色彩，他的妙处就是让读者不直接感到作家在指手画脚，不代替读者思考罢了。实际上二者是融合在一起的：一方面隐蔽自己，一方面又把很强的主观色彩加到作品里去。如果小说没有作家的感受，小说就是死的，就是一堆材料。莫言是有自己的追求的，把握生活有他自己的角度，表现生活有自己的手法，作品已开始有点自己的调子了。

施放：莫言这篇作品，从他开始构思一直到写作的全过程，我都是很清楚的，我们住一个房间。他的构思不是从一种思想、一个问题开始，而是从一种意象开始。有天早晨去饭堂的路上，他说：老施，我要写篇小说。我要写一个红萝卜。我问：你要写一个什么样的红萝卜？他说：我要写一个金色的红萝卜。接着他就把那个梦给我讲了。他就是从这个意象来构思这篇小说的，其他的东西都是从这儿生发出来的。这跟我们习惯的构思方法是两回事，这里边有很多东西值得思索。我们习惯的构思方法往往是这样的：阅读了一篇文章，学习了一份文件，响应了一个号召，然后用这种眼光去观察生活，然后看到这个人值得写，那件事值得写。为什么呢？因为符合中央某个精神，符合党的要求，对四化建设有利，对改革有帮助。我们从生活中观察到的、寻找到的一般都是这些东西。找到了这些东西，我们就开始构思了。这种构思方法，难免带上人为的痕迹。而莫言是先捕捉到一个意象，然后内心产生一种感受，使这种感受像面包发酵一样膨胀起来，所以，他构思出来的东西，都势必带着一种很独特的色彩。这种思维方式，我觉得很值得研究。是从外往里注入，还是从里往外生酵呢？我把这种由意象而生发出来的思维方式，叫做“内省型思维方式”。这种由内向外的东西，写出来一定带着明显的个人色彩，而且感情真挚。

李本深：哎，施放，你说这红萝卜象征着什么？

施放：我想，莫言在写这篇小说前，红萝卜究竟象征着什么，他也不一定能说得清。

李本深：现在他能说得清吗？

莫言：大概意思也许能说出来，说清了难。

李本深：我突然想起艾特玛托夫的一部中篇小说，名字叫《白轮船》。中心人物也是一个孩子，住在外婆家里，外婆家临近森林，传说森林中有一个“鹿母”，孩子天天沉浸在幻想中，沿着河边，追寻鹿母的踪迹。后来鹿母被外公逮住杀了，孩子跳河自杀。小说以鹿母为线索，展开了人与人之间、善与恶之间、美与丑之间的复杂关系，思想的光点很集中、很强烈。《透明的红萝卜》的那种压抑感、那种震撼力都是有的，但总觉得思想光散了一些，闪闪烁烁的。朦胧、空灵都是好的，要是能想办法再把思想凝练一点是不是会更好些呢？

李本深：莫言在写作时，要尽可能地避免一点随意性，注意一下结构的紧密。

莫言：我是要认真考虑随意性的问题，往往写着写着就信马由缰了。

金辉：这样也许会有神来之笔。

施放：创作时太理智了好像也不行，莫言写东西的时候，看起来很轻松。

徐怀中：尽管他说是“天马行空”，无拘无束，但实际上他还是有一定的法度。莫言是以他熟悉农村生活这一后盾为基础的，兴之所至，是跟随着他对农村那种熟悉的程度。像小说中关于铁匠炉、关于打铁的描写，我觉得写得相当好。他把中国人的那种民族传统的意念，以及那种手艺人的观念写得很精彩。小铁匠为了学到师傅淬火的技术，硬把手伸到水桶里去试水温，师傅就把烧红的钢钻子戳到他胳膊上，他被烫伤了，但偷到了技术，还是很高兴。这一笔写得很真……

李本深：是很真实。这篇作品总的人物，有三个点吧？小黑孩是一个点，老、小铁匠是一个点，小石匠和姑娘是一个点，这三点都好像是独立的，但作者用一种淡淡的哀伤情绪把这三个点串联起来，用一种朦胧的气氛把这三个点笼罩起来，从而又使这几组人物浑然一体。我觉得这里边也体现了作者的追求。现在强调创作自由，这种自由表现在选材上，也表现在手法上。不可厚此薄彼，也不可薄此厚彼，只要是追求，就是可贵的。应该鼓励作家进行各种各样的尝试，应该冲击一下我们那些制式的、单调的作品，那些作品是提取了杂质的，是过滤了情感的。《透明的红萝卜》没有过滤情感，没有提取杂质，其中有一些自然形态的东西，但并不使人有什么不舒服的地方，而是觉得很贴近生活，很有泥土气息。我赞同莫言的这种尝试。

徐怀中：……写小石匠和姑娘的情感，也很真实地反映了农村中青年男女的爱情。他们既有受封建意识束缚的一面，又有自由的一面。作者把在极端贫困生活下的农民的心理变化，很准确地写了出来。尽管他在写作时把那种从政治意念出发的东西扫荡得干干净净，但因为忠实于生活，恰恰从整体上把当时农村那种氛围很真实地再现了出来。我觉得，这篇作品在一定程度上写出了中国农民的命运。作者把政治背景淡化了，但极左路线给农村带来的严重后果，还是可以从作品的气氛中感觉到的。当时的普通农民的郁闷心情，苦中作乐，坚韧忍耐，都从人物的活动中表现了出来。尽管作者在写的时候，有意识地排除了政治意念，但是我觉得又恰恰达到了另一种境界。当然，如果像李本深刚才说的那样，把思想更凝聚一些，使思想体现得更加深刻，更加鲜明，那就更好了——这里还是有它的不足之处。

莫言：我的思想还很浅薄幼稚，写作功底也不厚实，根本没形成自己对艺术和生活的固定的、系统的看法，一切都是支离破碎的。只不过是在听课中，受了老师的启发，自己胡乱地想想，胡乱地尝试尝试。

徐怀中：这种尝试是很艰难的。我觉得，这是一种很难的写法。他表现了当时的中国农村的面貌。“四清”时我在农村呆过八个月，我想，只有中国农村才是这个样子，外国农村我们不了解，只有中国农村才有这种特定的情景。实际上，土地给农民带来的，不是过去认识的那样一种关系。把人集中起来，就在桥洞里边睡，在这种艰苦的情况下，他们也有自己的欢乐。那种民情风俗，写得味道很足，作者尽在不言中传达给别人的那种感受很多。当然，我想这个作品的读者面不会很宽，一是欣赏习惯上的问题，一是如果对农村不太熟悉的人，也许欣赏这篇作品会感到距离比较远。但是，这不是太大的问题。我们每个人写东西，必然有局限性，不可能写得让每一个读者都喜欢。如果能像李本深刚才说的那样，写作时有所考虑，使得自己的作品能扩大读者面，做到雅俗共赏，那就更好了。总起来说，我对这篇作品的印象是，如果我们不管作者的主观意图如何而对作品加以分析的话，还不是不可捉摸的。在读这篇作品时，正好刚看了李存葆同志的《山中，那十九座坟茔》，我就觉得这两篇东西是两个味道，好像是从两个方向攻占了同一个阵地。李存葆的作品是反映了“文化大革命”时期的军队生活，莫言是反映了荒谬年代的农村生活。这两篇作品是截然不同的两种风格，两种音响。我觉得都有很好、很强烈的效果。莫言看似随意把笔撒开地写去，但他用文字还是很节约的。比如他写一个生产队长，只有那么几行，写队长晚上辛苦，白天跑到菜园屋子里睡觉，淡淡一勾，给人留下很多可供回味的东西，笔墨不多，但人物性格很鲜明，很自然。刚才本深说了，莫言没有对人物进行净化处理，把人物很立体地、带着人物本色地勾画出来，我觉得也是很好的。总之，从我看了莫言的《民间音乐》再加上这篇《透明的红萝卜》,我想，他已经初步形成了他自己的一种色调和追求。

（原载《中国作家》1985年第2期）

感觉和创造性想象

——关于中篇小说《红高粱》的通信

莫　言　罗强烈

强烈：

去年在《文艺研究》召开的座谈会上，见您秀丽的脸庞上有青黄的蔬菜颜色，知道一定是熬夜的结果。我那时面无人色，心跳如鸡啄高粱米，狗脸生六月冰霜。其时《爆炸》刚发，《红高粱》刚刚脱稿，正处在全面崩溃时期，因此，会议期间，除了饕餮般进食，别的事全无兴趣。要了大半年，现在应约写信跟您讨论一下嘴上无毛之作《红高粱》。

在好多次会议上，好多人都为苏联一场卫国的短暂战争打出了一批又一批好的战争小说而我们数十年的战争并没打出多少好小说而扼腕叹息。我被这些叹息撩拨成一串“愤怒的葡萄”，摩手擦脚，跃跃欲试，但又怕惹出不大不小的乱子来，砸了吃饭的泥钵子。后来一想，我老爹会锔锅锔盆，怕什么？于是就写了。

抗日战争离我们这代人，虽不是太遥远但也够不近的了，创作开始时总感到惶恐不安，老前辈为我们提供的抗日战争的故事千千万，在素材上我绝不发愁。可是感觉呢？对战争的感觉呢？我没有。我们军队的作家们有很多幸运地参加了对越自卫反击战，没有参加战斗的也到战后的壕沟里去闻了硝烟味，去看了战士们身上的伤疤，通过这些劳动他们和战争攀上了亲戚。我命不好，没捞到这些机会。我一手举着笔，一手举着烟，确实感到了进入战争状态的困难。“忽然想起”救了我。

我忽然想起在黄县当兵时，参加过一次班用轻机枪实弹射击。那天上午大雾迷漫，隔着十几米就难辨人影，山里的雾是一层一层的，美得要死。乘车到了靶场，我到一个梯田边上安好靶子，回来对我们精通外国语的教导员说："教导员，是不是等雾散了再打?"教导员瞭望了一下影影绰绰的靶子，说："敌人难道只在阳光明媚的时候进攻我们吗？你去检靶，听我的口哨，短口哨隐蔽，长口哨检靶!"我躲在梯田下的梯田里等候检靶。老百姓的花生已经成熟，我拔出一墩来，一边吃一边等着检靶，后来证明教导员把射击哨吹成了检靶哨，我吃着花生爬上梯田，刚走到靶子边就听到脚下噗噗乱响，紧接着从二百米外传来了一阵枪声。我一头就扎下了五米高的梯田陡坡，嘴巴插在花生棵子里，嗅着沾满露水的花生秸子清幽的香气，心里感到一种惊心动魄的幸福。我听到我们班里的战士喊："副班长啊——"我莫名其妙地流出了眼泪，我这才知道突然牺牲——哪怕是无价值的牺牲，也富有相当的悲壮色彩。我听到脚步声杂沓而来。我们教导员第一个跳下陡坡，把我拉起来，看了我半天，问道："你没死?"我说："我还没入党哩，就想要我死?"我们教导员感动地说："副班长，你境界高啊！我们回去就讨论你的入党问题!"

就从这次雾中打靶的经历，我进入了战争的感觉。所以《红高粱》里一开笔就是一场大雾。

《红高粱》是又爱又恨的产物，我对我的故乡一直持有这种矛盾的态度。我对故乡人的爱、对红高粱的爱转化成批判的赞美；我对故乡人的恨、对红高粱的恨转化成赞美的批判。批判的赞美与赞美的批判是我的艺术态度也是我的人生态度。这种态度是介于辩证法与诡辩论之间的一种态度，它的极端严肃的背面就是极端的荒唐；它的极端残酷的背面就是极端的温柔。这种态度如果能灌注到作品的字里行间成为作品的灵魂的话，那么，这作品就会出现纷繁多彩的艺术风格和思想内涵。

也有人对我说起《红高粱》的总体氛围问题，也有人对我说起红高粱的象征意义，这些问题我确实说不出个子丑寅卯，静候着你的批判。

此致

敬礼!

莫言

1986年6月16日

莫言：

熬夜在我是必然，因为八小时坐班，颗粒饱满，且不留天干地支。参加《文艺研究》座谈会时尤忙，因要赶完手头的活路，回乡共话“巴山夜雨”。就是现在“讨论”您的新作《红高粱》，也还是不得不熬夜。

《红高粱》是您创作中的一部力作。我认为它既是“战争文学”，又超越了“战争文学”。因为您的视野，已经从相对封闭的“战争中的人”，转移到了“人在战争中”这样一个更广阔的艺术天地。这就把在社会生活的“常态”（和平）与社会生活的“变态”（战争）中的人类连通起来了，从而表现出一种作为一个种族的人的情感、力量、品格和意志……很明显，《红高粱》虽然写的是抗日战争，但是您的这种“战争的感觉”，却是于您“在黄县当兵”这样的现实生活中寻找到的。

与此相连，我的思路就进入了第二个层次：您写抗日战争，这是历史；您的“战争的感觉”来源于“在黄县当兵”，这是现实。于是，《红高粱》出现了第二个重大意义：从创作意识的内在发生过程中，明确地把历史和现实联系成浑然一体。这使我想起了克罗齐的一个著名论点：“一切历史都是当代史。”因为克罗齐认为：“只有现实生活中的兴趣方能使人去研究过去的事实。因此，这种过去的事实只要和现在的生活的一种兴趣打成一片，它就不是针对一种过去的兴趣而是针对一种现在的兴趣。”在《红高粱》中，您一方面在用自己特殊的笔墨，为抗日战争画一幅肖像，另一方面，您又把自己的创作意图指向一种“现在生活中的兴趣”。您不是说过吗？“……在进步的同时，我真切地感到种的退化。”您创作《红高粱》，也是为了防止“种的退化”这个“现在生活中的兴趣”。

《红高粱》标志着您为当代小说提供了一种独特形态的充分成形。从《透明的红萝卜》、《白狗秋千架》、《枯河》、《球状闪电》、《爆炸》，到现在的《红高粱》，虽然经验材料涉猎各异，但其艺术发展却像一条沿自己河床流动的河。一年以前，我们谈及《透明的红萝卜》时，我就说过您的创作动因是感觉。现在我认为，这种“莫言式的感觉”，除了我的两位朋友所说的“视觉感受”和“整体感官化”外，还包含了一种“心灵幻化”；前者形成您的艺术的形貌，后者决定了您的艺术的灵魂。

我知道，您的创作往往是从感觉到一种具象的“艺术画面”开始——比如“透明的红萝卜”和“美得要死”的雾，然后再经过一个“心灵幻化”的过程，有点像中国画的“滓染法”，洇进其他因素。在艺术构成上，就是用多种艺术元素（其中包括人物形象）共同构成一个整体的艺术形象，达到一种“道之为物，惟恍惟惚，惚兮恍兮，其中有象，恍兮惚兮，其中有物”的美学境界。再一琢磨《红高粱》，我发觉您在一种感觉到的心理经验（感觉—情感经验）的基础上，还进行了重要的创造性想象，使您的艺术形态变异出新质；于是，我认为感觉就只是您创作的起点了。正是因为有了一个由“视觉感受”到“心灵幻化”、由感觉到创造性想象的过程，才使您的小说尤其是近作《红高粱》的艺术形态独特而不单薄，达到了一种恢弘博大的艺术境界。您看重一种人物自身的“运动力量”，但您也同样看重作为创作主体的作者的思想感情的“运动力量”。这二者，正是通过创造性想象融为浑然的一体。前者体现在《红高粱》中的人物身上那种情感、活力、豪气、魂魄和民族意识……后者恐怕就是您那种“灌注到作品的字里行间成为作品的灵魂”的“最英雄好汉最王八蛋”式的“批判的赞美和赞美的批判”了。而正是这种统一于创造性想象中的艺术上的多重组合，形成了您的小说所特有的“纷繁多彩的艺术风格和思想内涵”。

您在各种场合曾多次声称应尽力从海明威、福克纳或马尔克斯的巨大身影中逃逸出去。雨果不是这样说过吗？不要模仿天才，否则就缺乏独创精神。您所走的，正是这样一条最有出息的创作道路。

就此打住。时绥

罗强烈

1986年6月21日

（原载1986年7月18日《中国青年报》）

与莫言一席谈

莫 言 陈 薇 温金海

创作，实际就是一个不断发现自我的过程

记者： 通常你在什么情况下进入创作？

莫言： 当头脑里出现一个非常感人、非常辉煌的画面时，我就会情不自禁地拿起笔，一下子想起好多好多事来。

记者： 这画面是一个灵感呢，还是一个记忆？

莫言： 是生活中留给我深刻印象的事物。倒不一定是亲眼目睹的。譬如红高粱的画面。我确实不曾看到过如此浩瀚的高粱地，但是老人们经常讲起的传说，却不知在我的头脑里熔铸了多久。每次听，都要产生联想，都要在脑子里成像。

写作开头的时候，我常常并不清楚自己究竟要写些什么。等到快一半时，眼前才会一下子豁然开朗：噢，知道大概要写些什么了。

记者： 这如何解释你的创作冲动呢？它是无意识的还是有意识的？

莫言： 它是一种画面。譬如《红色淤泥》。那一群飞蝗，铺天盖地，把太阳都遮没了。一个阴惨的画面。下面还有一块红色的沼泽地。里面生长着形形色色的植物，奔跑着各种各样的动物。一匹红色的小马驹，在沼泽地里十分艰难地跋涉。这画面让人痴迷。

记者： 它们作为一种契机，触发了你的想象和记忆？

莫言： 更多的是调动起我所听到过的传说。

记者： 这可以解释为什么你的小说主观色彩特别强。

莫言：文学，我以为都是主观的，不主观怎么行呢？

记者：不过，有些作家的主观色彩表现得曲折一些，乍看起来纯粹是在描写一种客观世界，只是其中潜伏着某种主观意识。

莫言：那些人似乎是非常客观性的，其实还是主观性的。作家观察生活本来就是主观的。

一个作家理所当然地应该完整地表达自己的所有观点，完整地宣泄自己的所有感受。也许这种极端的主观反而会导致一种极端客观的效果。

记者：谈谈你对艺术感觉的看法吧。我们以为，你将艺术感觉发挥得比较充分是从《透明的红萝卜》开始的。

莫言：创作上的追求是很痛苦的。创作实际上就是一个不断发现自我的过程。可能在创作起步时，你会遵循小说写法，或者模仿某位作家的风格。但是，当你逐渐发现自我之后，本来是什么样子就会呈现出什么样子。

记者：一旦找到自我，创作就是驾轻就熟的了吧？

莫言：是的，我感到非常轻松。而当我一旦离开这条路的时候，倒感到特别特别困难，觉得不是我了。

记者：什么时候想到过离开这条路呢？

莫言：经常想离开啊。当你写一篇作品时，是不能那么大量地去铺陈那种感觉的。这样做会使读者疲劳。但一旦想离开它，换一种笔调写，以把那种感觉减弱一点，即所谓客观一点的时候，就感到特别累，仿佛不是我在写。

记者：你觉得作家的艺术感觉受哪些因素影响呢？

莫言：不应该孤立地去看艺术感觉。我以为，艺术感觉的形成主要决定于作家的人生态度和特定时空下的心情。但有时，作家的感情是以矛盾的形式呈现出来的。我很爱一个事物，也许却会很愤怒地去写它。

没有偏激就没有文学。

再说象征。生活本身就是象征的。而你刻意追求它的时候，写出来的也许就是败笔。要写出事物的象征，首先要做一个象征的人。在欢乐的情感下，绝对写不出荒诞。经历了人生大转折以后，才能站在较高的层次上。所谓手法、风格的不同，实质上是人的本质的不同。

记者：引起你最初的创作冲动的事物是什么？

莫言：坦白地讲，是功利心。当时，别人都有手表而我却没有，我最初的创作动机也许就是为了赚些钱买块手表。

我想，任何人最初的写作都可能基于一定的功利心。但到了一定时候，就该超脱一些。搞文学，人格起决定作用。一个小人绝不会写出高尚的作品。

我恨透了这地方，也爱透了这地方

记者：为什么对于家乡、对于农村，你会写得特别好？

莫言：这恐怕与我在农村生活了二十年有关系。尽管我骂这个地方，恨这个地方，但我没有办法割断与这个地方的联系。生在那里，长在那里，我的根在那里。尽管我非常恨它，但在潜意识里恐怕对它还是有一种眷恋。这种恨恐怕是这样的，我一直湮没在这种生活里，深切地感到了这地方的丑恶，受到这土地沉重的压抑。所以，我以前反对别人歌颂土地。土地有什么好歌颂的呢？土地多残酷啊！一辈一辈地累弯了我们祖先的腰，实际上，所有的农民都成了土地的奴隶。

但一离开农村，离开土地，进入都市，将都市与农村进行参照，于是就产生了一种眷恋。

记者：有人认为你的小说表现出对旧文化的眷恋，你以为如何？

莫言：我是一个向前看的作家，我创造一种非常理想的生活，好像是往后看，实质上是向前看。

当人一旦具有了一种强烈的感情时，总要找个地方发泄的

记者：据说你的童年很不幸。你的作品里不断出现爷爷、奶奶的美好形象，似乎是对苦难生活的一种补偿。是这样吗？

莫言：很难说。真正的爷爷、奶奶对我并不好。我的家庭挺大的，很迟才分家。父亲和叔叔一共有八个孩子，我是生得最丑、最淘气、饭量最大、最懒惰的一个。我还特别嘴馋，常偷爷爷、奶奶的东西吃，所以他们特别不喜欢我，经常拿白眼看我。

恐怕一般人总是把作品与作者联系起来。

记者：确实有点关系的。

莫言：可能有这种关系。童年的生活贫困难道不是我们这批三十多岁年轻人的共同命运？你看我，一九五六年出生，刚有点认识能力，一九五八年“大跃进”乱糟糟的场面开始了。紧接着是“文革”。我家出身不太好，是上中农，属于可以教育和团结的对象，稍微不小心就可能被划到敌人那边去。全家始终在胆战心惊中过日子。我父亲那时还当着大队干部，在外面惨淡经营像当奴才一样，受了好多窝囊气，回到家里就把气撒到我们头上。我确实没有感到人间有什么爱。我始终认为，家庭对任何孩子来讲，绝对是种痛苦，父爱、母爱非常有限度。所谓的父爱、母爱只有在温饱之余才能够发挥，一旦政治、经济渗入家庭，父爱、母爱就有限得脆弱得犹如一张薄纸，一捅就破。当然可以歌颂母爱，歌颂父爱，但极端的爱里就包含了极端残酷的虐待。

记者：可你作品中的爷爷、奶奶是如此美好……

莫言：我崇拜爷爷、奶奶早年的光荣历史。我爷爷是个木匠，结实能干，劳动绝对是一把好手。割小麦，无论有多少人，他都永远是第一名，力气大得惊人。我是把爷爷、奶奶的形象和我们家族的有关英雄好汉的形象熔铸到一起的。但我爷爷确实没有当过土匪。所谓高密东北乡也不是原来的那个样子。小说中的世界是我创造的。

记者：就像福克纳创造了密西西比州的约克纳帕塌法县。

莫言：我必须承认,我受了他的影响。但没有福克纳我也会这么做的。

记者：你一而再地写故乡，写爷爷、奶奶，写家族，这种感情为什么如此源源不断?

莫言：因为还是有一种潜在的爱。但我刚才说过我写的不是原来的家乡，仅仅是借助了高密东北乡这个名称。活动的人物，生长的植物，都不是那里的。这是我理想中的地方。

记者：那种强烈的爱憎来自哪里？

莫言：很可能来自现在的生活，这很难说。总之，当人一旦具有一种强烈的感情时，总要找个地方发泄的。

当我拼命将深情倾注于奶奶的时候，没准儿我正爱着一个小姑娘。这你可别往上写，打个比方嘛。当我在一个作品中痛骂这个女人或那个女人时，没准痛骂的是别的什么人。

评论家根据自己的人生经验来消化作品得出的印象肯定是正确的，但不能说是唯一正确的

记者：有人说《红高粱》讴歌爱国主义，是这样吗？

莫言：那我很高兴，对我评价很高。

记者：我认为，你的一切创作的出发点都基于你对人类生存状态的关注。

莫言：这当然很准确，因为这个概念的内涵非常大。现在任何人对于我作品的任何解释，我都同意。有时候，评论家不但引导读者，而且引导作家向某一方向走。

评论家也是一个人，他应该首先作为一个读者来读作品。根据自己的人生经验来消化作品，得出的印象肯定正确，但不是唯一正确的。即使把一部作品贬得一无是处，也没什么奇怪。还是一句话，没有上帝，作家不是上帝，评论家也不是上帝。

记者：有人觉得《红高粱》的题材分散开写很可惜，如果写成一部中篇或长篇小说，效果会非常强烈，但你现在分散成几个中篇，效果给稀释了，情节、结构、人物又不断重复。而且你的元气在《红高粱》里投放得太多，后劲就不太足，有疲弱之感。

莫言：我已经知道我犯了一个重大错误，如果写成一部长篇就好了。

如果没有这个场面，后面就没法写

记者：《红高粱》中，罗汉大爷的凌迟场面被普遍反映过分了些。

莫言：那样神经也太脆弱了。

我最大的遗憾是我写得还不够冷静，篇幅还太短。

记者：这种场面你亲眼见过？

莫言：没有。但我剥过一张兔子皮。

记者：写那个场面时你有什么感觉？

莫言：我没有感觉。如果我后退一步，用完全现实主义的“真实地再

现生活”的标准来评判一下抗日战争、解放战争，是否发生过这种事情，那我可以肯定它是有过之而无不及，更加残酷透顶。

记者：这样详尽的描述，与你的构思有什么关系？

莫言：如果没有剥皮的场面，那么后面就没法写，爷爷他们对日本侵略者的刻骨仇恨就很难解释。一般说来，中国农民是很麻木的，不触及他们的根本利益，不真把他们惹火的时候，他们绝对都是羔羊。有些人就是叶公好龙，一方面要求再现历史本来面貌，要写真实，真的真实了，他们又受不了。

我更喜欢高更的绘画，小说能达到那种境界才是高境界。我现在知道如何走向高更了

莫言：谈到我的文字，我相信一句话，文学是一种分泌。真正属于每个人的文字与每个人的气质一样。我的文字乱七八糟，我的情感、思维也从来没有清晰过。

记者：你一定看过福克纳的小说吧？

莫言：看得并不多，顶多十万字。我这人看书一向不认真。

记者：那对作家岂不是件悲哀的事？

莫言：作家写的书不是给作家看的，而是给一般读者看的，要编故事难道还得借助人家的书吗？我看书主要看他的表现。

记者：你喜欢哪些作家？福克纳算一个吧？

莫言：福克纳的我自然很喜欢。我喜欢的确实挺多，比如托尔斯泰、肖洛霍夫、霍桑、梭莰、怀特、川端康成等等。

记者：其他方面呢？绘画喜欢吗？

莫言：我特别喜欢后印象主义凡·高、高更的作品。凡·高的作品极度痛苦极度疯狂；相比之下，我更喜欢高更的东西，它有一种原始的神秘感。小说能达到这种境界才是高境界。我现在知道如何走向高更了。

对这块土地的历史的了解，主要依靠先人们的传说

记者：听你刚才说，你写高密东北乡主要是借助了想象？

莫言： 对这块土地的历史的了解，主要依靠先人们的传说。任何传说都经过了一代两代以上的艺术加工，带上了相当的夸张成分，本身就具备一种传奇性。认识的历史是这样，写出的历史也必然是这样。我没有见过我的作品中的高粱地，就可能写得更漂亮。我把一般的生活上升到神话世界，让人的生活、人的命运在神话氛围里展开。

记者： 所以，你的小说具有超越时空的特征。人永远年轻、美好、崇高、充满魅力，没有沾上一点历史的灰尘。人被从历史的具体时空中解放出来，进入永恒。

莫言： 可能是这样吧。

记者： 那些传说故事对你的创作影响深刻吗？

莫言： 它们几乎成了我生活的一部分。劳动之余干什么？就是讲故事。而且讲的听的总不厌烦。同样一个故事，每个人说的又都不一样，听哪个都津津有味，一个故事听了五遍还是感到兴致盎然。故事讲一遍就加工一遍，提高一遍，夸张一遍。我父亲是讲故事的高手，讲土匪打仗，放枪，放得枪筒都软了，一拉，可以拉长两寸。

写战争不必非要写真实的战争过程，那是拼战争史料。我想达到的目的是反映人类的某种生存状态

记者： 不少人主张军人作家应写战争题材，有些作家写来就挺吃力。你没有经历过战争，写起战争却那么轻松自然，这是为什么？

莫言： 他们是为了再现人民战争的壮丽画卷。我觉得写战争不必非要写真实的战争过程，那是拼战争史料。我根本不是写历史，只是把我自己的感情找个寄托的地方。小说根本没有界限，历史小说、现代小说、军事题材小说、农村题材小说，都没有界限，完全可以打通。干吗非要熟悉当时的环境？按你心中的战争去写就行了。

记者： 有些评论家认为，你这样写看不出清晰的历史轮廓。

莫言： 我就要达到这个目的，反映人类的某种生存状态，哪怕是地球上过去和现在从来没有人那样生存过，那更好，那才是创造，才是贡献。

记者： “高粱”系列里的爷爷奶奶是否反映了你渴望的生存状态？

莫言：也不一定是我渴望的生存状态，是我想象的一种生存状态。也可以说是我想象过去的人就是那样生活的，也可以说是我想象将来有一天人们可能会那样生活。

一个人发了一两个中篇就成了作家，也太容易了

记者：谈谈你的其他创作，好吗？

莫言：一九八一年的《春夜雨霏霏》是我的第一部作品，之后又写了一些，一九八五年三月至一九八六年三月发表了《透明的红萝卜》、《球状闪电》、《红高粱》、《高粱酒》、《高粱殡》、《奇死》等六部中篇和《白狗秋千架》、《枯河》等十余个短篇。一个人发了一两个中篇就成了作家，也太容易了。

记者：哪篇作品你比较偏爱？

莫言：《金发婴儿》。它更像一篇小说，深入到人的隐秘世界里。虽然好多人不喜欢，但我个人最喜欢。

记者：听说你签了很多合同，已经签到一九九〇年了。

莫言：是啊。我现在必须抓紧时间写，要不就写不完了。

记者：你还这么年轻，怎么就有一种紧迫感？

莫言：我的年轻是一种假象，其实肉体老化得相当厉害了，日薄西山，百病缠身，三十多岁已是垂暮之年。我预感自己生命的蜡烛会有一天突然熄灭。

记者：这样写作恐怕很累吧？

莫言：是累。出名之后是痛苦的，有时身不由己，你本来想这样，却必须按别人的意见去写、去改，此外也没有时间像以前那样精雕细琢了。

记者：出名后有何感觉？

莫言：更加瞧不起自己。我认为社会是不公道的，那么轻易地把荣誉给了我。我不愿做一个浅薄的名人。

（原载 1987 年 1 月 10 日、17 日《文艺报》）

我的故乡与我的小说

莫　言

一

开始写作时，我起了一个笔名：莫言。起这笔名时是玩了一个拆字游戏（把原名管谟业中的“谟”字一拆为二），后来却发现这笔名也就是不要说话的意思。但我不得不经常说话，不说话阿克曼先生（歌德学院北京分院院长）不会给饭吃！尽管说话给我带来过许多麻烦，但还是要说下去。

一九五六年春（据父母说我是一九五五年生，待查），我出生在山东省高密县大栏乡三份子村。我在一本小说集的前言中曾写过，我出生的房子又矮又破，四处漏风，上边漏雨，墙壁和房笆被多年的炊烟熏得漆黑。我刚出生时落在一堆干燥的沙土上，因为我们那里的人信奉“万物土中生”，所以，孩子一出母体就落在从大街上扫来的肥沃尘土中，指望他像种子落在沃土中一样前途美好。但这也很可能是我一直土气的原因，也很可能是我成为一个“乡土作家”而没成为一个城市作家的原因。

我的家庭成员很多，有爷爷、奶奶、父亲、母亲、叔叔、婶婶、哥哥姐姐，后来我婶婶又生了几个比我小的男孩。一家老小十几口，一直坚持到“文革”后期才分家。我们的家庭是村子里人口最多的家庭。大人们都忙着干活，没人管我，我悄悄地长大了。我小时候能在一窝蚂蚁旁边蹲整整一天，看那些小东西出出进进。

我六岁那年，进了村里的小学校，受到了启蒙教育。记得第一课学的是乌鸦和狐狸的故事，乌鸦叼着一块肉在树上，狐狸在树下奉承乌鸦会唱歌，乌鸦被捧昏了头，张嘴一“哇”，肉就掉到狐狸嘴里去了。这故事至今还在指导着我，告诫我不要轻易张嘴。小学校里有一个外号叫“狼”的老师给我留下了深刻印象。他对学生实行“强权政治”。上课时他手里拤着长达两米、弹性极好的白蜡条教鞭，腰里别着弹弓。近则鞭打，远则弹射。他打弹弓百发百中，到了说打鼻子不打耳朵的程度。在他的课堂上，我们每个人的头颅都不安全。我吃过他很多苦头，但也从他那儿得到过许多教益。是“狼”最先肯定了我在写作方面的才能。我永远承认我是“狼”的弟子。

我上到五年级时，“文化大革命”开始了。先是“狼”带着我们去造校长的反，后来我们想造“狼”的反。我亲手组织了一个“蒺藜造反小队”，意思是说蒺藜虽小但周身硬刺扎人很痛。遗憾的是刚刚举起义旗三天，队伍便被“狼”瓦解了。原因是我们“蒺藜造反小队”里出了一个“叛徒”（我这位同学听说已经做到县一级的官了）。只办了一期的《蒺藜造反小报》当然也被查封了。那报上有一首我写的造反诗。“狼”与他的战友们分析了，认为那不是一个十一岁少年的手笔，而把怀疑移到我的当时正在华东师大中文系念书的大哥身上。这让我父亲感到了很大的恐怖，我大概是无所谓了，而我大哥，却是我们一家的希望。

造反失败，“狼”与他的战友便把我清除出了学校。这样我就开始了农民的生涯。干不了重活，天天放牛羊，割青草，有时也跟我爷爷去捉鱼捉蚂蚱。我感到这生活也很有趣，但当我从学校窗外路过，听到里边的读书声，心里很不是滋味。在农村的艰苦劳动中，我学会了受罪的本领。

一九七六年，我应征入伍当兵，从此，吃不饱穿不暖的生活便结束了。将来会不会再次沦落到吃糠咽菜的地步呢？我不知道。

二

十五年前，当我作为一个地地道道的农民在高密东北乡贫瘠的土地上辛勤劳作时，我对那块土地充满了仇恨。它耗干了祖先们的血汗，也正在消耗着我的生命。我们面朝黑土背朝天，付出的是那么多，得到的是那么少。我们夏天在酷热中挣扎，冬天在严寒中战栗。一切都看厌了：那些低矮、破旧的茅屋，那些干涸的河流，那些狡黠的村干部……当时我曾幻想：假如有一天我能离开这块土地，我绝不会再回来。所以，当我坐上运兵的卡车，当那些与我一起入伍的小伙子们流着眼泪与送行者告别时，我连头也没回。我有鸟飞出了笼子的感觉。我觉得那儿已没有什么东西值得我留恋了。我希望汽车开得越快、开得越远越好，最好开到海角天涯。当汽车停在一个离高密只有三百里的军营，带兵的人说到了目的地时，我感到十分失望。但是三年后，当我重新踏上故乡的土地时，我的心中却是那样激动；当我看到满身尘土、眼睛红肿的母亲挪动着小脚艰难地从打麦场上迎着我走过来时，一股滚热的液体哽住了我的喉咙，我的脸上挂满了泪珠。那时候，我就隐隐约约地感觉到了故乡对一个人的制约。对于生你养你、埋葬着你祖先灵骨的那块土地，你可以爱它，也可以恨它，但你无法摆脱它。

一九八〇年，我开始了文学创作。我拿起笔，本来想写一篇以海岛为背景的小说，但涌到我脑海中的情景，却都是故乡的情景。故乡的土、故乡的河流、故乡的植物，包括大豆，包括高粱。缭绕在我耳边的是故乡的方言土语，活动在我眼前的是故乡形形色色的人物。当时我没有明确地意识到我的小说必须从对故乡的记忆里不断地汲取营养。在以后的几年里，我一直采取着回避故乡的态度，我写海浪、写山峦、写兵营，但实际上，我在一步步地、不自觉地走回故乡。到了一九八四年冬天，在一篇题为《白狗秋千架》的小说里，我第一次在小说中写出了“高密东北乡”这五个字，第一次有意识地对故乡认同。

在以后的一系列创作活动中，我感觉到那种可以称为“灵感”的激情在我胸中涌动，经常是在创作一篇小说的过程中，又构思出了新的小说。这时我强烈地感觉到，二十年农村生活中，所有的黑暗和苦难，从文学的意义上说，都是上帝对我的恩赐。虽然我身在异乡，但我的精神已回到故乡；我的肉体生活在北京，我的灵魂生活在对于故乡的记忆里。

故乡与我的小说的关系，我感到是个千言万语的题目，篇幅所限，简而言之吧：

（一）故乡的风景变成了我小说中的风景。

我在《枯河》中写了河流，那条河流还在。这篇小说最早的题目叫“屁股上的红太阳”，《北京文学》的编辑章得宁说这个题目是不是能改一改，我立即想到了那条干了十几年的河流，随口而说，就叫“枯河”吧。现在看来，“枯河”比“屁股上的红太阳”要好许多。我在《透明的红萝卜》中写了一个桥洞，那个桥洞还在，只不过当时感到这个桥洞很高很大，现在回去则感到它很矮很小，不知当初那种高大宏伟的感觉跑到哪里去了。我在《红高粱家族》中写了大片的高粱，那些高粱没有了，小片的高粱还有，但种子不对了。我在《球状闪电》中写了荒草甸子，那些荒草甸子在我童年时存在过，现在早已改造成良田了。

（二）在故乡时的一些亲身经历变成了小说中的材料。

我十三岁时曾在一个桥梁工地上当过小工，给一个打铁的师傅拉风箱生火。中篇小说《透明的红萝卜》的产生与我这段经历有密切的关系。小说中的黑孩虽然不是我，但与我的心是相通的。

（三）故乡的传说与故事也变成了小说中的素材。

其实，我想，绝大多数的人，都是听着故事长大的，并且都会变成讲述故事的人。作家与别人的区别是用文字把从别人那里听来的故事写出来赚稿费。往往越是贫穷落后的地方故事越多。这些故事一类是妖魔鬼怪，一类是奇人奇事。由于我的故乡离蒲松龄的家乡不远，所以在我们那儿口头流传着的许多鬼狐故事，跟《聊斋志异》中的故事大同小异。我不知道是人们先看了《聊斋志异》后讲故事，还是先有了这些故事而后有《聊斋志异》。我宁愿先有了鬼怪妖狐而后有《聊斋志异》。我想当年蒲松龄在他的家门口大树下摆着茶水请过往行人讲故事时，我的某一位老乡亲曾饮过他的茶水，并为他讲过几个故事。

我的小说中写鬼怪的不多，只有一篇《草鞋窨子》中写了一些，但我还是要承认少时听过的这些故事对我产生的深刻影响，它培养了我对大自然的敬畏。我独自一人站在一片高粱地边上时，听到风把高粱叶片吹得飒飒响，往往害怕起来，那些挥舞着叶片的高粱，宛若一群张牙舞爪的生灵，对着我扑过来，于是我便嗷嗷叫着逃跑了。所以我小时割草剜菜时，总不如别的孩子弄得多，原因就是怕，不敢一人去找草找菜，跟在人家后边，既招人烦，又割不到好的。站在一条河流边上，站在一棵大树下，都能使我感到恐惧，至于究竟怕什么，我自己也解释不清楚。但我惧怕的只是故乡的自然景物，别的地方的山川河流无论多么雄伟壮大，也引不起我的敬畏。为什么呢？我想大概是因为外乡的这些东西与我没有精神上的联系，所以我不怕它们。

故乡的奇人奇事有很多进入了我的小说，当然都是改造过的。我曾在一篇文章中写过：历史在某种意义上就是一堆传奇故事。历史上的人物、事件在民间口头流传的过程，实际上就是一个传奇化的过程。每一个传说故事的人，都在不自觉地添油加醋，弄到后来，一切都被拔高了。我死活也不相信历史上真有过像《史记》中所写的那样一个楚霸王，更不相信我党的“一大”像电影《开天辟地》里那个样子，历史是人写的，英雄是人造的。人对现实不满时便怀念过去，人对自己不满时便崇拜祖先，这实际上是很阿 Q 的。我的小说《红高粱家族》大概也就是这一类的东西。但事实上，我们那些辉煌的祖先跟我们差不多。几十年之后，我们很可能也是后人崇拜的对象。可惜我只有一个女儿，我女儿的孩子如果写小说，也许会写“我外祖父那个……”，而不会有一个人像我一样写“我爷爷那个……”了。想到此我感到有些悲哀涌上心头。

上边的分析，其实是把故乡与我的创作的关系简单化了。事情远比我说的要复杂。因为，故乡对我来说是一个久远的梦境，是一种伤感的情绪，是一种精神的寄托，也是一个逃避现实生活的巢穴。那个地方会永远存在下去，但我的精神却注定了会飘来荡去。当然，我最后的希望是死后埋葬在那里，埋葬在我祖父母的坟墓旁边，尽管他们生前并不喜欢我这个嘴馋貌丑的孩子。

（原载《当代作家评论》1993 年第 2 期）

028

好谈鬼怪神魔

莫　言

从我的故乡西行数百里，便是《聊斋志异》作者蒲松龄先生的故乡淄川。都是山东人，出省之后便算同乡。有这样一个怀才不遇的天才同乡真令我感到自豪。在漫长的科举取士的社会中山东考中的进士车载斗量，被钦点了状元的也有十数之多，他们当年的荣耀连蒲松龄也眼热过。时过境迁，人们早已忘了他们，但在当时穷愁潦倒、靠编织鬼魅妖狐故事以寄托心中情感的蒲松龄却流芳至今并且肯定还将流下去。近年来，有一些评论家在评论我的小说时，总是忘不了提起我这位光荣的乡亲，并从他那里找到了我的小说的源头。这令我不胜荣幸至极。

的确是我近年的创作鬼气渐重，其原因大概是因为都市生活中的喧嚣、浮浅、虚伪、肉麻令我厌烦，便躲进想象中的纯净世界去遨游。这种创作的心理动机与蒲氏当年的心态也许有某种共通之处。蒲氏是因为科场屡屡失意、空有满腹锦绣文章而无人欣赏，不得已便装神弄鬼，发些隔靴搔痒的牢骚。但由于他的才情汹涌，淹没了那些没趣的牢骚。因为根据我的经验，在小说中发牢骚总是要破坏小说的纯净的艺术境界。小说应有自己的风度，那就是雍容大度、从容不迫、娓娓地把假话当真话说，就像在那寒冷的冬夜里，拥着棉被，守着灯火一盏如豆，讲述给小孩子们听的故事一样，鬼的故事，怪的故事，狐狸的故事。这就是蒲松龄的风格。一种朴素至极的风格，尽管他使用了典雅隽秀的文言，但他永远是一个捋着白胡子讲故事的慈祥的老者，他没有青年时期，也没有中年时期，《聊斋志异》是祖父讲给孙子的故事范本，也是以祖父讲给孙子的故事为范本。

近年来我写了一些具有神秘色彩的小说，写了一些在过去的浊世中卓尔不群的高人，一方面是因为眼前生活的庸俗乏味使我感到无话可说，另一方面就是下意识地向老祖父学习。我想文学假如能够伴随人类走到末日的话，就必须使文学具有超出现世生活的品格。文学应使人类感到自己的无知、软弱，文学中应该有人类知识所永远不能理解的另一种生活，这生活由若干不可思议的现象构成。拉丁美洲的马尔克斯早就意识到这一点，所以他成功了。我们无法去步马尔克斯的后尘，但向老祖父蒲松龄学点什么却是可以的也是可能的。

十几年前我刚开始学习写作时，遵循的是所谓的“革命的现实主义”的创作方法，这种方法的鼻祖据说是苏俄的作家高尔基，但我看到高尔基的那些优秀的作品并不是什么“革命的现实主义”。这种“主义”，很快就被觉醒了的作家们抛弃了，因为这种“主义”必然通向虚假和矫揉。我在八十年代中期觉悟到小说应该天马行空、无拘无束，于是有了《红高粱家族》等热血澎湃的小说。但这种热情很快便消失了，我自己认为这是进步而不是退步。

小说家有多种多样，小说也就有多种多样。一个小说家能写出多种多样的小说，把自己的某一时期的感情物化在小说中。我在今后一段时间内还想写些神神怪怪的小说，心情改变了，也许会改变样式，但是老祖父的方法，永远是暗夜中引导我前进的一盏灯笼。这灯笼跳跃着，若隐若现，刚好能照亮漆黑暗夜中的一条羊肠小道，道路两边是埋藏着尸骨的坟墓。在老祖父的故事里，这灯笼总是由那些善良的、助人为乐的得道狐仙高擎着，在引导夜行者至坦途时，它便亮一下辉煌的法相，然后化做一道金光遁去。

（原载《作家》1993 年第 8 期）

《丰乳肥臀》解

莫　言

《丰乳肥臀》是我耗费数年精力写成的一部五十余万字的长篇，《大家》今年第五期刊载了前半部分，单行本已由作家出版社出版。全书尚未印行之际，就有热心的同志发表文章，对书名提出了质疑和批评。为了消除误会，我不得不解释一番。尽管我相信读者读完全书后，会做出公正的评价，也许会有读者甚至会同意我的命题，但我还是不得不解释一番，起码或许可以剖明一下我并无借此“艳名”哗众取宠的意思。当然也许说了也是白说，但据说白说也得说，况且不说白不说，姑且随便说说吧。

事情应该从头说起。

十几年前，我在解放军艺术学院文学系读书时，在一节美术欣赏课上，观看了前来授课的中央工艺美术学院孙教授携来的一部幻灯片。此片全是拍摄的古今中外著名人体雕塑和油画的照片，制作得异常精美。一道白炽的光柱映照，白粉壁上那些人体栩栩如生，仿佛能看到他们温暖的血液在体内流淌。我的确感到大开了眼界、增长了见识。几年过后，那部幻灯片里展示过的那么多华美亮丽的人体都变得模糊模糊糊犹如一团雾，但唯有一张照片却难以忘记。这是那部幻灯片展示的第一张照片——一个据说是很古的人类不知用什么器具弄出来的石雕像。乍一看这雕像又粗糙又丑陋：两只硕大的乳房宛若两只水罐，还有丰肥的腹与臀，雕像的面部模糊不清。但她立在那儿简直是稳如泰山。据授课的孙教授说，这雕像是母系社会时期的作品，是生殖崇拜，自然也是母性崇拜的物化表现。当然也是伟大的艺术品，是一切雕塑的源头。

我每当回忆起这尊雕像，就感到莫名的激动，就感到跃跃欲试的创作的冲动，就仿佛捏住了艺术创作的根本。但她让我激动、令我冲动、给我自信的原因是什么，却是我无法用言语表述清楚的，也许真正的艺术所传达的精神是只能意会不可言传的吧。后来我参拜了霍去病墓前的石雕，领略了汉代大气磅礴的精神，又利用探家的机会，多次走访了故乡高密以泥塑闻名的聂家庄，亲眼看到了白发苍苍、面如铁木的老人用枯柴般的手将一块块泥巴捏成根本不形似却洋溢着充盈的虎精神的泥老虎的过程。我渐渐地感到，有一种东西，像气像水又像火焰，把那尊令我永难忘记的老祖母的雕像与汉代的石雕与故乡的泥塑贯串在一起。那种不可言说的东西似乎可以言说了，那感动着我令我冲动给我力量的是一种庄严的朴素。这实际上也是伟大艺术的魂魄。庄严朴素的创作者不接受任何“艺术原则”的指导，不被任何清规戒律束缚。他们是最不讲“道德”的最道德者。他们是大河源头最清纯的水。在雕刻“老祖母”的时代，一切几乎都没被道德包装。乳房是哺育的工具，臀部是生殖的工具。丰满的乳房能育出健壮的后代，肥硕的臀部是多生快生的物质基础。性是自然的行为，也是健康的行为，而自然和健康正是真美的摇篮。那时候对丰乳和肥臀充满敬畏、视若神明，只是到了后来，别说一见到实物的丰乳肥臀，就是一见到这四个字，才马上就联想到性。这联想里沉淀着几千年的历史，有正面的，也有负面的，有健康的，也有猥亵的，但朴素的庄严和庄严的朴素至此已几乎丧失得干干净净了。也许在民间还有这原始的庄严朴素精神一息尚存，表现在老农捏泥成虎的过程中，表现在老祖母用挑剔的目光注视孙媳妇的胸与臀的过程中，表现在少妇可以骄傲地当众哺育婴儿的过程中，表现在人们躲着挺着大肚子横冲直撞的孕妇的过程中。

我之所以将小说命名为《丰乳肥臀》，就是为了重新寻找这庄严的朴素，就是为了追寻一下人类的根本。这是解释之一。

可以说《丰乳肥臀》的创作从那堂美术欣赏课后就开始了，尽管要写什么、怎么写，我是很久以后才清楚的。那尊女性雕像，其实是我们共同的母亲，是母亲的最物质化、最形象性的表现。那位——也许是几位伟大的雕刻家对乳房和臀部的夸张，可谓抓住了事物的关键。

人世间的称谓没有比“母亲”更神圣的了，人世间的感情没有比母爱更无私的了，人世间的文学作品没有比为母亲歌唱更动人的了。我终于明白想起那雕像就激动就冲动就充满自信是因为母亲的力量，是母亲生养我哺育我和我建立了血肉联系才会产生的一种血亲的力量。想到此我就明白，这部作品是写一个母亲并希望她能代表天下的母亲，是歌颂一个母亲并企望能借此歌颂天下的母亲。遗憾的是我没能完全地实现我的艺术野心。

读者诸君读罢此书，也许会问：书中的母亲是不是就是作者的母亲？我肯定地回答：既是我的母亲，也希望是你的母亲。书中的母亲饱经苦难，勤劳勇敢，忍受着常人难以想象的痛苦顽强不屈地生活着。她急人所难、乐善好施、爱惜生命。这些精神，正是天下母亲的精神。

毫无疑问，我的母亲的一生经历，在书中得到了一定程度的反映。她老人家三岁丧母，跟着她的姑母长大成人。母亲十六岁时即嫁到我家，从此便开始了艰难的生活。她身材矮小，缠了小脚，繁重的体力劳动和贫困的生活以及频繁的生养使她很快就衰老了。母亲一生中生过八个孩子，夭折了四个，我是她最后一个孩子。在母亲们的时代，女人既是传宗接代的工具，又是物质生产的劳力，也是公婆的仆役，更是丈夫的附庸。而这一切竟也是母亲们自愿地努力去做的。我童年时常听母亲平静地讲述她的一些生活，譬如讲她四岁时就被姑母逼着裹小脚，那残酷的裹脚手段令听者觳觫，但母亲的脸上分明闪烁着骄傲的光彩。譬如讲她怎样一胎连着一胎地生养，那些落后的接生手段对产妇野蛮的摧残也令听者觳觫，但母亲脸上依然闪烁着骄傲的光彩。母亲一生多病，从我记事起，就记得她每年冬春都要犯胃病，没钱买药，只有苦挨着，蜂蜜一样的汗珠排满她的脸，其实分不清哪是汗哪是泪。在母亲低声的呻吟声里，我和姐姐躲在墙角哭泣。母亲腰上生过毒疮，痛得只能扶墙行走，尽管如此，还得忍受着公婆妯娌的白眼，扶病操持一家的饭食，还得喂牛喂猪。母亲终于端不住那盆饮牛的水而跌倒了，瓦盆落地粉碎，家人们最关心的是那个盆，母亲最关心的也是那个盆，她下意识地拼凑着那些瓦片，仿佛能把它们复原似的。那次母亲生命垂危了，我们只能哭泣，没有钱，有钱也不舍得花在儿媳身上。幸亏来了省里的巡回医疗队，很高明的省城的大夫，为母亲做了手术。手术就在母亲生我们的炕头上进行，我们躲在墙根，听着母亲的呻吟，听着刀剪的声响，看着护士把一盆盆的血水端出来。母亲每逢夏天必头痛，每晚必跑到胡同里手扶着柳树呕吐，在家里呕吐怕公婆和妯娌厌恶。母亲患了哮喘病，入冬即犯，一行动就喘息不迭。母亲一直患有妇科病。母亲被驴把脚踢伤。母亲患了带状疱疹，疼得哭出了声。母亲患了面部神经麻痹。母亲患有严重的肛肠疾病。在她最后的十年岁月里，我每次探家，几乎都要陪母亲进医院，她老人家在死亡线上挣扎了十年。母亲的许多病都是在月子里种下的病根。一九九四年元月二十九日，我的母亲因肺心综合症去世。

母亲去世之后，我万念俱灰了很久。渐渐复原后，很想写点文章纪念，但每次坐在书桌前，便泪水盈眶，心绪如潮，若干往事涌到眼前。我想起母亲挺着大肚子（那次她怀着双胞胎）头顶烈日在打麦场上操劳的情景。母亲说肚子大得自己都望不到自己的脚。中午还在打麦场，下午便生产，羊水浸湿了脚才被允许回家。当天夜里暴风雨，又得拖着产后极度虚弱的身子去麦场上抢运粮食。我眼前暴雨倾盆，雷鸣电闪，产后的母亲被淋成落汤鸡，脸色惨白，浑身颤抖，一次次跌倒在泥水中，又一次次地爬起来……我想起母亲手扶磨棍，像驴马一样为生产队拉磨的情景。拉磨一天，可挣得霉薯干半斤……我想起母亲像骡马一样大口吞咽野草的情景……我想起母亲把碗中的菜团子分了一半给前来讨饭的外乡女人的孩子的情景……我想起母亲用米汤把一只濒临死亡的小猪救活的情景……我想起母亲背着脚生毒疮的我去卫生所换药的情景……我想起跟随母亲从外婆家归来的情景：母亲背着我沿着高高的河堤行走，一轮血红的夕阳照耀着河中汩汩的流水，母亲的影子长长地铺在地上。河堤上有很多把腹部插进硬土中产卵的蚂蚱。太阳还没落下河，一轮巨大的圆月就水淋淋地从河水中升起来了……我想起跟随母亲去卖白菜的情景：将近年关的集日，北风呼啸，雪花飘飘，白菜用棉被盖着还冻得像瓷球一样。一个老妇人，用棉袄袖口罩着嘴巴，趔趔趄趄地走过来。她挑了一棵最小的白菜，母亲称了，让我算账。我恍惚觉得多算了她一毛钱。老妇人解开脏手巾包，找钱给了母亲。我走之后，那老妇人又回来找母亲，说多算了她一毛钱。我终生难忘母亲谴责我的目光，母亲说我的行为让她一辈子都感到耻辱……我想起年老体弱的母亲背着我的女儿、牵着我二哥的儿子站在河堤上盼望着孩子们的母亲从地里回来为孩子哺乳的情景，我的女儿在她背上哭着，我的侄子在她身边哼唧着，夕阳照着她悲悯的脸……我想起了我上小学二年级了还要吃奶的情景，我是母亲沉重的累赘，我童年时给她老人家闯了多少祸呀……千头万绪涌上我的心头，我到底也没写出那种纪念性的文章。

我决定不写那种零打碎敲的小文章分散和稀释我的感情，我决定写一篇大文章献给母亲，写一部长篇小说告慰母亲在天之灵。母亲一辈子没唱过一次歌，连哼一句小调都没有，但母亲之歌在天上轰鸣，宛若惊雷滚滚；母亲的歌唱在大地下回响，犹如岩浆奔涌。我憋足了劲要在这部书里为母亲歌唱，更狂妄地想为天下的母亲歌唱。按照我个人的习惯，每写一部作品之前，先要起好题目，让一个响亮的名字把气提起来，让一个鲜活的、富有象征意味的画面在脑海里团团旋转，如我的《红高粱》、《透明的红萝卜》、《红蝗》等等。这部我自认为的大书该起一个什么名字呢？突然，那个"老祖母"的雕像闪烁着青铜的沉重光芒矗立在我的面前，于是就有了书名。歌唱母亲，应该歌唱母亲的勤劳、母亲的勇敢、母亲的善良、母亲的正直、母亲的无私……更应该歌唱母爱产生的根本。母亲之恩，大莫大过养育之恩。养用什么养？育用什么育？用臀，用乳。"丰"者，丰满美好也，用"丰"字来修饰乳，来限制乳，无论从美学上还是道德上，大概都无关碍，都不会污人洁目。此书名的问题是出在"肥臀"上，我看过的几篇批评文章锐利的矛头也确是直指着"肥臀"的。"肥"者，多脂肪也。"肤革充盈，人之肥也"。"臀"者，屁股也，也可引申为生殖器官。所以我认为"肥臀"原本是一个中性的偏正结构的词组，并无明显的贬义，而具有实事求是、准确状物的丰采，在崇尚肥腴的盛唐，也可能甚至是一种赞美的形容，只是到了近代，才成为一个令正人君子们感到扎眼的字眼。实际上这"扎眼"，潜意识里是本能的冲动，浅一些的层次里也有审美的愉悦。即如批评家所担忧的，如果出版者用一个丰乳肥臀的女人做了书的封面，作者心里会怎么想呢？我想，真用了丰乳肥臀的庄严美女做了我书的封面，也没什么。断臂的维纳斯随处可见，裸体的雕塑、油画、摄影也不稀罕。衣服绝对挡不住淫荡的眼睛；面对着不穿衣服的美女，也不可能人人都成为流氓犯。

这就是我为什么将此书命名为《丰乳肥臀》的解释之二。

郭沫若把地球比做母亲，艾特玛托夫把母亲比做大地。这些比喻，很难说其准确，但总是让我们感动。一旦把母亲和大地联系在一起，我的眼前便一望无垠地展开了高密东北乡广袤的土地：清清的河水在那片土地上流淌，繁茂的庄稼在那片土地上生长。既有"天地不仁以万物为刍狗"，更有"天地厚德以载万物"。母亲其实也是大地之子，母亲并不是大地，但母亲具有大地的品格，厚德载我，任劳任怨，默默无言，无私奉献。大言希声，大象无形，大之至哉！所以为母亲歌唱必须为大地歌唱，因此歌唱母亲也就是歌唱大地。

我在《丰乳肥臀》中描述了高密东北乡从一片没有人烟的荒原变成繁华市镇的历史，描写了这块土地的百年变迁。母亲们和她们的儿女们在这片土地上苦苦地煎熬着、不屈地挣扎着，她们的血泪浸透了黑色的大地又汇成了滔滔的河流。当然她们也有幸福和欢笑，她们伴随着人类的步伐在付出沉重的代价之后也在缓慢地进步，每前进一步都要用血泪把脚下的土地浸透但毕竟是在前进。只要大地不沉就能产出五谷，只要有女人就有丰乳就有肥臀就有母亲人类就能生生不息。人类总是在绝望中奋起，总是在没有路时踩出路，总是渴望着幸福奔向光明，犹如飞蛾扑火。在火与血中，在一代接一代的牺牲中，小脚解放了乃至即将绝迹了，新法接生了婴儿不再诞生在街上扫来的尘土中如我那样，乳罩产生了为了健康也为了审美，人民当家做主了尽管还有贪污还有腐败，尽管文明也带来了环境污染物质的进步也带来了道德的沦丧但人类毕竟认识到了这些负面效应并力图矫正之，尽管人类无论多么进步也摆脱不了痛苦的折磨旧的痛苦消失新的痛苦产生但肌肉发达、骨骼匀称的男子和乳丰臀肥、花容月貌的女子能在这个星球上繁衍不息就是大自然的奇迹就是宇宙的至高无上的幸福！——这一切都是我在这部小说中力图表现的，只可惜限于才力，难以表达思想之万一。

丰乳与肥臀是大地上乃至宇宙中最美丽、最神圣、最庄严，当然也是最朴素的物质形态，她产生于大地，象征着大地。这就是我把小说命名为《丰乳肥臀》的解释之三。

小说中的“高密东北乡”并非地理学上的高密东北乡，这是多余的但也是必要的解释之一。

1995年11月11日

（原载1995年11月22日《光明日报》）

文学创作的民间资源

——在苏州大学“小说家讲坛”上的讲演

莫　言

能来环境如此优美、历史如此悠久的苏州大学演讲，我感到非常荣幸，但同时也感到这是一场冒险。因为作家大都是不善言谈的，我又是作家中最不会讲话的一个。当年我给自己起了一个笔名叫莫言，就是告诫自己不要说话或尽量地不说话，但结果还是要不断地说话。这是我的矛盾。譬如来苏州大学玩耍是我愿意的，但来苏州大学讲话是我不愿意的。来苏州大学不讲话王尧先生就不会给我报销机票，因为，我既想来苏州，又不想自己买机票，所以就只好坐在这里讲话。这是一个无奈的、妥协的时代，任何人都要无奈地做出妥协。

前几天，我和阿来、余华在清华大学与格非的学生们座谈了一天，上午一场下午一场，晚上还有一场。我们讲得很少，大部分时间是学生提问我们答问。我们感到这样很好，不像摆开一个讲课的架势那样一本正经，又很有针对性，很随便，很亲切，完全是赤诚相见，彼此都有收获。我希望今天我们也能采取这种方式。在我讲的过程中，你们可以随时打断我的话，随时递条子，或者站起来提问。总之我们合伙把这台戏唱下来，让王尧愉快地给我报销机票。

今天这个演讲的题目，直到昨天我还没有想好。我不知道应该说些什么。但昨天王尧给我打电话，说必须有一个题目，否则不好出海报。我说那就叫做《试论文学创作的民间资源》吧。

“民间”是一个巨大的话题，也是当下的一个热门话题。好像最早是上海的陈思和先生最先提出，然后各路英雄群起响应。你说你的，他说他的，各有各的理解，因此也就各有了各的民间。我作为一个写小说的，当然也有我对民间的理解。我的理解肯定没有理论家们那样系统，那样头头是道，但都是根据我的文学经验和创作体会得来的，也许会对大家有所启发。我还要坦白地说，今天这个演讲的题目，不是我的发明，而是上个星期在清华时，听阿来说他最近给《视界》写了一篇文章，题目叫做《小说创作的民间资源》，我仓促之间把它改头换面拿来搪塞王尧，阿来将来要跟我理论，同学们可以作证就说我已经公开地坦白了。

关于沸沸扬扬的民间问题的讨论，同学们都是学文学的，肯定都知道得很多，在此我就没有必要一一介绍——其实我也介绍不了。我认为所谓的民间写作，最终还是一个作家的创作心态问题。这个问题的一个方面是为什么写作。过去提过为革命写作，为工农兵写作，后来又发展成为人民写作。为人民的写作也就是为老百姓的写作。这就引出了问题的另外一个方面。那就是，你是“为老百姓的写作”，还是“作为老百姓的写作”。

“为老百姓的写作”听起来是一个很谦虚很卑微的口号，听起来有为人民做马牛的意思，但深究起来，这其实还是一种居高临下的态度。其骨子里的东西，还是作家是“人类灵魂工程师”、“人民代言人”、“时代良心”这种狂妄自大的、自以为是的玩意儿在作怪。这就像说我们的官员是人民的勤务员一样，听起来很谦卑，很奴仆，但现实生活中的官员，根本就不是那样一回事。如果当了官真的就成了勤务员，就成了公仆，那谁还去当官呢？还跑官要官干什么？

因此我认为，所谓的“为老百姓的写作”其实不能算作“民间写作”，还是一种准庙堂的写作。当作家站起来要用自己的作品为老百姓说话时，其实已经把自己放在了比老百姓高明的位置上。我认为真正的民间写作就是“作为老百姓的写作”。

当然，任何作品走向读者之后，不管是“作为老百姓的创作”还是“为老百姓的创作”，客观上都会产生一些这样那样的作用，都会或微或著地影响到读者的情感，但“作为老百姓的写作”者，在写作的时候，不会也不必去考虑这些问题。他在写作的时候，没有想到要用小说来揭露什么，来鞭挞什么，来提倡什么，来教化什么，因此他在写作的时候，就可以用一种平等的心态来对待小说中的人物。他不但不认为自己比读者高明，他也不认为自己比自己作品中的人物高明。

“作为老百姓的写作”者，无论他是小说家、诗人还是剧作家，他的工作，与社会上的民间工匠没有本质的区别。一个编织筐篮的高手，一个手段高明的泥瓦匠，一个技艺精湛的雕花木匠，他们的职业一点也不比作家们的工作低贱。“作为老百姓的写作”者会同意这种看法，但“为老百姓的写作”者肯定不会同意这样的看法。民间工匠之间也有继承、借鉴、发展，也有这样那样的流派，还有一些神秘色彩的家传，他们也有互不服气，也有同行相轻，但他们永远不会忘记自己是个普通的老百姓，他们永远不会把自己和老百姓区别开来，去狂妄地充当“人民的艺术家”。我们可以举一个例子。在离你们苏州不远的地方，曾经有一个瞎子阿炳，我们现在给他的名誉很高，是伟大的民族音乐家，是伟大的二胡演奏家，但当年的阿炳，当他手持着竹竿、身穿着破衣烂衫，在无锡的街头上流浪卖艺的时候，他大概不会想到自己是一个伟大的人物，更不会想到他编的二胡演奏曲子在几十年后，会成为中国民间音乐的经典。他绝对不会认为自己比一般的老百姓高贵，他大概在想，我阿炳是一个卑贱的人，一个沿街乞讨者，一个靠卖艺糊口的贱民，我的曲子拉得动听、感人，人家就可能施舍给我两个铜板，如果我的曲子拉得不好听，人家就不会理睬我。如果我在马路上拉二胡，妨碍了交通，巡警很可能给我一脚（现在的艺术家、演员违章之后，就会亮出名片：我是谁谁谁）。总之，他阿炳心态卑下，没有把自己当成贵人，甚至不敢把自己当成一个好的老百姓，这才是真正的老百姓的心态。这样的心态下的创作，才有可能出现伟大的作品。因为那种悲凉是发自灵魂深处的，是触及了他心中最疼痛的地方的。请想想《二泉映月》的旋律吧，那是非沉浸到了苦难深渊的人写不出来的。所以，真正伟大的作品必定是“作为老百姓的创作”，是可遇不可求的，是凤凰羽毛麒麟角。

但这种“作为老百姓的写作”真要实行起来，其实是很难的。作家毕竟也是人，现实生活中的名利和鲜花不可能不对他产生吸引。因为在现实生活中，“为老百姓的写作”赢得鲜花和掌声的机会比“作为老百姓的写作”赢得鲜花和掌声的机会多得多。在当今之世，我们也没有必要要求别人这样那样，只是作为一种提醒，不要忘记了最重要的东西，而去追逐不太重要的东西。也就是说，你要明白你通过写作到底要得到什么，然后来决定你的创作的态度。

像蒲松龄写作的时代，曹雪芹写作的时代，没有出版社，没有稿费和版税，更没有这样那样的奖项，写作的确是一件寂寞的甚至是被人耻笑的事情。那时候的写作者的写作动机比较单纯，第一是他的心中积累了太多的东西，需要一个渠道宣泄出来。像蒲松龄，一辈子醉心科举，虽然知道科举制度的一切黑暗内幕，但内心深处还是向往这个东西。如果说让他焚烧了他所有的小说就可以让他中一个进士，我想他会毫不犹豫地点起火来的。到了后来，他绝了科举的念头，怀大才而不遇，于是借小说表现自己的才华，借小说排遣内心的积怨。曹雪芹身世更加传奇，由一个真正的贵族子弟，败落成破落户飘零子弟，那种人情冷暖、世态炎凉的体验是何等深刻。他们都是有大技巧要炫耀，有大痛苦要宣泄，在社会的下层，作为一个老百姓，进行了他们的毫无功利目的的创作，因此才成就了《聊斋志异》、《红楼梦》这样的伟大经典。当然，他们也有自己的圈子，书出来后，也能赢得圈子里的赞赏，可以借此满足一下虚荣心，但这样的荣誉太民间了，甚至不能算作名利了。在科举制度下，小说是真正的野狐禅，登不上大雅之堂的，当时的“正经人”大概很少写小说的。诗歌也是一样，诗歌的真正欣赏者应该是青楼女子。但只有在这种状态下，才能出现好东西。如果诗歌代替八股文成为科举的内容，那诗歌就彻底地完蛋了。如果小说成为了科举的内容，小说也早就完了蛋。所以如果奔着这个奖那个奖写作，即便如愿以偿得了奖，这个作家也就完了蛋。没想到得奖却得了奖是另外一回事。我想这就是民间写作和非民间写作的区别。非民间的写作，总是带着浓重的功利色彩；民间的写作，总是比较少有功利色彩。当然，这样淡薄功利，有时候并不是写作者的自觉，而是命运的使然。也就是说，蒲松龄直到晚年也还是在梦里想中状元的，但醒来后才知道这是不可能的了。曹雪芹永远怀念着他的轰轰烈烈的繁华岁月，但他知道这也是无可挽回的了，所以，那悲凉就是挡不住的了，而那对过往繁华的留恋也是掩饰不住的。无意中得来的总是好东西，把赞歌唱成了挽歌，把仇恨写成了恋爱，就差不多是杰作了。

我还想特别地强调一下，作家千万不要把自己抬举到一个不合适的位置上，尤其是在写作中，你最好不要担当道德的评判者，你不要以为自己比人物更高明，你应该跟着你的人物的脚步走。郑板桥说人生难得糊涂，我看作家在写作时，有时候真的要装装糊涂。也就是说，你要清醒地意识到，你认为对的，并不一定就是对的，反之，你认为错误的，也不一定就是错误的。对与错，是时间的也是历史的观念决定的。“为老百姓的写作”要做出评判，“作为老百姓的写作”就不一定要做出评判。

前不久有一家关于环保的报纸让我给他们写文章谈谈我对沙尘暴等自然生态恶化问题的看法，我马上就想到了北方草原的沙化和草原载畜量的关系。载畜量过多，草原得不到休养生息，就要沙化。十几年前我到中俄边境，看到对面的草原草有半人高，真是鲜花烂漫，风吹草低，只有很少的几群羊在挑挑拣拣地吃草。而我们这边的草原，草只有一虎口高，颜色枯黄，好似癞痢头一样。饥饿的羊群像鬼子扫荡一样来回乱窜。同样的自然条件，差别如此之大，完全是人为的。问题在于，我们这边能不能少养几群羊？牧民们的回答是，我们也不愿意看到草原变成这个样子，但不养羊我们吃什么？我们不养羊你们北京人怎么吃上涮羊肉呢？我们也知道黑山羊对草原和山林的破坏十分厉害，但你们需要羊绒围巾、羊绒大衣啊。这就涉及了一个十分棘手的问题：一方面要保护环境，一方面那里的老百姓要活命，要繁衍。除非政府能拿钱把他们养起来。政府没有那么多钱，那他们就要砍树、放牧。你要让我活下去。你们可以呼吁保护珍稀动物，保护大熊猫，保护东北虎，但事实上在偏远地区有很多老百姓的日子比这些珍稀动物还要难过。许多得了重病的人躺在家里等死，谁去管他们？但假如有一头大熊猫得了急病，马上就会有最好的大夫为它医治，治好了还要登报纸上电视。一个作家写关于环保的文章，看起来是很正义很有良知的，但事实上你所代表的也只能是一部分人的利益。所以我觉得，作家要学会反向思维，不要站在自以为是的立场上，也就是说，你不要以为你是作家就比老百姓高明。“为老百姓的写作”，因为作家自身的局限，很可能变成为官员、为权贵的写作。而“作为老百姓的写作”，也许就可以避免这种偏颇。因为你就是一个老百姓。从某种意义上说，“为老百姓的写作”也就是知识分子的写作。这是有漫长的传统的。从鲁迅他们开始，虽然写的也是乡土，但使用的是知识分子的视角。鲁迅是启蒙者，之后扮演启蒙者的人越来越多。大家都在争先恐后地谴责落后，揭示国民性中的病态，这是一种典型的居高临下。其实，那些启蒙者身上的黑暗面，一点也不比别人少。所谓的民间写作，就要求你丢掉你的知识分子立场，你要用老百姓的思维来思维。否则，你写出来的民间就是粉刷过的民间，就是伪民间。

我想可以大胆地说，真正的民间写作，“作为老百姓的写作”，也就是写自我的自我写作。一个作家是否能坚持民间写作，有时候也不是他自己能够决定的。一般情况下，刚开始的写作都是比较民间的，但是成名之后，就很难再保持民间的特质。刚开始的写作，如果要被人注意，大概都要有些出奇之处，要让人感到新意，无论是他讲述的故事还是他使用的语言，都应该与流行的东西有明显的区别。也就是说，“文学的突破总是在边缘地带突破”，但一旦突破之后，边缘就会变为中心，支流就会变为主流，庙外的野鬼就会变为庙里的正神。尽管这似乎是一个难以逃避的过程，但有警惕比没有警惕好，有警惕就有可能较长时间地保持你的个性，保持你的民间心态，保持你的老百姓的立场和方法。

我们可以想想沈从文的创作，在他的早期作品中，保持着真正的民间的立场和视角。他写那些江边吊脚楼里的妓女，如果是知识分子立场，那就会丑化得厉害。但沈从文却把她们写得有很多的可爱之处。因为他对这些妓女的看法与那些船上的水手对她们的看法是一样的。他也没有把她们写成节妇烈女，但还是写出了她们在职业范围内的真情：“牛保，我等你三个月，你再不来，我就接待别的客人。”他写那个戴水獭皮帽子的朋友，如果是用知识分子的立场，那这个家伙就是个十恶不赦的大流氓，但他在沈从文的笔下是那样爽朗、粗野和有趣。但后来沈从文成了名作家，他的民间立场就很难坚守了。他要对他笔下的人物进行评判了，他已经不知不觉地处在居高临下的位置上了。

说起来容易做起来难，但还是要努力地做。“知识越多越反动”，从文学的角度上来看，是有几分道理的。

我就讲到这里，下边请大家提问，直接站起来说或是递条子，都可以。

问：您刚才说到，边缘化的写作出名后很快就成为了主旋律，那么，您怎样保持自己的边缘性呢？

这个问题，我已经反复地强调过，那就是要时刻记住我就是一个老百姓，尽管我的工作与泥瓦匠有所区别，但在本质上是一样的。我想必须保持清醒的头脑，不要自己抬举自己，要知道你是谁。在具体的创作过程中，要力避用熟练的方法写作，这跟打球不一样。打球嘛，如果对方吃你的下旋球，那就乘胜追击，写小说恰好相反。我想每一个清醒的作家，都会有自己的追求。这种追求对我来说，就是希望能够不断地自我超越。

问：请谈谈你的新作《檀香刑》与《红高粱》之间的内在联系。

这两部小说都是历史题材，《红高粱》的背景是抗日，《檀香刑》的背景是抗德，故事发生的地点都是高密东北乡，这是类似的地方。从这个意义上说，《檀香刑》是《红高粱》的姊妹篇。谈到《红高粱》，我最得意的是“发明”了“我爷爷”、“我奶奶”这个独特的视角，打通了历史与现代之间的障碍，也可以说是开启了一扇通往过去的方便之门。因为方便，也就特别容易被模仿。后来“我爷爷”、“我奶奶”、“我姑姑”、“我姐姐”的小说就很多了。《红高粱》歌颂了一种个性张扬的精神，也为战争小说提供了另类的写法。但《红高粱》作为一部长篇，最大的遗憾是没有结构，因为写的时候就是当中篇来写的，写了五个中篇，然后组合起来。《檀香刑》在结构上下了很大的功夫。在语言方面也做了一些努力，具体地说就是借助了我故乡那种猫腔的小戏，试图锻炼出一种比较民间、比较陌生的语言。

问：通过你的谈话，看出你十分重视作家的创作心态，那么请问你如何保持宝贵的民间心态和民间立场呢？

我刚才已经反复地谈过这个问题，那就是要时刻保持警惕。当然，我也并不认为作家必须跟苦难和贫困联系在一起。我们也没有必要故意地去体验艰难。因为有意识的体验和命运的安排不是一码事。我觉得最重要的还是你要时刻记住自己是一个老百姓，作家就是一个职业，而且这个职业既不神秘，也不高贵。

问：请问你在《檀香刑》里为什么要描写那么多酷刑？

酷刑的设立，是统治阶级为了震慑老百姓，但事实上，老百姓却把这当成了自己的狂欢节。酷刑实际上成为了老百姓的隆重戏剧。执刑者和受刑者都是这个独特舞台上的演员。因为《檀香刑》的写作受到了家乡戏剧的影响，小说的主人公又是一个戏班的班主，所以我在写的时候，感觉到自己是在写戏，甚至是在看戏。戏里的酷刑，只是一种虚拟，因此我也就没有因为这样的描写而感到恐惧。另外我在《檀香刑》中，有大量的第一人称的独白，那么我写到刽子手赵甲的独白的时候，我就必须是赵甲，我就必须跟随着赵甲的思维走笔。赵甲是大清朝的第一等刽子手，在他们这个行当里是大师级的人物，他是一个真正的杀人如麻的人，当我试着描写他的内心世界时，我就感到，杀人，在他看来，实际上是一次炫耀技巧的机会，是一次演出。因此，我之所以能够如此精细地描写酷刑，其原因就是我把这个当成了戏来写。

2001 年 10 月 24 日

（原载《当代作家评论》2002 年第 1 期）

从《红高粱》到《檀香刑》

莫 言 王 尧

一

“如果我没有读过《苦菜花》，不知道自己写出来的《红高粱》是什么样子。所以说‘红色经典’对我的影响不仅仅是很具体的。”

“我们心目中的历史，我们所了解的历史，或者说历史的民间状态是与‘红色经典’中所描写的历史差别非常大的。我们不是站在‘红色经典’的基础上粉饰历史，而是力图恢复历史的真实。”

王尧：我从八十年代中后期开始，在大学里讲授《中国当代文学史》课，尽管没有这样的话语权，但习惯从文学史角度来讨论作家的创作。如果把你放在当代文学史中，我想做些比较。我们这一代人，都对“红色经典”比较熟悉，像《苦菜花》、《林海雪原》、《野火春风斗古城》、《红旗谱》这些作品是我们成长岁月中的“昨日之歌”。“红色经典”涉及二十世纪中国的许多问题，如革命、英雄、阶级、苦难、传奇、爱情、暴力等等。我要问的是，“红色经典”对你的创作是否有影响？

莫言：我们这些五十年代出生的作家，最早受到的文学影响，肯定是你刚才提到的“红色经典”。我生长在一个比较偏僻的农村，能看到的书很少。当时在学校里也是比较爱读书的——文学类的书在我们那里被称为

“闲书”，读“闲书”自然是没有用处的，村子里几个喜欢读“闲书”的人在人们的心目中大都是游手好闲、不务正业的人。我的父亲是一个十分严肃方正的人，在村子里威信很高，他对我读“闲书”十分反感。我的班主任老师是个文学爱好者，他看了很多的书，自己也有十几本书，像《苦菜花》、《青春之歌》、《烈火金钢》、《红旗插上大门岛》、《吕梁英雄传》等，还有苏联的《钢铁是怎样炼成的》。那时学校条件很艰苦，老师的床就在教室后边一个角落上。老师的书也都压在枕头下边。我每天下午都主动地留下当值日生打扫教室，为的就是能够利用这个机会偷看老师的书。我记得看的第一本书是《吕梁英雄传》，后来被老师发现了，我自然吓得要命，但老师并没有批评我。但他认为像《吕梁英雄传》这样的书小孩子看不合适，因为书里有些色情的、爱情的描写，譬如说那个地主与他的儿媳妇通奸的情节。后来他就把别的书借给我看。拿到书后我也不敢公开地在家里读，通常是把书藏在草垛里，然后找个机会钻进去，冒着出来挨揍的危险，一口气看完了再出来，身上被蚂蚁咬得全是红点。我的母亲知道我的秘密，经常为我打打掩护。后来我的班主任老师到我家家访，跟我的父亲谈到我喜欢读书的事，老师把我夸了一顿，说读“闲书”对提高作文水平是有帮助的。从此以后，我父亲对我的管制就少了些，我可以公开地在家里读“闲书”了，当然是在干完了我该干的活的时候。在几年里，把这批“红色经典”差不多看完了。同是“红色经典”，但感觉到其中有些书的写法跟别的书不一样。譬如吴强那本描写孟良崮战役的《红日》，开始写的是我军失败，写到了阴霾的天气和黑色的乌鸦，写到了部队的悲观情绪和高级干部的沮丧心情。我当时感觉到他不应该这样写，这样写不太革命。孩子还是希望英雄永远胜利，像《林海雪原》那样，像《敌后武工队》那样。《红日》一开始写悲观、失败，我觉得很不舒服。走上文学创作的道路后，才知道当初那些让我看了不舒服的地方，恰是最有文学意义的描写。少年时期读过的书印象深刻，终生难以忘怀，如《红岩》、《红旗谱》、《林海雪原》、《保卫延安》、《踏平东海万顷浪》等。当时最激动人心的阅读是读欧阳山的《三家巷》，读得如痴如醉，读到区桃牺牲时，我感到世界末日到了，趴在牛栏里就哭起来。我在语文课本的所有空白处写满了区桃，被一个同学发现告诉了班主任。这个班主任不是原先那个喜欢文学的班主任，他说：“你这小孩，思想这样复杂，长大以后怎么办？”

王尧：创作的欲望就在阅读中萌生了？

莫言："文革"后期我就跃跃欲试，想写点东西。这种爱好或者说是文学的幻想，可能受了家庭的影响。我大哥在外地上大学，留在家里许多中学的语文课本，还有几本杂志，像《萌芽》什么的。六十年代语文分两种课本，一种是《文学》，再一种是《汉语》。《文学》课本基本上就是经典名著的节选，现代文学像茅盾的《林家铺子》、郭沫若的话剧《屈原》、老舍的《骆驼祥子》等，还有俄罗斯诗人普希金的诗、安徒生的童话等。书少，翻来覆去地看。后来借书的范围扩大了，开始借古典文学。像《三国演义》、《水浒传》、《封神演义》等书，都是费尽了周折，帮助人家干活才借来的。我二十岁以前就读了这些书，基本上是"红色经典"，再就是那几部古典的经典。外国文学，除了一部《钢铁是怎样炼成的》之外，再就是在我大哥的《文学》课本上读了上边所说的那几篇。

到了七十年代，我的邻居家遣返回来一个老大学生，山东师范大学中文系毕业的，在校读书时即被划为"右派"。他尽管因为嘴巴乱说话而获罪，但恶习难改，老是给我灌输"三名三高"的思想。什么刘绍棠"为三万元而奋斗"，丁玲的"一本书主义"等等。在他的渲染下，我感觉到作家都是了不起的人。一个人能写出一部书来，一下子就会改变自己的命运。我问他："叔叔，如果我能写出一本书来，是不是可以不在农村劳动、可以吃饱饭了？"他说："岂止是可以不在农村劳动，什么都有了，你想吃饺子，一天三顿就可以吃了。"我最早想动笔写，是一九七三年在胶莱河水利工地上，我参加了水利工地的劳动，发了几毛钱的补助，买了一瓶墨水和笔记本，便模仿着当时流行的题材和创作方法，开始写一部名叫《胶莱河畔》的长篇小说。后来因为劳动太累，干完活已经筋疲力尽，吃着饭就打起了呼噜，小说也就写不下去了。假如我的作品写完并且被发表，我可能也会被调到什么这样那样的写作组里去，我会为此欢欣鼓舞，根本不会考虑别的问题，什么"四人帮"，什么"帮派文学"，这都是十几年之后的事情，在那种社会环境下，除了像张志新这样的极个别的清醒者，大多数老百姓是墙头上的草，根本就没有可能把是非判别清楚。

王尧：今天你怎样看待"红色经典"对你的影响？

莫言：过去把"红色经典"吹到天上去是不对的，但现在把"红色经典"说得一无是处也不客观。不少东西对我以后的创作是有影响的，像

《苦菜花》就是如此。我举个例子：当时的小说中描写的爱情，革命的意义大于生理的意义，总是那样理想、完美，其实是遵循着英雄爱美女的老套。《苦菜花》里的爱情描写我看了很难过，八路军排长王东海是个战斗英雄，驻地有个女人名叫花子，丈夫为掩护八路军牺牲了，她成了一个寡妇，带着一个小孩。另外还有一个八路军的卫生队长叫白芸的，又漂亮又有文化，她对王东海说我们之间的关系能不能比同志关系更进一步？那个排长说不行。这时候，花子左手抱着一棵大白菜，右手抱着个孩子，进来了。因为她的丈夫是为了掩护这个排长而牺牲的，这就暗示着说排长要对这个寡妇负责。于是白芸就抱着花子说了声"好姐姐"后主动地走掉了。我当时特别难过，我觉得这样写不好。我觉得英雄排长王东海和白芸好才是真正的郎才女貌，英雄配美女。而找了个农村寡妇，带着个小孩，感到很不舒服。这说明当时的我虽然年轻，但脑海中的封建意识已经根深蒂固了。在传统的思维中，认为只有那些没有本事的人才会去找寡妇结婚。这种对女性的歧视，对再婚寡妇的歧视，这种封建文化的影响直到现在在我的故乡还是存在的，再下去十年八年也不会消除。我走上文学道路以后，才觉得这个排长的行为是非常了不起的，回头想想花子和白芸这两个女人，我竟然也感到花子好像更性感，更女人，而那个白芸很冷。这些都是很主观的联想。《苦菜花》里面，有许多残酷的描写，对战争中性爱的描写也是非常大胆的，里面写到了长工与地主太太之间的爱情等，写到了一个有麻子的男人与自己的病秧子媳妇的爱情等，当然也有革命青年德强与地主女儿（实际上是长工的女儿）杏莉之间美好的爱情，但就是这唯一美好的爱情，作家竟然让他们没有成功，他把那个美丽的女孩子杏莉给写死了。我觉得《苦菜花》写革命战争年代里的爱情已经高出了当时小说很多。我后来写《红高粱家族》时，恰好写的是抗日战争时期的事情，小说中关于战争描写的技术性的问题，譬如日本人用的是什么样的枪、炮和子弹，八路军穿的是什么样子的服装等等，我从《苦菜花》中得益很多。如果我没有读过《苦菜花》，不知道自己写出来的《红高粱》是什么样子。所以说"红色经典"对我的影响不仅仅是很具体的。

王尧：我们读小学、初中的时候看过《苦菜花》、《野火春风斗古城》、《三家巷》这类书，没有其他的书好看。我有一个高中毕业的表姐收藏了许多这样的书。已是"文革"后期，学校图书馆这类书还封着，但在民间流通。这类书在“文革”初期也是受到批判的，我现在还藏有一本《一百部毒草小说批判》，我们提到的这些“红色经典”都在批判之列。实际上《苦菜花》已经部分超越了当时按照阶级分析的那种方法，来安排人物、情节等所谓“革命现实主义”的写作方法。我觉得你后来的创作实际上就提供了用小说来重新解释历史的一种方式，有学者用“新历史主义”的理论来解释你的创作。我感觉到在过去的百年，包括现在还有许多作家的小说创作，有一个非常特别的东西，往往用写“正史”的方式来解释来叙述历史，现在看大多数作为小说来讲几乎是失败的。用“野史”的方式来写小说却是另外一番景象。我们刚才所说的“红色经典”，那些打动我们的东西往往是在当时的主流话语之外，是一些边缘性的东西。所以一直觉得用“正史”的方式来写小说，来写百年历史，包括像黎汝清的《海岛女民兵》这种方式都已经过去了。

莫言：在“文化大革命”之前，“红色经典”是主流话语。“文革”尽管打倒了“红色经典”，但“文革”中的文艺作品实际上是“红色经典”的延续。也就是说，“四人帮”的帮派文艺不是从天上掉下来的，就像“文革”不是突然爆发而是建国以来极左路线的必然的结果一样。这种写过去革命战争的小说基本上都是在图解毛泽东的军事思想。作家很少在作品里表现自己的思想，作家对战争的认识是没有表现的。可以大胆地说，大部分“红色经典”是一批没有个性的作品，如果有个性，那这点个性也正是被批判的靶子。当时的作家都遵循着“革命现实主义”和“革命浪漫主义”相结合的创作方法，都是在毛泽东的《在延安文艺座谈会上的讲话》指导下写作。对战争的荒诞本质，战争中人的异化，战争中侵略者和被侵略者双方灵魂的扭曲都没有也不敢表现。当时作家的最高理想就是希望能够用作品再现人民战争的壮丽画卷，希望能够再现某一段历史。“红色经典”中什么都有，就是没有作家自己。“红色经典”的作者大都是从革命队伍里出来的，他本身就是八路军的战士，是解放军的战士，他亲身参加了历史上的战斗，因此他的这种爱恨肯定是特别分明。他肯定地说我就是无产阶级的，我就是要站在无产阶级的立场，写这种阶级立场特别分明的作品。当然这也不能说不对，但就小说来说就显得比较单薄，包涵性不够。我觉得好的战争文学应该站在比较超阶级的观点上，应该站在人类的高度上来写。从教科书上看到的历史，泾渭是很分明的，但一旦具体化之后，一旦个体化之后，就会发现与教科书上大不一样。究竟哪个历史才是符合历史真相的呢？是“红色经典”符合历史的真相呢还是我们这批作家的作品更符合历史真相？我觉得是我们的作品更符合历史的真相。当然，这里我们不涉及对那批写作了“红色经典”的作家们的人格批评和对他们的才华的判断，其实这批人里边不乏具有真知灼见者，他们之所以那样写，是他们不得不那样写，就像许多在新时期大红大紫的、批判“文革”不遗余力的作家在“文革”期间也发表过歌颂“文革”的作品一样。就是我，不是也在水利工地上写过那样的小说吗？没有发表只能说我写得还不合当时的标准，不是我不想发表。

王尧：这就涉及创作的文化语境问题，需要历史地看。包括“文革”期间一些作家的创作，需要批判，但我觉得还是要从历史、从学术出发。

莫言：是的。不能从一个人的品德上来判断他在“文革”中的创作行为。现在有很多人批评浩然，批评余秋雨，说他们在“文革”中写了什么东西，参加了什么组织。我觉得应该用历史的观点来考虑。当时有很多作家，包括现在批判浩然的作家，也是满心里希望自己能够被当时的权贵看中的。

王尧：“文革”中的知识分子问题很复杂，有体制的原因，也有知识分子自身的弱点。我一直不太赞成用忏悔的这种方式来解决这样的问题。这常常不是一个人的道德问题。对大多数人来讲也许都是这样的。

莫言：有过经历的人就不要回避，不要觉得是自己的污点，这其实是很正常的。只能说明我觉悟低，我承认我是个普通的老百姓，承认自己比张志新、顾准那些人的觉悟低，没有政治远见。如果我在“文革”中发表过文章，就不要说自己没有发表过。大家都是老百姓，作家也是老百姓的一分子，没有比谁高明到什么地方去。当然，对那些几十年来一直以整人为业的人，对那些在可以打人也可以不打人的情况下积极地出手打人的人，对那些以打人为乐的人，反而需要不是用政治的态度、历史的态度来分析他们，而是要追寻他们个人品德方面的缺陷。我在农村时，的确看到过，有些人狠毒的性格，其实是从他们的家族中遗传下来的。俗言道：狼窝里出不来善羔子。

王尧：刚才讲到“红色经典”对你的影响问题，从文学史的角度来讲，我觉得《红高粱家族》是终止了“红色经典”那样的一种写作，大家对土匪、英雄、人性的看法完全变了。

莫言：有人认为从八十年代开始我们的文学创作中实际上存在着一个“新历史主义”思潮。有大批的作品可以纳入这个思潮。我的《红高粱家族》，张炜的《古船》，陈忠实的《白鹿原》，刘震云的《故乡天下黄花》，包括叶兆言、苏童的历史小说等，都有一种对主流历史反思、质问的自觉。为什么大家不约而同地都有这种想法，都用这种方式来写作？我觉得这就是对占据了主流话语地位的“红色经典”的一种反拨。大家意识到，“红色经典”固然不是一无可取，但的确存在着很多问题。我们心目中的历史，我们所了解的历史，或者说历史的民间状态是与“红色经典”中所描写的历史差别非常大的。我们不是站在“红色经典”的基础上粉饰历史，而是力图恢复历史的真实。也就是说，我们比他们能够干得更文学一点，我们能够使历史更加个性一点。八十年代的创作环境允许我们站在一个相对更超脱一点的角度上来看人、写人，把敌人也当人看待，当人来写。其实这些东西也不是我们的发明，前苏联的许多作家已经做得很好了，我们现在的许多“新历史小说”甚至还没有超过人家。当然，前苏联作家在用这种方式写作时，在他们的国家里也曾经引起过轩然大波。有很多高官就批评肖洛霍夫站在白匪的立场上来写小说。苏联作家在三十年代、四十年代就认识到了的问题，我们到八十年代才开始意识到，或者说到了八十年代才有可能这样写。

二

“民间写作，我认为实际上就是一种强调个性化的写作，什么人的写作特别张扬自己鲜明的个性，就是真正的民间写作。”

“我觉得最大的问题就是一种不谋而合的趋同化……重要的不是写作，而是通过写作把自己跟别人区别开来。”

王尧：《檀香刑》的出版，再次使写作的“民间资源”成为一个话题。就新文学来看，对“民间”的关注是个传统。“民间”是个多层次的概念。譬如现在大家都喜欢讲“民间立场”，习惯于以“民间”对立“体制”。但是，持“民间立场”是否就能修成正果？对体制的批判，出发点也常常不一样，“回到民间”也有各种各样的途径。陈思和先生关于“民间”的研究，是个重要的学术成果，但其后的研究者不能仅依据一个概念、一种命题和一种理论来概括一个作家，我认为这常常会把许多很丰富的东西遗漏掉，而且会造成研究者的惰性。

莫言：民间这个问题确实到现在也没有弄清楚。民间的内涵到底是什么东西，我看谁也无法概括出来，就像文化一样。我们现当代的文学作品中，很多好的小说都来源于民间，这样一来，就有两种对立，一种是在封建制度下的“宫廷文学”，是为了娱乐皇帝，像李白当时写许多歌颂杨贵妃的文学，就肯定不是民间的。“民间”作为一个特别的口号来提出，还是对我们的某些文化命题和“文革”后的一种被官方所提倡的文学的反拨。这跟一个作家的地位、心态也有关系，如果你自己认为比老百姓高出一头，你的创作也就失去了民间的性质。假如你是按照一种口号提倡来写作的话，就要牺牲个人的某些立场，来迎合、来适应。包括我们刚才提到的“红色经典”，实际上大家都遵循着一种口号在写作：文学要为政治服务，文学要有阶级观点。在这种创作思想的指导之下，我觉得这些作品就很难赋予它一种民间的特色。但这些作品里面是不是就没有民间的因素？很难说。譬如提到的《苦菜花》里，它到底有没有民间的东西，有没有民间的观点？我想还是有的。像梁斌的《红旗谱》，像孙犁的作品也是有民间立场的。赵树理的一些小说实际上是在“延安文艺座谈会”之后才写的，但是一旦进入写作过程中，他就必须调动他的民间知识，调动他的民间生活。我不喜欢的东西，你偏要给我一个，不行。我的作品是为了表现我自己的观点，我不管你是什么旋律，我就按照我的想法来写，这就是比较纯粹的民间写作了。关于民间，现在也存在着许多误解。譬如我回到了农村，写农村生活就是民间生活，王安忆在上海写《长恨歌》就不是民间？上海也是民间，城市里的市民也是老百姓。像卫慧、棉棉她们的作品成就如何我们姑且不论，但我觉得她们写的也是一种民间，写了这么一帮人，而且也是些小人物，没有职没有权，按照他们所热衷的方式真正地在社会下层生活。哪怕他出入的是五星级的饭店，是欧洲风味的酒吧，也是一种民间生存状态。所以提到民间，我觉得就是根据自己的东西来写。在诗歌界，我觉得这种对立就更强烈了。在官方办的刊物上发表的诗都不算民间的？只有在学生社团里、诗界同仁之间办的没有刊号的、油印的或者铅印的刊物上发表的才算是民间的？这就太极端了。

王尧：在你看来，回到民间的意义究竟是什么？

莫言：我觉得它的意义就在于每个作家都该有他人格的觉醒，作家自我个性的觉醒。别人的意见，或者是官方所倡导的东西你可以看，好的东西可以吸收，不同意的东西就不要勉强。一个作家为了受到某种嘉奖，来讨好某种人某种团体，牺牲自己的东西，当然就不是一种民间写作。民间写作，我认为实际上就是一种强调个性化的写作，什么人的写作特别张扬自己鲜明的个性，就是真正的民间写作。

王尧：民间文学的形式问题也引起大家的关注，你在《檀香刑》的后记里也提到了自己大踏步的后退。这里面有两个问题我比较感兴趣。一个是民间文艺通常是我们这些人最初的文学经验，后来我们所受的现代教育往往是要把这些经验摒除掉，甚至是压抑住。到了一定的时候，我们有许多人往往又会重新回到这样的原点上来。有时候，不是唐诗也不是宋词，而是非常普通的民间说唱、文艺形式，甚至是老人讲故事等都是我们最初的文学经验。后来我们到大学里来受教育，往往是把这部分东西剔除掉，在文学史上也是这样的，但后来还是回到了原点。第二个问题就是外国文学对你的影响。如果说你现在的创作是对“现代派”的一种反动，怎么解释前后之间的一些矛盾？我总觉得你接受外国文学的影响与其他人不一样，只要和一批先锋派作家比较一下就可以看出。

莫言：作家受到的影响其实是身不由己的，你是一个五十年代写作的人，不可能不受到苏联文学的影响；你是一个“文革”期间写作的人，不可能不受到“四人帮”文艺思想的影响；你是一个八十年代开始写作的人，如果说没有受到过欧美、拉美文学的影响，那就是不诚实的表现。

从五十年代开始，包括“红色经典”时期，文艺界提倡的一些东西其实也有几分道理。譬如他们提出文艺工作者要向老百姓学习，学习他们生动活泼的语言。当然一九五八年的民歌运动和“文革”后期小靳庄的诗歌运动，就是纯粹的瞎闹了，那些东西并不是老百姓的，有好多是文人代写的。向老百姓学习语言，这个提法本身是没有错的，因为很多老百姓的口语和生活中的语言是非常形象、非常生动的。一部文学作品之所以能在当时与其他文学作品区别开来，实际上是得益于向老百姓去借鉴语言。但是把这个东西提高到高于一切的地步，也是一种狂热症。在这种思想的指导下，命令作家下去“体验生活，深入生活”，好像不如此就无法写作了，结果也成为了形式化的东西。这种强制性的、口号式的东西，形成了逆反心理。你让我下去，我偏不下去，我就要躲到书斋里闭门造车。你要我向老百姓学习语言，我偏要向外国作家学习语言。所以我说我们受外国文学的影响不是偶然的，而是时代的必然。

从五十年代到八十年代这段时间中，我们对西方文学基本上是不了解的。西方的文学家在这三十年里发明了什么文学思想，掀起了哪些文学的浪潮，创作了哪些文学作品，我们几乎是不知道的。我们知道的只是苏联的一点点东西，日本的我们知道一个名叫小林多喜二的《蟹工船》，因为他是日本的共产党。其他国家的，我们几乎全都不知道。“文革”后期好像也在内部发行过供批判用的外国文学读本，有白皮书黄皮书什么的，但能够读到这些书的人，都是当时的贵族或者是贵族的后代，与一般的读者没有关系。八十年代开放后，这些东西铺天盖地地压了过来。大家拼命阅读，耳目一新，感觉到小说表现的天地一下子宽广了许多。许多作家在阅读当中被激活了灵感。每看几行字，脑子里浮想联翩，勾起了我们以前的生活。过去深藏在记忆里的许多东西，以前认为是不能进入小说的，现在都可以写到小说里去了。在这些记忆被激活后，你就想马上把别人的书丢掉，自己来写。在这种冲动下写出来的东西，肯定会带有借鉴甚至是模仿的痕迹。像我早期的中篇《金发婴儿》、《球状闪电》，就带有明显的魔幻现实主义色彩。这个过程也是非常正常的，甚至是十分必要的，如果没有这个近乎痴迷地向西方学习的阶段，中国作家也没有今天的冷静和成熟。我们在三五年间把人家三十年间的东西全都接受了过来，就像中医学里所谓的“恶补”一样，正面的作用是巨大的，副作用也是巨大的。

到了一九八五年，韩少功写了《文学的“根”》，阿城写了《文化的制约》，实际上就是一种反思和觉醒。他们的文章的深层意蕴我不可能理解，但根据我的粗浅理解，那时候我也意识到一味地学习西方是不行的，一个作家要想成功，还是要从民间、从民族文化里吸取营养，创作出有中国气派的作品。是否存在一个“文学寻根”运动，我看了一些不同的说法，有人说有，有人说无，但他们的文章在当时引起了强烈的共鸣是肯定的。当然，所谓的“寻根”很快又走向了反面，那就是出现了一批专门描写深山僻壤落后愚昧痴呆病态泼妇刁民的作品，好像这就是我们的根了，其实这是巨大的误解。但就是在这样的翻来覆去的过程中，作家们都慢慢地找到了自我，各自的面貌在这个过程中越来越清晰了，优秀的作家都渐渐地具有了自己的写作面孔。

进入九十年代以后,有钱人逐渐增多,白领队伍逐渐庞大,一个有钱又有闲的阶层基本形成,于是休闲成为时尚,适用这个阶层的、被这个阶层所欣赏的消闲文体也逐渐成为时髦。这种时髦文体貌似典雅,喜欢使用转折词,喜欢使用极其夸张的形容词,乍一看很抢眼,几个人用这样的语言写作也不错,但大家一窝蜂地都用这样的腔调写作,就有点惹人生厌了。

九十年代出道的一批年轻作家，单个看都很不错，但放在一起看就有问题。他们的语言风格是一致的，基本上都用一种腔调在说话，我觉得这是一个要命的问题。一个作家怎样使自己的作品具有鲜明的个性，在当今作家成群结队涌现的时代显得尤为重要。

许多年轻作家不爱写对话，这也是西方作家的特点，他们不擅长中国的白描。因为白描是要通过对话和动作把人物的性格表现出来。西方就直接运用意识流来刻画心理。后者的难度实际上要比前者小。我认为学习我们的古典小说主要的就是学习写对话，扩大点说就是学习白描的功夫。这有点像初习书法者练习正楷。我在《檀香刑》后记里讲的所谓“大踏步的倒退”，实际上是说我试图用自己的声音说话，而不再跟着别人的腔调瞎哼哼。当然这也不可能一下子就能与西方的东西决裂，里面大段的内心独白，时空的颠倒在中国古典小说里也是没有的。在现今，信息的交流是如此便捷，你要搞一种纯粹的民族文学是不可能的。所谓纯粹的民族语言也是不存在的。

王尧：好多作家都说自己不看同时代作家的作品。

莫言：这有两种情况，一种是真的不看，一种是明明看了说不看。因为你说看了就要有评价。你对某某新作有何看法？你说好当然是可以啦，你说不好很可能就得罪了朋友。而明明不好而说好就要违心。“对不起，我还没来得及看”就谁也不得罪了。我是真看，但我看得不是特别认真，如果前面二三十页不能吸引人的话，我就不读了。一些特别好的作品看过七八年后，回头还会再找来看。

王尧：你觉得中国作家缺少什么？

莫言：我觉得起码缺少这种叩击自己灵魂的勇气。固然自己有时说我是流氓，我是坏蛋，但内心里并不这么认为。这句话的潜台词是：这个世界上谁不是流氓？

王尧：这是不是中国作家的根本性局限？

莫言：很难说这是一种局限，出现这种东西也是一种必然结果。一九四九年以来，“文化大革命”前后的历次政治运动，发展到了八十年代，必然要产生这种东西。我觉得这种东西是政治社会的产物。一大批作品对过去的神圣话语的奚落，让你哭笑不得。

王尧：对“文革”话语的戏拟是不少先锋作家的话语策略。

莫言：但如果没有这种语言经历的、十八九岁的读者，他不知道是怎么回事，不理解，那就没什么好笑的。这种自嘲实际上是一种政治的产物，你公开地要与社会对抗是不行的。但这还是一种表层的、对外的抗争，像俄罗斯的一些作家，对社会反而没说什么，但对自己心中善与恶的搏斗却写得淋漓尽致。我觉得这些东西是超越国界的，属于全人类的。我们这种语境下的产物在中国读者中可以理解，更局限一点就是在我们这一年龄段的人，经过“文革”或“文革”前极左思潮的读者，看了才会会心一笑。但像陀思妥耶夫斯基的《罪与罚》，即使再放五十年，尽管读者没有到过俄罗斯，也没有经历农奴制，看了后还是感觉到一种震撼，触及灵魂，也就是说写到了我们灵魂深处最痛的地方。

王尧：从你的写作和整个文坛来看，你觉得今天汉语的写作问题在哪里？

莫言：我觉得最大的问题就是一种不谋而合的趋同化。这也不纯然是主观的原因，更多的是客观存在造成的。许多作家生活经历很相似，所受的教育也差不多，因此写出的作品雷同，作家的个性也就比较模糊了。我们当然不是要做什么判定，因为每个人都在发展，每个人都有自己的悟性，他们很快就会意识到：重要的不是写作，而是通过写作把自己跟别人区别开来。

三

“我希望能够找到巧妙的、精致的、自然的结构，这个难度是很大的，甚至是可遇而不可求的。”

“不管人家怎么说，我心里面还是有一种自信的，感觉到劲还没有完全使出来，感觉到还有许多能让我激动的、跃跃欲试的创作资源。”

“一个作家能不能走得更远，能不能源源不断地写出富有新意的作品来，就看他这种‘超越故乡’的能力。”

王尧：我不知道怎么会出现“小长篇”这样一个东西。你是否觉得在写长篇小说时最困惑的就是结构问题？

莫言：通常是这样的。现在我手边的几个长篇构思难以动笔，就是因为结构的问题。我不愿意四平八稳地讲一个故事，当然也不愿意搞一些过分前卫的、让人摸不着头脑的东西。我希望能够找到巧妙的、精致的、自然的结构，这个难度是很大的，甚至是可遇而不可求的。现在我写中篇、短篇感到很轻松，但写长篇却感到很沉重。写长篇要有毅力，有体力，既是复杂的脑力劳动，又是沉重的体力劳动。

结构与叙事视角有关，人称的变化就是视角的变化，而崭新的人称叙事视角，实际上制造出来一个新的叙述天地。像《红高粱》中的“我爷爷”的视角，就是人称与视角的结合，是一个很复杂的叙述时空，“我爷爷”确定了“我”用一个后人的角度来叙述前辈的事迹，但又是非常自如、非常方便，全知全能，一切都好像是我亲眼所见。这种视角同时也是一种对历史的评判态度。为什么后来出现许多“我爷爷”、“我奶奶”的小说？就是因为叙述起来太方便了，感觉是如鱼得水。所以一个视角的确立就能使一部小说水到渠成。如果《红高粱》没有这种独特的人称叙述视角的话，写出来就是一部四平八稳、毫无新意的小说。

我的小说中人称视角变化最为复杂的是发表于一九八八年的《十三步》，去年我在修订再版时易名为《笼中叙事》。在这部小说中，人称和视角的变换，实际上就成了小说的结构。

王尧：林建法先生提出长篇小说的文体问题，我觉得很重要。长篇小说的文体问题不能漠视了。

莫言：毫无疑问，好的作家，能够青史留名的作家肯定都是文体家。我们讲现代文学，首先列出来的是鲁迅和沈从文，这两个作家的不朽地位与他们的文体关系巨大。他们的文体差别太大了。一个普通的读者一读两人的作品也能判断出这是谁的。鲁迅为什么会用这样的语言来写，沈从文为什么会用那样的语言来写，这必须考察作家的全面。他的生活，他的家庭，甚至他的耻辱，他居住的环境，都对语言风格的形成有直接的或间接的影响。语言本身也是一个调子，一开始起调就是一个花腔，高音，那你只能唱歌剧；一开始起的调就是江南的采茶调，那就只能唱采茶戏。但是有文体意识肯定比没文体意识好得多。比如我们俩都讲同一个故事，所有的细节都一样，对话也一样，但叙述出来的肯定不一样。你调动的词汇，你的语言结构，句子的长短，这些技术层面的问题会把两个作家一下子区别开来，而且觉得这两种东西有高下之分，哪一个可能好一点，哪一个可能差一点，可能有人喜欢这样，有人喜欢那样。当然我想还是有高下之分的，这可能就是纯粹技术方面的一些东西，纯粹语言风格问题。没有做过这种实验。

王尧：从八十年代中期到现在你一直受到关注，可以说你是近二十年最重要的作家之一了，你能不能坦率地告诉我，你怎样看待自己这二十年在文学界的位置？一般认为这是文学评论家所讨论的问题。我觉得作家在考虑创作个性、创作风格的时候，这是个不可回避的问题。

莫言：我想每个人都会给自己一个定位，我觉得我在八十年代出道的这批作家中应该算是有创作个性的一个。起码说我在小说语言、小说题材方面已经形成了自己的风格。重要的是我自己感觉还能写下去，并且能够写出一点与过去的作品有所区别的东西。不管人家怎么说，我心里面还是有一种自信的，感觉到劲还没有完全使出来，感觉到还有许多能让我激动的、跃跃欲试的创作资源。

我对自己的想象力、使用语言的能力还是有自信的，感觉还是能够把一件简单的事情经过想象编成一个有意思的故事。语言方面，影响到我语言风格的因素我自己也做了个大概的分析。第一，是你提到的“红色经典”，包括“文革”期间所流行的“毛文体”，准确地说是“‘文革’文体”，也可以叫“红卫兵文体”。这种文体发展到后来最为典型的表现就是那时候每年都有的“两报一刊”元旦社论。这种文体把汉语里华而不实的部分极端放大，是一种耀武扬威、色厉内荏的纸老虎语言。汉语里我觉得有很多不准确的形容。像《史记》里就有“怒发冲冠”、“目眦皆裂”这样的说法，实际上这种现象是不可能出现的。头发再硬再发怒也不至于把帽子顶起来，这种语言说起来很解恨，但不准确。我不知道在外国语言里是否有这种东西。这种东西在我们汉语里特别多，“文革”期间把这种东西极端放大，但这种东西对我的小说语言还是有潜在影响的。再一个就是民间说唱文学，也就是民间口头文学，这个对我的影响也蛮大。民间口头文学可以分成两大类，一大类是关于鬼怪的故事。鬼怪的故事往上一接，就与蒲松龄的《聊斋志异》联系起来了。《聊斋志异》里的很多故事在写之前就已经在民间流传了。反过来，《聊斋志异》成书后被很多乡村知识分子看后再回到民间变成口头流传的东西。还有一个部分就是所谓的外国作家的影响，其实是翻译家的语言的影响。第四部分应该是古典文学对我的影响。在很长一段时间内，我对元曲十分入迷，迷恋那种一韵到底的语言气势。

王尧：你是否也会写像《聊斋志异》这样的小说？

莫言：我也尝试写过类似的短篇，如果要用《聊斋志异》的方式写长篇巨著肯定是不行的，但在我的长篇里也涉及鬼神这样的情节。《丰乳肥臀》中也有，最近修改时我把它删掉了。它使小说显得不协调。

王尧：回头去看看，当时围绕《丰乳肥臀》引起的争论也是很有意思的。

莫言：我坚信将来的读者会发现《丰乳肥臀》的艺术价值，这两年其实已经有很多评论家发表了让我欣慰的评价。小说主人公上官金童的恋乳症实际是一种象征，每个人的灵魂深处都有污点，每个人都有一些终生难以释怀的东西，有的人追求官职，有的人追求金钱，有的人追求女人，有的人追求古董。总有一些东西的价值是被你放大了，其实没有那么重要。放大了某事物的价值，然后产生一种病态的冲动去疯狂地追求，其实完全不需要这样。我在写这篇小说时，也无法左右自己，这也是作家写作中经常碰到的一种现象：小说中的人物摆脱了你，战胜了你，人物自己要这样做，我无法左右他。上官金童的恋乳症，实际上是一种“老小孩”心态，是一种精神上的侏儒症。固然已经到了满头白发的年纪，但他还是儿童的心态，他永远长不大，他是一个灵魂的侏儒。最近我把《丰乳肥臀》润色了一下，做了一些技术性的删节，当时写得太仓促了。在修改的过程中，我更加明确地意识到，《丰乳肥臀》是我的最为沉重的作品，还是那句老话，你可以不看我所有的作品，但你如果要了解我，应该看我的《丰乳肥臀》。

王尧：一些招致批评的地方删掉了，心里是否有些矛盾？

莫言：当然还是感觉到很别扭，因为写的时候也是经过了很多考虑的，处理一下可能更含蓄些。

王尧：长期保持一种活力，而且始终能够提供独特的新鲜的东西，这样的作家在近二十年，甚至新文学运动以来也是不多的。

莫言：我能不断地写作，没有枯竭之感，农村生活二十年给我打下了坚实的基础。在那二十年里，我就是一个地地道道的农民，做梦也没有想到以后能以写作为业。在这种情况下体验的东西与成为作家以后有意识的体验是大不一样的。后来当兵入伍，到了北京，上了军艺、鲁迅文学院，接触了西方的小说和理论，它起到了发现自我的作用。前面你说过要给我自己定位，我大言不惭地说：在五十年代出生的作家中，如果列举前十五名，我应该榜上有名。

王尧：应该更靠前一些。

莫言：那很难说了。

王尧：由高密这个地方来解读历史，我觉得你是做得非常成功的。仔细地把一百年算下来，能够真正成功通过创作使文学地理成为历史空间的作家不是很多的，像鲁迅笔下的绍兴、沈从文笔下的湘西并不是能举很多的。在"寻根文学"那段时间，有些作家努力过，但持续时间不长，像李杭育、郑万隆等。我觉得文学中的地域空间，应该超越地理学的意义。

莫言：过奖了。作家大多数都有自己的这么一块土地，叫文学王国也好，叫文学共和国也好。每人都有自己的依托，沈从文依托的是湘西，鲁迅是绍兴，王安忆是上海。王安忆写苏北农村也可以，但给她赢来巨大声誉的还是写上海。我觉得现代的这批作家与鲁迅时期有点区别。鲁迅写的绍兴就是绍兴，连人物都能找到原型，像阿Q、闰土，很多是真实的人物。沈从文的湘西呢，也带有某种地方史地方志的意义。现在的作家对"故乡"的理解比五四时期的老作家有一定程度的超越。我的硕士论文题目就是《超越故乡》。当然我的所谓的硕士论文基本上是胡言乱语，与规范的论文不能相比，但姑且也算是论文吧。一个作家能不能走得更远，能不能源源不断地写出富有新意的作品来，就看他这种"超越故乡"的能力。"超越故乡"的能力实际上也就是同化生活的能力。你能不能把从别人书上看到的，别人嘴里听到的，用自己的感情、用自己的想象力给它插上翅膀，就决定了你的创作资源能否得到源源不断的补充。比如你作为一个作家不可能成为刽子手去杀人，但是能不能设身处地地想象到刽子手的心理，就决定了你的作品的可信程度。我记得在军艺读书时，福建来的孙绍振先生给我们讲一个作家有没有潜能，就在于他有没有同化生活的能力。有很多作家，包括“红色经典”时期的作家，往往一本书写完以后自己就完蛋了，就不能再写了，再写也是重复。他把自己的生活积累、亲身经历写完以后，再往下写就是炒剩饭。顶多把第一部书里的剩下的边边角角再来写一下。新的生活、眼前火热的生活、别人的生活很难进入他们的头脑，进入了也不能被同化，所以尽管搜集了素材一大堆，技术上也没有问题，譬如他到钢铁厂去深入生活三年，熟知了炼钢的全过程，但写出来依然不像。现在的许多年轻作家我觉得具备同化别人生活的能力，写什么像什么，什么都可以写，这是时代的进步。

“故乡”也就是文学意义上的“故乡”，是文学的地理学。譬如我写的高密东北乡，在《红高粱》时期某些故事还是有原型的。到了《丰乳肥臀》就突破了所谓的“真实”。即便是在一些技术性的问题上，像小说里面描写的一些植被啊，动物啊，沙丘啊，芦苇啊，这些东西在真正的高密乡里是根本不存在的。《丰乳肥臀》的日文翻译者到高密去，画了很详细的地图，找沙丘，找沼泽，但来了一看，什么也没有，只有一块平地，一个萧瑟的村庄。我想一个作家能同化别人的生活，能把天南海北的有趣生活纳入自己的“故乡”，就可以持续不断地写下去。

王尧：九十年代与八十年代是有很大差异的，包括文化语境等。你的创作经历了八九十年代，你怎样看待差异和变化？哪些因素对你自己的创作可能会有影响？

莫言：我真正走上创作道路应该是一九八四年以后了，到军艺以后，发表了《透明的红萝卜》，得到了社会的承认。一九八六年发表《红高粱》等，名声到达一个高点，得到了很多赞誉，当然也有批评的。一九八七年发表《欢乐》、《红蝗》，毁誉开始参半。这是我个人的情况，从整个的文学界来看，一九八九年是一个坎，一九八九年以后别说是作家的心态，老百姓的心态也发生了一个根本性的扭转。老百姓的政治意识一下子非常淡化，作家纷纷下海经商。谈起文学一时之间是一种耻辱性质的事情。很多作家也用这样的方法来安慰自己："写什么呀，干点别的吧！"我的一个同学的墙上就贴着"莫谈文学"的帖子。到了九十年代初期，"陕军东征"，文学开始复苏了，贾平凹的《废都》、陈忠实的《白鹿原》等，掀起了新时期长篇小说创作的高潮，然后慢慢地，形势越来越好，一大批年轻作家也在这时候冒出来了。一九八九——一九九三年这一段是非常消沉的，这一时期我虽然一直在坚持写，但心态也受到了影响，写了很多游戏的文字，但一直坚定不移地知道自己还是要靠文学吃饭，不可能干别的。其实作家的创作即便没有外来因素的干扰，本身也有高潮和低谷，不可能每一部作品都那么好。以我的经验，假如一个作家一出来就是完美无缺的，他的作品第一篇或连续几篇都完美得让人挑不出毛病来，他的创作生命一般来讲也比较短，要突破是很难的。一开始站到一个相当高的高度，出手时已非常成熟，然后他只能是在一个平面上扩展，一篇一篇水准不下降就相当不容易了。而一个作家一出来带有非常明显的个性特点，很难说是优点，也很难说是缺点，这类作家在他不断地跳动的过程中连续发生蜕变，像蛇一样不断地蜕皮，不断地抛弃一些东西，吸收一些东西，逐渐地走向成熟，我想这样的作家可能潜力会大一点。

王尧：我还有一个问题，我的一个老师说，你们这一代人没有经过很多事情的磨炼，没有受过考验。其实人的思想成熟与遭遇到什么事情是没有关系的。一个人思想成熟常常是他内心矛盾冲突的结果。

莫言：作家内心深处的矛盾冲突肯定要改头换面地、曲折地、隐晦地在他作品里得到表现。一个作家如果没有矛盾冲突的话，也就失去了创作的能力，只有当他感到矛盾痛苦，有一种很激烈的情绪的时候才能来写作。当然，要写那种冲淡的散文也许不需要这样的激烈。

至于成熟作家与不成熟作家之间的区别，像我在《红高粱》时期就是在呐喊，这大概可以视为不成熟。成熟一点后就可能把情绪压得深沉一些，可能用极其平缓的、平和的腔调讲述一件非常激烈的事情。说到底，作家编造故事的能力是非常重要的，根据自己的痛苦，编造出一个故事。能编出一个精彩的故事，但不一定能写好。有的人讲故事，讲构思真是精彩，但写出来后却味同嚼蜡。我的一个同学向我讲他的小说构思的时候我觉得太棒了，等他写出来后就完全不是那么回事了。他一写出来，感觉每个细节都虚假得要命，他不会写，为什么？像我前面说的，他没有同化生活的能力，故事编得很好，却无法用文学性的语言来描述他讲的故事。他没有用自己的感觉赋予他小说中的人物以生命，没有让人物活起来。有了同化生活的能力，小说中的人物就能活起来。能不能让自己用各种各样的方式来思想，或者说是能不能想他人所想，你能不能代替他人思想，对一个作家来说是至关重要的。作家的本事就在于能够代替别人思想。他能够设身处地地把自己想象成一个人物。写妓女的时候，我就应该想我就是个妓女；写刽子手的时候，我就把自己想象成刽子手。我在写《檀香刑》时，一阵阵灰白的感觉在心里闪烁，感到脊背在发凉，感觉到这样写是要犯罪的。

王尧：你这种想法受传统道德观的影响。

莫言：传统道德观念也就是你不能把事情做绝了，做绝了可能会受到天谴。

王尧：经常会听作家说我喜欢小说里这个人物，不喜欢那个人物，你对自己写的小说有这种感觉吗?

莫言：我几乎没有想过这个问题。我想我的很多人物是类型化的。“我爷爷”、“我奶奶”是比较鲜明的人物，上官金童是比较鲜明的，其他的人物脸孔是模糊的。但是《檀香刑》里的人物，我在写的时候甚至可以看到他们的容貌，脸上的一颗痣，什么样的胡须，形象很明确。有时候有一些喜欢的人物也是莫名其妙的。《丰乳肥臀》这部小说里面，我最喜欢的还是司马库这个人物。他是一个“还乡团”，是一个敌人，从阶级斗争的意义上说，喜欢他就和敌人站到一边了。但从文学意义上，我确实喜欢他，喜欢他敢作敢为的性格。

王尧：最后我想讨论的问题是，评论界对中国作家和外国作家的评价常常有不同的尺度，形容词都不一样。

莫言：外来的和尚会念经，这是一种很普遍的想法。大家总是认为翻译过来的外国作家都是伟大的作家，如果不好，也总是认为自己没有看懂。事实上假如能接触到真人的话，那种神圣感、神秘感就给彻底地消解掉了。大江健三郎没来中国的时候，我们没有接触的时候，想他是诺贝尔文学奖获得者，而且在大学里学的是法国文学专业，法文讲得很好，英文也不错，肯定是个特别了不起的人。但是你跟他一见面，一谈话，发现他也是个很普通的人，性格很随和，一点架子也没有，一下子就把神圣的东西给消解掉了。这时候你再来读他的作品就能获得一种亲近感，一种平等感。这样你可能更加明确地知道它的好处和坏处了。对其他外国作家也应该有这种认识。现在一提福克纳，一提海明威，我们还是把他们神圣化了，动不动就拿他们跟中国作家比。实际上这些作家本身也存在着我们现在作家的很多问题，他们之间也互相攻击。海明威骂福克纳的作品是重庆嘉陵江用船拖的那些东西，是“龙船载狗屎”，又臭又长。还说他的句式像牛马反刍出来的东西。福克纳反过来攻击海明威，说他写的东西像痴呆儿讲的话，断断续续的，也是贬得一无是处。他们之间的矛盾是很深的。当然也有和解的时候，福克纳赞扬海明威的《老人与海》时说：你写出了很多优秀作家都能写出的作品。这种表扬也是很有技术的。

王尧：有的时候是这样，很难把一个作家对他的评价毫无保留地表达出来，肯定时措辞也很谨慎。

莫言：我们可以说伟大的福克纳、伟大的马尔克斯，作家可以这样用，评论界也可以这样用，但假如我今天说伟大的马原、伟大的张炜、伟大的余华，那肯定是会被人议论的。

王尧：这种心理也是很奇怪的。这一百年来中国知识分子没那么自信了。

莫言：海明威不自信的时候比他自信的时候要多得多。他为什么自杀呀？他对自己的才华也是没有信心的。狂起来的时候是老子天下第一；沮丧的时候，一个字也写不出来的时候感觉自己像个笨猪。中国作家也是这样，包括我个人也是这样。有时候感到自己才华横溢，有时候感到自己蠢笨如驴。

王尧：巴金也经常是不自信的。

莫言：那肯定的，沈从文我想也是经常不自信的。永远自信的人，不是白痴，就是魔鬼。

（原载《当代作家评论》2002 年第 1 期）

胡说“胡乱写作”①

莫　言

林建法主编《中国当代作家面面观》由来日久，已经出过三辑，这是第四辑。每一辑都找一两个人作序。第一辑找了汪曾祺汪先生，老爷子为人和蔼多情，多才多艺，口啤甚好，他作序，行。第二辑找了韩少功和李庆西，韩是小说家中的理论家，李是理论家中的小说家，这样两个人联手作序，自然行。第三辑找了王晓明王教授，大批评家，上海滩的腕儿，水果满天下，他来作序，当然行。第四辑竟然让我作序，简直是发了昏。他找我是他发昏，我答应是我发昏。推托至今，他还是不动摇。他请我吃过饭，在我很饿的时候，吃人家的嘴短，没有办法。我写，但没有好话说，胡说，文责我自负，后果他负。

我对自己配不配“作家”这个称号经常信心不足。我对这个被某些先生恨不得写在额头上招摇过市的称号经常地感到恶心。我对这个暗含了贵族气味的称号经常地感到反感。你可以说我是作秀，也可以说我是虚伪，但我还是要说，在我的笔下出现的“作家”，没有特权的含义，没有贵族的含义，没有人民代言人的含义，更没有知识分子的含义。我在此文中使用的“作家”，就是一个职业的名称。那些自以为写了几篇小说就成了知识分子的人，是我的敌人。那些动不动就以思想者自居的人（幸亏我没有思想，否则我会多么痛苦），也是我的敌人。当少数人成了我的敌人的时候，也许我就成了多数人的朋友。

不久前，在首届“二十一世纪鼎钧双年文学奖”颁奖会上，我曾经就

① 本文为《中国当代作家面面观》第四辑的序。

一个朋友说我的创作除了《红高粱家族》之外都是胡乱写作的话发表过意见（其实《红高粱家族》也是胡乱写作），我认为，当以“高雅”的姿态写作、以“优雅”的姿态写作、以“庄严”的姿态写作变成一种时尚的时候，像我这样胡乱的写作就具有了革命的意义或者反革命的意义。在这之前，我在苏州大学“小说家讲坛”上也说过，我崇尚“作为老百姓写作”，而不是“为老百姓写作”。我对自己的胡乱写作的解释是：所谓胡乱的写作就是直面自己灵魂的写作，就是不向流行的道德观念、价值观念妥协的写作，也就是写出了自己心里想说的话而不是自己嘴里想说出的话的写作。这样的写作，我认为是有价值的。如果说我有什么文学观的话，这些就是我的基本想法。当然，以高雅的、优雅的、庄严的姿态写作，也不是不好，关键的是要真高雅、真优雅、真庄严。“为老百姓写作”也不是不好，关键的是你要真正了解老百姓的痛苦，你要知道老百姓的想法。你要有一腿支地一腿骑跨在自行车上无奈地等待着那些警车开道的漫长车队从你的面前耀武扬威地开过去的经验。你要有尽管没有任何违法行为但是见了警察莫名其妙地害怕的心理。你要知道最近蔬菜为什么涨价，不法商贩用什么方式往肉里注水，以及他们往肉里注水时心中的想法。即使你身在繁华闹市，你也应该有几个亲人在乡下生活，你可以从他们那里听到老百姓的心里话。你要相信那些真正的老百姓说的话。即使这些你都没有，那你起码也要痛恨贪官污吏，而不是与他们同流合污。如果连这点你也做不到，那么，最起码的，你在写作时，应该忘记你的“级别”和“职称”。如果你连这点都做不到，那就不要说“为老百姓写作”这样的话了。

以我自己的体会，批评界对我这种和其他作家的胡乱写作还是给予了宽容和肯定，即使是苛刻和挑剔，只要是出于学术动机，也应该举双手欢迎。我对非学术的批评给作家带来的创伤是刻骨铭心的，所以非常珍惜那些直面自己灵魂的文学批评，不向流行的道德观念、价值观念妥协的文学批评，写出了自己心里想说而不是嘴里想说出的话的文学批评。这或许有点偏见，我还是胡乱说出来。理论批评可能比创作要循规蹈矩，但在我看来，富有创造力的批评也应当是一种胡乱的写作。新时期文学的发展与创新通常都是由“胡乱”开始的。“胡”者，封建地主阶级对西北地区少数民族兄弟的蔑称也。“乱”者，对既定秩序的颠覆也。没有“胡乱”，哪有今日的中国？没有“胡乱”，哪有今日的艺术？当一门艺术有了诸多的清规戒律，成了被少数人垄断的“庙堂艺术”之后，“胡乱”就是革命的开始。胡琴多么好听啊，胡桃多么好吃啊，胡萝卜多有营养啊，用“胡服骑射”的小说冲击一下小说的“汉官威仪”多么需要啊！“胡乱”好，“胡闹”好，“胡折腾”好。用生气勃勃之“胡”、野性难驯之“胡”、来自民间之“胡”、平民视角之“胡”、非知识分子之“胡”、原创性之“胡”，乱一乱、闹一闹、折腾折腾香烟缭绕的小说庙，神灵们不愉快，但小说的新气象也许就出来了。

以上全是胡说，非胡者，掩口胡卢即可，不必当真。

（原载2003年6月11日《文汇报》）

莫言：在高密东北乡上空飞翔

——莫言传

叶　开

开　场　白

一开始我就知道，给莫言写传是件吃力不讨好的事情。我越是广泛地阅读、越是深入地研究、越是想更加准确地探寻莫言这条文学硕鱼的历史秘密，就越是难堪地感到，根本就没有给莫言写一篇传记的必要。新时期以来的中国文坛中，莫言是一个异类，是揭竿而起的农民起义军领袖。这位山大王大碗喝酒大块吃肉，打家劫舍，胡作非为，率性所致，天马行空。他既是神通广大的齐天大圣，也是顽皮的猴子兵，不管什么角色，他都一个人全包了。他有时是孙丙有时是上官斗有时是司马库，不是带着一群扮演妖魔鬼怪的乡亲们跟修建胶州铁路的德国鬼子浴血奋战，就是忽发奇想用电焊枪割断日本鬼子的铁路桥。莫言还常常是一个沉默寡言的黑孩、一个吃奶吃到成年的上官金童、一个飞檐走壁的侏儒余一尺、一个整天渴望吃到猪头肉的罗小通……

当然，里里外外两重天。在莫言的小说中，无论是唱猫腔后来又遭到了空前绝后的檀香酷刑的孙丙，还是率领众乡亲攻打据说膝盖不会弯曲的德国鬼子的后来也遭了走镏子酷刑的上官斗，都是彻底的失败者。黑孩、上官金童、余一尺和罗小通们，也都是些吃不饱穿不暖的小可怜虫，被社会压在最底层，扁得屁滚尿流。现实中的莫言，却终于革命成功，分到了田地，成为一方霸主。

莫言就是莫言而已，莫言毫无疑问地不能被重复第二次，因此他就不具备任何的榜样意义。莫言写小说能够达到这个地步，我觉得毫无道理。研究他的历史，想从中发现一点蛛丝马迹，基本上就是徒劳。莫言的才能不是后天学习来的，他是一个天生的小说家。用莫言自己的话来说，饥饿和孤独是他创作的财富。普天之下，整天饿得上气不接下气，饿得肚皮透明滚圆里面的肠子看得见滚来滚去的人，有如恒河沙数，但是最后成为作家，尤其是成为像莫言这样优秀作家的人，寥寥无几。因此，研究莫言，把他作为一个榜样来看待，我认为毫无意义。莫言就是莫言，没有什么可学习性。

不管怎么说，把莫言说成是一个整天思虑五谷杂粮的凡夫俗子或者把他描写得有如不食人间烟火的神人，都是对他的曲解。

莫言非常善于谦虚地说话。他一谦虚，我就觉得心里发毛。

世界上没有两面完全相同的镜子。每一个读者，都有自己想象中的莫言形象。他可以调动自己的全部人生经验，想象出一个属于他心目中比较合适的作家莫言。我也有自己心目中的莫言形象。在没有认识莫言之前，我一直在想象，语言如此狂放不羁风格这样气吞山河的作家，作为一名货真价实的山东大汉，莫言一定非常威风。莫言的一些照片，也增加了我的这种错觉。见到他本人之后，我才发现，想象总是跟现实有差距的。

前　传

莫言在自己的小说里，对山东高密有着各种各样的描述。我没有去过高密，在翻开地图册认真求证之前，我一直误以为这个高密也许就是鲁西的某个偏僻的小镇：它默默无闻，资源匮乏，地不杰人不灵。没有想到，高密却是扼山东半岛之咽喉，呈三角形踞在山东著名城市济南到青岛到烟台中心地带的一条通衢大道。高密北望莱州湾，南觑胶州湾；胶济铁路贯穿其间，高速公路四通八达；东临胶莱河太古河之流淌，西有峡山水库之高悬。土地肥沃，作物丰饶，江河密布，高粱丛生，百姓善良，人民剽悍。无论按照什么风水学说，高密都是一个物宝天华、人杰地灵的泱泱大郡。我设想，远古之圣人孔丘孔老夫子，也许就诞生在高密周围。孔夫子就在这里设坛招徒，开讲仁义道德，流风所及，遍惠千古。由此可见，高密这个地方，盛产诸如上官斗、司马大牙、杜解元、司马库等等的英雄好汉，也是理所当然的事情。如果莫言有幸出生在那个风云变幻、数风流人物还看今朝的时代，想必也是个占山为王、砍人脑袋如开瓜切菜的英雄好汉。如果这样的假设成立，在《丰乳肥臀》里，“我二姐”上官招弟用茂腔所深情演唱的那个雪夜出击、英勇炸毁日寇铁路大桥从而威镇四方的铁血男儿司马库就不是司马库，就有可能是莫言了。

莫言生不逢时，出生在一九五五年这个毫无特色的年份里。莫言生得晚，我生得更晚，不知道这一年里，发生过什么值得一说的大事。据此我们可以拔高说，莫言的出生，算得上是“高密东北乡”这个年份的一件大事了。只不过，当时的“高密东北乡”——实际上真实的地名应该是“高密大栏乡平安村”——的村民对此毫无感觉。村民们有着旺盛的生育能力，生个孩子就像生头驴一样——按照《丰乳肥臀》里上官家的看法，甚至还不如生头驴重要。在小说里，上官鲁氏，这个跟《百年孤独》时的乌苏拉一样倔强、令人难忘的妇女，在就要生下上官金童和上官玉女这对双胞胎的时候，她家的人都跑去关心同时生产的那头驴了。根据莫言的回忆，他的母亲也是这样多灾多难、顽强质朴，一次为了抢收谷场上的粮食，她把莫言之前的一对双胞胎生在了打谷场上。

我曾在另外一份资料上，十分惊讶地看到莫言出生于一九五六年的说法。这个说法让我感到特别古怪。一个人的出生年月有疑义，往往都意味着某些神秘的征兆。我没有就此求证过莫言，我觉得有神秘是好事。如果真的是有疑义的话，我也宁愿把这件事情看淡，简单地归结为是莫言那位心地善良的母亲因为过分操劳和饱受压迫而没有把儿子的生日记下来的结果。

莫言在《我的〈丰乳肥臀〉》这篇文章里，较为详细地描述过他母亲的形象。莫言的母亲是一个身体瘦弱、一生疾病缠身的普通乡下女人。她四岁的时候，母亲就死了，由“像钢铁一样坚强的”姑母养大。她从四岁开始缠脚，缠了十年，十五岁的时候，嫁给了当时十四岁的莫言父亲，“从此开始了长达六十多年的艰难生活”。她生过许多孩子，但是活下来的只有四个。莫言说：“我想困扰我母亲一生的第一是生育，第二是饥饿，第三是病痛，当然，还有他们那个年龄的人都经历过的连绵的战争灾难和狂热的政治迫害。”在莫言诞生之后，因为他的饥饿感，因为他的惊人食量，母亲没少为他操心，替他受委屈。也许正是对于母亲的这种深切的认识和同感，让莫言跟他的“高密东北乡”产生了密不可分的情感联系。在莫言的小说中，直接写到“母亲”的以野心巨大的《丰乳肥臀》为最。《丰乳肥臀》体现出了莫言的浩阔视野和丰富复杂的情感综合能力，那里面对于母亲的深情叙述，充满了真正的刚性。很显然，一名作家无法斩断他跟自己出生地的天然联系。甚至可以这么说，有什么地方，出什么作家。也许这不是绝对的，但是普遍的。什么鸟儿唱什么歌，什么花儿结什么果。就这么回事。

不是碰巧，而是必然地，出生在一九五五年的莫言，正好插翅难逃地在记忆力敏锐的年岁，深刻地体会到了灾荒年代给自己和村民们带来的深切而惨痛的经历。饥饿和因为饥饿而给莫言带来的体验和记忆，是难以磨灭的。饥饿未必让人一定会变成作家，但是饥饿总是让人对于饥饿本身印象深刻。莫言在自己的文章里，反复地提到“饥饿”这个词，实际上，饥饿的感受也许就是他后来得以从小说中进入“高密东北乡”的捷径之一。在那个年代，童年和少年的莫言，基本的形象就是：脑袋大，身子小；肚皮透明，皮包骨头。像他一样的小孩，长着一张不知疲倦的、勇于探索的嘴巴和一个无底洞般的巨胃。六十年代初，正是中国现代史上一个古怪而狂热的时代，一方面是物质极度匮乏，老百姓吃不饱穿不暖，几乎可以说是在死亡线上挣扎；另一方面，人民的政治热情高涨，在不知疲倦地进行着共产主义的崇高实践。其结果，就是像莫言这样的小孩饿得嗷嗷乱叫，到处找吃的。莫言说：“那时候，我们这些五六岁的孩子，在春、夏、秋三个季节里，基本上都是赤身裸体的，只是到了严寒的冬季，才胡乱地穿上一件衣服。”莫言继续说道：“那时候，我们身上几乎没有多少肌肉，我们的胳膊和腿细得像木棍一样，但我们的肚子却大得像一个大水罐子。我们的肚皮仿佛是透明的，隔着肚皮，可以看到里边的肠子在蠢蠢欲动。我们的脖子细长，似乎扛不住我们沉重的脑袋。”那时候，他们这些屁大的孩子饿得嗷嗷乱叫，每天想的就是食物以及如何弄到食物。为此，他们这些凶狠的小家伙竟然想出了吃煤块的主意。“我感到那煤块越嚼越香，味道的确是好极了。”

既然他们的想象力如此丰富，在那个灾荒的年代，没有把他们这些小东西，尤其是莫言这个中农的后代饿死，就没有什么可奇怪的了。按照莫言自己的回忆，他其实是一个命很大的人。这位老兄两岁的时候曾经掉进过茅坑里，还是他哥哥把他拎出来冲洗干净的。农村的小孩子都这样，既然命大，就年年月月地长，到了一定的时候，就上学念书识字。大家都是这样，没有什么好说的。问题在于莫言这位普通的少年比较古怪，吃不饱穿不暖的，竟然生就一个记忆力不凡的脑袋。他六十年代初上学，到了“文化大革命”开始时，念到了小学五年级。上小学的时候，莫言的成绩一直很好，作文尤其好。三年级时他写的一篇《抗旱速写》曾经被公社中学的老师拿去给中学生朗诵。如果不是爆发了“文化大革命”，他上中学应该没有问题，可是“文革”却愣是革掉了这么一个小学五年级学生的中学受教育资格。

莫言酷爱读书，梦想将来上大学。这也许跟他六十年代初就考上了华东师范大学的大哥的影响有很直接的关系。他看的第一本“闲书”是《封神演义》，接着又看了《三国演义》、《水浒传》、《儒林外史》、《青春之歌》、《破晓记》、《三家巷》、《钢铁是怎样炼成的》，并且为《三家巷》里的区桃和《钢铁是怎样炼成的》里的冬妮娅而胡思乱想。莫言说：“读完《钢铁是怎样炼成的》，‘文化大革命’就爆发了，我童年读书的故事也就完结了。”“文化大革命”开始的形势乃是一片大好，不是小好，而是大好。高密大栏乡平安村里，家庭出身好的老师闻风而动，一夜之间就成立了红卫兵组织。红卫兵这玩意儿在村子里也就是稀罕了十几天，因为十来天后，村子里的贫下中农也都成了红卫兵。不管怎么说，当红卫兵，尤其是当红卫兵的头头，总是一件愉快的事情。至少像莫言这样的中农后代，就只能当臭狗屎了；至少，红卫兵头头还可以在教室里把花生塞进女教师郑红英的裤裆里。这些都是有意思的事情，莫言和烈属出身的、根红苗正的同学张立新一不小心看到，忍不住就到处跟人说了，以至于第二年村子里成立一所农业联合中学之后，他被老师郑红英一歪小嘴就剥夺了上中学的权利。张立新是烈属，郑红英不敢动他，可是莫言家庭成分有问题，那就单说了。郑红英说：“上边有指示，从今之后，‘地富反坏右’的孩子一律不准读书，中农的孩子最多只许读到小学，要不无产阶级的江山就会改变颜色。”但是莫言家好像不是这“黑五类”中的一类啊，他的成分是中农，估计还是上中农。总之，成色不纯，扁他也没有错。

因此，莫言终于告别教室，顺理成章地变成了一个放牛娃。他每天牵着牛、背着草筐去田里，都要经过联合中学的教室，心里因此充满了苦涩。但是，塞翁失马焉知非福？正如莫言自己说的那样，他后来有一段时间，知识和经验不是来自课堂，而是鲜活的田野。这种经验非常直截了当，对莫言此后的感受具有重要的影响。莫言跟牛说话，跟鸟儿交流，对着大树自言自语，说话都合辙押韵，语言里充满了花花草草的气味。

就这样，不是很必然地，莫言跟自然的关系搞得非常亲密，亲密到了喃喃自语的程度。他对于很多自然景物的感受，想必就从这里开始。

后传

莫言小传写到这里，我思绪万千。我感到，莫言的童年既是不幸的，又是幸运的。放到别人的身上，可能真是一件霉到祖宗三代的坏事，放到他身上，却把他的嗅觉、味觉、触觉、视觉等等直觉修炼成了精。从“文革”第二年辍学开始到一九七三年叔叔帮着走后门进入县棉花加工厂做临时工之间的六年里，莫言的生活一定是非常苦闷、杂乱、迷茫。这段时间，莫言也就是放放牛，割割草，帮帮工，拾拾穗，然后就是发呆，看闲书。看的书就是《三国演义》、《水浒传》这样的传统小说，据说无书可读的时候，他甚至读起了《新华词典》。他还把上大学的大哥留下来的课本，从头到尾看了好多遍。“尽管数理化不行，但是语文的实际水平比那些上过中学的贫下中农子弟要高许多。”莫言贼心不死，上大学的梦想，一直存留在心中。这样的梦想，让他凭空产生了很多“不切实际”的冲动。莫言还听到一个“老右”大学生说起一个作家：“写了一部书，得了成千上万的稿费。他每天吃三次饺子，而且还是肥肉馅的，咬一口，那些肥油就唧唧地往外冒。”他羡慕得直流口水，从那时候开始，就打算当一名作家了。很显然，这是一种本能的、形而下的、发自内心的、真实的冲动，必将为很多高尚的人士所鄙视，但我知道这是正常的，很多作家在还没有成为作家之前，内心里都涌动着类似的猛烈冲动。莫言承认了这一点，而很多其他的作家进城之后，学会了说假话，把自己的尾巴夹在裆下，唱起了道貌岸然的高调，然后丧失了写作的冲动。

对于一个农村的青年来说，一般只有两条道路可以改变他的人生。一条是科举，一条是参军。十年“文革”，大学是念不成了，只好参军。莫言“从十七岁开始，每年都报名应征，但到了中途就被刷了下来”。不是身体不合格，是家庭出身不合适。好在天无绝人之路，一九七六年征兵，莫言幸运地通过也在县棉花加工厂当临时工的公社武装部长的儿子的关系，给武装部长写了信，“就这样混进了革命队伍”。

革命的队伍就是锻炼人。莫言参军来到了渤海湾畔，除了站岗放哨之外，平时还是干自己熟悉的养猪种菜之类的农活。第二年全国恢复高考，领导以为莫言是高中毕业生，让他也参加了，报名的院校是解放军工程技术学院。结果，他虽然自我感觉不至于交白卷，还不错，但还是那些大约比他差多了的人被照顾上了大学。

一九七九年秋天，莫言从渤海湾调到狼牙山下，在一个训练大队当政治教员。“因为久久不能提干，前途渺茫，精神苦闷，便拿起笔来写小说。”那时候，临近部队的保定市有一个市文联主办的文学刊物叫《莲池》，莫言写完小说之后，是“寄过去，退回来，再寄过去，又退回来。终于，有一天，收到了《莲池》的一封信”，信上希望莫言能去编辑部谈谈。他把这封信翻来覆去地看，激动得一夜没合眼。第二天一早，就搭上长途汽车赶到保定市。《莲池》的那位编辑叫毛兆晃，五十多岁，穿一身空空荡荡的、油渍麻花的中山装，身上散发出一股浓浓的烟臭。他说莫言的小说有一定基础，让他改改。莫言回到部队后，感到不好改，干脆新写一个寄给毛老师，毛老师说，还不如上一个呢。莫言受到了很大的打击，好在他不气馁，把两个小说杂糅到了一起，又送到了编辑部。这便是莫言发表的第一篇小说《春夜雨霏霏》。接着，《莲池》又发表了他的第二篇小说《丑兵》。为了感谢人家毛老师，他知道人家毛老师喜欢养花养草养石头，一次进城，用一麻袋背了两块大石头送礼，足足有八十多斤。可谓是礼轻情义重，不是一般的重，因为他背着这两块大石头走了十几里路。这个礼物把人家毛老师吓了一大跳，毛老师说，他只需要拳头般大小的石头。

后来，莫言又写了一组短小的水乡小说，得到了毛老师的赞扬，说是有点孙犁的味道，还让他去白洋淀体验生活。《莲池》发表了莫言的第三篇小说《因为孩子》，“看起来写的是水乡风情，其实写的还是我老家那点破事”。莫言在这里偷换了经验，把自己的切身经验，塞进了“水乡风情”

的酒瓶里去。通过这次创作，他明白了：“摆着一副体验生活的架势下去体验生活，其实是一件荒唐的事情。”一九八二年夏天，莫言被破格提拔为正排职教员，还调到北京的上级机关里工作。第二年，《莲池》发表了莫言的两篇小说：《售棉大路》和《民间音乐》（都写于一九八三年一月）。这是两部非常值得一提的短篇小说，《售棉大路》被《小说月报》转载，产生了影响，《民间音乐》得到著名作家孙犁的表扬。几个月后，莫言就“拿着孙犁先生的文章和《民间音乐》敲开了解放军艺术学院的大门，从此走上了文学创作的道路”。一九八四年秋天，莫言正式进入了军艺，算是来了一个曲线救亡，混进了大学，圆了一个旧梦。当时的军艺中文系主任徐怀中是个识货的人，看到了莫言的作品后，对系里的干事刘毅然说：“这个学生，即便文化考试不及格我们也要了。”由此可见，千里马虽然跑得快，也还得有伯乐给相相。前有毛兆晃老师，后有徐怀中老师，硬是把莫言这块璞玉给雕琢出来了。

即便是现在看来，《售棉大路》和《民间音乐》也是不错的作品。《民间音乐》有一些很传统的观点，用“艺术”来反讽“商业”，用“瞎子”来对比“花茉莉”。但是《售棉大路》显然更胜一筹，通过一次普通的然而令人感到筋疲力尽甚至心惊肉跳的农民售棉的经历，来描写“杜秋妹”、“车把式”、“拖拉机手”和军嫂“腊梅”这四个人物，观念上还是很传统的，歌颂“真善美”，抨击“伪恶丑”，然后是“伪恶丑”的代表“拖拉机手”受到了一定的感化。这些看起来并不新鲜，新鲜的是莫言在这部短篇小说里，找到了自己表达的趣味和出发点。他写《因为孩子》明白了体验生活是件荒唐事，而《售棉大路》，则调动了他自己的真实的生活经验，写起来比较清新自然，不造作。语言上，开始变得准确有力起来。这就好像一列火车，终于驶上了自己的轨道一样，虽然还开得不快，但是大方向至少还是没有问题了。

莫言自己说过，他的第一篇习作是写挖河的小说，里面有一个老地主准备搞破坏。这是别人的思想在他的脑子里跑马，是虚假的写作，写得很痛苦很干巴很没有意思。从《售棉大路》开始，莫言开始探索着在自己的土地上遛弯。这里面，回到自己的生活和记忆中，最重要的还是回到真实乃至真诚当中。莫言凭着自己的直觉，很快就对比出了虚假写作和听从内心写作这两者之间的差别：听从内心召唤，让他感到幸福，书写起来如鱼得水。就好像一个生锈的水龙头被一把巨大的扳手拧开了，自来水哗啦啦喷涌而出。就像美国作家辛格说的那样，每个人的脑袋上都有一个小门，有些人在那么突然一下子之间，就打开了这扇小门。莫言控制不住自己了。他按图索骥，开始小心翼翼地回到自己的高密大栏乡平安村，回到那个蛙噪蝉鸣的天地里去。这里面也有比较谨慎的试验——莫言为此写了一系列的短篇小说。我粗略地统计了一下，在一九八四年到一九八五年这两年不到的时间里，莫言写了《三匹马》（1983 年 10 月）、《大风》（1984 年 9 月）、《石磨》（1984 年 10 月）、《五个饽饽》（1984 年 10 月）、《枯河》（1985 年 3 月）、《秋水》（1985 年 4 月）、《白狗秋千架》（1985 年 4 月）、《断手》（1985 年 4 月）、《老枪》（1985 年 4 月）、《草鞋窨子》（1985 年 10 月）等为数众多的小说。这些小说基本上都是以他的故乡为背景，以他的个人情感为线索，再加上很多真真假假的家族传说与民间传说，杂糅在一起。一个关于“高密东北乡”的地理版图，开始呼之欲出。

在莫言的很多小说和散文里，都隐隐约约、断断续续地出现一个女孩子的形象，这个女孩子在他的笔下幻化成了很多的人，但是万变不离其宗，都是他的“初恋恋人”。在《初恋》这部没有标明创作日期但是据我猜测大概也是这个时期的短篇小说里，九岁的“我”暗恋一个如花似玉的新近来的女孩子“张若兰”，最后问“娘”要了一个无比珍贵的苹果，准备送给张若兰。结果，他在一个草垛后面截住了张若兰，却张口结舌，怎么也拿不出来自己的苹果。张若兰对着他的影子吐了一口唾沫，昂然离去。在《白狗秋千架》里，这样一个儿童时代的恋女，变成了一个有四胞胎儿子和一个哑巴丈夫的可怜独眼妇女“暖姑”，她认命了，只求“我”给她留下一个质量优秀的种子。在一篇散文《也许是因为当过“财神爷”》里，她又变成了王冬妹，跟“我”一起扮演了一回“财神”，弄到了香喷喷的饺子吃。显然，这个王冬妹就是“暖姑”的原型。在散文《你好，福克纳大叔》里，她又被莫言还原成了石匠的女儿，《封神演义》就是这个石匠家里的。大辫子的石匠女儿，是莫言的初恋对象。以这个女孩子为原型，小说里的各种各样的女孩子呼之欲出。而《爱情故事》里的女知青何丽萍，则改头换面，又出现在了《丰乳肥臀》和《司令的女人》里。

在上面列举的那些一九八四到一九八五年间写成的小说里，乡村、传说、母亲、爷爷、村里熟悉的人群和记忆中美好的人与事，都开始进入了莫言的叙述。这些内容，赋予他灵感和激情。他的创作，变得一发不可收。

在《白狗秋千架》这篇小说里，第一次出现了莫言的文学版图中的“高密东北乡”这个词语，同时也意味着一个文学共和国的萌生。《白狗秋千架》里，“我”还是返乡的“成功人士”，对于儿时的恋人“暖姑”来说，是一种非常巨大的反差。在这部小说里，乡村的质朴、粗野、落后、荒蛮、愚昧和命运的巨大压力，都隐隐约约地体现了出来。在小说的结尾，“暖姑”把高粱地压了一个圈，让白狗把“我”带来这样一个情景，无疑启发了《红高粱》里的那个“我爷爷”和“我奶奶”的经典镜头。

可以这么说，这个时期的莫言，已经有意识无意识地开始投资自己这片熟悉的土地，搬运来各种建筑材料，准备修建一个属于自己的文学共和国。而后来在《酒国》、《丰乳肥臀》、《檀香刑》等等小说里胆大包天地把天底下所有他认为合适的东西都搬到“高密东北乡”来的出格举动，都以这些小说作为开端。

一九八五年，莫言写出了《透明的红萝卜》。这部中篇小说以“饥饿”、“贫困”和“欲望”作为最直接的表现对象，除了黑孩这个令人难忘的角色之外，小铁匠和小石匠的形象，也让人记忆犹新。黑孩就是一个饥饿的载体，他脑袋大，脖子细，可能就是以少年时期的莫言自己为描写和回忆对象，因此里面还包含着一种深藏的情感。少年和儿童的形象，在莫言的小说里具有非常重要的地位。他总是通过这些小孩的眼睛，看到很多被人们忽略的事情。同样，所见即所得，莫言本人也许就是所有这些小孩，他们是莫言的化身。有了这些化身，莫言变得非常轻松，轻松到了可以胡说八道的地步。在《红高粱》里，我父亲也是一个小孩；在《酒国》里，那个不知道是侏儒还是儿童的余一尺，可能就是一个成了精的儿童；《丰乳肥臀》里的上官金童，是一个永远都长不大的小孩，到了中年还要叼着独乳老金的乳头吃奶；《野骡子》里的罗小通，也是一个饿死鬼一样的人物。总之，站在小孩的角度看，大人的一本正经就变得滑稽起来。这是一些貌似低智的小孩，通过他们，映衬出更加低智的成人世界。

根据莫言自己的回忆，在真实生活中，他偷了人家的胡萝卜之后，看地的老农比较厉害，抓住了他之后把他的鞋子留下，交给了水利工程队的头头。然后，这头头就发动好几百人，对他进行了批斗。莫言在毛主席像面前，认了错。这一个真实的事件，显然对他的精神有着极大的伤害，因此，莫言在小说《透明的红萝卜》里都难以正式地把它写出来。生存的苦难和不公正，自此以后，一直是莫言关心的中心主题之一，他通过饥饿的方式，通过渴望的方式，把这种苦难和不公正表达了出来。莫言说："什么人说什么话，什么藤结什么瓜……我是一个在饥饿和孤独中成长起来的人，我见多了人间的苦难和不公平，我的心中充满了对人类的同情和对不公平的愤怒，所以我只能写出这样的小说。"也就是说，一旦正视这种苦难和不公平之后，莫言就正式找到了一把打开走向故乡大门的钥匙。莫言拥有了自己的翅膀和语言，在"高密东北乡"的上空，自由自在地飞翔。对此，莫言说："故乡留给我的印象，是我小说的魂魄，故乡的土地与河流、庄稼与树木、飞禽与走兽、神话与传说、妖魔与鬼怪、恩人与仇人，都是我小说的内容。"莫言有一个慈祥、爱憎分明、倔强的爷爷，爷爷身上有各种各样神奇的故事，因此他通过这个神奇的爷爷，走进了火红的高粱地和久远的味道醇正的历史，让我们闻到了《红高粱》的馨香。

上面谈到的是莫言自己的写作摸索，谈到他怎么样从虚假的写作走向真实的写作，从表达他人的情感到叙述自己的内心。可以说，在各个方面，莫言都准备好了，他就是还没有彻底放开，对自己的探索还有些不够自信，这个时候，美国作家威廉·福克纳和他的"约克纳帕塔法县"出现在了莫言的面前。有一种说法认为，福克纳和马尔克斯都对莫言有着很大的影响，但是据我的研究，还是福克纳的影响大一些。记得莫言曾经说过他看到《百年孤独》是在他写出《红高粱》这些小说，已经拥有了"高密东北乡"这个文学共和国之后的事情，所以"马孔多镇"对莫言的影响应该没有福克纳的"约克纳帕塔法县"大。实际上，作为一个虚构的地理版图，福克纳的"约克纳帕塔法县"对莫言当时还在试探和摸索的写作（尤其指上面提到的那些短篇的写作）有醍醐灌顶的功效。

莫言是在一九八四年十二月一个大雪纷飞的下午，从同学那里借到《喧哗与骚动》的。从福克纳的"约克纳帕塔法县"里，莫言明白了："一个作家，不但可以虚构人物，虚构故事，而且可以虚构地理……他的约克纳帕塔法县是完全虚构的，我的高密东北乡则是实有其地。我也下决心要写我的故乡那块邮票那样大小的地方。这简直就像打开了一道记忆的闸门，童年的生活全被激活了。"从此，莫言的感觉不是没有东西可写，而是东西多得写不过来了。莫言得意洋洋地说：“经常出现这样的情况，当我在写一篇小说的时候，许多新的构思，就像狗一样在我身后大声喊叫。”很显然，从莫言这里我们应该得到一个小小的启示，那就是写作者最为重要的学习和训练，就是找到一道记忆的闸门。对于莫言来说，福克纳和他的“约克纳帕塔法县”，就是阿里巴巴的那个著名的咒语：芝麻开门！

莫言打开了这扇大门，看见里面堆满了琳琅满目的珠宝。

从一九八四年到一九八七年的三年多时间里，莫言写了一百多万字的小说。迄今为止，莫言总共出版了八部长篇小说：《红高粱家族》（解放军文艺出版社 1987 年）、《天堂蒜薹之歌》（作家出版社 1988 年）、《十三步》（作家出版社 1989 年）、《酒国》（湖南文艺出版社 1992 年）、《食草家族》（华艺出版社 1993 年）、《丰乳肥臀》（作家出版社 1995 年）、《红树林》（海天出版社 1999 年）和《檀香刑》（作家出版社 2001 年）。小说集十部：《透明的红萝卜》（作家出版社 1986 年）、《爆炸》（解放军文艺出版社 1988 年）、《欢乐十三章》（作家出版社 1989 年）、《白棉花》（华艺出版社 1991 年）、《金发婴儿》（长江文艺出版社 1993 年）、《神聊》（北京师范大学出版社 1993 年）、《猫事荟萃》（新世界出版社 1994 年）、《长安大道上的骑驴美人》（海天出版社 1999 年）、《师傅越来越幽默》（解放军文艺出版社 1999 年）。散文集两部：《会唱歌的墙》（人民日报出版社 1998 年）和《莫言散文》（浙江文艺出版社 2000 年）。另外，作家出版社一九九五年还出版了五卷本的《莫言文集》，上海文艺出版社二〇〇〇年出版过《莫言小说精短系列》三卷本。其他重复出版、再版的书，加上海外出版的书，目录还有很多，这里就略过不表了。

莫言的故事写到这里，我觉得已经没有什么可写的了。莫言在这里，已经由一个青年农民质变成了一个滔滔不绝的作家。此后的事情，大家都知道了，打住。

现在，请想变成好作家的朋友们都跟我说一句：芝麻开门！阿门！同时要做一个真诚的、善良的人。

（原载 2003 年 4 月 19 日“网易文化自助餐·读书论坛”）

我写农村是一种命定

——莫言访谈录

莫　言　刘　颋

与莫言对话，是对自己的一次挑战。大凡熟悉莫言小说的人，莫不在他汪洋恣肆的语言之海中漂浮，并时有晕眩之感。而莫言的叙述，总让人忘不了什么是小说的“纯粹”。按约定的时间找到莫言的家，除了一张醒目的世界地图之外，就是已经摆在桌上的莫言准备好送我的高密东北乡的剪纸和泥塑老虎。于是，访谈就在这种意外的欢喜和绵绵透出的质朴乡土之气中开始了。

胡编乱造是一种考验

问：您的创作，从开始到现在的《四十一炮》，一直都把视线定格在农村。中间当然也有城市题材的，但只是极小的部分。可以说，一直关注农村表现农村，您是中国作家中为数不多的一个。而您的农村题材的写作，又和一般的作家有很大的区别。能否请您谈谈您的这种写作选择？

答：我觉得这好像是一种命定。我想一个作家能写什么能怎样写，大概在他二十岁以前就基本决定了。刚开始写作时，一般都是写熟悉的生活。我最熟悉的生活，当然是农村。我二十一岁时才当兵离开家乡，当了三四年兵后开始学习写作，部队生活也了解了一些，但刻骨铭心的记忆肯定还要回到当兵以前。我在当兵以前唯一的一次出远门是去青岛。一九七三年的春天，送哥哥和侄子去青岛坐船，那次去青岛是我当时生活中的一次重大事件，也是我们村子里的一件大事。我们村有很多人一辈子都没有到过县城。我开始写作时，虽然“四人帮”已经粉碎了，但极左思想的影响还是很厉害，很多有名刊物的编辑给我们讲课也说要抓重大题材，要有政治敏锐性。当时我就天天看报纸，听说刘少奇要平反了，我就写了一篇《老贫农怀念刘主席》的小说，等消息公开了，我的小说就到了编辑手里了。事实证明这样的小说是不行的。当兵头四年其实我也没有离开过农村，新兵训练没有结束，我就被总参下属一个部队抽调去了，到驻地后，心凉了半截。一个破败的小院子，两三排平房，一边堆着陈年的煤堆，旁边就是露天厕所，半个篮球场，绳上挂着军队家属晾的孩子的尿布，满院子跑的是鸡，前面是老百姓的庄稼地，左边是老百姓晾粉丝的地方，就是后来的龙口粉丝，后面就是制造粉丝的作坊，臭气熏天，根本没有苍蝇和蚊子，估计它们都被熏跑了。右边是老百姓的牛棚，里面拴着人民公社的牛或马。我就在这样的环境中呆了四年。这个地方比我的家乡还破烂。过了这个寻找重大题材的阶段后，我考到了解放军艺术学院，接受了各种各样的文学思潮的冲击，冲掉了原来脑子里带有很浓政治色彩的文学观念。这时候我意识到最重要的是借各种外力来冲破我们原有的文学观念，通过这个过程发现自我找到自我，找到自我也就找到了文学。这时候写的《大风》、《石磨》，就开始开启了我的少年记忆和农村记忆，这种状态以《透明的红萝卜》作为标志，它发表以后，我再也不愁没东西可写了。《透明的红萝卜》得到肯定以后，我有了一种强大的自信：我什么都可能缺乏，比如才华等，但就是不会缺乏素材。二十多年的农村生活，就像电影连环画一样，一部接一部地纷至沓来。它们都可以写成小说，都可以用语言描述出来。这也就是为什么我的城市题材写得比较少的原因。因为农村题材还没有写完，不断地有东西出现。当然客观地说，如果我不当兵离开农村，而且也在那个地方走上了文学道路，我写的肯定也是农村生活，但那样情况下写出的农村生活跟现在写的农村生活肯定是不一样的。因为我进入了城市，接受了城市的文明，受到了职业化的文学教育，对我回顾自己的童年、发现自己的童年非常有作用。没有职业化，以前那些东西都不可能成型。用了这种文明催化剂后，它一下子该凝固的凝固了，该变色的变色了，一切都明朗了。也就是说尽管我写的是农村题材，但城市是对我起作用的。没有城市也就没有现在这样的农村题材的小说。当然后来我的一些小说中也不纯然写农村，像《酒国》那个长篇。

故乡是一条永远流动的河

问：您离开农村已经很长时间了，就算我们常说的童年记忆，也会有用完的时候。像很多从农村出来的作家，他们写了几部之后，可能就没有什么好写的了，转向了别的题材。而且您现在生活在北京，难道北京的生活经验就没有冲击您的农村记忆吗？

答：我是一九七六年当兵的，尽管当兵头几年还是在农村的环境里，但按照习惯的说法，当兵就是参加革命，只要是吃国库粮就算参加革命了，那我“参加革命”已经二十八年了。一九八二年从河北山沟里调到延庆，一九八四年我考到军艺，延庆是北京的地盘，所以说我到北京已经有二十多年了。为什么我的小说中始终没有出现北京呢？因为我觉得我的农村题材还没有写完，还经常冒出一些让我激动的觉得有意义的东西想写。另外一个，有些作家的个人经历一两本书写完后就没有可写的了，或转向写别的东西了，我觉得我大概能知道其中的原因。比如五十年代的一些老作家，他们写的是亲身的经历，比如剿匪，当武工队员，小说中很多是照搬了生活，无非是加了点文学工而已。但为什么这些小说出来后那么感人？因为生活中确实包含了很多超出人想象的东西，比如《林海雪原》。东北森林里的剿匪本来就很传奇很惊险，如实记录下来就会很好看。所以他们第一部作品一般是很轰动的，尤其是五十年代，小说比较少，每一部小说的出版都是一件大事。但写完这些后就没什么东西可写了，再写就编造了。我看过曲波后来写的《山呼海啸》、《桥隆飙》，还看过那个写过《野火春风斗古城》的李英儒重获解放后写的一部长篇，编造得太过虚假，令人啼笑皆非，跟他们的成名作无法相比。小说家要不要编造？当然要。不编造不是小说家，胡编乱造甚至不是一个贬义词。但怎样编得真实有说服力，这就是对一个作家的考验。这个能力就是用自己的情感来同化生活的能力。为什么我们这代作家可以持续不断地写？就是因为我们掌握了一种同化生活的能力。同化就是可以把听来的看来的别人的生活当做自己的生活来写。可以把从某个角度生发想象出来的东西当做真实来写。这种用自己的情感经历同化别人生活的能力，说穿了也就是一种想象力。当编辑的大概都有这样的经历：有的作者说我写的都是真的，是真的发生过的事，是我家里的事，但你一看还是觉得虚假；有的人就是编，但读来却感觉逼真，仿佛写的就是自己身边的事。这就是作家的能力。要达到这个程度，第一就是要有一种煞有介事的具有说服力的语言，当这种具有说服力的语言确立以后，读者马上就会建立起一种对你的信任。比如马尔克斯的《百年孤独》，那肯定是瞎编的，吹得无边无沿，但他就是确定了一种腔调，吸引了你，文本和读者建立了一种信任，达成了默契。有些明明是真的事情，但写出来别人感觉假，那就是语言不过关。再有就是没有深入到人物的内心里去，描写的是事情的过程，这就是你并没有准确地把握到人物的性格。当然鲁迅也说过，你要写刽子手未必真要去杀人，这就是要求作家应该有想象力，这种想象力就是当你写刽子手时你就应该把自己想象成刽子手，深入到刽子手的内心里去。也就是说，当你写一个人物时，这个人物应该在你的头脑里活灵活现，像相处多年一样。《檀香刑》就是这样写的。我现在生活在城市里，每天都有无数的信息。你看我现在好像闲着，其实头脑里一直在忙碌着，哪一个信息有文学价值，头脑里马上就会有一根神经兴奋起来，就像电脑里程序的待命状态一样。发现小说素材，马上就会反应。城市的生活好像是封闭的静止的，但记忆中的故乡是一条河流，在不断地流动着。当然，最根本的还是过去。

我的小说语言来自故乡民间

问：您曾经说过，“故乡和人是有血脉关系的，尤其对小说家。故乡释放了无穷的自由，但对我是一种束缚”；“不管将来有多少故事，有什么经历，也还是要把它放回到故乡的情景之中，这样你的故事才能活，哪怕你的故乡是一个马店，但这个道理也是会通用的。”这就涉及另外一个问题，故乡和童年记忆在一个作家身上的烙印如此深表现如此强烈的，您是突出的一个，无论故乡还是童年记忆，在一般作家身上随着时间的推移会淡化，但在您身上，我的感觉是，随着您离开故乡越远，年头越长，它们没有淡化而是在不断地强化，不断地被突出。阅读《四十一炮》第一个联想是“黑孩”，好像他们之间一直有一条线联系着，从来没断过，虽然他们中间有不同有变化。除了您前面说的原因，还有没有别的原因？为什么所有的东西都放回到故乡里去了？

答：故乡对作家是一种限制。这个限制首先指的是经历上的，当然这种限制我们后来可以突破。比如我离开故乡二十多年了，经历会慢慢用完。但当我把这种情感经历变成一种情感经验，就一下和后来的生活接通了。我把在农村训练出来的思想方法感情方式，用来处理后来听到的别人的故事，用我的童年记忆处理器，它一下就把故乡生活这个封闭的记忆和现代生活打通了。(记者：也就是说，现在您的故乡是开放的。) 对。它是开放的，是一个无边的概念。所谓故乡的限制，我觉得更是一种语言的限制。一个作家的语言有后天训练的因素，但他语言的内核、语言的精气神，恐怕还是更早时候的影响决定的。我觉得我的语言就是继承了民间的，和民间艺术家的口头传说是一脉相承的。第一，这种语言是夸张的流畅的滔滔不绝的；第二，这种语言是生动的有乡土气息的。在农村我们经常看见一个大字都不识的人，当你听他讲话时你会觉得他的学问大得无边无沿。他绘声绘色的描述非常打动人，语言本身有着巨大的魅力。炮人炮孩子，尽管你知道他是胡说八道，但你听得津津有味，因为你会把它当故事听，这是一种听觉的盛宴。我想我的语言最根本的来源就在这儿。第三，我想，是中华民族的传奇文学的源头，或者是一种文学表达的方式。传奇文学主要是靠口口相传的，越往前推，识字的人越少，当然现在大家都认字了。口头的故事本来就是经过加工的，每一个讲述故事的肯定要添油加醋，所以二百年前一件普通事，经过口口相传，到现在肯定了不得了。所以说，第一从语言上第二从经历上，故乡对人是有制约的。尽管后来我看了很多西方的翻译过来的著作，也看了很多我们古典的和当代的文学作品，但为什么我的语言没变成和余华的一样？为什么我的语言和苏童叶兆言的不一样？虽然我们后来的基础都差不多。我和余华是鲁院同学，听的东西都是一个老师讲的，看的书也差不多，但我们的语言风格差别是十分鲜明的。王安忆作品中的上海乡下，苏童的苏州，我觉得都是故乡因素的制约在起作用。这一方面是好事，一方面也是坏事，是无可奈何的存在事实。这样更多的作家才有存在的价值。当然大家都试图在突破，试图在变化自己，但这与深水的鱼到了浅水就难以存活，是一个道理。我们现在能做的是千方百计把这种限制变得有弹性一点，努力地增长它，往里面填充新的材料。我必须把故乡记忆故乡经历的闸门打开，必须把它从死水变成流动的河流，必须要学习学习再学习，任何新鲜东西都要努力地去接受，天南海北发生的事都要过滤接受。这样说，我小说里的故乡高密东北乡完全不是一个地理概念了，真实的高密东北乡和它已经完全不是一回事，它是一种文学的情感的反映。而且我小时候的高密东北乡和记忆里的也不是一回事，比如我现在回老家，就发现哪还有高密东北乡啊，完全不是一回事。但母本还是过去的那点东西，比如说河流、街道，而且还有很多传说中的，并不是现实生活中存在的。清朝的事我不可能知道，凭的是邻居乡亲在茶余饭后或田间地头休息时说的话和典故，那些都变成了我的东西，而且可能长时间保存突然在某一天被激活。台湾一个作家写的《旱魃》，我看到第三页的时候就猜到了他的结尾，觉得那就是我的故事，我在十二三岁时听过的。

问：您的作品一直没有离开农村的土地，但您和很多作家写农村的方法是不一样的。我们注意到，您的作品如果连贯起来其实就是农村的心灵史，不知道您是否有意在这方面创作一部完整的，比如表现百年农村心灵史的作品？

答：你说的是《静静的顿河》一样的作品吧。其实我们国家六十年代是有人可能完成这样的作品的，但时代限制了他们的才华。从新中国成立到现在，又是五十多年，这五十多年的乡村生活，其实并没有得到深刻的表现，如果能把这五十多年写出来，肯定是了不起的，这五十多年发生了多少悲喜剧荒诞剧啊！写出来，很可能成为经典。但我也有些疑问，当今这个时代，这样的书还有人看吗？

问：现在的读者并不拒绝经典，而且目前也没有经典可以期待。

答：读者对经典不要有太大的期望，每个时代，能产生几部经典就行了。即便发动全国的作家来制造经典，即便设上几亿的文学基金，给作家们提供优裕的创作条件，也无济于事。经典恰恰是在油灯下窑洞里写出来的，经典是淡化了经典意识之后写出来的。经典都是作家孤独心灵的产物，轰轰烈烈，标语口号，披红戴花，敲锣打鼓，那是大炼钢铁，不是写作。

有电灯的地方没有童话

问：关于您的作品，我的一个阅读记忆，好像您的小说中所有的动植物都是活的，都是有生命的。《四十一炮》中，似乎每一个物件都是活的。在您的作品中，看到的是您对每一个生命每一个个体的灵性的表达和尊重。

答： 台湾的出版社刚给我寄来了他们翻译的马尔克斯传，开篇第一句话就是“万物都有生命，问题是怎样唤起它们的灵性”。在我的写作过程中，并没有刻意要表达它们的灵性，那为什么在我的作品中有些动植物仿佛能够通灵呢？我想这还是和我的童年有关系。我十一岁辍学，辍学后有过一段大约三五年特别孤独的时候。那时候还是生产队，十一岁的孩子连半劳力也算不上，只能放一放牛、割一割草，做一些辅助性的劳动，我的主要工作就是放牛。一天挣三个工分。牵了牛到荒地去，早上去晚上回，中午自己带点干粮，整整一天，太阳冒红就走，直到日落西山才回。一个认得点字的孩子，对外界有点认知能力，也听过一些神话传说故事，也有美好的幻想，这时候无法跟人交流，只能跟牛，跟天上的鸟、地上的草、蚂蚱等动植物交流。牛是非常懂事的，能够看懂我的心灵。这样一直到十五岁，成了半劳力，可以参加生产队的集体劳动了。这三五年真的是太孤独了，想说话又没有说话的对象，有时候在田野里大喊大叫，更多的时候是躺在草地上，看天上缓缓飘过的白云，看天上鸣叫的小鸟，胡思乱想。我对鸟也很了解，像云雀。它在天上叫我就能准确地在地上找到它的巢。我曾经把麻雀的幼鸟放到云雀的窝里，看着云雀把它养大了。我就猜测云雀母亲看到自己养大的这个怪物后的心情。一九八四年我写了一个中篇《球状闪电》，那其中很多动物植物就都有心理活动。听到的故事对我也有影响。农村是泛神论，万物都可以成精，比如一棵大树，百年之后就是老树精了，我们村头就有这样一棵树。还有蛇。我对蛇的恐惧到了无以复加的地步，而且有种心灵感应。村里的一个老坟头上面长了茂密的小树，我感觉里面有蛇，喊一声，果然就有一条小蛇游了出来。小时候为什么我是不受家长喜欢的孩子呢？就是因为我的胆子太小，想象力太丰富。割草的时候胆大的孩子很快就割满一箩筐回家了，我总是很长时间还割不满。有草的地方我就害怕有蛇、有刺猬，但又盼望着草里有小鸟，发现有小鸟就爱不释手，怎么还能割草？发现蛇就不断地摸乱头发，因为传说只要头发的根数被蛇数清，人的魂就被蛇摄去。然后就召唤孩子们来打。只要发现一条蛇，一个上午就过去了，哪里还能割满草筐？小时候我每时每刻都感到怕，至于究竟怕什么，也说不清楚。孤独的童年生活和听了太多这样的故事，导致了我不怎么和人交流。这和城市孩子不一样。所以我想，是不是科技越发达的地方，这种人和自然的交流就越退化。

问：但这种人和自然的交流对文学创作来说是非常重要的。

答：（笑）所以我认为，要训练一个作家的话，小时候应该把他放到一个没有电的地方。晚上太明亮了，童话就没有了，想象力也就萎缩了。有一年和王安忆一起去瑞典，我就知道了丹麦产生安徒生是和那时候他们特别落后有关系。因为他们靠近北极，有一个漫长的冬天，白天只有三四个小时，晚上一家人围坐火炉，这不产生童话产生什么？如果到了北京上海，灯火通明，每一个角落都照得纤尘毕现，童话就消失了。所以有电灯以后就没有童话了。（笑）

问：我看过一个材料，说王安忆最喜欢的作家就是您。

答：这是《北京晨报》前几年登的。我想那是王安忆答问时随口说的，马上被问话者捕捉了，变成了一个标题，显然缺乏深思熟虑。

问：可我感觉王安忆说话是很慎重的，她不会随意说，也不会说违心的话。

答：我觉得她这么说，是因为我和她在创作上反差比较大，离得比较远。如果一个人发现别人的东西写得和自己很相似，他是不会喜欢他的。我写农村，她写上海，她当然也写过农村，她是写苏北的。但是我觉得她是用城市的眼光写的，当然写得也非常地道，但是还是不一样，视角不一样。

问：我感觉您和她之间还是有共通之处，就是作品中对心灵、对世界、对每一个生命体都非常关注，是一种内心的真诚的关注。

答：我想这是任何作家都不能忽视的一个问题，就是对人物内心的关注。我记得文学界上个世纪八十年代有个讨论，就是文学要向内转，作家应该从人物的内心出发写作。

问：作家要具备一种能力，能深入到人物的内心深处去。

答：或者说在某一瞬间自己的内心完全和人物的内心同化，这和戏剧演员在舞台上的移情还不一样。《檀香刑》中刽子手浸泡檀香木时的心理，完全是一种想象，我相信历史上没有过，杀一个人哪用得着那么费事。

问：那是一种近乎宗教般的情结和举动。

答：它要求写作的时候要自信。而且某个时候，我就是他，我就是这么想的，我认为我应该得到这种荣耀（被太后赏赐）。那么细节紧接着就来了，既然我是把刽子手这个职业看得无比荣耀的，那我就是在替皇帝做事，我就是国家法律物化的表现，国家法律最后就体现在我身上。既然如此神圣如此庄严，那檀香刑每一个步骤每一个刑具的制作都是非常庄严的事情。

问：您给他找到了庄严的依据。

答：对，为了发扬刽子手行当的职业精神。也是一种表演。受刑执刑都是戏。

小说的第一因素是好看

问：《檀香刑》是想象力的大爆发，您的文学创造力也是受到人们承认的。但当代文学的想象力似乎成了一个问题。还有就是现在的作品中表现出的讲故事的能力。但似乎现在的一些作家不屑于讲故事。想象力、讲故事的能力在文学创作中究竟有什么样的位置？

答：讲故事的能力就是想象力。有的人可以讲一个活灵活现的故事，就因为他有想象力。当然想象力比讲故事的能力要宽阔一点。语言方面，调动词汇方面，都是需要想象力的。小说的结构，也需要想象力。语言方面，确定叙述的调门就好像电脑里确定了一套程序，它会自动搜索需要的语言。比如写一个省委书记，肯定有一套他的词汇，讲一个老农民，他也有他的一套词汇。但归根到底是需要想象力的。有些比喻，像《围城》里的，把婚姻比做鸟笼，像这种精彩的比喻是需要想象力的。如果对一个文本进行分析，可以看出，比喻用的多少，可以显示出这个作家想象力的强弱。当比喻用得多而贴切有创意时，这个作家的想象力就是比较强大的。当一个作家在他的作品中没有用什么比喻或是用一些烂透了的比喻，起码就是他的想象力和创造力不够。再有一个是故事的编撰。编得合情合理又出乎意料，这就是一种想象的能力。现在不少作家编故事的能力都很强，写电视电影剧本时，主要是编撰故事。但有时就是差那么一点点，结果就完全不一样。

问：说到讲故事，现在很多作家似乎不屑于讲故事。

答：有一种看法是，最好的小说是不讲故事或淡化故事的。这种淡化故事的倾向在八十年代中期就开始了，它主要受西方的影响。一些人认为传统的讲故事的小说已经耳熟能详了，要进行小说革命，要全面革命。不仅革掉语言，而且要改变小说最基本的要素。有人就淡化故事，但淡化故事并不等于没有故事，没有故事短篇可以，像马尔克斯的《伊丽莎白在马孔多时的观雨独白》，就写一个女人看着窗外的暴雨胡思乱想。但如果是长篇，或是一个中篇小说，没有故事，那怎么读？而且在现在，它拿什么去吸引读者？我一直强调小说的第一个因素是小说应该好看，小说要让读者读得下去。什么样的小说好看？小说应该有一个很好的故事精彩的故事。因为所谓思想、人物性格的塑造、时代精神的开掘，所有的微言大义，都是通过故事表现出来的。而且做评论文章，单纯从结构和文体，也是没有多少话好讲的。所以我认为还是应该有故事，而且应该有精彩的故事。尤其是在长篇小说里，更应该有让人看了难以忘记的故事，这样才有可能产生让人难以忘记的可以进入文学画廊的典型人物，那些美丽的语言才有可能附丽。皮之不存，毛将焉附？这种故事淡化的短篇存在，像孙甘露的一些小说，《信使之函》等，但后来的第三、第四、第五篇还有人读吗？我觉得作为一种实验是可以存在的，如果所有的长篇所有的小说都这样了，那将是小说的末日。

问：您刚才说电视剧都在讲故事。但我的感觉是在滥讲故事，讲烂故事，模式化了。一方面现在的电视剧不好看，很多导演也把目光投向了作家；另一方面，小说家现在的写作也有小说剧本化的问题。您是比较早触电的作家，不知道您关注过这些问题没有？

答：这是个老问题了。一是电视剧好看的不多，这也不能勉强，因为电视就是一种商业性的操作。很多导演在拍电视剧时不把它当艺术作品来拍。有很多时候是一种捞钱的手段。因此不要指望所有的电视剧好看。但每年还是有那么几部值得看的。为什么不好看？同类题材克隆的太多。还有就是现有的限制制约了电视剧的精彩。比如现在一些现实题材的，没办法深入。我在《检察日报》工作，了解了很多贪污反贪之类的事情。我也写过，也和别的作者写的差不多。比如涉及公检法自身的腐败黑暗，怎么把握尺度？还有一些影视化的小说，作家创作时就希望自己的作品受到导演的注意，这完全是一种功利行为。这样做是无可厚非的。但我的经验是不能这样做。如果一开始就考虑我的小说要改编影视剧，那小说写得肯定就变了。我觉得写小说就是写小说，绝对不要去考虑影视。而且，真正的好导演，他不需要你向他靠拢，他会向你靠拢。这个我有亲身经历。写《红高粱》时，谁想到要改编电影啊？而且那时候我觉得我离电影非常遥远，但张艺谋看了后很激动。后来大概是一九九〇年时，张艺谋找到我，说想要我写一个农村题材的场面宏大的有意义的故事。我给他写了一个。他说，你千万不要想张艺谋改编电影的事，你就按你的小说写。但事实上做不到。我写的时候，加强了故事性加强了悬念，注意到哪个细节可能在电影里会有用，写出来的这个中篇《白棉花》，我认为在我的中篇里是不成功的，简直就是把有意思的东西给糟蹋了。张艺谋看了，他认为也很难拍。他看了以后没被打动。为什么我千方百计想向他靠拢的时候打动不了他，而在我根本不知道他的时候他反而被我的小说吸引来了呢？所以我认为，不要向什么靠拢，好的小说自然会吸引好的导演。千方百计地靠拢也许反而背离了影视。或者说，如果真的想搞影视，就不要经过小说这个环节，从一开始就按影视剧本来构思。还有，好的影视作品，都是有很强的文学性的，尤其体现在它们的台词上。给我留下印象的像《大明宫词》，虽然它的台词过于优美了，像话剧，但毫无疑问它充分考虑了台词的文学性，而这也恰恰是它的特点。《走向共和》台词也很精到，人物的台词让人觉得塑造出来的人物形象让人信服。

语言就是一种说服力

问：您的小说语言，有评论家用“汁液横流”来评价，而您在《四十一炮》的后记中也说是“语言的浊流冲决了堤坝”，可以想象，需要什么样的语言的洪流才能冲决一个堤坝，小溪流是不可能冲决一座堤坝的。您自己认为，《四十一炮》的语言有点转，转到了有点优雅上，但我还是感觉到了您语言上一以贯之的“狠”，而且您的语言还被称为“动物语言”，这个“动物”，一是指没有羁绊和规范的野性，二是动物性。您一直强调小说是语言的艺术，对这些来自读者和评论界的概括，您怎么理解？

答：我觉得语言就是一种说服力。对语言的技术化的量化的分析是很困难的，有一些可以量化，比如常用的词汇；但作家的语感是无法量化的，语感是有独特性的。我们读鲁迅读沈从文，差别是很明显的。我相信让鲁迅和沈从文讲同一个故事，两篇小说都会是好小说。在这个意义上，故事不重要了。他们的语言本身就已经变成了艺术，成了小说。故事情节是附在语言之上的。八十年代中期一批年轻作家要消灭故事，可能就是从这儿来的。所以它也是有道理的。

真正写到那种泥沙俱下的时候，是一种下意识。所有的词汇都不是想出来的，是它自己涌出来的。再有就是你对笔下写的东西的认知深度。至于为什么会进入这种状态，我觉得作家自己是很难进行条分缕析的。有时候过了十年八年后再读原来的作品，还会纳闷：这词从哪来的，我怎么现在想不出来？我的语言的形成，主要还是和童年有关系，和原野乡村文化有关系。当然后来的学习丰富了我的语言。

问：对您的创作，陈思和认为，是革命性和破坏性相结合。

答：我的确没有想到过要革谁的命，但这种感受这种情绪是有的。现在回忆八十年代在军艺学习时，就是感觉到不服气。我就觉得你们写的东西不是我心目中最好的东西，为此当然得罪了很多人，说了很多刻薄的话。好小说是什么样的，你让我说，我真说不出来，但我就是觉得当时文坛走红的给了很高声誉的作品不好，我觉得这不是我要写的小说。当然只能用作品来说话。我觉得作家的气是很重要的。当你处在胸怀大志急于想表现又表现不出来的时候，那时候可能就把你的很多潜能都调动起来了。一旦稳定下来有评论家这样那样指点后，我的创作反而进入了比较难的时候。现在我就进入了一种创作要特别小心的时候。

问：这个小心是什么意思？

答：这个小心就是千方百计地减少对自己的重复，但是是非常困难的。比如说《四十一炮》，我尽量想写得语言和《檀香刑》不一样，但读者可能还是感受到一以贯之。可能语言内核的东西还没有变掉。故事变化很容易，比如我可以写一个《师傅越来越幽默》这样的作品，但它为什么会有不像的感觉呢？就是因为语言没有说服力。这个不像就产生于我写这个人物时没有像其他人物一样，我在某一时刻可以变成他。因为我毕竟对这么一个老工人的心态不是特别熟悉。当然我也接触过这样一些老工人。他放在县城里我还是很熟悉的，但放在大城市里就不熟悉了。《师傅越来越幽默》的故事如果放在县城放在乡镇可能就好一些。第一我有自信啊，我一有自信我的语言就有说服力。当然《师傅越来越幽默》你看了也挑不出什么毛病，但可以感受到它缺少说服力。

问：您自己认为，《檀香刑》是您创作的一个分野，此前多少还是受的魔幻现实主义影响，此后完全转到了本土的乡土文化。但就像您刚才说的，我感觉您的创作从始至终是有口气贯穿下来的，对民间传说、民间文化的继承一直没有变，只是在表现方式、结构或叙述方式上发生了一些变化，内核是一以贯之的。

答：我觉得是这样的。地方小戏是民间文化中对我产生影响的很重要的艺术样式。这些东西在我过去的小说里肯定已经发生作用，《透明的红萝卜》、《檀香刑》里都有，后者用小说的方式来写乡村的戏剧，这个时候作家的主观意图就比较明确了。这也很难说好还是不好。

小说家应该有强烈的批判精神

问：韩少功的丙崽，阿来的土司二儿子，您的炮孩子和肉神，都是有种通灵色彩的形象。如果用正常人的标准来衡量，他们都是非正常的。但恰恰是这样的形象，往往使作品内涵更丰富。为什么塑造这样形象的作品往往更吸引人或更容易成功？

答：这确实是世界文学中的一个普遍现象。回想一下，这样的主人公是太多太多了。格拉斯的《铁皮鼓》，伦兹的《德语课》，拉什迪的《午夜的孩子》，欧·本茨的《饥饿的道路》，这种傻孩子或超常孩子，为什么会有说服力呢？我想，这样的小说反映的都是打破了平庸的非正常的奇特生活，通过这样的孩子的眼睛看来是不是更准确一点。再有，我的小说为什么要确定罗小通的炮腔炮调，就是考虑到这种生活的说服力。我怕读者难以相信这种生活的说服力，所以我就先框定这是一个炮孩子的炮言炮语。他在讲述的时候就是一种创造，不要用现实的条框来框定。这是可以从创作心理学上来研究的一个课题。很多外国的国内的著作都有这种超常的小孩在里面，一群傻瓜。傻孩子现在太多了。（笑）也可能傻作家太多了，很多题材雷同。我刚给《小说选刊》原创版写那个《火烧花蓝阁》的结尾：接下来的故事，无论他怎样努力地想不落俗套，都会变成对时下流行小说的拙劣模仿。

时下一些作者挖空心思搞一个创新，回头一看，又落入另一个圈套了。怎么办？只能尽量做到不重复自己也不重复别人，但实际上你以为没有重复，其实还是在重复。

问：《四十一炮》的后记中您有一句话，说“我不谈思想”。在您和大江健三郎的对话中，也有一句话：“作为一个农民的儿子，我有一颗农民的良心，不管农民采取了什么方式，但我和农民的观点是一致的。”这是谈到《天堂蒜薹之歌》时说的。“我是从乡村出发的，我也坚持写乡村农村，这看起来离中国当今的现实比较远，如何把我在乡村小说中描写的感受延续到新的题材中来，这是我思考的问题。因为我写的是小说，而不是大批判的文章。”“经过了一段创作以后，我发现作家是不能脱离社会的。一个作家可以千方百计地逃避现实对你的影响，但现实会过来找你。”前面谈到的这些作品，看上去好像离现实有一段距离，但是否从这样的角度反而更利于切入我们生活的本质，表现生活的力度更大更直接一些？就像您离开高密东北乡后，因为距离反而获得了更好的表达？

答：作家写的时候未必会考虑这个问题。但现实的影响还是有的。我读《爸爸爸》，这个小说对“文革”的批判的意图是非常明确的。《尘埃落定》中，可以看到阿来的藏人立场。《四十一炮》，我尽量地把这个故事变成童话或寓言，但罗小通讲到九十年代的农村时，我对农村的看法也是掩盖不了的。我没有批判老兰，没有骂老兰，但实际上我对他的态度是明显的。作家应该尽量往后藏，不谈思想不代表没有思想，我对老兰这样的人物肯定是持一种批判的态度的。但是不是这个小说就完全把他掩盖住了呢？我并不知道。当然有些作家可以在作品里直接表达爱憎表达思想。我的意思是，我不代替人物说话。既然是罗小通这个炮孩子在讲话，那么所有的思想都是罗小通的。现实生活中，我对老兰这种人物深恶痛绝，但罗小通对他很赞赏；我对父亲这样的人物有同情，但罗小通是瞧不起的。这也是文学作品的批评方法的问题。究竟怎样看待作家和小说人物之间的关系？究竟怎样把作家的思想和作品中人物的思想区分开来？当然，作家的思想最终也制约他对小说素材的选择，也制约了他作品水平的高低，但完全把作家思想和小说人物的思想画等号，这种批评方法非常陈旧。

问：在这个作品中，无论罗小通最后怎样，读者是能读到一种非常尖锐的批判的。

答：写作时，我在里面也表达了很多的讽喻。起码我觉得是对现在社会人的变态的夸大的欲望的一种批判。罗小通在吃肉上表现出的病态和夸大，以及肉神庙、肉神节，就是人的非正常欲望的表现。和尚的性史，就是对现在泛性的讽刺。写《酒国》时，这个主题也是非常鲜明的：对酒文化的反讽和批判。但我没必要自己跳出来骂，这就是我说的不谈思想的意思。作家的思想没有直接表现而读者能感受到，这是一种最好的境界。

问：现在有一些作家，不谈批评，不谈思想，这个不谈和您说的不一样。您觉得，小说家要不要批判精神？小说应不应该有批判精神？

答：小说家应该有强烈的批判精神。实际上每个人都在批判，作家不能简单跳出来，像骂大街的，但这种批判精神应该是支撑小说的时代精神。你选择了作家这个职业，你就选择了一个反叛者的行当，扮演了一个反叛的批判的角色。任何一个时代的好作家都是扮演了一个批评者的角色。像铁凝、王安忆、张平，他们的作品中都有着批判的精神，但表现方式却是大不相同。

问：您现在在山大文学院带研究生。原来是作家纷纷到学院去充电，现在是作家纷纷到学院去讲课、任教，对此您有什么体会？

答：我觉得我是不称职的。作家有两种，一种是学者型，还有一种，像台湾说的，叫素人作家。我更多的还应该是素人作家，靠灵性、直觉、感性和生活写作，不是靠理论、知识写作。当然，有一种作家是完全可以到大学里去当博导的，像叶兆言、格非，他们都是读书破万卷的，又家学渊博，而且他们掌握了做学问的全套的方法。我觉得我是滥竽充数。再有一种，像王蒙、梁晓声，他们也可以当教授。他们经验很丰富，理论的能力很强，口才也好。

问：您不觉得作家介入到当代文学的教学，对这个学科的发展对文学的发展来说是有利的吗？

答：总体上说，我觉得这个现象是好现象。但乱套了也不好。如果每个大学里掺杂这么一两个作家，起码可以消灭学生对作家行当的神秘感。

（原载《钟山》2004 年第 6 期）

研究资料

游魂的复活

——评《红高粱》

雷 达

读《红高粱》（载《人民文学》1986年第3期），我体验着一种从未有过的震悚和惊异：震悚于流溢全篇的淋漓的鲜血，那一直渗沥到筋肉里的感觉；惊异于作者莫言想象力的奇诡丰赡，在他笔下战栗着、号叫着的半个世纪前的中华儿女，不仅是活脱脱的生灵，而且是不灭的魂灵。面对小说里的人物，我们仿佛透过沉实秾丽的红高粱，突然窥见了祖宗的真容，就像哈姆雷特在城堡忽然看见云雾中的亡父般惊呼起来。

显然，作者无意于制作精细逼真的革命战争史的图画，也极少从如何处理战争题材的角度进行构思，他只是要复活那些游荡在他的故乡红高粱地里的英魂和冤魂，要用笔涂绘出一股浸透着历史意识的情绪、感觉和民族的生命意志，让今天的读者呼吸领受。于是，投身于民族革命战争的人民化为刘罗汉、余占鳌、奶奶、豆官等个性奇异的人物；而这些高于民族精神的人格，又融汇到特殊氛围——那无边无际散发着甜腥气息的红高粱地，成为悲壮、神圣、永恒的象征。这是一种怎样深沉浩茫、气韵贯通的历史感！

啊，血染的红高粱，散溢着苦涩微甘气味的红高粱，辉煌、凄绝、忧郁、庄严的红高粱，自始至终陪伴着小说里的每个人物，它的气息熏染着每个人的灵魂。就在红高粱的注视下，“燃烧着紫色复仇火焰”的罗汉大爷，怒铲骡蹄，被鬼子活剥了皮仍叫骂不止，他的被割下的耳朵在瓷盘里活泼地跳动，打击得瓷盘叮咚叮咚响，昭告着他不死的精魂；在红高粱的抚慰和遮蔽下，奶奶曾展露她青春的肉体，“潜藏了十六年的情欲迸然炸裂”，爱我所爱，无怨无悔，实现了痛苦与狂欢的结合，继而，“她柔嫩的肩膀压出一道深深的紫印”，为抗日留下光荣标志，含笑离开人世，在高粱地里走完了她叛逆的一生；还是在遍野血一样的红高粱地里，爷爷——余占鳌手刃过地主单氏父子，后来嘶哑地喊着“把狗娘养的杀光!”无畏地向鬼子冲杀；而当时年幼的“父亲”——豆官，也在高粱地里懂得了人间憎爱，迅速长大；更有多少沉默的庄稼汉，高举着土枪、鸟枪、铁耙，在“喇叭里流出暗红色的声音”的鼓动下投入生死攸关的大厮杀……红高粱是笼盖全篇的象征，这是每个读者都能看出的。不过，红高粱不是肤浅的“兴”和“喻”，不是为“比附”而设的可有可无的装饰，它本身也是一个无处不在的生灵，与小说的人物平行，就像“神话模式”之运用于小说，作为民族精神的异质同构对应。红高粱与小说人物意合为巨大意象，共同奔赴揭示民族性格底蕴的目的地。

都说莫言的小说有奇异感觉、魔幻手法、寓意象征、荒诞变形，但仅仅停留在叹赏这些是不够的，要问：他的感觉、魔幻、象征里究竟含藏着什么？不回答这些，还不能说真正把握了小说的思想艺术。《红高粱》里是露过这么一句的：“他们……使我们这些活着的不肖子孙相形见绌，在进步的同时，我真切感到种的退化。”好一个“种的退化”！这里的“种”，是民族性格、民族心理素质、民族生命活力的喻义。所谓“种的退化”，当然不是要否认半个世纪来社会的突飞猛进，也不是要用昨天来否定今天，而是在作者看来，只有在灾难中，在变革中，在阻力和运动中，才能充分显现民族性格的力与美。他从多难祖国的崎岖道路，所遭受的各种精神戕害，以至今天和平环境某些人崇尚逸乐的空气里，发现了某些精神上委顿、绮靡、柔弱化的现象，因而产生了关于“种”的强化和复活的焦灼感。我把这一理解看做作者真正的创作契机和指归。作者在红高粱般充实的灵魂里，发掘到了对于今天的男女亟须吸纳的精神元阳；他突现着外敌凭陵、横暴袭来、血与火炙烤着大地的时刻，炎黄子孙的无比坚韧、气吞山河的伟大生命潜能。事实上，这里还包含着作者对民族性格的深刻理解。现在一提到民族性格，往往侧重于揭露昏迷、麻木、保守的所谓“劣根性”，作者们对此也不惮于批判，但是，对于民族的更深层的本质力量，即中国的脊梁，则表现得不够深刻动人，或流于失去真实血肉的夸张说教。莫言在《枯河》等篇里，确也写出极左政治下的农民自戕的悲哀，但他从不认为燕赵多慷慨悲歌之士的故乡农民其素质会是这般麻木和凝滞。他沿着时间上溯，顺着祖辈的血液寻源，终于贴近了民族强劲的心脏，于是有了这篇《红高粱》。这不由得使我想到鲁迅先生的一段不大为人注意和提到的话：

> 我们生于大陆，早营农业，遂历受游牧民族之害，历史上满是血痕，却支撑以至今日，其实是伟大的。(《致尤炳圻》)

这段话至为重要，是鲁迅先生晚年审察了整个民族的历史文化之后的结论。所以，光记住“国民的劣根性”——统治阶级愚民的结果是不够的，还须记住民族自身的伟大根基。《红高粱》的故事发生在鲁迅先生死后的几年，但那“血痕”及血痕中伟大的“支撑”，完完全全印证着这结论的深刻。这才是我们民族的真面，它尤其在灾难和变革中闪现出来。这也才是我们理解和欣赏《红高粱》的根本枢机。

依我看，文学中的情形往往是这样：自认为悲壮并预先抱着悲壮感行动的人物，其效果未必真的悲壮；自认为在创造历史并以历史创造者自居的，也未必是真的中国农民。《红高粱》的作者，以他对故乡农民气质心性的深彻了解，以清醒的、无所讳饰的现实主义精神，忠实地描绘每个人物固有的本色。没有借助理性的诠释，没有附丽外在的光环，没有“拔高”毫无思想准备便卷入残酷民族战争的普通农民的觉悟水准，因而，民族深潜的精神是浸透在人物的血液神经中的。即如罗汉大爷的止行，有的读者或会感到遗憾：他铲伤骡蹄劈杀马匹的举动，原本可作为大事铺张渲染的好材料，连《县志》的记载都有所增益，可是作者只写他要把骡马拉回家，骡马却已不能辨认满面血污的他，并踢伤了他，才使他一怒之下铲杀牲畜的。这样写，正有巨大的真实在。一整天受够了鬼子监工的侮辱、凌虐、摧残，使他把一腔冲天怒火发泄到无辜的牲畜身上。此时他视骡子为鬼子，一面怒骂着“畜生！你的威风呢？”一面实施着报复。这才是地地道道的农民式的宣泄。当然，还可以做更深刻、更合理的进一步解释。看过电影《一个和八个》的观众当会记得，那个满嘴脏话的流气的“土匪”，仅有的一粒子弹不是射向鬼子，却射向了眼看快遭到鬼子蹂躏的女卫生员，这一奇举寄托着何等惊人的维护民族圣洁和尊严的动机啊。就深层意识看，罗汉大爷的怒铲骡蹄与之同理。他不忍看着心爱的牲畜被鬼子驱使，便以玉石俱焚的决绝毁灭牲畜，完成了一个农民的自发抗争。潜在的民族意识，在罗汉大爷被活剥了皮仍不停止的詈骂声中，得到空前惨厉和强烈的表现。是的，我们不赞成缺乏深意的血淋淋的描写，但在这里，这惊天动地的惨剧，这残暴和罪孽，这峻酷壮烈的仇恨和反抗，又何须掩饰呢？掩饰它，便是忘记我们民族历史上“满是血痕”却又璀璨光耀的一章。无血痕即无灿烂，越惨厉便越强韧，越真也便越美，打破和谐的噪音里正有民族魂的悸动和腾跃。

让我们再来看看奶奶（戴凤莲）这个人物，她同样是一颗不死的生命力倔强的种子。她“什么事都敢干。只要她愿意”，在她不羁的灵魂里，集纳着正义、野性、仇恨、血气和情欲，她使一切孝妇和节妇为之黯然失色，她是扎根黑土，受日精月华，得雨露滋润的一株红高粱。我曾在一篇拙文里说过，莫言的写人，并不着重自足统一的人与外部环境的冲突，他善于把外在冲突转化为内在冲突，着力写人本体的灵与肉、理与情的剧烈冲突，这使他的作品大大增加了展现人性的深度。就表现我们民族求生存、争自由的生命意识和心灵历程来看，奶奶身上蕴含的郁勃的民族生力也许比之其他人物更广泛，更丰溢。她是半个世纪前一个野生野长的农村少妇，她有劳动者素朴的自我解放欲，她亲近自然，故而少受浊世的涂污，她在高粱地受放情任性之清新空气的启蒙，故而少受名教的毒害。她弥留之际对天默语：“天，你认为我有罪吗？……我的身体是我的，我为自己做主，我不怕罪，不怕罚，不怕进你的十八层地狱。我该做的都做了，该干的都干了，我什么都不怕。”正像恩格斯所说，“道德总是阶级的道德”，奶奶的所作所为，是与剥削阶级对抗的人民意识，自发地背叛着礼教、宗教、政教，渴望精神健全地活着。她和余占鳌烈焰般的爱情，像不熄的野火，使人想起仇虎和金子（《原野》）。这是人民原始生命力的高扬，朴素自在的阶级意识的表现。我们的民族之所以繁衍不绝且不被征服，所依赖的不正是一代代人民从自在到自为，从朦胧到觉醒的顽强生命力吗？历史，就在叛逆和反抗中艰难前行。

《红高粱》透示着浓重的悲壮色彩，也可看做是一出农民英雄的悲剧。然而，这悲剧全无悲剧中不可缺少的“悲悯”，也无故作“崇高”的夸饰，倒是最悲惨处喜欢插入轻松笔调，极沉痛愤慨处却又无泪无声。活剥人皮的场面，罗汉大爷的“耳朵苍白美丽”，“在瓷盘里活泼地跳动”；恶战结束，血流漂杵，余司令的情人和战士全倒在血泊里，用鲜血换来的战利品和荣誉又被狡猾的冷队长剽掠一空，真可谓痛彻肺腑，冤气塞胸，但作者只写到余司令（爷爷）和豆官（父亲）在亲人的尸体旁狠狠地咬着“抃饼”便戛然而止，如崩断的琴弦。这是何等惊人的反讽笔调！以轻快写紧张，以乐境写哀境，以洁净衬腌臜，以鹊笑鸠舞写伤心惨目，以霁颜写狂怒，把小说中的悲惨与悲壮、崇高与坚韧推向令人震骇的极境。余占鳌解放后从日本北海道的荒岭回归故里，已是老态龙钟，可作者为什么要写他“砸枪”呢？我想，作为一个草莽英雄，失去了疆场，失去了他借以驰骋的生存环境和历史条件，情人久已化为尘泥，血战的伙伴也永隔泉壤，他感受到一种英雄失路、丧失自我的暮年的悲凉是不可避免的。这些地方，都很值得读者玩味领悟。

前面我说过，莫言在《红高粱》里表现出清醒、冷峻的现实主义精神，这可看做小说的内核和实质，但并不是说，他不能采用浪漫的想象，写意的夸张，魔幻的象征，通感的交注。这些小说里大都用了。耳朵的弹跳，灵魂跟鸽子飘飞，三寸金莲的凄楚，棺材愤怒地叫着，等等，莫不糅合了各种新的手法技巧。它的叙述方式尤其值得注意，那不但是“全知全能”，而且是“超全知全能”了。试想，叙述者“我”以一个晚辈追述先辈经历的口吻写，却像钻进每个人的心里。奶奶坐在轿子里“浑身流汗，心跳如鼓”，他知道，甚至奶奶在高粱地里的隐秘感觉他也知道，这是个怎样诡谲、神秘、灵根慧悟的叙述者啊。当然，就根本上说，任何小说其实都是“全知全能”，否则作者何须写人写事呢？但像莫言这样以晚辈写自己长辈，洞悉心理以至瞬间感觉，倒也罕见，它打通了时空、心理、尊卑的隔膜，仍然应视为大胆创新。

莫言的小说确有一种神秘美感，有的读者深感其美又不免于难以索解的困惑。就我的阅读感受说，他勤于借鉴，善吸摄各家之长，又不限于袭用皮毛，能不失其中国气和民族魂，这弥足珍视。拿涵盖全篇的“红高粱”意象来说，未必无迹可求。《喧哗与骚动》的译者（李文俊）前言就曾说：“所谓神话模式，就是在创作一部文学作品时，有意识地使其故事、人物、结构大致与人们熟悉的一个神话平行”，“福克纳运用神话模式，除了给作品增添一种反讽色彩外，也有使他的故事格局从南方的日常琐事突破出来，成为一个探讨人类命运的问题的寓言的意思”。“红高粱”自然并非“神话”，它更接近中国诗歌的“比兴”，但用上面的话返求诸小说《红高粱》，大约仍然有助于我们解开莫言之谜吧。

（原载《文艺学习》1986 年第 1 期）

现代小说中的意象

——序莫言小说集《透明的红萝卜》

李　陀

我喜欢莫言的小说。他虽然写小说时间不长，写的数量也不是很多，却是我十分敬重的作家之一。

和许多出身于农民的作家一样，莫言对农村生活十分熟悉。莫言又有很强的“写物图貌”的写实才能。因此，他笔下的一幅幅农村生活图画不仅清丽而自然，散发着一股温馨的泥土气息，而且其中种种日常生活和自然景物的细节描写尤为细致动人，往往使读者如临其境，如经其事，如闻其声。但是莫言的许多小说，特别是他近一年来写的小说，却并不以写实为特色，相反，在他的小说的艺术形象的构成中，明显地溶有许多非写实的因素。例如中篇小说《透明的红萝卜》中的主人公黑孩，就非常像童话中的人物。他看到的阳光是蓝色的，他可以听见头发落地的声音；他能够用手抓热铁，让热铁在手里像知了叫一样嗞啦嗞啦地响；他在一个夜晚看到透明的红萝卜，那萝卜晶莹透明，里面还流动着活泼的银色液体——这一切都使这个男孩子不仅不像个现实中的真实人物，反而像个神秘的小精灵。不过，《透明的红萝卜》毕竟不是童话，莫言似乎也无意把黑孩写成童话中的人物。小说中所描绘的农村生活和人物，毕竟是我们现实农村生活的生动反映，熟悉我国北方农村生活的读者，不难发现莫言笔下的农村是多么真实。这样，阅读《透明的红萝卜》使我们得到一种十分新鲜而又陌生的艺术经验。这篇小说所创造的艺术形象，明显地与我们平时习见的小说中的艺术形象在性质和形态上都有很大的不同。对此有些人感到疑惑，甚而不以为然。这并不奇怪。因为莫言所尝试和探索的写作方法完全指向了一个出人意料的方向。那就是意象的营造。

意象是中国古典美学的最基本的范畴之一。自刘勰在《文心雕龙·神思》篇中提出这一概念，并将之用于文学批评以来，我们在许多古代文论的著作中都常常遇到它。不过，古代文论家似乎更多的是把它用于诗的批评，用于诗论，以致在许多人认识中都认为这是一个诗的批评概念，从而把它囿于古典诗论的范围。另外，由于没有精确的定义，因而人们使用这一概念时，其意义也往往并不一致，常有出入。但是近来张少康在其所著《中国古代文学创作论》一书中对意象这一美学范畴做了引人注目的研究。该书在考察了意象这个概念的生成及发展的历史过程之后，把意象界定为中国古典文艺理论对艺术形象的一种特定的理解及解释；其内涵与外延与我们今天所用的艺术形象这一概念相当接近，但两者间又有很大的甚至可以说质的不同。不只如此，书作者还对意象构成的基本因素和构成的方法，做了颇有创见的研讨，其研讨范围实际上还涉及中国传统审美心理的内在机制，以及古代艺术家和文学家在创造艺术形象时，因受制于这种传统审美心理的内在机制而形成的特有的动力学过程。张少康这些研究，无论其方法还是结论当然都可进行批评和讨论，但是这样把艺术形象放在中国文化和中国传统美学的参照系中加以考察，着重指出中国古典文艺作品中的艺术形象在形态和性质上的特殊性，并把这一切都作为意象这一概念的题中应有之义，我以为无论在理论上还是在实践上，其意义都不能低估。中国古典诗歌在创作中追求情景交融、心物同一，因此所创造的艺术形象很少是眼前景物的客观描绘，“春山如笑，夏山如怒，秋山如妆，冬山如睡”，大自然总是和人的主观感情在诗的意象中合二而一，这已经是普通的常识。但是，中国传统艺术的其他门类，如绘画、雕塑、戏曲、文学等等，其艺术形象是否也都是意象？其最基本的构成元素和构成方法是否与诗歌的意象相同？这些门类艺术的形象创造是否也以构成意象为目标？总之，意象的营造是否适用于中国所有门类艺术的创作？这却在许多人的意识中并不明确，也很少有理论上的探讨。如果承认意象是中国古典美学对艺术形象这一概念的独特表述，并且承认这个表述准确地反映了中国古典艺术中的艺术形象在形态和性质上独具的特殊性，那么它无疑应该具有普遍意义。当然这还需要更详尽的证明，需要展开更深入更细致的研究。例如中国传统小说中的艺术形象的形态和性质应该怎样看？是否也是意象？这就是一个迫切需要解决的问题。我不可能也无力在这篇不长的序文中对这个问题详加讨论。但我想，即使我们对中国小说史做一番最粗略的浏览，也会凭直觉发现我们传统小说中的艺术形象，其形态与性质与西方小说是多么不同。过去几十年里，文学理论和文学批评的重心往往是放在中西文学有无共同点的研究上，于是看人家有现实主义，就来证明我们自已也有现实主义，看人家有浪漫主义，又去证明我们也有浪漫主义。近几年来，寻找中西文化及中西艺术之间有何相异之处的意识明显地增强，诸如由于西方的哲学强调人与自然的对立，因而其文学艺术往往重模仿、重再现，而中国的哲学却强调天人合一，因此其文学艺术往往重神思、重表现之类的比较研究，可以说已是相当普遍。然而这些研究往往都比较宏观，很少涉及两个系统的艺术形象的形态比较。以小说来说，仅指出西方小说——这里应该也指的是西方的传统小说——在处理现实与艺术之间的关系时是恪守再现的原则，往往不是很服人，因为有人会反驳说，西方作家的创作绝不是像镜子那样被动、机械地反映生活，恰恰相反，其艺术形象都是渗透着作者审美理想的积极创造。另一方面，如果像我们过去许多年所做的那样，强调说中国小说史和西方小说史一样，其主干都可以用现实主义的发展做纲来予以说明，也总是使人生出种种疑惑，因为看一看六朝志怪、唐宋传奇，以至明清小说中许多艺术上十分成熟的作品，其实大多数都与西方现实主义小说全不相似，例如拿《聊斋志异》与莫泊桑和契诃夫的短篇小说相比，或拿《红楼梦》与《包法利夫人》相比，其差别绝非小可。这差别已明显地不能用民族风格和艺术个性的差异来解释。但我们若在这种比较研究中，引入意象这个概念，并以它做支点探索中西传统小说中的艺术形象在形态和性质上的区别，事情大约就比较容易看得清楚。艺术毫无疑问都是人的创造，而人所创造出来的艺术形象又毫无疑问都要或直接或曲折地反映现实生活，反映人对现实生活的某种感受，这些对中西文学都是一样的，是大家都有的共性的东西。区别恐怕是在创造艺术形象的具体方式上。中国古典小说家是在中国古典文化的笼罩下进行创作，他们的审美心理的内部机制不可能与那些古典诗人、画家、戏剧家有根本的差异。因此，当诗歌、绘画、戏剧等艺术都在“神与物游”、“物以情观”这样的美学意识制约下追求意象的创造，并共同形成中国艺术的意象体系的时候，小说是不可能脱离于这个体系之外的。当然，由于表现对象不同，小说家面对的毕竟是纷乱的社会生活，因此小说中的意象在形态上与诗歌绘画中的意象有很大不同。但它们毕竟是小说家的“意”与社会生活之“象”的化合物，因此不论这些小说怎样描画人情世态、刻画各色人物，甚而写及花妖狐女，诸般幻化，其艺术形象仍然是中国气派的意象。作如是观，我们才好解释何以中国古典小说中的人物形象和生活形象，总是不合写实的要求，总是与真实的生活或生活的真实有很大的距离。志怪小说、传奇小说以及后来的神魔小说中那些神奇的故事就不用说了，即使那些被我们公认是伟大的现实主义创作的作品，其中种种形象也都很难说是生活的“如实”反映。以《水浒传》来说，主人公一定要凑够一百零八个，这已经接近游戏，而他们又个个来头很大，都是天上的星宿转世，岂不成了神话？至于小说中的种种生活细节，经不起推敲者可以说俯拾皆是，例如李逵每次作战，总是抡起板斧杀入敌阵，杀伤敌人如砍瓜切菜一般，而稍有古代战争知识的人恐怕都知道这是不可能的。当然，无论中国昨天或今天的读者，都并没有对这些“不真实”的艺术形象提出怀疑或不满。相反，他们正是在这些“不真实”的艺术描写中得到一种特殊的艺术满足。这大约还是与中国人在长期的文化发展所形成的特定的民族审美心理有关，人们已经习惯于艺术中的意象，而不论这意象是诗的，是画的，还是小说的。

自“五四”以来，白话小说迅速兴起并很快取代诗文而成为中国文学的主体，这给中国文学的基本构成带来很大的变化，也使中国文学冲破封建士大夫文化的藩篱，走向世俗化和大众化，从而呈现出一种全新的气象。在这一过程中，由于反对封建文化并打破其禁锢的需要，中国作家在什么是小说，应该如何写小说这类有关小说美学的基本问题上采取开放态度，主要从西方文学观念及艺术理论中汲取营养，并借以作为创作新时期小说的指导，乃是很自然的。但是从今天看来，这样一个历史发展给中国作家的小说观念也带来了新的局限。例如过于强调写实方法，认为只有“如实”反映现实生活，才是作家在创作中处理艺术与生活关系的唯一正确的原则，恐怕就是这种局限之一。这种局限使得几十年来中国小说都趋向一种格局，不仅缺少变化，鲜有大胆实行突破者，而且使文学创作及欣赏中的审美意识也渐趋于欧化。但是近几年来情况发生了很大的变化。文学的丛林于漫长的冬天之后竟然转眼间变得郁郁葱葱，这实在近于奇迹。何况这丛林中几乎每晨都有奇花异草出现，使我们有如在一篇童话中。中国文学确乎已经进入一个多元发展的生气勃勃的时代。在这种形势下，小说创作要求观念的变革，特别是要求打破对写实方法的崇拜和迷信，可以说是一种历史的必然。如果我们对文学现状做些调查，在令人目不暇接的多种多样的文学现象和文学运动中进行跟踪，则不难发现许多作家的艺术探索虽然表面看去南辕北辙，实际上却殊途同归，不约而同地都指向了一个目标。莫言也是他们中的一个。但是莫言采取了相当独特的做法，即试图在现代小说中营造意象。这种努力最早见于他一九八三年九月发表的一个短篇小说《民间音乐》。当然在这之前莫言也写过小说，而且不算少，不过都是以写实见长的作品。其中有些篇章已经相当不错，如《售棉大路》。本来莫言可以这样写下去，按照多年来大家都已经习惯的方法来写农村题材的小说，走一条稳稳当当的、肯定能获得相当成就的路。然而莫言写了《民间音乐》。这篇小说较之他后来的一些作品，不免显得有些稚气，但细读这篇东西，一种新的对生活进行艺术概括的方法，即追求在小说艺术里达到“妙在似与不似之间”的努力，已隐约可见。倘不注意，《民间音乐》似乎只是为我们描绘了一幅生动细致而又清新可爱的农村风俗画，但是以这风俗画为衬托的两个中心人物花茉莉和小瞎子，却写得实中见虚，尤其是这二人之间的关系，多少带有一种难以理喻的神秘色彩。正是在这里，莫言透露了他在小说中不满足于写实，而要致力于营造某种意象的消息，不过这消息显然没有为人十分注意。这或许是由于消息本身过于微弱之故。一年多之后，莫言写出了《透明的红萝卜》。在这个中篇小说里，作家的艺术探索已经表现得十分清晰明确。这之后，莫言又连续发表了《白狗秋千架》、《枯河》、《金发婴儿》、《球状闪电》等一系列中短篇小说。这些小说集合在一起，无疑已经成为当前文学发展中十分值得注意的文学现象。因为它们使作家试图在现代小说中恢复——当然是在新的水平上的恢复——中国古典小说的某些宝贵传统的努力，不再是个别的尝试。它们证明，小说的发展实际上存在着无限的可能性。虽然写实方法曾经使十九世纪的西方文学巨匠们写出许多不朽的著作，今后它也还要长期在文学创作中生存发展，遵循这样写作方法的作家肯定还会写出许多优秀的作品，但其他的可能性是完全存在的，例如将中国传统美学中意象这一美学因素加以改造，使其和现代小说的构成元素相融合，就有着十分广阔的前途。

几年前一些作家提出小说观念应当现代化的主张，结果引起了一场风波。对这种主张进行激烈批评的人，曾经担心这样提倡会使中国文学走向现代主义，做西方现代派的尾巴。近一年又有作家提出文学创作中的文化意识问题，试图以一种现代人的眼光去重新审视、评价中国的传统文化，并在今天的文学与古老悠长的文化之间找到一条顺畅的通路。不料这又引起一些人的忧虑，担心作家们会由此脱离现实，成为“不知有汉，无论魏晋”的避世者。甚而还有人指责，说这些人昨天还在提倡现代派，今天突然又大讲传统文化，足见思想混乱。其实，如果抛开种种细枝末节不论，则不难看出作家们的这两种努力不仅不相矛盾，而且恰恰都指向一个目标，即创造出一种既有世界性又有民族性的中国现代文学。这是否能够做到？客观地考察、研究几年来的文学运动，可以说我们对此越来越有信心。

莫言的努力所获的结果，不过是这种信心的证据之一。

（原载《文学自由谈》1986 年第 1 期）

被记忆缠绕的世界

——莫言创作中的童年视角

程德培

十六世纪，意大利作家、诗人卢多维可·阿里奥斯托将《疯狂的奥兰多》献给他的保护人德埃斯特主教。诗人得到的唯一报酬是主教提出的问题："卢多维可，你从哪里找出这么多故事？"

今天，莫言终于以其《透明的红萝卜》为文坛所注目。不止于此，他其余的四个中篇、十个短篇也一下子放在你的面前，这不能不使人感到惊讶。

一个作家的故事（小说）从哪里来？是对以往经历的重温，抑或是对未来的憧憬？是对外在世界的描摹、观察与思考，抑或是内心世界的体验、记录与反省？这当然都有可能。而且这两者又总是彼此参照、相互渗透，以至我们经常地难以分清。

所以，当我们审视作品所反映的生活时，别忘了那渗透其中的主体意识；当我们注视作品的情节模式时，别忘了那深一层的心理行为的模式；当我们总结作品的社会历史内容时，也别忘了那与个人经历密不可分的情绪记忆……

此文将借助批评的眼光、感觉与推测能力，从莫言的小说世界中寻找创作心理上的种种诱惑。尽管这种寻找会带来实证上的某些困难，但我还是勉为其难，因为它本身也有自己的某种心理诱惑。

一

不知道他们从哪里来。

这是一个联系着遥远过去的精灵的游荡，一个由无数感觉相互交织与撞击而形成的精神的回旋，一个被记忆缠绕的世界。

一九八五年的莫言耕耘了这样的一块处女地。这是一块生于梦中的陆地，当我们踏上这块土地的时候，感到有一种精神创造的力量使这记忆中的一切变成现实，仿佛是那个永远存在的家乡在召唤着他：他跨过平川与河流，看见伛偻的腰背着无形的包袱，看见贫瘠的土地，看见“结着愁苦的车轮轨出的血红的辙印”，看见饥饿的亲人，看见重浊的夏天与悲凉的秋天，看见人们在那儿默默在承受着生活的重压，看见在青翠的麦苗与金黄的麦浪之间生命的再次诞生……

莫言感慨人的命运。带着新婚的幸福重又回到那度过苦难岁月的农场（《黑沙滩》）；出外当兵，受到现代文明教育的“我”，重又回到家乡，与父亲、妻子的愚昧落后观念之间一场不可避免的冲突（《爆炸》），作者经常用一种现时的顺境来映现过去的农村生活。而在这种“心灵化”的叠影中，作者又复活了自己孩提时代的痛苦与欢乐。

“童年时代就像消逝在这条灰白的镶着野草的河堤上，爷爷用他的手臂推着我的肉体，用他的歌声推着我的灵魂，一直向前走。”

莫言的作品经常写到饥饿与水灾，这绝非偶然。对人的记忆来说，这无疑是童年生活所留下的阴影，而一旦这种记忆中的阴影要顽强地在作品中表现出来的时候，它又成了作品本身不可或缺的色调与背景。《黑沙滩》和《五个饽饽》表现的时代特征各有不同：前者是写动乱岁月中军民之间发生的故事，后者虽不见明确年月交代，但从围绕着人与人之间的隔膜与沟通所发生的事件来看则是明显地联系着旧社会的。在一个解放军农场中，战士们收留了为饥饿所逼而来的农村母女俩，在违反军纪党纪的表层下，作者热烈地歌颂战士正气凛然的举止，并且无情地鞭挞了时代错误所带来的罪恶；而在饥饿的岁月中，发生在除夕之夜的故事则更忧郁委婉，农村常见的供神习俗，使得一家人牺牲了仅有的几个饽饽，对饥饿的进一步忍受则又表现了精神的“饥饿”，结果在五个饽饽被偷而带来的怀疑则撕破了“我”——一个儿童所应有的对人的起码的信赖和尊重。

透过两则表面差异很大的故事，我们不难发现它们又都是以饥饿作为共通的情节核。写饥饿，作者常常又写到秋季，他把农村的收获季节与饥饿放进同一画面里，自然为的是加重饥饿的色调。饥饿使军民之间的鱼水关系在暗淡的岁月中变得更加醒目，它又使人的隔膜与不信任变得更加黯淡无光。饥饿离开美好那么遥远，但它有时又照亮了人心与人心间的通道。

与此同时，莫言又是经常地写到发大水。“听爷爷辈的老人讲起这里的过去，从地理环境到奇闻轶事，总感到横生出鬼雨神风，星星点点如磷火闪烁”。就在神秘的预感中引来了“大雨滂沱，旬日不绝，整个涝洼子都被雨泡涨了”。大水之中，人的整个希望与失望、侥幸与绝望、生与死、精疲力尽的恐惧和面临死亡的混沌茫然都在意与象的融合贯通之中表现得淋漓尽致。

如同写饥饿都要写到秋季一样，莫言写水灾也经常写到死，这在《老枪》中亦如此。谁都会感到，在这样的背景下，童年不会是幸福的。然而，莫言的作品并不全是旨在描写一个不幸福的童年，并由此揭示出造成这种不幸福的社会根源——对某些作品来说也许是如此，例如前面提到的《黑沙滩》——问题的另一面在于，为什么莫言的好些作品都不约而同地选择了水灾与饥饿呢？而且这种描写又总是带着一种忧郁与惧怕，这显然是反映了作者对童年阴影的一种希望摆脱而又难以摆脱的心境。这也就是为什么同是写农村，张炜却又偏偏选择庄稼成熟的田野一样。

童年生活的记忆，缠绕着莫言的艺术世界，同时又参与了这个世界的创造。

二

在一些多少真诚而非矫揉造作的小说背后，总是隐藏着作者摆脱不掉而又想极力掩饰的心理摩擦，而艺术的创造恰恰又正是在这两难之中求得生的权利。透过莫言小说的缝隙，我们将不难发现，正是这不幸福的童年记忆，作为人的心理积淀的表现，才产生了莫言世界独有的底色。

莫言做过工人，他的作品却压根也没有工人的味道；莫言当过兵，他的作品自然也有写部队生活的，遗憾的是他的《岛上的风》和《雨中的河》还缺少兵的魂。作为一个小说家，莫言骨子里面还是个农民。他的作品之所以出色，就在于他作为一个艺术家有着农村生活的根、农民的血液与气质。同是写农村，没有在农村的童年生活的印迹，其写农村总会有一道难以弥补的裂痕，只要比较一下张炜和矫健的写农村，我们是不难发现这一裂痕的。莫言笔下的“农村”是有童年的，童年的记忆在他的笔下获得了艺术的再生。

这一童年生活的不幸福，还表现在与父母间血缘关联的断裂。父母对孩子自然有一种生命延续的依恋，孩子也同样会对父母有着一种血缘上的感情依附。而莫言世界的孩提时代偏偏与父母间“没有温情，没有爱，没有欢乐，没有鲜花”。《石磨》写到的记忆中的母亲只是用推磨这繁重的劳动来使唤孩子和惩罚孩子，父亲则是“揪住我的头发狠狠地抽了我两个嘴巴”；《五个饽饽》中的母亲“罚我跪下”；《枯河》中的那位从来没有打过儿子的母亲用“戴着铜顶针的手狠狠地抽到他的耳门子上……弯腰从草垛抽出一根干棉花柴，对着他没鼻子没眼地抽着”；《老枪》中更是因为违背了叮嘱，不好好读书反拿了墙上的枪想为父亲报仇，结果被母亲用菜刀砍下了手指。

当我们把所有这些出现在莫言作品中母亲形象的行为细节放在一起的时候，它们竟会变得如此意味深长。当然，作者也并不是因为要写出一位母亲的“恶”才如此设计的，如果这样的话，那太流于皮相了。相反，作者倒是通过母亲的种种反常行为来写出一种特殊状态的爱，这种爱的特殊方式在于一方面勾连着许多独特的时代背景内涵，像《爆炸》中描写一位老农民因一辈子为物质与精神的重负所累，到头来不曾给儿子一点温情与爱，作者不是为了简单地表现人性的丧失，而是追溯到历史重负所造成的父母情感的变异；另一方面又是在童年记忆表象不断重现的背后夹杂着一个成熟了的儿子对母亲的情结回归和理智反省。

但是，作者对这样一种父母形象的选择，是否还有其他更为深层的无意识记忆呢？为什么同是写农村、同是写童年、同是写母亲的作家，京夫笔下的母亲又总是那么慈祥、那么善良，即便是再苦再累的岁月，童年的“我”也是同样依恋着母亲，而莫言笔下的母子关系又偏偏表现出一种逆反的情感关系呢？这种差异是缘于不同的构思模式呢，还是创作上不同的心理诱惑？这是个难解之谜。

莫言笔下的农村孩子都是或多或少患有身心障碍的，他们常常和父母的关系不亲密，而父母的形象又是在历史与现实的重负面前经常地处在压抑和发泄的高峰状态。《透明的红萝卜》中的黑孩，自始至终都表现出相当严重的不安感，一种精神上的焦虑，对特定的事件、物品、人或环境都有一种莫名的畏惧。作者写黑孩："他的头很大，脖子细长，挑着这样一个大脑袋显得随时都有压折的危险。"当菊子姑娘怀着一种天然的母爱去保护他的时候，黑孩则猛地在姑娘胖胖的手腕上狠狠地咬了一口，而且咬出血来。这咬一口隐约地表露了黑孩的一种仇母心理。甚至作者在写到父母打孩子的行为时，不断地重复"狠狠地"这几个字，也可以看做是这种情结断裂的自然流露。

追究这种断裂的起源，自然会联系到创作上的心理根源，它可能是作家进入创作状态时灵性爆发的一种符号，也可能是一种遥远的情绪记忆在起作用，甚至包括两者间的相互交融。

三

在缺乏抚爱与物质的贫困面前，童年生活的黄金辉光便开始黯然失色。于是，在现实生活中消失的光泽，便在想象的天地中化为感觉与幻觉的精灵，化为安徒生笔下那个小女孩手中的火柴微光。这微光照亮了爷爷奶奶，亦照亮了儿时的伙伴。

微光既是对黑暗的一种心灵抗争，亦是一种补充。童年失去的东西越多，抗争与补充的欲望就越强烈。对人来说，心灵无疑是最富有诗意和神奇色彩的平衡器。人所没有的，它会寻求替代；人所失去的，它会寻求补充。于是，爷爷和奶奶的形象出现了。

莫言总是以一种特殊的感情和语调写到爷爷和奶奶。有时，他不仅用文字直接写出爷爷在家庭生活中代替父亲的作用，而且也是在字里行间充溢着对爷爷奶奶的一种深情的依恋，《大风》这篇小说就是用一种忧郁的笔调表达这种感情的。从小跟着爷爷去拉车，一次拉草回来的路上遇到大风，大风把什么都刮走了，只剩下一根夹在车栏里的草。这根草成为"我"纪念册上最宝贵的一页。是的，遗忘的风可以把什么都刮走，但却刮不走对爷爷奶奶的记忆，因为他们补充了这个失去了父母之爱的童年世界。

而幼小的生命对于老年人的选择，反过来也印证了老年人在生命将要走到尽头时有一种依恋童性的本能，孩子和老年人在年龄上相去甚远，但在生命的某一点上他们又相距最近，最容易相通。

莫言世界中的这种暖色调对冷色调的抗争和补充，还可以追溯到他写到的儿时伙伴。从《白狗秋千架》的“我”与小姑、《三匹马》中的柱子与伙伴、《枯河》的小虎与女孩，一直到《石磨》中的一对青梅竹马等，在他们的各种各样的交往中都自有一片欢乐，哪怕是怄气、打赌，相互嘲弄甚至打架，都倾注了他的全部热情和爱，只要他们在一起，便每天都用一种全新的方法重新安排和创造自己的天地。莫言作品中经常有的幻想、幻象和幻景都和这个天地有关。

这个天地不时以自己的色调涂抹着并不幸福的童年。一个男孩和一个女孩从事拉磨的劳动，只是因为两个人在一起，便自有一种幸福感；《三匹马》中的柱子，当他要在一群孩子面前维护自己的尊严，表现自己的勇气时，不管是掏螃蟹窝黄鳝洞还是举柳条劈肥大的玉米叶，不管是逞能的吵架还是干脆来一下力的角逐，都有着孩子改造世界与表现自我的兴奋。

你看作者对打架的描写：“柱子朝着这个比他高出一巴掌的男孩子，像匹小狼一样扑上去。两个光腚猴子搂在一起，满地上打着滚……最后，孩子们全滚到了一边，远远看着，像一堆肉蛋子在打滚。螃蟹扔在路旁青草上，半死不活地吐白沫。黄鳝快晒成干柴棍了。柱子那条蟹子腿正被一群大蚂蚁齐心协力拖着向巢穴前进。”不知怎么的，我总感觉莫言笔下的这幅打架图像，不仅反映的是儿童的生活情趣，而且叙述也是出之于一种儿童的审美视角。

四

然而，微光毕竟是微光，爷爷奶奶和儿时伙伴作为一种感情补偿毕竟弥补不了自然灾害及丧失父母之爱所带来的心灵创伤。

所以，这个童年又是孤独的。由于孩提时代所经历的特殊的境遇，加上独特的性格特征，“他”开始变得不喜欢说话了。

而莫言作品特别多地写到哑巴，显然和这有着若隐若现的联系：《透明的红萝卜》的黑孩是个哑巴，《枯河》的小虎像个哑巴；《白狗秋千架》中男的是哑巴，一连三个孩子也是哑巴。不但如此，如果算进那些基本上不说话的形象那就更多了。我简直怀疑，莫言处处表现出那种对人处在无声状态的兴趣是否可以证明他本身就不喜欢说话。

作者有一种出众的才能，即用传达感觉的方式，拆除生理缺陷所造成的交流障碍，使手势眼神的“语言”更为丰富动人。他的一个最为与众不同的地方在于，通过个人感觉的信息传递而将听觉功能转换为视觉或其他知觉接受。例如：写“女孩的喊声像火苗一样烧着他的屁股”；写孩子与人对话，用“嘴巴咧了咧”，“牙齿咬住了厚厚的嘴唇”，“用力摇摇头”；写黑孩回答队长的询问，“迷惘的眼睛里满是泪水”，“眼睛里水光潋滟”，“泪水从眼里流下来”，“嘴唇轻轻嚅动着”……

注重非听觉的感知器官的表现力，在莫言的创作中，已经不是一个具体规定情境中的描写特色，而是整体性的一种审美境界，或者说是这个世界的底色。他有时候写得特别来神，就是因为叙述与被叙述都进入了无声状态，而写得特别糟的时候，那就是语式出现了不谐和的噪声。莫言的小说给人带来的艺术效果，简直就是无声电影，就是一场哑剧，哪里寂静一片，哪里就渗透着莫言的感觉。不知怎么的，他的作品即便是写声响，对我们来说也只是一种视觉效果。而声音则仿佛来自太遥远的地方，给人以朦胧飘忽之感。我想，莫言在小说中喜欢用“看见声音”的字眼，至少也可以看作是小小的注脚。

这或许是因为身心的过于压抑而使他改变了自己的宣泄渠道。就像那幽灵般的黑孩：他不能与常人交流，便与万物交流；他听不到常人的说话，便听“逃逸的雾气碰撞黄麻叶子和深红或是淡绿的茎秆，发出震耳欲聋的声响”；他得不到抚爱，便在水中寻求“若干温柔的鱼嘴在吻他”；凡是他在这个世界听不到的，便在另外一个世界听到，而且是更奇异的声音；凡是人世间得不到的欢乐，他便在另一个梦幻的世界中得到加倍偿还。心灵感应的对象与途径变了，感觉的方式与形态也会相应变化。莫言创作中最主要亦最重要的特色，就在于他审视世界的非常态，他总是以一种超常态的感觉把握世界、创造世界，结果又总是引起人们的超常态反应，人们总是太注意解释他所审视的对象，但却常常忽略了他是如何看这个世界的，他的眼睛到底与我们有什么不同？结果就被作品中那些反常态的描写弄得六神无主，心慌意乱。

莫言的奇怪正在于他的艺术世界应了他的名字——莫言，无声的感觉。这感觉穿过“秋天的一个早晨，潮气很重”，“村子里朦胧着一种神秘的气氛，狗不叫，猫不叫，鹅鸭全是哑巴”；穿过“夜色深沉”，穿过小镇的大街，穿过除夕日积了几尺厚的大雪……这个世界好像离我们很远，又好像离得很近。它含有一种模糊的启示，从而唤起人的一种迷蒙的感受和无尽的回忆、联想。

五

《三匹马》写了一个农村家庭的合合离离的故事，这种较为常见的故事并不见得有什么新意，耐人寻味的是在故事表面情节的演进过程背后，蕴藏着的某种特殊的心理模式。我们所要指出的是这样一种心理模式，就是导致人的情绪发展和意志行为的“暴力”倾向和死亡诱惑。

莫言几乎所有的作品都有一个类似《三匹马》这样一种表层故事模式背后隐藏着的心理模式。《石磨》中写两个人的打架，“她恼火了，扑到我身上；我恼火了，拉住了她一只手，狠命咬了一口”；《五个饽饽》中那个我也因为失去了五个饽饽而像一只狼一样扑上去；《枯河》中我因惹祸而遭到哥哥发疯似的狂踢；《三匹马》中的用绝技狠命抽马……这些人因为心情的过度压抑而产生的行为发泄，几乎也都是莫言故事发展的高潮。

莫言小说的另一个发泄渠道是死亡：《金发婴儿》中“我”在极度矛盾的心理冲突中因承受不了传统观念和个人耻辱的双重压力，结果用双手扼死了妻子与别人生下的金发婴儿。除此之外，以死作结的还有《三匹马》、《老枪》、《秋水》诸篇，更有意思的是《老枪》和《秋水》的结尾几乎是雷同，这种开枪他杀和自杀的雷同不止是情节发展的相似，更为重要的是心理需求的同归。

暴力行为和死亡诱惑作为某种心理解脱的途径实际上是来之于创作心理上的双重轨迹，即叙述者的心理轨迹和叙述对象的心理轨迹。这不是两条并行的轨迹，相反，它们时常相互纠缠不清，互相排斥和渗透都是可能的。对莫言来说，暴力与死亡可能是出之于作者对传统重负所造成的反抗，也可能是个人心理历史印痕重现的结果。

在莫言的小说中，心理行为的过程远远要大于情节构制过程。可以这样认为，对他创作灵感有激发作用的往往是心理的行为模式，他的作品总是起始于人的某种情绪状态，或孤独、或畏惧、或忧虑、或压抑，而小说叙述的推衍又每每将这种情绪状态引向高峰，这样，它的结尾又必然要为这种高峰状态寻找某种宣泄渠道才行。

六

读莫言的小说，我原以为会更多地看到一个成年人的世界，结果却是看到一个植根于农民的童年记忆中的世界，一种儿童所独有的看待世界的全新眼光。

这个“世界”不断地有色彩，不断地有光线，也不断地有各种各样变形的图像。它使人产生一种特殊的心情，使人感到忧郁、感到孤寂。一个弱小的心灵承载着超重的负荷，当他回首往事时，又流露出对少年时代这一瞬间变成历史的吃惊眼神。

这个被记忆缠绕的童年世界，使作者叙事投影的外视角和内视角呈现出一种淡淡的覆盖一切的色调，这是在一切艺术手段背后的感觉的底色。它所唤起的并不是一个绿色的、凉阴阴的、令人感到抚慰的田园记忆。而是用儿童般不同凡响的色彩，纯朴天真的幻象，屡屡被伤害的幼小心灵所具有的特殊的感觉，几近荒诞的任意表现，表现出儿童对生活的神秘感和某种程度上的畏惧心理。

莫言作品的儿童视角，不止是在于他经常地把孩提时代作为描写的对象，重要的还是他那些最为优秀的篇什都表现了儿童所惯有的不定向性和浮光掠影的印象，一种对幻想世界的创造和对物象世界的变形，一种对圆形和线条的偏好。像我们在前面略有提及的《球状闪电》，其创作上很大一部分的心理动因就来之于一位尿炕者一生梦境般的心绪：少年时代尿炕所带有的耻辱感和自卑感；长大了考大学考不上的尿迫感；婚姻的自由与不自由的纠葛所造成的压抑感、焦躁感。在这种种感觉的笼罩下，出现了许多模模糊糊似懂非懂的图像，记忆之河结了厚浊的冰，水流在冰下凝滞地蠕动着……通篇小说已不止是人的感觉的记录，而且还有着许多“牛眼看世界”和“物眼看世界”的有意味的表现。

不像读有些作家的小说，我们从他的语感中能体味到一个作家长时期对语言的锤炼和修养。莫言的语言缺乏这些，但他那种儿童般制造幻象的天赋，成功地在语言上化短处为长处。拿比喻来说，一个成熟作家的文体讲究，一般很少用比喻句，特别是明喻，而莫言不然，用得特别多，而且常常出奇制胜，自有另一番滋味。这恐怕也是和他的儿童艺术的投影分不开的。

七

对莫言创作现象的无所顾忌的感受与小心翼翼的推测，仅如此而已。这种大致的归纳并不能囊括莫言创作的全部内涵。其他的因素也绝不会因为这几种心理诱惑而变得无足轻重，相反，可能在某种程度上比这种记忆的缠绕更重要。像莫言小说中经常出现的那种对几千年封建传统所遗留下的旧习俗旧观念的痛恨；时代进程所必然带来的几代人之间的情感撞击与裂变过程等，也都同样是莫言小说中不可忽略的一个方面。我们甚至还可以认为莫言小说的叙事体态、语式、结构模型诸形式也都是同等重要的。但是，把这些都付诸批评的实践，已不是本文所能胜任了。

而我们对莫言创作上种种心理诱惑的感觉与推测，只是为了在某个侧面验证那句已被人重复了多次的名言——

“作家的作品只是秘密成长心灵的外在成果！”

1986年1月

（原载《上海文学》1986年第4期）

深情于他那方小小的“邮票”

——莫言小说漫评

朱向前

自从美国作家威廉·福克纳突然发现——“我的像邮票那样大小的故乡本土是值得好好描写的”之后，他便一头扎在那儿深耕细作，终于奉献出了一个庞大的“约克纳帕塔法”小说系列，从而取得了超越本土乃至超越美国的世界性文学成就。于今，我们借用“邮票”说来研讨莫言的小说创作，丝毫无意将他们相提并论，仅仅也是因为发现——

“文学创作，不管你是哪个民族的作家……只要是真正的文学，毕竟会在某一点上相撞，会有某种共通的东西”（莫言语）——事实刚好如此：一九八一年迄今（主要是一九八五年以来），莫言发表的《红高粱》等十二部中篇和《白狗秋千架》等二十余个短篇共近百万字的作品，基本上都是以他的家乡社会作为背景，用心来摹写北方中国农村的风俗民情、人心世态的（只有《雨中的河》、《苍蝇·门牙》等少数几个反映军营生活的作品例外）。或者可以这样说，莫言也正是立足于他的故乡本土，用他的笔和心在有意无意地探寻、设计、营造着属于他自己的那方小小的“邮票”。

因此，当莫言正在今天的文坛被人注目之时，我们着眼于他的“邮票”意识的萌蘖过程，进而探测一下他的创作发展流向，恐怕不会是毫无意义的。

莫言把他笔下那块“邮票”大小的故乡本土命名为“高密东北乡”（有时也叫“马桑镇”）。虽然这个称谓在他的作品中正式出现已是较晚的事，但他的创作之根，实际上早已命定般地扎进了那块文学的丰腴之地。

因为正是在齐鲁大地上那样一个既有丰厚的文化历史，又有贫乏的物质现实的小小乡村里，不仅埋葬了他祖祖辈辈无数个辛酸的梦想，而且揭开了他自己沉重坚韧的人生帷幕——他的脉管里流淌着北方农民的血液，他的眼面前展开父老乡亲的世相，而那“洸洋血海般的红高粱”以及种种自然景观，便构成了他的文化摇篮（就“非典籍文化”而言）——这一切，都宿命般地决定了他日后小说创作的取向。

但且慢：莫言并非从来就具有本土观念的作家。从他的处女作到《透明的红萝卜》问世之前的几年之中，他曾断断续续地发表过十余部小说，题材选择变动不定——既以书信体描写军人妻子对亲人的绵长思念（《春夜雨霏霏》），也用新颖目光逡巡他刚涉足不久的军营世界（《岛上的风》）等，虽略略具备他后来作品的某些优长（如擅长于人物尤其是女性的心理刻画、情感抒泻等等），但并没有在整体上预示出他与众不同的题材取向和写作才华。值得一提的倒是有一九八三年的两个短篇——而那都是写他所熟知的故土——《售棉大路》通过农家姑娘杜秋妹在排队售棉的一天中所遇见的凡人小事，流溢出蕴含在作者心底的农村生活的深厚储藏；而《民间音乐》则以艺术氛围的空灵缥缈博得老作家孙犁的青睐，认为“有点艺术至上的味道”。然而，乡村生活的厚实与艺术意境的空灵——尽管此后渐次构成了莫言小说的鲜明特色——但在此时，却只是不经意的泄漏与逸出。

一九八五年春天，《透明的红萝卜》带着浓郁的泥土气息和迷蒙的童话色彩脱颖而出，莫言惊喜地发现了自己——发现了他那块“邮票”大小的故土上有写不完的人和事，发现了他那以奇异感觉为标志的独特艺术个性。他一发而不可收了，近二十年高粱、地瓜、玉米饼子在肚子里酿就的酸甜苦辣哗哗地如“秋水”流淌，满脑子奇形怪状红黄绿蓝的“球状闪电”一个接一个地迸然“爆炸”——它们或者以“童年视角”观照荒谬年代里农村的愚昧落后和农民的麻木自戕（如《枯河》等），字里行间洋溢着作者“哀其不幸，怒其不争”的复杂沉重的心绪；或者以当代意识捕捉古老土地进入现代文明时所撞击出的星星燧火（尤好从婚姻伦理角度切入，如《球状闪电》等），有热切的呼唤，有滞重的太息，也有谜一般的悬案和困惑。然而，不论前者还是后者，都表现出了作家对中国农民命运那种感同身受的亲知和刻骨铭心的真情——舍此而不能抒写得这般淋漓尽致、哀婉动人。

在这样一种基础上，莫言充分施展才情，张扬个性。就譬如他那特殊的艺术感觉，往往用直观方法赋予天地万物以生命，捕捉瞬间的殊异状态，加以联想生发和通感，将一个充满声、色、香、味、形的活生生宇宙和盘托出，使人如闻如见，可触可摸。哪怕是一点最微小的感触，也描绘出一个有声有色的艺术情境。这不仅使作家获得了既节省素材又反映深刻的高产高质的创作效应，还大大丰富了读者对外部世界和人类自身的感知方式与审美情趣——现实世界和感觉世界的有机融合，使莫言创作呈现出一种“写意现实主义”风貌。

客观地说，一九八五年是莫言找到自己的一年，因而也是急于表现与宣泄的一年；同时，一九八五年又是莫言继续寻找自己的一年，因而又是左冲右突摸索前行的一年。他在这一年里留下的足印，既充分展示了才力，也无遗暴露了缺憾，只是宽容和尚新的艺术气氛使人们原谅了后者，爱其一点，不计其余（譬如他有时沉溺在良好的艺术“感觉”中不能自拔，而使得“感觉”重复，甚或泛滥；又譬如他有时过于追求形式，尽管把《爆炸》这类小说写得才华四溢，却有些“曲高和寡”；再譬如他有时的借鉴过于生涩，留下了某些模仿的痕迹等等，均未受到更多的诘难，即是例证）。难能可贵的是，莫言并未因此飘飘然或昏昏然，仍在冷静执著地探寻一条更加中国化的更加属于自己的艺术道路。也正在此时，他的立足故土的“邮票”意识悄然萌发——《白狗秋千架》首先打出了“高密东北乡”的旗号；而《秋水》则写了这个村庄的繁衍史，里面的爷爷和奶奶就是“高密东北乡”的夏娃和亚当，《秋水》就是“高密东北乡”的“创世纪”——莫言，在咂摸着下一个真正的“好球”。

果然，今年三月，莫言从“高密东北乡”的历史深处捧出一束沉甸甸的“红高粱”，立时就赢得了文学界更高的热情，和社会上更大的兴趣——我们或可解释为莫言小说技巧的渐趋圆熟，或可视之为莫言对历史题材的创新突破等等，但在我看来，《红高粱》对莫言小说创作的发展而言，无疑标志着他的“邮票”构想的初步成功。一，当莫言将他泛散多变的目光渐渐凝聚稳定在故土的内结构上时，实质上已表明他对中国农民命运更为深刻的思考与把握，他已从昔日理想失落的怅惘中，从现今变革艰难的迷茫中超越出来，他沿着时间上溯，顺着祖辈的血脉寻根究源，迫近了民族精神的底蕴，他深情召唤“游魂”的复活和“人种”的回归，为今天民族性格的建造提供了一种参照。这样，虽然他扫描的视域由今而昔，由大到小，但由于有了当代意识和审美理想的观照，便获得了一种超越历史、超越现实的穿透力，一种由点到面、由小到大的辐射力。它的表相与内涵，呈显出双向逆反流向。二，在横向移植与纵向继承的天平上，莫言不断给后者加码，他更加尊重民族的审美心理与情趣了，对民族的审美接受“图式”，既继承又扬弃，努力把握在“图式”的边缘进行突破。《红高粱》实际上就是一个传奇故事、风俗民情与现代技巧的三结合产儿，本质上仍不失中国气派和民族风神。三，《红高粱》系列初步展现出一种小型史诗规模，由《高粱酒》、《高粱殡》等五部中篇组成，在高密东北乡的方寸之地拉开历史风云和人物命运长卷（据我所知，莫言的下一个重要节目，就是他的高密东北乡的系列长篇）。史诗意识的苏醒，正是莫言的“邮票”构想的显著标志。

因此，《红高粱》系列更加有力地向人们昭示：莫言的小说资秉与潜质，在同龄人作家群中显得出类拔萃，因此，我们对他更加厚爱（绝不是苛刻），我们甚至宁愿把他的某些特点看做缺点。譬如他的艺术感觉很敏锐，但仅仅凭借乃至满足于这种局部的甚或是微观的，经验化的甚或是表象的“小感觉”来组构他的作品建筑群，恐怕更多的只是漾散出一种才子气，而不是真正的大家气。我们更强调一种包容思想、哲学、历史和人类意识的宏观感觉。正是从这样的高度来检测，莫言部分作品的内蕴和力度还稍嫌不足。我们还注意到，当他企图在《狗道》中表达一种对战争和人的宏大哲学思考时，明显地泄漏出捉襟见肘和力不从心的窘迫。以至有人隐隐地担忧：小说怪才莫言能否超越“莫言模式”？何况，一方小小的“邮票”，容易限制作者的艺术视角，如果没有内涵的不断深化、扩展，这方邮票的艺术设计和营造，更易于落入某种窠臼。

于此，我们想到——当新时期文学头十年璀璨的结尾和第二个十年辉煌的开端联袂而来之时，一种清醒的反思氤氲丝缕而起：头十年我们开创了当代文学空前的繁荣格局，但却未能产生大家；第二个十年势将急迫呼唤和亟待产生大家。然而，当今文坛的中坚（主要是中青年作家），由于历史的原因，他们中外文学的全面准备比起五四时期那一批大师来，无疑有较大的落差，因而还少有鲁迅的哲人眼光，茅盾的史诗气魄，老舍舒展从容的风度，巴金开阔酣畅的笔墨……尤其经过了十年或几年的跋涉和喷吐之后，他们都感到了程度不同的疲惫和“内虚”，以致在历史的临界点上徘徊不前——他们将共同面临的严峻考验是，能否甘于寂寞以潜心修炼(包括思想、生活与艺术)，呕心沥血以涵容万象。这关系到他们能否不断超越自己，关系到当代中国文学能否再次起飞——而对于莫言，则决定他苦心孤诣设计营造的那方小小的“邮票”能否真正具有深广的超越意义——当然，我们所说的超越，决不仅仅是超越“高密”，也不是超越华北，而是超越——中国。

(原载 1986 年 12 月 8 日《人民日报》)

审视：农民英雄主义

王炳根

本文由《红高粱》、《高粱酒》、《高粱殡》、《灵旗》、《季节桥》、《马蹄声碎》、《夕阳红》、《黑太阳》等作品而引发。

一　审视历史与审视灵魂

这是一批什么样的作品？这是一批三十几岁的年轻人描写四五十年前发生的战事的作品，是以后辈人身份书写前辈人的事体，是儿子在写老子。很有意味的是，几部作品都不约而同地出现了血缘关系和亲缘关系。《红高粱》的“我”与“我爷爷”、“我奶奶”、“我父亲”，《黑太阳》中的“我”与“我父亲”，《季节桥》中“未来的考古学家”与那几位母亲。至于《灵旗》、《马蹄声碎》、《夕阳红》中虽无直接的血缘关系，也无亲缘关系，但前辈与后辈的关系却是明白无误的。

这是谁都可以看出的事实，并无多少高深莫测可言，然而，正是这个简单的事实，带来一种并不简单的变化，寄寓了莫测的高深。

在这种关系的设置中，“我”及后辈一般是以感觉主体而出现的，父辈、前辈是作品的感觉对象和描写主体。由于这种关系的出现，自然就包括了时间的距离和两代人的差异，因而他们对父辈、前辈所做出的描写，就不像父辈的同代人（如杜鹏程、曲波、吴强等）那样热切，显得冷静多了，字里行间似乎扬出了一般豁达、超脱、飘逸、超功利之气。他们用一双思考的眼睛，平静地远远地对视着父辈、前辈，对视着那一段战争的历史，这里，描写的重心不在于再现父辈、前辈的功绩，而是将其作为对象，进行严厉的审视。审视，则意味着体现着后辈对前辈、儿子对父亲、今天对昨日的功过、是非、荣辱、曲直做出一种自主的思索和感情的评判。审视的过程必然联系到现实，必然联系到自身，因而，审视也是自审。

首先是历史的审视。在过去许多作品中，历史是一度的真实，战争是一度的真实，许多东西被隐瞒起来了，这一批作品将许多过去不肯启齿的东西袒露出来了，在审视中，试图建立起全面的战争真实和全面的历史真实。长征，是以红军的胜利敌人的失败而告终的，而《灵旗》、《马蹄声碎》和《夕阳红》并没有简单地依从这一历史定论，而是在胜利中看到了红军的惨败（即付出的代价）。我们从这三部作品中感觉到了一条由鲜血和尸首铺成的二万五千里的长堤。湘江战役，五万红军被砍被杀。《灵旗》几乎是将这一血淋淋的史实再现了出来。《马蹄声碎》那个女人一具一具地数尸体，在一个小小的草地宿营点上竟有七十五具之多。《夕阳红》作了一个联想，即由长征想到长城，确实再贴切不过了，我们的祖先用血肉筑起了巍巍长城，我们的父辈则用血肉铺出了一条漫漫征途。纵然这样，长征仍然是伟大的，就像中华民族的子孙没有一个不以长城为骄傲和自豪一样。在这里，我们还看到了不仅是一种团结友爱，还有求生存的本能竞争；看到了并非是所有的人民都能用生命来保护红军，也有为了几个臭铜板将红军送去或者割下红军耳朵去邀功请赏的人。这就是年轻的作家以审视的眼光再现出来的长征历史。莫言的《红高粱》系列、张廷竹的《黑太阳》则从不同的角度使我们看到另一种伟大的民族抗日战争，即土匪抗日和国民党军队抗日。江小脚领导的八路军小分队被作者写得那般糊涂，竟然首先伏击了“我爷爷”余占鳌专与日本鬼子作对的队伍；那个国民党的将军带领的正规军，在缅甸的对日作战是那样的英勇悲壮，实在令人肃然起敬。这一批作品在审视历史的时候，更多的是注意将那被忽视、被淹没、被隐瞒的战争真实和历史真实勾勒出来，造成与以往战争、历史描写的补充和呼应。

然而，审视历史仅是这批作品的第一个层次，或叫表面层次。钩沉战争、历史的另一侧、潜伏面，可以是文学的范围，但严格地说，它应说是史学的任务，年轻的作者非常清楚这一点。这里，审视下的历史事件，只不过是一种用之于深层开掘的形体，他们利用这一可以充分展示人物内在的形体，进入到了人物灵魂的审视。灵魂的审视是第二层次的审视，是深层的审视，只有在这里，审视意识和自审意识才真正地出现。灵魂的审视将向两端伸延，不仅昭示了父辈为什么可以创造当时的那种历史，同时也暗示着与后来生活的内在联系。

需要指出的是，灵魂审视的对象，不是党内错误路线的代表人物，不是革命队伍内部的坏人和变节分子（如果是这样，那就与以前的作品没什么区别），而是战争的功臣，革命的主力，我们的父辈。因此，灵魂的审视比之历史的审视更为艰难，更为严酷，在一定的意义上说，将要由我们这些儿孙们打碎早已树立起来的父辈们的偶像，将灵魂中各种混杂的意识全都袒露出来。显然，这并非是所有的人都能做到，需要有一种勇气，一种精神的独立，一种超出父辈的庇护和阶级血缘的局限，也就是说，要充当一次不肖子孙的角色。这批作品的作者，都不大不小地充当了这种角色。《马蹄声碎》写了几位各臻其美的女性形象，她们在那样恶劣的环境中，克服着自身心理和生理的障碍赶上了队伍，为中华民族的女性唱了一曲赞歌。然而，作品的真正立意并不在这里，他在赞母的同时，也在严厉地责父，所指责的不单是那个以一种卑鄙的方式遣散女红军的指导员，而是指向了潜藏于父辈身上的封建意识。当他们需要时便不顾一切地将她们拥在怀里，当他们觉得是个累赘时便弃之如敝屣，这是一种长期延续在父辈身上的古老意识，它在我们红军的父辈身上并未消除。因而，在这个特定环境中，五位女性的毁灭，其中父辈是不是有一种不可推脱的责任？这里没有直接的灵魂拷问，但以美的毁灭间接拷问，则更是令人沉痛，足以令父辈汗颜的。

不能简单地把灵魂的审视看成是对父辈的丑化，专事批判封建、落后意识，实际上，作者在进行审视的时候，内心是极为复杂的，他们有着一种崇敬，也有着一种愤恨，有着一种严酷，也有着一种谅解和宽容。他们是在充满大爱之中，无可奈何地流露出一种大恨。这种复杂的情绪，体现在作品中便是双向的审视，即礼赞他们英勇的壮举以及支配它的高尚灵魂，也揭示他们落后的愚顽行为以及支配它的落后意识。《灵旗》中年轻汉子一次次的暗杀，这里有他为红军复仇的正义崇高之心，但也体现了他的残忍。这种审视，既是颂扬，也从人性的角度表示了叹息。莫言在《红高粱》开篇，对他的高密东北乡做过这样的表述：“最美丽最丑陋、最超脱最世俗、最圣洁最龌龊、最英雄好汉最王八蛋、最能喝酒最能爱”。这实际上也是对高密东北乡父辈的感怀。《红高粱》系列在对“我爷爷”、“我奶奶”、“我父亲”做出的灵魂审视时，便是向这两个极端伸延的。

灵魂的审视使我们看到了历史事件背后的深层意识，使我们看到了中国革命所以会成功的精神力量，同时也使我们看到了历史与现实不仅是事业延续的联系、时间的联系，而主要是深层的心灵的联系。在这种联系上，我们可以清醒地看待建国以后的一段历史，看清我们自己。这些，都应该说是社会学的联想和感怀。实际上，这种审视的更大价值在于文学的自身，即由于审视所带来的我国战争文学新的审美风尚。

二　建立与排斥

当我们注意一下这批作品灵魂审视的对象时，就会发现，他们都是农民，各式各样的武装农民。这就是审视的对象，《灵旗》写红军过湘江，十几、几十个人抱成一团，等着敌人的炸弹，为的是让拥在中间的人活下来，极端英勇，而又极端愚昧；在余占鳌身上，英雄好汉与嗜血成性、追求性爱与野蛮粗俗是相辅相成的；《夕阳红》中写到一位红军“小老乡”动员人参军，理由就是“有饭吃”，条件则是“不怕打仗”，以有饭吃可以号召许多人来参加红军的队伍，去打仗、去流血、去牺牲，最低限度的诱惑换取最高代价的奉献，这也只能在农民的身上得到实现。在内涵的两种走向的显示上，有时是两明的，有时是一明一暗，有时则是以两暗的形式出现。但他们无论以那种形式出现，其实质都是农民式的。这种由中国传统文化所熏染、由农民的经济和政治地位所决定的农民意识，随时都存在着两个相反相成的走向，当他们在先进思想引导下，当他们在民族国家田园受到他人糟蹋和损害时，当他们自身无法生存而要去争取生存的权力时，那意识中的一端会激活出来，从而变成英勇、不怕苦、不怕死、赴汤蹈火等等。这时，意识中的另一端可能在壮举的方式上体现出来，也可能会暂时地受到压制。但是，一旦先进思想的引导与他们的切实利益发生矛盾，一旦解除了眼前的危难，一旦获得了生存的权力和空间，并且获得了利益和好处之后，意识中的另一端便会异常地活跃，从而变得横蛮、粗暴、不民主、斤斤计较、疑神疑鬼等等。而这两端的走向，在不同的环境、不同的时期会以不同的方式表现出来。所以，谙熟农民的毛泽东，纵然在硝烟弥漫的战火中，仍然没有放松对农民军人的教育，通过各种手段激活他们容易激活的精神因素，像延安整风、三查三整、新式整军运动等等。但是，这种教育只能激活一端，只能压制另一端，而无法消除另一端。

由于审视的对象是农民的父辈，由于审视的农民的父辈的灵魂是由双向的精神因素组成，如果我们认同这一批作品所进行的审视，如果我们赞成把武装的农民作为中国革命战争文学的描写对象，那么，这就导致了中国革命战争文学新的格局的出现，即既是英雄主义同时又是农民意识的中国战争文学，或者叫农民英雄主义的中国战争文学。

农民英雄主义的中国革命战争文学的出现，有可能是寻找到了一条真实地表现中国革命战争的正确道路。为了确立这一格局，同时确立它在中国文学和世界文学中的位置，有必要对现行的几种战争文学的格局进行一番反思，在我看来，以下三种战争文学格局对我国的战争文学有极大的诱惑力、统摄力和潜在制约力，不进行反思和排斥，中国革命战争文学最终不能走向深刻和真实，不能在世界文学中占有自己独特的位置。

第一种是革命英雄主义的格局。这是在战争年代奠定，在解放后十七年得到充分发展的战争文学。《保卫延安》、《红日》、《林海雪原》和《最后一个冬天》是这一文学的代表作。这一文学格局受到了两个方面的影响，一是外部的战争伟业以及战争给中国带来的根本性的变化和转机；二是内部的中华民族传统的战争文学的影响，《木兰辞》、《岳飞》、《杨家将》等等。但这一文学格局都只注意到这两个方面的一端，而忽视了另一端。它们注意到了战争中的人的伟业，即在先进思想与生存意识所激活的英雄壮举一端，并且将这一端夸大、拔高，而忽视了人物身上潜在的、暂时压制或已经表现出来的另一端，只想到将他们作为英雄和功臣来歌颂，而没有考虑到他们还是一个农民，以及在他们身上的沉重的封建文化的积淀。也就是说，它们只看到了武装的军人给中华民族带来的变化和转机，而未意识到在他们身上同时也潜在着对中华民族的危机。在继承传统上，只看到它们所创造的英雄人物受人敬仰受人欢迎的一端，而没有看到这种英雄形象对封建社会的稳定作用，也就是说他们身上所挥发出来的对人民的催眠作用。革命英雄主义文学由于这两方面影响所采取的片面与不清醒，这就导致了它们所创造的英雄人物在表层的单一、失偏，在深层的空洞、失真。农民英雄主义所做出的灵魂审视，既注意到了革命英雄主义所注意到的一端，同时也发掘了它所忽视的另一端，在历史与人上进行了全面真实的表现，这样，它既可令人肃然起敬，也可催人警醒；它对现实释放的不是催眠剂，而是沉思力。

第二种是人道英雄主义格局。这是苏醒的战争文学，目前，它对中国战争文学影响极大。自从《西线轶事》将其引进后，一些描写南线战事的作品群起而效之，“洋”风日盛，并且有向描写中国革命战争生活蔓延之势。虽然人道英雄主义有着极大的优越性，极能引起作家和读者的兴趣，最可能讨来一掬感伤的眼泪，但我以为，仍然是值得反思的。就二次大战而言，且不说中国与苏联的文化差异，单就国情就大不一样。那时，他们已是社会主义国家，物质与精神的享受与追求都比较高，法西斯的入侵毁灭了这种享受与追求，因而，苏联的军人是在中断幸福与爱情的情况下进行反法西斯战争的。中国不一样，我们的农民谈不上物质与精神的享受与追求，只是为了血洗民族的耻辱，为了简单的生存与温饱，因而人道意识不是那么明显与强烈，复仇意识倒是格外突出。如果我们以人道英雄主义的文学去表现中国的革命战争，似有违生活的真实。有人曾开玩笑说，一部《这里的黎明静悄悄》影响了《西线轶事》，而一部《西线轶事》带出了一批中国战争文学，致使人道英雄主义成了中国描写战争文学的法宝。此话虽然尖刻，但不无道理。这样走下去，只能使战争文学与中国革命战争的实际越走越远，离民族越来越远，最后分不清哪是苏联哪是中国。

第三种是反战和平主义文学格局。这是欧美的战争文学，它目前对中国的战争文学描写有一种很大的潜在诱惑力。有人甚至认为，战争文学要出新，就应该走这条路；有些评论家也把这种文学看做战争文学的最高层次，看做中国战争文学的未来。对此，我是不敢苟同的。这一文学的代表作《永别了，武器》、《第五号屠场》、《第二十二条军规》等等，是在这样一种历史前提下产生的作品：二次大战在欧美国家带来的灾难，不仅来自法西斯力量，同时也来自反法西斯力量。他们在为了打败法西斯付出代价时，同时也看到了英美联军轰炸不设防城市；他们在前线作战，后面却有人利用战争大发横财，从这两个方面来说，他们都异常地痛恨战争，他们认为，不论是正义战争，还是非正义战争，都是非常残酷的，因而，他们厌恶、痛恨的是一切战争。亨利上校看到自己杀人，同时自己也被人杀，最后走上了永别了武器的道路，反战和平主义集中地表现了这种战争的典型情绪。对中国的革命战争，不存在这种厌战情绪。战争可以给人民带来新生。从人类总的趋势来说，应该消灭战争，但对中国那一特定的历史时期的人民来说，无疑是热爱战争的。革命英雄主义文学在一定程度上反映了这种战争情绪。不能因为革命英雄主义文学的某种虚假，而走向另一端的不真实；不能因为革命英雄主义在审美上的受挫，而无视审美对象的独特横移一种审美风尚。我以为，后者同样是不可取的。

格局的反思和排斥，这是从总的趋向而言的，但并不排斥和否定上述三种文学格局中所包含的各种艺术要素，相反，我们还必须从中汲取许多东西，以丰富和确定我们所提出的战争文学，这是不言而喻的。

三　方式与形态

由于审视的对象和内涵，导致了新的中国战争文学的出现，同时，也由于审视的角度、方式、态度和过程，带来了战争描写观念的一系列变化，从而使得这一文学不仅在对象上、内涵上，而且在艺术观念上、审美走向上都出现了别致的姿态。

审视——主观介入——从再现到感受。审视的出发点，带有明显的理性的思辨力和非理性的本能力，它们往往以此去感受、去理解、去穿透所描写的对象。在这一点上，与革命英雄主义文学是不同的。后者往往是以自身的经历和在了解了大量的事体之后，从中进行筛选，进行编织，用来表现伟人的某一思想，或印证某一历史定论，或从中提炼一个正确无误的思想。在这些作品中，往往注重于事件的完整性，英雄性格单向的全过程，以及当时敌我友等等战略策略诸种关系问题，因而，在许多场合下，就得进行牵强附会的多线索的设置。审视的方式，不是以客体的历史出现，他们极力珍惜自身的表现欲望，尊重自身的理性思考和非理性的本能，但他们同时也尊重所要表现的客体，没有后一种尊重，理性思辨只能是空泛的，本能也就只能是本能。因而，乔良、江奇涛、程东并非是关在高级宾馆里去写长征，正是出于后一尊重，他们才重上长征路。从《红高粱》系列作品，从《季节桥》中，都看到了这一种尊重。但是，他们对后一种的尊重，并不是为了直接地去再现它，而是以前一种尊重去感受它。这种对客体的感受，可能调整他们之前的理性思辨与非理性的本能，但在这种调整中，对自身的尊重会变得更为活跃，更为充实。这样，他们笔下的战争，往往不是全过程的，人物往往不是单向的完整。他们将所捕获到的、与自己的第一尊重产生相向对流的“某一点”、“某一段”、“某一人物”，给予极为强烈的主观感受的表现，这就出现了乔良的长征、程东的长征，出现了莫言的抗日、苗长水的抗日。他们在对感受点进行描写时，不关心客体本身包容了什么，只注意我所感受到了什么，并将这种感受渲染到极端的程度。资深评论家李清泉在对《红高粱》的评论中，批评它未能对当时抗日的敌我友三方面的背景交代清楚，“这有碍于认识当时现实的严峻性”，“余司令和他的那支队伍，能不能仗着吃了十年大饼，仗着出神入化的枪法，仗着抗日的原发性，抵挡得住强大的日本帝国主义”。这种出自曾经有过那段严酷历史生活经历的老同志的批评，也许是值得尊重的，但我以为这是另一种文艺观念的批评。如果按照这种说法，作品就不能将余司令推到打日本的第一线去，他必须接受共产党的领导，江小脚该成为主要人物，冷支队长和余占鳌都只能是团结和争取的力量。这三种力量又联合又斗争，最后打败了日本鬼子，欢呼胜利。于是，这就不是《红高粱》，也就不是莫言的抗日了。我理解，作者绝不是要去再现那一段抗日的历史，而仅仅是要去感受我们曾经有过这样的父辈，之所以选择战争环境，只不过是因为它能将“我爷爷”、“我奶奶”、“我父亲”的灵魂显示得更充分、更强烈。一般说来，以审视的方式来表现对象的作品，都不太注重外在事件的完整，不太顾及事件之间的各种关系，而十分注重人物内在的真实。

审视——精神贯注——现实色彩浓烈。由于审视的能动作用，这就必然带来精神的贯注，或者是感情的输入。这种精神或感情，是在对现实的社会、人生、世事的理解，对未来的憧憬、幻想、设计的基础上产生的，同时，也渗透了哲理——西方当代哲学和中国古代哲学的启迪。作家们在做能动的审视的时候，更自然而然地在对对象做精神贯注。因而，精神贯注的结果，会直接造成描写历史战争作品的现实性。精神贯注主要在于强化对象，将对象的内在的方方面面或者直接、或者通过行为动作，色彩艳丽地表现出来。但是，有时精神贯注的内容与对象的内容并不一致，或者有着差异，在这种情况下，如果迁就对象，那就可能淹没自己，就可能使写出的作品落入他人的窠臼。以审视姿态出现的作家，一般不迁就对象，会强烈地占有对象，在这种情况下，对象的面貌会做出改变，战争的形态会出现变异。《季节桥》便是鲜明地体现了这种精神贯注，从而导致了反常的心态、变异的形象的出现。李彤在分析这种现象时说："他（指作者）把自己在社会急剧变革的今日的思考，他的人生观、道德观——这些理性的东西化入感觉，一起熔铸进他的故事中间乃至人物身上……正因为如此，我们在小说中看到了一些不是曲尽人情，而是'不近人情'的描写。譬如胡儿（《季节桥》中的人物）带兵返乡，并不热恋故土；母亲对儿子的死，表现出了超然的平静；母亲对孀居的儿媳不仅绝不言及守寡或再嫁的问题，反而主动地劝她远行；而采妮被老虎占有后，竟丝毫没有羞辱和憎恶感，反而生出些许怜爱之心……以上种种，用手法上的摒弃矫饰、返璞归真不能完全解释得通，因为无论从中国传统的民风或抗日战争时期中国农村的现实来推想，当时的人们都不该如此行事的。我以为，此处正是作者的精神的贯注。"（《为母亲哼一曲翻新的童谣——〈季节桥〉先读随感》，《解放军文艺》1986年第8期）精神的贯注改变了原来面貌的形态，但是，绝不是随意性、无目的性的，它带有强烈的现实色彩，或者是未来色彩。因而，神态是对彼时来说的，而在此时来看，却又是正常的，它与当前社会观念的变革取一种同步，极容易与当代的读者在感情上沟通、共鸣。在《季节桥》中，现实色彩是以改变对象为代价的，但我们还是希望这种代价小一点，既保持历史的常态，又注重精神的贯注，从常态中现出浓烈的现实色彩。

审视——情绪流动——感情色彩浓烈。审视并非都是理性的，作为后辈对前辈，儿子对父辈的审视，感情是极为痛苦、极为复杂的。因而，审视的过程，也就是情绪流动的过程，这其间，感情极为活跃和浓烈。它与那种再现式的作品不一样，后者往往沉在一旁，冷静观察、客观描写，审视的作者自始至终都直接参与作品中的人物和事件，这里有一种止不住的热血在奔流，有一种止不住的痛疼在呻吟。作者们在审视时，没有一时一刻忘记对象与自身的血肉联系，无法扮演一个冷静的不动声色的角色。《红高粱》有这么一段"尾记"："谨以此书召唤那些游荡在我的故乡无边无际的通红的高粱地里的英魂和冤魂。我是你们的不肖子孙，我愿扒出我的被酱油腌透了的心，切碎，放在三个碗里，摆在高粱地里。伏惟尚飨！尚飨！”感情浓烈令人想见。《红高粱》系列中的“我”将他理解为莫言也尚无不可，他在寻访“我父亲”的足迹时，一时一刻也没有让自己的灵魂得到安宁，作品中人物的命运，灵魂的沉沦，绝不是与“我”无关的，大爱、大恨始终交织在作品中。可以说，是一种“我”的情绪的流动，将《红高粱》系列作品凝结了起来。

审视中的情绪流动，一是审视者的情绪流动，像《夕阳红》，审视的对象萦绕于审视者的情感系列之中，以情绪统摄、包裹作品；而《灵旗》则属于另一种情绪流动，是审视对象自身的情绪流动，灵旗下青果老爹的情绪始终随着那个年轻汉子的幻影而起承转合。审视过程的情绪流动，极容易打动激活今天的读者。情感的永恒性与延续性，使读者消除了阅读时间与空间的距离，而那些对几十年前的战事和人物所做的冷静的、不动声色的记叙和再现，则可能使读者在感情上受阻，从而生出一种排斥感。

审视——时间切剖——今天的故事。切剖时间是当今小说创作的一种普遍倾向。但有的作品切剖后的时间，经过阅读者的恢复，可以在作品中重现被切剖的时间。《冬天里的春天》、《布礼》、《断桥》等作品，虽然过去的被切剖了，但仍可恢复，重建过去时的一个完整的人物命运和故事。而有一些作品，切剖后的时间是无法重建的，它的破坏不是手段，而是目的。西蒙的《佛兰德公路》，在描写一九四〇年佛兰德地区战场时，追溯到了一七八九年的法国大革命，但如果要在这个作品中恢复一个过去的或者寻找一个现在时的故事都是徒劳的，西蒙只不过是要在他所创造的时间和空间里，“深刻地表现人类长期的潜藏的处境”。《红高粱》系列在过去时的破坏，也是不要人们去恢复和重建的，作品中虽然存在类似一九二三年的时间概念，但它只不过是作为作家感觉的一个点，并非要在作品中展示一个过去时由事件连接的故事。切剖的时间在这里，只不过是作为一个系数，溶入今天的故事之中。如果说莫言的切剖还是块状的话，那么，《夕阳红》则更零碎，甚至是无空间的，谁要想在这个作品中恢复一个过去时的故事，恐怕所费的笔墨会比作品还多。审视姿态的部分作品，一般不注意过去时间的顺序，不追求过去时故事的叙述，而是将自己感受最深、最强烈的一段一块，随意地装进他所创造的艺术世界里。而这种艺术世界的基石、建筑和安装，都是现代化的，具有当今的“建筑”风格。切剖的时间不能重建，剩下的就只能是今天的故事。它们与讲过去故事的作品不同，与那种有意切剖时间，然而仍在讲述一个昨天的故事的作品也不同。

对战争中的人的灵魂的审视，导致了农民英雄主义中国战争文学的出现，而审视的方式又带来了一系列观念与形态的变化，因此可以说，由这一批作品所做出的战争描写，则可能造成它在世界文学中的独特的位置。

四 谁来审视与谁来创造

上面的分析中，实际上已经回答了这个问题，即农民英雄主义文学格局的创造主体是谁。就愿望来说，我们都希望老一代作家、一些有战争经历和体验的作家能焕发出第二创作青春，但当我们阅读到他们的作品时，愿望和实际总是矛盾的，失望的情绪常常出现。

那个像雄狮般的海明威，是极为鄙视理论家的，他自己也从来不谈理论，但有些话却是意味深长的。他说战争期间不会有优秀的真实的作品出现，如果他“发表真实的东西就有损于他的国家”，于是，有的人就只能去“出卖自己”写“宣传品”。这样一来，作家的诚实便失去了，他本来应该“告诉人们真理，而他却说了假话”。作家“写过一部不诚实的作品，以后就再也诚实不起来了。”只有在“战争结束后，优秀的真实的作品终于开始出现了”。（见《海明威论创作》）海明威对真正的优秀的战争文学出现的时间定断得是很准确的，但我们国家不一样，真刀真枪的战争结束以后，无刀无枪的战争仍在继续，两个对垒的阵线始终存在，后来发展到年年讲、月月讲、天天讲、时时讲。因而，对于那些出于阶级功利观而描写战争的作家，我们可以理解（纵然这样，他们也受难了），但到现在则应该有个清醒的认识。严格说来，真实地描写中国革命战争的作品，在这之前并不多，或者说还没有出现。近年，情况有所变化，但由于各种复杂的原因，对过去的战争还不容易将其放到民族历史的长河中来认识。公正而严厉地审视战争、审视战争中的人，写出优秀的真正的中国革命战争文学，必须超出感情与利禄的功利观，而在这一点上，无疑老作家的束缚比较多一些，青年作家有可能求得较大的超脱。

由于农民英雄主义文学是一个开放体系，它在当代意识和当代艺术观念上更接近世界二十世纪文学。而在这一点上，老一代的作家由于战争环境不允许，由于党对他们培养和重用战略的失策，未能及时地将他们送到院校深造，而让他们当官，担任行政工作，因而，在他们身上文学修养、艺术素质都弱了一点；近几年，文艺观念的开放与更新，他们又由于各种原因未汇入变革的潮流，有的甚至因为尊重自己的感情，而对文学变革持排斥态度，这样，他们的生活和感情的积累，则使他们极容易走到五六十年代的战争文学道路上去。对于青年作家来说，有一个对战争主体、描写对象的熟悉和了解的问题，没有这个前提，艺术观念再新，方法如何变化，主体意识怎样强烈，都会落入“空门”。但是，我以为，青年作家这一缺陷是可以克服的，档案馆、跑现场、找当事人都是克服缺陷的办法，更何况，他们是父亲的儿子，在父辈的身边成长、成熟，应该说，这两代人已经打过二三十年的交道，有过二三十年的灵魂的沟通与冲撞。如果不可能做从小到大到老的顺向了解，而做从老到大到小的逆向了解，会不会对他们的昨天，对他们在战场的生活有一种更深刻的理解呢？站在今天看昨天，昨天会显得小一点，但却可以看到它的全貌；站在昨天看昨天，昨天的某一点放大了，但却失去了其他部分的昨天。从这一批作品来看，年轻的作家完全有办法去克服自身的缺陷，而创造出另一格局的战争文学。

因而，对于中国的二十三年革命战争，对于我们所憧憬的农民英雄主义中国革命战争文学，不是没有战争经历的年轻人能不能写的问题，而是，只有由他们来书写。

（原载《文艺争鸣》1987年第4期）

论阿城、莫言对人格美的追求与东方文化传统

胡河清

在莫言小说集《透明的红萝卜》的扉页上，有阿城为莫言作的一幅速写：莫言的脸并不怎么好看，脸形长得简直就像一个刚从庄稼地里拔出来的红萝卜，但如果再仔细一点观看，就会发现这张貌似平凡的脸上也有不太平凡的东西，那就是莫言生着一双谜一般的眼睛。这双眼睛既是和善的明朗的笑吟吟的，又含着一种使人很难琢磨透的高深的智慧。这幅画像究竟与莫言本人相像到何种程度姑且不论，却有一点是可以肯定的，就是凡看过莫言小说的人大多会对阿城的这幅画拍手叫绝，因为他把莫言作品的特有的美一下子“抓”了出来。我甚至觉得，在对莫言理解的深度上，阿城这寥寥数笔大有超过一百篇文学评论之总和的可能。

在对新时期一批注重探索传统文化的青年作家的研究中，“寻根派”现在已成了众所周知的称谓。这样一来，莫言、阿城便自然地被归入与韩少功、贾平凹，乃至王安忆一类中了。其实正如文学史上有许多人为的流派之分往往曲解了作家们的庐山真面目那样，“寻根派”这一概括方式也未免失之浮泛，因为它成立的依据仅仅在于题材的近似。有鉴于此，近来又有人在“寻根派”内部做种种更细的划分，分为“文化寻根”、“原始寻根”等等。但我认为，既然文学的本质是以人为思维中心的，那么就只有当作家在对人物形象的审美理想和塑造形象的艺术方法上表现出一致性时，把他们列入同一艺术群体加以讨论才是可行的。而通常被称为所谓“寻根派”的各位，恰恰在对人物性格的把握上表现出极为不同的艺术原则。韩少功较多地继承了鲁迅创作的传统，严峻地直面人生，对人物性格

“审丑”多于审美；贾平凹的人物塑造基本上属于传统写实主义的范围；王安忆即使在《小鲍庄》这样的作品中也显示出她作为女性作家的特点，特别擅长从种种复杂的性爱关系中展现人物性格。

在评论家竖起的这面“寻根”大旗下，真正在艺术个性方面存在着深刻而内在的契合的，当首推阿城和莫言了。刚才提到的阿城所作莫言像，不但证明他们在艺术上心心相印，而且表现了他们对人物性格塑造方面的共同的美学理想。这幅画像虽然题曰“莫言漫画像，”但严格地说，它并不能算西方的漫画而是地道的中国写意人物画。和西方漫画以对人物的审丑为主要美学目的的倾向比较，中国的写意人物画则着力于刻画人物精神上的美。阿城笔下的莫言不就完全体现了中国传统人物品评中所谓“外拙内秀”的理想人格么？的确，纵观阿城和莫言的全部创作，这种“内秀”的美在他们所钟爱的人物身上都有不同程度的显露。这是他们区别于前面谈到的那些青年作家最为显著的特征，也是他们同东方文化传统联系最紧密的地方。东方文化传统作为一种完整的审美体系，核心内容就是对于人格美的追求。同时这种美的追求又极大地不同于西方的浪漫主义文学，浪漫主义文学中的理想人格往往非常具体地体现出某一特定时代的社会理想，而东方文化传统要求的品格美似乎一方面具有一种更飘逸、更高远的意境，一方面又是在民族心理、血缘的深层攫取出来的，因此就也具有更为久远的魅力。

东方文化传统的另一特点，是哲学、宗教及艺术各门类之间如诗、书、画、音乐、戏曲的互相渗透乃至完全“打通”的关系。莫言、阿城是这一古老传统的优秀继承者。阿城书画俱佳，莫言的小说受造型艺术、音乐、戏曲艺术的多方面影响，近来也常有人提及。其实，在他们的人物塑造方面，才最集中地体现了东方文化传统各种艺术语汇综合使用的特征。中国古代的艺术批评家们为了适应评论对象的这种“道通为一”的审美创造特性，采用了一系列的独特的美学范畴如“骨”、“气”、“韵”等等，它们都是从对人格美的直觉体察出发，不仅适用于诗，也适用于画及其他艺术门类。我认为，研究莫言、阿城的人物塑造也应该运用东方美学的这种综合的方法论，并予以现代意义的诠释，这样才能确切地看出他们作为一种独特文化现象的存在价值。目前评论界做这类探索者好像还不很多，因此我准备在下面做一点抛砖引玉的尝试。

一 骨——对人物道德内蕴的深刻评判

阿城有一篇不太引人注意的小说《傻子》，曾有人指为“意旨浅露”，我却以为，可以把它当做理解阿城的一把钥匙来看。傻子者，业余书法家老李之谓也。“他写得一手好颜体，很像他的人，轮廓线略略向外弓，敦敦实实。”这老李表面上颇有些玩世不恭的气派，矢口否认字风和人格之间的联系，说写字“谁重骨力呢？其实就是重个顺眼”。但有一次老李饭饱酒余高兴之际，又发了一番与此意思正好相反的宏论：“这写字，第一要有骨力。人看字，看什么呢？就是看个骨力。你要学字，学颜体。颜体不易取巧，非要心宽心正，不能写好。先找多宝塔、东方画赞临着。写好了，再看看鲁公的麻姑、告身，得了气体，再看与夫人帖、鹿脯、争座位、放生池，漂亮、正，不俗不媚。再看裴将军，绝！字如其——”

这里存在着几千年中国文化的一个典型的悖论。从中国历史来看，最没有人格操守的，恰恰就是那些经常喜欢声称看穿一切、似乎真的超凡脱俗的人。古代有识见的艺术评论家是深知这一点的，因此他们并不很重视一个人的自我表白，而把有否“骨力”作为审察人格美的首要标准。“骨”这个概念，源出于中国古代的相术。《史记·淮阴侯传》：“蒯通知天下权在韩信，欲为奇策而感动之，以相人说韩信曰：‘仆尝受相人之术。’韩信曰：‘先生相人何如？’对曰：‘贵贱在于骨法，忧喜在于容色，成败在于决断。’”相术具有浓厚的先验论色彩，以宿命解释人的升降沉浮、生活变故，认为“命”寓于人的固定的“骨法”或骨相法则中。这固然有荒谬不经的一面，但也应当看到，中国之相人多出于民间，混迹江湖既久，又历经代代相传，人生阅历是极为丰富的，因此当相术中的“骨法”由对人的“禄相”的胡乱猜度转化为对人物性格道德内蕴的审察时，却经常能够显示惊人的洞见力。相术对中国人物画的影响极深，在人物画中，“骨法”主要表现为一种深层的道德判断和审美判断。美术理论家荆浩说，“生死刚正谓之骨”，便明确地赋予“骨”作为一种道德力量的存在的涵义。较之西方美学的“崇高”、“情致”等范畴，“骨”似乎更集中更深刻地表现在个人品质上；同时，在西方美学中，“崇高”和“秀美”是一对对立的范畴，而“骨”则在大节不亏的前提下并不排除种种不同形态的美的结合；故“骨”又有“奇骨”、“天骨”、“隽骨”之分。可以说“骨”是中国传统人物性格理论的一大独创。“骨法”使中国艺术批评家的眼光变得深刻而精细。谀词华文，表面上甚为漂亮，但优秀的批评家明察秋毫，其“柔媚无骨”的本相照样会暴露无遗。相反，像阿城在《傻子》中极力推崇的颜书粗看并不感觉到怎样风采动人，而就题材言，则颜真卿常好海外无稽之谈，如《麻姑仙坛记》即为一例；但颜书作为一个艺术整体，却显示了大气磅礴、雄浑遒劲的风骨，同时颜真卿雅好神仙的趣味以及一种“萧澹”的笔意使他的忠义之气得到了调整和补充，至于他那夸张的笔法，则表现出一种嫉恶如仇的强烈倾向。正是这种以“骨”为主导的多种审美追求的结合，使得颜书至今仍为中国书道的最高典范。

论述至此，就可以回答一些人对阿城的代表作“三王”(《棋王》、《树王》、《孩子王》)的责备了。有不少人认为阿城的小说代表着消极的“文化回归”，是庄周“忘乎天、忘乎地、忘乎人”的哲学化身。这种说法缺乏对阿城之“三王”中人物性格本质的审察。从表面印象看，“三王”中的人物确实都有点飘逸洒脱的神仙气概，但是从骨子里看，“三王”真可谓是迂到了不能再迂的迂夫子，凡事有关乎品行节操，他们马上变得极度敏感起来。如“棋王”王一生，虽然他如痴如狂地喜欢下棋，但当他知道脚卵为了让他参加象棋比赛，送给书记一副家传的名贵象棋时，他立刻决定不参赛了：“这样赛，被人戳脊梁骨”。这样一个看重自己“脊梁骨”的人，哪里攀得上什么忘情于世的名流胜辈？王一生者，依我看来，阿城起这个名字，倒是很有些杜甫老先生“乾坤一腐儒”的牢骚气。《树王》里的肖疙瘩不肯苟合时尚，以至忧愤而绝，《孩子王》中的“我”也很固执，非按自己的心愿教书不可，否则宁愿继续种田当苦力，又有哪一个不是傲骨棱棱的人物？

《树王》中肖疙瘩死后，坟上“长出一片草，生白花”。这篇小说便以这样的文句结尾：“能看到那片白花，有如肢体被砍伤，露出白白的骨。”人虽已亡，白骨犹在。“骨”是《树王》的最后一字，也是涵括了这篇小说的核心意念的最关键之词。对于《树王》中那棵大树的象征意义，评论者众说纷纭；我认为这可以用中国画学中关于树的地位的看法来解释。按照中国画学“天人合一”的体系，树乃天地之骨也。因此肖疙瘩护树，实则是“护骨”。“骨”在漫长的封建社会中有时也的确会转化为一种贵族士大夫愚忠愚孝的奴性人格的特殊表现形态，但肖所护之“骨”大矣、深矣、远矣。号称“树王”的大树绝非金殿朝阙前的点缀，而生于深山荒野之中，这表明它是禀天地精气而成，代表着自然的伟力，也代表着我们民族得以至今不亡的那股刚毅而悲凉的骨气。肖疙瘩所护之“骨”在这个意义上超越了时代，进入宇宙，进入永恒。他的死具有殉道的性质，他的骨髓使大树的残枝衍生，使天地的正气不灭。可以预言，后世每一个追求自强、自立的人格的普通读者都会对肖疙瘩表示他深切的敬意。阿城《树王》这段奇崛的描写，是他“骨”的人格理想的最为集中的表现。

也正由于阿城在对人物性格的品评上尚“骨力”，才使得他在塑造形象时超越了形似。近年来关于阿城、莫言小说的“写意”特点已经谈得够多了；但奇怪的是，很少有人能够指出，阿城、莫言究竟为什么要“写意”？即支配他们采用“写意”手法的审美心理机制是什么？实际上，关于这一点的解释，在齐白石老人的谈艺箴言中便可找到：“作画妙在似与不似之间，太似为媚俗，不似为欺世”。现在大多数人经常喜欢引用的是第一句“妙在似与不似之间”，而我则认为，第二句“太似为媚俗”才是最重要的。因为它道出了中国写意传统之形成发展的根本原因，这就是“写意”绝不是一种唯美主义或形式主义的追求，优秀的艺术家崇尚骨力，不愿“太似”而显得媚态。正是一种不屈服不妥协的精神造就了中国艺术写意的特点。阿城在《傻子》里备极推崇的颜书，便具有相当程度的夸张性。颜真卿的“骨法用笔”是一种强大道德力量的外化，这种力量表现为激情，化作正气，就必然要冲破寻常的字体规范，以桀骜不驯的形态表现出来。所以在这种意义上，《傻子》可以说是一篇“夫子道白”，披露出阿城的艺术渊源之所自。初看阿城的小说，总觉得有几分呆气、傻气，语言也很别扭，实际上这与颜书的用笔之法是一脉相承的，他要通过“生”、“拙”的超脱形似的艺术风格，力求表现出人物深蕴不露的“骨采”。

在绘画领域里，阿城所最为接近，我认为当首推明代人物画大师陈洪绶了。陈老莲一生的艺术宗旨，一言以蔽之曰，就要画出为物的“奇骨”来。为此他调动了一系列相应的艺术手段。他的人物衣纹勾线有金石味，“森森然如折铁纹”，古拙粗犷。他的画的特点最主要表现在人物造型方面，常常大胆地突破人体的正常比例，甚者可以达到头大于身的地步。正是由于陈老莲的这种怪诞迂拙的笔法，使他对人物骨相的刻画臻于前所未有的深刻程度。阿城在为莫言所作的造像中，透露出他的确是深得了陈老莲的笔意的。他把莫言脸形那种“不很规则”的地方都有意用迂拙的线条突出出来，这样莫言虽不“秀美”，但一股硬气，一身傲骨却被画得极为传神。王一生、肖疙瘩这些人物都似乎有些“比例失调”、七真三假，如果我们懂得陈老莲，就一定会透彻地懂得阿城为什么要这样写人了。

至于莫言，他虽然在刻画人物的艺术手段上并不雷同于阿城，但他在崇尚骨力的美学原则上与阿城有着高度的一致。在中国传统人物品评中，大凡过于乖巧之人常与“伪”字相联，故有“巧伪人”之称，而有骨之人则往往曰痴、曰呆、曰迂。阿城欣赏傻子、呆子，殆为此耳，莫言亦然。莫言有一篇小说《黑沙滩》，写了从一个村里出来当兵的两个青年，一个“巧”得惊人，“巧”得可以天天打小报告、卖友求荣、步步高升，另一个则属典型的“笨蛋”，因为“笨”，故也不知灵魂可以高价出售，故也免不了被提前复员的结果。莫言将这个“笨蛋”称作“我”看来不是偶然的，因为同情忠厚正直的“笨蛋”是贯穿莫言全部小说的一贯立场，莫言其亦痴人也欤？由于莫言的小说灵气非凡，才情横溢，因此人们往往忘记他也有“痴”、“迂”的一面；其实仔细品味一下，便不难发觉，在对人物性格道德评判的严正和犀利上，莫言也决不在阿城之下的。

二　气——阴阳和动静的性格辩证法

莫言、阿城由于在人物性格上崇尚骨力，因此他们所追求的美都带有“古拙”的性质。如果在世界美学史上寻找与之相对应并可以与之比较的，当属著名的希腊艺术史权威温克尔曼以及黑格尔了。温克尔曼推崇古代希腊的雕塑，认为它是一切艺术的典范，他用“静穆而伟大”这一赞语来概括希腊艺术的古典美。黑格尔则在自己的人物性格学说中进一步发展了温克尔曼的思想，在论希腊民族性格时用了“雕塑般的”这样一个形容词，表示希腊性格内蕴着强大的道德情致，因此严峻而坚定，屹立而不动。阿城在《遍地风流》中也表现出他对具有古典美的人物的偏好：“只见各种人物极古极拙，怕是只有秦腔才吼得动……”这里原说的是剪纸，却很典型地体现了他的审美趣味。

倘若我们再深入一步看，便会发现阿城、莫言虽然也追求理想人格，追求古典美，却与温克尔曼辈的想法存在着有趣的差别。从文化史的发展历程看，以“静穆”为主的希腊艺术，其人物性格固然不失崇高，但由于静到极处而失去了生命的骚动，具有形而上和过于单纯的缺点。阿城则不同，他没有因为欣赏“古拙”而把静态视作最高的审美境界，他在赞叹静美型人物之余加了一句“怕是只有秦腔才吼得动”，这实际上就为他们“动”留下了余地。这里，阿城对人物性格中“动”、“静”这对范畴之间的辩证关系表现了一种东方式的颖悟。确实，有风骨而不失活气，古拙庄严而又充满运动感，这是很高的人格之美。

中国传统美学解决人物性格“动”“静”之间辩证关系的关键，就是著名的“气”这一范畴。关于“气”的确切内涵，哲学家、物理学家、生物学家有着各自不同的认识。我觉得，从艺术文化对人进行观察、研究、把握的角度上看，“气”主要是指一种生命的内在律动。同时它似乎又与东方人的性格心理素质和文化理想有着深层的联系。东方传统要求“气”在本质上是静的、沉着的，但就其存在形式而言，却必须是无始无终地“动”的。《易经》之“易”，主要指的就是“气”的变迁运动，《易经》曰：“天行健，君子以自强不息”，则是说天道实际上就是一种生生不息、永远运动的“气”，作为人生，也应该体现宇宙的法则，不断保持生命的律动。“气”实际上体现了天道和人生的默契，是东方哲学最博大宏深的境界。与人性的刚柔雌雄相对应，“气”则又有阴阳之别。阳气雄奇磊落，而阴气则内敛沉毅，阴阳之气都可以成为性格“动”“静”之间的枢机。

莫言笔下的人物一般都有一股深蓄着的阳气。如《红高粱》中的罗汉大爷形象即为一例。罗汉大爷原是个老实本分的农民，从外表上看确实老实得近乎麻木，即使日本鬼子用皮鞭猛抽他，他起初的反应也不过是“被打得六神无主，像孩子一样糊糊涂涂地哭起来”。但是在他的内心深处，却已蕴下了一种发自本能的仇恨。后来他带着两头骡子逃跑，那骡子竟不再听他的使唤，这样一来，他郁积着的被侮辱的感觉终于转化为不可遏止的暴怒，日军将他剥皮零割示众，他面无惧色，骂不绝口，至死方休。莫言在这里表现了对旧时代中国普通农民的气质的比较深刻的认识。罗汉大爷的性格在日常生活中偏近于“静”，忍声吞气、逆来顺受（这中间莫言并未一味美化，也有对这种包含着愚昧、麻木的性格特点的尖锐的暴露），但他那似乎已经凝固了的血液底下，却又潜藏着中国被压迫人民世代积淀着的那股元阳之气。“临大节而不可夺，是谓不俗”，在事关乎人格最高尊严、民族最高气节的关头，他的阳刚气概如海底之火山直冲霄汉，也因其平下深藏不露，而一旦爆发，便见有无限的力量与威势。作家说的话往往深入肌理，阿城说的那句“各色人物极古极拙，怕是只有秦腔才吼得动”，移来评莫言的创作也是十分确切的。中国戏曲原通于气功，秦腔源起西北，有一股石破天惊的男性气概，也可以使人“血气为之动荡”；罗汉大爷虽是胶东之人，但从广义上看，他是中国农民英魂的代表，他在大节关头，正是“秦腔”（这里用作阳气的代名词）吼动了他。可见罗汉大爷性格“静”转为“动”，关键就在刚强之气。

有人也许会把罗汉大爷的这种性格特点与孟子的“浩然正气”之说联系起来。孟子谓“浩然之气”：“其为气也，至大至刚，以直养而无害，则塞于天地之间……”实际上是一种捍卫人格独立的伟大意志力。我认为这种“浩然之气”的真正继承者恰恰是“罗汉大爷”辈的名不标正史的中国下层人民，而不是自称孔孟弟子的中国封建士大夫。后者“文死谏，武死战”经常是出于对皇帝封侯拜相、锦衣玉食之恩的回报的心理，与敢直言“民为重，君为轻”的孟轲先生是不能同日而语的。因此我不愿意过多地把作为一个普通人表现他人格尊严感的罗汉大爷与儒家传统联系起来，但说他的阳刚之气直追周秦则是可以的，因为那是一个哲学解放的时代，孟子原来意义上的“浩然之气”也正是以人格的独立、自由为大前提的。

如果说莫言小说中的人物表现了对先秦儒家所崇扬的心理素质的优秀部分的不自觉的继承的话，阿城人物禀赋之气，却有着同道家哲学自觉得多的联系。近来有人谈到过阿城的小说与“气功”颇为相像，但到底像在哪里，则没有说透。其实“气功”从根本上说是中国古代的文化体系，而非养生方法。按照东方哲学重直觉的特征，道、儒两家也正是在“气功”上显示了它们本质不同之所在。儒家的“气功”盖出于孟子的“浩然之气”，这种“气”是通过不断地为正义舍命斗争而获得的；而道家的“气功”则完全不同，具有极大的伸缩性和灵活性。

清代大学者魏源在区分道家学派创始人老子与儒学的不同时说：“老子与儒合乎？曰：否否。天地之道，一阳一阴。而圣人之道，恒以扶阳抑阴为事，其学无欲则刚。是以乾道纯阳，刚健中正，而后足以纲维三才，主张皇极。老子主柔宾刚，而取牝取母，取水之善下，其体用皆出于阴。

阴之道虽柔，而其机则杀，故学之而善者则清净慈祥，不善者学之则深刻坚忍，而兵谋权术宗之”。①

这段话很明确地指出了老子哲学具有“阴”的特点。老子对人生的进退、“动”“静”的看法概括在他那句经常引起争议的名言中：“无为而无不为”。事实上，按照老子的原意，“无为”仅仅是手段而已，“无不为”才是真正的目的。“将欲取之，必先与之”，退一步才能进两步，这些高瞻远瞩的策略都包含在老子那大智若愚的道中。老子开创的这套阴柔的“气功”成了中国历代战略家们克敌制胜的法宝，并形成了一种完整的与此相适应的文化，中国太极拳、剑术、书法、棋道的最高境界都与道家“气功”合一。

阿城笔下著名的“棋王”王一生是近世以来罕见的一个深刻体现了道家文化特征的人物形象。王一生深得老子的阴柔之气。他的性格是坚忍而沉着的。为了从比较中见出这种特点来，阿城的《棋王》中还设置了一个性情浮躁的书香名门子弟脚卵。脚卵自恃其父是有名的棋家，在还未与王一生交手之前，便流露出轻视对手的情态。而王一生则不然，他说：“家传的棋，有厉害的。几代沉下的棋路，不可小看。”他的态度是谦谨而重视对手。在老子哲学中，理想性格应该像山谷，她卑下，她空旷，她阴静，从而能够容纳百川，成为众水之王。王一生可以说是这种性格的化身。他既不小视“家传”的棋，更虚心地向一位流落江湖的无名老人学棋。有人问他的棋术师承是谁，他不无自豪地答道：“跟天下人”。他的棋道能入仙境，确实是兼容并蓄、博采诸家之长的结果。这里王一生体现的是先秦道家的哲学精华——老子的道不是一种排斥异端的宗教，而是一个具有极大程度的开放性、容纳性的体系。

在日常生活中，王一生身材瘦小，态度谦卑，貌不惊人，但一入棋台，便成了能够呼风唤雨的神机军师。他的性格，就是这样来取得“动”“静”平衡的。中国的棋道，是一种惊心动魄的智力格斗；同时棋又决不能以一味猛攻取胜，所以高明的棋路是与道家为主的阴气一致的。王一生在述从师学棋的经历时说：“咱们中国道家讲阴阳，这开篇是借男女讲阴阳之气。阴阳之气相游相交，初不可太盛，太盛则折。……‘太盛则折，

① 《诸子集成·老子集释》。

太弱则泻。’老头儿说我的毛病是太盛。又说，若对于盛，则以柔化之。可要在化的同时，造成克势。柔不是弱，是容，是收，是含。含而化之，让对手入你的势。这势要你造，需无为而无不为”。这段议论将暗含杀机的道家阴功说得颇为透辟。棋道尚“柔”，这种“柔”是一种隐蔽的攻势，它使对手在不自觉中被逼入死路，一举攻克之。这也就要求棋手克服“少年气盛”的弱点，沉浸在高度虚静放松的精神状态中，从而生出种种鬼神难测的妙算，这一点又与气功的最高原则“静者，非不动也，静动也”相合。阿城的人物就是这样以阴静之气不断地追求着生命的、精神的运动，并且成为运动中的胜者。

阿城、莫言以“气”这一传统范畴来探索人物性格，比较好地解决了性格阴阳、“动”“静”之间的消长平衡，是具有一定的前瞻的意义的。据现代科学的研究成果表明，“气”是一种极其复杂的生命现象，它可能同时具有物质与精神两方面的内容，因此“气功”也很有可能成为发展人的生命潜能和智力潜能的宝库，成为解开人体之谜的钥匙。我认为，像阿城、莫言这样的对东方阴阳两气的古老哲学有比较深刻的直觉的作家，如果更进一步地加强自己的现代哲学和现代自然科学的素养，就甚至可能使他们的文学作品成为自然科学最新发展的参照系。当然，这里牵涉到现代自然科学和人文科学互相渗透的必然趋势，学科有关人体奥秘的探索和东方文化的人生理想模式的一致性等等课题，笔者限于篇幅，不准备在这里展开进一步论证了。

三　慧——情感的净化与超拔

阿城塑造的王一生形象还有另一个特点，就是尽管他在棋道上深谙谋略，但却不将这种“阴”的态度推广到人生中去。他把棋术和人生严格地区分开来：“‘为棋不为生’，为棋是养性，生会坏性……”老子的“阴气”作为战术，作为谋略，是有积极价值的，而把它作为一般的处世之道，则很有魏源所说的流于“深刻坚忍”、阴险权诈的可能。中国古代的韩非、李斯之流，即禀黄老之学权术理论方面的特长而发展之，形成了一整套为后世阴谋家、野心家所推崇的奸佞阴毒的治人攻心之术。而王一生是批判地对待老子之道的，他既深谋远虑、洞烛世情之幽微，又为人仁爱宽厚，达到了“清净慈祥”的境界。这种境界在东方哲学传统中被称为“慧”。“慧”也是禅宗崇尚的心理素质，意味着超脱于情天欲海之外，对人生三昧达到深刻的颖悟，同时又不失仁厚之本。

慧学的核心内容之一，是从过分扩张的情欲中解脱出来。从阿城“三王”的艺术描写看，确实基本上都不涉男女之事，这在棋王王一生身上体现尤著。这同当前其他一些致力于性爱心理探讨的作品形成了戏剧性的对比。阿城是在宣扬宗教禁欲主义吗？我想如果持有这种看法也是完全可能的，这是因为进入现当代以来学术界对佛教哲学中的爱情学说认识太为肤浅之故。

佛学对于狂热的爱情有着一种特别的恐惧，把它视为最大的魔鬼。其实这是一种有着相当深刻的原因的思想。东方智慧非常尖锐地看到了纵欲和在个人性生活上的非道德倾向会带来怎样严重的性格危机。许多佛教高僧都曾深浸于人间的爱河迷川之中，唯因他们懂得爱，并且懂得太深，所以他们不敢爱了。中国古代的艺术名作《二祖炼心图》画着一位禅宗大师栖身猛虎背上，面无惧色，这实际上便是那些诚实的佛教徒的内心写照。“虎”者，即情欲的象征。佛教徒时时在精神世界中进行着一场悲壮的斗争，他们用禅杖打，用偈语骂，甚至面壁一生，企图征服的就是这只“虎”。我认为，佛学中力图用理智驾驭情欲的倾向有着合理的成分，而其谬误在于，佛学把问题绝对化了，特别是它企图通过强制而不是靠升华来使人的情感得以净化。

而王一生则不同。他主要是在对棋艺的精研穷究中使个人情感获得某种超拔的。棋即王一生，王一生即棋。创造性的活动使他达到了“无我”的境界。佛教徒时时在对刹那间产生的“秽念”的追悔中克服着情欲，而中国棋术是一种既需要清明的智慧又具有强烈进取精神的运动，它使王一生完全陶醉了，由于棋使王一生获得了另一种生命形式，因此他忘却个人情欲是十分自然的事。所以一个是过去的，一个是向着未来的。

现在的大多数文学批评，基本上是按照写实文学的标准来研究王一生形象的，但我则认为，王一生这个形象是具有多层次含义的，我们既可以用现实主义的美学原则去对他进行价值评判，也可以在更高的层次上把王一生看做一个哲理性的形象，在他身上寄寓着阿城对中国青年理想人格之模式的瞻望。当代中国青年身负中国现代化大业的历史重任，应该是披荆斩棘、继往开来的一代。历史的重负、严峻的现实，都不允许这一代人过份沉溺于花前月下，而要求这一代人苦其心志、束身自约，充分地坚强起来。在这个意义上，王一生这个“悟人”确实不失其作为寓言的价值，对于中国青年如何塑造自己具有深刻的启发。再进一步说，从探索人生奥义的高度看，王一生身上那种对禅学合理成分的继承，那种用理智坚定地驾驭情感的东方智慧，恐怕对后世许多代人也是有意义的吧。

较之阿城所塑造的王一生形象偏重理想化和象征性的倾向，莫言则较多地表现出对具有历史跨度的人生历程的兴趣，力图写出一种经过艰难的生活、漫长的斗争之后达到的情感超拔。《红高粱》中“奶奶”的形象便是一个比较典型的例子。

“奶奶”在年轻时代曾是一个情感激烈的少女，她是凭着自己的生命本能成为旧礼教的叛逆的。她的一生可谓风流倜傥矣。但在历经多年爱情和生活的考验之后，“奶奶”的情怀更加豁达而博大，谋事果断，智勇双全，成为战火中巍然屹立的女英雄。最后“奶奶”以身殉国。和写罗汉大爷的死相反，在描绘“奶奶”之死时，莫言用了一种高度诗化的笔调。“奶奶”的死前心理是对自己一生苦难、爱情、欢乐的回顾，也是她情感净化的历程。她的死亡也就是她情感净化的最后完成：“奶奶完成了自己的解放，她跟着鸽子飞着，她的缩得只如一只拳头那么大的思维空间里，盛着满溢的快乐、宁静、温暖、舒适、和谐。奶奶心满意足，她虔诚地说：‘天哪！我的天……’”

我认为，“奶奶”这个人物是对中国文学史上封建礼教叛逆者形象的一种反拨。长期以来，对女性叛逆者命运的描绘似乎已经形成了一个既定的模式：抑或才子佳人大团圆否则少妇殒命死为风流冤鬼。这从崔莺莺、杜丽娘、林黛玉始一直到现代文学史上的一些著名女性形象都很少有例外的。这后一种处理固然在历史上不乏催人警醒的意义，但毕竟也有严重的局限。用现代的眼光看，这样写实质上是把女子完全当做了一种“为爱情而活着”的特殊性别，似乎女性永远只能靠着爱情的成功而活着，这不是对女性价值的一种贬低吗？事实却恰恰与此相反，中国女性有着极其坚强的生存意志，特别是近、现代以来，有多少杰出的女性依靠自己的精神力量超拔于一己的情感之上，而做出男性也难以成就的大事业。“奶奶”虽是一个乡间妇人，但在精神上正属于这样的强者的类型：她执著地追求过爱情，而她又最后净化了自己的情感，使专一的爱升华为泛爱。所以她能够面对死亡风雅自如至此。

写到这里，我不禁想起了美国音乐史家保罗·亨利·朗格对柴可夫斯基的音乐的一段评价。他认为柴可夫斯基陷在失恋的苦痛中而不能自拔，因此显得未免过火，“缺乏从艺术锻炼中取得的力量”，是一种“眼泪汪汪的感伤主义，所以只能归于二流音乐家之列”。[①] 确实，凡称得上大艺术家者，在爱情问题上必有一种“入乎其内而出乎其外”的恢弘气度，这与东方智慧之间有着微妙的默契。我认为歌德、罗曼·罗兰、托尔斯泰等人之心仪东方文化，原因往往在此。莫言、阿城能够既不粉饰人生，又在作品中涤清感伤色彩，笔下的理想人物达到了清明高远的“慧”境，这也说明他们是具备了可能成为大艺术家的基本条件之一的。

四 幻——神异而美丽的心像

近年以来，世界上有不少比较文学学者注意到了以佛学为中心的印度文化和中国传统文化之间的相互影响、交融的现象，指出佛学的某些特异的想象已经化入中国艺术家的深层心理。美国比较文学学者麦尔认为，佛教中的“幻”的概念对中国文学艺术影响尤为深刻。值得注意的是，麦尔在论“幻”的概念时，并没有把这一概念作大乘佛法所谓“一切有为法，如梦幻泡影”的彻底虚无主义解，而认为佛教中“幻”的概念经常和“化”的概念联系在一起，“幻化”则本质上是一种带有创造性的神话思维，这种观念滋养了对富有想象力的文学艺术进行接受、承认和支配的包容力。我们只要想想佛教“幻”的概念怎样刺激了曹雪芹的艺术想象，从而在《红楼梦》中构建了那摄人心魄的“太虚幻境”这一事例，便会很自然地接受以上的论点了。现在有许多批评都喜欢把莫言的人物塑造和拉美魔幻现实主义的技巧联系起来，但我认为莫言的人物还有一个纵的源头，这就是天竺神话中的“幻”这一美学范畴对中国艺术家想象的深远影响。

纵观世界神话史和宗教史，很少有一种宗教的神话思维之发达而能与佛教匹敌，能创造出如此之奇特的神话人物形象。这实际上是“幻”的范

① 保罗·亨利·朗格：《十九世纪音乐文化史》。

畴导致了艺术想象力的高度解放。佛祖释迦牟尼的形相便称“幻相”。经传佛陀的容貌神异不同凡俗。其显著特征有三十二个，称“三十二种相”，如长指相、正立手摩膝相、金色相、红薄皮相、四十齿相、大舌相、真青眼相等。其微细隐秘难见之处有几十个，称“八十种好”，如第一好，指甲狭长薄润，光洁明净，如花色赤铜；第二十八好，唇色红润光泽，上下相称；第三十三好，鼻梁修长，不见鼻孔；第八十好，手足及胸，皆有吉祥喜旋之相。

莫言的《透明的红萝卜》中的男孩在中国现当代文学中是一个独特的形象。他的身上有许多超现实的成分，这些“特异功能”造成了一种罕见的神秘之美。他看到的阳光是蓝色的，他可以听见头发落地的声音，他还能够用手抓热铁，让热铁在手里像知了叫一样嗞啦嗞啦地响。这里佛典神话“幻相”的影响是深刻的。黑孩还有一种类似“通感”的超常感觉，比如有这样一段描写：“黑孩的眼睛本来是专注地看着石头的，但是他听到了河上传来了一种奇异的声音，很像鱼群在唼喋，声音细微，忽远忽近，他用力地捕捉着，眼睛与耳朵并用，他看到了河上有发亮的气体起伏上升，声音就藏在气体里。只要他看着那神奇的气体，美妙的声音就逃跑不了。”“通感”源出于佛教的神话传说。如“观世音菩萨”之称，“音”何以观，常理不通，早有人斥其“讹误”。但后世并不改此译名，因为更多的高僧认为这是得佛典之原义的。如释惠洪《白衣观音赞》颂曰：“龙本无耳闻以神，蛇亦无耳闻以眼，牛无耳故闻以鼻，蝼蚁无耳闻以声，六根互用乃如此!”释晓莹《罗湖野录》则说：“耳中见色，眼里闻声。”这里我们看到了莫言的艺术想象怎样酷似东方神秘主义哲学的某些审美直觉方式。当然“观世音”者，是宗教徒为阐扬“‘音’亦可观，方信聪明无二用”（许善长语）的玄理而虚构出来的，莫言则巧妙地把“通感”融入一个山野童子的心灵，从而写出大自然变幻无穷的美来，他的用心和佛门弟子是全然不同的。

就积极的方面而言，东方哲学“幻”的范畴并非彻底“虚幻”或“一切皆空”，它也具有一种对高远难企的理想执著追求的含义，在这时“幻”就转换成“真”，转换成信仰意识。佛学的“幻相”也就这样成为某些先贤的精神凝聚点，使他们发大勇心，作狮子吼，行常人不敢行之事。当年玄奘大法师西去求法，行过莫贺延碛，古大沙漠，上无飞鸟，下无走兽，长八百余里，水草全无。法师经四夜五日无滴水沾喉，是时法师“唯一心但念观音菩萨及般若心经”，竟安度厄境。[1] 我认为，当时玄奘一定沉浸在观音端庄慈祥相的幻觉之中，这虽是一种宗教心理体验，但由于它是以坚执的信仰意识为出发点的，因此“观音”已成了他全部生命的支点，沙漠无际，人心却始终光明烛照，已因视死如归，故得侥以生还，这中间有人生之三昧存焉。

《透明的红萝卜》中的黑孩，幼年失母，心灵深处有着难以愈合的创伤，而外在的生活考验对于他这样一个体质瘦弱的小男孩来说又是极其严酷的。他所承受的精神和体力的重压，完全可以压垮一个身强力壮的成年人。但黑孩却支持下来了。他的生命力坚强得简直就像入水不濡、入火难焚的小精灵。这主要是因为黑孩的内心有一个美丽的梦幻世界，使得他超脱于恐惧、忧虑以及肉体的痛苦之上。莫言说：“生活中是五光十色的，包含着许多虚幻的、难以捉摸的东西，生活中也充满了浪漫情调，不论多么严酷的生活，都包含着浪漫情调。生活本身就具有神秘美、哲理美和含蓄美。”[2] 这段话为黑孩形象的创造提供了诠释。我想再补充一点，就是在生活中“艰难的美”永远高于“平易的美”。现实愈是严峻而仍能产生审美感受，这样的心灵是崇高的，而它所观照到的美也必非寻常人所得窥见。黑孩就是如此。这个以童心抵御着苦难的人，生活终于赐予他一种难得的欢乐，他的心影中涌起了一个极美的意象：“红萝卜晶莹透明，玲珑剔透。透明的、金色的外壳里包孕着活泼的银色液体。红萝卜的线条流畅优美，从美丽的弧线上泛出一圈金色的光芒。光芒有长有短，长的如麦芒，短的如睫毛，全是金色……”

近来有些评论家也在评论莫言的红萝卜的“美学意蕴”。所以我如果把“红萝卜”去同唐三藏法师当年在沙漠里看到的观音之像联系起来，就很有被人指为“牵强附会”的可能。但我相信，只要是在人生的荒漠中经过艰难的挣扎的读者，一定会很快理解到这种联系是多么自然深刻。因为两者都是劫中人人生的太阳、精神的源泉和生命的凝聚。

记得国外有一位百余高龄的老艺术家曾做过一个奇特的比较，他认为

---

① 汤用彤：《隋唐佛教史稿》。
② 《有追求才有特色——关于〈透明的红萝卜〉的对话》，《中国作家》1985年第2期。

出之中国古代僧人牧溪之手的《六柿图》要远胜于一幅基督受难像。他意味深长地问道："我该如何解释，十三世纪的一位中国艺术家画的六只柿子充满了打动人的精神力量，而美丽的基督受难像却会缺乏这种精神呢？"①

牧溪的六只柿子是用水墨法画的，由于画家已经达到了运墨如神的境界，这柿子中透出一股凛凛有生机而又变化难测的幻光来，触发起人无穷的类比联想。明代著名艺术评论家董其昌早就把水墨画法与东方哲学的"幻"的范畴联系起来了。因此我觉得正是东方艺术"幻"的缥缈情致，使这六只柿子有了比简单地模仿自然的基督受难像更深广的象征概括力。莫言的"红萝卜"与这六只柿子虽非一物，但在哲理上则是道通为一的。

说到这里，我们还可以把莫言的人物塑造与中国传统绘画放在一起讨论。莫言曾经这样谈他在人物塑造方面的美学追求："在坚硬的、冰冷的特异心理成分外边，施放上虚幻的、温暖的感觉的烟雾，是否能使小说获得某种怪味呢？作者远远地躲进云里雾里能否获得某种更大的表现自由呢？"② 中国画史有画分南北二宗之说由来已久。在人物画领域，则北宗以线条为主干而南宗同于山水画的水墨渲淡之法，前者的精神得之儒家，后者的意趣盖出于佛学。前面提到的牧溪，便是在人物画中进行重大革新的画家。他突破了顾恺之以来"紧劲联绵，如春蚕吐丝"的"游丝描"，在不少人物画中采用泼墨之法，如《崖中冥想》一幅，渲染了蒸腾的云雾，造成迷离变幻的气氛，使观者恍如置身梦境之中。另一位与他生卒年代相近的人物画大师梁楷则更大胆地简化了线，如他的名作《泼墨仙人》，衣服大笔横卧刷出，在水墨淋漓中见笔致，虽寥寥数笔，但墨白、干湿、浓淡"六彩"俱备，显得极其空灵。从精神内蕴来看，中国古代人物画的"泼墨"，正也是为了"施放上虚幻的、温暖的感觉的烟雾"，从而使人物形象从线条勾勒的造型中解放出来，获得一种特别自由、灵动的情致，因此与莫言的艺术追求是具有高度一致的地方的。

阿城与莫言的一个明显的区别，在于前者的小说近于谨严的线描，而后者则更与流动感较强的泼墨法相似。阿城特以骨力见胜，莫言则能时出

---

① ［澳］德西迪里厄斯·奥班恩：《艺术的涵义》。

② 莫言：《桥洞里长出红萝卜》，1985年7月6日《文艺报》。

幻境。但由于阿城写人过于细谨，每常流于枯涩，这也许就是他自“三王”之后不如莫言后劲充足的缘故之一。但近来在陆续发表的系列短篇《遍地风流》，却出现了阿城以往作品没有的审美因素。

《遍地风流》可以说是阿城作品中最具飘逸之感的。从这篇小说看，是否能说阿城也正在追求空灵幻美之趣方面向莫言的某些风格特征靠拢呢？

综上所述，我从几个方面考察了莫言、阿城的人物形象和东方文化传统的联系，看出这种联系确实是有纵深的历史感和较高的文化视点的。马克思曾经赞誉希腊神话是人类文化史上一个不可企及的典范，而在谈到文学的未来时，他又说人必须在更高的阶段上再造自己的本质，我认为这段话同样适用于当代人对待东方文化传统的态度。东方文化传统经过中国、印度、日本等民族的共同创造，形成了一套以审美直觉领悟人生、自然的哲学体系和艺术体系，其中包含着深奥的智慧。但是我们未来的文学又不能仅仅是对古老传统的认同，而应该不断以当代意识重新审视、评判传统。阿城、莫言的小说确实已经暴露了一些这方面的考虑。特别表现在他们对东方传统人格美的追求方面，这二位作家致力于对传统性格的力量与智慧的挖掘，但塑造出来的又却是典型的当代人，这是否也有马克思所说的“再造人的本质”的用意在？当然，如果说阿城、莫言已经达到了马克思对未来文学的这一高远瞻望，那将是不切实际的过誉之词。当代第一流的科学家、艺术家、比较文化学者都认为东西方文化应该是“互补”的，因此阿城、莫言还必须更多地了解世界；同时，以东方智慧本身的博大弘深，以当代人对自己日益深化的认识，要达到上述目标，必须有极大的探索热忱和不怕走弯路的勇气。

（原载《当代文艺思潮》1987年第5期）

忧郁的土地，不屈的精魂

——莫言散论之一

季红真

他沉默着走上文坛，像大地活泼的精灵，神出鬼没，任性恣情，全不顾艺术的成规戒律，一支笔呼风唤雨，赋灵于草木众生。于是，出现了北方古老的土地，土地上颓败而喧嚣的村镇，村镇里形状各异的人生，人生中历久弥新的故事。而热情洋溢的红色主旋律，就像氤氲的地气，从世世代代的贫困战乱与生死仇怨中，从祖祖辈辈的屈辱压抑与希冀抗争中，丝丝缕缕升华汇聚，透过漫无边际的高粱地，越来越激昂高亢，惊天地、泣鬼神，民族的血性精魂便以这翻腾狂舞的红色主旋律，呼唤着众多在现代生存的困扰中日趋萎缩的生命。

这便是莫言的小说，如歌如画，如剪接奇妙的电影，如音响嘈杂的现代音乐——繁多的意象与痛苦纷扰的情绪，都以原子裂变般的冲击力，震荡得人们头晕目眩，这使我们不能不首先关注这位才华横溢的小说家独特的叙事个性。

一　长歌当哭，独抒性灵

莫言小说的叙事方式可谓变幻莫测，粗粗浏览一下他的多数作品，发现大致有三个时期的变化。《民间音乐》、《售棉大路》等早期作品，故事都很简略，作者大多采用第三人称的全知视角与情绪明朗的高调叙述，笔触细致的内心描写，赋予自然时序的简约情节以明丽温馨的情绪基调。其中，《黑沙滩》一篇则是一个例外，悲愤凄楚的情绪一下打破了作品原有的格局，开启了莫言小说的又一种情绪基调。

自《透明的红萝卜》开始，莫言小说的叙事方式明显地复杂起来，或以第三人称的全知与部分全知视角，默察式的低调叙述，使情节的安排几近于故事叙述的时序（如《筑路》、《枯河》、《断手》，《透明的红萝卜》的叙述语调则呈现为由低到高的渐次发展），或以第一人称的语调转述往日的故事（如《大风》、《白狗秋千架》），或以第三人称的全知视角为主，间杂转述、旁述的频繁变化，且意象纷呈，时空交错，《球状闪电》最为突出。

在这些叙述方式复杂起来的作品中，明显地存在着几种不同的情绪基调，《筑路》、《枯河》、《断手》、《大风》、《白狗秋千架》等作品，或沉郁，或苍凉，或寂寞，或凄楚，都近于悲凉。而《透明的红萝卜》、《球状闪电》等作品则同时穿插着他早期作品明朗欢快的情绪基调。在《透明的红萝卜》中，这种情绪凝结为"红萝卜"的意象，在沉滞的总体氛围中，如一个明朗的音符，越来越高亢响亮，近结尾处，激情涌动，外化为一片灿耀的金红色。

从《秋水》起，至《红高粱》系列的作品，叙述语调却相对地单纯起来，其他叙事方式的诸因素则异常灵活地排列组合，迅速演变，但大致地说，基本上是以第一人称的全知视角，转述追忆出祖父辈的旧事。说这组作品的叙述语调重新变得单纯，并不是说意味着回到他早期作品明朗温馨的情调，乃是忧郁与欢乐并存，惨烈与悲壮共生，但基本保持了主观情绪明朗的高调叙述。莫言的《罪过》、《红蝗》等晚近作品，则继续保持了其高调叙述的语调，只是内心独白的叙事视角与频繁跳跃的意象剪接，使作品的内在意蕴越发纷扰繁复。

在莫言的小说创作中，《透明的红萝卜》无疑是一个转折性的作品，这部作品的前半部分语言朴实，全部语义都与特定时代的乡土生活相关联。而自"红萝卜"的意象出现以后，作者逐渐转为以黑孩的感觉为视角，在他朦胧的向往中，出现了一个异彩纷呈的童话世界，到结尾处，一直沉默着的莫言，再也按捺不住了，从那个瘦小黧黑的身躯中跳了出来，以至于用完全不同于前半部分的湖光潋滟这个诗词断句，来状写黑孩眼中的泪水。此后，莫言越来越多地采用第一人称的叙述，审美的趣味也发生了明显的变化。审美态度更多地从东方式的静观向西方所谓“酒神精神”的浪漫表现转移，技法也明显地纯熟起来。一方面写实的严谨使丰富的细节加强了作品的故事性，另一方面，他几乎调动了现代小说的全部视听知觉形式，使作品的容量迅速膨胀，大量主体心理体验的内容带来多层次的隐喻与象征效果。这变化都可以使我们确信，莫言是一位偏重主观体验的表现派作家。他的小说无论其内在的情绪怎样变化，但“独抒性灵”则是其一以贯之的基本精神。

一般说来，这是这个时代小说叙述的普遍特征，有一时代民族历史生活的现实根据。长期的禁锢一经解除，好像是对上一时代社会性失语症的补偿，人们以空前的表达热情，急切地抒发着自己对生活的理解、感受、认识、思考，汇成“浪漫的八十年代”汹涌的文学潮头。

而莫言小说尤为突出的是，他大致是以超验的感知方式，表现了充分矛盾的内在纷扰，几乎是将一种最初始状态的情绪直接地表达了出来。一方面是凄楚、苍凉、沉滞、压抑，另一方面则是欢乐、激愤、狂喜、抗争。这极像交响乐中两个相辅相成的旋律，彼此纠结着对话。前者是经验性的，后者则是超验性的，前者是感受、体验，是对外部生活的情绪性概括，后者则是向往，是追求，是灵魂永不止息的呐喊。

这两种节律的情绪常常在他的作品中，呈现为超常的强度状态，由此而产生出痛苦纷扰的总体特征。而忧郁则是其主调。也就是说，莫言所表达的痛苦，并不限于在外部现实中直接体验到的苦难，更多地来源于这矛盾着的情绪带给主体心灵的纷扰与不安，是生命自身的冲突，因而也就更多地带有形而上的主体心灵特征。而忧郁的主调，也正是这不胜重负的灵魂，将被压抑的生命力不断外化为生动鲜活的艺术具象之后，如释重负般的叹息。

毫无疑问，莫言是一位敏于感觉而富于想象力的作家。然而即使是本性所至，这也绝不仅仅是个人的才分问题。正如马克思所指出的那样，一方面“人以全部感觉在对象世界中肯定着自己”，另一方面，“五官感觉的形成是以往全部世界史的产物”。世界史太漫长，我无力也无须溯寻，但追踪一下这位作家走过的足迹，对进一步分析他作品中全部知觉内容形成的外部现实，还是有必要与可能的。

二 “我”自何来，欲之何往

首先，莫言生长在农村，少小习稼穑，深知农事的艰辛，家境贫寒，谙熟乡土社会的世态人情。而后又做工从军，由战士到干部，具有较广泛的生活阅历。在较短的时期内，他由保守、封闭、贫穷的农村，到政治文化的中心城市，未及而立，就成为名重一时的作家。这样迅速更迭的外部经历，必然带给心理以一定的负荷。要习惯于比较豪放粗疏的情感方式和行为方式的人，短期内适应严密的城市人际关系，首先就面临着文明的压抑。从而出现孤独忧郁的感受，以至于痛苦纷扰，这原属必然。

其次，莫言的家乡山东是中国正统文化规范儒教的发祥地，和上古时期就开发繁荣起来的北半个中国多数地方一样，这里法制统治严密，血缘伦理的家族关系与皇权至上的政治伦理高度统一的封建伦常关系深入民众心理，礼教的长期影响，形成世代因袭，有如遗传密码一样的自律性心理机制。而另一方面，作为农耕地区，人们原来重实际而少玄想，且河流较少交通便利，于是较之于江南地区便有了明显的差异；旱田耕作相对粗放，地势开阔宜于战事，历来是兵家相争之地，从上古、中古到近代，都是王侯逐鹿之所，近代外族入侵屡屡不断，伟大的抗日战争也以这里为主要战场，因此，民风悍野，盗匪丛生，历来多慷慨悲歌之士，乃复仇雪耻之乡。即使是在非农耕的行业中，以上因素也明显地体现为家族式的经营方式与帮会性的社会组织。这样独特的文化形态，本身就存在着内在的矛盾，即礼教规范的严密束缚与野性不泯的生命本能抗争。在缙绅阶级中，自然免不了“理学好色”、“名士多钱”之类的谑谈。在民间则以一种更为朴野，故而也就更为惊心动魄的方式表现出来。一旦被现代人的文明意识照彻，自然就显示出“最美丽最丑陋、最超脱最世俗、最圣洁最龌龊、最英雄好汉最王八蛋、最能喝酒最能爱”[①] 的朴野形象，激发出纷扰的主体情绪。

其三，莫言的童年，正是中国农村最沉寂最萧条的时期，一方面政治稳定，虽然没有战祸匪患，个体人生的自由度在严密的现实关系束缚下，

---

① 莫言：《红高粱》。

也变得日益狭小，更不用说先人所经历过的激烈场面。另一方面，政策的失当导致长期的经济停滞，在贫困愚昧的基础上又极容易滋长封建特权。这种沉重的时代氛围，无疑都对幼小的心灵有着严重的影响，他在贫困与沉寂中度过的岁月，形成了对世界最初的印象。在贫困与沉寂的压抑下，作者早熟的洞察力极容易敏感于人性的富美与丑陋，良善与邪恶。这样沉重的记忆，会影响他的终身，造成莫言对人生悲剧底蕴的诗意感受。

进一步说，无论是童年贫困沉寂的记忆，还是都市的混乱嘈杂，或者说乡土社会的野蛮愚昧与都市文明的虚伪，都带给作者以内心的压抑感，使他上升为理性，忧虑着整个民族“种的退化”，回首于历史烟尘中祖父母辈中国人奇异的往事，去寻找那棵属于自己的“红高粱”。

在这种忧虑中，又分明体现着一种人类感，这是每一个民族在面临新的生活抉择，特别是看到一种传统的生活方式行将解体的时候，都会感受到的情绪。近代人类由自然经济的农业文明向机械工业的都市文明迈进的时候，各民族的哲人智者们都发出过同样的叹息和感慨。这实在不能以社会发展模式为依据，简单地评说为向后看，或反对历史进步云云。即使是历史的进步也同样充满了痛苦，面对现实困境的时候，人类必将在过往的历史中寻找激情。而且，无论人们生活在怎样舒适的超自然的工艺环境中，也会唱起对自己的摇篮大自然永恒的恋母情歌，因而才有了各民族的作家、诗人们，世代吟哦万古不绝的世界性文学主题。且不说托尔斯泰、陀思妥耶夫斯基式的迟疑与对人类良心的残酷责问，就连激烈反封建的卢梭，最终也徒劳于返朴归真的热切呼唤，更何况，就连无产阶级文学之父的高尔基，在狂呼革命的《海燕》之前，也曾托意于罪犯流民们的奇异生活，写了大量浪漫情调的流浪汉小说。这实在是一种人类心智中的永恒现象。

在我们现当代的小说中，这种忧虑也时时闪现。有沈从文、朱自清式“感时伤世”的“沉郁隐痛”，有钱钟书《围城》式的揶揄嘲讽，这正是同一精神的两个方面。而在近年小说中则尤其集中。但道德礼仪之邦的“实践理性精神”，“重教化”、“文以载道”的文学传统，似乎使人们更敏感于金钱对世风的污染，与人际关系的淡化。这种忧虑自然有着社会矛盾的现实根据，是时代生活的产物。也许这个时代有良知的中国人是活得最压抑的。一方面是从封建传统中因袭来的严密束缚，另一方面是欲望的膨胀，在禁欲的压抑与纵欲混乱的夹击之中，灵魂的孤岛越发“茕茕孑立，形影相吊”。于是便有了蒋子龙式的激愤不平，有张承志式人生人情永难完善的感叹，有韩少功式绝望的呐喊，也有李杭育“最后一个渔佬”式顺乎时势安于自守的乐观坦然，有贾平凹式对浑茫世事与微渺人生无可奈何的叹息，有乌热尔图式沉入肃穆中的巨大感伤，更有阿城式退避内心的沉默不语。

而莫言之所以为莫言，就在于他几乎不需要知解力的逻辑概括，又凭直觉，就本能地感受到民族这一时代的矛盾与骚动不安的情绪（这一点他很像萧红），并以山东汉子的血性与军人的勇敢去承受它。或者说，他的整个生命感受着民族这一时代的痛苦纷扰，并把它对象化在故土高密东北乡的人事景物中，宣泄出“极端仇恨”与“极端热爱”的强烈情绪。

正是浸淫在整个人格中的乡土社会的文化心理背景，时代的矛盾与民族的情绪，加上先天的禀赋与外部的际遇，造就了莫言的叙事个性。而二十世纪现代艺术重本体体验的美学浪潮，又契合于他的感知方式，启示他更为自觉地表现自己的体验，从而成为当代小说家中，最早以艺术实践（而不仅仅是在理论上）甩掉理性重负的作家之一。他有如一个弹奏着六弦琴的行吟歌者，听凭自然的灵气与生命的骚动，编织着游子梦中的色彩与音响，而高密东北乡，实在只是负荷着这全部主体情绪的一个载体。

三　带泪的挚爱，明朗的忧郁

莫言终究是幸运的，有一块梦魂牵绕为之钟情的土地，可以避免灵魂被放逐的苦恼。于是，怨愤与温馨、痛苦与狂喜……生命的全部欲动，都在这里得到对象化的艺术肯定。读他的小说便常使人联想起两位诗人命题不同而立意相近的两句诗：“为什么我的眼中常含泪水，因为我对这土地爱得深沉”（艾青）；“连我的忧郁也是明朗的”（普希金）。正是这带泪的挚爱与明朗的忧郁，构成了他作品内在的情感层次，而催化着这全部情感的自然是那土地自身的人生意蕴。

乡土社会的全部生存历史，早已像遗传密码一样，储存在这位作家的心理意识中，以至于我们在他多数作品的人物关系中，大致可以看到一个模糊的隐喻系统。

在莫言的笔下，祖父、祖母辈的主要人物，几乎都是能人好汉，他们几乎都是形象魁伟美丽，精力充沛，性情剽悍，血性方刚，情感奔放，带有浓烈的豪强气息。《秋水》中的奶奶听凭情感的召唤，随着爷爷一把火烧了娘家的庄园，漂泊到莽荡草洼中，艰难地开辟生活。那为了白衣盲女而杀了哥哥的黑衣汉子，与为报父仇而杀了黑衣人的紫衣女人，也全都枪法精湛，性情骁勇。这篇小说的意旨颇近于鲁迅的《铸剑》，但在复仇雪耻之外，又有男女情爱的内容。而且，《铸剑》的故事是子报父仇与为民除暴式的政治仇杀，《秋水》则主要是情爱引起的血亲仇杀。这个特点几乎贯穿在莫言小说中所有涉及祖父母一辈人的故事中。《老枪》中的奶奶，为了家业而亲手枪杀了滥赌成瘾的爷爷，父亲也为不肯受辱而以枪自杀。《红高粱》中的余占鳌，杀死致使自己受辱的和母亲姘居的和尚，又为对奶奶的钟情而杀死她婆家的父子俩，进而是杀死侮辱奶奶的土匪花脖子，这种最朴素的尊严感，使他最终成为乡民领袖，和侵略者进行殊死的搏斗。他的外部经历虽然起伏动荡惊心动魄，但其内在的心理逻辑却非常的简单，全部行为几乎都是由生命的本能驱使着争强斗勇，虽然终不免失败的英雄末路，但正合于中国民间项羽式本色英雄的人格理想。至于奶奶为幸福工于心计，二奶奶为爱情不计荣辱，以及她怨愤冲天的“奇死”，还有《红蝗》中的四老妈，挂着破鞋骑在驴背上，严辞怒骂食草家族中虚伪成性的男性尊长们，也委实都表现出女性的大智大勇。

《大风》中的爷爷则是另一类好汉，他精通各路活计，干什么都可以很出色。尽管作者没有展开他任何一点外部经历，但他漫不经心唱起的一字打头的小曲，却透露出他饱经忧患的心态。这个人物的全部性格都是在大风的袭击中挺立起来的，他的顽勇表现在韧的坚持。还有《红高粱》系列中的罗汉大叔，一向忠厚智慧，但在惨烈的凌迟场面中，却表现出难以想象的刚勇。他们是平凡而坚韧的英雄，就像那大风过后“最后一株”夹在车梁榫缝里“不知是红还是绿”的老茅草。

在这两类外部经历与性格特征都很不相同的人物身上，基本的气质却是相通的，那就是体现在整个人格中的风骨，以及由此而带给生命的厚重感。同时又体现着民族民间精神的两个方面，一是勇敢抗争，一是勤劳耐苦。这两个方面构成中华民族的内聚力。

相形之下，父母一辈的绝大多数形象，则显得毫无生气。他们几乎为了最基本的物质生存而耗尽了生命的全部光彩，贫困，卑屈，潦倒，懦弱，愚昧，保守，自轻自贱，自私残忍。《枯河》里的父亲，在权势面前永远是低首哈腰，为了讨好书记，也为了发泄内心的积郁，不惜恶打自己的孩子。《球状闪电》中的父母则愚昧保守，完全无法理解儿子的追求，而且自私褊狭。《爆炸》中的父亲是粗暴专制而又卑屈可怜的。《欢乐》中的母亲最大的梦想是儿子考上大学荣宗耀祖，并为此去乞讨。《罪过》中的父母，则自私得近于凶恶。不仅是父母们，整整一时代的农民儿子都被宿命的阴影笼罩着，即使把生命的需求简化到最基本的食与性，也难于支撑起一个人起码的尊严。《黑沙滩》中的疯女人，只有靠乞讨才能勉强养活自己的女儿，《欢乐》中的兄嫂，为了要一个儿子一生再生，被生活折磨得一个凶悍刁钻，一个懦弱无能。《透明的红萝卜》中黑孩的继母，则潦倒得酗酒，并以虐待黑孩发泄内心的孤苦。《雨路》中四个主要男人都是因为贫苦愚昧而丧失了正直的生存希望，沦入半劳改性质的筑路队，结果又都为了一点点可怜的欲望而各自走向自己的末路，两个死掉（其中一个是自杀），两个丧失了正常的心智能力（其中一个陷入疯狂）。

在这样潦倒贫困愚昧的生存状态中，任何文明优雅的素质，都如《筑路》中那个纨绔气十足的武高一样，只能使人反感。而另一生存环境中的女子，也就像《球状闪电》中的毛艳那样，飘逸如神话中的仙女。何止是在另一生存状态中的女子，就是在乡土社会中，极度贫困带来的性的压抑，也极容易导致对异性的恐惧，杨六九对白荞麦的幻觉（见《筑路》），正是这种变态心理的形象显现。而妇女本身也难于挣脱两种不断重复的命运，要么被人玩弄始乱终弃，要么贫贱终生。《筑路》中回秀的结局，作者尽管没有明确交代，但结尾处女压路机手的故事，却暗示着她可能有的境遇。白荞麦守着一个植物人生活了六年之后，迈出了决绝的一步，结果却压垮了杨六九的心理承受力，前途也就可想而知。

在父母一代人物的性格中，既集中了民族性格中最落后阴暗的方面，又表现了人性中最丑陋邪恶的内容。作者在这一个个被贫困愚昧扭曲得衰朽的生命中，寄托了深切的悲悯，尽管他努力掩饰起自己的感伤，也还是使我们感受到博大的挚爱，虽然其中也夹杂本能的厌恶。

在莫言的小说中，最复杂因而也是最重要的形象，是和叙述者同辈的形象。说他们复杂并不是说他们外部经历复杂，相反，这些人物外部的经历几乎都惊人的贫乏，他们一落地就背负着父辈沉重的人生，在冷酷的人世上苦熬岁月。正是这种贫乏而沉滞的生活，使这些人物几乎都带着与生俱来的忧郁症，显现出异乎他们年龄的复杂心绪。黑孩（《透明的红萝卜》）少小丧母，父亲出走，备受继母的虐待，不得不独自挑起生活的重担，小小的年纪就沉默如老人；《枯河》中的小虎，则莫名于四周冷酷的现实，本能地厌恶父兄在权势面前的卑躬屈节，最后以死来羞耻整个成人世界；《大风》中的我，也从小就熟稔祖父和母亲的辛劳的生活。说他们重要则是因为，作为作者艺术化了的自我形象，这些人物复杂的心绪，正是作者审视乡土社会以及整个民族历史生存的一个基本视角。并且，他由这个视角，完成了对过往历史生存的情感评价，将忧郁的情绪基调，贯穿全部创作，形成独具自身情感形式的美学风格。

这些性情忧郁的乡村青少年，几乎本能地厌恶父辈的人生，渴望着另一种更温暖更明朗，更富魅力的人生。在少年这是生命本能的抗争（《枯河》），是近于恋母般的异性的吸引（《透明的红萝卜》），是对先辈钢骨血缘的遥远感应（《老枪》）。在青年，则是由于接受了新的文化教育，而时代的机缘又为他们提供了改变命运的现实机遇。《欢乐》中的“他”含辛茹苦，希望通过升学而脱离土地，《球状闪电》中的蝈蝈，则通过经营畜牧业，而首先在经济上翻身，摆脱了父辈的贫困。因而他们的忧郁又都带有着明朗的色彩。

然而，即使他们也几乎无法摆脱命运的纠缠。黑孩在继母所代表的亲情冷酷、小铁匠所代表的传统因袭，到太阳所代表的政治荒谬三种力量的现实挤压下，朦胧而美好的憧憬很快就随着红萝卜的影像破灭了。《老枪》中的“他”徒有父辈的勇气，却怎么也打不响那支象征家族血性的老枪，然而漫不经心的一瞬间却突然勾动了枪机，反而引爆枪膛而自伤。《欢乐》中的“他”在政治、经济、亲缘关系与性的多重压抑中，再也无力抗争进取，在死的永恒中寻求解脱。蝈蝈虽然在经济上翻了身，却无力挣脱亲缘关系所纠结着的全部村社传统，在毛艳与妻子茧儿各自所代表的两种生存方式之间徒然挣扎，只有寄志于事业，然而又险些让一个意外的球状闪电将其毁于一旦。至于《白狗秋千架》里的暖，则几乎是在飞到天上的梦中，突然摔了下来，扎瞎了眼睛，断送了一生。《三匹马》中的刘起，牺牲一切惨淡经营起来的三匹马，也由于他悍野的性情得而复失。就是那些脱离了土地，进入城市的人们，也终于难以解脱传统的羁绊。《爆炸》中的“我”，在两种生存方式的撕扯中，从躯体到精神都面临着爆炸式的崩溃。如此看来，那意外的球状闪电，就有了双重的隐喻意义，一方面是作为奇迹，与鸟状怪人共同构成对世代梦想的喻示；另一方面，又是不可抗拒的命运神力的象征，而蝈蝈那莫名其妙的遗尿症，就不仅是生理心理的缺陷，也契合于球状闪电的灾祸，暗示出人们无法超越的内在限制。在这个由人物关系构成的隐喻系统中，显然隐含着这样的喻意：血性钢骨的祖父母们，是民族民间勤劳勇敢精神的化身，是自在自为的人生与人性的代表，也是最富魅力与活力的生命之象征；懦弱苟且的父母辈人物，则是民族性格中愚昧麻木保守等落后素质的代表，是屈辱卑贱的生存写照，也是人性衰朽种族退化的象征；而第三代人，则宿命般地被这两种生存状态中的内在冲突纠缠着，因而痛苦不堪地挣扎于内心。这显然是作者内心冲突的艺术投射。从中我们看到，无论作者是否意识到，他都本能地承袭了鲁迅以来，中国富有人道精神与变革意愿的知识分子不可避免的精神矛盾。他对民族性格中苟且麻木、懦弱保守等落后素质，有着近于仇恨的厌恶，于是寄情于奇崛的传奇故事，以托复仇雪耻抗争奋进的理想精神；然而，又意识到这可怕的生存状态历史与现实的强大，对背负着苦难的人生，无论其多么潦倒，又怀有深切的同情。就像《祝福》中的“我”没有能力回答祥林嫂的问题，《白狗秋千架》中的“我”也难以正视暖那实在得近于荒唐的要求。所不同的是，鲁迅毕竟是以先驱者居高临下的悲怜目光来关注，而莫言则在精神上与这些弱小者共着命运。除此之外，莫言和这个时代的许多作家一样，对个体人生命运中的偶然性，带有更多哲学人类学意味的探究。人性在极窘困与极壮烈的生存状态中都显露出来的邪恶共相，在寂寞暗淡的童年与沉滞压抑的父辈生活中开始的人生启蒙，都使“我”不断谛听着那遥远的血缘呼唤，感受到那沉实平缓的底蕴。于是，一方面在生活外部变幻的色彩中，始终铭记着爷爷一支小曲启示着的艰辛人生，质朴坚韧如那棵老茅草，早早和比自己大六岁的姑娘订了婚（见《大风》）；母亲在小鸡身上寄托的微小希望，因此才比那脱离土地的理想，带给人更多的“欢乐”（见《欢乐·篇外篇》）；而那个被荣誉冲昏了头脑的残废军人，也只有在舆论逆转之后，才领悟到更平凡因而也更坚实的人生真谛（见《断手》）。另一方面，又始终被更丰富温暖的生活，更壮阔激烈的场面，更激情自由的人生选择，更尊严坦荡的生存，更真实舒展的生命形态吸引着。浩茫无涯的秋水，溢彩流金的红高粱，洁白如雪的梨花，和在这优美场景中活动着的钢骨血性的先人们所喻示的抗争——自由的精神，使灵魄永远受着不可抗拒的诱惑。于是，这两种精神，更确切地说是种族记忆中民族伟大精神的两个方面，也是人类精神中两种英雄素质，彼此之间发生了抵牾。精神之光也终于难以照彻生命底处那一团永恒的黑暗。

这里出现了这样三重彼此纠结着难以理清的矛盾。首先，是这一代平民代（或者说来自平民）的知识分子，面对贫困弱小的民众生存，“哀其不幸，怒其不争”的情感矛盾；他努力从中挣扎出来，追寻着理想的精神，由此产生对整个民族“种”的忧虑，然而，又陷入第二重矛盾，即两种英雄品质之间的矛盾，尽管由此带来作品的情感张力，形成不同情调的作品风格，但精神终究是矛盾的。其三，则是矛盾着的情感与矛盾着的精神之间的冲突，因为前者的情感指向是善的精神，而后者的理想核心是生命意志，是本能力量的实现，因此是一般所谓恶的精神。莫言始终在这些内在的纷扰冲突中挣扎着，只有不断地外化，不断地投射，却难有彻底的解脱。于是便有那源自本体，贯注于全部作品中的忧郁主调。就连那激情涌动的《红高粱》系列的作品，在叙述者“我”那百荡千回、起伏奔涌的情绪中，也流露出难以驱除的忧郁。

四　精骛八极，思挈万仞

在莫言笔下人物的隐喻系统中，祖父母一代人无疑是民族血性钢骨的理想化身，是朴野自然（也是相对自由自主）的人生人性的对象化肯定。由这组贯注着审美激情的人物，作者完成了对两种生存现实的否定。

最体现批判精神的，显然是那些性情忧郁的乡村青少年们直接背负的村社传统，是集中显现为血缘伦理为基础及至政治伦理的传统生存模式。对这一生存模式中各种严密而微妙的人际关系，作者并没有系统的社会学政治学的解剖，他像《民间音乐》中那个瞎眼的民间乐师一样，用灵气溢动的整个生命，去感受那形色各异的人生中永难挣脱的外在束缚，那无论是情爱还是聪明才智永远无法实现的幻想，并用忧郁的情调传达出来。匮乏经济的窘迫生存条件，不允许人们有任何一丝浪漫的幻想，生存的全部意义又似乎仅仅在于最低级的动物性种族——家族延续（见《欢乐》），柔情关系中那貌似无私的父母之爱，掩饰在长幼尊卑关系中绝对自私的利己原则（见《爆炸》），有时就连那层薄薄的温情脉脉的人情面纱，也被赤裸裸的专制暴虐撕得粉碎（《枯河》）；至于两性关系更是极尽物质功利的实质，借助礼教的形式，扭曲着人性（《红高粱》中的奶奶就是为了一匹骡子，而被父母许配给麻风病人，《筑路》中的白荞麦则必须遵从礼法，与一个植物人厮守终生）。最要命的是，那古老的生存模式，似乎周而复始永无休止，使所有想挣脱它的人，都像《球状闪电》中那个梦想飞行的鸟状怪人一样，在父亲像车辙一样深刻、像历史一样庄严的皱纹（见《爆炸》）面前，显得怪诞疯狂。

其次，则是与村社传统相关联，而表面上又作为文明标志的生存现实。尽管作者并没有正面展开这种生存现实的全部内容，但从其晚近作品《红蝗》中，作者的情感否定倾向极为清楚。他以叙述者的心理时间为坐标，串联起时隔五十年的两场蝗灾，不同空间环境中的心理体验（仍然是充分感觉化的），强化了作品的怪诞风格，而两种生存现实的异中之同，也就明显地呈现出历史的巨大惯性。那衣冠灿然、朗声宣道又暗出风流的伦理学教授，与食草家族男性尊长四老爷、九老爷们之间，共有着民族正统规范文化造就的男性心态原型。而被人始乱终弃无从发泄，打了“我”两个嘴巴的女人与骑在驴背上挂着破鞋撕毁休书怒斥衣冠禽兽的四老妈之间，也出现了正统规范文化压迫下，妇女命运与心态的共性。封建社会男尊女卑的正统规范，造就了男女两性各自极端病态的心理。男权中心社会封建礼教的赫赫威法，导致男子的极端虚伪，被鄙弃被愚弄的屈辱地位形成女性心理中潜抑的，对男性的极端仇恨。

这种纵向的心理沿革，有着一定社会学的根据。正如许多社会学家所指出的那样，作为农业民族，中国的城市是由农村发展而来，历史的变迁使村社的传统仍然保持在城市居民的心理意识中，因而呈现出整个民族乡土社会的性质。[①] 换一个角度，也可以说，民族的集体潜意识中，男尊女卑的种族记忆，就决定了即使是在物质发达了的都市文明中，实质上也是男权中心的社会。这就决定了男女两性各自精神心理，在同样文化传统制

---

① 参见费孝通《乡土中国》。

约下的同样不健全。在这样的文化心理背景下，人性是最难以正常实现的。因此，莫言所否定的两种生态现实，内中的民族心理原型是一个，都是缙绅阶级规范化了的，然而也是虚伪残忍的道德模式。正是这一伦理层次的认识前提，使莫言的小说中，充溢着泛性的苦闷，这生命自身的苦闷，比外部的羁绊形成更为沉重的压抑。

不仅如此，对民族伦理生存历史与现状的洞悉，更深一层的探索，则是富于哲学人类学意味的对于本体人性的理知。因而莫言对"种"的忧虑中还包括着对人性的深切怀疑。他在不同时代题材的作品中，都写到人性自身的残忍，(特别是写到婴幼儿时期，人所表现出的本能的凶狠)，除了社会礼法的扭曲外，也有本能的邪恶。这正是同一问题的两个方面。对伦理规范非人性质的反抗，导向对自然人性的审美肯定，而对人类原欲中邪恶天性的发现，又导致对人性自身的怀疑，其中便有了对更合理的伦理规范的理想。在这个循环演进的认识过程中，容纳了人道精神的永恒理想。前者使他对民族伦理生存的历史与现状的批判，上升为对人类整体生存的道德忧虑（在《罪过》中，作者对叙述者"我"潜意识的披露，透露出这一怀疑倾向)，后者则构成他对人类原欲的深刻恐惧（这在《红蝗》这部中篇的题目上，就可以得到充分的暗示)。《秋水》中由白衣盲女唱出，由爷爷传下来的小曲，最形象地表达出这种近于无可奈何的忧虑：

……绿蚂蚱吃绿草梗。红蜻蜓吃红虫虫。紫蟋蟀吃紫荞麦……

来了一只大公鸡，伸着脖子叫"哽哽哽——噢——"

这种忧虑显然有着现实的契机。道德礼仪之邦，伪善僵死的伦理形式，弱肉强食的生存实质，在五四运动开启的中国近代第一次理性对文化心理的反思中，即暴露出其非人的实质。在目前这个突然打开禁欲囚门的时代，欲望膨胀的狂潮，带来又一次民族心理的分裂，精神价值观念的崩溃，最集中地体现为伦理规范的紊乱，所谓道德更多地变成党同伐异的工具，人们通常是左手拿着旧道德，右手拿着新道德，为我所用而已。这极容易造成人们内心道德意识的混乱与对人性的怀疑，乃至于对人的恐惧。①

莫言似乎迷失在这样一个彼此纠缠，犹如怪圈一样循环往复的矛盾中：现实的压抑带来泛性的苦闷，于是有对生命意志的本能呼唤，而对人类原欲的深切恐惧与对人类生存现实的道德忧虑，又使他陷入对人性更深刻的怀疑，从而更强烈地呼唤着生命意志的本能抗争……只有在这个层次上，我们才能理解他作品中那永难驱除的忧郁所蕴含着的生命内在冲突，以及丰富的人性内容；才能理解溢彩流金的《红高粱》系列作品中，被作者满怀崇敬讴歌的先辈中国人在扭曲中蓬勃生长的人性，在激烈壮阔岁月的烟尘中，闪烁着的血性钢骨的史诗灵魂。这是性情的真与生命的善，高扬于僵死虚伪的伦理形式之上，纠缠于人类永难战胜的原欲之中，获得宗教般神圣光彩的至美内容。是精神自由自主的交际漫游，是理想别无选择的绝望抗争，是灵魂对自体生命内在苦闷的积极超越。总而言之，是类似司汤达笔下意大利激情的浪漫主义情致。

人们在这个充满欲动的世界上艰难地生存，有压抑就有抗争，千百代人都翘望着那颗明朗的自由之星。然而，任何个人的认识能力都是有限的，以有限而无法穷知无限；任何一个个体的生命都是脆弱的，难以承受那永恒的苦难，理想精神也永远无法超越人性的极限。所以，无论历史怎样进步，每个时代的人都曾感叹世道艰难，都免不了悲观情绪，便要寻求精神的解脱。正是这一人类心智中永恒的矛盾，构成了世代相袭的斯芬克斯之谜。而尼采的“酒神精神”与叔本华的圆寂理想，也不过是反映着这一矛盾的两个方面而已。莫方小说中对先辈风骨中两种精神的赞美，也正是生命在这两极的摆动，这无疑显示着东方式的智慧。人们为了生存的内在平衡，总是要寻求精神的支柱，不同的心性常常导致对不同方面的偏重。尼采倾向以强力意志承受人世的苦难，结果他疯掉了；叔本华主张对欲望的克服，结果灵魂被绑缚在自己理论的十字架上，接受后人的审判。而莫言则兼有着肯定与怀疑这两种精神，他既蔑视着陈规旧法，强烈地抗争着非人的现实束缚，又极重视自然人性真实合理的伦理实现，赞美那些隐忍的英雄。所以，我们说他作品中那些充满了现代人情绪骚动与本体经

① 参见莫言《〈奇死〉后的信笔涂鸦》。

验的浪漫主义情调，就其精神肯定来说，仍然是民族的。

这种浪漫主义的民族特征还表现在他那永远被记忆纠缠着梦呓般的演述方式。夹叙夹议，间杂转述，所述内容尽英雄好汉们的雄奇经历，且叙述者特定的民间长者身份，又进一步强化了故事的传奇色彩，抢掠争战，杀人如麻，却绝不给人以恐怖感。这颇近于人类上古诸如荷马史诗，以及我国中古《三国》、《水浒》一类英雄传奇的特征。所不同处在于，他笔下的人物出身卑贱，不拘礼法，蔑视陈规，绝无荷马史诗中人物神系血统的高贵，也无《三国》、《水浒》中人物不同程度的封建正统伦理品格与王道思想。尽管他们也时时被往古的帝王将相们感召着（如《大风》），小有势力也免不了争雄称霸胡作非为（如《红高粱》系列中的余占鳌），但终究比那些人物要朴实得多，是地地道道民族民间的本色英雄。

不可否认，在这些人物的英雄光彩中，闪动着二十世纪人们重视普通人活动的历史意识，但要在这样一些豪强气息极浓的传奇角色中去分析作者成熟的历史意识，不如说作者借助历史的场景，寄志于先辈的不屈的精魂，浩歌狂舞，穷极天地，瞻望古今，抒发自己被僵死的传统规范与虚伪文明压抑的生命激情更恰切。归根结底，是在现代意识观照之下，民族民间的浪漫主义情致。

1987 年 7 月写于北京

（原载《文学评论》1987 年第 6 期）

现代人的民族民间神话

——莫言散论之二

季红真

五　伦理的性与审美的性

说莫言的作品中带有现代意识，首先在于他对民族伦理规范，特别是儒教传统性道德观念强烈的批判态度，以及其作品忧郁的情绪基调中的充盈着的泛性的苦闷。至于前者，上文曾一再重复地有所论述，而后者则使他极真切地表现了对过往民族民间非规范伦理生存的情感容纳与高度的美学评价。正是这后一点，确定了莫言作为小说家（也是广义的诗人）而非伦理学家的存在。因此，我们对他作品中的性描写，也不应该停留在伦理的层次。

不用讳言，在莫言的作品中，可以看出弗洛伊德泛性主义精神分析学的影响。于是，我们首先遇到的一个理论障碍，是对这个学说本身的评价问题。作为一门科学，弗氏理论的可信与否，已经经历了几代人形形色色的诘问、驳难、校正与补充。譬如，在弗氏生前，英国著名的功能派文化人类学家马林诺夫斯基，通过对太平洋岛屿中尚处于母系氏族制社会的原始部族的实地考察，以第一手资料，推翻了弗氏关于仇父恋母理论的普遍性，指出弗氏得出这样的结论，主要是由于他所生活的维也纳市存在着严重的父权制这一社会条件造成的独特现象①；弗氏的嫡派门生荣格，也从文化传统的角度，提出集体潜意识的理论，来校正弗氏的泛性主张。而历来这一学科以外的人们，对弗氏理论的取舍，大多是为我所用。这里有接受心理的一般规律，正如作为十九世纪科学里程碑之一的达尔文进化学说，曾启迪了一个时代极端重视遗传的人格理论，并在这个文化心理的总体背景中，最终发展出法西斯的人种理论。理论的传播是受制于接受者的不同目的的。弗洛伊德的理论无疑从一个角度激发二十世纪几代人反叛的热情，并开启了二十世纪艺术表现的新领域与新形式。譬如鲁迅就是从反对旧礼教的目的出发，批判地接受了弗氏的理论，并用于自己的艺术实践。他认为弗氏的理论撕去了道学先生们的伪面目，同时指出泛性的夸张，则是有饭吃阶级的误见。赞同他“以压抑为梦的根底”，从而道出了与“社会制度、习惯之类”② 的关联。而其作《不周山》，“原意是写性的发动和创造，以至衰亡的”③。

莫言不是鲁迅，但就其对弗氏理论的接受方式来说却是相似的。他对衣冠灿然虚伪论道者的愤怒、鄙夷，正如鲁迅对伪道德者的讥讽一样带有二十世纪中国人民族自省的基本精神，而其在艺术实践领域中，则在写实与象征两个方面，都要比鲁迅更多地受到弗氏理论的影响，这无疑与更重视本体体验的美学追求有直接关系。且忧郁的情绪基调中浓重的苦闷，本质上也只属于青年人。也就是说，鲁迅对弗氏理论的艺术借鉴，带有更为自觉的理性的扬弃，而莫言则兼有着理性认知的接受（尽管相当感觉化）和感悟式的观照。

莫言的许多作品中，都有直接细致的性心理写实，他用很多笔墨写了社会与自我的双重压抑，对个体心性的扭曲，以及连锁反应的恶性社会效果。他处理得最好的，是那些生活方式与情感方式都相对比较粗放直率的、乡土人物的性心理与性行为。他特别长于状写人物由于潜抑的性心理所导致的异常行为，《红高粱》系列中余占鳌情迷心智，魔魔怔怔地大闹酿酒作坊，二奶奶临死前连声不绝的怒骂，《筑路》中杨六九的幻觉，都

---

① 参见家祖父江孝男《文化人类学入门》。
② 《南腔北调集·听说梦》。
③ 《南腔北调集·我怎么做起小说来》。

是精彩的片断，从中也都可以找到心理人类学的科学依据。莫言以人物外部的异常行为，隐蔽起人物潜在的心理逻辑，不仅使情节跌宕，笔法含蓄，而且人物超验的情感方式也带给作品以诡奇的神秘感。

此外，作为纯粹心理写实的情节，莫言也不乏精彩之笔。例如《金发婴儿》中那个由于性的蒙昧导致自我压抑，进一步人格分裂，最终在精神错乱状态中虐杀婴儿的军人，作者对其心理逻辑演进的处理是真实可信的，以及同一作品中，弥漫在紫荆与黄毛交往过程中，两性之间微妙的气氛，也含蓄动人。他也有分寸失当，而损害作品的整体风格的地方。例如同一部作品中，那个原来获得作者情感肯定的紫荆，搂抱公鸡的细节，固然揭示了其性饥渴的心理真实，但终究是有损人物整体形象的。又如《欢乐》中，被作者大为渲染的主人公近于歇斯底里发泄式的性心理变态，也由于过分感觉化的唯美处理，而与结尾《篇外篇》中的题旨发生审美趣味的直接抵牾。至于《红蝗》中人驴交合的情节，作者竟贯注了那样热烈饱满的情感肯定，简直令人不可思议。这固然源于对虚伪残忍成性的食草家族尊长们的强烈义愤，但其本身终究是违背自然规律，反人性反人道的，是对生命的亵渎，是人生在扭曲中的堕落，也是超出人正常的情感阈限与审美心理承受力的。

莫言写得最好的，是乡村青少年那朦朦胧胧的性心理。黑孩那一连串莫名其妙的外部行为，隐藏着一条心理的逻辑线索，这条心理的线索融贯于整个身体的感觉，潜在于意识之下，而由菊子姑娘所启蒙的性心理推动着。从这个角度解释，他所有的外部行为都是合乎内在的情感逻辑的。他把头凑到最宜于爱护他的小石匠手头的位置，任凭他敲打，他听任菊子姑娘抚摸他满是伤痕的背脊，甚至追寻体味水中鱼儿碰触皮肤的感觉，都是极度冷酷的亲情关系导致的皮肤（生理的）——情感（心理的）饥饿，外显为对温情的极度敏感。他执意脱离砸碎石子的妇女圈子，去为铁匠拉风箱，并且狠狠地咬了劝阻他的菊子姑娘一口，这是男性意识的觉醒。他看见红萝卜的那个奇妙夜晚，正是老石匠唱着凄婉哀怨的戏文（这段戏文最集中地体现着民族民间两性情爱的现世倾向，以及人生被情感高度升华了的苦难内蕴），小石匠与菊子姑娘两情缠绵的时候，那个幽蓝的底色中金红的萝卜影像，正是他对人生中悲苦底蕴和以两性情爱为核心的幸福境界，朦胧感悟的喻象（小石匠与菊子姑娘走进桥洞的时候，在炉火映照下，一个是红色，一个是黄色，而红色与黄色的调和，正是近于透明的足赤金色）。当小铁匠与小石匠争斗的时候，他反而扑向一直爱护他的小石匠身上，也正是他发现小石匠与菊子姑娘在大麻地中幽会之后，这可以解释为对传统师徒关系的认同，但更深的心理动机，也正如小铁匠是为了对菊子姑娘的恋情，不同的只是他的恋情带有美的升华。因此，只有菊子姑娘的眼睛被石片崩坏以后，这个一直不动声色的黑孩子才抽泣了，并且那个金色的红萝卜影像再也不可复得，他被守园人扒光衣服，赤身裸体跑回来的时候，“起初他还像害羞似的用手捂住小鸡，走了几步就松开了手”。结尾那不知是谁的两声召唤正暗示着一个备受苦难、但内心纯洁的男孩子，在性觉醒的初始阶段，对生活美好的憧憬的破灭。黑孩，那个充满诗意灵感与生之欲望的小精灵，已经不复存在了。作者对这个少年的性心理发展过程的叙述，颇像鲁迅《不周山》的情节安排，只是“性的发动创造，以至衰亡”的过程，在鲁迅的笔下完全是以神话的方式完成的，莫言则主要以白描的手法实写其人物外部行为，而隐蔽在其中的性心理，则以写意的手法传达出来。

不仅这部作品，几乎所有以乡村青少年为主人公的作品，都有这个特点。《大风》中的我，一听到爷爷漫不经心地唱出的古朴小曲，小鸡就翘了起来，并且那一天的感觉印象影响终身。《枯河》中的小虎，决心以死抗争，来羞耻成人世界的时候，一定要露出“布满伤痕”的屁股，而且，在听到日出前那一蛮野庄严的音乐之后才安然死去，让那屁股“布满阳光”，就好像一张“明媚的面孔”。性在这些作品中贯穿生死，融汇着生命的整体感觉，其超越生理层次的内容，构成作品的象征意义。

因此，性在这些作品中（包括《红高粱》系列的作品），不限于纯经验的内容，还包括更广泛的本体意味。也就是说，莫言对性的理解，不仅是从伦理层次的道德探索，也不仅是心理层次的客观写实（有时是以写意的笔法），还包括哲学人类学意义上的本体观照。是诗意化的生命本能的抗争，是直率善良自然美丽的人性，是高悬于民族民间生存现实悲凉底蕴之上的幻想之光。

只有在这个本体观照的诗化象征层次上，我们可以穿透《红高粱》系列作品中写实层面那惊心动魄的惨烈场面，那勾心斗角你死我活的殊死格斗，体验到人类情感的伟大力量。同时，也遇到一个普遍的问题，当人们反抗千年古国虚伪道德的时候，常常会产生错觉，认为性解放的极致是非伦理的，这也是弗氏理论最易产生的歧义。

实际上，人类的伦理实践能力，与人类的认知能力、审美表现能力一样，都是人的本体力量的组成部分。因此，人类本体力量的实现，也包括伦理实践能力的实现，而且其实现的方式必须通过社会的道德规范来完成。这规范无论是合理的还是不合理的，都意味着对个体情感欲望的压抑。而文学作为审美表现活动，也是人类本体力量自我实现的一种形式，而且，它基本是由个体的情感所推动的。这样就出现了帕克在他的《美学原理·艺术道德》一章中提到的二律背反，即，因为艺术总是表现人的个体情感的，就势必与社会集体的规范发生冲突，因而它是不道德的；然而，艺术表现的个体情感欲望，本质上是属于人类集体的部分，因而它又是道德的（大意）。这个二律背反，与其说是艺术与社会伦理规范之间的矛盾，不如说是人类本体自身的矛盾，是本体自身的不同的形式自我实现时，不可避免的冲突。而艺术正是在与历史伦理的冲突中，承担着“未来的伦理学”（高尔基语）之职能。正是这样的认识前提，使我们有理由反对道学（无论其真伪）的批评，因为文学作为人类满足本体审美表现的需求手段之一，本身不是道德批评的对象。也正是这样的认识论前提，使我们在《红高粱》系列旧日民间伦理生存的奇异传奇中，与其说感受到对非人的旧道德激烈的反叛精神，不如说是在人必须以恶的手段达到善的情感实现这一个困境中所揭示的人类本体自身的悲剧境遇，使在扭曲中蓬勃生长的人性，带有更崇高圣洁的道德内蕴。因此，作者在这些作品中，不仅是完成了一个道德的批判任务，而且是以浪漫主义情感夸张的极致，完成了人类永恒的道德（也就是人道的）理想的情绪表达。

然而莫言终究是一个中国人，而且是一个山东籍的中国人。这使他浪漫主义的情感夸张永难超越民族集体潜意识中伦理情感的价值取向。在他的作品中，有一个愚昧专制卑屈麻木的父亲，就有一个善良隐忍勤苦而耐劳的母亲（如《枯河》）；有一个反叛的英雄，就有一个忠厚的硬汉（譬如《红高粱》系列中的余占鳌与罗汉大叔）；有一个工于心计的奶奶，就有一个逆来顺受的二奶奶。甚至在《红蝗》中，叙述者也极想给刘猛将军塑一个老婆。比例谐调，搭配得当。这当然不一定是作者有意为之，也许仅仅是作者内在情感无意识的自体循环。也正因为如此，使这样的人物关系，更带有种族记忆中伦理情感现世倾向的原型意义。

这一原型，对于我们来说，还有另一种意义，那就是看到民族民间（特别是地域）历史文化的母体，给予作者的巨大心灵负荷。这一心灵负荷，使他极敏感于民族伦理生存现状的混乱，并由此在对人类本体悲剧境遇的感悟中，陷入对自身力量的深刻怀疑。这是他晚期的两部作品（《罪过》、《红蝗》）题旨与风格都颇逆于《红高粱》系列作品的原因，以至于在《红蝗》的结尾处，他特别注明作品的叙述者“我”不是莫言。

这种题旨的逆转，最直接地体现在他作品中色彩喻象系统的变动。在他的笔下，几乎所有姣好善良的女主人公服饰中都存有红色的标记，一般是上衣，菊子姑娘则是一块紫红色的头巾，因此，红色首先意味着健康自然的性欲。不仅如此，还有水淋淋鲜红的月亮（见《枯河》），血一样红的太阳（见《大风》），传说中会炼丹，被众人追杀得走投无路的火红的狐狸（见《爆炸》），“红成洸洋的血海”、“辉煌”、“凄婉可人”、“爱情激荡”的红高粱，等等。因此，由情欲推而广之，红色喻示血性，本能的抗争，激情与野性的自由。乡村景致中最浓重的色彩，自然是绿色，而莫言笔下所有蒙昧勤苦人物活动着的背景中，都有一片绿色，因此，绿色与红色相对应，烘托暗示出朴野顽强的生存，耐力，隐忍，蒙昧的生殖力。其他的色彩则几乎都流于一般的象征意味，例如白色象征纯洁与悲壮（《秋水》中盲女着白衣，《老枪》中飘洒在父亲身上的梨花洁白如雪），黑色意味残忍与死亡（《秋水》中的黑衣人）。这些色彩都分别代表着人类原欲中的不同内容。而体现着莫言价值理想的意象，常常或色彩鲜明对比，或色调和谐。作为人生苦难的感悟与美好憧憬的红萝卜影像，在青幽幽蓝幽幽的铁砧上，放着金色的光芒，里面还有“活泼泼的银色液体在流动”。喻示着顽强蓬勃生命力的那颗“老茅草”，“不知是红还是绿”，象征民族民间遥远神秘的情感。作为反叛精神神圣图腾的红高粱，以其油亮的绿色秸秆高举着赤红的穗子，区别于暗绿色的杂交高粱。而作为作者否定性审美情感意象的，则几乎都是单一色彩的，《三匹马》中，围绕着被性的蒙昧压抑着的人的，是一片密如屏障的绿色玉米地；《狗道》中，疯狂的狗群是由红、绿、蓝三条疯狗率领着对人袭击。因此，在这个色彩喻象系统的心理关联域中，疯狗对爷爷和父亲们的袭击，就不仅仅是对人物特定情感境的设计，也意味着人类健全的精神，在自身诸种情欲的纠缠中，孤立无援的困境。那么爷爷的战胜疯狗的围攻，也就象征着人类健全的精神，对自身欲望的胜利。

从《欢乐》起的几部作品，这个色彩的喻象系统变得越发抽象，且其中寄寓的情绪也变得越发激愤。《欢乐》中，所有绿色的物象都是丑陋肮脏的，主人公对自身生存环境的由衷憎恶，干脆抽象成对绿色的疯狂诅咒。《弃婴》中的婴儿被遗弃在一片密不透风的庄稼地里，绿色的背景暗示出盲目蒙昧的生殖力。《罪过》中那朵裹挟走弟弟生命、奇怪地逆水而上的花是红色的，而作品中“我”的原罪意识，正好与花的意象彼此呼应，喻示着原欲的罪愆。《红蝗》中，先将拥挤的人群比作蝗虫，而时隔五十年两场蝗灾的交叉叙述，实在是为了揭示两种伦理生存状态中非人的实质，核心仍然是性（推而广之则是欲望）。那蝗虫也是红色的，而且“红水盈大”、“绿色泛滥”，连太阳也变成了一个小小的绿色玻璃球，这些描写都难以带给人美好的联想。于是红色、绿色就如希腊神话中潘多拉的盒子、阿拉伯神话中所罗门的瓶子一样，喻示着原欲的罪衍。作者由此表达出对人类本体欲望的道德怀疑。

如此看来，从《红高粱》到《红蝗》，莫言几乎完成了从尼采到叔本华的认知转变过程。现世倾向的道德（也是人道的）理想精神，由绝望的抗争到无可奈何的诅咒嘲讽，推动着审美表现的重心，由情感的浪漫夸张到理性的荒诞认知（也包括本体纷扰的情绪宣泄）。从这个意义上说莫言几乎跨越了一个世纪。

六　经验的世界与神话的世界

这里所谓经验的世界，指作品中人们经验的认知方式，可以领悟到的世界人生内容，也是指艺术作品中模拟客观真实的表现形式。这里所谓的神话世界，则是指人的非经验的认知方式，纯粹主体的情感意愿以特殊的心理逻辑推动的艺术思维，对客观现象世界加以重构的虚幻世界，也就是作品中好些非写实的表现形式。①

莫言的艺术世界，无疑是经验世界与神话世界水乳交融的内在统一。他作品中的本事，几乎都不超出人们的经验范围，而其中对乡土社会人生世相从整体到细节的社会写实，可以说是相当逼真的，这带来了作品内容的扎实。然而，他的小说整体上却带给人神话的效果。这不仅是由于其作品中的民间好汉，颇合于中国古代“神话的历史化和历史的传奇化（人格神话)”② 的规律，也不仅是由于争战杀伐却不给人以恐怖感的英雄崇拜的史诗灵魂，甚至也不在于穿插在人世故事中的鳖精狐怪等民间信仰。而且，农耕民族万物有灵的原始自然观，作为民族民间神话思维的心理基础，儒教规范下汉民族重视现世伦理实践成功的价值取向所造就的，充满人生神秘感及宿命的精神归宿心理内容的，因果报应、福祸根基等潜在的思维模式，都是这个带有神话的奇异世界赖以构筑的有效契机。譬如，《罪过》中鳖精的传说故事，就最集中地体现着这样的思维特征，而其在揭示主体原罪意旨的整体结构中，审美价值的特定否定功能，则是一个价值取向的逆转。从中，我们可看到作者对民族民间文化心理，有批判，有认同，就如血缘承传一样隐秘的情感承诺。而其批判的武器与认同的契机则是一个，即二十世纪人们对本体生存意义的探究。

鲁迅在评论陶元庆绘画时写道：“他以新的形，尤其是新的色来写出他自己的世界，而其中仍有中国向来的魂灵。”（见《而已集·当陶元庆君的绘画展览时》）这段话用来说明莫言小说的神话效果也是贴切的。二十世纪人们的人性理想，现代艺术在原始艺术中寻找灵感的成功先例，激活了莫言对民族民间文化心理的情感承诺中，感知方式的认同，带来审美意识的自觉。而现代人错杂的时空意识，则帮助他以独特的感知方式，将经验世界的分散材料，构筑成自己带有神话意味的世界，其中也自有其“中国向来的魂灵”。

在本文的第一节，我们曾论述过，莫言小说大多以第一人称的高调叙述，在记忆的纠缠中，间杂大量的旁述，转述且夹叙夹议。作者似乎有意

① 袁柯著《中国古代神话传说·导言》中，关于神话的概念有狭义广义之分，其广义的神话包括仙话、历史传奇、民间传说。方克强在《论神话思维》一文中，在此基础上，将神话思维进一步分为神话式、魔幻式、童话式、寓言式。本文接受以上二人对神话广义的解释。

② 谢选骏：《神话与民族精神》，第242页。

打断故事的联系性（例如《红高粱》系列的作品，如果以连续的故事时序结构叙述，就是一个长篇的材料）。这样首先带来了时间与空间形式的虚幻（也就是非经验）性质。

莫言笔下的多数故事，都发生在高密县，主要是东北乡（《秋水》是十八乡，其他没有注明高密县的作品，也与高密县共属同一文化地理范围，这可以从人物对话语言的一致性看出来），而且，年代更迭但人物与叙述者“我”之间的关系却永远不变，都是祖孙之间隔代故事。于是，就有一个永远长不大的“我”和一群永远不曾老去的爷爷奶奶。在这种固定人物关系的演述中，有两种时间意识交插演进。其一是线性的历史时间，依着这个时间线索可以排出小说本事的发生的先后年代，从开发之初（这是史前时期的记忆，可见《秋水》），抗战前、抗战时期及至解放以后（见《红高粱》），解放前、解放后至“文化大革命”（已改《老枪》），“文化大革命”期间（见《透明的红萝卜》、《大风》、《枯河》等），目前（见《爆炸》、《红蝗》）。其二，则是叙述者与主人公的特定关系表示的时间，相对于明确的线性时间，这是非线性、非逻辑、混混沌沌、无始无终、循环演进的血缘心理时间。当莫言以第一种时间为主要叙述框架时，人物与故事就具有逼真的经验性质（如《三匹马》、《筑路》等作品）；当作者以第二种时间为主要叙述框架时，人物与故事就带来虚幻的神话效果（如《红高粱》系列）；当作者以两种时间交叉完成叙述时（这时其实是以心理时间为框架），作品的虚幻性质就进一步发展为怪诞的风格，仍属神话的效果（如《红蝗》）。

当然，时间的虚幻性质，还来自人物处理有意识的混乱。同一个“暖”，和“我”的姑侄关系并没有改变，可在《白狗秋千架》中，是一个青年农妇，而在《爆炸》中则是一个老年的乡村医生。这种有意识的混乱，与其说是作者故作神秘的智力表现，不如说是现代人在动荡的世界图像中，被自我渺小感压迫得耻于做真诚状的内心羞怯。

空间的虚幻性质，则是时间的虚幻性质带来的相应效果。作为莫言的故乡，高密县首先是一个自然地理的空间概念；记忆与转述强化的传奇人物与故事，与其说叙述了一系列的传说故事，不如说描述了这些传说故事的生成过程，而且揭示了神话赖以生成的民族民间潜在的思维特征。在这个意义上，豪强出没，传说纷呈的高密县，又是一个文化地理的空间。在这些传说故事中，容纳着多少民间传说，乃至世界神话传说的母题。例如，《秋水》就极近于开天辟地的神话故事，只是主人公不是神性的英雄，而是人性的民间本色英雄，其洪水的故事相通于世界各民族洪水故事的救世神话，血亲仇杀的主要情节原型可以追溯到上古史传故事，至于长工与庄主小姐恋爱而杀人私奔，更是民族民间传说故事中常见的问题，其最古老的原型是充分世俗化了的牛郎织女故事。这样一个母题套一个母题的情节演进，借助虚幻的时间模式完成的艺术叙述，就使高密县带有超现实的神话性质。而与之有关的所有故事，在作者“种的忧虑”的议论推动下，就以忧郁的叙述基调，情绪化地概括了人类从伊甸园开始的全部生存历史，正契合于现代人对本体生存意义的探究。因此，莫言的世界，也正是在这个人类学的意义上，将经验世界的民俗材料与虚幻的时空形式统一起来，带来整体的神话效果。

从这个角度反观莫言作品中奇异的情节，就不难发现“中国向来的魂灵”，在他的笔下是极为夸张地心理化了。最典型的是二奶奶。“诡奇超拔的死亡过程”与大奶奶显赫排场的殡葬仪式，两相对应，一里一表，最形象地喻示民族民间对于生存与死亡的神秘信仰。大奶奶的尸体在坟中长埋之后，挖出的时候竟光鲜如初，且有香气溢出，这是把死看做生的延续；二奶奶临死前怨愤冲天的怒骂，与其说是生命奇特的消亡过程，不如说是心灵化了的祭神仪式，其所祭者是执著的生之欲望。这两个女人的死，正表现了民族民间生命意识的两个方面。其一，对生存充满了现世倾向，因此才能漠视陈规礼法；另一方面把死作为生的延续：所以才有蔑视生死的本色英雄。而《筑路》中杨六九的幻觉，则正是这种集体潜意识，在个体心理崩溃的瞬间颠倒所致，从而莫辨生死，心智迷乱。

莫言小说借来的形，还体现在主体感觉的强化，意识流与内心独白手法的大量运用，而且视听知觉通感形式的夸张变形，都有助于故事与人物联结在情绪饱满的心理场中。此外，夸张描述瞬间感觉，则是借鉴现代电影中慢镜头的表现手法。这些无疑也加强了莫言小说的奇幻色彩，使他的神话世界在形式上也带有现代意味。

七　语义的特殊心理关联与心灵形式的协调

论述一个作家的创作，语言是不可回避的问题。特别是莫言，他的语言对于他的风格实在是至关重要。

小说语言作为艺术表现的言语活动，既不同于一般的文学语言（这里沿用国内语言学界的惯例，指规范的书面语），也不同于口语（包括地域性方言、社会集团习惯语体，还有共时性的社会现实语汇）。同时它又明显地受制于文学语言与口语的整体符号系统。这个矛盾是由小说语言在社会语言系统中的特殊功能决定的。

首先小说是写给人看的，其能指符号的一般指称意义，必须相关于整个语言体系，否则就超出人们的接受能力，其所指意义也就难以使人理喻。其次，小说的叙述带有对人的叙述行为的模仿，不仅其中情节少不了以对话来推动，人物性格也需要其语言特点来刻画，且真实或虚拟的叙述人，也会有特定的身份，那么与身份人格相关联的大量口语进入小说就势在必然。这样口语的不规范性，就给规范的文学语言形式带来了超语言的剩余部分。正是这些部分带给小说以文化的关联域，使文学的基本内容在阅读过程中，连接起读者熟悉或陌生的经验世界，获得接受与理解。其三，小说语言作为艺术叙述的审美形式，它直接传达着作者的审美情感，因此，本身就是艺术选择的一个方面。特别是在现代小说中，人们力图在有限的篇幅中，尽可能多地容纳自己的思想情感，就必须加强语言自身的表现力，这样小说对普通言语“有组织的侵害”（雅克布森语。转引自特伦斯·霍克斯著《结构主义与符号学》），从而带来语言的陌生化效果，使意义的个性特征通过“陌生化”了的语言形式带来的新鲜感，给接受者以美学的刺激就势在必然。“当陌生的东西变为人们熟知的东西时，它就需要其他事物来取代。”① 而陌生化的小说语言溢出规范语言和人的熟知语言之外的部分，正是作家的语言风格所在，而其形成的张力弦面，则是作者心理的关联域。

---

① 特伦斯·霍克斯：《结构主义与符号学》，第 71 页。

小说语言心理关联域的发现，启示我们在评价作者语言得失的时候，不能一成不变以规范语言为标准。在对文本全部能指意义的追寻中（这必须遵循陌生化的原则），必须克服自己的语感偏好（因为我们也受着自身心理关联域的无形限制）。只有在其叙事意识的整体规定中，才能准确地描述与评价其语言的得失。

针对莫言小说语言来说，本文前述各节，都已经为这一最终的叙述评价做了铺垫。反过来说，对莫言小说语言的分析，也就带有对其整体风格进行总结的意义。

首先，莫言小说的语言最使我们感到陌生的，是语词的任意性搭配。其中有大量的方言俚语，当代城市的流行熟语，诗词断句，成语乏词，以及生理学、心理学等学科的大量专业术语，混杂在一起，一股脑出现在文本中。对于习惯语体统一、语调纯净的读者来说，这带来了信息超载的心理冲击，产生纷繁甚至有点芜杂的基本印象。而这正是处于接受能力最强的青年时期，承受着传统与文明双重压抑的作者的最真切的情绪宣泄。因此，就莫言的叙述个性来说，它最充分地表达了主体情绪的痛苦纷扰，以至于难以克服的忧郁。

这些任意搭配的语词，大致可以属于两个外在的语言系统。其一，是与全部乡土社会生活传统相关联的北方民间口语；其二，则是与城市文化相关联，浸透着现代人自我意识的当代书面语。这两个外在于文本的文化关联域，是客观存在于社会语言系统中的，当它们经由作者心理的特殊关联，获得某种内在的联系（叙述者来自乡村、生活于城市这一特定身份），以一定的语言规则组织成一个时间向度线性的小说语言的时候，就从原来所属的社会语言系统中被分离出来，形成了最基本的语义张力。而两者之间，也就在新的语码系统中，获得新的结构关系。

由于文本中基本故事的构成，是由北方民间方言语汇承担的，所以，可以把与整个乡土社会传统关联的方言语汇，看做这个新的语码系统中的主格；其文本的情节是由与城市文化相关联的，浸透着现代人自我意识的语汇推动完成的，因此，可以看做是这个新的语码系统中的修辞格。而不断旁述、转述、夹叙夹议的特定演述方式，也就使这两套语汇，转换在新的语码系统中，生成为基本的主谓关系。也就是说，莫言总是以现代人的思维感觉特征，陈述、修饰、评价着乡土社会的生存历史与传统。

由于这一基本的主谓关系，就使这两套与不同文化相关联的语汇，在文本新的语码系统中与其原有的文化关联域之间，不再是对应关系，而是对立的关系。进一步也就是说，故事与情节在陌生化了的语言形式（语词的任意搭配）中，从其原属的外在文化背景中彻底分离出来，形成了作者经过自觉的艺术选择，具有新的能指意义的喻象系统。而这又正合于作品中虚幻的时空形式所产生的神话效果。作为主格的故事，就如露出修辞格情节之上的一个岛屿，带来整体的神话意味。

主格的故事与修辞格的情节之间，得以构成基本的主谓关系，需要内在的逻辑联系（这里所谓的逻辑显然是特殊的心灵形式），否则，就会因为语言与其文化关联域的悖逆，而导致风格的缺欠，就像我们在莫言的单篇作品中常看到的那样。譬如《透明的红萝卜》中，结尾处以“湖光敛滟”来明喻黑孩眼中的泪水，就使作品整体语言的韵味，失于文化关联域的不协调。因此，我们就莫言小说语言的描述与评价，也主要是针对他的创作整体来说。

莫言小说语言的另一个特色，是指称色彩的语词概念大量出现。这些概念在文本中的能指意义，一方面与写实的状物有关（如红萝卜、红高粱），沿用着概念的基本内涵；另一方面，也带有极强烈的主观随意性（譬如狗有红、绿、蓝已属稀罕，而太阳也可以是绿的，血也可以是金黄的、蓝色的……）。而且这些超自然的色彩感觉形式，不仅服务于表现人物特殊内心体验的写实需要，更多的时候，是表现叙事人强烈的主观感情指向，这使莫言的世界色彩缤纷且带有奇幻效果，难怪有人将其比作西方晚期印象派的绘画。当然外来绘画形式的借鉴是极为可能的，莫言《透明的红萝卜》之后的作品，色调明显地绚丽起来，常常带有局部的色块与整体的色调印象。但内在契机仍在于外来形式的参照激活了他对民族民间审美心理的情感承诺中，视知觉方式的潜在基因，使现代人充满本体体验的情感夸张，寄寓在民族民间强烈单纯的色彩感觉形式中。正如美国著名的心理人类学者萨丕尔－沃夫理论论证过的那样，原始民族对色彩的感觉要比文明人丰富得多，然而几乎没有过渡色的概念。[①] 这显然和其粗放的生活情感方式与相应比较粗糙的知觉方式有关系。这个特点在民族民间的绘

① 参见家祖父江孝男《文化人类学入门》。

画中也充分地显示出来，人物的变形与色度的强烈对比，都是情绪夸张的特殊形式。因而，莫言晚近作品中色彩绚丽的语词概念大量出现，也是内知觉方式有意识调整的结果。

莫言摹写声音的语词则多来自民间语汇和古汉语。也如许多语言学家都曾指出的那样，人类语言中作为指称声音的象声词是相对贫乏的，而且也明显地受到文化的限制，所以同一声音在不同的文化符码系统中，常采用不同的语音形式，以至于日本人与美国人所听到的同一只狗叫，声音也是不同的。[①] 从古汉语和民间口语中提取象声词语（诸如砉然、哧溜哧溜），就突出了听觉形式的民间特征。

除此之外，莫言还长于将听觉形式迅速地转换成视觉形式（这也许是对听觉语词相对贫乏的无意识补偿）。譬如，《民间音乐》中对于盲人乐师新奏乐曲的大段视觉化感受文字，《红高粱》系列作品中，将子弹的尖锐呼啸明喻为一株绿色的芦苇上长着鲜红的穗子。而且作为两个不同时期的作品，前者的描写偏重于文人文化的色彩知觉形式，而后者则偏重于民间文化的色彩知觉形式，从中我们也可以看到其内在知觉形式的自觉调整。

主格与修辞格之间心灵形式的协调契合，显然带来了文体的诗化倾向。诗歌隐喻（包括明喻）的选择性原则，大量渗透在文本中与散文转喻的相似性原则彼此结合，就突出了语言符码能指的主观情绪意向。不仅将主格故事中人物，进一步从乡土社会的文化背景中分离出来，形成人物喻象系统，修辞格的情节中也形成了上文曾论及的色彩喻象系统。而且，两者的有机组合耗尽两大外在语码系统原有的能指意义，再一次转换生成出一套独为其有的精神语码：红萝卜、红高粱、不知是红还是绿的老茅草、水淋淋的红月亮、鲜红欲滴的红太阳、红蝗（这是形象化了的能指符码）；爱情——性——生命的激情——欲望；种——生命的力量——反叛精神——罪恶的原欲（这是隐蔽的所指意义，也是诗化了的主体意旨）。

在一层新生成的语词系统中原来修辞格的情节转换为主格，生成了最深一层语义，那就是对人性自身的道德怀疑，和对本体生存意义的探究，完成了自身世界的人类学确立。于是这转换生成为主格的情节，就以其独特的心灵形式，构筑出作品的神话框架，而使原属主词的故事，彻底从人

---

① 参见家祖父江孝男《文化人类学入门》。

们以经验认知方式可以感悟的现象世界中悬浮起来，凸现了其作为现代神话的全部意蕴。

综上所述，莫言小说语言的特殊心理关联域，使他将两种外在的语码系统，在特定的叙事方式规定下，经过感知方式协调，由特定的叙述方式推动着，组成新的语法关系，并以散文与诗歌相结合的修辞手段，经过不断转换生成，不断耗尽原有的能指意义，不断形成新的语码，最终完成了主体深层的语义表达。从这个意义上说，他的语言，作为其风格的骨干，是非常成功的。

然而，矛盾在于作者独特的心理关联域组成的语码系统，与时代规范基本的语言系统之间的冲突，后者毕竟是阅读接受的基础。特别是恐怕很少有人可能阅读他的全部作品，这就使单篇作品的破译接受，会遇到作品语码的障碍，譬如《欢乐》、《红蝗》这样的作品，若不是放在特殊的心理关联域的语码系统中，是极容易产生恨世的歧义的。此外，过分地夸张感觉，特别是不加节制地追求视觉化的效果，会导致艺术的浮华（当然这是奶油巧克力味以外的新的浮华），终不免“七宝楼台，炫人眼目，拆开了不成片断”的形式主义弊端。

莫言的小说正处于风格的变动时期，这使我不敢自信对他小说语言，乃至整个风格的描述评价可谓公允。好在笔者不是权威，本文也不过是散论而已。失当处，恳请各方教正。

1987 年 7 月 24 日

（原载《当代作家评论》1988 年第 1 期）

历史与现时的二元对话

——兼谈莫言新作《玫瑰玫瑰香气扑鼻》

陈思和

周介人老师：

今天读到《钟山》编辑部给您的信，方知这个球本该是由您来接的，可你轻轻一脚，把它传到了我的手中，让我稀里糊涂地接了下来。然而，接下来是一回事，做下去并且要做得好又是另一回事。对于莫言，我想说的话已经都说过了，再重复也没有意思，这才感到为难。如果一定要讲几句，那只好从这部新作《玫瑰玫瑰香气扑鼻》谈一点想法。

说句实话，在我看来，这部作品并非莫言的佳作。但它仍然对我有吸引力，引起了我在某些问题上的联想。从我开始接触莫言的小说起，就一直在想一个问题：莫言对当代小说艺术的独特贡献究竟在哪里？是叙述的故事？是叙述的方式？或是有其他什么新招？我同王晓明也聊过，他认为这主要来自莫言在语言运用上的特色。后来他把这个想法写进文章里，还客气地说“这位朋友”（即是我）和他取得了一致的看法。① 我已经想不起当时是否“一致”过，只觉得晓明说得有点道理，发明权在他，不敢掠美。至于我，这个问题仍然没有想透，所以在《声色犬马》那篇文章里，我只是从文化的角度谈了对莫言几部作品的感受，却小心翼翼地避开了这个时时纠缠着我，使我百思不解的疑难。

奇怪的是，在我读了他的《红蝗》以及这部《玫瑰》，脑子里原先弥

① 参见王晓明《在语言的挑战面前》，《当代作家评论》1986 年第 5 期。

漫着的腾腾雾气里忽而射进一道异妙的光线，似乎能够迷迷糊糊地感觉到雾中一些物件的轮廓，虽一时还分辨不出鼻子眼睛，但有了轮廓的影子，总比一团沉甸甸的浓雾值得乐观些。

早在读莫言的《红高粱》时，我就想到了五十年代写《苦菜花》、《迎春花》的作家冯德英。在战争小说的审美把握上，我以为冯德英是那个时代最优秀的一位作家。他第一个力图摆脱战争题材的政治模式，渲染出活人的生命在战火中腾跃、挣扎和呻吟。冯德英从来不讳言战争的残酷性，也不讳言人性中黑暗与光明怎样在战争环境里发生激烈的冲突。莫言小说中许多富有刺激性的场面，都使我联想起这位作家在五十年代贫瘠的土壤上精心培育起来的“两朵花”。莫言在战争小说的审美上，只是继续了冯德英的道路，而这种探索是正视战争的真实性的必然结果。

暴力与性，在今天的理论界仍然是讳莫如深的禁区，但冯德英早在实践中探索了它们的文学审美意义。当他把两者置于战争的背景下，一切都变得顺理成章：战争的残酷性决定了暴力的存在意义，而性，当人的生命时时处于毁灭的阴影之下，就特别渴望着它能迸发热力与激情，就如同夏季的黄昏一群群瞬刻即逝的小飞虫在营营地交配、繁殖一样，这一刻是在生与死的撞击中延续着生命的种子，“花开了，花落了”这个过程是最美丽最激动人心的。性的纯粹形式唯有在短促的生命中才会因恐惧而获得存在，从而洗去了蒙在其外表的一切世俗的虚伪外衣和功利主义垢痕。因此，也唯有在这个背景下，莫言小说中写得稍稍有些过分的暴力与性的场面才具有净化的质地，才显得那么自然而不污卑。战争是生命的毁灭也是生命的赞歌。相比之下，那些把战争写得像客厅里下棋那样干干净净的作品，我以为，恰恰是忽略了战争的美学意义。

也许您不一定同意我的分析，你会就此向我提出质问：如果莫言小说在故事的构思方面以及对战争题材的审美探索方面都不是首创的，那为什么《红高粱》等作品的发表会引起这么大的轰动？为什么能够给人一种强烈的新鲜感？如果我偷懒，我就会用一种谁都推翻不了的结论来做答案：因为冯德英生不逢时，而莫言恰好产生在当前有利于个性发展的时期。这是不会错的，挺符合历史唯物主义。但是我不，我情愿相信，莫言的成功不仅仅是一种客观上的机缘，莫言应该有他于文学史的独特贡献，而我们也只能以这种打上了个人印记的独特贡献为标准，才能衡量他在当代文学中的地位如何。

关于这一点，我们面前的《玫瑰》表现得更为清楚些。这部作品叙述的故事和故事的叙述都比较简单——有时唯靠这种简单化的形态，才能够把我们引入一些深奥复杂的现象之中。故事本身没有什么大的新意，它只是重复了以前无数人写过的关于农民复仇的传说。语言也没有什么特别生动的地方，而且不少地方都存在着明显的弱点。但它以简单朴素的形式向你暴露了一个奥秘：莫言小说创作的一种基本思维形态。与“红高粱家族”一样，这部作品所写的“食草家族”，都是历史上的一段遗迹。“红高粱家族”的活动背景限定在抗日战争，“食草家族”所处的时代却变得模模糊糊，《红蝗》以五十年一轮的蝗灾来推算，应是发生在抗战前夕，而《玫瑰》以小老舅舅的年龄推算，大约也应是那个时期。这两部作品中的“我”在小说中的身份是相同的。由于作品叙述的是历史故事，“我”同时兼了两个身份：故事的采访者（听众）兼小说的叙述者（作者）是一个与“食草家族”有着密切的血缘关系，此时又是接受了“外来文化”而返乡重新审视本土文化的“陌生人”。故事的中心是“我”，而不是玫瑰、小老舅舅、黄胡子与副官。这些故事中人物之间的纠葛，只是应和着“我”患着重病，坐在太阳底下迷迷糊糊地做着一场又一场的白日梦。这就使这部作品的叙事视角成为一种二元对话：一面是我的依依稀稀的白日梦，一面是应和着梦的小老舅舅的唠唠叨叨的忆旧，而白日梦是作品的基点，从它出发，构成了对那段历史的一种特殊的解释。

我不能说小说中的几个梦境已经写得很完美了，但看得出作家是努力地把它写得像“梦”。其梦的中心，都是一个女性——也就是故事中的玫瑰。尽管在故事里，这个人物露面得很迟，——而且是很美的女性，作家正是通过美的梦境来与丑的现实做对照。进而论之，梦是现在时的梦，而它所囊括的内涵却是一种历史与现在的糅合，任何梦境都摆脱不了现在时的制约，仿佛是飞奔的马蹄总是踩在泥土里一样，以这种梦境为作品的叙述基点，由此获得了作品叙事的一种特殊的时态：没有纯粹的过去时，历史成为现在完成时的表述，它总是与“现在”紧紧地联系在一起。这不单单表现为作品在叙述历史故事时今人的插话，不时地把你的思绪拉回现实，更主要的是一种当代人的强烈情绪支配着、贯通着整个作品，使你感受到历史不再是一个曾经发生的故事的再现，而是今人眼中的一场梦，一些疑点百出，真假难辨，只剩下蛛丝马迹的记忆片断。“食草家族”究竟是什么东西？人和马的关系又是怎样？还有《红蝗》中的手脚生蹼的男女，独眼的锅匠与未出生的“我”一起战斗等等，都给你造成一种似是而非、扑朔迷离的感受。

这里，莫言与冯德英的差异就出现了。尽管冯德英在把握战争题材的审美转化上开风气之先，但冯德英所持的历史观，仍然是一元的进化观：历史即是过去。他的作品只是告诉读者过去曾经有过那么几个人，发生过那么几件事。作者是隐身博士，隐而不见，方显得神通广大，无所不知。这种传统的叙事方式看上去是在客观地如实地叙述历史故事，但由于它的全知全能和教育目的，无意间透露出历史的虚假性。如果你一旦认识到这一点，你就可能对这一切都不信任。说到底，历史出现在文学作品中，总是以今人的虚构形态出现的，而传统的叙事形式总是努力要使你相信，它是真实的，客观的。这种历史题材创作的内在矛盾性，现在已充分暴露出其不可救药与病状来。文学的叙事形式不是孤立的，它总是与叙事性质结合为一体，最恰当地表现出后者。既然历史的不确定性是如此清晰地摆明在我们的面前，我们又何必去自我欺骗，相信或者使人相信你所叙述的故事是“真实”的呢？莫言把这种读者的心理带进了文学作品中，他笔下的“我”，部分地代表着读者，部分地代表着叙事者。“我”对历史的探究、恍惚、疑难、猜想，以及用他的笔考见出叙事者的那些似是而非的忆旧，再配之白日梦幻的叙述基点，使小说在形式审美上产生了一种新奇的魅力，你反倒会感觉到他笔下的“历史”，更像历史。

莫言的历史题材创作，无不采用了这种二元对话的方式。他的每一部作品都不能少了这个“我”的角色（有时尽管不出场，但常常出现“我爷爷”、“我父亲”等口气，意义还是存在着）。少了这个“我”，莫言的魅力就短了一截。他唯借助这个“我”的思绪、梦幻、神游、插话，才使历史借着今人的回忆断断续续地显现出来。这是今人与历史的对话，让人们在今人的思绪中感受到历史的存在，同样也从历史的反思中意识到今人的存在，这种特殊的时态使莫言的小说形式发生了一系列的变化：首先，传统的时空观被打破了。莫言把传统的时空顺序割得支离破碎，使之失去了循渐的进化规则。如在《玫瑰》中，两条线索并列着：“我”的白日梦和小老舅舅的叙述。梦是超时空的，虚幻的，破碎的，然而它时时揭示出历史故事的实质。这与其说是梦者受了故事的暗示，莫如说是梦者对历史真实的一种感悟和一种升华。小说中作者曾仿佛是出自无意地透露，“我”的母亲早已把食草家族的历史告诉了“我”，也就是说，梦者是早已知道了叙述者要讲的故事。他之所以想重新听一遍出自不同叙述者之口的重复故事，只是为了证实现代人对这段历史所产生的某种体验。“我”的不断插话，诸如反复地问叙述者是否想骑那匹红马等问题，都与提问者在梦幻中骑马的情绪相吻合。因此，如果不理解这一点，把叙述者与梦者看做是互不相干的，或者梦者仅仅是叙述者的反馈，那你就会觉得梦境部分不但是累赘，而且破坏了传统的小说叙述方法。反之，你把梦境当做小说的全部叙述基点（这在《红蝗》中也一样，否则就难以理解开头部分的神秘女郎的描写），把历史故事的叙述看做是梦境的注释，那就会觉得这种超时空的叙述方式正体现着一个现代人的历史观念与审美观念，你会感到它的亲切和情感的沟通。当然，莫言的梦境写得不够好，那只是技能问题，而不是他的思维缺陷。其次，二元对话的形式带来了厚今薄古的历史态度。在莫言的历史小说里，历史不再是作为神圣的牌位或祖训来指示现在，今人也无须对其诚惶诚恐，接受其传统教育。反之，由于有了“现在时”的存在，读者时时可以借助“我”的视角，与“我”一起站在今天时代的高度重新审视历史，分析历史，甚至嘲讽历史。无论是“红高粱家族”中的余占鳌、戴凤莲，还是“食草家族”中的四老爷、玫瑰，都被他们的子孙辈剥得赤条条地置放在解剖台上。在《红高粱》里祖先们尚有一种英雄好汉的悲壮遗风，而在“食草家族”中，不堪的劣根性则更加引人注目。莫言已经自觉地退出了把写历史题材看做是进行传统教育的教师地位，因而他也就卸去一肩重任，更加轻松潇洒，又略带一点调侃地反思和剖析历史题材，能够与现代读者取得融融的感情交流。

现在，还是换一个题目，继续谈下去吧。

这回想谈谈作品中马的意象。有的同志提示说，Ma—马—妈同音，这种同音借喻得之于荣格的《现代灵魂的自我拯救》一书的论述。其实，马妈同音假借八成是莫言自己想出来的，荣格先生虽然对东方学说有兴趣，但还不至于内行到用中国语言来思维的程度。这两个名词在欧洲语言中是否属于同一词根，我不得而知，但荣格在该书中论及马的梦象时，意思很清楚，是把马暗示为一种潜在的性—生命体的征象。这种征象是中外相通的。马的腾越飞奔、昂首怒嘶的形象及其被人坐骑时对人某些器官产生的生理作用，都使人把它与潜心理中的性欲—生命体视同。这在去年上海人艺上演的谢弗名剧《马》中表现得最清楚不过，主人公骑马飞奔的象征，绝不是什么恋母情结，也不是把马视作某个女性，不是的，那个孩子是把马视作神和祖先（这里又涉及用遗传来暗示生命体的问题，就扯远了），是性的升华——生命的自我实现的象征。谢弗也好，荣格也好，对马的理解都不超出这个范畴。在中国古老哲学中，“马”的意象也是这样。《易》中有“牝马地类，行地无疆”的说法，《说卦传》称“乾为马”，马代表天，为阳性。阴性的马须特称“牝马”，“马牝虽属地类，但也能行程万里与乾天之牝马相配合，须从之而运动”①。可见，马是指阳性的，故有“天马”之称。中国民间传说中“蚕马”的故事，也是将马作为男性的征象。我在《声色犬马》那篇文章中以这种观点分析过莫言的《三匹马》②，在这里只想补充一点，我认为荣格在《现代灵魂的自我拯救》中论及少女关于母亲与马的梦象，其喻意甚明：母亲与马是同一象征的不同侧面，前者主阴性，后者主阳性，合体为生命形态的完整表象。如果因为同音而把马与恋母情绪联系起来，实质上是降低了马的象征含义，也降低了小说的品格。

应该说明一下，我这么解释马的象征意义，并不排除在这部作品中莫言借助同音将马与恋母情结相联系的潜在意图。作品中确实多处流露出这种意图。但是，这并不证明莫言的机智，正相反，表现了莫言创作心理上不健康的粗鄙习性。在雅文化与俗文化的对立中，我并不鄙视俗文化中许多有生命力的审美因素，但粗鄙不是美，在中国文化中，往往是反映了未经改造的封建农民文化的消极一面，而恰恰是这一点，在农民出身的当代青年作家的创作中，经常会不自觉地流露出来。

这种粗鄙习性在莫言创作中的另一表现，是语言的粗制滥造。王晓明曾经精辟地分析过莫言语言在粗糙结构下的蓬勃生机，这是对的，但必须有个限制，这些运用得有生气的语言，往往是与莫言作品中最好的意象浑

---

① 《周易左传新注》，齐鲁书社 1986 年版，第 23 页。
② 参见拙作《声色犬马　留有境界》，《作家》1987 年第 8 期。

成一体。如红萝卜的意象，红高粱的意象，三匹马的意象，等等，语言与语言的载体都是漂亮的。可是一旦作品中缺乏动人的意象，或者，仅仅是作者人为敷衍出来，而不是真正发自心灵深处的艺术想象，他的语言就马上变得粗糙而没有光彩。我这里主要是说这部《玫瑰》，它当然也有中心意象，但这种意象或许是为了敷衍作者的“马—妈”同音象征的意图，并没有与作家发自心灵深处的创作激情浑成一流，因此用语上的生硬别扭、矫揉造作之处俯拾可见，特别是大量四字一句的半成语的排比使用，有时真会使人产生误解，怀疑作家究竟是不是在翻着辞典写作。学生腔的做作态度与农民的粗鄙心理，可以说是莫言创作中最大的弊病。这一点，在《玫瑰》中同样表现得十分明显。

行了，又扯了一大通，也不知道能不能博得您的赞同。倘全无道理，尽管弃之可也。

1987 年 10 月 8 日

（原载《钟山》1988 年第 1 期）

莫言小说里的“恶心”

李洁非

由于偶然地读到莫言两篇即将发表的小说手稿，我对这位作家又重新产生兴趣。小说篇名《复仇记》和《马驹横穿沼泽》，分别采取了中篇和短篇的形式。据作者为小说拟定的副题“五梦集”，显然它们属于某一个作品系列；我所读到的是该系列之四、之五，前三篇却不曾觅读（听一位朋友说，其中包括那篇今年初受到评论家批评的《红蝗》），因此，这个系列总的精神我尚难存断言，但从现在所见的两篇小说——特别是《复仇记》中看，对“恶心感”的表现是其主要特色。

莫言在小说中向人们示以“恶心”并不自今日始，只是过去从来没有这样强烈而充分地描写它，以至必须到今天我们才有正式谈论它的根据。

一个最早使我留下印象的细节出现于中篇小说《球状闪电》：

> 可能是被毛艳这一坷垃把我体内的调节开关给震坏了。高考轰轰烈烈地开始了，第一天上午考政治。一进入考场，我就感到小腹下坠、尿泡里的水滴滴答答往下渗，我感到马上就要尿到裤子里了……

这是男主人公蝈蝈的一段自述；事实上，每到紧要关头，他都产生尿迫感然后狼狈逃匿。这种生理失常表明人物精神上的某种病态或至少是压抑感。分析小说后，可知它根据于性的苦闷（其直接原因是蝈蝈父母为其选定的配偶茧儿），而性之失意则深刻影响了人物心理，使之变得软弱和灰色。但熟悉莫言作品的读者都知道，不仅不是忌讳反而常常写到小便、大便以造成阅读的“恶心”感，远远不限于这一处。

比《球状闪电》略迟一点发表的中篇小说《爆炸》已经几乎全被这种“恶心”感浸泡着。莫言是一个描写官能感觉的好手，但他把这种独特的技术用在那些不给人愉悦感觉描写上——我一直没有忘记这篇小说赋予产房的那种难闷的气味，这与传统作家笔下圣洁的产房大相径庭。在《爆炸》中，令人不快的感受绝不仅仅来自嗅觉，在听觉上无论歼击机的噪鸣、人声的嘈杂都带来了腻烦、头晕、气闷的感受，而人物脸上的肮脏、呆滞自然也不会收到良好的视觉效果。毋宁说，从小说中所嗅、所闷、所见、所经历的一切都只让人想到一个“烦”字——所以名之曰“爆炸”。

不过，到《爆炸》为止，莫言小说在揭示“恶心”感时基本上还是温文尔雅的，有点难以忍受，然而尚非触目惊心，尚非尖锐地撕裂肌肤。很快，这种“淡淡的哀愁”般的“恶心”被粗野的强暴的甚至残恶的表现风格取而代之了，其标志就是为作者赢得最大声誉的《红高粱》。这部小说也有一些述及小便大便等物的文字，但它们现在与别的笔触相比还大为逊色，简直算不了什么；强烈的刺激和无以复加的“恶心”来自那种血腥的肉体摧残场面，即日本兵剥人皮与割生殖器的暴行。在这个时候，人突然现出野兽的面目，使我们对于人的本性的信念发生巨大动摇，同时我们又作为同类而无可挽回地对自身陷入厌恶与恶心的情绪之中。在《红高粱》中莫言终于捕捉到了最深刻意义上的“恶心”。

但坦率地说，假如永远没有读到《复仇记》这样的小说，至少我不大可能用比较积极的眼光看待那些丑陋的描写。这一方面固然证明我以前对这位作家笔下世界潜藏的深层因素缺乏烛见，另一方面却也因为作家本人在过去的写作中对他这种情绪的自我分析尚不是很清晰，内在体会尚不是很深入。这些描写缺少一个强大的结论来统一它们、纯化它们。它们零散，意义飘忽不定，不能说明什么，因而给人以渲染、追求官能效果甚至嗜痂成癖之感。因此无论读者还是作者都应该庆幸《复仇记》的诞生，它结束了一种误解，并证实莫言小说中的“恶心”感不仅不是招来垂青的商业性手法，相反，是一种生活，是一种认识，是一种心理痛感。

考虑到作品尚未发表和笔者阐释之便，介绍一点故事内容是必要的。这个故事年代不清，尽管有许多细节暗示了明显发生于“文革”期间，但我认为像作者主张的那样忽略它的时间是更为有益的——实际上故事所包含的意义远远超越了某个特定时间范围。在某地村庄有一对双胞胎兄弟，其母据乃父所告为本村书记害；又通过其他叙述知道，此兄弟二人实为书记之子（奸其母而生）。父生前命孪生兄弟务报母仇，后父亦死。兄弟二人往杀书记，偷偷摸摸逾墙而入其室，但书记镇定自若，举斧自斩双腿，复仇者却胆寒而逃。复仇故事在世界文学中是一大类型，《哈姆莱特》、《基度山恩仇记》以及《水浒传》武松杀西门庆及嫂均为复仇故事。其中正义、邪恶的区分显然，复仇者形象则充满英雄主义的凛然之气、刚强性格。这些本该有的东西，莫言的小说里则无影无踪，可仍然冠以“复仇记”这个响当当的名头，显然就不能不含了一点讥讽嘲弄的意味。

然而难道只是讥讽嘲弄吗？那样的生活我们本该看到一些轻谑的喜剧，实际上它却是沉重的，甚至太沉重了，使人的嘴角难存一丝笑容——即使“黑色幽默”式的笑容也不会有。我相信，作者自始至终都是以某种厌恶的心情看着这幕喜剧走向它的结束；作者不对任何人持有好感，不论受惩者还是复仇者，他们都一样肮脏，没有人味，而是一群动物——或像某些动物那样弱肉强食，或像另外一类动物那样逆来顺受、苟且偷生以致彻底失去向迫害复仇的雄心。

人身上的兽性，正是这篇小说所揭示的全部内容——如前所述，也是《红高粱》曾经揭示过的内容，这个在莫言以前作品里隐隐露其头角的观念，在《复仇记》里也成为主导。正因此我得以判断说，莫言的创作没有停滞，仍在坚实地突破。关于人之兽性，恩格斯说过非常著名的一句话：人来源于动物界这一事实，使人永远不可能真正摆脱动物性，只是摆脱得多少而已。这句话可以作为阅读《复仇记》乃至全部“五梦集”的重要参考，但有一点看法似乎仅仅属于莫言自己，即他在小说中的描写表明，没有发现人的兽性在实质上有何摆脱。因此他更悲观。

在人兽之间加以沟通，是现在这个系列小说的出发点——尽管我尚未读到“五梦集”其余三篇，但在《复仇记》、《马驹横穿沼泽》的字里行间时常有机会获悉，这组小说所虚构的是一个来自所谓“生蹼时代”的家族历史，在《马驹横穿沼泽》中这个家族是人兽交配的后代这一点被直截了当地描出，《复仇记》也写到“我”和手上生蹼的梅老师搂着脖子亲嘴——这个意象的暗示性不必赘言。

大量的来自动物的意象正是《复仇记》给人留下“恶心”印象的主要

原因。值得注意的是莫言选择了哪些种类动物进入他的叙述范围，因为并不是所有动物都使人存“恶心”反应。小说中被细腻或反复描写的动物有蝙蝠和蛇。这两种动物一般都是“直观”之下就令人恶心的，它们有冷血动物特有的冰滑阴湿的似乎发黏的皮，容貌丑陋、行动阴险。小说一开始的场景就充满这种噩梦般的氛围：

有几条竹节般的细蛇沿着芦苇的杆儿往上爬，它们很笨拙，爬到距鸟窝不远地方就跌下来，跌下来再往上爬。爬不上去，誓不罢休。这景象令我遍体起栗。我分拨着芦苇，像摆脱噩梦般地往外逃跑；芦苇冰凉粘腻，如同毒蛇。

我的童年时代，原来并没结束。仅仅因为迷途，我就痛哭失声，一道道凛冽的月光照耀着芦苇，芦苇上盘缠着的毒蛇都昂着头，张着口，嘴里叉舌飞快点着，像一束束灼热的小火苗子，蛇嘴里冰凉潮湿的气息喷吐到我的脸上，不由我不哭。

后来，写到孪生兄弟死去的母亲的鬼影出现：

兄弟俩胆怯地望着门后的暗影，他们分明感觉到，那个女人就避在那里，只要一灭灯，她就会走出来，用那只仿佛生着潮湿蹼膜的手，抚摸他们的脸。他们鬼鬼祟祟的目光引起爹的注意。他猛地把门拉动，兄弟俩惊叫一声，他们看到那女人的身体像一张薄纸一样，紧紧贴在门板上。

他们的爹却什么也没发现，骂他们几句，吹熄灯，爬到他们身边困觉。

“爹，她摸着我的脸！”

“爹，她的手凉、黏！”

（以上着重号均系引者加，后同。）

猪、狗、猫。如果说刚才是用象征手法引起我们对置身其间的“环境”的无名的、抽象的恶心，那么现在经验到的恶心则非常直接而具体。

它们多半暴露了作者对小说所写人、事的评价。小说多处写到猫，孪生兄弟名字大毛、二毛隐约与“猫”音谐同，他们的举止也与猫非常相似，特别是有好“舔”的习惯，他们的爹曾“逗他们去舔阮书记的脚”，“他们爬到阮书记脚下，伸出舌头舔着那两只臭烘烘的脚。阮书记舒服地哼哼着”，他们舔着，“心中的仇恨更重”。这是何其令人恶心的狗一般的仇恨，它把媚态和算计、奴性和诅咒搅拌在一起让人们品赏。这种古怪的味道同样可在其他被迫害者身上嗅到，例如这一段：

> 阮书记用筷子拨拉着，挑选着，最后插定了一颗黑色的猪心……心头上连接着一块白黑的东西……一撕一拉一缩终于撕下来……顺手就撇给了狗，狗感动地跳起来，眼里夹着泪珠，烫得直龇牙，死活不顾地吞了下去。弓起腰，脊梁上的毛皮楞起来，融化的雪变成亮晶晶的水珠，在毛尖上挑着，狗尾巴却死劲夹在双腿之间，好像为了防备公狗的奸污。阮书记把猪心挑到她面前，暖洋洋地说：“大冷的夜，把你弄起来，该慰劳慰劳你！吃吧，这是猪身上最好的东西。”

文中“她”是指女赤脚医生；阮书记先喂狗后喂“她”，写狗态未写人态，然而狗态实即人态！关于猪，莫言更是不吝惜笔墨了。众人分享猪肉一段是这部小说唯一不厌其详的部分，照孪生兄弟的幻觉，结果很难说是人吃猪还是猪吃人：“猪肉迅速地变成我们的骨头。我们的肉皮发胀。”不仅人变成猪，亦有猪变成人的，在另一处，向来想象奇谲的作者突然描绘了一头有“约克霞”如此美名的小母猪，“她的猪身雪白，比月光更美好”。她跳舞给旁的猪看，然后宣布说：

> ……“朋友们，这是我为你们进行的最后一场表演啦，很快，我要去一个新地方，嫁给一个有权有势的人。”
>
> 猪们都流露出羡慕的目光，当然也有嫉妒的，但即便是嫉妒也不敢公开说出来，甭说是有权有势的人，就是有权有势的猪，也得罪不起呀！
>
> 第二天夜里，那头会说人话、能直立行走的小母猪就从土坯

房里消失啦。

不能不说这有点“太过分”——还有什么比把一头母猪想象成娇滴滴的小美人更让我们恶心的呢？极丑极脏之物偏极美之形容，确乎过于刻薄，但作者似正想达到这样的目的：撕破“美”的表皮。

许多事情令人想到，人与动物的差别往往仅在于人有一副似乎是文明与进化结果的体貌。这是我的思考方法。莫言的思考方法却是另一个样子，他喜欢出人意料地从反面来提出问题，例如猪装扮成人形，那当如何？——虽然这不可能，但我们何不权且这样想象一下呢？

实际上，人兽两个世界的所谓不同往往只剩下皮囊外形，如果撕开这一层屏障，两个世界倒不妨说是很相像的。这一点自然主义文学家早就认识和揭露过了，现代派作家的笔则更不留情。如果说生物界的本质是弱肉强食，是蛮横的掠夺和残忍的吞吃，那么人类又是如何对待大地、天空、动物和自己的同类呢？用曾受进化论启发的鲁迅的眼睛看，几千年人类的活动也可以概括为一个“吃”字。而中国文化更以“吃”为特色，所以请看《复仇记》里人之分吃猪的尸体的种种景象：有人吃肉，有人吃骨头，有人被赐吃“最好的东西”——猪心，此外还有一条顺从可怜的狗也被允许参与吃猪。这和群狼瓜分一具羊尸没有更多的不同，不过也许有一点不同，人类不仅有虎狼之辈，也有甘居猪狗之人，即自愿去舔前者的脚跟、摇尾乞食的人，这种角色在人类中比在动物界似乎更常遇见。

涂炭生灵、奴役弱者的雄狮固然凶暴，但并不意味着当真有值得同情的无辜者。所谓善良而柔弱的被迫害者只是在狮爪之下才显得善良而柔弱，在他们力所能及的时候他们也从不放弃成为迫害者的机会，他们心灵的残忍也毫不亚于他们的奴役者。莫言无疑认为，比之于那些强者、人上人，这些弱者和奴仆更唤起他的恶心、鄙薄之感。《复仇记》写到，“他们的爹”，这个可怜的、女人被人奸污的人，这个逼着孩子舔别人脚跟的弱者，在杀死一只猫以满足食欲时却毫不手软：

> 爹磨快了刀，开始剥猫皮（令人联想到《红高粱》里剥人皮），猫的尾巴像旗杆一样竖起来，猫身体悠来荡去，爹无奈，又用拳头把猫头乱捶一阵，直到猫尾像死蛇一样垂挂下去才罢

手。

他们看到爹把猫的热呼嘟的内脏从腹腔里拖出来时，感受到了翻胃的痛苦。爹提着猫皮和沾着血迹的刀子，站在离他们三步远的地方。爹把猫皮抡起来，让猫皮上的热血和猫皮上的味道淋漓在他们的脸上。

污血和翻胃的味道同时也淋漓在读者的脸上；在这些使人头晕目眩的描写后，还有一段不动声色的叙说，更加意味深长：

爹挎着筐，筐里盛着胡椒、花椒、桂皮、茴香、芫荽、葱、姜、蒜，等等作料……爹走到苹果树下，对准猫头，用包着猪皮的大鞋尖，猛力一踢。猫被踢飞起，在空中翻了两个滚；猫跌落在地，在地上翻了两个滚。仔细一看，猫头破裂，猫眼珠迸出，猫胡子挂着血珠，他们的背上有一股冷意，宛若小蛇在爬行。

这一节文字在莫言恣情妄为的语言风格中显得罕有的精细，整个叙述和单词的选用均极具深意。前半节一大串烹调作料的名词象征着我们引以为傲的“美食文化”，后面则是猫被杀的惨状；两相呼应，就已经不单纯是令人感到残酷，而是“背上有一股凉意”，一种对在残忍之上还附着了美感、玩味的文化而产生的幽惧。即使“对准猫头，用包着猪皮的大鞋尖……”这么不起眼的一句，同样简练地道出了人类杀戮成性、食肉寝皮的面目。

刚才我提到了鲁迅对人类及其文明的看法（据《狂人日记》），莫言显然与他有相似之处。这种相似性甚至是很直接的：《复仇记》差不多也是用“狂人”口吻讲述的故事，充满精神的恐慌、倒错，它们都大量描写了“吃”和居于“吃”当中的人、文化；特别是它们对于人性都有一种警觉甚至绝望。请看引自《复仇记》的一段文字：

这是一个巨大的岩洞，像天方夜谭的境地。黑暗中有咻咻的鼻息声，一群群蝙蝠在洞里飞舞着，肉质的薄翅振荡空气，发出嗞嗞的风声。

……洞墙上悬挂着一些死人毛发般的植物，空气是潮湿的，洞顶下垂着的奇形怪状的钟乳石上，缓慢地形成着大滴的水珠。洞壁上稍微平滑一点的地方都有用粉笔画出的符号，也有一些歪三斜四的汉字掺杂在符号里，不用心看是看不出来的，用心者是能够看出来的：全是些咬牙切齿、恨入骨髓的刻薄歹毒话。

相似性是如此昭然若揭，以致刚刚谈到上述打上着重号的引文我就马上浮想起《狂人日记》在“仁义道德”里看见“歪歪斜斜的两个字‘吃人’”这段话。谈到它们的不同，我觉得，拿《狂人日记》和戈尔丁的《蝇王》同时与之对比，《复仇记》里的情绪是更接近于后者的。戈尔丁在这小说里叙述了一群孩子突然困于一座孤岛以致兽性还身的荒诞故事，这同样是把残忍等兽行归之于人的本性；而《狂人日记》时的鲁迅尚主要是把它归之于礼教（文化）和国民性，而对人的天性却存着一线期望。

写到这里，我打算就莫言最新作品“五梦集”的根本涵义作一推测。我们已经知道这是一组所谓“生蹼时代”的故事——这个时代实际上是以蝙蝠形象而命名和象征的。莫言在选择这种动物来代表他眼中的“人类”时无疑煞费苦心。蝙蝠有如下特征：从低等动物（鸟类）向高级动物（兽类）过渡的哺乳动物；昼伏夜出，行为诡秘；相貌丑陋、怪异——似鸟非鸟（能飞，但以蹼膜代翼）、似鼠非鼠；叫声阴凄难听令人毛骨悚然……很难说蝙蝠与人有任何直接的一致，但它却与莫言“理解”的人一致，通过小说，我们也不难理解莫言的这种“理解”。总而言之，这个处在“生蹼时代”的人类，似已进化又未脱原态，有点不伦不类、四不像，与其说是可怕强悍，不如说令人厌恶恶心。其感觉正如上面的那段描绘：巨大的岩洞/黑暗中有咻咻的鼻息声/肉质的薄翅振荡空气……

值得注意的是“五梦集”的压卷之作《马驹横穿沼泽》，在这里，莫言出人意料地为这个“生蹼时代”增添了一层亮色和诗一般的浪漫气息，它来自那匹小红马。这是一匹漂亮、纯洁的小母马，她与这个源于“生蹼时代”的家族的第一个男人婚配，因此是这家族的女祖。他们生了两对双胞胎——一对男孩、一对女孩。但后来那男人背弃了诺言，他告诉孩子他们的母亲是一匹母马。“一语未了，就听得一声巨响，犹如山崩地裂，地上升起红色的烟雾，一匹火红色的马驹被那浪涛翻滚般的烟雾卷跑了……

mama!”作者存心用这“马”、“妈”的谐音，隐喻人类始祖背信弃义——背叛爱、母性和诺言。在这里，“五梦集”突然转到了这样一个结论上：人甚至比动物更可厌恶。这毫不奇怪，莫言以前就说过，人有狗性，狗有人性。

当你每每看到这种颠倒的现象时，必受一种梦魔般的折磨；那是特殊的恶心感，就像在闷热的火车车厢里突然觉察到“圣洁的人体”所散发的难闻气味，而这种气味同样存在于你自己身上。人耶？兽耶？

（原载《当代作家评论》1988 年第 5 期）

高粱地里的美学

——重读莫言的《红高粱》系列

吴　炫

我如果不能去创造一个、开辟一个属于我自己的地区，我就永远不能具有自己的特色。

——莫言

六十年代初，当魔幻现实主义在拉美处于鼎盛时期的时候，莫言可能还精着个小身子双脚朝天在清澈的墨水河里扎猛子。但是没有这种光荣而稚拙的历史镜头，我们何以能见到今天三十岁左右的莫言敦敦实实、自信而蛮横地站在文坛的入口处呢？一九六七年，当马尔克斯的《百年孤独》像地震一样把拉美读者弄得神魂颠倒的时候，十一岁的莫言可能还像《透明的红萝卜》里的黑孩一样，在极度封闭而令人窒息的打铁气氛中，愣头愣脑地去抓滚烫的钢钻子。但是没有这段痛苦的童年，我们何以会感到马康和高密乡似乎有一种相似的孤独，魔幻现实主义和莫言的美学世界似乎有一种视角上的参照呢？

莫言不止一次地谈到了《百年孤独》对他的影响，他想这不仅是一种敬佩。当我们对饱经洪水猛兽、瘟疫、饥馑、动乱、数百年战争的拉丁美洲的孤独，有了一种超越本土的理解的时候，我们就同时醒悟了莫言何以要憋足了劲，一下子抛出一大把高粱花子撒向文坛的苦心。我想，一八四〇年鸦片战争以后的一百年的中国历史，同样是中华民族在洪水、瘟疫、饥馑、动乱和战争中，有着一种受掠夺的悲怆和受蔑视的孤独的历史。而悲怆的抗争和孤独的自卑终于组合成了中国近代史的形象。马尔克斯坚定地说："虽然如此，面对压迫、掠夺和歧视，我们的回答是生活下去。"某种意义上，这不也正是中华民族不甘奴役而寻求独立和解放的精神力量吗？在《红高粱》以前，《透明的红萝卜》里的黑孩已经被赋予了这种精神，这种精神游荡到红高粱地里，便成为莫言笔下人物群像不屈的魂儿。莫言由此出发开始去寻找他赖以生存的美学土壤。不能在这个意义上理解《红高粱》系列的诞生，我们就无法和莫言的内心世界相沟通，也就很容易把《红高粱》系列归咎于魔幻现实主义的辐射，更难理解高密东北乡人在种种矛盾、痛苦、壮举、稚拙、生与死、爱与恨、人与狗缠绕和交织中的那种美学上奇特的力度。

稚拙：打开红高粱之门的第一把钥匙

《红高粱》、《狗道》、《高粱酒》、《高粱殡》所具有的那种朦胧的、野性的耸动的美感，始终束缚着我们的审美感觉朝着清晰明了的世界走去。那是莫言童年过早失去了的温暖和欢乐，和过早地具备了成年人的深邃的复杂组合。早在谈《透明的红萝卜》的体会时莫言就说过："不论多么严酷的生活，都包含着浪漫情调"，没想到这句话造就了审美上稚与拙的融汇，形成了美学上的一个崭新而丰富的境界。

很多作家都有过受压抑的苦难的童年，但莫言的独到之处，却在于他有一种被压抑、却又总想顽强表现的孩提时代的生动感觉和浪漫情结。这种优势和才能不再使莫言仅仅从成年人的角度做一种深沉的童年回顾，而是在创作中满足他那种时时焕发着的一种黑孩儿般的强烈表现欲，以孩子般的表现欲去冲淡过早地笼罩在莫言童年时期生活上的悲怆。我想来想去都不能排斥这种奇妙的联想：莫言创造又热又有腥味的红高粱世界的欲望，丝毫不亚于他"双脚高举，粉红的屁眼朝天"在墨水河里施展绝技的表现欲。但是一旦我们把这种稚嫩而有情味的表现与莫言童年的孤独和被摧残、受压抑的经历联系起来，我们无论如何也不想在莫言的这种扭曲的表现中再去发现一些可爱内容。我们在内心深处微微感到一种说不出的酸楚的同时，我们就一下领略了稚拙美给人的一种撼动心魄的力量。

原来稚拙是孩童的嬉戏性与成年的深邃性的复杂组合。这种组合导致了大人身上有孩子的一面，孩子身上也有大人的一面的辩证的推论。显然，莫言在红高粱地里不愿再以黑孩的形象出现，但仍不得不以黑孩的感觉和视线来看高粱地里发生的一切，否则，莫言的生活哲学便无以得到完满表现。当这个“黑孩”忍不住想介入作品的时候，便化为“父亲”的形象，不是跟着余司令去打仗，就是跟着罗汉大爷捉蟹。“父亲”只有跟着大爷们才能有生命，也才能有审美上的稚拙感。不过高粱系列里的“父亲”既是莫言的父亲，又是莫言自己，这样我们就理解了为何“父亲”在红高粱地里总是长不大。“父亲”本身就是一个成年人和孩子组合成的魔方。这种组合的完美由于达到了稚拙美的境界，便使“父亲”不同于以往任何一部作品里的“父亲”。高粱系列的“父亲”由于被赋予了生活本身严峻中有浪漫的内涵，便容纳了各种孩子和成年人的感觉。这样，作品的视角就既有孩子的眼睛，也有成年人的眼睛。莫言的眼睛给了“父亲”，作为作者的莫言便成为一个机械地记录感觉符号的工匠了。

这使莫言无比自由与轻松。他可以任意由“父亲”牵引着去参加伏击战，因此整个伏击战都被注入了稚拙的精神。“父亲紧紧扯住余司令的衣角，双脚快速挪动”，这不像去打仗倒像去赶集。“一老一小，迎着月光向高粱深处走去”，这本身就是一幅充满了意境的稚拙画。余司令和父亲作为“一老一小”贯穿于高粱系列始终。这种不和谐的和谐，使一场严酷的成年人的伏击战，竟被象征为一次充满了孩童浪漫情调的“捉蟹”。于是生活严峻的一面被染上了轻松活泼的色彩。我们见过大量的战争题材写伏击战的场面，但像莫言这样竟要使一场简单的伏击战也要融入作者稚拙的美学意识的，恐怕还很罕见。

同样，《狗道》里的人狗之战，这种天生的孩童打狗的游戏被置入严酷的抗战背景下，同样具有了一种稚拙的美感。人狗之战不如说是人蟹之战的程度升华。人打狗与人捉蟹都是孩童生活的游戏内容，莫言正是从这种新颖的角度去理解和表现沉重的抗战生活的。当作者毫不掩饰人狗之战的艰巨性和残酷性时，孩童打狗的嬉戏性一面就被淡化了，稚被拙所包容和吞噬。狗，也就成了“狗娘养的日本狗”。我们的阅读心绪更多地就被惊心动魄的生活所吸引。莫言这样描绘和刻画表现出他对生活沉重的一面的感知，当他发现生活中的浪漫情调太少太少时，一种压抑感就紧紧攫住了他那颗无时不想活蹦乱跳的心。这样的描绘，无疑会带给莫言更多的痛苦与失望，但是莫言能忍受得住，就像当年的“黑孩”一样。我由此想，莫言创作红高粱世界的快乐，恐怕远远不及他孩提时代感受到的压抑和悲愤。我不能不佩服莫言的种种孩童般的对严酷的生活的感觉。你看，“父亲跟着队伍进了高粱地后，心随螃蟹横行斜走”。这是一种孩童般的浪漫幻觉，但是这种幻觉却是产生在剑拔弩张的伏击战前夕。“父亲想着的罗汉大爷去年就死了……躯干上的皮被剥了，肉跳，肉蹦，像只褪皮后的大青蛙”，没有孩童捉青蛙的经历，焉能有那“肉跳、肉蹦”的感觉，这种感觉又蕴含着一种沉重的社会内容。“大爷双耳一去，整个头部变得非常简洁”，孩子的感觉是最为单纯和简单的了，但是这种单纯和简单在这里却上升到一种美学境界，使罗汉大爷的灵魂得到了夸张而有力的勾勒。孩童的无意与严酷现实产生了一种耐咀嚼的生动写照。最典型的，要数奶奶突如其来的死，被作者孩童的眼光所摄入，于是死的悲哀化为富有诗意的浪漫和宁静，奶奶“跟着鸽子，划动新生的羽翼，轻盈地旋转”，产生了一种神奇的精神升华。这一精妙的细节，是不是莫言得到《百年孤独》里“长翅膀老头、坐床单升天”之类神奇细节的启示？而这种启示，是不是归根结底来源于莫言对现实本来就有梦幻般的理解？

我想，莫言之所以产生这种对生活的理解，之所以不愿意让他笔下的人物都肩负沉重的包袱，染上严峻的色彩，主要是因为他童年的包袱背得太沉了。苦难的童年铸造了他对生活欢乐与浪漫的一面的注重。因此他不愿让他的审美领域成为一种色调，搞得读者也跟着闷闷不乐。他有意想捣捣蛋，想抒抒情，想像黑孩一样去偷几个透明的红萝卜采给读者尝尝。我们发现了，莫言对红萝卜、红高粱、球状闪电等的重视并以此为他的小说题目，是有着他对生活的看法的。红萝卜、红高粱在灰褐色的土地里是一种光明，是一种欢乐和希望，是一种生命力。而一旦失去了这种希望和生命力，莫言就死了。

透过那浓郁和荒凉的高粱地莫言看到了什么？

我们感受到高粱系列有一种浓郁的画面感的时候，忽然意识到这决不仅仅是作者的一种色彩的努力，而是中国农民的血气和精神的物现，一种无论在何种条件下都有着的勃发的生命力的涂抹。但是当我们在获得了中国农民的这种“不死”的抗争精神以后，高粱地里又有一种沉闷而荒凉的气息隐蔽着慢慢扑面而来，使我们的心一下子紧缩了。那种浓郁的执著和荒凉的沉闷掺和在一起，使高粱地笼罩在一片悲壮和虚无的浓雾中。

没有一个读者不会感觉到红高粱地里蕴藏着中国农民乃至中华民族的一种超人的力度。浓雾消散，余司令、罗汉大爷、奶奶、父亲等一长排有着铮铮铁骨的英雄好汉，愣头愣脑地树立在被鲜血染红了的墨水河畔。这一排人中间尽管有不少王八蛋，但他们仍然都是英雄好汉。在莫言看来，如果他们都不是王八蛋，也就都不是英雄好汉。他们不光喝掺了血和尿的“优质”高粱酒，而且从杀人中竟能寻找到生活的乐趣，发泄孤独的苦闷；他们在强奸、玩女人的同时，还能萌生一种义无反顾的坚定而纯真的爱情；他们成帮结队，相互厮杀，在血中倒下时还能产生一种奇妙的快感。他们和日寇战，和狗战，也和自己战，他们毫无目的或者有目的地厮杀只是为了一个目的：保卫那片属于自己的高粱地。他们既伟大又狭隘，既崇高又卑琐，于是那狭隘和卑琐都不显得可恶。就是这帮可能被一些人称为“土匪”的人，却能在高粱地里用鲜血和白骨来开辟战场，写下了高密东北乡惊天动地的一页。他们奇死了，但是他们的血却化成了浓烈的高粱酒，使一切活着的人手捧酒盅发呆、发颤。在奇死的瞬间，他们的精神力度有可能成为一道弯曲的闪电，照亮近百年的屈辱的中国以死抗争的历史，成为继续发扬民族优质的现代中国人完善自身的一个美丽的参照。罗汉大爷怒铲骡子的板脸的举动，凝聚了中国农民一种决然的对“吃里爬外的混账东西”的排斥力，是中国农民意识的一种优质迸发。同样，罗汉大爷被割掉的耳朵在瓷盘里活泼地跳动，“打击得瓷盘叮咚叮咚响”，表现的又是中华民族不死的生命力的一种审美延续。一片浓郁的红高粱地，由此一下就被放大为流着百年不屈的鲜血的古老的中国土地。那感人的红色，也由此被中国人视为审美上的最高境界。我们在闻到了血腥味的同时，更多的是看到了中华民族用精神的血浆栽培的红高粱地。中国人民不屈的头颅，好几次被我幻觉为是那一棵棵被剥了皮的紫红的高粱头。这是不是莫言用心良苦的所在?

不过，莫言的倾向性，却在对余司令、奶奶、罗汉大爷、父亲的无比崇敬中分化了。这种分化犹如雾的变化一样悄然。这种分化表现了莫言开始用一种更强烈的现代哲学意识对他的爱物进行动观。这种观照给我们带来的再也不是欢乐而是一种沉重的孤寂和荒凉感。我们像看到了一堆死得可歌可泣，但又不明不白的白骨，在说着无声的、只有他们才听得懂的语言。伏击战后的高密东北乡，“夕阳西下，汽车烧毕，只剩下几具乌黑的框架，胶皮轱辘烧出的臭气令人窒息……满河血一样的黑水，遍野血一样的红高粱”。高密乡的这种悲壮给人与世隔绝的沉闷，让人忍不住要因这思考而窒息。余司令的兄弟尸横遍野，使人想起义和团的英勇，也使人想起义和团的英勇中所含的深刻的悲剧意味。余司令不稀罕冷支队长配合他作战，除了表现了他是一个响当当的硬汉子外，也同样表现了他的封闭和盲目；《高粱酒》中胶高大队和铁板会的一场殊死的野蛮搏斗，除了表现了民族精神的一种惊心动魄的英勇，也同样告诉人们中华民族的落伍来自于民族的内乱、相互排斥，自己瞧不起自己。英勇是可以打上问号的。当这种英勇和中华民族从来没有好好地团结过联系起来，英勇还值得肯定吗？莫言对民族历史既有一种惭愧心理和崇敬心理，也有一颗悲怆的像狗一样嗷嗷嚎叫的欲碎的心。莫言是用一颗激奋而孤苦的心灵去寻找那已逝去的高密乡充满了野性的温馨的梦，寻找民族的那个血迹斑斑的灵魂。但在这条寻找的路上他经常有一种躲在桥洞里过夜的不寒而栗。

浓郁与荒凉感这样奇妙地组合在一起，不仅让人想到莫言对民族生存的焦虑，而且让人联想到莫言对人的生存的基本看法：人生首先是有意义的，充满着存在着的蓬勃的生命力；人生也是虚幻和悲哀的，人生有时很难把握和捉摸。当余大爷、罗汉大爷、奶奶等意识到自己的存在时，他们会毫不犹豫地化为烈性的高粱酒，在与日寇你死我活的抗战中溅出一腔红艳艳的高粱血。但是当王文义的肚子被木然地打了一个月亮般大的窟窿，当王光顷刻间在狗群中化为乌有，当奶奶在欢快的惨叫声中变成一只飞翔的鸽子的时候，人生又被赋予了虚幻色彩。而当那一大堆“白得十分严肃”的骨头竟被人们意识到是狗的灾难的时候，一股苦涩就会夹着胃酸涌向喉头，使我们感到人生被一种神秘的力量支配着……

于是，人生呈现出一种复杂的美感。但这并不是宿命对莫言的牵制，而是莫言对宿命论的扬弃。这表现在：人生的积极的意义并不全是在积极本身中显现的，倒常常是在虚幻中得到了其价值的体现。人生能把握正是建立在人生很难把握上的。人注意到了人生的虚幻，注意到了人在历史长河中只是一瞬，于是人才能更重视自己有限的存在，于是便去更好地存在。当莫言更注重人生是一种存在时，人生的宿命和虚幻的一面就被淡化了。所以，在种种荒凉和虚幻的薄雾中，我们总是能感觉到高粱地那一片充满力量的浓郁与悲壮的红色。我想，这是不是莫言要以《红高粱》为名的真正用心？

当人性扭曲着走向野蛮时，我们惊叹那耸动着的野性美

从莫言的红高粱世界中，我还发现了另一种人的哲学。当我有了这种发现的时候，我竟想变成一只“消灭了强劲敌手的红狗高扬起尾巴”，以一种野性的力量加入人性的行列中，去在有意义的厮杀中实现人的价值。在这一点上，莫言的《狗道》是一篇真正的人的作品。莫言赋予狗以人的精神，又赋予人以狗的胆量。莫言给狗正了名，也给人正了名。于是世界被莫言搞得人狗不分，于是世界充满了圣洁与龌龊，于是野性美和人性美无论在人的世界还是狗的世界都成为一种高度统一。

在我认为以往一些小说中的狗都是恶狗或哈巴狗的时候，我就不得不惊叹莫言笔下的狗有一种生机勃勃的人的力量。狗的这种生机勃勃，完全来源于狗和人都被置于“丧失了自己的家园”的这种特定的灾难性背景下。狗既然被赋予了一种同情，狗的野性力量也就有可能被作者置入一个审美的境地。狗会集结，狗会退让，狗会休整，狗会像人那样轮番进攻。狗在吼叫中甚至会埋怨人类使用了不狗道的新式武器（手榴弹），狗不但会发出人类一样的冷笑，狗还会“坐成一个三角，半眯着眼，好像在回忆往昔岁月”。当莫言把人性注入狗性中去时，狗的野蛮便产生了这样的审美效果。这种效果移注到人的身上，便使人也充满了一种野性般的坚毅、执著和疯狂。余司令和奶奶神奇般的天地合一的故事里面既有温柔的人性，也有野性的魅力。人性美由于野性的内涵而被赋予神秘和畸曲的色彩。血气方刚时的余司令受着一种野性的爱的力量支配，一口气杀死了单家父子和污辱过奶奶的花脖子之流。余司令的大逆不道和奶奶的对单家的决然背叛，升华为“两颗蔑视人间法规的不羁心灵”，超越了肉体的融汇，在遍红的高粱地里，为高密东北乡多彩的画卷上新抹上了一道酥红。而“只要愿意便什么都敢干的奶奶”，她的一生，焉能不是“天赐我情人，天赐我儿子，天赐我财富，天赐我三十年红高粱般充实的生活”具有野性般

魅力的一生？

透过这种野蛮、野性和人性的三维组合，不难揣摩莫言对于人的复杂理解。无论是圣洁的人还是龌龊的人，都有着圣洁与龌龊的双重面。人是由野蛮、野性与人性按照不同的比例构造成的，凡人皆有这种比例。而野性处于一种中间环节。野蛮与人性的统一便成了野性。野性美一旦失去人性美就成为野蛮，野性美一旦剔除野蛮也就成为人性美。但人之所以为人，就像狗之所以为狗一样，是不可能剔除野蛮与野性的一面的。在《狗道》里，野性与人性无所不在，野蛮和人道也无所不在，狗和人在同日寇的对峙中，日寇被抽去人性的内容而成为野性与龌龊的化身。人在和狗、蛇、癞蛤蟆的较量中，狗、蛇、癞蛤蟆的野性因失去了人性的内容而成为野性与龌龊的化身，狗便等于“狗娘养的日本狗”，而人则成为圣洁与人性美的化身。但是，当人在和人的较量中，也可能变人性为野性，变野性为野蛮。铁板会和胶高大队之间的厮杀因丧失了人性而失去了野性的美，成为一场野蛮的混战，人本身龌龊的一面便凸现出来。当四岁的“父亲”，“用小兽一样凶狠的眼睛望着奶奶迷幻的脸，狠狠地咬了一口”奶奶的乳房时，这一举动因失去了人性而成为野蛮和龌龊的举动，可是当后来狗“把父亲的小鸡儿咬了一个对穿的窟窿，咬破了皮囊，使一个椭圆形的、鹌鹑蛋大小的卵子掉了出来”时，父亲又成为圣洁与人性美的化身。莫言丝毫不想掩饰人的缺陷、渺小、野蛮与龌龊的一面，而是用力一扯，不但使人们有可能对原来一直以为人的肮脏和渺小的一面有一种新的理解和观照，而且使人在对这种理解和观照中升华了人自身。人，便产生了正视自己的力量，一种真正的人的力量，人的存在便显得十分充实。人，也就完成了自身价值上的实现。

莫言从来不喜欢褒贬他的人物，因此即使是八路军形象，也并不让人感到崇敬和可爱。八路军在余司令浴血奋战后来要枪这件事本身，就有对八路军既情有可原又不敢恭维的一面。但八路军又是决然不会去抢“枪”的，这又同时少了余司令这一群人中的“匪气”。因此，八路军的形象也第一次在莫言的笔下一改以往的慈善和高大的面目，变得十分亲切和真实。莫言在处理他的人物时，明显地在避免有可能掺入的对人物的政治性或功利性态度。

民族的历史是一个巨大的轮回，于是莫言站在了现代意识的高度

高粱系列开辟的是一个狭小的地理空间，所记录的也是高密东北乡时间历史上的瞬间闪光，甚至也可能只是莫言漫长的创作生涯中的一页。但作家的立足点和内容的整体象征意味，却超越了空间和时间的局限，把高密东北乡和中国大地，把历史和今天惊人地沟通了起来，把红高粱与以后的莫言联系起来了。莫言显然站在了现代意识的高度，以一个哲人的深沉的目光，把民族的历史理解为一个“巨大的轮回”。莫言是站在今天去寻找历史的昨天，昨天与今天联结成莫言寻找的圆圈，圆圈的最后一笔是由今天完成的。这个圆圈所囊括的意蕴绝不仅仅是发扬民族在任何艰难困苦的条件下充满野性力量的不屈生命力，也不仅仅是民族在封闭的小生产圈里相互厮杀，盲目地削弱民族力量的悲剧意味，莫言给我们的，似乎比他好像已经给我们的还要多。他对民族的内质不是简单的肯定，也不是简单的否定，他不追求高粱地里的田园诗，也不想在高粱地里开辟一个批判的场地。高粱地对莫言来说，永远是一个玫瑰色的梦。他的这个梦只是被我们感到中华民族有一种沉重的伟大，孤单的温暖，有一种野性的柔丽，人性的畸曲。是否具有悠久的文化传统的民族都有这种特质？但在莫言眼里，是没有“悠久的文化传统”这个概念的，莫言对民族文化的不置可否是和他深沉的否定意识联系在一起的。莫言与其让他的读者得到的是他关于什么民族问题的结论，还不如让他的读者跟着他去一道周游他的世界，去感受去思索，去对民族历史进行一种大智若愚的驾驭。等跟他周游完了艺术天国，人们才恍然醒悟，历史的昨天和历史的今天原来有着惊人的相似之处。这种感知几乎使我们心惊胆战：八十年代的高密东北乡啊，你和四十年前的高密乡，是否有着质的变异和前进呢？

思索一旦上升到这个高度，我们又感到一种伟大的沉重。当改革如果不是执意于一种民族的质的变革，而仅仅是一种经济上的开放的话，那民族的精神素质不仍然是一片废墟吗？“高密东北乡人心灵里堆积着的断砖碎瓦从来就没有清理干净过，也不可能清理干净”，我直到这里才理解了莫言这句话的真正含义。

一个民族的文学，如果能好好地开展一次和哲学的对话，这个民族的文学素质无疑会超越文学本身的层次，展现出对世界的崭新的、迷人的理解。一个民族的文学家，如果能有意识地培养和更新自己的哲学意识，这个民族的文学将会充分展示出深刻地揭示世界的力量。中国文学并不缺乏自己的哲学，但中国文学却缺少现代哲学作为它展示现代生活的中流砥柱。如果中国文学不能走出道、佛、儒所形成的哲学氛围，中国文学将可能缺少正视世界和正视自己的力量。我不能说莫言的努力已经达到了一个很高的境界。最起码，他的哲学观可能或多或少有相对论的影响。但是，莫言确确实实地在他的《红高粱》以后的作品里，不断追求一种哲学上的自己对世界和人生的看法。莫言还可能会失败，但他对人，对人生，对民族，对世界，对美和丑的各种角度变幻的观照和见解，对我们来说却是一种永远成功的记忆！的确，人们的很多创造都是在旧有的材料上进行新的组合的。莫言给我们提供的美，便是他自己组合材料的方式。这种方式由于十分新颖和独到，竟使我们觉得世界永远是复杂的、含混的，而清晰却是暂时的。我们在莫言组合的这个世界面前，始终有一种生活的沉重感和艰巨感，进而产生一种要把握这个世界、寻求自身心理和生理平衡的欲望。莫言竟把他那个“黑孩儿”的感觉传达给了我们，我们也竟然接受了，这真有点不可思议！

莫言会死吗？也许。但我坚信那只是他离开了高粱地的缘故。因为他在高粱地里活得太好了。

（原载《文科月刊》1988 年第 11 期）

生命意志的弘扬　酒神精神的赞美

——以尼采的悲剧观释莫言的《红高粱家族》

陈　炎

一

面对着这部虚虚实实、真真假假、神奇而又质朴、潇洒而又凝重的《红高粱家族》，我们常用的文论术语似乎显得过于贫乏了，说它是一部真实地反映社会生活的现实主义小说吧，恐怕连高密东北乡的老百姓也并不赞许，说不定有人会指着莫言的鼻子责问："你去打听打听，谁他妈的酒里撒尿了？"说它是一部表现革命理想的浪漫主义作品吧，也许连莫言本人也不好意思承认，因为小说曾把"杀人越货"与"精忠报国"描写得同样英勇壮烈，却丝毫没有表现出对任何社会制度的期待与渴望。说它的意义在于象征吗？然而红狗、绿狗、黄狗、黑狗果真就是不同党派和武装力量的图解和符号吗？这种分析显然很有点"文化大革命"的味道了……于是，大部分评论家便聪明地绕过了上述问题而将笔墨用在作者的感觉和才华上，以"感觉世界的爆炸"和"审美领域的突破"来评论这部作品。不错，莫言的艺术感觉能力是出色的，他能够以独特的目光观察人们视而不见的一切，从而给我们一幅彩色的而不是黑白的、立体的而不是平面的艺术画卷。不错，莫言是个不可多得的怪才，他敢于肆无忌惮地践踏人们深信不疑的模式，从而在丑恶之中发现惊人的魅力，将死亡描绘得楚楚动人……然而这一切能否仅仅归结为大胆和新颖呢？难道莫言只是为感觉而感觉、为怪异而怪异吗？难道真像一些人所鼓吹的那样，艺术家只是一种感觉敏锐的天才，只要“找准了感觉”就会像神灵附体一样制造出惊人的杰作吗？抑或真像另外一些人所讽刺的那样，文人们只是殚精竭虑地去挖掘愚昧、野蛮、荒谬、怪诞的民俗和历史以迎合读者的好奇心吗？这里也许要涉及一个已为近来的批评家们所不屑重提的范畴：主题——作品的主题，莫言的主题，《红高粱家族》的主题……

《红高粱家族》的主题不是战争，不是歌颂中国人民抗击日本侵略者的英雄业绩。否则，它就没有必要花掉一半的篇幅去叙述“劫轿”、“野合”、“出殡”之类与战争无关的故事了。《红高粱家族》的主题也不是民俗，不是去再现我们古老民族的传统风情。否则，它就没有必要花掉另外一半篇幅去描写“炸军车”、“分武器”、“打伏击”之类与民俗无关的内容了，战争与民俗只是作品的表层意象，只是作品主题得以体现的生活素材，而真正的主题则是作品的深层意蕴，是借上述题材所表现出来的对于生命意志的弘扬，对于酒神精神的赞美。惟其如此，《红高粱家族》才能为古老的题材赋予现代意义，才能够获得超历史、超民俗的审美价值，才能够引起海内外读者的普遍共鸣……因此，当我们常用的观念不太够用的时候，我们便不得不翻开尼采的著作，用他的悲剧精神来解释这部作品了。

作为叔本华之后的唯意志论者，尼采也认为世界的本质是意志，是一种无目的的本能、无止境的冲动、无法满足的欲望。不仅如此，尼采也承认在这种意志和欲望的驱遣下，人生不可避免地面临着无穷的追求与幻灭，无尽的苦难与不幸，然而不同的是，尼采并不满足于叔本华禁欲主义的悲观哲学，而要在他所描绘的这种非理性的苦难现实中，为生命的存在找到新的支点和根据。——“我们应当认识到，存在的一切必须准备着异常痛苦的衰亡，我们被迫正视个体生存的恐怖——但是终究用不着吓瘫，一种形而上的慰藉使我们暂时逃脱世态变迁的纷扰，我们在短促的瞬间真的成为原始生灵本身，感觉到它的不可遏止的生存欲望和生存快乐。现在我们觉得，既然无数竞相生存的生命形态如此过剩，世界意志如此过分多产，斗争、痛苦现象的毁灭就是不可避免的。正当我们仿佛与原始的生存狂喜合为一体，正当我们在酒神陶醉中期待这种喜悦长驻不衰，在同一瞬间，我们会被痛苦的利刺刺中。纵使有恐惧和怜悯之情，我们仍是幸运的生者，不是作为个体，而是众生一体，我们与它的生殖欢乐紧密相连。”①一切都会像那枯枝败叶一样不可避免地去死去，然而一切又将像那新苗嫩芽一样不可遏止地再生，因为那死去的一切，都只是世界的表象，而这表象背后的意志，却是永不枯竭的生命源泉，这种不可遏制的生命欲望就是狄俄尼索斯精神，也正是我们在那一望无际的高粱地里所发现的生命本体。

——“八月深秋，天高气爽，遍野高粱红成洸洋的血海。如果秋水泛滥，高粱地成了一片汪洋，暗红色的高粱头颅擎在浑浊的黄水里，顽强地向苍天呼吁”。

——“残忍的四月里，墨水河里趁着灿烂星光交媾过的青蛙甩出了一摊摊透明卵块，强烈的阳光把河水晒得像刚榨出的豆油一样温暖，一群群蝌蚪孵化出来，在缓缓流淌的河水里像一团团漶漫的墨汁一样移动着。河滩上的狗蛋子草发疯一样生长，红得发紫的野茄子花在水草的夹缝里愤怒地开放。”

莫言笔下的红高粱之所以如此地吸引我们，不在于它有色彩，而在于它有生命，就像狗蛋子草“发疯一样生长”，就像野茄子花“愤怒地开放”，就像红狗、绿狗、黄狗、黑狗在相互厮杀之中培养起自己矫健的体魄和美丽的皮毛一样，在这生存竞争的大千世界之中，高密东北乡的红高粱也从那一片浑浊的黄水里，顽强地擎起了自己的头颅，向着苍天呼唤着自己生存的权力……正是在这片生机勃勃的高粱地里，爷爷和奶奶相亲相爱、耕云播雨，唱出了一曲曲风流倜傥的民歌；正是在这片野性十足的高粱地里，爷爷和父亲们杀人越货、精忠报国，演出了一幕幕惊心动魄的悲剧……

过去，我们喜欢用“典型环境中的典型人物”来作为评价艺术作品的常用概念，事实上，若仅就环境与人物的关系而言，恐怕很少有哪部作品能够像《红高粱家族》这样达到如此深透的彼此交融，用尼采的观点来看，生命意志不仅是人类的意志，而且是宇宙的意志，是众生万物求生存、求发展、求增殖的意志。正是在这一意义上，莫言笔下的万事万物无不表现出一种生命的感觉和生命的欲望，在这里，人物和环境共同构成了

① 《悲剧的诞生》，《尼采美学文选》，三联书店 1988 年版，第 71 页。

一个富于活力、充满生命的艺术世界……

二

“肯定生命，哪怕是在它最异样最艰难的问题上，生命意志在其最高的类型的牺牲中，为自身的不可穷竭而欢欣鼓舞——我称这为酒神精神，我把这看做是通往悲剧诗人心理的桥梁。不是为了摆脱恐惧和怜悯，不是为了通过猛烈的宣泄而从一种危险的激情中净化自己，而是为了超越恐惧和怜悯，为了成为生成之永恒喜悦本身——这种喜悦在自身中包含着毁灭的喜悦……”① 这就是悲剧哲学家尼采对酒神精神的界说。生活是短暂的、艰辛的、不幸的，一切存在着的生命都必须随时准备去迎接那异常痛苦的毁灭，从这一意义上讲，生命本身注定是悲剧性的。但是，人们并没有被这种可怕的命运所折服。相反，一种不可遏止的生命冲动使人们敢于正视那即将来临的苦难与不幸，并以生命为赌注做出那拼死的一搏，从而在与命运的抗争中获得生存的狂喜、体验生命的意义。“创造——这是对于生命的痛苦及其消亡的伟大的拯救方式，然而为了使创造者得以出现，过量的痛苦和消亡又是必要的。是的，对于你们这些创造者来说，生命中确实需要充满面临死亡的痛苦，唯其如此，我们才能成为一切有限存在物的辩护者。”②

那么，莫言笔下的人物是在什么样的生存环境下创造着自己的生活呢？只是为了一匹骡子，奶奶那蓬勃的青春竟然被送到了麻风病人的手中；只是为了两匹骡子，罗汉爷爷那健壮的躯体竟要遭受凌迟之苦……然而这一切，绝不是要去渲染生活的苦难和战争的残酷，而恰恰是为了反衬那永不屈服于命运的生存意志，是将生命放在死亡的悬崖上加以考验的绝妙选择。惟其如此，我们才能够理解“野合”的场面为什么被表现得如此惊心动魄，阳光下，那一片迎风鼓荡、飒飒作响的红高粱，不仅掩盖着“爷爷”和“奶奶”的血肉之躯，而且本身就象征着强烈的生命欲望。这绝不是一场普通的男女做爱，而是生命对于自身权力的伸张！正像奶奶在

① 《偶像的黄昏》，《尼采美学文选》，第 334 页。
② 《查拉斯图拉如是说》Thomas Common，英译本，纽约现代丛书，第 92 页。

临死前面对苍天所申述的那样，“天，你认为我有罪吗？你认为我跟一个麻风病人同枕交颈，生出一窝癞皮烂肉的魔鬼，使这个美丽的世界污秽不堪是对还是错？天，什么是贞节？什么叫正道？什么是善良？什么是邪恶？你一直没有告诉过我，我只有按着我自己的想法去办，我爱幸福，我爱力量，我爱美，我的身体是我的，我为自己做主，我不怕罪，不怕罚，我不怕进你的十八层地狱。我该做的都做了，该干的都干了，我什么都不怕。但我我不想死，我要活……”惟其如此，我们才能够理解奶奶的牺牲为什么被描写得如此美丽动人：血泊中，奶奶那苍白的面颊，鲜红的双唇，彩虹般的目光，高贵的微笑，处处表现出了生命的骄傲！“奶奶死后面如美玉，微启的唇缝里，皎洁的牙齿上，托着雪白的鸽子用翠绿的嘴巴啄下来的珍珠般的高粱米粒，奶奶被子弹洞穿过的乳房挺拔傲岸，蔑视着人间的道德和堂皇的说教，表现着人的力量和人的自由，生的伟大和爱的光荣”，这也绝不仅仅是一种普通的死亡，而是生命通过死亡对于自身价值的最后肯定……

正是在这种爱和死的紧要关头上，生命意志却突然发射出夺目的光辉，正像尼采所指出的那样：“美在哪里？在我全部意志所向往的地方，在我愿爱和死，从而使形象发生变化的地方，爱和死，是共同来自永恒的生命节奏。”①

爱，如火如荼；恨，咬牙切齿；生，自由自在；死，壮烈辉煌……这就是《红高粱家族》的人生境界。——爷爷那叱咤风云的气魄，奶奶那如饥似渴的爱情，父亲那胆大妄为的野性……使我们很容易联想起尼采那富于挑衅的话语：“最美好的一切都属我们和我自己，如果不给我们，我们就去夺取，——夺取那最优质的食物、夺取那最纯净的天空。夺取那最强健的思想，夺取那最美丽的女人！”于是，在这个不断创造、不断毁灭的世界上，生命为了得到自由的扩展和增殖，便不惜孤注一掷，以死相拼了。因此无论是在尼采还是在莫言看来，生命的意义都不在于活得长久、活得安全，而在于活得伟大、活得潇洒、活得有气魄。

由此看来，任何独特的感觉都不是凭空产生的，任何怪异的才华也不能无端滥用，只有使它们服务于特定的主题，才能够产生出特殊的魅力。

---

① 《查拉斯图拉如是说》Thomas Common，英译本，纽约现代丛书，第134页。

因此，在莫言的笔下，无论是污言秽语的帮工，还是胡作非为的酒徒，无论是有伤风化的悍妇，还是杀人越货的强贼，都自有其洒脱自然之美，纯真可爱之处。这真是一群“最美丽最丑陋、最超脱最世俗、最圣洁最龌龊、最英雄好汉最王八蛋、最能喝酒最能爱”的活脱脱的生灵，是一股压抑不住、堵塞不绝的山泉，是一团扑打不灭、燃烧不尽的野火，是生命意志的体现，是酒神精神的象征……

三

不知从什么时候起，这最辉煌、最灿烂、最可宝贵的生命冲动竟然变成了最肮脏、最邪恶、最见不得人的东西了。人们似乎只有在压抑生命、贬低生命、作践生命的时候，才能够显示自己的高尚和圣洁；艺术似乎只有在宣扬牺牲、宣扬忍让、宣扬自我克制的时候，才能够实现其应尽的义务。在这种“乐而不淫，哀而不伤，怨而不怒”的文化氛围中，在这种“没有花香，没有树高”、“从不寂寞，从不烦恼”的艺术园地，《红高粱家族》的出现，充分显示了与众不同的价值取向。因此，同尼采一样，莫言的艺术精神也有着明显的反伦理色彩。

我们知道，尼采的“重估一切价值”的口号，是作为基督教文化的反动而出现的。在他看来，“基督教道德是一种最有害的虚伪意志，是使人类腐化的真正巫婆……教人去轻视原有的生命本能；欺骗地创造一个灵魂、一个‘精神’以压倒肉体；教人在生命里主要的东西中——性中发现不洁；教人在谋求扩展的深切需要中去寻求邪恶原则，而以相反的方式去看较高的道德价值——但我在说些什么呢？——我是指在典型的最没象征的‘无我’观念里对本能的敌对……”① 因此，他把艺术作为抵御基督教文化，维护和强化生命意志的唯一手段，认为“我们的宗教、道德和哲学是人的颓废形式。相反的运动是艺术”，“艺术，除了艺术别无他物！它是使生命成为可能的伟大手段，是求生的伟大诱因，是生命的伟大兴奋剂”②。莫言的反伦理精神，矛头则是指向以儒道互补为核心的中国传统

① 《瞧，这个人》，中国和平出版社1986年版，第114页。
② 《强力意志》，《尼采美学文选》，第348、385页。

文化的。在这种东方文化与基督教文化之间也许存在着无法尽数的差异，但是作为封建时代遗留下来的传统文化，它们都有着践踏肉体欲求，压抑竞争意识，蔑视主观情感的共同特点，即都是作为生命意志的反动而出现的。也许儒家文化比基督教文化更为“聪明”，它不是依靠外在的宗教信条来规范人们的思想观念，而是利用人对血缘和家族的原始情感，从“父父、子子”过渡到“君君、臣臣”，把儿子对待老子的情感转化成下级对待上级的态度。从血液中制造出自觉的奴性。或许道家思想比基督教文化更有“魅力”，它不是依靠彼岸的宇宙主宰来压抑人们的感性欲望，而是依靠人对土地和自然的原始情感，从“物我两忘”过渡到“无知、无欲、无我”，把忍辱负重、苟且偷安美化成知足常乐、与世无争的境界，从骨髓里制造着民族的懦性。在这种蔑视竞争意识、压抑感性欲求的文化环境下，莫言所塑造的这批活脱脱、赤条条、“一人敢走青杀口，见了皇帝不磕头”的蛮夫勇士，确实具有“重估一切价值”的意义。

作为传统文化的叛逆者，不论是尼采还是莫言，都以其敏锐的忧患意识发现了人类在其进化的过程中所带来的退化现象。尼采曾痛心疾首地指出，“道德可以使一切变得谦虚而驯服，这样，他们就能使狼变成了狗，使人变成了驯良的家畜”①。如果说，使狼变成狗是一种文明的驯化，那么让狗变成狼则是一种野性的复归。如果说，尼采是在理论上憎恶这种驯化，那么莫言则是在创作中实现了这种复归。在他的作品中，人是野人，高粱是野高粱，就连狗也重新恢复了狼一般的野性，从而在人与人、狗与狗、人与狗之间展开了一场你死我活的斗争。在这场斗争中，人为了生存下去就不得不接受狗的挑战，而狗是不可能接受“人道”的，这就使人狗之争只能依照“狗道”的原则而进行，即依照弱肉强食的自然规律展开一场真正意义的生存竞争。在这场斗争中，人获得了胜利，同时也恢复了原始的野性，而这种被文明的重负所压抑的人的求生活、求发展、求增殖的原始野性，正是“红高粱家族”的最最可贵的遗传基因，正像莫言在全书的末尾所陈述的那样：“我的整个家族的亡灵，对我发出了指示迷津的启示：可怜的、孱弱的、猜忌的、偏执的、被毒酒迷幻了灵魂的孩子，你到墨水河里浸泡三天三夜——记住，一天也不能多，一天也不能少，洗净了

---

① 《查拉斯图拉如是说》Thomas Common，英译本，纽约现代丛书，第 188 页。

你的肉体和灵魂，你就回到你的世界里去。在白马山之阳，墨水河之阴，还有一株纯种的红高粱，你要不惜一切努力找到它。你高举着它去闯荡你的荆棘丛生，虎狼横行的世界，它是你的护身符，也是我们家族的光荣的图腾和我们高密东北乡传统精神的象征！”

四

正如我不想站在一个绝对的高度来批判尼采一样，我也不想从绝对的意义上来分析《红高粱家族》的主题是否正确，因为我深知所谓“绝对的意义”实际上就是毫无意义。我只想指出：在二十世纪八十年代，在长期贫困落后而急需变革现实环境的中国，在重新正视个体欲求，重新肯定竞争意识的改革开放的今天，这种对生命意志的弘扬，对酒神精神的赞美，绝不是一种审美的奢侈，而是一种生存的必需。正像沈从文曾指出的那样：“爱国也需要生命，生命力充溢者方能爱国。至如阉其性的人，实无所爱。对国家，貌作热诚；对事，马马虎虎；对人，毫无情感；对理想，异常吓怕。也娶妻生子，治学问教书，做官开会，然而精神状态上始终是个阉人，与阉人说此，当然无从了解。”① 正是从这一紧迫的现实需要出发，本世纪以来真正爱国的仁人志士，在批判民族文化劣根性的同时，无不致力于民族精神的强化。因为他们深知，“哀莫大于心死”，一个民族穷不怕，弱不怕，愚昧不怕，落后不怕，怕只怕没了一点要生存、要发展、要征服命运、要表现自我的雄心和野性，怕只怕丢了那点女人所特有的“泼”和男人所特有的“蛮”，而成为什么“刚柔并济”、“阴阳互补”、“文质彬彬”、“乐天安命”的道德君子……故此，梁启超鼓吹少年之中国，要我们恢复那青春的活力。故此，陈独秀提倡青年之野性，要我们重生那原始的蛮勇。故此，莫言写下了这部鲜血淋漓的《红高粱家族》，要把那“野蛮”人的血液重新注入我们老态龙钟的躯体，使我们兴奋起来，年轻起来，好在当今世界的舞台上与别个民族争夺生存的权力。

（原载《南京社联学刊》1989年第1期）

---

① 《烛虚》，转引自黄苗子《生命之火长明》，《花城》1980年第5期。

亵渎的神话:《红蝗》的意义

丁　帆

一

面对一个多元的艺术世界，曲解和误解已经成为批评的必要性，它“被看做是阅读阐释和文学史的构成活动”①。因此，对任何一种阐释都不要太过于用心，即使这种阐释对作家本人攻击性很大。

在“文学失去轰动效应以后”，《红蝗》的问世却带来了文坛的“微澜”，当然，也有些批评大家在反顾一九八七年的创作时就干脆对它只字不提，这绝不是忽略，而是忌讳着文学描写领域内的一个“禁区”（这绝非单纯是内容意义上的指向）。因为鲁迅先生就明确指出过大便是不能写的，因为它不能引起美感。而莫言在整个《红蝗》中将大便描写得如此辉煌美丽，真可谓“毫无节制”。这不能不说是对近一个世纪以来中国新文学精神的一种反叛。时空交错的《红蝗》是莫言制造的一个“神话”，它充满着一种对旧有审美观念的亵渎意识。

如果中国现代文学史上还有“以丑为美”的典范之作的话，那么，闻一多的《死水》便是一朵奇葩，然而，人们从他的诗中确确实实地体味到一股强烈的反讽的气息，强烈的诅咒从反语的语境中折射出来，给人一种鲜明的主题感受。而莫言似乎是消解了这种“反讽”的意向，尤其是

① ［联邦德国］H. R. 姚斯、［美］R. C. 霍拉勃：《接受美学与接受理论》，周宁、金元浦译，辽宁人民出版社 1987 年 9 月第 1 版，第 449 页。

“我”的高频率出现（尽管莫言一再强调文中的叙事主人公“我”并不是作者莫言）使得审美的客体都不能适应审美转换的超规约性。

倘使简单地阐述艺术的美与丑和自然的美与丑是两码事，这种现成的理论是人所周知的。正如罗丹所言：“俗人往往以为现实界中他们所公认为丑的东西都不是艺术的材料。他们想禁止我们表现他们所不喜欢的自然事物。这其实是大错。在自然中人以为丑的东西在艺术可以变成极美。”① 问题的复杂性就在于《红蝗》中作为传统意义上的审美中介的“我”并不把读者引向一个明确的主题阈限，哪怕是一个较为模糊的总体意向也不至于使读者看不清作品的审美判断。作者似乎很不经心地切割了形象与阐释之间的逻辑联系。这变成理解《红蝗》的难点。

二

在《红蝗》中，作为叙事主人公的“我”一直保持着中性立场，其实作者的这种态度在《透明的红萝卜》和《红高粱》中已经很清楚了。问题是到了《红蝗》人们就不能容忍在美丑的强烈对比反差下，再保持这种冷静的绅士风度了，甚至，更不能容忍作者对丑的礼赞情绪。因为美是常态的，而丑是变态的。

莫言小说中往往是在美丑的反差中滋生出一种与别人相反的艺术感觉来。你看，在九老妈被拖上渠畔草地上时，作者用大段的文字描绘了腥臊恶臭的身体各部分后，已使人感觉到一种极度的“丑”，然而，作者却笔锋一转：“我朦朦胧胧地感觉到了一种恐怖，似乎步入了一幅辉煌壮观的历史画面。”（其实，以后的叙述亦并不“辉煌壮观”）这种变态的感觉，把美与丑的界线给混淆了，把变态作为常态来叙述，一点都不动情，丝毫不露出反语的“表情”来，确实使经过几十年现实主义叙述态度熏陶的读者难以接受，真是比自然主义还要自然主义。这类句式的大量的出现，使《红蝗》变得可憎可怕，循规蹈矩的读者受不了这等刺激。您看，“她轻盈地扭动着在黑色纱裙里隐约可见的两瓣表情丰富的屁股”，它引起的不再是那种静态的被净化和圣化了的女神之美，而更多的是引起一种性欲的冲

① 转引自《朱光潜美学文集》，第1卷，上海文艺出版社1982年2月第1版，第142页。

动。“因此高密东北乡人大便时一般都能体验到磨砺黏膜的幸福感。——这也是我久久难以忘却这块地方的一个重要原因。”“我像思念板石道上的马蹄声声一样思念粗大滑畅的肛门，像思念无臭的大便一样思念我可爱的故乡”。极美的词句与极丑的词句的排列组合，怎么也不能将读者导入“我”的审美判断的意向中，而且你根本看不出作者有丝毫的调侃和反讽的意思，他的叙述态度是一本正经地严肃而认真。“家乡”这个名词，在中国人的眼里永远是和美丽相联的，而莫言的亵渎却意味着什么呢？莫言笔下要表现的是：“红色的淤泥里埋藏着高密东北乡庞大凌乱、大便无臭美丽家族的过去、现在和未来，它是一种独特文化的积淀，是红色蝗虫、网络大便、动物尸体和人类性分泌液的混合物。”原来，作者是要表现一种变态的“独特文化的积淀”，那么，没有一种特殊的感觉做它的对应物，是不能引起人们的警醒和思索的。作者对描写对象的选择是颇有用心的，什么丑我就写什么，几乎是作者故意的夸张。猫头鹰在中国人眼里是不祥之物，是丑陋之怪，而在莫言笔下：“它的眼睛圆得无法再圆，那两点金黄还在，威严而神秘。”它变成了独尊的形象，因为它能“洞察人类灵魂”。就连自己的老祖宗，“我”也是带着分不清哪是亵渎，哪是崇敬的情绪来看待的。那一对手足上生着蹼膜青年男女的近亲通奸，被家族活活烧死的情景写得何等壮观、何等美丽。对丑的美化，使传统的人伦道德黯然失色，当今读者的心理承受力也未必就可以接受。尽管莫言庄严地宣布：“这场轰轰烈烈的爱情悲剧、这件家族史上骇人的丑闻、感人的壮举、惨无人道的兽行、伟大的里程碑、肮脏的耻辱柱、伟大的进步、愚蠢的倒退……已经过去了数百年，但那把火一直没有熄灭，它暗藏在家族的每一个成员的心里，一有机会就熊熊燃烧起来。”然而，文明与野蛮，进步与落后的人伦审美价值的临界点却消失了。作者给读者出了一个尴尬的难题。作者对于传统的封建人伦的抨击似乎就隐含在这种已被认定的丑恶之中：四老妈与锔锅匠通奸后被四老爷休掉，作者不惜用大段大段描写来抒写四老妈“美丽的肉体”和“美丽的灵魂”：“那两只大鞋像两个光荣的徽章趴在她的两只丰满的乳房……绽开了一脸秋菊般的傲然微笑，泪珠挂在她的笑脸上，好像洒在菊花瓣上的清亮的水珠儿。……母亲第九百九十九次讲述这一电影化的镜头时，还是泪眼婆娑，语调里流露出对四老妈的钦佩和敬爱。”作者继而描写四老妈骑在毛驴上脸上出现的“一种类似天神的表情”。如果说这象征着一种不可侵犯的人道主义的力量，那么，用它去冲撞了那个象征着神圣的封建礼教的“祭蝗大典”的话，现代读者是可以理解和接受的，而作者偏偏不把它单纯地导入这一主题内涵，而是很随便地用“我”的主观臆测进行价值判断，断定“四老妈脸上的表情与性的刺激有直接联系”。因为“驴背摩擦和撞击着的、大鞋轻轻拍打着的部位，全是四老妈的性敏感区域，四老妈因被休黜极度痛苦，突然受到来自几个部位的强烈刺激，她的被压抑的情欲，她的复杂的痛苦情绪，在半分钟内猛然爆发，因此说她在一瞬间超凡脱俗进入一种仙人的境界并非十分的夸张”。本来，这段描写完全可能进入常人的审美判断的阈限之中，变成一种历来被认为是深刻的主题内涵。而作者却偏偏脱离这个审美判断的轨迹，将它完全“弗洛伊德化”。这就超越了传统的审美情趣的范畴，给现代读者带来了阅读的障碍。

不可否认，《红蝗》充满着“丑的堆砌”，诸如“我被她用一根针剜着血管子，心里幸福得厉害”、“老沙把嘴噘得像一个美丽的肛门”、“家族里有一个奇丑的男人曾与一匹母驴交配”、“我多少年没闻到您的大便挥发出来的像薄荷油一样清凉的味道了”、“多食植物纤维有利健康，大便味道高雅”、“嘴唇搐动着，确实像一个即将排泄稀薄大便的肛门”……这种“毫无节制”意象、想象、情绪、感觉的堆砌和宣泄，使得“有些本来有意义的情节和意象就变得几乎没有什么意义了”①。我以为，倘使我们抑制住某种审美意识的规约性，从作者美与丑对比的高反差中，是能够体会出有意义的内涵来的。借用《红蝗》里的一句话来说就是：“裸体的女人与糟朽的骷髅是对立的统一”。前者给你的是愉悦、快感；后者给你的是恶心和不快感，那么“自然丑”在一定的语境范畴内是可以赋有特定的内涵的，它的美感的转换，在莫言的笔下就是用高反差的刺激作为“媒介”的。这种意义不是也被另一些评论家所推崇吗？“他似乎敏悟到人类的毁灭将无可置疑地来自人类自身的自我作践和相互残害，文明对人感性的抑制和生命的窒息乃是同胎而生。因此他感到了荒诞，感到了‘我是社会直肠中的一根大便’。死亡反衬出人生的虚脱和贫血，赞美‘像贴着商标的

① 转引自贺绍俊、潘凯雄《毫无节制的〈红蝗〉》，1988年3月26日《文艺报》。

香蕉一样美丽’的大便也就不足为奇。”① 王斌看到的是“死亡意识”意义上的《红蝗》，而我看到的更多的是“生命意识”和生存状态意义上的《红蝗》，因为正如马尔克斯曾经说过的那样，“孤独的反义词是团结”，于是，我便看见了“生命意识”河流中人类的生存状态。其实《红蝗》最后一段便是作者的自白，是整个小说主题内涵的抽象物，读到最后你可能会在作者意识的统摄之下走进作品内部。这一点似乎无须多说，重要的是作者用“一位头发乌黑的女戏剧家的庄严誓词”来阐释了自身的创作家观念：“总有一天，我要编导一部真的戏剧，在这部剧里，梦幻与现实、科学与童话、上帝与魔鬼、爱情与卖淫、高贵与卑贱、美女与大便、过去与现在、金奖牌与避孕套……互相掺和、坚密团结、环环相连，构成一个完整的世界。”正是这种掺和、团结、相连，才构成了一个令人瞠目结舌的新的艺术世界，才具有了莫言的独特语言风格。这种新的尝试并不完全归结于作者的一种发泄欲（当然我不否认作家有发泄欲，没有发泄欲的作家并不能称之为一个优秀作家），恐怕还在于作者对于长期以来形成的一种道貌岸然的犹抱琵琶半遮面式创作风度的反叛，是对作家们“人格面具”的亵渎。在莫言的小说里，随着一个“严肃”的叙述者的形象消失，使得读者的审美判断失去了平衡，价值的标准再也找不到一台天平得以确证。叙述者变得诡计多端，不偏不倚又似偏似倚，漫不经心中又偶冒出惊人之语。总之，你压根就找不到主题学意义上的“脉搏”。

《红蝗》带来的不是“看不懂”，而是传统的审美经验的失灵，是审美意识的惶惑。像是在甜腻的苏式酒席上端来了一只刚剥皮的带血的鲜活的生老鼠一样，它无疑更引得许多吃客和看客恶心而反胃。然而，这种最丑恶的“自然”，能否进入美的“第二自然”呢？我以为这最粗俗的描写与最高雅的描写的组合所形成的高反差，正是把生活中的原生状态（或曰“原色”）与经过文明圣化、净化、洗礼的生存状态进行比较，呈示出人类的二重性——自然属性与社会属性的对立统一。这种构图的方法使美与丑的落差加大，且作者并不在构图的空白处进行“补白”和注释，而是需得读者突破阅读的障碍，自行“补白”和注释，使小说在多维多元的空间领域内展开。因此，它给读者传统的审美心理的依赖性（依赖叙述者的现成

① 《一九八七：回顾与思考》，1988 年 3 月 5 日《文论报》。

审美判断）带来了巨大的惶惑。

《红蝗》的意义便是在于它打破了这种传统的审美定势，企图以一种亵渎的姿态，来促使人们审美心理的演变递嬗。

三

人们通常是将丑作为美的衬托物来接受它的，一旦丑变异成美，便会使人不可接受。然而，“更真实的理由应该是，普通知觉目之为丑的东西，往往是最高贵的艺术中十分突出的东西，深深地灌注着不可否认的美的品质，以致不能解释为只是同丑自身明确区别开来的美的要素的衬托物”①。是的，如果你在读《红蝗》时没有超越普通知觉的敏悟，看不到其中灌注着的不可否认的美的品质——这种美的品质需要读者从反义的视角来理解，而仅仅把其看做一种衬托物，则是远远不够的，也就不能深刻地理解作品本身。只有把许多丑的线条、团块、色彩与整个作品的总体意象连接起来，你才能得到完整的感觉和印象。就连对丑有着偏执解释的罗森克兰兹也不否认丑对艺术的贡献。“如果艺术不想单单用片面的方式表现理念，它就不能抛开丑。纯粹的理想向我们揭示的东西无疑是最重要的东西，即美的积极的要素。但是，如果要想把具有全部戏剧性深度的心灵和自然纳入表现中，就决不能忽略自然界的丑的东西，以及恶的东西和凶恶的东西。希腊人尽管生活在理想之中，还是有他们的百手怪、独眼巨人、长有马尾马耳的森林之神、合用一眼一牙的三姊妹、女鬼、鸟身人面的女妖、狮头、羊身、龙尾的吐火兽。他们有跛脚的神，并且在他们的悲剧中描写了最可怕的罪行（如在《俄狄浦斯》和《俄瑞斯特》中），疯狂（如在《阿雅斯》中），令人作呕的疾病（在《斐洛克特蒂斯》中），还在他们的喜剧中描写了各种罪恶和不名誉的事情。此外，基督教是要劝人们认识罪恶的根源并从根本上加以克服的。因此，丑终于也随着基督教在原则上被引进到艺术世界中来。所以说，由于这个缘故，要想完整地描写理念的具体表现，艺术就不能忽略对于丑的描绘。如果它企图把自己局限于单纯的

① ［英］鲍桑葵：《美学史》，张今译，商务印书馆1985年1月第1版。

美，它对理念的领悟就会是表面的。”①（着重号系原文所有）我之所以不惜大量篇幅引用这段话，目的是在说明，一切自然丑只有在一定的理念统摄下才能进入艺术世界，成为具有美感意义的审美客体，忽略这种丑的艺术开掘正是我们自新文学运动以来的一个描写弊端。我以为《红蝗》是有一个理念的幽灵笼罩全文的，正如前文所言，它是“死亡意识”的反义词“生命意识”在生存状态中的挣扎现象。因而，被描写的客体所呈示出的种种丑恶的、粗俗的、令人作呕的现象，正是作者描述的与众不同的“独特的文化积淀”，至于读者从中可以看到什么，这无须作者论释，现代阅读方式叫我们自己去感悟和理解。问题可能出在这里：作者时时流露出来的对丑的真诚的礼赞又作何解释呢？首先，我以为作者是想以这种写法来向传统的审美观念挑战，打破审美趋向的单一性和同一性，造成美与丑在艺术世界内的“生态平衡”；其次，把丑的意向和形象与美的意象和形象做一个尖锐的对比，这种掺和、团结，不仅是审美领域内的撞击后果，它也带来了语言学领域内语言色彩由于强烈的高反差所形成的修辞手法的突破。像“老沙把嘴嘬得像一个美丽的肛门”这样的句式究竟在修辞学领域内有何新的意义？再者，便是作为小说叙述者的“我”的存在意义怎么去把握的问题。

这三个问题，第一个问题前文已做简略阐释；第二个问题理当语言学家做出阐释；第三个问题我只能做一些很不周密的论证。

无论古今中外的小说，其叙述方式基本上采用三种视角模式：①叙述者 > 人物（“后视角”）；②叙述者 = 人物（“同视角”）；③叙述者 < 人物（“外视角”）。倘使我们运用一下排除法，那么，《红蝗》显然不属于第一种叙述视角模式，它表面上的叙述形态与这种模式相似，但作者又不是全知全能的，《红蝗》中有大段大段的“我”的议论（或曰插科打诨），但作者莫言一再表示这不等于莫言，甚至文中的“莫言”也不是“我”，“我”是作为小说中的一个“童年视角”和“成人视角”（即“过去的视角”和“现在的视角”）出现的。作为叙述者的莫言似乎是作为一个“隐身人”而存在的，叙述者通过“我”来叙述，但“我”又不能替代作家的观念；那么，它是否与第二种叙述模式相同呢？结论应该说仍是否定，“同视角”

① ［英］鲍桑葵：《美学史》，张今译，商务印书馆1985年1月第1版。

也就是巴赫金的著名“复调”小说理论，叙述者只叙述人物所知道的事情，而《红蝗》的叙述者超越了人物的意识，有一个隐性的作家意识在统摄着人物意识，小说中的“我”是全知全能的无所不知的人物，其中又似乎渗透着作者莫言的叙述视角，就是说，在叙述事件时，莫言似乎与“我”画了等号；而在“表白”时，作者又悄悄地隐退。那么，用第三种叙述模式“外视角”来衡量《红蝗》，显然也不能得出肯定的结论。“外视角”是叙述者比人物知道得少，他像一个不肯露面的局外人。如上所述，莫言作为叙述者并没有做“局外人”，作者用一种宏观的意识把握着“我”，当然作者牵动的这根线你只能感觉到而不能清晰地看到。也就是说，“我”与作者之间有时是相交的，有时是不相交的，在小说中有可能找到他们之间的交点，有可能找不到两者之间的交点，这种现象就像月食日食一样，当你看到现象时，那只是阴影的相交。莫言就是这部小说叙述者的一个虚幻的阴影。

如果说，莫言在《红蝗》中对叙述模式有所突破的话，也就是说，他作为一个“隐身人”，对丑的描写是呈现出什么样的审美心境呢？这可能是一个很难回答的问题。

倘使说莫言推翻了前人的审美规律性——那种仅仅把丑看做是美的衬托物而存在，那么《红蝗》的意义可能就局限于使丑转化为美的轨迹中去了。然而，正是作者用不可知论的哲学观念来观照美与丑，使美与丑失却了价值判断，才使人们认识到美与丑的判断原是人为的。那种独特的与众不同的感觉正是莫言否定一种人为的做作美和肯定一种原始的本色美的逻辑起点。这可能便是一种对现代物质文明下的变态美学观念的反讽和对原始生存状态的美学精神的眷念的“后工业社会”人的超前审美意识的裸现吧。如果将丑做如下的定义是远不够的：“丑是这样的事物的审美特征，它的自然的（天生的）条件在社会发展及其生产的现代水平下具有消极的社会意义（虽然对人类没有严重威胁），因为包含在这些对象里的力量已被人掌握并从属于人。”① 如果丑的内容一旦重新被发现和认识（我是指描写的内容），它成为一种富有新的历史观的内容，那么，丑必然会向美

① ［苏］鲍列夫：《美学》，乔修业、常谢枫译，中国文联出版公司 1986 年 2 月第 1 版，第 149 页。

的方向转换，也许，另一种审美价值观念随着时代的前进而改变其运动的方向，这就是美与丑的倒错与互换。

出于历史的和现实的种种原因，莫言不敢也不能够用一种明确的叙述模式将这种审美价值判断的迁移表示出来，于是他才采取了“隐身人”的叙述形态。

四

毋庸置疑，从《透明的红萝卜》开始，乃至文学界公认的佳作《红高粱》，一直到《红蝗》，莫言逐渐把丑的描写当作一种无可阻挡的强烈欲望，发展到了“毫无节制”的地步。他把遍布于自然界的丑作为一种神圣的炫耀，使一般阅读者感到的不是滑稽与可笑，而是恐怖与恶心。究竟是作者的错还是读者的错？我以为只要阅读思维方式加以改变，转换一下视角，从丑的负面来观察丑，也许会得出另一种感觉和印象。“因此看来，通常参与美的丑只是我们不妨称之为表面上的丑的东西，换言之，只不过是乍看之下使毫无经验的知觉感到吃力的一种相对的复杂性或狭隘性而已。看来，在一个能够正确欣赏的人看来，它在事实上永远不作为丑而呈现出来。”① 须得强调的是，使我们对这种新鲜的审美经验感到吃力的原因就在于几十年来，甚至上千年来，我们习惯了一种单向的对美的审美经验感受知觉，而对一种新的相反的审美经验出于狭隘性和保守性而表现出巨大的排拒力。这是现代审美观念不断进步中的可悲现象。你如果不能感受到丑的转换——这种转换须得读者自行完成，你就不可能进入整个作品的特定氛围和境界。相反，如果一旦你感受到了丑的转换——这种转换依靠你自己开拓审美思维的空间，那么，对于作品的理解，你就可以超越原有的审美经验，走上一个新的飞跃，同时，你也超越了作品本身，也超越了作者所提供的形象与意象的范畴。丑是美的变异，只有你在阅读过程中不断地转换，才能得到最后审美价值的确证。

这个“毫无节制”的莫言确实闯进了一个既涉及内容亦涉及形式的“禁区”内，他似乎带着“嬉皮士”式的亵渎意识走进了文学的神圣殿堂，

---

① ［英］鲍桑葵：《美学史》，张今译，商务印书馆1985年1月第1版。

像孙猴子那样，吃了仙桃还要拉出一泡漂亮的屎来摆在蟠桃宴的供桌上。他塞给读者的究竟是什么？难道就是“高密东北乡庞大凌乱、大便无臭美丽家族的过去、现在和未来”吗？我似乎从“我清楚地知道我不过是一根在社会的直肠里蠕动的大便”的宣告声中感觉到“莫言现象”的来临并非偶然的现象，诸如赵本夫亦一反过去的常态，在《涸辙》中对自然丑表现出一种貌似很虔诚的颂扬，少鸿的《梦生子》里对丑表现出的一种惶惑的审美意识……这些是否孕育着一个审美价值判断的整体迁移的风暴？

《红蝗》这个亵渎神话的出现有历史的必然性吗？它的意义可否作为文学史的一个有意义的现象存在呢?!

1988 年 4 月 5 日—6 月 6 日草于扬州“苦行斋”

（原载《文学评论》1989 年第 1 期）

天然的歧途

——莫言作品侧识

李德明

“上帝死了!”尼采十九世纪的狂呼呐喊响彻二十世纪八十年代末期的中国。偶像的打碎，整个价值系统混乱不堪，一切有待重估并可能选择重建，文学的认同终于使稍后的中国文坛被激活内力。莫言和莫言们乘势在一九八五年前后“领骚”文坛。他们抛弃了“上帝”或者他们心目中根本就没有“上帝”。文坛被“爆炸”了。

神兮兮的《透明的红萝卜》，黑孩这个沉重的精灵立刻攫住人心并使所有的人都把恐惧掩在不动声色的面具后。民族精神之可怕与伟大、委顿与旺盛、崇高与颓唐……都通过一个“畸形而早熟”的幼小生命而传达出来。而且传达出一丝文学的希望。《红高粱》的杂种们更是以其野性的精血挥洒出满天的腥风血雨，使中国人都像被剥了皮的“罗汉”瞧着自己“肉核”的货色。责难与赞赏齐鸣，诅咒贬斥终被颂扬叫好淹没。批评家们“喜欲狂”的奖掖，莫言纵然再“静”也抵挡不住这涌动的大力。他的潜能与欲望终于获得了宣泄的契机，以至不顾怜惜“百病缠身”的肉体和精神而执著于表现，褊狭的心态得不到及时的调整补充以至严重的情感心理结构失衡或者就是畸形变态。他的成功同样让他尝到了写作像挤牙膏皮般痛苦地味道，但他仍然而且必须去喷发，尽管风华已逝，或许他过于自信自我的良好感觉或者无可奈何，莫言沉重而痛苦地让每一个细胞痛苦而沉重的痉挛以哆嗦出几章“好的故事”或几条精美的曲线。他仿佛被分裂了，他同他那一代人浮沉于当代文化痛苦的旋律中。此乃时代通病。《红高粱》续篇及晚近的《欢乐》、《红蝗》等等所呈示的非理性想象力与无意识中迭现的怪诞意象，“现代神话”氛围及由于其反叛思维的惯性与歇斯底里所造成的神秘、恐惧、野性、幻梦甚至病态的艺术效果，那充满破坏意味畸变的艺术形象所暗示的主体内心痛苦与忧郁晦暗的心理，为我们的命题提供了获得确证的契机。“天然的歧途”之必然，不仅是时代价值观念动荡给予莫言的影响所然，更由于主体的素质教养、禀赋、趣味、感受力等特异而然。正如莫言所说：“我写作是为了寻找过去的我，寻找失落的家园。”非常态的童年生活他以超常态的感觉去把握，甚至偏执变态地去寻找。我们在他全部的小说作品中发现，几乎每一部作品都有作者这种“寻找”的踪迹，而且都由“小主人公”们（莫言笔下最成功的人物，我认为这些“小主人公”可与“爷爷奶奶”们比肩）的视角与感觉体验：《罪过》中的“孩子”，《球状闪电》中的“蝈蝈”、“茧儿”、“蛐蛐”，《金发婴儿》中的“紫荆”、“黄毛”，《枯河》中的“小虎”，《透明的红萝卜》中的“黑孩”及贯穿许多作品中的“我”，等等，他们的忍耐、挣扎、痛苦、悲愤、追求、夭折、死亡的命运无不映照出“莫言的”童年。甚至，莫言往往更多地把笔触投在他们乖戾的情绪阴暗心理的刻画上。通过对他们的刻画以及他们或凄惨或死亡的不幸结局及对这种境况的反抗与挣扎的情绪，我们不难看出这种基于“童年的痛苦”所带来的那种“寻求呼喊”的表现欲的动机，也不难看出莫言更无时无刻不受其煎熬纠缠。他们所透露出来的却正是莫言的自尊与自卑杂糅心态在当代文化裂变中的失重。也正基于此，我把这种“天然的歧途”称谓为也是莫言“自造的歧途”。

从《透明的红萝卜》、《红高粱》到《欢乐》、《红蝗》乃至《天堂蒜薹之歌》、《猫事荟萃》等，约可见出莫言心态的轨迹：即由无意识的有意识表现、有意识的无意识传达而滑向无意识的任意宣泄乃至有意识的堆砌。说白了，莫言不能够为“怎么写”做“无米之炊”而陷入了“写什么”的苦闷。可以说，莫言的超越莫言，不仅力不从心，而且仿佛有油尽灯枯之忧。我以《红高粱》为起点和参照，后期作品由于时代大动荡给社会给人的心理情绪带来的影响显得更为突出，而莫言在其中浮沉升降仍然执著于其独异的审美理想自然会有某种同构，一九八五年与今天的文学对于其价值的追求的变异在莫言作品里可以得到较充分的体现。

一九八五年兴起的文化研究热潮，在宏观上适应和催化了小说自身艺术的发展。《红高粱》继《透明的红萝卜》迸现文坛，不仅确立了莫言的位置且显示了他对民族心理特异的发掘与思考。在他看来，人的悲剧性之不可避免恰恰在于古老的理性秩序等“成熟的”文明规范形式对于人的感性生命的阉割与窒息，而这也正是人类自身在“文明进程”中的追求同时自我虐杀或相互残害所酿的苦果。因此，莫言以尼采式的呐喊与野性的激扬呼唤打碎枷锁恢复人生人性的原貌，可谓发聋振聩。但他试图从传统文化中去寻求精华以铸造新的时代理想人格，这仿佛是从文化观念形态对民族对人的思考，虽承继了但没有超越“五四”同一主题的深度。一定程度上说，他们未脱出传统的藩篱。尽管我们今天正面临着建设“新文化”的课题，而这种新文化绝不会脱离传统文化。一九八六年以来，商品经济大潮如冲决大堤般涌来，原有的、现有的价值观念又一次被打碎或陷入混乱呈混沌状，这本来可能使中国有可能真正转入一个“新生”的历程，然而由于其前提的死而不僵，人的解放仍处于政治痼弊之下。但无论如何这种经济体制的调整给社会带来的却是空前的大动荡。各种价值体系规范又一次“失范”，时代情绪心理的骚动更为剧烈：困惑、彷徨、迷失、厌倦、放纵、恐惧、悲观甚至绝望，这不仅与莫言对童年的迷乱显然有暗合之处，更使莫言获得了传达这一时代情绪心理的通道。正是这一当代精神现象的普遍状态与莫言特异的心态契合，使他有理由宣泄。但是，对于人的生存阻碍，莫言除了抽象地显示爱憎却无力鞭挞，只好在辉煌的野性张扬中去装模作样地对城市文明讥嘲鄙夷或者恐怖疯狂的宣泄表现中使我们感到了极致的荒涎。

（原载《文学评论》1989 年第 2 期）

红高粱家族演义

［香港］周英雄

莫言的《红高粱家族》一共有五章：《红高粱》、《高粱酒》、《狗道》、《高粱殡》与《奇死》。坊间选集大抵仅收《红高粱》，而张艺谋赢得柏林国际影展金熊奖的《红高粱》，所根据的大致上也仅限于《红高粱》及《高粱酒》两章。本文所要谈的牵涉整个长篇，原因很多：一来小说原版中自称："这是一部作者奇特、内容奇特、形式奇特的探索性长篇小说。"而莫言在书后的跋说得更清楚："写完《红高粱家族》第五章，我就匆匆地把五章合一，权充一部长篇滥竽充数了……虽没写好长篇，但也确想写好长篇。"莫言自谦，因此有滥竽之说，但跋中一席话正显示出这部小说是个长篇。而作者自称其中含有若干伏笔，留待日后"完整地表现这个家族"。当然，这句话也显露出作者自己撰述史诗的野心，而《红高粱家族》也绝非断简零篇，随兴之作。上述两个外证或许不足以令人折服，本文因此想试就五章的内涵与形式，说明《红高粱家族》不仅是个长篇，还是一部很具现代特色的演义历史小说。小说企图透过红高粱家族的族史，来探索中国人在历史新旧交替期间，所遭遇的种种人性问题。

先谈长篇。莫言在跋里很洒脱地说："长篇无非是多用些时间，多设置些人物，多编造些真实的谎话罢了。"也就是说，长篇靠时间、人物与情节的交织而成，效果多元，有异于短篇的凝聚统一。此地我想就这个长篇，其中时间、人物与情节的特点，略加探讨，并突出这个作品的历史演义特色，以及其背后的涵义。

有人按叙述事件的距离，而把叙述体分三种：写实小说、历史小说与神话。写实小说记载的是第一手、切身的经验，作者透过各种叙述人的眼、口，企图叙述、诠释亲身所见所闻的事件。历史小说叙述的是一个比较遥远的社会，当时发生的事物与目前的事物势必有相当的出入，这点容后再谈。至于神话，它描述的往往是远不可及的时代，当时混沌初开，人类的所作所为都为了生存，与现代人繁文缛礼有天壤之别。这种三分法显然有它的局限性，因为其他的不说，叙述人与叙述事件的距离，不一定是客观的历史时间，心理的时间往往更加重要。而神话与历史小说在当代重演的例子，更多得不胜枚举。不过这种分法毫无疑问有它的好处，令我们正视叙述人叙述故事两者之间，价值观念、意识形态的差异。具体而言，故事中的“我”叙述的是有关他爷爷、奶奶等人“最英雄好汉最王八蛋的历史”。他的祖先敢作敢为，有骨气；相形之下，现代人却懦弱无能，伪善，“我逃离家乡十年，带着机智的上流社会传染给我虚情假意，带着被肮脏的都市生活臭水浸泡得每个毛孔都散发着扑鼻恶臭的肉体”。（第462页）他的祖先与红高粱共存亡，敢爱敢恨，甚至不惜与狗类认同；现代人相形见绌，孱弱、胆小宛如家兔。（第48、450页）两代之间的差距正是这本小说所要突出的一大主题，而历史演义也正是突出此一主题的有效艺术途径。这种文学形式给予作者前瞻后顾的自由，并透过前瞻与后顾而对人性以及历史做面面俱到的认识与检讨。这部小说可以称得上是近年来探讨中国历史、国民性格与文化的一项力作，其中探讨的问题足以令人一新耳目，而小说的意义也绝对超越了它表面的“异国情调”，与违情悖礼的情节。

故事从一九二三年奶奶结婚当日开始，到一九七六年爷爷去世才告结束，其间五十多年可以称得上是中国社会转化过程中，最具关键性的年代。一九三二年国共和谈开始，整个国家其实尚处于军阀割据的局面，而边远地区更成了三不管地带。故事发生于高密东北乡，当地土匪与各党派游击势力，甚至地方的衙门势力等等，在日军入侵的威胁下，互相结合利用，如此你争我夺，永无休止。故事到了一九四一、一九四二年达到高潮，并以一九七六年爷爷死亡，“文化大革命”结束而宣告完结。

故事中的“我”诞生于一九五四年（早生于莫言两年），故事大半截按常理是他无从知悉的。作者并未告诉我们，“我”的故事来自何处（爷爷？奶奶？父亲？母亲?），而“我”对过去的一切，似乎一目了然，也更令人无法理喻。其实，不可理喻的东西不仅如此，连他自己对叙述角色都抱怀疑的态度，因为他来到父亲的墓上，撒了一泡尿，然后大声高唱抗日歌曲："高粱红了——日本来了——同胞们准备好——开炮开炮——"而我们都知道他生于一九五四年，对于抗日可以说一知半解，也正因如此，他又说："有人说这个放羊的男孩就是我，我不知道是不是我。"尽管如此，这个故事无疑是经由他口中道出的。事实，他不仅叙述故事，他对故事的了解，几乎是达到了全知的地步。举个例子说，爷爷与奶奶骑着骡子去打野兔，打了野兔回家加菜，叙述人接着告诉我们："奶奶的后槽牙缝里，夹着一粒高粱米粒大的铁砂子，那是吃野兔肉时塞进去的，怎么抠也抠不出来。"说话人对历史人物的一举一动知之甚详，而《红高粱家族》有些地方比实录还来得翔实。至少实录很少触及人物的心理层面，而说话人说到他母亲倩儿，如何逃避日军而困居井底，他不仅描写出井底的阴湿与漫长的等待，连母亲梦见自己生了翅膀，飞出井口的内心事件也都逃不出说话人的意识。这种叙述本领到底如何解释呢？

西方人对历史有一种看法，认为历史之所以可靠，乃是因为人从古迄今都有理性，因此前人所作所为，后人都能凭常理一一推断。可是红高粱家族（包括爷爷、奶奶、二奶奶、父亲、母亲、罗汉大爷、家中的五条狗，甚至红高粱地等等）都非凭常理可解的人物。他们甚至是反理性的，因此后人能否一清二楚说明个中之缘由，可就大成问题了。按理说，《红高粱家族》这么一个叙述体能否成立，基本上就很值得斟酌。

这个问题其实并不难。"我"身为爷爷与奶奶的孙子，父亲与母亲的儿子，所谓血浓于水，先人所作所为，后人理能了解。"我"的幻想追着父亲的幻想，父亲的幻想追着爷爷的幻想。此外，前人的行为固然悖乎常情，可是却逃不出历史发展的大原则。故事一再强调：个人的行为尽管再乖异，但自然与历史的轨迹仍然是清晰可辨的。爷爷深信天下分久必合，合久必分。再说作者也同意，土匪有土匪的天命，爷爷当土匪并非想钱财，而是"他想活命、复仇、反复仇、反反复仇，这条无穷循环的残酷规律，把一个个善良懦弱的百姓变成了黑手毒辣、艺高胆大的土匪"，而"日满则仄，月满则亏"的原则仍然有效；爷爷领导铁板会盛极一时，终于在奶奶的大殡中，中了曹梦九的离间计。我们其实只消将耳熟能详的正史，稍稍加以变动改写即成《红高粱家族》，而红高粱的家族史，也不妨当一部错体的正史阅读。阅读错体的正史促使我们对正史有更正确的认识。古人说正史不外乎一部部的相斫书，而莫言这部小说厮杀的情节岂不与正史不谋而合？再说从演义的观点看，按金人瑞（或毛宗岗所伪托）的《〈三国志演义〉序》所云："作演义者，以文章之奇而传其事之奇"。(见黄霖、韩同文选注《中国历代小说论著选》，江西人民出版社 1982 年版，上，第 331 页)《红高粱家族》岂不也是"以文章之奇传其事之奇"？当然读者可能会问起有关正史里春秋笔法的道德问题。这个问题并非此地三言两语所能回答，不过春秋笔法往往牵涉到语言的问题，即执笔者何许人，执笔用意何在等等问题，并非黑白判分、正邪殊途那么简单。事实上，《红高粱家族》这部地方志描写的正是一部正反相生，善恶难分的众生相：

> 高密东北乡无疑是地球上最美丽最丑陋、最超脱最世俗、最圣洁最龌龊、最英雄好汉最王八蛋、最能喝酒最能爱的地方。

这个地方的人既"杀人越货"，又"精忠报国"，狭义的道德问题到此地倒变为其次了，最要紧的是，红高粱的家族轰轰烈烈的行为，令子孙"相形见绌"。

血浓于水，"我"的幻想追着父亲的幻想，父亲的幻想追着爷爷的幻想，这点上面已略略谈过。而动乱过后，红高粱家族历经穴居生活之后，历史的遗产会顺理成章传递给后代，"到时候父亲就会舞着那只幸存的独臂，迎着朝霞，向着母亲、哥哥、姐姐、我，飞跑过来"。也就是说，历史奔向现代，要求现代加以接受、承认与诠释。

话虽这么说，历史如何由过去奔向现代倒并不容易。我们上面说过，普天之下皆有理性，因此过去与现代之间畅通无阻。这种历史哲学无疑太过简化。历史的事件固然有表象，而史家只需多看多听，多加研究，原则上都能将过去的轮廓勾勒清楚。《红高粱家族》尽管叙述跳跃，时间反复颠倒，叙述人即兴说书，追求叙述效果的统一，而不计较时间与因果的机械结构，不过大体说来，故事的历史纹路还是相当清楚的。爷爷十六岁那年因他母亲与和尚私通，而杀了人，之后二十岁那一年参加"婚丧嫁娶服务公司"，一九二〇年因为綦家出银一千大洋而受辱，之后他遇上奶奶(这年为一九二三年)，一九三九年抗日，一九四一年加入铁板会，势力达到高峰，不久之后也就兵败被俘，之后有一段时间人在日本北海道穷荒僻壤里，一九五七年由地洞里跑出来（所指为何不详），而终于一九七六年死亡。年份固然可以理出头绪，甚至日期都可以查考到。此外爷爷的个人历史可以查考，整个高密东北乡的历史也略有记载。比方说一九四一年，高密东北乡呈现了一片安宁气象，可是在其他地区，抗日战争都已达到空前残酷的阶段，而当地各种党派的冲突也是如火如荼。由此可见，历史事物的外象，只要经过理性的研究与诠释，并不难重建。

可是事物另有内相。内相外人不一定全能体会，更何况内相羼杂有许多非理性的无意识成分。从这个观点看，血浓于水，《红高粱家族》由爷爷的孙子口中道出，可以说是理所当然。不过这并不表示个个孙子都有写他爷爷历史的本事，莫言笔下的“我”所使用的叙述策略，使得“我”拥有特殊的视角，让他淋漓尽致，娓娓道出红高粱家族史。

论视角，历史学家与历史演义作者看待事物有异于一般常人。他们一方面能看穿事物的内相，看透事物的深层因果关系，甚至掌握事物长远悠久的来龙去脉；另一方面，史学家或历史演义作家看事物，往往着眼于它的未来性。他们不像常人，看事物不做单独、孤立的处理，而往往把它与将来事物结合，并进而了解到过去事物的将来性。〔关于此点，请详参 Arthur C. Danto, Narration and Knowledge (New York: Columbia University Press, 1985年), 第285—297页〕

换句话说，“我”一开始叙述爷爷、奶奶、罗汉大爷与父亲、母亲的历史，他早就知道事物将会有怎样的收场。举个例，爷爷带他儿子带着五十块银洋进县城买子弹，这时作者告诉我们：“五天之后，这里（指村子里）的一切都要在战火中化为灰烬。现在是一九三九年八月初十……”作者指的正是八月十五日军在村子里大肆屠杀。这件事几乎使村里人种灭绝，也几乎使村里的狗成了丧家之犬。诸如此类的预言性文字，历史小说中相当常见。

再说故事的主力集中在一九二三年至一九三九年之间，但一九三九年之后有一九四一年（这一年有爷爷与江小脚、冷支队长、曹梦九之间的四角矛盾），以及一九五七、一九五八，甚至一九七六年等等。作者欲语还休，似乎暗示红高粱家族的早期历史，与一九四一年之后的民族社会史有密切因果关系，换句话说，按他跋里的话，过去的历史布满伏笔，“这为我创造了完整地表现这个家族的机会，同样也是表现我自己的机会”。

所以鉴古而知今，人唯有了解过去，才能了解现在与将来，而了解过去也就是了解过去的将来性。这问题超越了历史的本体（指过去发生了什么事），而与历史的认识（指人如何认识已发生的事）更有密切关联。人看历史，或读历史演义固然是一项创造性与表现性的行为，但能创造与表现的人不仅限于作者或叙述人，连书中的人物都能创造历史。爷爷、奶奶，甚至罗汉大爷都凭一己顶天立地，蔑视世俗的行动来塑造自己的历史。作者描述单家灭门血案发生之后，奶奶着人将屋里屋外清洗消毒过后，如何一展她剪纸技艺，剪出蝈蝈跳出牢笼的图案，象征重获自由。她还用超现实的手法，剪出一只梅花小鹿，背上生出一枝红梅，寻找它无拘无束的美满生活。作者认为这是奶奶“大行不拘细谨，大礼不辞小让”。他的创作天才，足以让文学家自惭形秽。奶奶一生敢作敢为，而奶奶在死的一瞬间，对生命仍然采取主动：“奶奶三十年的历史，正由她自己写着最后的一笔，过去的一切，像一颗颗香气馥郁的果子，箭矢般坠落在地，而未来的一切，奶奶只能模模糊糊地看到一些稍纵即逝的光圈。”奶奶生的意志如此强烈，以致真诚动天，她死前回光返照，父亲见景大叫：“娘，你好了！你不要死。”

人物创造历史，叙述人也同样透过诠释创造历史，经过“我”的创造，爷爷他们那一代人的历史既光辉灿烂，又卑鄙可怜，这点小说一开始即已说明。叙述人除了解说外相之外，也就过去事物内相做一番哲理的诠释。父亲对事总是比较清醒，也因此缺乏哲学思维的深度。爷爷相反的却执著于某种意念，思想往往“凝滞在一个点上”，“其他的景物他视而不见，其他的声音他听而不闻”。“我”眼中的爷爷显然是经过理想化的人物。换句话说，爷爷这个人物乃是他孙子口中创作的作品，与他本人多少有出入，而作者莫言本人多少与叙述人相认同。书前的献言亦庄亦谐，召唤祖先的灵魂：

> 谨以此书召唤那些游荡在我的故乡无边无际的高粱地里的英魂和冤魂。我是你们的不肖子孙，我愿扒出我的被酱油腌透了的心，切碎，放在三个碗里，摆在高粱地里。伏惟尚飨！尚飨！

此地的“我”与书中的“我”并非同一个人，可他们对祖先的景仰可以说是一致的。

先说前者，故事发生的地点，不是在高粱地，就是在村子或县城里头。村子里固然有自发性的抗日活动，不过基本上，村子与县城里有法治的体系，曹梦九（曹青天）凭用厚底鞋打人屁股或嘴巴，而声名大噪，可惜他的司法观念落后、狭窄，因此他的司法固然可以还人公正——如开鸡膛验明乡下女人为吴三老所冤——可是他禁烟、禁赌、杀土匪的律法，在当时内忧外患的中国，对百姓毫无帮助。而曹梦九末了甚至用计消灭了各个地方势力，无形中给予抗日大业很大的打击。相反的，高粱地海阔天空，生命有最卑微的层次——如奶奶出嫁途中，匪徒拦路遭轿夫击毙，尔后尸体在高粱地发烂；又如野狗在高粱地里抢食人尸，父亲率众杀狗。可是高粱地里发生的，却都是顶天立地、轰轰烈烈的大事，衬托出人类的活力与尊严。罗汉大爷跟爷爷家的两匹骡有相当的情感，他们一起在日军枪口下被迫修路。罗汉爷爷逃亡之后，一片爱心，想把两匹骡子也带走，没想到骡子不认旧人，踢了他一脚，罗汉爷爷无名火起，用铁锹把一只杀了，把另一匹伤了。为了这件事他被捕，并被凌迟示众，过程可以称得上触目惊心。人性于此已沦为兽性，处理手法也与西方自然主义中的生物决定论相去不远。

尽管如此，在场的女人“全都跪到地上，哭声震野”。而“当天夜里，天降大雨，把骡马场上的血迹洗得干干净净，罗汉大汉的尸体和皮肤无影无踪。村里流传着罗汉大爷尸体失踪的消息，一传十，十传百，一代传一代，竟成了一个美丽的神话故事”。

诸如此类的神话故事，在奶奶中弹临死之前也出现过。奶奶临终前张望着头上的高粱，与高粱顶上的青天，青天里有一群白鸽飞翔而下，奶奶与它们说着话，表示不愿意离开它们。这时她又感到：

> 最后一丝与人世间的联系即将挣断，所有的忧虑、痛苦、紧张、沮丧都落在了高粱地里，都冰雹般打在高粱梢头，在黑土上扎根开花，结出酸涩的果实，让下一代又一代承受。奶奶完成了自己的解放，她跟着鸽子飞着，她的缩得只如一只拳头那么大的思维空间里，盛着满溢的快乐、宁静、舒适、和谐。奶奶心满意足，她虔诚地说：“天哪！我的天……”

高粱地不啻人间天堂，而一群年轻女人把奶奶身体抬走时，“高粱地恍若仙境，人人身体周围，都闪烁着奇异的光”。

当然，这并不表示高粱地就等于乌托邦。尽管爷爷与奶奶在高粱地里野合，“为历史抹上一道酥红”；尽管高粱嘲弄奶奶，而高粱可以酿酒，奶奶的血液也带有很重的酒味，高粱可以当药，高粱救了爷爷父子二人的命，可是高粱本身也是苦难的象征。奶奶的死也就是高粱的死。奶奶临死之前耳闻日军机枪扫射，“高粱齐声哀鸣，高粱的残破肢体呈直线下落呈弧线飞升……”高密东北乡的乡民打游击，往往以高粱田为掩体，日军因此厌恶高粱田。有一次爷爷与父亲躲在高粱田里，日军骑着洋马横冲直闯：

> 父亲看到他用马刀把高粱穗子劈下来，有的高粱无声无息地头颅落地，连站立的棵子都纹丝不动；有的高粱哗哗乱响，被砍折了的穗子喑哑地哀鸣着歪向一边，悬挂在茎叶抖颤的秸秆上；有的高粱则以极度的柔韧顺着刀前倾，又随着刀后仰，像粘在刀口上的一捆麻线。

高粱的命运与人的命运似乎已结合为一体，而随着人种的退化，纯种的高粱也逐渐为杂种高粱所取代（据云张艺谋拍《红高粱》电影时吩咐用纯种高粱，但底下的人偷工减料，用的种子有一半是杂种高粱，杂种高粱高度不够，无法配合情节需要，也无法衬托出高粱的象征意义，张艺谋只好用另一半的高粱田当实景）。这时“我”感慨系之，他再也看不到往昔八月中秋高粱谱成的一片血海。现在包围着他的竟是一片杂种高粱：

> 它们像蛇一样的叶片缠绕着我的身体，它们遍体流通的暗绿色毒素毒害着我的思想，我在难以摆脱的羁绊中气喘吁吁，我为摆脱不了这种痛苦而沉浸到悲哀的绝底。

高粱控制人的思想，也多多少少控制历史的发展；高粱可以说已植根于中华民族的民族意识里。这时叙述人听到一个声音，像是他祖先的声音，对他“发出了指示迷津的启示”，要他净化他“可怜的、孱弱的、猜忌的、偏执的、被毒酒迷幻了”的灵魂，并说：

在白马山之阳，墨水河之阴，还有一株纯种的红高粱，你要不惜一切努力找到它。你高举着它去闯荡你的荆棒丛生、虎狼横行的世界，它是你的护身符，也是我们家族的光荣的图腾和我们高密东北乡传统精神的象征！

高粱其实超越人的历史，它永远维持着它那原始的，甚至是反文明的生命力，不受人类盛衰兴亡的影响：

多少年后，这些地方的土壤还是无比肥沃，种在这里的高粱长势凶猛，性格鲜明，油汪汪的茎叶上，凝聚着一种类似雄性动物的生殖器官的蓬勃生机。

如果人的植物性与高粱认同，那么他的动物性可就常常与狗认同。当然，书中的动物除了人与狗之外，另有兔子、虱子与黄鼠狼等等。兔子、虱子是作者自嘲，指我们这一代软弱无能、思想干瘪，两者与狗类相形之下有所不及。至于黄鼠狼，我们都知道它与狗同类，何况它出现的时间与日军奸辱二奶奶这件事几乎是同时穿插进行。一九三一年二奶奶去高粱地里挖苦菜时，看到一只黄鼠狼，站在坟顶上挥动前爪向二奶奶叩拜，二奶奶因此神志昏迷，倒地乱叫，村里的人都说她给黄鼠狼魅住了。事后黄鼠狼竟然找上门来滋扰二奶奶，因此给打死了，血液也溅满了门扉。后来日军攻入咸水口村子，破门进入二奶奶房中，二奶奶两眼注视着那道门，看着血迹，想起黄鼠狼的旧事。不过所不同的是这次她不能幸免于难，失了清白不说，末了还旧病复发，死得非常狼狈。作者毫无疑问想用黄鼠狼来影射日军野兽不如的行径。至于狗类，它的意义可就复杂多了。狗的表面意义当然是负面多过正面。日本人在作品中常被比喻为狗，甚至狗杂种。再说“狗道”一章写的无非是狗的劣根性，写狗虽然有攻击人类的集体意识，可是相互之间不信任，不合作，相互偷对方的伴侣，相互勾结、离间等等。可是话又说回来，狗类如此，人类又何尝不如此？上述的狗类劣根性，在书中人物中都可以一一找到例证。比方说，抗日的精神中国人人都有，可是讲合作可就困难重重，爷爷与江小脚、冷支队长相互之间无法推心置腹，以致为曹梦九所乘，并为日军各个击破。而人偷情的故事中也不乏其例，大抵都与奶奶有关。（电影中罗汉大爷离开制酒场，即与爷爷得宠有关。）这么一来人兽之分也就微乎其微了。

当然，人既是“最王八蛋”，也是“最光荣”的，狗也有它光辉的一面。首先，狗与人的命运休戚相关。人的历史与狗的历史也同样无法分割：

> 光荣的人的历史里掺杂了那么多狗的传说和狗的记忆，可恶的狗可敬的狗可怕的狗可怜的狗！

一九三九年中秋节晚上的大屠杀，“使我们村几乎人种灭绝，也使我们村儿几百条狗变成了真正的丧家之犬。”

由于无家可归，人与狗的主从关系也就结束了，而早期爷爷与他养的两条忠心耿耿黄狗的忠诚关系也就不再有了。有意思的是，爷爷家的三条新狗——红狗、绿狗与黑狗——从此与主人反目偷食死尸，对传统极大不敬不说，它们还攻击人类，并甚至差点将余家的香火给弄断了。

不过，狗有狗光荣的历史，奶奶在世时狗不比人差，与人共葬一穴。而即使与父亲斗争的狗群，它们躲闪人类致命的武器，也有相当的一套本领，并善用各种策略。而在反奴役的“报复”战役中，“我”家三只狗更“把这种原始的朦胧冲动上升到理论的高度……对这一系列行动进行理性思维……”它们的进攻循的是“辩证法”的战法。

当然，狗忘恩负义，翻脸不认主人，吃死人肉等等都值得批评，可是作者对它们的态度也并非全然否定。比方说父亲病后完全靠吃狗肉滋补来恢复元气。而狗吃人，人吃狗，人狗岂非不分？（情形与鲁迅笔下的狂人相同）父亲后来变成个彪形大汉，杀人不眨眼，据说与吃狗肉有关。而父亲与爷爷穿了狗皮，“白茬子朝里，毛儿朝外，三分像人七分像狗”。这都证明作者视人狗同等，无意塑造人为万物之灵的理想形象，而“狗道”与“人道”也并非黑白判分。

拿高粱与狗类来与人相喻，基本上属于夸张的修辞，若干读者可能不以为然，不过作者似有他的苦心，希望以奇喻正，用夸张，甚至不合常理的情节、意象来点出社会建制的腐败无能（包括司法不公正、军事混乱无能、财政岌岌可危等等），这点稍后再与历史演义相提讨论。此地再回到修辞的问题。夸张可分两类：比喻与换喻。作者以高粱、狗类比喻人类的苦难与人类的劣根，这种做法即属前者。相反的，作者偶尔也会穿插若干出人意表的写实情节与意象，如爷爷在酒坛中撒尿——电影中父亲在埋在路面下，当做陷阱的酒坛中撒尿——目的乃要出奇的手法达至目的。说得更明确些，爷爷骇俗的行动，从象征层次上言，乃是要彻头彻尾改变单家世代相传，因为单家到了末代业主得了不治的麻风病，家道眼看就要无以为继了，这时爷爷以土匪的行径出现，篡了单家家业不说，还以令人错愕的行动，有意无意之间，中兴了奶奶的家业。另一个换喻的实例描写奶奶有一次带父亲去村里扔死小孩的地方，事先奶奶做了一杆秤，秤上刻了押花会（即一种彩票）的三十二个花名，到了之后，奶奶就找了一个死婴秤重，然后看秤砣放在哪个花名上，当夜奶奶押了一笔钱在“牡丹”上，可惜开了奖却是“腊梅”，奶奶因此生了场大病。这些情节、意象往往骇人听闻，可是作者透过爷爷、奶奶的口中，认为这一切都是天意、天命，个人的行为不论如何怪异，也都为天意所容。

也就是说，个人行为不论如何怪异，广义而言也只是率性而行，因此符合天意，与当时历史上社会政治之建制，以及他们的倒行逆施、日军蹂躏之中华河山相比，书中人物的独立特行，严格讲，并无任何出轨之处。

谈轨迹，我们不能不谈谈历史演义。所谓历史演义当然有异于客观的历史——姑不论历史是否有客观这么一回事。西方的历史小说往往把着眼放在次人物的身上，看他们的遭遇如何反映时代的总体变迁。〔详参 Georg Lukais: The Historical Novel（Harmondsworth: Penguin Books 1981)〕中国的历史演义小说却往往着墨于大人物的行为与思想。它与正史最主要的差别，乃是正史为人物个别立传，而历史事件则另立条目处理。相反的，历史演义小说，比较侧重人物与历史事件的整体动态关系。相形之下，历史演义小说比较侧重个人对事件整体的影响力。而谈个人，历史演义小说一方面固然神化英雄人物，如诸葛亮神谋远算的形象，即比较接近平话本里撒豆成兵的师传，而与《三国志》中鞠躬尽瘁的诸葛亮有相当的出入——《三国志》的诸葛亮主要功劳乃是他与刘备共同筹划出来三分天下的计谋。可是小说着墨人物，往往也勾勒出人物罕为人见的一面。夏志清论中国古典小说，即曾指出罗贯中笔下的关羽，为人忠心耿耿，但心胸往往不够舒坦，往往为名而草率行事。〔详参 C·T·Hsia，The Classic Chinese Novel（New York Columbia University Press，1968）〕

《红高粱家族》不妨从演义的观点来读。书中的笔触不乏说话的风格。王乱子对爷爷的一席进言就值得全文抄录：

> 余司令，我自幼熟读《三国》、《水浒》，深暗谋略，胆大如鸡卵，苦无明主报效。原以为黑眼是条英雄好汉，便抛家弃舍，投奔他门下，原欲乘长风破万里浪，建功立业，封妻荫子，谁知这黑眼蠢如猪、笨如牛，无勇无谋，一心一意只想保全他在盐水口那一亩三分地。古人云：珍禽择佳木而栖，良马见伯乐而鸣。我想来想去，偌大个高密东北乡，只有余司令您是个大英雄，因此我串通了数十个弟兄，一齐发难，要黑眼请您入会，这叫做引虎入室之计。你在会里效越王勾践，卧薪尝胆，争取同情和声望，而后小弟伺机除掉黑眼，然后扶您为主，改换门庭，严饬纲纪，扩大队伍，先占住高密东北乡，而后向北发展，占领平度东南乡，再占胶县北乡，三片连成一气。这时，就可以在盐水口设都，亮出铁板国旗号，您就是铁板王。再以后，就派三路兵马，一路攻胶县，一路攻高密，一路攻平度，共产党、国民党、日本鬼子，统统剪灭，力拔三城之后，天下就算粗定了！

爷爷谈不上什么“铁板王”，而“天下粗定”这回事也没能实现。事实上，从政治的观点来看，爷爷的一生可以说是失败的，可是从“人性的光辉”来看，作者认为爷爷是成功的。爷爷不折不扣称得上是个英雄人物。同样，奶奶巾帼不让须眉，撰写她自己的历史。到了父亲的一代可就稍稍逊色了，父亲厌战，父亲只会带头打狗，而母亲只有困坐井底受苦，与爷爷奶奶一代人相比，不可同日而语。而到了叙述人与作者的这一代，也就更谈不上豪爽的英气了。“我”这一代人也唯有回到过去，才能获得勇气，才能不人云亦云，成为一本畅销的《读书文摘》。“我”在参拜过众多的坟墓之后，来到了二奶奶的坟头。二奶奶可能是她们那一代最软弱的一个，可是，“她以诡奇超拔的死亡过程，唤起了我们高密东北乡人心灵深处某种昏睡着的神秘感情，这种神秘感情只有处在故乡老人追忆过去的，像甜黏稠的暗红色甜菜糖酱一样的思想的缓慢河流里才能萌发，生长，壮大，成为一种把握未知世界的强大思想武器”。

《红高粱家族》无论在内涵或在形式上都相当奇特，令人耳目一新。可是要了解其中的真谛，我们不妨从历史演义的观点，看这部小说如何处理过去与现在的关联，如何应用意念的对比来描写人与历史的关系。总体而言，《红高粱家族》表现的是现代精神，使用的也不乏现代技巧，可是小说的哲学基础中也充满了反现代历史观，暗示所谓“种的退化”，令人不免掩卷长思：到底文明的发展指向何方？而理性、爱情、礼教、国家民族等等观念，是不是比我们想象的要来得复杂？值得我们再三思考。

（原载《当代作家评论》1989年第4期）

英美评论家评《红高粱家族》

钟志清

由霍华德·戈德布拉特翻译的我国当代作家莫言的长篇小说《红高粱家族》的英译本，近期已由美国维京出版社出版。或许是文学艺术中所特有的超脱文化特质及语言限制的美感力量，或者是作品本身无意识的特殊结构方式，抑或是作品宣泄出的独特气氛与精神……吸引了英语国家的读者，使之竞相对一度陌生的异域文学的奇异色彩予以瞩目，数家报刊对同一部作品进行评论，仁山智水，各抒已见。本文撷取了其中三家之说。

《纽约时报书评》:

爱情·秩序·陌生的文化

四月十八日，《纽约时报书评》的编辑威尔博恩·汉普顿在自家刊物上发表了关于《红高粱家族》的评论。在他看来，张艺谋根据小说前两章“红高粱”与“高粱酒”改编的电影《红高粱》侧重勾勒整个故事的轮廓，与之相比较，莫言原作的叙述则显得更为生动、详尽。作品始于一九三九年八月深秋，叙述人“我”的爷爷余占鳌正在山东高密县东北乡的高粱地里组织当地村民，伏击日本人。“我”的奶奶给众人送饭，倒在日本人的枪弹下，鲜血染红了黄土地与红高粱。与抗日内容相交织的是写“我爷爷”、“我奶奶”之间疯狂的爱情故事。

汉普顿感到：《红高粱家族》展现出一种混乱的社会生存秩序。整个高密东北乡缺乏有组织的中心管理，村村各自为政，高粱地里土匪猖獗出没。即便人们在同一时期共怀驱逐日寇、抵御外侮之心，也得各立山头，互相倾轧。莫言，这位从高粱地里走出、“文革”间辍学进了工厂的作家，用弥漫着硝烟、血腥与死亡气息的肺腑之言，卓越地再造出那个秩序混乱的特殊年月的生活情形。几乎每一页，都详尽地记述了那个残忍、野蛮时代的恐怖和情绪。日本兵命当地有名的杀猪匠在众百姓的睽睽目光下活剥罗汉爷爷的一幕，其恐怖程度比得上任何有文献记载的战争暴行。

汉普顿还指出，在《红高粱家族》中，莫言通过单五猴子、花脖子、冷麻子、曹梦九等栩栩如生的人物形象，让西方读者了解到中国省区的陌生文化现象。其结果是，他们与莫言一起把高密东北乡安全地放到了世界文学的版图之上。

《伦敦图书评论》：

战争·魔幻·难破译的密码

诗人、评论家D. J. 恩赖特在五月十三日发表文章认为，莫言不遗余力地去精雕细刻血淋淋的战争场面。大到抗日战争，小到乡里纠纷，甚至不吝笔墨地描写人与在吞噬尸体过程中变得十分凶恶的野狗之间的较量。血肉横飞，尸横遍野。人被拦腰割裂，五脏六腑涂地，生殖器被损坏(指父亲的卵子被狗撕出)。狗吞人尸，人食狗肉。动物在人的摆弄下痛苦地挣扎（爷爷和父亲向一只山羊的屁股里塞进五百五十发子弹，赶着它通过封锁线)，人像动物一样被刀俎、宰割。最残暴的，莫过于日本人命当地屠夫在骡马场将刘罗汉的皮一点点剥下，成了一个肉核。“那天夜里，天降大雨，把骡马场上的血冲洗得干干净净，罗汉大爷的尸体和皮肤无影无踪。村里流传着罗汉大爷尸体失踪的消息，一传十，十传百，一代传一代，竟成了一个美丽的神话故事。”中国别的没有，就是人多，血肉的失败实则是一个伟大的胜利。正像书中一位长者所称：中国有四万万人口，即使和日本人一对一地去死，也还有三万万。作品就是这样，通过比比皆是的暴行，再现了那个时代的历史真实。

小说的某些细节，具有拉丁美洲“魔幻现实主义”小说的味道。如：二奶奶恋儿让黄鼠狼魅住，害了魔症，由山人用道家的驱邪术，为她抓妖驱邪。二奶奶被日本兵轮奸后，含恨而死，但她的身体像弓一样弯起来，眼看就坐身而起。她振振有词，不住地破口大骂，叫骂声几乎震破了窗纸。

莫言笔下的红高粱红得像血，或者说是一片血红。它不仅向人们提供了粮食、酒、药物等必需品，也是人们的婚床、尸床、战场、墓地。尽管饥饿而冲突着的一代代人把它们踏倒，而它们又一次次拔地而起。但是，小说的结卷部分却不可思议，难以解释。叙述人逃离家乡十年，重新归来。带着“上流社会”（指的是哪儿？人们不知道）传给他的虚情假意，“带着被肮脏的都市生活臭水浸泡得每个毛孔都散发着扑鼻恶臭的肉体”。他周围的高粱也因与引进的高粱交配，变种，变色，红被灰绿取代。这种高粱产量高，然却缺乏精髓，味道苦涩，造成了无数人便秘。“我痛恨杂种高粱”。此段看起来像一串密码，不容易破译。

其实，恩赖特一直在试图破译《红高粱家族》，他在评论文章多处援引原作的话，旨在向本语系的人释清异域文化中的一些现象与实质。除上述见解外，还有其他想法。如觉得作品中有颇为刺激的单线描写，奶奶的三寸金莲强烈地吸引着轿夫们，比可爱的面孔还要富有魅力，若是做特殊的诠释，那“玲珑美丽的脚尖”可被看做生殖器官。此外，他还从政治、道德、民俗等方面对《红高粱家族》进行了探评。

《文学评论》：

色彩·拼切·省略的话语

保罗·麦金托什在今年第四期《文学评论》上，发表了《让红旗在这里飘扬》的文章，谈及中国文学作品中的人物可以通过色彩和情感来表现。莫言将二者清晰地联在一起。一条鲜红色的暗流贯穿于《红高粱家族》的始终。人们喝着用红高粱酿制的通红香醇的高粱酒，周身上下燃烧着崇高的激情。这激情与中国游击队员、日本兵、土匪、凶手喷洒的鲜血相交融，构成波澜壮阔的地上传说，激发了张艺谋拍摄影片的灵感。

小说的情节涉及叙述人的祖父母、父母，及高密东北乡的村民。“高密东北乡无疑是地球上最美丽最丑陋、最超脱最世俗、最圣洁最龌龊、最英雄好汉最王八蛋、最能喝酒最能爱的地方。”爷爷杀了他母亲的情夫，逃离故乡，诱奸了已为人妻的奶奶，杀了她公公和患麻风病的丈夫。继之，又到酒坊寻找做了女掌柜的奶奶，把她征服，当上酒坊掌柜，后又当土匪。在这期间，父亲出世了。爷爷又引诱了家中女侍，收她做二奶奶。二奶奶被日本兵轮奸而死，奶奶也被日本人的机枪射杀。在多次残杀中幸免一死的爷爷、父亲、母亲等人继续作战……莫言并未使用线性情节推进法，而是将整个故事一块块地切分，在每次事件中间穿插进暴力渲染及一些稀奇古怪的描述：男人的卵子被狗撕出；女人让黄鼠狼魅住中邪；野狗对人发起战争；人向高粱酒坛中小便而酿出醇芳名酒。如此的切分、拼合，大大地刺激了读者的胃口。

作品横亘一九二三年到一九七六年这段岁月，但集中写的是一九四五年之前。其中数不尽的死亡现象，只有一起发生在抗战胜利后。保罗行文中的意思是这里略去了一些东西。他说按照最确切的统计，日本侵华残杀了约四百万中国人，与此同时，还有许多人死于饥荒或政治动荡，作者对此却缄默无言……

此时，评论家的口吻似乎有点酸溜溜的，但是在文章的最后，他仍不否认《红高粱家族》是部“好小说”。

（原载《外国文学动态》1993 年第 6 期）

莫言小说与"印象派之后"的色彩美学

吴　非

色彩是无所不能的。

——凡·高①

莫言理所当然地缺少读者。有一个时期，他的毁誉都出自一样人们并不陌生的东西：感觉。他在小说里大肆地将艺术语言付诸感觉，取代广大读者以往所居之不疑的小说认知解读方式，于是引起陌生感。莫言小说中泛滥的"感觉语言"与西方现代艺术存在着显而易见的默契，从他突出的"色彩语言"与后期印象派美学的比较来进入对他的小说美学的分析，本文以为是最为方便而且切实的。

一

对于画家来说，只有色彩是真实的。一幅画首先是、也应该是表现颜色。历史呀，心理呀，它们仍会藏在里面，……这里存在着一种色彩的逻辑，老实说，画家必须依顺着它，而不是依顺着头脑的逻辑，……绘画是一种"光学"，我们这项艺术的内容，基本上是存在在我们眼睛的思维里。

——保罗·塞尚②

---

① 转引自《世纪末艺术》，天津人民美术出版社 1991 年版，第 194 页。

② 《欧洲现代画派画论选》，人民美术出版社 1980 年版，第 17 页。

当我们注视于色彩美学在绘画史上的演化过程，就会面对着一个高度简化而富于戏剧性的历史对立。从绘画的发生意义上看（对视觉印象的表现），作为形式构成的最基本元素，色与形，应当是共生的。这一点，完全可由原始艺术得到确证。然而在中西画史上，无论是在以达·芬奇的光色理论为圭臬的欧洲传统绘画还是在以骨法用笔、气韵生动为第一义的中国古典绘画里，色的美学意义都没有超出“以色貌色”、“随类赋彩”这一层次。高更曾对此批评道：“人们把学习画画分为两类，先画素描然后画色彩的画，或同此一事，在一个已经准备好了的轮廓里涂色彩，就像一个塑像后加彩色。我承认，我对这手续至今只理解一个，即色彩算做次要的。”① 正如现代绘画的先驱塞尚、康定斯基等人所一再针砭的，形和色之间这种支配与从属的恒定关系，来自人们对于绘画的“故事性”及“意义”（传统观念价值）的第一性关注。

不难感觉到，《透明的红萝卜》、《红高粱》、《红蝗》、《白狗秋千架》、《白棉花》这些作品的制作者在艺术语言上向现代绘画色彩美学的亲切认同。正如这些作品标题的语序所制造的感觉印象那样，色彩感觉在小说的情感——形式结构中常被作为第一性、覆盖性或渗透性、凝聚性的神秘因素，或者从它自身直观“意义”，或者由它启示着某一精神内涵。我们不妨称之为绘画性对文学的占有。这种审美方式的嫁接在小说的形式构成上生成了何种具体形态，正是形式论中有意义的问题。

不过，单方面谈论异类艺术形式间的相互渗透有画地为牢之嫌。那么，还有必要对小说的情况做粗略的勾勒。

二

每个文学家归根到底竭力追求的是什么？他希望他的作品读过之后，产生一幅画立刻产生的那种印象。

——德拉克罗瓦②

① 《欧洲现代画派画论选》，人民美术出版社 1980 年版，第 38 页。

② 《德拉克罗瓦论美术和美术家》，辽宁美术出版社 1987 年版，第 311 页。

苏珊·朗格认为，人类语言是“推论形式”的符号，而人类内在生命——其最高形式即情感活动① ——则永远在难以捉摸地运动着，存在着各种不同的可能性并存而且相互容纳、相互沟通的“无序”状态。对于再现和表达复杂的生命感受，语言遭到了可悲的失败，而各种艺术形式正是应这种表达的需要而诞生。它们具有与情感形式同构的生动形态因而能对后者做直观的呈现。显然，对于舞蹈、音乐这类艺术，朗格的论断显得既简洁又富有说服力。但对于偏偏以“推论形式”为媒介的语言艺术——文学，则未免尴尬，或者说，问题显得复杂。让我们将分析程序做最大限度的简省。首先，肯定这一点并无困难：语言（语言总体，无论是思辨性或描绘性语言）对于表现人类情感绝非绝对无能为力而只是确实显得“贫乏”和艰难。从这一点出发，我们更深切地理解诗人作为艺术家的特殊困难：当他试图对语言加以“运用”时，就必须同手中这个叛逆性的工具做吴刚伐桂式的永久抗争。传统小说对“人”的表现领域极少超过外部行为，对于表现生命现象来说，小说的角度是外视的。“五四”以后，对心理动作的直接表现进入了中国小说。但，甚至至今为止，社会对于“心理活动”的普遍理解，始终牢牢地凝固在“思维”这一概念上：心理活动即思维活动。

从对人的内部世界展示的方式上看，可以清晰地认识到莫言对以往思维范式的逆动。他挖掘着人的感性，但并不依循成规以心理世界的发露去证实外部行为的内在合理性（相反却常常注目于内外世界的矛盾冲突性），而是试图从感性世界自身去发掘和建立意义。这一美学上的异动，或者不一定是对传统小说美学的有意矫枉——毋宁更多地信赖作者对自己独特情感感受方式的忠实——不过客观上正由于这种异动，使莫言的小说语言趋近了现代绘画。

莫言的一个明白坦率的特征成为引起读者困惑的疑难之一：小说的主题在哪儿？几乎每个样品都标有详明的年代、环境，有确凿的人物关系，具体无讹的事件，奇怪的是，这些硬邦邦的部件所合成的整体却几乎无一不显得迷离扑朔，笼盖着虚幻之雾。《透明的红萝卜》这样的小说固然难

① 朗格所说的“情感”为广义，它几乎指人所能感受到的一切。

以坐实究竟“反映”什么样的“社会意义”，那么，《红高粱》就是颂扬了抗日英雄的丰功伟烈么？《金发婴儿》仅为了讲述一个枯燥平庸的军婚故事？《爆炸》是反映计划生育问题么？肯定这些答案显然会构成对人的认知能力的嘲弄。读者不会不注意到：作者对他的故事人物像是抱着漫不经心的态度，人物或则显出怪诞，情节里偶尔掺入一点魔幻气味，或者有时会致疑，是这些东西制造了虚幻。事实上这些都是果而不是因。是更内在的原因使得人物故事必须虚化。因为它们只是被当做一种可以置换的载体、环境及条件，由它们所承载、反映、凸现的是那个至高无上的终极对象：保有所有活性元素的生命感受——如同阳光、大气、土壤和水分之对于凡·高所一再描绘的那株大热的橙色向日葵。显而易见，“向日葵”与“大气”、“土壤”的主客关系在这里正同传统小说美学相反（莫言用“人物”表现“内心”，传统以“内心”塑造“人物”）。

莫言对“感觉”的本质的理解接近苏珊·朗格，即把感觉视为生命力、生命体验的最高形式，因而也当然是人类艺术表现的最终对象。那些难以用逻辑语言描述的、纯粹原生态的感觉直观在小说里的冲撞弥漫，正是这种美学见解在高声呐喊。以感觉的语言宣泄的生命自我感受，这是莫言的第一主题。

三

按照自然来画画，并不意味着摹写下客体，而是实现色彩的印象——有一种事物的纯绘画性的真实——天真纯朴地接触自然，那是多么困难呀！人们须能像初生小儿那样看世界。

——保罗·塞尚①

以下是莫言《枯河》的开始部分：

一轮巨大的水淋淋的鲜红月亮从村庄东边暮色苍茫的原野上升起来时，村子里弥漫的烟雾愈加厚重，并且似乎都染上了月亮

① 《欧洲现代画派》，第17页。

的那种凄艳的红色。这时太阳刚刚落下来，地平线下还残留着一大道长长的紫云。几颗瘦小的星斗在日月之间暂时地放出苍白的光芒。村子里朦胧着一种神秘的气氛，狗不叫，猫不叫，鹅鸭全是哑巴。

虽然从叙述人的眼中来描绘，却非所谓“环境描写”。这是主观感觉，其中带有明显的荒诞性、歪曲性。这个开头是一个反现实逻辑的神秘预感。作品将要表现惨烈而沉重的死亡体验，而读者不难从开始就呼吸到淤血的气息，感觉到死神出现前那种止息一切的冷寂。小说写了一个乡村男孩由于无辜过失而遭受书记和自己父亲的毒打，为了向人间的冷酷复仇，男孩投冰河自尽了。

红色是小说的主调色。血红的月光，赤色的夕阳和“鲜红”的朝阳，父亲红色的眼泪，男孩濒死意识中红色的生命之火……使各种残断支离的痛苦知觉获得情绪上（由色彩激活情绪）的和谐与消化——由此生成美感。主调色的选择容易使人误解为自然主义的色彩联想，即由死亡想及鲜血、想及红色。仿佛正是为了对这种可能的误解显示否定，小说里出现真实的鲜血时，色感反而不是红色：小女孩嘴角流出了蓝色的血液。事实上，众所周知：在中国文明中，直接使人联想到死亡本身的，是白色。

莫言的色彩与情绪间的联系，有意采用原始对立。《枯河》里红色的意义，很容易从原始文化中找到恰当的阐释——“澳洲人既用红色涂身来表示进入生命，他们也用这颜色来表示退出生命。”① 红色在《枯河》里即死亡体验的直觉符号，这种意义的连接正是由人类的原始感觉带来的。寻求色彩与情绪的原始对应，是莫言美学中的一个重要动机，持此可作为解读其色彩语汇的枢机之一。莫言的努力在于把人的感觉从一些僵冷的文化沉积中解脱出来，重归于热辣、鲜活的自由空间。因为这样感受就比过于“文明化”的知觉包含更真实的情感。《红高粱》里同热烈而悲怆的红色对应的是复仇的战争情绪和英雄情绪；《红蝗》中迷狂刺激的红色对应着人的原欲；《球状闪电》里黄绿色火球对应感性生命的狂躁和喧嚣……而这片起于鸿蒙的“原色世界”的感受者，或则为天真未泯的孩童（《透

---

① 《欧洲现代画派》，第17页。

明的红萝卜》等)，或则是混沌未凿的村鄙农人(《红蝗》)。他们既是这多彩天地间的一个部分，又是以自身的浑朴感觉生成这一原色世界的造世者。

四

我在画幅《夜咖啡馆》里用红与绿来表现人类可怕的情调……它们表现出人们的火热的情绪活动……

——凡·高①

色彩感觉不仅激活情绪，更为重要的是它成为情绪在艺术表现中的替代物，情绪的符号。

《爆炸》属于最感觉化的小说。感觉化，不是指感觉描写在量上占有优势的比重，而是指小说结构中如果抽去感觉的部分，其余部分的意义将会极少。这个作品的“背景”是某电影厂导演偕农村的妻子去区医院做流产手术的过程。由家至医院的路程等待手术的过程对于“我”(导演)来说是极其漫长的，它们在一种荒杂的、冲撞的、漫无目的的情绪支配中度过。这段情绪的表现绝大部分诉诸感觉：收音机里引诱着人的下意识的《李二嫂改嫁》，喧嚣的飞行训练，拖拉机、摩托车、爆米花机的闷响，一只狐狸被顽强追逐……读者在通晓了生成人物内心活动的全部条件之后或许会同意：很难找出更有力的方式来替代感觉，表现这里所表现出的情绪。在这里，只有“我”的理性目标是明确的(坚持要妻子流产)，它与躁乱骚动的内心情绪则几乎完全分裂着。扼要地说，“我”的心理混乱产生于“我”与家人间的巨大心理差异，“我”对妻子、父母、已出生和正待流产的孩子的复杂情感态度。这些差异和态度，分别表现于道德、价值观、文化修养以至潜意识、生理反应等等各个层次的心理感受中。厌憎与罪疚、冷漠与责任感、意志的强硬与脆弱、来自血缘的认同感和现时心理的疏离感、对往事的再感受与现实心理的相互渗透……种种情感意向相互否定又相互包容，相互冲突或错位，在各个心理层次中产生、交织并混

---

① 《欧洲现代画派》，第280页。

杂，纠结成一种无法清理的紊乱状态。对于这种心态，作者所应做的，不是"理清"它并做出阐释或告白，而是以其"原生态"向读者直接呈现——这里正体现了莫言对真实呈现内在生命活动的理解。

在这里，语言的困境也就现实地显露出来。首先，这里根本排斥纯逻辑语言的分析解说；第二，以语言形式直接描述情绪本身确存在着极大障碍——两者间缺乏先天的同构关系。"这次第，怎一个愁字了得"，如作创作论观，实是最深刻的经验之谈。因而，文学便产生了表达情绪的各种手法。

对于《爆炸》这种充满内在冲突和无定向运动的紊乱情绪（以概念语言表达只能标志为"烦"），它的作者在梵·高认为"无所不能"的色彩语汇中，提取了一组同形结构的表达语言。

《爆炸》有意运用红、绿色的并置：绿麦穗上大红的蜘蛛；鲜红的摩托车追赶着疯跑的灰绿色拖拉机；狐狸的红火球照亮一片绿草；狐狸飞驰的影子"使柳树立刻绿得厉害"……这些画面，都会使人不觉想起凡·高关于他的《夜咖啡馆》的那一段著名的话。凡·高试图表现夜咖啡馆里使人疯狂和犯罪的"地狱般的"气氛和情绪。莫言的"夜咖啡馆"是他的区医院，《爆炸》里近似凡·高的"红—绿色情绪"，就发生于那所充满生与死的喧嚣、"见神见鬼"的医院。经过配置的红绿色的强硬对比，唤起对两种心理能量之间盲目碰撞、相互破坏的感受，神秘出没于视觉中的火红色狐狸，隐喻着下意识对理性的干扰和诱惑。这正是对这篇题为"爆炸"的小说所绘出的特定情绪最精确的把握和最鲜活的形态表现。

五

"诗"，人们或者可放在头脑里，但永远不该企图送进画面里去，如果人不愿堕落到文学里去的话。"诗"会自己到画面里去的。

——保罗·塞尚①

① 《欧洲现代画派画论选》，第17页。

在《透明的红萝卜》中，色彩被表现为美本身而直接闪烁着诗意的光焰。它以自己在艺术范畴中的本质意义（美）而与作品的文学意义相衔接。

无名的黑孩仿佛是《枯河》里死去的男孩的幻影，但却更空灵，更纯粹，这是作者刻意塑制的一个诗化的灵魂，一个精灵。如同一个异类的小动物，他在冷硬、扰攘的人类世界野蛮、孤独而强硬地活着。这一天，黑孩在充满屈辱和温情、敌意和爱恋、骚乱和枯寂——对这一切他近乎麻木地视而不见——的河闸工地上倏然间发觉一簇奇异的光亮：有一个金色的红萝卜。这个灵物般的红萝卜，其意义显然不止于显露它直接的情绪感染力，作者抒情地采用童话语言，让它在黑孩眼里呈现为神秘的、主观性的透明金色，分明在暗示它的形而上的崇高意义。可以认为，它象征的是带有朦胧和抽象意味的精神亮色。这种精神现象常为诗人所感受和表达（如华兹华斯)。《透明的红萝卜》就是以“美”的诞生象征着精神亮色在人间的显现。金色的红萝卜意味深长：它（美）体现着人与自然的悠然默契、和谐有序状态，它在黑孩的灵魂里出现，深刻地照射和否定着他周围世界的无序纷扰。世俗世界里产生的一切动机、后果却在骚动冲突中自我轮回、自我抵消：老铁匠的伤痕显然是年轻时偷艺的标记，他偷得的手艺被小铁匠以同样代价偷去；人欲横流的小铁匠瞎了一只眼睛，善良美丽的菊子终于也被疯狂的人欲夺去右眼；黑孩被人间温情给予的衣服复被人间的冷酷剥去……金色的红萝卜就在这一片阴沉浑浊的底色上熠熠闪光。作品主题是充分理性的，而主题的形式是纯粹感性的、绘画性的。

六

色彩就像音乐的震动一样，我们利用纯熟的和声创造象征而获得自然中最暧昧最普遍的东西，即自然中最深奥的力量。

——保罗·高更①

看这些使高更的名字得以不朽的画题：《我们从哪里来？我们是什么？

① 《欧洲现代画派画论选》，第17页。

我们往何处去?》、《被死亡幽灵注视》——抽象、原始、无限和终极问题的哲学解答，就是高更所渴望探求的“最深奥的力量”。高更试图复活人类早期艺术观念和艺术方式，被黑格尔称为“无意识的象征”的方式。以克服（否定）具象绘画中感性形象的具体有限性而达到对“无限”的神秘、暗示的象征。在色彩语言上，高更发现了“纯色”[①]的力量，它显示出对色彩的自然属性（物质性）的否定而袒现色彩表现的“超自然”性质；同时高更鄙弃“停留在眼睛所见”的“正确”色彩，要求穿过色彩的“客观感觉”。他在自己的《黄色基督》里画了一株血红色的树。

几乎可以用同样的字句来介绍莫言这位用汉字来涂色的“画家”。在莫言的作品里不难看到不少相当自然主义的色彩勾填，但这只是些预设的平淡的背景，其意义不过是使得那些突如其来的奇幻玄奥的“主观色彩”（超自然色彩）在同这些平庸背景的不时交错转换之际显得更加奇幻玄奥而已。《透明的红萝卜》里的红萝卜就是以色彩的超感觉性使抽象的象征意向得以凸现。在《爆炸》里，在为年轻的病亡者哀哭的行列中，也出现了一只红色的象征物：

> 一个小姑娘，穿着一条好像用红旗改成的裙子……左手托着一个鲜红的苹果，苹果红得像一块血，光滑得像一块玉。她几次把苹果举到嘴边……红苹果举在她手里，像暗夜中的灯笼火把。红苹果把周围暗淡的灰蓝色都照浅了，小姑娘的红裙子与红苹果上下辉映。

康定斯基曾分析红色与不同自然形式结合产生的精神效果。他说：假定是一件红色外套，而穿着它的人是悲伤画面的中心因素，就会产生意料不到的、超过“本身内涵悲哀的色彩”的强烈戏剧效果。其原因就在于“事实上外套可以是任何颜色的”[②]，红色外套出现在画面，由于它乖离了人们的日常经验和色彩文化心理而异常强烈。《爆炸》的红色女孩的心理效应正是如此。不过，在整个作品里显得特别突兀而凸出的这片红色，意

---

① 《世纪末艺术》，第175页。

② 《论艺术的精神》，中国社会科学出版社1987年版，第62页。

义又不止于此。如上所说，红色在先民文化中，同时象征着死亡与诞生——这才是红色女孩的神秘意义所在。能使这意义确认无讹的是她手里那只圣物般的苹果。恰恰出现在接纳人生的两极状态的医院，出现在一个男孩血腥地降生、一个年轻人惨淡地告别人世之际，出现在一名妇女将要心怀怨毒地接受流产手术之前，这只苹果让人只能联想到伊甸园中的禁果——人类由于终究不能抗拒它的诱惑而遭受着永恒的死生轮回之苦。这一感慨正是《爆炸》所咏叹的主旋律。红苹果于一瞬间集中、浓缩并暗示了主题意向，使作品的全部气氛得到诗化的澄清。

色彩的象征性与抒情性几乎不可分离。无论对色彩做怎样的抽象和超感觉处理以提示其象征意向，色彩也仍会保留它的感性特质，保留它和某种情绪的对应联系，而人在认知某种象征意义时也正需要相关情绪的引导和伴随。《白狗秋千架》里的那块黄布就是赋有这种双重功能的色块：与“我”青梅竹马的暖——“十几年前，她婷婷如一枝花”，曾有希望成为演员——不甘心于命运对她的残酷（由于少年时在游戏中损伤右眼而将终生与哑巴丈夫和三个哑孩子为伴），让白狗把“我”带到高粱地，请求“我”给她一个“会说话的孩子”——

> 她压倒了一边高粱，辟出了一块空间，四周的高粱壁立着，如同屏风。看我进来，她从包袱里抽出黄布，展开在压倒的高粱上。

这块黄布灼灼刺目，它象征着任何人世沧桑也熄灭不了、销蚀不了的生活意志；另一方面，它又让人直观到女主人公在沉寂的苦难岁月内心的衰颓与亢奋、死与生等种种意念的剧烈冲突。如康定斯基所分析，“如果我们用黄色来比拟人的心境，那么它所表现的也许还不是精神病的抑郁苦闷，而是其狂躁状态”①。同时，黄布仿佛引燃了骚动的高粱丛，让空气里弥漫着情欲的焦灼。凝视这块奇特的黄色，我们几乎可以感知到一切，以至感觉出黄色向作品边界之外的扩张。这时我们隐约体认到高更向色彩纵深寻求无限的企图……

---

① 《论艺术的精神》，中国社会科学出版社 1987 年版，第 62 页。

以上的讨论只在一个片面的论题下，限于文学与绘画语言两种相同一的方面。问题的重要的另一面是：两种艺术语言间事实上是无法得到真正转译、相互“再现”的。“转译”中两种语言相分裂相叛离而引起的表现与解读的缺陷和形变，以及作者为克服消极效果所做的努力，当以另文阐述。

（原载《小说评论》1994 年第 5 期）

莫言：反讽艺术家

——读《丰乳肥臀》

张　军

毫无疑问，我们的时代，在某种意义上讲，已经进入了一个反讽的时代。在这样的时代里，反讽作家层出不穷，较老一代的如王蒙、张贤亮、张洁等人；后起的如莫言、残雪、马原、贾平凹等人；新起的如陈染、王朔、孙甘露、韩东、述平等。这些大大小小的反讽艺术家们，以各自不同的言说方式，反讽着社会和人生，为我们的时代提供了丰富的精神参数。而在这些反讽作家们当中，我觉得，莫言，作为一个一直保持着旺盛创作劲头的并不很年轻了的青年作家，他的反讽艺术，有着不同寻常的意味。

莫言的反讽生涯，我以为始于《红高粱》系列之后。在《红高粱》时期，反讽的意味几乎难以找到，可以找到的只是物化的感伤和泥沙俱下的浪漫。然而到了“梦境”时期，也就是《怀抱鲜花的女人》、《红耳朵》、《战友重逢》、《模式与原型》、《梦境与杂种》等作品时期，反讽就开始了，这可能与他此时期偏爱蒲松龄有关。有这时期，他除了仍保持着过去的浪漫感伤之外，是“梦境”横生，荒诞离奇，充满寓言色彩。若仅就这时期的莫言在“反讽”上的表现做些文章，估计做他几万言没问题。然而，若以后来相比，此一阶段的“莫言式反讽”只能是小巫见大巫。这个大巫，就是他的长篇近作《丰乳肥臀》。有人说，《丰乳肥臀》是一部史诗。我认为，与其这么说，不如说是一部“反史诗”来得准确，因为无论从哪个角度来看，它都有一种强烈的反史诗，或者说颠覆史诗的味道。这种味道，或许就是这部长篇得以成立的根本。这个根本可以包含以下几个方面：言说方式的爆炸性、情境构成的魔幻性和结构策略的戏仿性——而这些，则构成了《丰乳肥臀》的总结性反讽：浪漫反讽。

一 言说方式

莫言的言说方式，是一贯的泥沙俱下，可是在过去也就是泥沙俱下而已，并无更多的预谋。然而到了《丰乳肥臀》，就不一样了，以前的东西保留了下来，同时，又掺杂进去的东西像无数的炸弹将浪漫变成了鬼哭狼嚎，将过去那种充满天地间的豪气变成了烟尘弥漫的雾气。在这里，“泥沙”仅作为一种表象而存在，骨子里是另一回事，这就涉及了一个表象与事实相对照的问题。我们知道，这个问题是“反讽”得以建立的基本要素之一，在这里，对照的双方越强烈，反讽的意味就越鲜明。在此，我们先拿出众说纷纭的题名进行一番分析。

无疑，莫言在这部长篇的题名上是严肃的，他发表于《光明日报》上五千多字的解释性文章，便说明了这一点。在那篇文章里，他说，他之所以用了“丰乳肥臀”这四个字做题名，并无借此“艳名”以哗众取宠之意，而是有着极为认真严肃的思考的：(1) 寻找人类庄严的根本；(2) 唱一支母亲之歌；(3) 将母亲和大地用一种象征的物化形态联结起来。(参见《光明日报》1995年11月22日第7版《丰乳肥臀解》) 说实话，我读过这篇解释性文章后，很失望，我感到他的这三方面用意并无多少新鲜的东西，说句不太客气的话，这些东西早已被人言说过多少遍了，是个老掉牙的主题。我认为，题名的新鲜之处，不在这里。那么在哪里呢？就在题名本身。“丰乳肥臀”这四个字，乍看起来，是够媚俗够扎眼的啦，读者也确实对这种“媚俗”和“扎眼”做出了迅速的反应，这我们暂且不谈，我们单就从首届“大家·红河文学奖”评委们的评语中来看，就颇有意味。评委们当然是对《丰乳肥臀》做了肯定的，否则也不会同意将十万元大奖授予莫言。但在肯定的同时，也大多颇有微辞，比如“书名似欠庄重”(徐怀中)、“题名嫌浅露，是美中不足”（谢冕)、“小说篇名在一些读者中会引起歧义”(苏童)、“书名不等于作品”（汪曾祺）等。这些，说明了什么？说明了莫言刺痛了国人。我以为，莫言当初在写下“丰乳肥臀”这四个字时，不会不想到这一层。他肯定会想到。想到了而又故意这么去做，这除了他的自我辩解性文学所言出的用意之外，我想，还会有另一层用意：故意刺激你们！实际上，莫言事后的一番愤慨之言，也确实证实了我的这种猜测："如果觉得扎眼，恰好说明了我们的文化把两个非常朴素的词赋予了某种异化的性质。如果觉得很受刺激的话，那说明我们每个人都被现代社会的这样那样的思想给异化了。"（转引自《北京青年报》1996年1月2日第8版《莫言在开什么玩笑?》）——这，实实在在是在玩弄着一个大反讽的把戏。反讽者莫言在此像苏格拉底那样在雅典街头一样佯装天真，嘲弄神经脆弱的芸芸众生，让他们被表面现象所蒙蔽，自以为高明，夸夸其谈，然后给他们致命一击，说："你们异化了！"你们这些自以为是的正人君子感到扎眼，原来是你们自己心里龌龊，见不得美的阳光。这确实让人开心，让人感到莫言充满智慧。然而，令人遗憾的是，莫言没能就此"智慧"到底，像苏格拉底那样一直佯装下去泰然下去，而是在一片唏嘘声中，慌了神，乱了阵脚，急忙跳出来，声泪俱下地"解"了它一番。这，又实在是把事情倒了过来，造成了反讽的"反讽"，令人啼笑皆非，这说明莫言在这个问题上还不那么自信。

与对题名的不自信相比，在文本的言语运作中，莫言则是自信无比了。地毯式的言语轰炸，是自信的表现之一。读这部作品，总的感觉是：莫言像个疯子，或者言语狂。他从头至尾，沿着中国百年历史的海岸线一路轰炸下来，让你没有喘息的机会。你在其中感到的，不是愉悦和享受，而是痛苦、绝望和恶心，你疲惫不堪，认为是一场灾难。然而，若让你逃离这种灾难，你又不能，因为灾难中魅力无穷，就像荷马史诗中俄狄修斯路过人头鸟身怪物所居的塞壬妖岛时所遇到的情形一样，你被莫言这妖怪的歌声迷住了，你不愿堵住自己的耳朵，甘愿把自己绑在桅杆上痛苦地倾听。那么，莫言这妖怪的歌声的魅力到底在哪里呢，以至于使得你如此痛苦又如此不舍？我以为，在于他的言语轰炸的高超技巧：杂语共生，在不协调中寻找协调。在这里，莫言根据不同地段和地势的需要，运用了型号不同的炸弹，让它们炸开不同的花朵。具体讲，就是文学语言与日常用语、脏话、隐语、政治术语、商业用语、流行歌曲、谚语、民谣等杂糅相交，共铸于一炉，这就如同将一群要求安静的大熊猫同一群喧闹不止的猴子以及嗜血成性的豺狼和专食腐肉的秃鹫关在同一个笼子里，彼此互相矛盾、争吵和撕咬，充满着喧哗与骚动。比如在第六章第八节就有这样的例子："我们是要嚎叫的一代，嘶哑的喉咙镶着青铜，声音里掺杂着古老文明。""黄鹤一去不复返，待到黑天落日头，让你亲个够。啊欧啊欧啊欧欧。""我是一个兵，来自老百姓。我是一张饼，中间卷大葱。我是一个兵，拉屎不擦腚。"这种喧闹，让你浑身不自在的同时，似乎又让你想到很多，又似乎什么也想不起；你是被愚弄了，还是被赋予了某种权利？说不清楚。作者本来也没想让你清楚，他只是以这种似乎不可能的组合方式，将不可能的然而又是最最可能的东西组合起来，像交响乐一样构成一张言语的巨网，将你网进去，让你在其中挣扎，在命名与价值判断之间晕头转向，去体味言语狂欢背后所蕴涵的某种只可意会不可言传的反讽意味。

二 情境构成

说《丰乳肥臀》的情境构成具有魔幻的反讽意味，这很容易让人想到拉美的魔幻现实主义，尤其马尔克斯的《百年孤独》。的确，莫言的创作深受拉美的影响，这无须赘言。需要指出的是，到了《丰乳肥臀》，莫言的"拉美"味儿就更浓了。这么讲，并不是说莫言在一味地模仿马尔克斯，一味地食洋不化。不是这样的，若如此，莫言也就不成其为莫言了。莫言之所以是莫言，就在于莫言经过一段时间的囫囵吞枣之后（这包括吞马尔克斯和吞蒲松龄之两颗枣），已经将拉美的魔幻同中国的魔幻结合起来了，弄出了一个"莫言式的魔幻"。我们看到，在《丰乳肥臀》这部"莫言式的魔幻"作品里，莫言一方面将拉美的魔幻"中国特色化"了，另方面又将中国的魔幻"拉美化"了。在中国特色化过程中，拉美魔幻中关于古老的神话、传说色彩被消解掉了，代之而起的是一种现代意义上的神奇和恶作剧；在将中国的魔幻拉美化的过程中，莫言所选中的蒲松龄，失去了那种特有的理想境界。在蒲松龄那里，花妖狐魅和幽冥世界所提供的超现实力量，往往可以帮助弱小的"正义"达到一种理想的美好境界，即所谓善有善报、恶有恶报。然而到了莫言这里，美丑善恶本身就难以分辨，似乎也无须分辨，"报"就更谈不上了。所谓美好的结局，所谓理想的境界，若要谈起，就是无稽之谈。莫言正是这样，借着蒲松龄的鬼魅魔影和马尔克斯的神奇现实，演起他自己的戏。在他这里，开端是没有的，结局也是没有的，有的只是一个个如灵魂出窍般的非人非神的男女，他们一个个溜出来，一次次跳着狂欢的舞蹈，直至筋疲力尽、直至殒命——很显然，这种极尽反讽意味的魔幻，只有莫言才能弄出来。

首先，我们看到的是莫言关于人类命运的魔幻式反讽：黑驴鸟枪队队长沙月亮是作为一个抗日的草莽英雄出场的，却以一个日寇走狗的可耻形象下场；上官吕氏本来是上官家的统治者，是强力的象征，却反在强力的作用下跌到连狗都不如的地位，最后惨死在当初被统治者上官鲁氏的手中；上官领弟当初从鸟儿韩那里接受鸟的时候，仅仅是为了活命，不料自己竟中了鸟的邪气变成了鸟仙；日本鬼子进村本来是又杀人又放火的，却在进了上官家门后放下屠刀立地成佛，救了上官鲁氏的命，等等等等，不一而足。在这里，人的命运像被施了魔法，幻化出种种出人意料的变化和结局，让人感到命运的无常和人类的渺小的可怜处境：你尽管勇敢尽管十八般武艺尽管挣扎，但是你最后还是逃不出如来佛的手心。

其次是关于历史的魔幻式反讽。在这部长篇里，历史，似乎不像我们从教科书上学到的历史，不是什么前进与倒退的问题，也不能用什么螺旋式上升的模式来框定，而是一摊烂泥，一片混乱，一江滚滚东去永远流不尽的黄河水。历史的外部力量，日本人也好，德国人也好，土匪也好，国民党也好，似乎只是一种表象，它们与历史事实之间，似乎有一种距离，一种紧张状态，一团无法破译的迷雾。历史是什么？是战乱？饥饿？抗击外敌？革命？自相残杀？似乎都是，又似乎什么也不是。也许，只有从上官鲁氏在炮火中带领全家返回家园的壮举中，体现出历史的深邃意味？荒原、黑夜、硝烟、头顶上飞来飞去的炮弹，以及在荒原上惊慌失措的上官一家——是一幅极富象征意味的图画。如果说这就是历史，那么历史就是巨人们的怒吼和小人物们的战栗，巨人们的怒吼体现着一种游戏的快感而小人物们的战栗则是绝望的表征。实际上，上官鲁氏一家在战火中的境遇就是一个绝望的历史反讽：为躲避战火逃离家园他们失去了历史（家园就是他们的历史），为找回历史他们返回家园，而此时，他们看到的却是正处在一片炮火中的家园。

再次，是关于社会生活的反讽。在这里，只需要一个例子就足以说明问题：即上官一家的社会构成。毫无疑问，构成上官家族的核心因素，应该是血缘，是宗法制传统的以男性为中心的血缘，血缘既是家族的纽带，也是家族的结构，它是神圣不可侵犯的，容不得半点虚假。然而不幸的是，莫言让我们看到的却不是这样的家族结构，而恰恰相反。在这里，女性成了中心，家族的构成因素完全取决于上官鲁氏，上官鲁氏为了取得表面上的“家族火种”，遍寻野汉，结果弄出了一批完完全全的假冒伪劣，完完全全的“杂种”，尤其上官家寄予最后希望的上官金童更是一个杂种里的杂种——洋杂种。我们知道，中国的社会，说到底，是一种家族式的社会，也就是说，家族，是这个社会的基本结构和本质所在，在这个问题上，莫言让基础和本质都出了毛病，那么基础之上的大社会，是否完美就可想而知了。可见，莫言在这个问题上，用心是何等的良苦。

三　结构策略

如前所叙，我以为，莫言《丰乳肥臀》的结构策略的根本，在于对于史诗的反讽式的戏仿和颠覆。

我们知道，莫言的这部作品发表后，许多人认为它是一部史诗式的作品，实际上刊发该作品的大型文学杂志《大家》在编者按中，也是这么引导读者的：“作家极为清醒明确地对长篇小说的意义所在进行了一次冷静深入的阐释，无论从小说的思想内涵、历史跨度、故事内容、时空容量等都进行了匠心独具的架构，使这部具有史诗品格的作品终于与读者相见了。”（《大家》1995 年第 5 期第 12 页，重点号为作者加）然而，我却不这么认为，我认为它不是一部史诗，也不具备史诗的品格。它实际上是戏仿了史诗，颠覆了史诗，以一种表面上看极似“史诗”的规模，表达着一种非史诗的构想。

让我们先来看史诗的定义：所谓史诗，乃是一个民族童年时期的百科全书，它以古代传说和具有重大意义的历史事件为内容，记述着有关天地形成、人类起源、民族迁徙、民族战争等民族的故事和神话，它结构宏大，英雄形象赫然耸立，充满着幻想和神秘色彩。可见，它是人类或民族幼年时期的童话。既然是幼年时期的童话，那么也正如别林斯基所说的，谁“要是认为古代史诗在我们现代是可能产生的，那荒谬的程度就跟认为我们人类能由成年再变为儿童一样”。这就是说，古代的史诗，在我们的今天，是绝对不可能再产生出来了，原因很简单：我们已是童年不再，

“幼稚”也不再。所以我说，莫言的这部作品不是一部史诗，而是“仿史诗”，此其一。

其二，就结构本身而言，这也不是一部“史诗品格”的作品。无可置疑，莫言这部作品的结构是够庞大的了，洋洋五十万言，以战乱开端，到动乱结束。然而，这只是一个准史诗式的结构，因为史诗它往往表现一个民族从开端经战乱最后抵达辉煌的境界，而《丰乳肥臀》则只是一个劲地表示战乱和动乱，开端没有，结局也没有，更不用说什么辉煌了，有的只是混乱、空虚、灾难和无序。这与其说是一种线条清晰的史诗式结构，不如说是个神秘莫测的魔圈，表达着一种东方式的黑色幽默。这种黑色幽默无疑是对读者阅读这种貌似史诗的作品时所自然产生的辉煌期待的戏弄，它只能让读者产生滑稽的幻灭感，此其二。

其三，莫言在这部长篇中，很明显地采用了另一种结构方式，即戏仿《圣经》。我们知道《圣经》（尤其旧约）是希伯来人的史诗，它的主导思想，是一种“救世主”的思想，而这“救世主”的具体体现，则在于上帝耶和华的儿子耶稣的“降临—布道—受难—升天”模式，这个模式，让莫言非常巧妙地用到了他的《丰乳肥臀》之中。然而，莫言在运用此模式时，却不是如在《旧约》里那样是为了显示救世主的奇迹的荣耀，而是如同戴维·洛奇在他的小说《小世界》里对圣杯模式的戏仿一样，反其道而行之。在戴维·洛奇那里，圣杯代表的是一种危机：爱情的危机世界的危机；同样，在莫言这里，“上帝”也代表着一种危机：生存的危机和意识的危机。二者都表达着强烈的荒原意识：旧日的文明和传统的道德在一次次的历史演变中衰落了，而新的价值标准又没建立起来，一切都还处在骚乱与喧闹之中，其中充满着种种的丑行、肮脏、病态和绝望。这样，就需要一种信念，一种拯救的力量。于是在戴维·洛奇那里，就让安吉丽卡这位漂亮的女神充当了拯救的力量和信念，而在莫言这里，拯救的力量和信念则是上官金童。上官金童的出世，颇像耶稣的出生，他的苦行也颇似耶稣的苦行，他们身上都带有同样的灵光和某种似是而非的幸福，他们都给人造成一种幻觉：人类就要得救了。他们让我们激动，尤其上官金童。然而，当我们冷静下来，仔细思考，我们就会惊呼：不对，莫言这小子把我们耍了！莫言在写下马洛亚牧师同上官鲁氏在荒原上在“感恩戴德的泪水”里野合并孕育着上官金童的时候，他就在马洛亚牧师“凉爽的精子”

里暗藏下了一支毒箭，待日后读者沉浸在拯救模式里时一箭将读者射中。很显然，上官金童这位“圣子”来到人间不但没能拯救任何生灵于水火，反给人们增添了数不尽的麻烦。他是一个白痴，一个永远长不大的恋乳癖，一个白日梦患者。他是一个克星，老处女尤姑娘就是在他的相克下殒命身亡。总之，他本身就是一片荒原，无水的荒原，生命在他身上仅仅表现为一种令人窒息的荒凉。当然，他也受难，但不是耶稣式的受难，也不可能像耶稣那样成为民族的首领，他无“道”可布，更不可能因布道而激起既得利益者的憎恨，他遭人憎恨和迫害，仅仅是因为他的愚蠢和无能。所以，他同样也不可能像耶稣那样最后回到天国去，尽管莫言为他安排了一个与他同父（象征上帝）异母兄弟相聚的场面。他只能像戴维·洛奇的安吉丽卡一样，让人失望以至绝望：戴维·洛奇的“圣杯”消失了，莫言的“圣婴”也消失了。

总之，通观莫言先生的这部近作，我认为，它实实在在是一个世纪反讽，它从素朴的情感、母亲的歌唱和大地的意象等浪漫情结溢出，以光怪陆离的社会生活作为一种感伤的表征，给人以幻觉，让人以为一个没有人烟的荒原终于经过痛苦悲壮地演变成了一个天堂般的繁华市镇，生长在这片土地上的儿女们流成滔滔大河的血泪终于得到了回报。然而错了，事实是：这里还是一片荒原——精神的荒原。无可否认，物质上的荒原确实是消失了，但代之而起的却是精神上的荒原。物质和精神这两个相对的概念，让莫言在激情的掩盖之下，偷换了，他恶作剧般地把逻辑颠倒了过来，而这一切，他又是做得那么坦然，装聋作哑，简直就像苏格拉底转世。当然，他没有像苏格拉底那样被国人所不容，他生活在二十世纪末，国人尽管对他说三道四，但还是把十万元大奖给了他，这说明很欣赏他，就像欣赏王蒙、王朔等人的反讽那样。

（原载《文艺争鸣》1996年第3期）

千言万语　何若莫言

王德威

莫言自谓“莫”言，笔下却是千言万语。不论题材为何，他那滔滔不绝、丰富辗转的词锋，总是他的注册商标。这大约是小说家自嘲的游戏了。也因为这千言万语，又引来文学批评者千百附丽的声音。谈论莫言的种种，从女性主义到国族论述，这几年还真造就了不少会议及学位论文。但学院里的众声嘈杂，莫言似乎一概“默”言以对，纸上文章才是小说家的最后寄托。我们对莫言的种种“说法”，必须建立在这层自知之明上。

莫言出身于山东省高密县一个农民家庭。高密偏处胶东半岛一隅，土地贫瘠、民情朴陋，不曾以文风知名。莫言小学读到五年级，因“文化大革命”爆发而辍学。从十一岁到十七岁，他成了真正的农民。之后他进入工厂做临时工，几经辗转，终于离开家乡，加入军队。行伍生涯之余，年轻的莫言却独对文学发生兴趣，而启动莫言创作的最大灵感，不是别的，正是他故乡高密的一景一物。

莫言从事创作的动机及经历，很使我们想到三十年代乡土文学大师沈从文。沈来自闭塞落后的湘西，少小从军，转战西南。尽管客观环境动荡不已，这位湘西少年对文学依然一往情深。在二十岁那年，他离开军队，远赴北京。再经过几年锻炼，他要凭着对故乡风物的追溯，倾倒一辈新文学读者。我们今天论现代乡土文学的茁壮，也必自此始。

或有识者要指出，莫言的小说瑰丽曲折，与沈从文那样清淡沉静的作品，其实颇有不同。的确，谈论沈从文的当代传人，汪曾祺、阿城、何立伟，乃至早期的贾平凹才更有可资比照之处。但我却以为尽管莫言与沈从文的风格、题材大相径庭，两者在营造原乡视野，化腐朽为神奇的抱负上，倒是有志一同。湘西原是穷乡僻壤，在沈从文的笔下竟能焕发出旷世的幽深情境，令人无限向往低回。而面对高密的莽莽野地，莫言巧为敷衍穿插，从而使一则又一则的传奇故事于焉浮现。

更重要的是，沈从文写湘西，总已意识虚构与现实、遐想与历史间的微妙互动。在他的《边城》一侧，《长河》之畔，早有无限文学地理的传承；湘西相传是《楚辞》屈原行吟放歌的所在，更是陶潜桃花源的遗址！原乡的情怀与乌托邦的想象，不能再分彼此。无独有偶，莫言写高密东北乡，不曾忘记他的神思奇想也是其来有自。离高密数百里路的淄川，就是《聊斋志异》作者蒲松龄的故乡，而我们都知道《水浒传》英雄的忠义事迹，起源自南宋山东。就此来看《红高粱家族》中的铁马金戈，或《神聊》系列中的鬼怪神魔，莫言私淑前人的用心，可以思过半矣。现代中国文学有太多乡土作家把故乡当作创作的蓝本，但真正能超越模拟照映的简单技法，而不断赋予读者想象余地者，毕竟并不多见。莫言以高密东北乡为中心，所辐辏出的红高粱族裔传奇，因此堪称为当代大陆小说提供了最重要的一所历史空间。

我所谓的“历史空间”，包括却不限于传统那种时与空、历史与原乡的辩证话题。“历史空间”指的是像莫言这类作家如何将线性的历史叙述及憧憬立体化，以具象的人事活动及场所，为流变的历史定位。巴赫金（Bakhtin）早就告诉我们，小说中时空交会的定点，往往是叙述动机的发源地。以莫言的高密东北乡为例，评者可说莫言凭此又建立了一套城与乡、进步与落后、文明与自然的价值对比。但这种主题学式的类比有其限制。我要强调莫言的纸上原乡原就是叙述的产物，是历史想象的结晶。与其说他的寻根作品重现某一地理环境下的种种风貌，不如说它们展现又一时空焦点符号，落实历史辩证的范畴。

于是在《红高粱家族》里，那片广袤狂野的高粱地也正是演义一段现代革命历史的舞台。我们听到（也似看到）叙述者驰骋在历史、回忆，与幻想的“旷野”上。从密密麻麻的红高粱中，他偷窥“我爷爷”、“我奶奶”的艳情邂逅；天雷勾动地火，他家族人物的奇诡冒险，于是浩然展开：酿酒的神奇配方，江湖的快意恩仇，还有抗日的血泪牺牲，无不令人叹为观止。过去与未来，欲望与狂想，一下子在莫言小说中，化为血肉凝成的风景。

在过分架空历史（宿命）意义的环境里，莫言将历史空间化、局部化的做法，不啻肯定了生命经验本身的重要性。另一方面，莫言敢于运用最结实的文字象征，重新装饰他所催生的乡土情境，无疑又开拓了历史空间无限的奇诡可能。像中篇《大风》里那场惊天动地的狂风，《狗道》中五彩斑斓、争食人尸的野狗，《红蝗》中铺天盖地而来的蝗祸，《秋水》及《战友重逢》中的滚滚洪水，既幻亦真，皆是佳例。

相对于《红高粱家族》所创造的绚丽空间，莫言另一类小说如《爆炸》、《枯河》、《白狗秋千架》、《欢乐》等，似乎执意回到现实泥沼，显现乡愁不足为外人道的一面。这两种类型的原乡想象已自展开了互相辩证的力量。《白狗秋千架》一作尤其具有强烈文学史嘲讽意图。故事中的叙述者是个受过教育、抽暇返乡的年轻人。故乡贫瘠伧俗依旧，并不能带给他任何美好印象。唯有在高粱地边巧遇儿时玩伴时，方才勾起他一些青梅竹马式的回忆。只是当年的娉婷少女自秋千架跌下，瞎了一只眼，委屈嫁了个哑丈夫，生了三个不会说话的孩子。面对年轻返乡者的似水乡愁，她的回答是："有甚好想的，这破地方……高粱地里像他妈×的蒸笼一样，快把人蒸熟了。"《红高粱》里的激昂浪漫视景，哪里还能得见？

近年莫言将历史空间的构筑，更延伸至其他面向。在《十三步》中，故事的主角是个关在铁笼中的疯子，靠观众（听众）喂食粉笔，吐出一段段不可思议的故事。莫言的用心在此不言可喻。牢笼之中的方寸之地，是主角无可奈何的限制，但吊诡的是，牢笼的禁锢使他匪夷所思的狂想，有了"出路"。作为听众的"我们"，置身牢笼之外，却深为笼内人的故事所吸引，而不自觉地成为他的传声筒。这场奇异的叙述过程，代表莫言思考语言与空间相对关系的极致。诚如香港学者陈清侨所言，"在昏乱的逻辑与逼人的形势下，我们无法不抓住眼前最锋利的刀刃或者最稀奇古怪的粉笔，在千篇万卷的故事中杀出一条生路，去涂上一幅让自己可以站得住脚的幻象，一个铁笼。"我们都是（历史的、语言的）笼内人。

《十三步》的情境荒诞无稽，每每使读者有不如伊于胡底的危机感，但莫言正要借此拆散我们安身立命的阅读位置。

莫言作品同样值得注意的是历史记忆与时间叙述的问题。面对滔滔史话，《红高粱家族》中的叙述者回溯"我爷爷"、"我奶奶"那一代的人物在红高粱地里奠下基业，豪情壮志，何等的风流气魄。随着故事发展，家史与国史逐渐合而为一，以抗战时期“我爷爷”、“我奶奶”游击歼敌为高潮。莫言似乎有意向《吕梁英雄传》、《新儿女英雄传》，以迄《林海雪原》的一脉革命历史小说传统致敬，但他的革命历史并不承诺任何终极意义。作为家族传人，《红高粱家族》的叙述者只遥想当年父祖的英勇行径，或追记他们日后在种种革命运动中的磨难。莫言有能力把我们带回历史的现场，甚至深入人物的内心意识；但他又提醒我们，历史原来是可以不断改写的，时间叙述的线索原来是可以前后错置、主客交流的。《红高粱家族》纵横三代家史，俨然为现代主流叙事的时间表背书。但莫言真正要写的，恐怕恰恰相反。“文化大革命”后，“大叙述”逻辑掩退，莫言凭独特的文字所形成的狂纵演义，本身就是一种新的历史力量。如果当年的历史叙述以雄浑绚美（sublime）是尚，那么莫言所执著的，应是一种丑怪荒诞（grotesque）的美学及史观。

类似的问题在《十三步》里有了极不同的表达方式。所谓的“十三步”在书中并没有明确指涉，它可以代表生命中的不可测变数，叙述逻辑上的逆反，或如陈清侨所谓，历史意识中的黑洞。小说中的听众围着笼中人，猜测后者痴言疯语的“意义”，欲罢不能。“你也被他拉进了故事之中，你与他共同编织着这故事……你预感到自己没有力量与这故事的逻辑抗争……你的命运控制在笼中人手中。”在倾听叙述及重述的过程中，我们与笼中人撕扯、拉锯彼此所占的语义、知识及权力位置；或欲言又止，或意犹未尽，或言不及义。而就在种种语言难尽其妙而又不知所云的时刻，“历史的味道，涌上心头”。

到了《酒国》，莫言又另辟蹊径。书中侦探缉凶的情节，隐约透露了一种追本溯源、找寻真相的诠释学（hermeneutic）意图。但莫言一路写来，横生枝节。他所岔出的闲话、废话、笑话、余话，比情节主干其实更有看头。像写农户竞销“肉孩”的怪态，像相传为猿猴所造的“猿酒”由来，活龙活现，真假不分。不仅如此，书中还安排叙述者莫言与一个三流作家间书信往还，大谈文学创作的窍门。好人与坏人、好文学与坏文学、历史正义与历史不义的问题，一起溶入五味杂陈的叙述中。恰如书中大量渲染的排泄意象一样，小说的进展越往后越易放难收，终在排山倒海的秽物与文字障中，不了了之。莫言的叙述是在刻意模拟从清醒到迷醉的过程么？或正如希腊神话中的酒神巴库司（Bacchus）般，挑起了纵欲狂乱的欢乐，却也在欢乐中惨遭肢解分食的命运？

在书写大块文章的同时，莫言在一九九三年又推出了一系列名为《神聊》的短篇。这些作品短小精悍，有的讲奇人异事，有的讲鬼怪玄狐，很有点笔记小说信手拈来，自成篇章的姿态。像《铁孩》写大炼钢铁时期，两个小孩靠“吃”破铜烂铁为主的怪事，像《渔》写渔人夜遇艳鬼，转世重生的鬼话；又像《神嫖》写一个寡人有疾的乡绅，召众妓寻欢，竟发乎情止乎礼的高级嫖经。莫言自承此期作品“鬼气”愈重。徘徊在历史的缝隙边缘，他也只有权作聊胜于无的神聊吧——三百年前的同乡蒲松龄到底是阴魂不散。“太平之世，人鬼相分；今日之世，人鬼相杂。”《神聊》系列看似无所为而为，莫言的感喟自在其中。《红耳朵》以一个败家子散尽家财的荒唐事为经，以他那对有如性器官的招风大耳为纬，侧重一段现代轶事。阴阳怪气，荒诞不经，基本上仍承继了《神聊》式的趣味。

《丰乳肥臀》是莫言一九九六年的力作，名称耸动，分量也十分胖大。这本小说近五十万字，写一位中国北方农村妇女如何在最艰困的情形下，拉巴大九个孩子。故事始自抗战前夕，终于九十年代中，这些年的风风雨雨，皆尽涵括在内。借母爱来颂扬“感时忧国”的块垒，是“五四”以来作家最拿手的好戏；“大地之母”型的人物，在现代小说史中怕不早就人满为患？但莫言别有用心。他的母亲“集中华民族传统美德于一身”，可是所生的孩子个个都是野种，长大了又乱成一团，绝不成龙成凤。

《丰乳肥臀》的叙述者上官金童应是莫言小说中最令人难忘的人物之一。金童是妈妈的独子，爸爸是瑞典来的神父，横死于抗战。金童的一辈子见证了中国天翻地覆的每一刻，但天下大事哪里比得上他母亲的姊妹的爱人的乳头重要？看莫言写天上万乳攒动，地下摸奶盛会的几章，足以令人叹为观止。莫言一向以行文奇诡瑰丽为能事，如今看来，当年的《红高粱家族》倒是牛刀小试了。

八十年代以来的“寻根”与“先锋”运动，莫言都躬逢其盛，而且游走其间，不拘一格。进一步说，莫言的角色，也是出虚入实，难以概括。从早期《透明的红萝卜》中的少年叙述，到晚近《丰乳肥臀》中恋乳狂患者告白，莫言的人物已一再显示世人的面目千变万化，既不“红、光、亮”，也不“高、大、全”。他（她）们不只饱含七情六欲，而且嬉笑怒骂，无所不为。究其极，他（她）们相互碰撞，变形，遁世投胎，借尸还魂。这些人物的行径当然体现魔幻写实（magic realism）的特征，而古中国传奇志怪的影响，又何尝须臾稍离？

莫言许多作品中的“我”，形貌各异，思路婉转，颇可一观。例如《白狗秋千架》中，巧遇儿时玩伴的大学生，在乡愁回忆与丑陋现实中进退两难；在《红蝗》中的年轻人先有艳遇，随后见识铺天盖地的蝗祸；在《枯河》中受到委屈、无从发泄的小男孩，最后以非常手段对成人社会做非常的控诉；又像在《爆炸》中，困于婚姻及家庭陷阱中的青年男子，栖栖惶惶，终以爆炸性的肢体动作，暂求解脱。莫言小说中的“小我”以他们卑微古怪的方式，重新定义做人的代价，也重新召唤一己想象欲望的能力。

莫言有意调侃“我”们这一辈风云涣散，何复父祖当年所经过的大风大浪。中篇《父亲在民伕连里》写一九四八年间，父亲（即《红高粱家族》的父亲）率领一队民伕为解放军赶运粮草，出生入死，完成任务。“农民英雄”的范本与江湖侠义的情境合而为一，读来果然精彩。大队民伕寒冬裸身运粮渡河的一景，既亲切又雄壮，尤其可见莫言说故事的魅力。但另一方面，他们为了任务，忍饥挨冻，甚至不惜枪杀围堵的女性饥民，所牵涉的道德两难，不禁启人疑窦。但为国献身，毕竟是他们一辈的无上律令。

由此再回溯到《红高粱家族》“我爷爷”、“我奶奶”开垦红高粱家乡的往事，草莽英雄儿女，江湖恩仇血泪，色彩斑斓，炫人耳目。识者可以指出，莫言写民初侠情故事，其实可以和台湾的司马中原相提并论。司马的《荒原》、《狂风沙》、《路客与刀客》等系列作品，早成中国乡土传奇的经典。不同的是，司马所恃的是个“说书人”般的叙事主体，世故老到，充满乡愁，对往事殆无所疑。莫言以第一人称回溯“我爷爷”、“我奶奶”的历险，却穿插自身的思绪评论，时有犹疑矛盾之处，他因此建构也同时解构了对家史及国史的幻想与信念。

识者也可指出，莫言对女性角色的塑造想象，不如男性角色有力。莫言小说的阳刚趣味的确胜过其他，女性就算容有一席之地，也以母亲、奶奶形象制胜。但部分作品还是看得出他勉力为之的痕迹。《白狗秋千架》的高潮是叙述者匆匆离乡他去时，赫然见到一个村妇挡路。我们都还记得这名村妇与叙述者幼年的情谊及长大后的不幸遭遇。她对叙述者的要求无他，就是到高粱地里苟合一次：她与哑巴丈夫已经生了三个不会说话的孩子，她要一个“能说话”的孩子。莫言以一个女性农民肉体的要求，揶揄男性知识分子纸上谈兵的习惯。当鲁迅“救救孩子”的呐喊被“落实”到农妇苟且求欢的行为上时，“五四”以来那套人道写实论述，已暗遭瓦解。

在中篇《白棉花》里，我们则看到“文革”中期一个棉花厂女工方碧玉为爱情抗争，死而后已。在那些晦暗的日子里，方和她的心上人不畏外力，夜夜棉花垛中暗筑爱巢，落得身败名裂也在所不惜。这篇小说原为张艺谋电影企划所作，难免凿痕处处；写方碧玉的一身武功及神秘下落，尤嫌过于造作。但莫言向女性致敬的用心，总算点到为止。

莫言国度中的子民，充满活力，而且绝不拘于一端。他（她）们为国家主义，或为兄弟义气，赴汤蹈火，万死不辞，但他（她）们追求人之大欲，一样锐不可当。《红高粱家族》之所以出手不凡，正在于叙述者追溯家史，追到了“我爷爷”如何强抢了“我奶奶”，在高粱地中强暴了她，从此展开了惊天动地的故事。但随着历史的演化，中国（男人）的欲望却每况愈下。在《天堂蒜薹之歌》这类的作品中，被压抑的情欲仍然四处找寻出路，引得危机四伏。到了《酒国》，“食色性也”的教训，以最古怪的方式，和盘托出。但真正集欲望大观于一炉的还是《丰乳肥臀》。如果《酒国》夸张现代中国人狂吃暴饮的恶形恶状，《丰乳肥臀》则更进一步，渲染（男性）又一种官能的震颤——触觉的欲望与变奏。我们的男主人公一生大志无他，对着女性乳房毛手毛脚而已，而且一视同仁。莫言这样地写男性对乳房的依恋，已近器官拜物狂。女性其实已彻底被物化为身体的一种特征。但在恋乳癖之余，我们知道，他根本是个性无能患者。丰乳与肥臀代表性的图腾，又何尝不是性的禁忌？

生也有涯，身形是我们存在的开始，也可成为种种礼教政治及欲力角逐的战场。莫言因此看到太多器官象征的可能，大肆发挥，成就了一出出巴赫金式身体嘉年华的闹剧场景。《幽默与趣味》中的男主人公活着活着，退化成了猴子；《父亲在民伕连里》，父亲与他的驴子居然也能眉目传情；更不用说《酒国》中的鱼鳞少年、妖精少年、肉孩，还有《神聊》中的铁孩了。

但还有什么比《十三步》中的移身换头、大变活人、尸恋还魂等情节，更让人意识到生理身体的脆弱无助，与主体意识的游移暧昧？被肢解的身体，已经崩裂的语言，不断位移的人际关系，形成令人眩晕的叙事网络，直指历史意识本身的断层，就在理论家亟亟找寻“失落的”主体时，莫言版的“变形记”已暗示我们人/我关系的扑朔迷离，哪里是一二乌托邦的呐喊就可正名归位？从文本到身体、从身体到（历史）主体，谈笑之间，莫言已自展现一位世纪末中国作家的独特怀抱。

莫言企图重组回忆、落实往事，但他的方法何其令人醒目或侧目。他荤腥不忌、百味杂陈的写作姿态及形式，本就是与历史对话的利器。正经八百地评论莫言——包括本文在内——未免小看了他的视野及潜力。明乎此，我们又怎能不油然而兴“千言万语，何若莫言”之叹？

（原载《读书》1999 年第 3 期）

莫言近年小说创作的民间叙述[①]

——莫言论之一

陈思和

这篇论文是我在两年前着手研究的题目。当时呈现在我面前的莫言新发表的作品主要有三部中篇：《拇指铐》、《牛》和《三十年前的一次长跑比赛》，分别发表于一九九八年的《钟山》、《东海》、《收获》三份杂志，因为莫言发表小说时从来不标记创作日期，很难判断其创作时间的先后。但在《拇指铐》的附录《胡扯蛋》里莫言把他的创作比作母鸡下蛋，声称这篇作品是他“歇了两年后憋出的第一个蛋”[②]。这里所谓的“两年”当是指《丰乳肥臀》引发的风波后莫言转业和停笔的时间，于是《拇指铐》似可以看做是他近年创作的第一部作品，一个界限。在以后两年里，莫言的小说创作进入了又一个高潮，仍然是以他的磅礴的语言气势制造了泥沙俱下的高产量，几乎让读者喘不过气来，直到今年长篇小说《檀香刑》问世，评论界对莫言创作的关注热情达到了当年《丰乳肥臀》的沸点，我想借此机会暂做一了断，把《檀香刑》的发表作为本文所考察的“近年”的下限。莫言自己对《檀香刑》的创作风格也寄托了变法求新、继往开来的意思，他明确地说《檀香刑》是他的“创作过程中的一次有意识的大踏步撤退”[③]，即比较自觉地弃魔幻现实主义的手法而走上土生土长的民间创

① 作者注：本论文是我在撰写中的《莫言论》的第一部分，许多观点还未及展开，将会在以后的系列论文里论述。

② 莫言：《胡扯蛋》，《钟山》2000年第1期。

③ 莫言：《檀香刑》，作家出版社2001年版，第518页。

作道路。

我想说的是我并不赞成莫言所用的“撤退”的概念，这不符合莫言的实际创作情况。在一九九九年出版的短篇小说集《师傅越来越幽默》的后记中，莫言这样解释他近年来的创作：“从去年开始，我写作时的心境发生了很大的变化。过去我写得很努力，就像一个刚刚出师的工匠、铁匠或者木匠，动作夸张，炫耀技巧，活儿其实干得一般但架子端得很足。新近的创作中我比较轻松，似乎只使了八分劲，所以新近的作品看起来会不会像轻描淡写呢?”① 这似乎是一个创作心理的变化，莫言的创作风格一向强调原始生命力的浑然冲动和来自民间大地的自然主义美学，这一点没有什么变化，所变的仅是作家创作心理：紧张/轻松的分野。与此相关连的是努力（出全力）/八分劲，夸张技巧/轻描淡写的分野，创作态度的变化又带来了艺术境界上的分野，用一个不很妥帖的比喻来形容，那就是“为赋新诗强说愁”到“却道天凉好个秋”的境界转换。如果以莫言创作中的民间因素来立论，莫言在八十年代的创作就是一个标志。从《透明的红萝卜》到《红高粱》，莫言小说的奇异艺术世界有力解构了传统的审美精神与审美方式，他的小说一向具有革命性与破坏性的双重魅力，但是八十年代中国的理论领域笼罩着浓厚的西方情结，不能不套用西方理论术语来概括莫言小说的艺术世界，这种削足适履的后果之一就是把莫言纳入“魔幻现实主义”的行列中，却无视莫言艺术最根本也是最有生命力的特征，正是他得天独厚地把自己的艺术语言深深扎植于高密东北乡的民族土壤里，吸收的是民间文化的生命元气，才得以天马行空般地充沛着淋漓的大精神大气象。这对莫言本人似乎也造成了影响，误以为“魔幻现实主义”既是来自于拉美文学，它必定是西方的艺术方法。其实中国文学史上从来就没有纯粹的“西方”，且不说“魔幻现实主义”出现在中国作家面前时它是以中文译本的形式，莫言接受的是汉语的“魔幻”，已经属于中国语言及汉字形态的文学因素，而且马尔克斯获得诺贝尔奖的事实，正是启发了中国作家可以用本土的文化艺术之根来表达现代性的观念，当时“寻根文学”的掀起正源于此。由于理论界的不成熟，才把中国作家对世界性因素的回应看做是纯粹的舶来品。但对莫言的创作心理而言，其境界的分野还

① 莫言：《师傅越来越幽默》，解放军文艺出版社 2001 年版，第 347 页。

是存在的。当他企图效仿拉美作家创作“魔幻”时他不自觉地开掘了民间的创作源泉，“魔幻”技巧对他来说还是一种外在的、学习而得之的因素，于是他才会感到紧张、吃力和夸张；而九十年代开始，当一大批优秀作家的创作里呈现出明显的民间化倾向时，莫言开始对自己的艺术世界中含有的民间性做了自觉探索。《天堂蒜薹之歌》里，作家围绕了一个官逼民反的案件反复用三种话语来描述：公文报告的庙堂话语、辩护者的知识分子话语和农民自己陈述的民间话语，虽然尚不成熟，但这种叙述语言的变化与小说叙述的多元结构却是莫言所独创。《丰乳肥臀》更是一部以大地母亲为主题的民间之歌。这以后，莫言在创作上对原本就属于他自己的民间文化形态有了自觉的感性的认识，异己的艺术新质融化为本己的生命形态，这对莫言来说就像是一次回归母体，他感觉到轻松、省力和随意，一切师法自然。

因此在我看来，莫言近年来小说创作风格的变化，是对民间文化形态从不纯熟到纯熟、不自觉到自觉的开掘、探索和提升，而不存在一个从“西方”的魔幻到本土的民间的选择转换，也不存在一个“撤退”的选择。但莫言对自己创作有他特殊的理解与表述，在《檀香刑》的后记里他这样解释自己所追求的艺术境界：“就像猫腔不可能进入辉煌的殿堂与意大利的歌剧、俄罗斯的芭蕾同台演出一样，我的这部小说也不大可能被钟爱西方文艺、特别阳春白雪的读者欣赏。就像猫腔只能在广场上为劳苦大众演出一样，我的这部小说也只能被民间文化持比较亲和态度的读者阅读。也许，这部小说更合适在广场上由一个嗓子嘶哑的人来高声朗诵，在他的周围围绕着听众，这是一种用耳朵的阅读，是一种全身心的参与……民间说唱艺术，曾经是小说的基础。在小说这种原本是民间的俗艺渐渐地成为庙堂里的雅言的今天，在对西方文学的借鉴压倒了对民间文学的继承的今天，《檀香刑》大概是一本不合时尚的书，《檀香刑》是我的创作过程中的一次有意识的大踏步撤退，可惜我撤退得还不够到位。”① 我们基本上可以明确莫言的所谓“撤退”是什么意思了，它究竟“到”还没“到”位，我们另当别论，但由此可以看到：一，莫言对民间形态的艺术风格的追求是自觉的，理性的，上面那段话里出现了“庙堂”、“广场”、“民间”等关

① 莫言：《檀香刑》，作家出版社 2001 年版，第 517—518 页。

键词汇，而且“民间俗艺”与“庙堂雅言”相对立，与广场上的民众狂欢却相得益彰，自成一体，这样的自我定位是符合莫言创作特色的；二，莫言把小说艺术追溯到古代的民间说唱传统，并与现代小说的西方形态相对立，即以猫腔与歌剧芭蕾相对立，由此建立起一套自成一家的现代小说叙述体系。这与莫言的艺术追求也是相吻合的，他的作品里从来就不曾有过西洋歌剧与芭蕾的因素，他的一切魔幻的变异的荒诞的因素，都与民间的文化形态紧密关联，而正是这些民间因素吸收了包括西方世界在内的大量读者。这两个问题，前者是民间立场，后者是民间叙述，正是本文需要深入探讨的问题。

近年来关于如何看待文学创作中的民间文化形态的争论层出不穷，最主要的分歧在于对民间文化形态的价值评判，却忽略了民间之所以成为文学的形态，除了价值取向外还有民间的审美价值，而真正使文学产生其不朽价值的构成因素，是其审美形态。因此讨论文学中的民间就不能不讨论它的审美性，而这一领域正是五四新文学以来的文学批评与文学研究的最大空白。在二十世纪中国追求“现代性”的主旋律中，五四新文学传统之所以成为其标志，正是因为赖由文学革命才使中国人从审美的意义上理解了“现代性”或曰“与世界接轨”究竟是怎么一回事。我一向认为在民族接受的层次中，审美接受是最根本也是最有效的接受。而在这样一种以西方文化精神为主要审美趣味的传统里，本土的民间的文化形态完全被否定或者被遮蔽起来，它只能在变形状态下，如在政治意识形态的利用和歪曲下才得以曲折地表现；或者在完全不被注意的状况下隐形地在文学创作里散发艺术生命。只有到了九十年代，它才在文学艺术中成为一种显著的创作现象，刚刚开始形成这个新鲜世界的血肉模糊的生命轮廓。因此我们研究文学创作中的民间，寻找这种艺术形态的审美规律，无法从传统的遗产（即那些变形的或潜隐的）中去寻找，更不能在所谓大众化运动的历史陈迹中去找，只能在当代作家的创造性的精神世界和审美世界中去寻找，与当代作家们一起去探索新世界的美学意义和特征。某种意义上这也是五四新文学传统的异质融汇。在这一前提下，我把莫言的小说作为一个自觉的民间艺术形态的探索者和创造者的文本来解读。

在分析莫言小说的艺术特征时，我愿意先引用王光东在《民间与启蒙》一文中把“民间”分为“现实的自在的民间文化空间”、“具有审美意义的民间文化空间”和“知识分子的民间价值立场”三个层次，而前两者之间相联系的中介环节则是“知识分子的民间价值立场，有了这种民间的价值立场，才能使知识分子从民间的现实社会中发现民间的美学意义”。王光东特别强调的是，知识分子的民间价值立场并不是与“民间自在文化”的完全契合，而是在民间状态中获得独立、自由、不受外在规范制约的个性精神，它仍然保持着知识分子应有的精神品格。① 这些阐述应该说把近年来关于民间的理论又往前推进了一步，我赞成这样的划分与理解，尤其是在理论界对民间的价值评价纠缠不清的时候。但我想补充和修正的是，把这三个“民间”都引进文学的范畴中，它们应该是呈现在文学创作中的一个不可分割的整体，并通过民间的美学形态完整地表达出来。知识分子的民间价值立场并不是虚拟的，不是说现实的民间社会藏污纳垢毫无价值，知识分子降临此岸，才将彼岸的光环照亮了它，赋予了它的审美价值。如果是这样的话，民间就没有实在的意义，它仅仅是一个空洞的所指，被用来寄寓知识分子的理想；而知识分子也没有改变自己的立场，只是根据自己的价值取向创造了一个审美的新空间。如果是这样的话，中国普通民众的实际日常生活就一无价值，需要知识分子来点铁成金，从而知识分子的所谓民间价值立场也无从谈起。光东在论述这三个层次的民间时，无意中套用了文学创作的外在规律即“现实生活——作家中介——艺术审美”的模式，而我在《民间的浮沉》一文中所论述的民间，仅仅是指“二十世纪中国文学史上已经出现，并且就其本身的方式得以生存、发展，并孕育了某种文学史前景的现实性文化空间”②，它没有离开文学和文学史的范畴。有许多批评我的民间理论的论者都没有注意到这一点，他们总是以现实政治意识形态下的民间叙述或者现实生活中民间实际存在的阴暗面，来取代我所指陈的文学形态的民间。我所归纳的民间的三个特征，也都是指文学中所体现的民间文化形态。现实的自在的民间只是我们讨论的民间文化形态的背景与基础，比如我们说秧歌剧的民间形态与现实的农民

---

① 王光东：《民间与启蒙》，《当代作家评论》2000 年第 5 期。

② 请参阅拙作《民间的浮沉——从抗战到文革文学史的一个解释》，《陈思和自选集》，广西师范大学出版社 1997 年版。

生活情绪存在着密切关联，但民间原始状态的秧歌剧里所反映的民间情绪与现实的民间生活毕竟不是一回事，与政治权力作用下的“民间形态”更不是一回事，不能混淆不同范畴的民间。又如五四时期知识分子受俄罗斯民粹运动影响提倡“到民间去”，这固然是知识分子的民间立场取向，但与本文所讨论的知识分子民间价值立场也没有直接的关联，两者也不必要联系在一起。王光东把现实社会中的民间日常生活与文学艺术中的民间审美空间相区别就解决了这一含混之处，但是在我们所讨论的民间审美空间内，同时也深刻包含了现实民间场景的生活内容。因此我在关于民间的三个特征的归纳中，第一条所说“它是在国家权力控制相对薄弱的领域产生的，保存相对自由活泼的形式，能够比较真实地表达出民间社会生活的面貌和下层人民的情绪世界”，当是指文学形态下的民间，而非指现实社会中的民间。所谓“国家权力控制相对薄弱的领域”也是指文学和文学史的范畴领域，它包括来自民间文学样式、文艺参与对象，以及文学创作中的内容（题材、语言等）。我始终把关于民间的讨论严格限定在文学和文学史的范畴里进行，所以要说明知识分子的民间价值立场，也只能通过作家的具体创作及其风格来证明。所谓现实中的民间文化空间与知识分子的民间价值立场，只有当它们成为一种文学性的想象以后，才是我们讨论的对象。

民间的审美形态并不是一个脱离了现实民间生活或者完全与之背道而驰的纯理想境界，否则，民间就成了当代知识分子的乌托邦。无论是悲怆激越或者乐观幽默的审美风格，都是现实的民间精神本质的某种体现，只是在日常生活的沉重压抑下人们感受不到这种激动人心的力量，反而在审美活动中才表现出来，这就是艺术的真实性所在。我们一边听着中原田野上唢呐声响彻云霄，一边看到眼前被劳作与饥饿折磨得奄奄一息的农民，很难把两者联系在一起，但在精神世界里，唢呐正是生命在高度压抑下迸发出来的血泪之声，如果没有中原地区农民世世代代承受的非人的压迫，也很难想象唢呐这种高亢激愤之声背后的精神力量。许多传统的民间审美形态都与民间面对现实苦难及其长期抗争有关，只是它不是知识分子所理解所描绘的那种形态。在文学创作中所谓的“国家权力控制相对薄弱的领域”常常是相对而言的，国家/私人、城市/农村、社会/个人、男性/女性、成人/儿童、强势民族/弱势民族，甚至在人/畜等对立范畴中，民间总是自觉体现在后者，它常常是在前者堂而皇之的遮蔽和压抑之下求得生存，这也是为什么在莫言的艺术世界里表现得最多的叙述就是有关普通农民、城市贫民、被遗弃的女性和懵里懵懂的孩子，甚至是被毁灭的动物的故事。这些弱小生命构成了莫言艺术世界的特殊的叙述单位，其所面对的苦难往往是通过其叙事主体的理解被叙述出来。莫言的民间叙事的可贵性就在于他从来不曾站在上述二元对立范畴中的前者立场上嘲笑、鄙视和企图遮蔽后者，这就是我认为的莫言创作中的民间立场。

《野骡子》是一部典型的民间叙事，故事里并没有正面写勾引“我”父亲罗通的坏女人野骡子，着力叙事的却是另一个被遗弃后精神受到极度伤害的女人——“我”母亲杨玉珍的形象，讲述一个普通农村妇女在如何绝望的境遇中奋发苦斗终于发家的故事。这也是一个乏味的道德故事：贤妇艰苦持家养子，浪子弃家终于回头。但莫言的民间叙事让它再生出极大的趣味性，他消解了故事原含的道德性，承担叙事角色的是一个不具备任何道德感，只停留在生命感官层次上的小孩，他是被父亲遗弃的罗小通，因为忍受不了母亲极度贫困的生活和艰苦的劳动，对着抚养他的母亲怨天尤人，整个故事都在控诉式的语气中进行，由于对母亲艰苦发家的传统生活方式的强烈反感，转而怀念那个不负责任的父亲的浪子生活。这种叙事效果展示出农村道德故事的背景：即在农村改革的过程中两种生活观念及其方式的激烈冲突。母亲所代表的是一种传统农民勤俭发家的生活观念与商品经济发展后不道德追逐利润的资本观念的结合（后者表现为全村靠卖黑肉致富及母亲卖破烂中弄虚作假的行为），也可以说这是当前主流的中国特色的追逐现代化的生活形态。而父亲所代表的是一种感性的浪漫的今朝有酒今朝醉的浪子哲学（也是传统中的败家子生活观念）和对财富对技术的过时的道德主义观念（如估牛买卖中的公正行为），正是今天的生活潮流中被日益淘汰的生活形态。但我们从孩子的不无偏激的叙述中，也不能不承认，浪子罗通的生活道路虽然失败，但是他的浪漫私奔、纵欲感官、技术至上和敬业精神，恰恰是体现了农村知识者反正统生活观念的立场，也同样具有被社会习惯所遮蔽和压抑的自由自在的民间精神因素。所以在这个作品中，作家的民间价值立场是复调式的，既从母亲杨玉珍的立场上褒扬了一个忍受精神伤害而艰苦创业的民间女子的故事；又从更深刻的民间立场诠释了一个反传统的浪子故事。由于叙事者本人态度的暧昧和模糊不清，使故事包含了丰富的生活信息量和审美的朦胧复杂性，正统的道德观被恰到好处地消解，中国民间显示了其多层次的丰富性与复杂性。像《野骡子》那样的民间叙事模型，我想称之为复调型的民间叙事，它至少有两条以上的叙事线索在同时起作用，都来自于民间的想象空间，但其间可以起到互相补充又互相解构的艺术效果。在这篇作品里，不顾一切追求致富的贫苦农民——被遗弃的女人——被贫困折磨的孩子——反叛生活传统的浪子，构成了一组相辅相成的叙述主体单位，虽然他们之间也有互相伤害甚至互相仇恨，却共同承担了民间叙事的功能。

知识分子的民间立场并不能超然存在于民间叙事以外，它是在民间叙述中逐渐展现出来，如果同样这个故事是用一般的歌颂劳动光荣或者歌颂妇女自强的叙述方式来表现，也可以成为一个庙堂意识形态的道德教化故事，那就不具备民间立场。有许多论者在讨论文学的民间性时，总是夸大了延安时代特殊环境下的政治形态对民间的诠释遗产，把它们作为讨论民间问题的基础，那么无论褒贬均是含混了民间在当下理论领域的建设性意义。莫言作品中民间叙事的最大特点总是在这里，他的小说叙事里不含有知识分子装腔作态的斯文风格，总是把叙述的元点置放在民间最本质的物质层面——生命形态上启动发轫。还是以《野骡子》为例，既然在小说文本里根本就没有出现过野骡子本人的内容，唯一的真实信息就是最后知道她与罗通私奔在外生下一个女儿后死了，那为什么，小说要以“野骡子”为题名？我觉得这里包含了莫言对民间理解的独到之处。在小说里有一段被遗弃的母子之间的对话：

> 母：你还没有回答我，既然我比她漂亮，为什么你爹还要去找她？
>
> 子：野骡子大姑家天天煮肉，我爹闻到肉味儿就去了。

这姑且看做是一个想吃肉而不得的小孩的想象，但“野骡子”是开酒店的女人，风流与性感肯定在劳苦一生而没有女人味的杨玉珍之上，所以才会引起村长老兰与罗通的情斗，同时孩子还给她外加了一条优势，就是“天天吃肉”，对一个在贫困线上挣扎的民间社会而言，食与色也就成了人性中最根本也是最迫切的体现，因此“野骡子”与罗通的关系某种程度上也就是莫言另一篇小说《怀抱鲜花的女人》中那个理想女人与男主人公的关系，成为一种挥之不去的心理情结。野骡子与情人的私奔是罗通一家命运改变、置死地而后生的全部契机，一切都由此引发而来，而野骡子所象征的，又恰恰是民间对人性本质的最根本的解读，是罗通所信奉的浪子哲学的全部动机。因此，最后流浪在外的野骡子之死而罗通回归、杨玉珍发家成功，都成为当前民间社会所面对的现实境遇的象征性寓言。但意味深长的是，作家在现实面前总还怀有民间的理想主义，野骡子终于留下了一个“一模一样的小狐狸精”，暗示了人性的理想主义不会被物质追求所压抑而完全消失。

复调型的民间叙事结构是莫言小说的最基本的叙事形态，从《透明的红萝卜》起，莫言的小说叙事主人公总是选择一个懵里懵懂的农村小孩。他拙于人事而敏感于自然和本性，对世界充满了感性的认知，由于对人事的一知半解，所以他总是歪曲地理解成人世界的复杂纠葛，错误地并充满了谐趣地解释各种事物。这种未成熟的叙述形态与小说所根据现实生活内容而表达的真实意向之间形成一种张力，也同样构成了复调的叙述。这种叙述形态在近年莫言小说里愈见成熟。如《牛》、《三十年前的一次长跑比赛》等比较优秀的作品都使用了这样的民间叙述。尤其是《牛》所表现的复杂内涵，贫苦的农民缺少食物，打算利用阉割一头公牛的事故换来屠宰牛的许可，但在当时屠宰牛要作为破坏生产工具受到惩罚，所以村长麻子在极端隐蔽的情况下导演了这场杀牛悲剧，所有出场的人都无意识地充当了演员的功能，可是结果是功亏一篑，好容易到手的死牛肉被公社干部所霸占，但后来又以集体中毒的闹剧来消解故事的悲剧意味。小说里的复杂场景一幕幕演出下去，均是在一个简单无知又自作聪明的小孩的叙述下展开的，工于心计的村长——贫困而饥饿的村民——懵里懵懂的小孩——苦难深重的牛，构成一组复调的民间叙述主体单位。因为小孩无知不可能尽职地承担叙述者的角色，所以，所有的角色实际上都以各自的语言方式（包括牛的悲惨的无声行为）来表现自己的故事，他们具有某种主体性。也许小说描写的是“文革”时代的故事，与《野骡子》相比，《牛》的叙述更具有知识分子的道义立场，比较多地反映出时代的政治意识形态对民间的侵犯，但总体上说，它依然是一个完整的民间复调型叙事，并不掺杂知识分子的叙事立场。

莫言小说的民间叙述里还有另外一种形态，即以非民间叙事立场与民间叙事立场对照进行的对照型的民间叙事。在这种叙述形态里，叙述者并非是清一色的民间角色，而是由知识分子或其他角色与民间人物交错进行。虽然其间的冲突与消解意义同样存在，但因为加入了非民间的叙事立场，民间叙述单位不仅有主体性，还有被表现性。这样一种叙事形态在莫言以前的创作中也有过尝试（如《天堂蒜薹之歌》），最近的长篇小说《檀香刑》可以说是集大成的体现。这部作家企图以声音为主导叙述体的小说中，尝试性引入俗文学的说唱艺术作为叙述语言，尤其在"凤头"、"豹尾"部分，作家以刽子手赵甲代表庙堂叙事，县官钱丁代表的知识分子的叙事以及孙丙、孙眉娘和赵小甲代表的民间叙事，共同地承担起叙述一件"义和团"时代山东农民反洋人势力的传统故事。这种多声部的含混的叙事体正是来自作家民间立场的复杂状态。与前面描绘的现实题材不一样的是，这个故事本身包含了当下中国在全球化大趋势下有关"现代性"的思考。德国人在山东地区修铁路通火车事件无疑与中国开始纳入现代化进程有关，与它相伴随的是西方殖民主义的强权政治；而民众在反对被纳入现代化进程的斗争中，以愚昧落后的形态掩盖了其民族道义上的正义感。在弱肉强食的现代化竞争机制里是不存在"道义"这个因素的，但是在被殖民国家里它却可能成为人民反对强权的旗帜。这样的故事，过去在政治意识形态话语系统、知识分子的话语系统、民间话语系统里都被单一地表现过，可以演化为各种诠释，而莫言的诠释却充分展示了多元的可能性。《檀香刑》中民间叙事与知识者叙事形成了互为言说的结构：当我们从钱丁的叙述中看到了义和拳演出闹剧的同时，我们从眉娘与孙丙的叙述里也同样看到了知识者的可怜与矛盾。在这样一种殖民主义—→本土统治者—→本土民众的强食弱肉机制中，清醒的知识者所扮演的极为尴尬的角色被凸现出来。

《檀香刑》一开始就写了知县钱丁与戏子孙丙因为美髯而打赌，写出了知识者与权力的结合，不仅在社会层面上统治了民间，在智力显现的精神层面上也占了绝对优势，老爷小施谋略就骗住了民众取得胜利，而由此造成了孙丙被强迫拔去美髯，放弃猫腔生涯，以致造成一系列悲剧发生。虽然带有偶然性，但一部以情节为主体的文艺作品里，情节的最初契机往往是最说明问题的（小说最后以钱丁向垂死的孙丙辩白拔胡子为结局，即是一证明)。小说的最精彩的描写之一，是孙眉娘与钱丁之间发生的惊心动魄，足以感天地泣鬼神的爱情故事，虽然性与暴力一向是莫言的最爱，但在孙钱的爱情叙述里却难能可贵地不带一点情色成分：

高密知县，胡须很长，日夜思念，孙家眉娘，他们两个，一对鸳鸯。

被编入民谣的爱情已经完全超越了阶级与文化的障碍，成为被民间所认可所赞美的风流轶事，知识者钱丁在这场爱情演出中也同样扮演了民间角色，就像西方童话里的王子与贫女的叙事传统。钱丁的元配妻子是曾国藩的后裔，似乎暗示了一种庙堂的价值取向，但终于不敌民间眉娘，但是当这种选择一旦超离了爱情的私人性因素，转向功名等社会因素时，知识者的处境就狼狈起来。莫言正是在这些意义上一层层地剥离了知识者与民间的关系。在“猪肚”部的夹缝一节，我读到眉娘对钱丁的一段倾诉时不能不为之动容①。这段叙述里，民众——女人——情爱构成了一组叙述单位，充满了民间的主动性与主体化，与以往文学作品里类似知识者辜负民间痴心女的知识分子叙事（如张贤亮的小说），呈现了完全不同的叙述效果。

小说“豹尾”部孙丙说戏一节，孙丙慷慨赴杀场，真假孙丙一起高唱猫腔的情节，很容易让人想到鲁迅笔下的阿Q被杀头时想唱“手执钢鞭将你打”的窘状。在这样的比较中，鲁迅的启蒙主义的叙事立场非常清楚，阿Q的愚昧及麻木不仁的行为里不值得我们肯定任何东西，在知识者的叙事里，民间叙述单位阿Q是被言说者，他的愚昧可笑是被动地展览在读者的面前；而莫言的民间叙述里，孙丙的愚昧可笑也好，慷慨赴死也好，都是主动的，包含了更加复杂的内涵。如果要比较这两种叙事形态的话，莫言所运用的多元型的民间叙事，本身并不排斥知识者的启蒙叙事，但它本身是复杂多元的，就以《檀香刑》为例，它是一种多声部的叙

① 这段眉娘叙述见《檀香刑》，作家出版社2001年初版，第302—303页。因为太长无法引用，我觉得这段文本有极为复杂的含义，包含了谴责、自忏，也包含了宽容和理解，但这一切都统一在民间的爱情观里，真是莫言的血泪之言。

事，通过互为言说的方式，达到了叙事视角的多样性和叙事内涵的丰富性，如果从中我们要区分两者的立场，那只能说，鲁迅所坚持的是单一的知识分子的启蒙叙事立场，而莫言的独创性正是彻头彻尾地站到了民间的立场，尽管他依然用知识者的视角与叙事揭示出民间的藏污纳垢的可笑性。

对照型的民间叙事不但打破了民间自身的单一性，同时也包容了其他各种立场的叙事，显现出民间的丰富性。这正是民间自身的复杂形态造成的。我在以前的研究中曾经表述过这样的想法，其实现实生活中并不存在一个纯粹的民间社会，由于民间从来就是以弱势的姿态被遮蔽于权力意识形态之下，它的本相的显现总是夹杂在各种强势文化的言说之中。因此，我们在艺术上表现民间时就不能不顺带地表现其他强势文化形态的叙事，使其复杂性以本来的复杂面目表达出来。它的富有特色的叙事与众不同的效果是，民间在多元叙事中不仅仅是主体的言说者，它同样也是其他叙述单位的言说者，它与其他叙述单位在互相审视和互相言说中共同地完成了作品的叙事。

2001 年 6 月 24 日于黑水斋

（原载《钟山》2001 年第 5 期）

关于“垓下”的想象突围

李　陀　莫　言　乐　刚　孔庆东　林克欢　田沁鑫
童道明　王东亮　吴晓东　杜　丽　王向明
季红真　洪米贞　王树增

编者按：二〇〇〇年底，空政话剧团在北京人艺小剧场上演了由莫言、王树增编剧，王向明导演的话剧《霸王别姬》。这部话剧对民族形式、性别观念等方面的探索，颇为有趣，为此，《读书》编辑部在二〇〇一年初邀请几位朋友做了一次漫谈，以下就是这次谈论的摘要。

李陀：我喜欢《霸王别姬》。这出戏最突出的是它的导演和表演，很明显，戏的导演和演员一起合作，在共同努力摸索一种新的演出风格，也可以说在探索一种新的话剧观念。话剧是舶来品，进入中国后经过这么多年的发展，怎么能够和中国人的欣赏习惯，和中国的戏剧环境相适应，始终是个问题。没想到最近几年，话剧出现了生机（这要归功于戏剧界的一批年轻导演和演员的努力，是他们救活了话剧），开始有了市场。更没想到的是，话剧在适应市场化，获得生存权利的过程中，还在重新探索话剧如何和中国传统的戏曲因素相结合方面有了令人振奋的成绩。以最近的戏来说，先是田沁鑫的《生死场》让人耳目一新，接着就看到了《风月无边》，然后就是《霸王别姬》，三个戏都在这方面做了重要探索，叫人高兴！《霸王别姬》有先锋戏剧的因素，但是我以为给人感受最强烈的不是它的先锋性，而是它和中国戏曲观念、戏曲形式之间的借鉴和融合。它不是简单地把戏曲表演的动作拿过来，而是在舞台调度、肢体语言、布景道具等各个层次上使之和话剧融合。比如它的念白，是一种有强烈韵白味道的道白形式，时而向话剧的舞台腔靠拢，时而又向戏剧的韵白靠拢，在这两个幅度之间来回摆动，非常自然。这使一个古代故事的演绎和诠释获得了现代形式：一方面，《霸王别姬》是对项羽的现代诠释，另一面，这现代诠释又借用了一定的中国戏曲观念和戏曲形式，这样，它就和中国戏曲中的《霸王别姬》又有了互文关系，两种诠释交叉在一起，你中有我，我中有你。这太有意思了。

乐刚：我认为这部戏的前三幕创造了一个高峰，第四幕开始就非常老套。我们可以拿王安忆的《长恨歌》做一个对比。《长恨歌》的颠覆性，就是把“红颜薄命”这样一个千古不变的男性命题颠覆了。红颜必须薄命才是红颜，《长恨歌》把它倒了过来，写一个白发老人，很老很丑的女人。它恰恰是靠延长王绮瑶的生命，来颠覆“红颜薄命”的男性命题。《霸王别姬》也是典型的红颜薄命，这个红颜薄命被英雄美人包裹住。戏的前三幕把在中国传统文化中完全定型化的英雄美人完全倒过来。首先它是以女人为主体，通过两个女人的对话，把江山和美人整个重新编织了一次。江山美人本来是男人的抉择，跟女人无关，女人是对象，这里却让女人充当了古老叙事的主角。

从司马迁开始到民间戏曲，到京剧，到香港李碧华的小说等等，全是围绕一个英雄美人的主题。这里却让女人登场，瓦解这个叙事。然后她们两人角色对换，以及出现肖雄说山东话那些调侃，把一个悲剧的宏大叙事瓦解了。但在最后关键时刻，这部戏又回到江山美人的框架中。相比之下，《长恨歌》是用釜底抽薪的方法，把红颜薄命彻底瓦解，这部戏本来可以做到这一步的。

李陀：由于大众文化（如香港的“无厘头”）的影响，现在的话剧中往往有戏谑因素，甚至把戏谑发展到搞笑，但要把这些和传统的戏剧形式结合起来不是那么容易。可这个戏结合得很好。传统戏曲有丑角、花旦、刀马旦，允许她们开玩笑，插科打诨，《霸王别姬》试着把这个东西移植过来，做得不错。戏里的山东话、背景音乐起了一种间离效果，跟整个演出不和谐，但这个不和谐在一个更高的层面，在一个戏谑的层面它又是和谐的。这是诠释者在告诉观众，你们别认真，我们在说故事，说一个新的霸王别姬的故事，与你们古老的以男权中心意识形态为基础的英雄美人故事不一样——我们在重新戏说这个故事甚至是在取笑这个故事。这些试验都非常有意思。如果戏的第四幕或后三分之一能做得更好的话，这些调侃和戏谑会成为重新诠释“霸王别姬”的一个有机组成部分，不但有间离效果，还会在间离中产生新的诠释的可能，告诉人们这个历史故事是有问题的，既定历史观的权威性也是可以被挑战的。不管怎么说，莫言虽然是初次尝试写话剧剧本，但他露了一手，显示了他作为剧作家的才能，这也叫人高兴。

莫言：一九九六年夏天，空政话剧团的导演王向明和当时在广州军区话剧团任副团长的王树增找到我，说听说我曾经为张艺谋写过一个关于楚汉战争的名叫《英雄美人骏马》的电影文学剧本，希望能一起合作把它改编成话剧。我犹豫再三，但最终还是被他们说服了。然后我们就在一起多次讨论，把剧情基本确定之后，便由我和王树增分头写剧本，他写了三稿，我也写了三稿，最后由我定稿。所以说这个本子是集体劳动的成果。媒体在宣传时突出了我，这让我感到很惭愧，幸好不是什么大作品，他们不在乎，但我还是要在此说明，这个本子是集体创作的，好的地方是王树增写的，不好的地方是我写的。

在开始讨论的时候我们就想到，在世纪末讲一个两千多年前的故事，而且是被许多人写过的、大部分人耳熟能详的故事，有什么现实意义？谁还对这样的故事感兴趣？为了增强故事的现代性，我们想搞一个钢琴伴奏的话剧，题目定为《钢琴协奏曲·霸王别姬》，还设计了一组现代人物，与古代人物对应。古代是霸王、虞姬、吕雉；现代的是一个钢琴师、一个指挥、一个锅炉工。但后来导演感到剧本太长，而且古代部分和现代部分是两张皮，很难天衣无缝地合在一起，就把现代部分拿掉，把古代部分做了一些补充，就成了大家看到的样子。在舞台上展示的本子里边导演和演员添加了一些台词，有的很好，有的则让我感到不太喜欢。包括彩排在内，我一共看了四遍演出，对剧中的京剧道白、地方话，我不太喜欢。在演出的过程中，我听到身边的观众对这些东西有批评。当然也有说好的。一个戏要让人人说好几乎是不可能的，有人认为是鲜花，有人认为是牛粪，这是大部分作品的命运。专家的意见，教授的意见，并不见得比普通观众的意见高明。我认为编剧在写完剧本之后，任务就算完成了，怎样导，怎样演，是导演和演员的事，编剧不必再去掺和。

这段时间我看了一些剧本和话剧理论方面的书，我深深感到这是一门博大精深的学问，要写出一个好剧本，甚至比写出一部好小说还要难，或者可以说，能写出好小说，但不一定能写出好剧本。当然能写出好剧本也不一定能写出好小说。

孔庆东：在近几年的中国文学界，其他几种文学样式，如小说、诗歌、散文，它们能够撞击中国现实的力量好像越来越微弱。而这个撞击却在一个人们意想不到的领域爆发了——近几年，话剧突然热了起来，突然对现实产生了相当强烈的撞击，居然成为世纪之交中国文坛的热点。这是一个很值得思索的现象。在这个过程中，一些本来不是话剧领域的，比如本来写小说的，加入到这个领域中来，这个倾向值得重视。回到《霸王别姬》这个戏上，它对女性心理、生活态度、幸福观念的探索很有意思。还有，它十分醒目地在形式上进行一种民族化的探索。一进剧场，就能感到这种努力。它的不足就在于当这种探索的努力和话剧艺术规律相结合的时候发生了一些不吻合。这个戏我觉得一是冲突不够，有些地方让人感到有“辩论赛”的痕迹。剧情的发展不是靠内在的力量，而是靠外在的东西拖着走。再有就是人物概念化的问题。三个主要人物里，项羽比较弱。项羽是英雄儿女兼而有之的人物，但在这个戏里，儿女过于突出，英雄的一面没有得到展示。相对来说两个女主人公演得比较好。演员非常卖力，但过多地用语言把空间塞满了，好像曹操的十万支利箭都射到了诸葛亮的草船上，语言缺乏动作性。从戏剧形式的民族化探索来说，这是非常肯定这样一个倾向的，在这个倾向上我觉得《霸王别姬》的探索值得肯定，这条路应该在不断总结中走下去。

林克欢：这个座谈会引起我的兴趣有两点：一是最近有越来越多的小说家动手写剧本，这是大好事。戏剧应该站在文学的肩膀上，借助文学的力量向前发展；第二，我比较感兴趣的，不是这部戏的成功与否，而是它为我们提供了一些处理历史素材的新方法。历史可以有各种不同的认识、评价，不存在只此一家别无分店的信史。对文艺家来说，重要的是你借用历史素材说什么与如何说。也许，你提供了与以往的历史述说完全不同的东西，也许历史的细节面目全非、大异其趣，却提供了艺术家对历史的独特感悟，提供了一些诱发当代人思考的问题。我没读过剧本，对剧作不敢妄作评论。但从演出来看，自始至终将男耕女织作为女主人公的理想来加以宣扬，这实在是老掉牙的陈词滥调。

实验戏剧的意义在实验而不在成败，探索失败也自有其不可抹杀的意义。只是，一出戏无论怎样标新立异，都必须遵守游戏规则。戏是演给观众看的，演出者必须让观众看得明白。在一出戏中，你必须明白无误地确立自己的假定性尺度。你可以随意发挥艺术想象，却不可以随意破坏与观众约定的假定性尺度。你自己刚设定某一假定性尺度，随后又破坏这一尺度，观众将无所适从，无法对你做出评价。这出戏的问题就是随意性太大，什么都有一点，就是找不到大体可以依据的尺度。吕雉、虞姬这两个女性形象都不完整，找不到人物行为前后稍微一贯的依据。话剧，尤其是小剧场演出，在九十年代后期形成一个新热点，我们必须加强自身的修养，如果不这样，难得的机会又要错失。

田沁鑫：小说家参与戏剧创作，是非常好的事。小说家从事戏剧创作，其实也是正常的事情，现在却需要关注，可见戏剧现在依然还是弱势群体，需要进一步努力。关于这个戏，我个人认为，编剧还可以大胆一点，应该能用更新的视角来看待楚汉这段故事。如果我们没有办法突破固有的历史观，那么，今天重新演绎我们熟悉的历史故事，就显得分量有点儿轻了。把一个历史遗憾，或是一个男人的遗憾归咎到女人身上，我觉得不是很满足。我希望在未来把握历史题材时，有一种更开放的心态来超越我们固有的教育，真的去想象历史，或者通过自己的想象力去还原那一段远古的生活。

童道明：无论是司马迁的《史记》还是翦伯赞的《秦汉史》，写到“霸王别姬”这一段，都充满着文学意味。文学家跟政治家不一样，文学家倾向于对历史人物做道德评判，于是就存在着政权与道德的关系，我觉得这个思考可能从司马迁就开始了。我们今天还可以思考，这是一个千古的话题。看了莫言的《霸王别姬》，使我想到，这个话题到现在还没有过时。历史剧可能比现代剧更现代。

林克欢：较为成功的历史剧作家都不扮演历史教父，也不扮演历史的法官，更多的是充当历史的叩问者，历史发展多种可能性的想象者。

王东亮：楚汉争雄是民族史上的大事，从结果看，历史选择了刘邦，项羽则更多地进入了文学。如果说在司马迁笔下“兵败垓下”是历史的话，“霸王别姬”可能就是传说或戏说，用美人、骏马、一曲“力拔山兮气盖世……”来渲染项羽的悲剧之悲。这些情节化、戏剧化因素一直传承到梅兰芳的京剧，张爱玲的小说，以及今天的同名话剧。在这个意义上，编剧、导演现在对这一故事进行改写和再创造，是无可厚非的。

这部戏，在我看来，好像使用了三种语言，即京剧语言、话剧语言，另外一种可以说是俚俗语言或市井语言。而把这三种语言自然糅合在一起，又能做到让观众接受的，大概只有吕雉。吕雉这个人物之所以能立得住，撑得住，也许是因为她本是“霸王别姬”故事中所没有的人物，最能让编剧、导演和演员发挥创造力。另外，从人物性格逻辑发展和观众审美倾向来看，吕雉的角色颠倒即从政治女人转变成情感女人，比较容易让观众觉得可亲、可爱。再一点，我觉得这也与演员肖雄自信的表演有关。她在说话时似乎不单单是为了说出台词，而是在把握着自身的表演、台上的剧情和场内的观众。这种把握更体现在声音的运用和控制上，她的声音比较厚，有一种包容的东西。这使得她能从容地从一种语言过渡到另一种语言，并且让观众对这种过渡有一个心理准备。

当然，看这部戏给我留下印象比较深的还有虞姬的服装的颜色，红色的长裙，在眼前飘舞。这是诉诸于视觉的。吕雉的声音，是诉诸于听觉的。整个一部《霸王别姬》看上去像是声音和颜色两种能指之间的冲撞和竞争，从剧场效果看，应该说是声音占了上风。

吴晓东：我个人比较喜欢这部剧，感到演员演得很卖力，演技也不错。导演的一些处理也有新意，如把话剧道白与京剧道白结合，以及借助京剧程式化因素，都是值得肯定的。今天，单纯的艺术实验已经不是衡量一出剧成功与否的主要尺度，观众越来越关注综合标准。应该肯定的只有这出剧的结构，此外没有太多值得称赞的，比如戏剧性、人物性格塑造等都不令人满意，尤其是语言太差。话剧首先是语言的艺术，语言一不好就失败了一半。特别是对虞姬与吕雉的处理太过别出心裁，有些受电影《西楚霸王》的影响，格调也不太高。

杜丽：这部戏值得肯定的一点就是作家参与到话剧的创作中来。莫言在新时期是个很特别的作家，他参与戏剧又选择的是《霸王别姬》这样一个历史剧，这一点很有意思。在我这个普通观众眼里，“霸王别姬”基本上就是一个神话，好像很难想象项羽、虞姬是历史人物，几乎觉得就是神话人物。所以看这部戏的时候我没有想去看历史，就是想看莫言怎么讲。看的时候，我觉得舞台很可爱，讲故事的人非常孩子气。这点和我产生了强烈共鸣——历史人物和我们远隔千山万水，但又近在咫尺，这是莫言和古人之间的感应，他随心所欲地把男人的戏变成了女人的戏，又把女人写成了这样多姿多彩的女人。

王向明：今天的《霸王别姬》，能够有近四十万的票房佳绩，它的感召力，有莫言老师的编剧，有“霸王别姬”这四个字，我认为还有一点必须承认，就是孟京辉这些青年艺术家十年中在中国小剧场活动中做出的努力。他的戏各有各的说法，但他确实使小剧场话剧形成了一个相对稳定的观众群，使相当一部分观众注意到戏剧。在这个前提下，我们这部戏剧的进入，是承接了别人打下的成果的，这个环节应该注意到。我以前也考虑一个问题，就是戏剧怎么样在最大限度上和观众接近。我们毕竟是生活在主流里面，我们所受到的教育，采取的工作方式等等，都和孟京辉不一样。如果说我去排孟京辉那样的戏，从里到外都是不可能的。而主流戏剧在体制内的各种弊端已使我感到厌倦。我就想在他和主流戏剧之间寻找某条道路，确实是想寻找商业戏剧的道路。我觉得商业戏剧四个字不是一个让人脸红，或不值一提的概念。今天的中国戏剧，似乎极少认真研究如何为观众做戏，那种为政治主题做戏和为宣泄艺术家个性而做戏，有一点是相同的，即对观众的漠视。我自己觉得，只要是自觉购票进入剧场的观众，我们完全可以信任他能够理解你所表达的一切。在和观众座谈中，我说，我的戏是排给观众看的，不是给精英或戏剧专家看的。

我很喜欢好莱坞导演对自己与观众关系的定位。他们绝对不自作多情，而是和观众处于平等的位置共享生命的激动。就在这一个多小时之内我们哭，我们笑，我们获得心灵的一种洗涤。我尽可能想，在拍每部戏的时候，能够形成面积更大的视听冲击与情感洗涤，尽可能在观演关系上寻找更通畅的通道。

我们用韵白、曲牌、身段和锣鼓节奏这些京剧手法，是因为京剧的程式之美，经百年锤炼，有助于话剧的舞台表现力。实际上京剧的《霸王别姬》没有叙事，话剧才有叙事。有了叙事才有人物，才有故事。京剧和我们的《霸王别姬》没有任何可比性。

季红真：《霸王别姬》的演出非常成功，这和题材有很大的关系。楚汉相争的故事源远流长，几乎家喻户晓。从司马迁的《项羽本纪》开始，项羽就作为一个失败的英雄被塑造，这和司马迁对刘汉王朝的积怨有关系。项羽更合乎中国民间悲剧英雄的理想，关帝庙到处都是，而项羽的庙则比较罕见。男性文人总是从政治的角度评说他的得失，譬如杜牧的名句："江东子弟多才俊，卷土重来未可知。"抗日战争时期，郭沫若写了《楚霸王之死》，认为项羽的失败是由于他不学无术与没有任用贤能之人，带有政治讽喻的特点。梅兰芳开始表现项羽与虞姬的爱情故事，在他政治的失败背景中讴歌爱情的悲剧。辜鸿铭因此大骂梅兰芳，认为他败坏了传统戏剧的教化功能，因为传统戏剧是用表现忠孝节义的故事来宣传政治伦理的，而梅兰芳却把它用以表现男女情事，适应商业化的市场需要。而女性作家则完全不一样，多是从英雄的理想和爱情的角度来赞美项羽。譬如李清照的名句："至今思项羽，不肯过江东。"张爱玲十几岁的时候，也写《霸王别姬》，其中虞姬是主人公。虞姬自杀以前，说的最后一句话是：我比较喜欢这样的收梢。因为张爱玲从虞姬的角度想，如果楚霸王成就了霸业、虞姬当了贵妃那才是可悲的。项羽一定会后宫嫔妃三千，她的存在便会变得微不足道，所以她暗暗希望仗一直打下去才好。

莫言作为一个男性作家，在主题上超越了宏大叙事，表现了一个男人在男权社会中的两难处境，分别体现在与两个女人的关系上，在戏剧形式上，吕雉是政治利害与权术的化身，而虞姬则是淳朴的爱情的象征。用以强化这种矛盾的，是范增的形象。作者将阴谋与爱情纠结在一起，强化了这一矛盾。要江山也要美人，这无疑是中国男人乃至于全世界男人集体无意识中的共同愿望，但在现实生活中是很难两重的。吕雉的道白里时而夹杂着一两句名言，虞姬的道白中有时是京剧的韵白，这就把前者进一步喜剧化，而后者则被艺术化了，从中可以看出作者对这两类女人不同的审美倾向，褒贬是非常明确的，尽管他对前者也不乏理解与同情。

洪米贞：每个人对待历史都有不同的解读角度，我觉得《霸王别姬》的编剧给这段历史与历史人物的演绎创造了新的生命，这一点很可取。我在看戏的过程中很被演员的表演所吸引。尤其是肖雄。她的突出也可能是因为她的角色性格比较复杂多重，内心的挣扎较多，诠释得好就显得比较有力量。剧中范增给我的印象也很深。我想不论在古代或是现代，我们总是会看到那么一些人（不能说他们是不好的人），坚持自己的看法，往往为了维护自己的价值观去勉强另外一个人，或为实现这个理想而影响了另一大群人的生命。对范增来讲，追求江山帝位，是一个中国有为男人所该追求的。可是从另外一个角度看，纷扰争权，又何必呢？范增为了向项王表明他的忠心（或意识形态）而寻死，这种义无反顾的偏执，让我对这个人物很同情。

戏本身还挺吸引人，可是中间加入许多特殊因素，譬如说剧白中加入地方方言、京剧唱腔，或是现时流行的情歌，这些元素马上就让戏剧的效果发生变化。老实说，当我听到蔡琴的情歌从舞台上冒出来时，突然间好像被浇了一盆冷水，这种不和谐造成了戏剧整体感的断裂。这个断裂让一部原先好像是很严肃的戏突然产生了“喜剧”效果。如果导演真是要让观众发笑，那他是达到目的了；可如果不是的话，那就很可惜。总之，我觉得戏剧的形式不论是现代或古典，各种不同元素的混合可以尝试，但其间的完整性与和谐非常重要。

王树增：作为编剧难就难在陷入两个不可解的圈套之中。第一个就是戏要求特别纯净，一个半小时的现在进行时，不可能很纷杂，但现代生活又是多元的，纷杂的。还有一个是，我们所创作出的一切戏其实都是历史戏，文字记载的历史与历史真相相比较，都有伪造的痕迹。季红真女士说这是种族记忆，种族记忆也是一种伪造。每部历史的文字记载都是个人的道德评价，不是历史本身。历史本身什么样，永远不得而知。我们写这部戏也是伪造，也是道德评价。我们写的时候，开始谁也不知道是什么。有一稿是按照莫言原来的电影剧本《英雄美人骏马》，写得神采飞扬。紧接着我又写了一个完全不一样的故事，用的全是韵白，有点风花雪月的感觉。后来莫言又写一个，他是戏谑，他把乌骓马变成一头驴，一开始霸王就是骑着一头驴上场的。现在我们在剧场里看到的戏，正是莫言这一稿的风格框架。我们在写的时候没想到将来卖钱，写的时候就是为了获得一种内心的愉悦。结果是什么，那是另外一回事。

（整理者：陶庆梅）

（原载《读书》2001 年第 6 期）

刑场背后的历史

——论《檀香刑》

洪治纲

莫言的长篇小说《檀香刑》既是一部汪洋恣肆、激情迸射的新历史小说典范之作，又是一部借刑场为舞台、以施刑为高潮的现代寓言体戏剧。它以极度民间化的传奇故事为底色，借助那种看似非常传统的文本结构，充分展示了作者内心深处非凡的艺术想象力和高超的叙事独创性，张扬了作者长期所崇尚的那种生命内在的强悍美、悲壮美。同时，在这种强悍和悲壮的背后，莫言又以其故事自身的隐喻特质，将小说的审美内涵延伸到中国传统文化的内部，并直指极权话语的深层结构，使古老文明掩饰下的国家权力体系和伦理道德体系再一次受到尖锐的审视。

一　从形式开始

《檀香刑》的叙事形式是分裂的。这种分裂，不是文本结构上的相互分离与脱节，而是作者通过极致化的审美法则，将种种二元对立的审美理想推向各自的巅峰状态，从而在叙事上形成某种两极化的审美效果。一方面，作者在审度民间话语的潜在力量时，对非主流性的集体智慧表现出狂热的崇拜和彻底的膺服，从而自觉地袭用着传统故事中的种种表达形式；而另一方面，他又不想（也不可能）抛弃他那与生俱来的独创气质和艺术禀赋，不想囚禁自身灵动翻飞的审美感觉和奇特吊诡的艺术想象力，因而在话语表达的过程中，大肆地挥霍着自身独有的各种艺术才情。一方面，他着力于一场又一场酷刑的叙述，精心地演绎着一幕幕惨绝人寰的暴烈场景，话语之间充溢着令人魂飞魄散的血腥之气；另一方面，他又不断地强化语言的诗性品质，运用大量的想象、通感对种种惨烈情景进行灵动的描绘，使叙述不时地闪动着诗性的魅力。一方面，他极力展现着一场来自民间的、自发的抗辱卫家、视死如归的民族主义正义史，慷慨悲歌之中呈现出明确的悲剧意味；另一方面，他又不断地调动民间文化中固有的一些戏剧化成分（譬如斗须、比脚、找虎须、设神坛等），强化叙事自身的喜剧性质和狂欢场景。他试图以一种刚烈剽悍的叙事方式，在重新激活民间生活艺术质感的同时，将生命真正地推演到种种极致状态，推演到作者内心深处渴慕已久的精神高度。这使得《檀香刑》不仅在叙事形式上呈现出传统与现代、民间与个人、残酷与诗意、悲剧与喜剧等二元共生的奇妙状态，而且还通过这种形式自身的整合，透视出作者对于传统文化和生命本源的某种深邃而复杂的理解。

莫言是一个对乡村社会有着特殊敏感气质的作家。只要他将自己的审美理想投向大地，投向那一片自由、放达而又充满血性的田野，他的所有艺术感觉似乎在一瞬之间便获得了完全的释放，各种吊诡的想象就像肆虐的洪水一样四处蔓延，一切都显得不可收拾。这种来自民间的深厚情感在激活他的审美创造力的同时，也使他不自觉地体悟到民间文化中生生不息的内在活力，感受到生命在自然状态中的勃勃生机。因此，在《檀香刑》中，莫言自始至终都非常自觉地恪守着民间的文化立场，保持着平民化的叙事格调。他不仅十分诚实地将“凤头、猪肚、豹尾”这一经典的传统叙事理论作为整个故事的框架结构，而且还将来自山东高密的猫腔、富有音律感的自我倾诉以及大量的俗语、俚语、民谣、谚语作为叙事的话语基调，使得全篇小说仿佛是一部民间艺人的唱词或者乡间流传的话本，质朴、率真、神秘、悲情，有着浓郁的戏剧意味，保持着民间叙事的一些重要特点，如自娱化、民谣化、传奇化等。作者力图以理性手段将文本控制在口语式的诉说和复述式的演义状态中，展示自己心目中所感受到的那种民间文化的鲜活特质。在具体的叙事过程中，莫言又通过孙丙、眉娘、小甲等重要人物以彻底的民间立场不断地进行自我叙述，借助他们的文化视角、社会身份和伦理背景，还原传统意义上乡村社会的生存场景，以便在话语内部也同样建立起某种原汁原味的“传统叙事风格”。

但是，在这种传统形式的背后，又分明地隐藏着作者强大的现代艺术情结。这种现代情结常常以不自觉的方式，不断地跃动在传统叙事的肌理之中，隐蔽在声势浩大的民间话语深处。从话语的表达方式上看，作者致力于维护人物自身的文化角色，努力让人物以自己的口气叙述，譬如眉娘的浪语，赵甲的狂言，小甲的傻话，钱丁的恨声，孙丙的说戏，每个人物都有自己独特的声音，都有符合自己性格逻辑和生存际遇的言语方式。但是，当这些叙事进入到事件内部，尤其是进入到细节的复述之中，便会出现大量的极致性、梦态抒情般的感觉化言语。这些话语明显地超越了人物自身的感受能力，呈现出创作主体的个性禀赋。特别是那些喷薄于字里行间的奇特的比喻和意象，各种超验性的感觉化描述，都暴露出一个先锋作家在瞬间挥发才情的灵性能力。从叙事方式上看，《檀香刑》不断地调动叙述视角进行相互切换，既有人物的第一人称叙事，又有叙述者的第三人称叙事。在“凤头部”和“豹尾部”，作者严格依照人物视角进行心理叙事，从而形成巴赫金所言的复调式文本结构，让不同的人物演绎各自的生活情状，在时空拼缀中形成多声部共鸣的审美效果；而在“猪肚部”，作者则采用第三人称的上帝视角对故事进行较为全面的历时性补充。这种视角的频繁转换以及视角之间的内在转接，本身就带着鲜明的现代小说叙述技法。同时，在每个人物视角的自我独白中，又存在着各不相同的话语体系和故事体系，譬如眉娘的浪语重在情感，赵甲的狂言重在权威，钱丁的恨声重在道义，小甲的傻话重在蒙昧，孙丙的说戏重在尊严。这使得他们在讲述故事事件时自然而然地出现了某些叙事的重叠，只不过这种重叠是针对客观故事而言，而在不同的人物身上则体现出不同的叙事效果。其实，这正是莫言所要追求的叙事目标——故事里套故事，故事与故事在片断上不断地重复与衔接，从不同的侧面对故事进行立体式的展示。这种叙事方式，明显地含纳了现代叙事的结构特征，无疑是莫言自身现代艺术理想自然而然的渗透与折射。

如果从叙事策略上进行审视，我们会发现，《檀香刑》的主体结构是十分内敛的。它将创作主体真正的审美意图彻底地潜藏到话语的背后，将民族命运、人格尊严、亲情道义等宏大主题退缩到人物命运的纠葛之中。就其主旨而言，《檀香刑》无疑是演绎了一出撼天动地的生命悲剧。小说中的每一个人物，无论是孙丙、眉娘、钱丁、钱夫人还是赵甲、小甲以及猫腔班子里的芸芸众生，甚至包括那位超越于皇权之上、显得不可一世的袁世凯，都是一些无法主宰自我命运的悲剧性人物，他们被域外强权势力所震慑，或不想反抗，或不敢反抗，或盲目反抗，最终都免不了为奴为仆的命运。他们的生与死，表面看来轰轰烈烈，生机勃勃，有滋有味，甚至还颇有几分殉道的意味，实则是以颠覆伦理亲情、人格操守为代价，进行着无望的相残与相害。但是，这种悲剧意蕴并不是以外显的方式呈现在小说的叙事主线中，活跃在叙事表层的，则是一场场历史酷刑的盛大表演，一场场民间游戏 的狂欢场景，它显得毫无节制，纵横捭阖，恣肆汪洋，张扬得无以复加，充满了某种喜剧化的色彩，幽默、夸张、奔放，有着锣鼓般的热烈与喧闹。而在这种喧闹的背后，在喜剧化的话语深处，我们又明确地感受到一幕又一幕强悍生命的悲壮史，尊严道义的溃败史，人伦情感的毁灭中，拓示出莫言尖啸而疼痛的内心，折射出他对中国传统文化中某些痼疾与沉疴的深刻洞悉，以及毫不留情的鞭笞。可以说，这部小说完全是用一种喜剧性的话语方式来展示悲剧性的精神内涵，且悲与喜在小说中都叙述得浓墨重彩、登峰造极。这种两极化的高度整合，不仅体现了莫言高超的叙事技能，也表明了《檀香刑》绝不是一般意义上对传统小说创作模式的复归，它是莫言在沉入民间之后，以自己特有的艺术生命在激活民间话语的过程中所爆发出来的独一无二的声音，是莫言对中国当下先锋文学的再度开拓。

二　刑术的文化指向

《檀香刑》所迸射出来的审美特质无疑是极为惨烈的。这种惨烈，与其说是源于作者对各种酷刑的酣畅淋漓的精妙叙述，还不如说是道出了中国传统刑术文化的血淋淋的真实本质。莫言之所以狂热地钟情于对各种刑术进行津津乐道的叙述，固然有他自身对残酷美的特殊爱好和痴迷（他的很多小说都是通过残酷的方式烘托出人性内在的强悍美），但也决不能忽视中国传统刑术内在的种种近乎荒诞的文化内涵。实质上，正是这些刑术中所包含的种种繁复驳杂的文化内蕴，决定了《檀香刑》所蕴藉的那种深远的悲剧力量。因为这些刑术，已远远超出了法律的征诫意义，失去了皇权正常发挥的历史作用，沦为统治阶级以生命取乐的重要手段，也成为民众激活贫乏生活的一种特殊庆典。它们所体现出来的真实意图，既是对法律本身的嘲讽和消解，也是对某种人性变异后所产生出来的文化痼疾的尖锐反诘。

小说总共讲述了六次行刑过程，演绎了五种不同的刑术：赵甲受母亲幽灵的引导来到京城，目睹了刽子手处决“舅舅”的场景，此时用的是“斩首”；刽子手余姥姥惩处偷盗国库金银的库丁，用的是“腰斩”；余姥姥和赵甲联手处死太监小虫子，使的是“阎王闩”；赵甲给戊戌六君子执刑，用的是“斩首”；赵甲给刺杀袁世凯未遂的钱雄飞执刑，用的是“凌迟五百刀”；赵甲告老还乡后再度走上刑场，给孙丙上惊天动地的“檀香刑”。每种刑术，都以追求残忍的极致境界为目标，它的精致、考究、细腻，都是为了在实施过程中最大程度地体现受刑者在肉体和精神上的双重痛苦。这些刑术，作为中国历史上极权统治人性沦丧的一种高度象征，它所隐喻的不只是统治阶级那种近乎疯狂的非人道性、残忍性的专制本质，还折射了中国人在某些方面极为高超的集体智慧。就像女人的裹脚是中国传统男权变异后的产物一样，这些酷刑的发明与创造，同样也是封建权力阶层变态后的自然产物。它以肉体作为政治权力的演练对象，试图验证皇权的无限性，实质上却暴露了这种极权的变异本质。

这些刑术，用赵甲的话说，就是“代表着朝廷的精气神儿。这行当兴隆，朝廷也就昌盛；这行当萧条，朝廷的气数也尽了”。尤其是在“重视祖宗先例胜于重视法律”的大清王朝，“无论是什么样子的陈规陋习，只要是有过先例的，都不能废除，不但不能废除，还要变本加厉”。在这种病态的政治文化背景下，刑术的“繁荣”也就不可避免。它的特点是，回避或者拖延刑术的真正目的，有效地阻止犯人的迅速死亡，由摧残犯人的肉体上升到摧残犯人的精神意志，以犯人在走向死亡过程中所表现出来的各种非理性的、残忍而乖张的状态取乐作为目的，使刑术从法律意义演变为审美意义——让统治者充分欣赏到施刑过程中的种种惨烈之美。譬如，皇帝在看完太监小虫子被酷刑“阎王闩”折磨而死后，就开金口，吐玉言，十分满足地说道：“还是刑部的刽子手活儿做得地道！有条有理，有板有眼，有松有紧，让朕看了一台好戏”。

将观刑比喻为看戏，这种心态的变化，表明了中国传统刑术已从一个极权淫威的政治符号、一个维持社会机体正常运转的权力代码，而逐渐变成一个统治者自行取乐的病态方式。它在颠覆法律的历史作用的同时，实际上也颠覆了权力的历史作用。因此，莫言在叙述这些刑术时，总是不断地进行蓄势和铺陈，竭尽所能地对每一种刑术进行精到的描绘，尤其是在展示施刑过程的精妙和玄奥时，更是费尽笔墨。这实质上是作者借助反讽的手段，对权力与历史文明进行了全面质疑。

当然，《檀香刑》中最为辉煌的，也是最能体现中国皇权文化变态特征的，还是那种令人发指的檀香刑。这种刑术，依靠一根极简单的檀木棒子，从下到上直穿人体，却可以让人保持数天而不绝命。这种酷刑，不仅以无招胜有招——用一根小木棒来达到很多繁琐的刑具所无法达到的境界，隐射着中国传统文化中某种“道”的境界，还使酷刑成为一种精妙绝伦的审美过程——让统治者可以尽情地领略到某种施恶过程的无限快意。檀香，在中国传统文化中原本是一种高贵气质的象征，是高雅文化的喻体，诚如钱丁所言：“檀木原产深山中，秋来开花血样红。亭亭玉立十八丈，树中丈夫林中雄。都说那檀口轻启美人曲，凤歌燕语啼娇莺。都说那檀郎亲切美姿容，抛果盈车传美名。都说是檀板清越换新声，梨园弟子唱升平……都说是檀越本是佛家友，乐善好施积阴功……”但是，现在，它却成为一种空前绝后的刑术中的重要道具，成为残酷与阴毒的文化符码。所以钱丁也感到不可思议，并愤愤地骂道：“谁见过檀木橛子把人钉，王朝末日缺德刑。”这种“缺德刑”，无疑暗示了一种文化体系和权力体系的全面崩溃。

刑术文化的全面展示，当然离不开刽子手的高超表演。刽子手的技术高低，不仅关系到刑术在实施过程中的直接效果，还关系到观赏者的审美效果，也关系到权力意志的完美体现，而后者将更直接地影响着刽子手的生存的地位和存在价值。因此，赵甲作为刽子手的代表，无疑是小说中的一个核心人物。他不仅是中国传统酷刑的集大成者，而且完全将施刑的过程上升为某种人生的理想境界。小说从一开篇就通过眉娘的自叙道出了他的身份，“他是京城刑部大堂里的首席刽子手，是大清朝的第一快刀、砍人头的高手，是精通历代酷刑，并且有所发明、有所创造的专家。”在眉娘看来，“公爹偶尔上一次街，连咬人的恶狗都缩在墙角，呜呜地怪叫。那些传说更玄了，说俺的公爹用手摸摸街上的大杨树，大杨树一个劲儿地哆嗦，哆嗦得叶子哗哗响。”莫言以先声夺人的方式，首先将一个非同寻常的高级刽子手推到了读者面前。紧接着我们便看到赵甲以“狂言”出场，得意洋洋地表白自己行刑数十年、杀人近千例的辉煌历史。在赵甲的精神人格中，我们可以清晰地看到中国刑术文化的发展脉络。一方面，他十分虔诚地接受着恩师余姥姥的点滴教诲，并不断地在实践中反复揣摩、领悟师傅的这些教导。师傅说：“一个优秀的刽子手，站在执行台前，眼睛里就不应该再有活人；在他的眼睛里，只有一条条的肌肉、一件件的脏器和一根根的骨头。”“天才的刽子手，如皋陶爷，如张汤爷，是用心用眼切割，而不是用刀、用手。”在师傅的眼里，行刑者面对的不是活生生的生命，而是一堆纯粹的肉体。而赵甲不但全部领会了这些刑术的精髓，甚至还青出于蓝而胜于蓝——他能够把受刑者的凄厉尖叫看做是高明的乐师制造出的动听音响，他砍头时能感觉到刀人一体，他凌迟时能根据犯人的性别和体质准确地设计下刀的位置、间隔，他能意识到不同肉体的不同质感影响到行刑的完美与否，当檀香棒打进孙丙的身体时，他眼睛笑成一条缝，他听孙丙的尖叫，像听人唱戏。同时，在另一方面，他又积极地调动自己作为一个刽子手的想象力和创造力，在传统刑术的基础上不断地推陈出新，并有所创造。檀香刑就是他的又一次杰作。为了使自己的这种杰作成为一生的经典，他从制作刑具开始，一直到施刑过程，其考究程度、精致程度、完美程度，完全可视为一种行为艺术，充满了诗意化的至高境界。

但是，赵甲也并不是个得意忘形的一介愚夫，他虽然有着某种自觉的权力意识（如他行刑时用鸡血涂脸，不用给皇帝下跪；在钱丁差遣他时，他抬出皇太后和皇帝来羞辱钱丁），但他毕竟穿行于官场数十年，对封建皇权的本质有着十分清醒的认识：“咱家在衙门里混了一辈子，知道海比池深、火比灰热的道理。咱家知道，树高高不过天，人高高不过山，奴才再大也得听主子调遣。”为此他亦步亦趋，为自己的地位与声誉而苦苦钻营，最后终于受到了皇太后和皇上的召见与赏赐，并官封七品。这是一个刽子手所能达到的辉煌人生。连深谙宦海之道的钱丁都觉得不可思议，并向袁大人辩解：“大人，卑职以为，礼不下庶民，刑不上大夫，皇上皇太后万乘之尊，怎么会召见一个刽子手，并且还赏赐了这些贵重物品，因此卑职心存疑惑。”这不是钱丁的幼稚，而是一个腐朽王朝在社会伦理秩序全面坍塌之后所暴露出来的丑陋而乖张的现实。《檀香刑》的重要艺术价值就在于，莫言成功地塑造了赵甲这样一位极为丰实的刽子手形象，在他的精神内质中，蕴藉了历史文化内蕴。

如果我们承认，文明的终极本质就是为了恢复人类应有的尊严，让生命回到自由、平等与关爱的理性层面上来；如果我们承认，文明的基本方式就是解除精神的重重羁绊，为人类在迈向理想的途中创造一种公正、宽容、和谐的社会生存秩序；如果我们承认，文明绝不是以某种近乎麻木的癫狂形式，来标榜某种极权专制的威慑力量；那么，我们在看到一场场有关酷刑的至高境界时，在看到一场场有关人性的溃败场景时，我们就有理由怀疑，这种文明是否是一种假象？是否是一种外衣？它是否潜藏着另一种更为深层的强权、愚昧和歹毒？读完《檀香刑》，我仿佛看见莫言那双深邃的眼睛，在传统文化最为幽暗的部位专注良久，且不停地击柱浩叹。在小说中，莫言借助德国总督克罗德的口气，曾经说出了一句极为精辟的话：“中国什么都落后，但是刑罚是最先进的，中国人在这方面有着特别的天才。让人忍受了最大的痛苦才死去，这是中国艺术，是中国政治的精髓。”这也正是《檀香刑》所要表达的真实内核。

三　刑场与戏台

如同戏剧表演离不开戏台一样，刑术的最终完成当然也离不开刑场。刑术中的一切历史价值和文化内涵，都必须通过刑场上的一举一动展示出来，都必须通过刽子手和犯人的联袂表演，才能真正地得以实现。因此，在《檀香刑》里，刑场与刑术一样，都有着非同寻常的历史作用，都是一个巨大而丰硕的审美意象，都隐喻着深邃而厚实的文化内涵。就刑场而言，由刑术本身的独创性、刽子手天才般的表演欲以及看客的狂欢式心态共同营构出来的独特的行刑氛围，决定了它有着极为特殊的历史地位，即，它已不是一般意义上公开处决人犯的场所，也不是普通地显示国家专政机器的仪式场所，而是由一些特殊角色联合汇演生与死的人生大戏的舞台，是万人空巷、争相欣赏生命庆典的文化广场，是统治者满足兽性之乐、刽子手实现艺术化理想、犯人展示生命最后辉煌的剧场。它带着强烈的表演性质，只不过这种表演不是为了震慑人们，而是为了供人们欣赏。刑场就是戏台。这是积淀了数千年封建文化精髓和专政经验的大清王朝在

“推动历史前进”过程中的创举，是统治阶级真正地实现“与民同乐”的特殊场所，也是莫言极力推演历史真相、揭示传统文化沉疴的重要叙事载体。作者非常自觉地遵循着民间戏剧的思维方式，将刑场化为万众欢腾的剧场，演示出一场场盛大的戏曲汇演。

在《檀香刑》中，国仇、家仇、情仇，以种种戏剧化的方式紧密地交织在一起；爱与恨、荣与辱、道义与亲情，在人物的内心深处反复盘旋；尊严、良知、道义，构成了上至知识精英、下至黎民百姓的精神隐痛。他们挣扎，呼告，反击，最后都无一例外地被送上了刑场，在一种又一种超越想象力的刑罚过程中化为灰烬。莫言牢牢地扣住刑场，以刑场为契口，不断地打开沿袭数千年的封建皇权的病态本质，展示出皇权背后血淋淋的吃人真相。在小说中我们看到，那个操纵着所有社会秩序的皇权体制，不需要任何恩与德的外衣，只需要借助一场场盛大的酷刑，以无与伦比的残忍、近乎夸张的仪式显示着自身的潜在力量。他们轻而易举地将残忍上升为展示皇权的神圣仪式，将刑场改装成皇权表演的盛大剧场，这是中国几千年文明历史背后最为沉重的一笔。曾几何时，我们总是面对历史积淀中的丰厚遗产而沾沾自喜，将文明视为华夏文化的一种历史主脉，将文明奉为华夏先祖智慧的最高体现，尽管我们也知道，这些文明的产生与发展，同样是伴随着鲜血而来，闪耀着无数冤魂的灵火。但是，我们却忽视了与这种文明相生相长的“另一种文明”，那是一种变态式的残忍，是对人性的赤裸裸的褫夺和扼杀。它甚至远比我们所认识到的文明更加繁茂，更加博大精深，更加源远流长，也更具现实作用。在那种历史境域中，不可能每一个人都能享受到造纸术、火药、印刷术等等之类的好处，因为它们并不是与每一个人的生活息息相关。但是，皇权却是每个人都必须每天面对的，它像空气一样无处不在、无时不在，并随时随地地让你饱尝一下它的滋味。《檀香刑》的意义，不是为了津津乐道地向人们展示某种刑罚的惨烈过程，而是通过这种过程，向我们展示了另一种常常被历史的虚荣心所湮没的强悍的“文明”遗迹。它与鲁迅笔下的狂人，实质上属于异曲同工。

刑场上的主角是施刑者和受刑者。在这对冲突关系中，处于被动地位的受刑犯人又显得尤为重要，因为无论怎样特殊的刑术，无论怎样高超的刽子手，如果失去了犯人的“必要呼应”，失去了犯人种种意想不到的

“通力表演”，这场大戏就不可能带来狂欢的气氛，也不可能在看客的心中留下经典的意味，对于刽子手而言，也就不可能成为他的人生杰作。因此，莫言在面对这种刑场中的戏剧冲突时，几乎是投入了所有的叙事热情，他极尽铺陈之能事，淋漓尽致地发挥着自身特有的审美想象力，不仅生动地展示了刽子手的微妙动作和复杂心态，还将一个个站在刑场上的犯人在面对死亡时的种种不同表现叙述得活灵活现，惨烈无比。于是我们看到，在腰斩国库库丁时，被砍成两半的库丁，“用双手撑着地，硬是让半截身体立了起来，在台子上乱蹦跶……最奇的是那条辫子，竟然如蝎子的尾巴一样，钩钩钩地就翘起来了”。在对小虫子实施“阎王闩”时，小虫子的惨叫“胜过了万牲园里的狼嗥”。在斩首戊戌六君子时，“刘大人（刘光弟）的头双眼圆睁，双眉倒竖，牙齿错动，发出了咯咯吱吱的声响。”在凌迟钱雄飞时，“钱的舌头烂了，但他还是詈骂不止。……那残破的嘴巴里发出像火焰和毒药一样的嗥叫”。

最为震撼人心的，当然是遭受檀香刑的山东高密马桑镇猫腔戏班班主、民间抗德英雄孙丙。他以自己独有的人格魅力，将刑场彻头彻尾地演变为一场壮怀激烈的人生大戏的戏台。为了全面展示这场人间罕见的刑罚，为了在刑场上推出一部人间的经典剧目，也为了将小说全力推向真正的高潮，莫言一步步地进行蓄势和铺陈，直到天台般的刑场出现在人们眼前，叙事才进入真正的高潮。于是我们看到，面对受刑数天而不能死的刑术，孙丙自比岳飞，高唱着民族正义的理想大调走向刑场。在受刑刚开始，他又高唱着哀绝人寰的猫腔，愤怒地控诉袁世凯之流的卖国嘴脸。在遭受酷刑之后，他改唱为骂，痛斥专权者的奴性与凶残。他既充分地袒露着一个民间英雄的人格与骨气，又不时地暴露出肉体生命的自然本性。连冷酷无情的刽子手赵甲也不得不赞叹说：“孙丙，亲家，你也算是高密东北乡轰轰烈烈的人物，尽管俺不喜欢你，但俺知道你也是人中的龙凤，你这样的人物如果不死出点花样来天地不容。只有这样的檀香刑、只有这样的升天台才能配得上你。孙丙啊，你是前世修来的福气，落到咱家的手里，该着你千秋壮烈，万古留名”。同时，刑场在这里又成为人物之间较智较勇的角斗场。眉娘的悲痛欲绝，猫腔演员的壮烈送行，钱夫人的绝望自戕，最终导致了一直在夹缝中屈辱求存的知县钱丁开始了反抗。他将反抗的目标牢牢地锁定在刑场，以杀死表演主角孙丙为手段，使这场大戏提前中止，彻底地粉碎权力阶层期待已久的戏剧高潮。这既是十分狠毒的一招，又是无比快意的一招。由此，刑场终于从污秽不堪的历史深处走出，成为真正意义上的正义与邪恶较量的场所，成为屈辱与尊严搏斗的见证，成为悲与喜大交合的历史舞台。

如果说支撑刑术的主体是刽子手和犯人，那么支撑刑场的主体则是看客。他们是刑场价值的实现群体，也是刑术仪式的表演目的——刑场设立的意义，就是要通过刑术的公开实施，让看客们受到某种教育。在《檀香刑》中，这些刑场上的看客包括了上至皇帝官宦下至黎民百姓，但他们已完全不是为了来“受教育”，也不同于鲁迅笔下的看客那样的麻木和愚钝，他们表现出来的，却是强烈的快乐，是满足于种种怵目惊心的刺激场景，就像赵甲在京城目睹舅舅的死刑时看到的那样，所有观看的闲人面对即将斩首的犯人不停地喊叫着：“汉子，汉子，说几句硬话吧！说几句吧！说‘砍掉脑袋碗大个疤’，说‘二十年后又是一条好汉！’”在一场场酷刑的表演过程中，看客们总是保持着这种心态，他们没有悲悯，没有仇恨，没有冷漠，也没有震慑，有的只是欣赏中的刺激、惊喜、狂叫、欢呼，以及日后无穷无尽的回味。这是莫言的另一种人性发现，也是小说中颇为尖锐的一笔。它使刑场彻底地还原为一个戏台，并借此凸现了人类生命中许多兽性的本能。对此，刽子手赵甲曾有相当精辟的分析：“刽子手向监刑官员和看刑的群众展示从犯人身上脔割下来的东西，这个规矩产生的法律和心理的基础是：一，显示法律的严酷无情和刽子手执行法律的一丝不苟。二，让观刑的群众受到心灵的震撼，从而收束恶念，不去犯罪，这是历朝历代公开执刑并鼓励人们前来观看的原因。三，满足人们的心理需要。无论多么精彩的戏，也比不上凌迟活人精彩，这也是京城大狱里的高级刽子手根本瞧不起那些在宫廷里受宠的戏子们的根本原因。”其实，前两种作用早已被刑场和刑术自身的特殊性质所消解，人们像赶集一样拥向刑场的真正目的就是最后一种——满足人性内在的邪恶需求。如同赵甲的师傅在执刑数十年、杀人数千之后，才悟出的一个道理：“所有的人，都是两面兽，一面是仁义道德、三纲五常，一面是男盗女娼、嗜血纵欲。面对着实刀脔割下来的美人身体，前来观刑的无论是正人君子还是节妇淑女，都被邪恶的趣味激动着。”这一点，连傻子小甲都已发现：“俺看到，校场的边上，站满了老百姓。有男有女，有老有少。有的还保持着本相，有的变化回了人形，有的正在变化之中，处在半人半兽的状态。”面对庄严的刑场，看客的存在仅仅是为了满足自己病态的生理需要，仅仅是为了展示自身的兽性本能，这同样是对刑罚的一个巨大的历史嘲讽，对权力意志的一种有效的颠覆。因此，《檀香刑》中的刑场，既是看客们满足自己生理欲望的一个戏台，又是莫言瓦解腐朽的权力意志的一个有力的道具。

四 人性的撕裂

《檀香刑》在一次次剥示中国传统刑罚变异本质的同时，又以浓郁的体恤情怀激活了人性中许多丰富的内质，并将这些丰富的内质投置在中国传统文化的政治背景和伦理背景之中，以种种撕裂的方式，使它们不断地处在自我煎熬与自我折磨的矛盾状态，从而使这部小说对生命内在的种种精神禀赋也构成了某种深邃的观照与审视，在人性的层面上展示出许多同样惨烈的审美特质。它表现在作品中的，是一个个鲜活异常、性情勃发的生命个体，面对着严重异化的皇权体制和道貌岸然的伦理体系，进行着一次又一次的突围表演，闪耀着质朴亮丽的纯天然色质，最后却无一例外地遭受到一次又一次毁灭性的打击。它的终极指向，依然是对中国传统文化的权力体系和伦理体系进行深刻的质疑与反诘。

这种人性的撕裂首先表现在亲情之中。小说中的三个重要角色孙丙、赵甲和钱丁，通过眉娘这一特殊的纽带，分别变成了亲爹、公爹和干爹。尽管这“三爹”在一定程度上还显得有些暧昧，但是，这种特殊的角色身份，使他们无疑构成了某种特殊的伦理关系——一种传统意义上的亲情关系。这种关系，意味着他们至少在客观的伦理秩序中存在着十分亲密的情感成分、礼仪成分和道义成分。尤其是在我们这个极为崇尚伦理道德的“礼仪之邦”，一个是熟读经史子集的进士，一个是被宫廷礼仪熏陶了数十年的刽子手，一个是民间文化的重要代表，这三者之间的亲情关系即使没有多少情感的真实成分，在道义上也应保持着许多特殊的情感状态。事实上，在小说中，他们也的确不时地体现出这种亲情意味。譬如，钱丁在薅了孙丙的胡须后，慨然给了他五十两银子，让他开个茶馆营生；钱丁一次次地放走孙丙，固然心存一份民族正义的信仰，但也不能否认其中亲情的作用。赵甲给孙丙精心地实施檀香刑，虽然有着权力的强大盘压，有着自我刑技标榜的意味，但他临刑前对孙丙的那番话，也确实暴露了他内心深处的某些真情实感。这些情感，都有着深厚的民间文化基础，都浸润着传统伦理观念的价值取向，呈现出人世间自然而质朴的温馨力量。

遗憾的是，这种情感的生发不是处在日常生活的状态下，而是被极权势力逼压后的被动分裂。因此，在政治强权的伦理背景下，他们又是一种不折不扣的敌对关系，一种你死我活、凸显自我人生价值的利用关系。赵甲企图通过孙丙来完成自己作为大清第一刽子手的完善形象，钱丁希望利用赵甲的特殊身份和孙丙的生命代价，来保全自己的生存之位。在他们的生命际遇中，社会的角色身份已完全扼杀了伦理上的角色身份。无论是钱丁还是赵甲，放在人生第一位的，都是被极权政治所同构了的社会角色的责任和义务。他们看起来“铁面无私”，实质上却是以牺牲亲情的道德力量，自觉地行使了皇权的帮凶角色。莫言的独到之处就在于，他并不是以平面化的方式来草率地处理这种关系，而是让人物不时地处在种种亲情的撕裂过程中，使他们一方面不断地寻找着伦理道义上的种种安慰，另一方面又不得不亲手扼杀这些道义的生长。尤其是在钱丁的性格中，这种撕裂，实际上构成了他最后走向反抗的一个重要因素。这种亲情的毁灭，体现出来的实质是强权盘压下的人性溃败，民间伦理力量的脆弱不堪。

伴随着这种亲情撕裂的过程，还有人性欲望上的撕裂。莫言以饱满的激情叙写了眉娘与钱丁之间的爱情，它充满了情与欲的力量，展示出生机勃勃的自然人性状态。在眉娘身上，它是风情万种，天然率真，无所畏惧，执著不懈。眉娘是一个鲜嫩无比的人物形象，莫言发挥了他塑造成熟女性的巨大特长，将眉娘营造得风风火火、敢爱敢恨，展示出一个民间女性最为原始的生命风貌。为了爱，她舍尊严，受嘲讽，上求神仙，下求屈辱，完全是一副无怨无悔的野性之美，是民间文化培植下的、没有遭受任何世俗污染的天然的生命之态。在钱丁身上，它是食、色、性的高度融合——肥美的狗肉、醇香的黄酒、漂亮的少妇、销魂的性爱，将他全部的生命打造得蓬荜生辉，青春焕发。小说非常精细地描绘了他们在欲望状态下的煎熬情形：眉娘一次次地在月光下赤身游走，通体都散发着情欲的热气；钱丁在得不到眉娘时，便病倒在床，而眉娘一旦出现在眼前，立即复活过来。他们依托着坚实而强大的欲望基础，以非理性的方式和手段不断地冲击着极为森严的道德律令和伦理规范，冲击着官与民之间严格的等级秩序，带着某种叛逆者的意味。但是，当真正的灾难来临时，当权力的淫威胁迫到自我生命的存在时，这种非理性的、闪耀着生命最为生动的光华，便迅速被理性之手反复地遮蔽。眉娘由爱而生恨，变得爱恨交加；钱丁也同样是欲爱不能，欲罢不休。两人都彻底地被推向生命的两难境地，被推向无奈而又无助的情感刑场。而造成这种情感撕裂的幕后黑手，却依然是强权体制的独断与专横，是权力意志对人性本能的摧残。

从创作主体的审美观念上看，莫言在很大程度上将小说的某些主旨定位在一种大众共通的价值观念上，譬如对大到民族尊严、小到个人人格操守的极力维护，对生命内在的英雄情结的张扬，对个体欲望本能的不顾一切的追求等。应该说，这些价值观并不具备某种深刻的理性发现，但却有着强大的伦理基质。它们的存在，自古而来就是所有生命始终寻求的理想境界，是体现人之为人的最为基本的精神依据和价值规范。正因如此，它们的被摧残和被毁灭，才显得更为惊心动魄和更为惨无人道。《檀香刑》在展示一场场刑罚时，实际上也通过一些重要的犯人，将人性中应有的道义与尊严义无反顾地推向了刑场。从戊戌六君子、钱雄飞到孙丙，以及义和拳成员、朱八等猫腔戏班子成员，他们都表现出某种舍生取义、视死如归、彪炳历史的英雄气概，他们的所作所为都是为了民族的尊严、个人的道义、正义的复归，他们代表着一批民间精英分子的人生理想——对良知和气节的极力维护。这无疑也构成了小说内在的强大的精神主题。但是，他们的行为，在虚弱的历史面前，在病态的看客面前，却只是一种血色的记忆，一种难得的谈资，既失去了其自身所应有的历史作用，也失去了道义与尊严的本质力量。这种道义与尊严的撕裂与溃败，体现出来的是权力话语对伦理话语的强制性盘剥，是被颠覆了的伦理价值对人性理想的无情嘲弄和疯狂吞噬。

这种情形在钱丁的生命际遇中表现得尤为突出。作为一个在封建传统文化强力浇铸下的一个知识分子代表，他既能文又能武；既有深厚的传统智慧，又有一定的开放胸襟。因此，他在高密县任知县可谓是游刃有余。可悲的是，腐烂的政治机体不仅没有给他提供这种人生的诗意空间，反而将他推向了另一种刑场——一种良知和道义的刑场，使他不断地遭受着各种精神的酷刑，忍受着各种人性价值被撕裂的痛楚。他对大清朝的皇权体制有着清醒的认知，认为“这大清的气数，已经到了尽头。太后擅权，皇帝傀儡，雄鸡孵卵，雌鸡司晨，阴阳颠倒，黑白混淆，小人得志，妖术横行——这样的朝廷，不完蛋才是咄咄怪事”。但是，忠君思想与效命朝廷的理想又迫使他无法做出反抗。他的内心中有着强烈的道义力量和为民请命的生存理想，然而，他那在皇权体制中培养出来的胆小怯懦的个性，又使他不可能旗帜鲜明地展露自己的人生信念。所以，当他无可奈何地看到孙丙被送上刑场，情不自禁地叹道：“余不得不承认，在这高密小县的偏僻乡村生长起来的孙丙，是一个天才，是一个英雄，是一个进入太史公的列传也毫不逊色的人物，他必将千古留名，在后人们的口碑上，在猫腔的戏文里。”与民间土生土长的孙丙相比，他只能自叹弗如，羞愧交加。他是另一种意义的悲剧代表，体现出理想与正义被强权掏空后的尴尬和绝望。小说中，袁世凯一针见血地指出：“你（孙丙）是一个坦率的人，一个正派的人，一个不趋炎附势的人，一个有情有义的人，但也是一个不识时务的人。”这种“不识时务”恰恰表明他那心灵深处尚未泯灭的人性之光，也是他最后终于在绝望中走向反抗的一种伦理支撑。

小说是一种叙述生命的艺术，犹如劳伦斯所言，哪怕是一棵雨中的白菜，都必须成为一个鲜活的生命实体。对于沉浸在强大的民间文化氛围中的《檀香刑》来说，这种生命内在的鲜活与丰富，显得至关重要。因为它不仅关系到小说自身的艺术质感，还直接关系到作者审度传统文化的深度与广度。事实上，《檀香刑》的巨大成功，也正是建立在这种对人性内在的丰富性与复杂性的有效表达中。它以人性撕裂的尖锐方式，将叙事不断地挺入深远而广袤的历史文化中，在挞伐与诘难的同时，表达了莫言内心深处的那种疼痛与悲悯的人文情怀。因此，莫言的《檀香刑》看似残酷，但在这种残酷的背后，却有着强烈的体恤之情——那是对生命中血性之美的关爱，对人类永不朽灭的伟岸精神的膜拜。

2001年9月1日于杭州

（原载《南方文坛》2001年第6期）

语言、声音、方块字与小说

——从莫言、贾平凹、阎连科、李锐等说开去

郜元宝　葛红兵

郜元宝：我们这次打算从汉语言文字的角度出发，谈谈中国当代文学中的某些问题。从语言文字角度研究现当代文学，是近年来才出现的一种学术与批评的兴趣。过去，也经常有人谈到所谓“文学语言”，但那只是把语言当作文学的工具，当作从属于文学的一个次要的问题，而没有认识到语言文字对文学的根本性决定与制约，因此也很难从根本上思考语言与文学的关系。最近看了莫言的《檀香刑》，启发很大。我不太喜欢这部作品，但我认为这部作品为我们提供了讨论中国文学与汉语言文字的关系的一个相当合适的话题。联系到贾平凹、阎连科、李锐等其他几位当代作家创作中出现的大致相似的语言意识，我觉得有必要将此作为一个重要的现象加以认真的审视。

葛红兵：汉文学语言在二十世纪变化很大，主要“启蒙化”了。但是，看了莫言的《檀香刑》，我非常惊讶，因为莫言在尝试反思这种启蒙语言，这在二十世纪以来的汉文学中非常少见。他采用的是一种“前启蒙”的语言，没有受到“五四”启蒙话语的熏染，来自民间的、狂放的、暴烈的、血腥的、笑谑的、欢腾的语言。他模仿的对象是“猫戏”，是民间戏曲。莫言的这种“前启蒙”语言把经过五四文学革命改造后受到遮蔽的声音再次发掘出来了，比如赵甲这个人物的声音，放在鲁迅笔下可能就会变成《药》里面的康大叔或是《阿Q正传》里的阿贵，变成受批判、被谴责的对象，而不是发声对象。这种尝试贾平凹也做过，他也曾尝试回

到前“五四”去，但他效仿的对象是《金瓶梅》、《红楼梦》，是中国古代“文人”语言，一种浸染了古代文人气的语言，和莫言的《檀香刑》不同，后者更恣肆、更狂放、更自由。

郜元宝： 把莫言和贾平凹联系起来谈中国文学语言的变化，的确很重要。我记得莫言刚出道时的语言和现在大不一样，非常强调个人感觉。不过，当时许多批评家都是把语言作为一种修辞手段来认识，不能从根本上看到语言的问题。莫言、贾平凹、李锐包括王蒙这些作家使我意识到应该思考文学和语言的关系这个问题，而不是把语言纳入文学中去思考，也许我们可以反过来说把文学纳入语言中去思考。我们的文学的基础是语言，但我们究竟选择哪一种语言作为我们文学的基础？“五四”启蒙话语对中国语言进行改造，以改造过的汉语作为我们新文学的基础，这样就演化出中国新文学的历史。现在许多作家对于自身所处的这个历史感到不满，首先希望在语言上有所突破，比如莫言现在就开始自我检讨了，他认为自己最初的语言并不好，书卷气太浓了，为了追求一种“民间气息”、“比较纯粹的中国风格”，他宁可做出“牺牲”，也要放弃原来的语言，而制造另外一种适合在广场上高声朗诵的语言，这种语言应该具有“流畅、浅显、夸张、华丽的叙事效果”。你认为这是对“前启蒙”时代语言的一种回归，但你所说的回归这种“前启蒙”话语，也就是回到“五四”以前的文学语言，难道是可能的吗？莫言、贾平凹等人求学和创作之始，直接面对的都是“五四”之后文学/语言的现实，他们真的能够跨过“五四”话语而回到“五四”前的话语，即回到处于中国古代文学体系中的民间文人的白话与说唱传统中去吗？当然，这个问题背后还潜藏着另一个更加根本的问题，那就是包括莫言在内的当代中国作家与五四新文学的关系究竟怎样？在语言上，五四文学革命究竟给他们带来了什么样的遗产，以至于使他们对这份遗产感到不满而竭力要摆脱它？

一　语言与语言的传统：前启蒙语言是否可能复归？

葛红兵： 我在做博士论文的时候就观察到“五四”作家对文学语言的革命不是从修辞手段的意义上来讲的，而是从整体的文学精神的角度上来讲的。鲁迅、周作人、郭沫若、郁达夫这些作家都是把自己的精神母亲放在了西方，正是在这个前提下他们谈到了语言的改造——他们要到西方去找一种新的语言。我们现在有一种错觉，以为五四文学是接续了中国古代白话文学的传统，但在我看来并不是这样的。这种错觉是怎样造成的呢？周作人、胡适在五四文学革命发生以后写了一系列的文章、专著论证文学革命的合法性，硬是给自己找了个中国“古已有之”的理由。但实际的情形是五四时期周作人对中国古代白话小说和民谣基本上是反对的，比如他把《西游记》看做是神魔小说，对民谣中的文学成分他几乎是全盘否定的。所以说“五四”作家的启蒙语言是从西方借鉴的。这从他们语式的欧化上可以看出来，这种语言上的欧化与精神上的欧化即启蒙化完全一致。比如说鲁迅对阿Q的批评，在启蒙话语中，阿Q是没有地位的，我们从阿Q身上看到的是愚昧、自欺、受骗等国民性的缺点。这种遮蔽的东西在莫言的《檀香刑》里被颠覆了过来。比如说赵甲这个人物，变成了一个充满敬业精神的，无论怎样都要活下去的，充满仪式感的人物。他身上的这种韧性是来自民间的力量。我认为这一点与莫言对语言体式的选择有关。你刚才说中国当代作家跨越二十世纪中国启蒙话语的障碍很难，但不排除莫言这个独立的个人能部分地做到，就像贾平凹当初到中国古代小说中去寻找语言一样。

郜元宝：我注意到你和其他一些朋友对《檀香刑》、《酒国》等小说给予了很高评价，但我想知道你们是怎样评价莫言的早期作品像《欢乐》、《大风》、《石磨》、《透明的红萝卜》等的。那时候的莫言从直接的生存体验出发，似乎随意抓取一些天才性的语言纵情挥洒。一般认为（连莫言自己也认为）这是魔幻现实主义影响的结果，但在我看来，这种比较文学的所谓影响研究，至少疏忽了莫言开始文学写作时所依靠的包含了“五四”启蒙话语、与启蒙话语同时存在的民间文学以及外国文学彼此混合的一个语言的背景。这个语言的背景虽然没有鲜明的旗帜标志它具体属于哪一种语言传统，但正因为如此，莫言在语言的选择上才显得十分自由，从而更加有可能贴近他的文学创作爆发期的丰富体验。在这个意义上，我觉得他近来的创作相对来说是一种退步，即从对于一种混合的语言背景的依靠撤退到对于一种旗帜鲜明的所谓民间语言的单一传统的依靠。在这点上我与你的看法不同，我觉得莫言是在刻意依赖一种非西方（非欧化）非启蒙的语言，因此很难再像前期创作那样自由地释放自己的欢乐和狂放的体验。

我觉得，莫言所谓具有“民间气息”和“纯粹中国风格”的语言，对作家来说确实是一种诱惑，因为它似乎未被开垦过，但这实际上是一种误会。在中国新文学的历史上，始终存在着一股潜流，就是中国的通俗文学。现在有许多中国文学的研究者都在大声疾呼要研究中国的通俗文学，似乎通俗文学不研究，中国现当代文学就会永远迷失在启蒙话语的一元论模式中。我认为应谨慎看待这个问题。对莫言来说，我觉得重要的不是讨论他所选择的语言传统本身如何如何，而是应该仔细分析民间语言资源的引入对作家个人生存体验带来的实际影响。莫言所引入的传统语言如说唱文学形式，究竟是更加激发了他的创造力，还是反而因此遮蔽了他自然、真诚而丰富的感觉与想象？

葛红兵：莫言的语言经历了两个阶段：早期像苏童一样以个人的才情轰动文坛，这对当时王蒙、梁晓声等作家普遍使用的新启蒙语言也是有反拨作用的。但一个作家不能永远依赖个人才情来写作。莫言今天的这种倾向是把个人才情与广泛的民族根基结合起来的一种尝试，在这种语言中我们不仅看到了个人的力量，而且看到了民族的力量。要做到这点很困难，并不是戏仿一个西方作家、流派的语言，或者学习一种所谓的民间“精神”就能做到的，他需要很强的个人力量。二十世纪中国语言经历了“五四”启蒙语言、“文革”语言、新时期新启蒙语言等一系列巨变，绝大多数情况下我们是随着语言走，被语言主宰，而不是相反。例如“文革”意识形态语言，那种暴力的、战争倾向的“文革”语言对我们的影响到底有多大呢？扬州作家申维的《红旗大队》可以让我们看到这一点。在这部作品中我们可以看到“文革”语言的普遍体式，可以看到“放哨”、“忆苦思甜饭”、“打击一小撮”、“血泪仇”、“批斗会”、“反动”、“除四害”、“深挖洞广积粮”、“一打三反”、“阶级斗争是纲”等等，我们可以看到这种语言怎样影响了六十年代出生的作家。申维是在有意地清理自己的童年记忆，有意地对这些语言进行再现，对这种语言进行还原、复归、呈现。当然这部小说也让我们看到了“文革”语言中的分裂现象，在意识形态语言的宏大背景中，主人公的母亲还在朗诵“春潮带雨晚来急，野渡无人舟自横”——一种传统的意象化的、具有文人趣味的、人情味的语言……的确，任何一个时代其主导语言中都存在分裂、矛盾的因素，但是那种主导性的语言依然是坚不可摧的，它主宰了我们的文学。但这不是我们今天谈论的话题，我们今天谈论的是文学家如何超越这种主宰，他需要巨大的个人才情，同时单单只有个人才情又是不够的。

郜元宝：我们今天的谈话已经触及中国现当代文学与中国语言的关系这个根本问题。中国语言，具体来说，就是所谓“现代汉语”，乃是一异常复杂的概念，我倾向于把它想象为一种吸收了多种因素、无法预计其未来发展的变动不居的活的本体。我们两个在理论上并无分歧，也就是说我们都赞同作家在文学上要想有更深的发掘，更大的突破，就必须超越所谓纯粹个人的才气和个性，回归到一种传统，借助传统的力量说出自己的话。但作家要建立与传统的关系，并不等于简单地回到具体的某一种传统。不错，闻一多曾经批评郭沫若等作家缺乏传统，而只知道撇开传统说自己的话，他认为那是一种浅薄的“伪浪漫派”。但反过来，要克服这种“伪浪漫派”，是否就应该毫无批判地回到某个一度被忽略的传统？比如，像贾平凹那样回到传统文人小说的话语传统，或者像莫言那样回到“猫腔”？这是一个绕不过去的问题。我总以为，所谓回到传统，必须警惕传统对作家的消化和诱惑。传统有两面性，一方面使人有力量，一方面又会把人淹没。就贾平凹和莫言来说，他们从“五四”以来混合的也是日益收缩的语言背景中脱出来，转身回到一个具体的语言传统中去。在这转变当中，传统对他们的淹没，显然要超过他们自己的生命力从传统中的再生。不妨再拿另外两个作家为例，说明这个问题。四十年代末以后占据统治地位的“革命话语”以及“文革”中囊括一切的“政治语言”，无疑是许多当代中国作家深入骨髓的语言传统。那么，如何面对这个语言传统？王蒙和阎连科就提供了两种不同的模式。王蒙确实喜欢在自己的小说中大量使用他所“熟悉”的革命话语和政治术语，但在这过程中，他并不是单一地显示这种语言本身的历史信息，而更多的是要显示处在这种语言洪流中个人的扭曲和被伤害、被迫害的那股子可怜劲儿。所以在强势的语言暴力之中，我们还能够听到一点几乎没有个人语言的个人的呜咽。阎连科最近的《坚硬如水》则不同，表面上，他是想通过对铺天盖地的“文革”语言的频繁使用，再现那个时代的个人生存的真实，而实际效果，却仅仅是“文革”语言的大展览，个人和时代语言的关系，被简单化处理了。

五四时期，在西方语言和西方文化的强大冲击下，中国文学几乎一夜间挣脱了与母语的天然联系，落入瞿秋白所批评的“不古不今、不中不西、不人不鬼的”尴尬境地，造成新文学语言大面积的粗糙。这是我们必须面对的苦涩的遗产。然而，也必须看到，正是在这种语言的破碎局面中，在中国知识分子对语言传统的普遍反抗中，我们产生了鲁迅这样的作家。对于他和语言传统的关系，我们不能像对其他作家那样进行简单的理解。比如，他对文言文有铭心刻骨的仇恨，而实际创作中与文言文的关系又非常紧密，他很好地吸收了口语，但决不像胡适之那样过分推崇讲话风格对写作的绝对统治，他也不满于青年作家的生造字句，但一直更加坚定地为“欧化语体”辩护：他是要在多元的似乎无路可走的语言困境中走出一条语言的道路。其中既包含对传统的批判，又包含了对传统的新的认同，同时包含了对当时所有的各种语言资源巧妙的改造。我们无法用“回归”、“依靠”这样的概念来定位他与任何一种传统的关系，只能说他与纷乱的中国现代传统有一种鲁迅式的关系。在讨论当代作家与汉语言文字传统的关系时，我总是忘不了鲁迅。我以为他至今仍然不失为对中国当代文学的一个最大的提醒，即提醒我们不要简单地面对传统，尤其不要自以为发现了某一件传统的宝贝而沾沾自喜。否则，我们的格局将日见其小。

二　无声与有声

葛红兵：汉语小说写作对世界文学究竟应该有一种什么样的定位，或者说有什么样的贡献呢？以前我们说人家不给我们诺贝尔文学奖是歧视我们，但反过来想一想，我们是否与诺贝尔文学奖有距离？汉语写作文学对世界文学的贡献在哪里？就文学发展而言，二十世纪中国一直存在两条思路：一条是欧化思路，一条是民族化思路，如二三十年代的沈尹默、俞平伯，四十年代的赵树理，现在的金庸等等。但除了鲁迅，大多数人的尝试都不成功。其原因与汉字的自身特点有关。其一，汉字是表意的语言，大多数作家都忽视了汉语的意象性。其二，汉字是单音节性的语言。就第一点来说，表意性的语言并不适合西方化的逻格斯中心主义式的文学作品，像巴尔扎克的硬描述、硬叙述的文学作品，用汉语翻译出来就显得索然无味。汉语小说有自己的意象主义传统，一种类似庄子风格的传统。这种语言的魔力在汪曾祺的小说中就表现得非常突出。就第二点而言，我看到《檀香刑》很欣喜，因为它使用的是有声音的语言，这部小说能发出适合汉语音韵节奏的声音，具有音响效果。

二十世纪中国小说存在着一种悖论，这个悖论在五四时期就露出苗头了。一方面它要用白话，另一方面它又向着西方式启蒙文学的案头化方向发展；它要向白话前进，而实际走向却离口语越来越远，成了一种无声的语言，“案头的”文学。简单地说二十世纪中国文学的语言大多是一种“书面白话语”或“白话书面语”，鲁迅的语言就是代表，实际上鲁迅的语言是读不出来的，只能看的语言。而《檀香刑》是充满了声音的，如媚娘的浪语、钱丁的酸语、赵甲的狂言等等，它基于中国说唱艺术语言、戏曲艺术语言，颠覆了“五四”对民间话本小说、戏曲语言的拒绝乃至仇恨，这种声音不同于西方式的阳春白雪的描述的、叙述的（具有逻格斯效应的）声音，它是猫戏式的、顺口溜的、犀利的、高亢的、昂扬的、悲凉的、唱腔式的声音。这种韵律来自汉语自身，它不是莫言本人的，它是我们民族在数千年的生存历史中逐渐找到的，它在民间戏曲艺术中隐现着，莫言发现了它。

郜元宝：我一直在考虑文字与声音的关系这个问题。最近在为复旦大学中文系研究生开的“中国现当代文学中的语言问题”这门课上，我专门谈到了“字本位”和“音本位”的语言观念，如何在现代中国知识分子那里产生了激烈的争执这个问题。看了《檀香刑》的“后记”，我更加迫切地意识到声音和文字的关系，不仅是语言学上一个难解的问题，也是文学上的一个重要问题。语言的本质究竟是什么？是声音吗？那么文字的地位又如何界定？文字只是记录作为语言的本质的声音的工具吗？但是对于文学来说，我们难道可以想象离开文字的所谓“文学语言”吗？莫言很得意的是，《檀香刑》主要以“声音”为主。然而，究竟什么是文学上的声音？它是否等于口语的声音即人们说话的声音？我认为未必这样。中国几千年文学所表现的中国，在鲁迅看来是“无声的中国”。他所说的“无声”之“声”是有特指的，在他看来，文学上的声音首先是生命的表达，由于中国传统文学简单粗暴地把自然说话的声音改造成与文字的一定结构相符的人为的声音，用文人的吟咏遮蔽了百姓说话的声音，这就是鲁迅所说的“无声的中国”。

像莫言、贾平凹、李锐这些作家是否能使文学语言摆脱这种文人的传统和字面的传统，彻底回归到一种自然的声音，从而使文学更能表现中国人的生命呐喊呢？我认为这里首先应该区别两种声音：文学家制造的声音和人们生活中自然的声音。如果说文人的声音对人们自然的发声构成了一种遮蔽，那么我怀疑莫言们所推崇的“声音”，也会造成对中国人生存表达的新的遮蔽。如此用一种声音遮蔽另一种声音，恰恰是德里达分析的一个有趣的问题。德里达认为，在没有明显的逻格斯中心主义的非欧洲世界，比如在东方世界，也很有可能存在着“声音中心主义”，即通过东方思维的理解赋予声音以特权。我觉得莫言、李锐就是如此。我记得李锐曾经很自豪地说，他已经摆脱了白话文的书卷气，而进入了身边的百姓的口语的汪洋大海；他的长篇小说《无风之树》，就是摒弃一切知识分子的启蒙话语，完全让人物——农民——自己说话。但是我想指出，这其实并不是莫言、李锐的发明，五四文学革命对于口语在文学语言乃至整个民族语言中霸权地位的强调，早就是我们现代文化中的一个重要的传统了。口语不断侵蚀着文字，使文字降低到奴从的地位，这在某种程度上讲，正是现当代中国文学的一个特点。在四十年代，周扬就曾经根据赵树理的小说创作指出：中国文学在人物语言上有所进步，而叙述语言仍然是知识分子式的，因此应该对叙述语言来一场“打扫”。这种文学理想是把文学建立在声音层面上的，把文字视为一种记录工具即声音的载体。胡适就曾经说过，作文就是用文字记录说话。他也把文字降到从属地位，在对文字进行善恶的评判之后，使文字驯服于声音。而一旦如此，文字就会反过来报复文学，报复声音，使之成为新的案头文学，新的无声的“死语言”。在这种情况下面，声音也不会从工具式的文字中透现出来。我想，这就是为什么那些充分发掘了文字功能的古代文人的小说和古典的诗文词曲都是可以吟咏的，同样充分发掘了文字功能的鲁迅的小说和散文也是可以吟咏的，而贬低文字的功能、单纯依靠声音的莫言们的小说，反而没有真正创造出文学的声音，反而不能吟咏。我曾经听过莫言在《收获》杂志举办的作家朗诵会上朗诵他自己以为非常适合朗诵的作品，结果什么也没有听到。

葛红兵：理论上，五四文学的确存在你所说的这种错觉，即言语对文字有革命性的作用，文字是腐朽的，声音是革命的，文字是衰颓的，声音是活跃的，只有让文字臣服于声音，我们的文学革命才能完成。但是，正如我在前面已经说到的，“五四”作家实际上并没有在这个理论的层面实践自己的创作，他们的创作在反文言文的口号下，走的并不是声音中心主义的路子，相反是文字中心主义的路子，鲁迅就是个例证。鲁迅并没有接受中国古代话本白话小说的传统，没有接受话本小说的那种发声方式，而是走向了西方的人文小说传统，这种传统是基于把文字看成是小说的中心，讲究看的效果，而不是听的效果之上的。当然，在这个意义上谈文学的有声和无声还只是触及了皮毛，真正的声音应当是内在生命的呐喊，我完全同意你的观点。实际上，我所说的莫言向声音的回归并不简单地指他的语言是可以吟、可以唱，唱腔式的，有语调可以真实发声的，而是指莫言在文学发声学上拥有了另一种立场。如果说启蒙作家的发声方式是西方式的，是理性的、大写的“人”的发声方式，是一种统一于启蒙主义意识的单一的声音，那么我们可以说《檀香刑》发出的是另一种声音，一种由杀戮者的发声效果、受刑者的发声效果、狂浪者的发声效果、观众的发声效果等等糅合而成的综合的多声部的声音，这种发声在启蒙话语的理性主义思路中是受到遮蔽的，它包含了许多非理性的成分，包含了把生活看成表演的仪式主义的成分，死的欢乐、施虐的快感、受虐的痛楚、表演的雄心等等掺杂的形式感的成分，即使无价值也要把生命延续下去的成分，这些东西可能愚昧却是任性的、狂欢的、坚韧的，它在民间戏剧中藏身，但也正是这种声音使忍受了内忧外患、压抑的惨痛、饥馑的折磨、专制的苦难的民族得以延续下来。但恰恰在二十世纪以后，这种声音在小说中几乎绝迹，二十世纪中国多的是赵树理式的发声，是士大夫气的发声，是文人式的发声。在这个角度上我非常欣赏莫言。他并没有延续五四文学文人的理性的做出来的发声效果，而是回到民间的唱腔式的语言中去。

郜元宝：也许我们今天思考语言与文学的关系还为时过早，因为清理中国文学的语言传统的确有很多困难，这也不是单纯依靠西方哲学能够解释的，它也许需要哲学以外的东西来解释，比如说神学的传统。就中国当代文学来说，什么是声音这个问题，仍然值得我们一再地进行追问。我一直认为文学中的声音并不等于人们特别是某一部分人群（比如老百姓）自然的发声。鲁迅作品中的声音，主要还是一种人为制造的效果，他以全部生命的力量呐喊，这种呐喊不是模仿自然，不是模仿一次性的说话行为，更不是模仿中国人说话的某种强调（即使他所珍视的“女吊”的唱腔）。可以说，在鲁迅的作品中，就其所要传递的整体的声音来说，我们在中国当时乃至现在的活人的口中，是无法找到任何对应物的，因为那是鲁迅的精神的整体呈现，是通过看上去无声的文字把全部精神思辨和情感力量“组构”而成的呐喊。

说到这个问题，不妨就把莫言的“猫腔”与贾平凹的“秦腔”稍做个比较。贾平凹很聪明，他知道单纯用文字来模仿秦腔是无力的，所以他采取了迂回曲折的方式，通过不断的铺垫、烘托、描写、暗示来告诉我们什么是秦腔。他没有用文字去“模仿”声音，而是用文字去“描写”声音。声音在贾平凹这里不是简单地发出来，而是通过文字曲折地传达出来。而莫言简单化地把文字作为模仿的工具，这就很容易让另一种属于作家自己应该制造出来的声音受到遮蔽。

三　方块字与小说

葛红兵：这也就接触到我们今天谈话的最后的一个问题了。中国人创作文学作品只能用汉语言。一方面，文学创作对汉语言的发展起着至关重要的作用，我们知道现代汉语言就是在现代白话文的基础上产生的；另一方面，汉语言本身对汉语小说有很大的限制，或者说先天性的规定。我们过去过分强调作家、文人、学者为现代汉语言奠基的力量，改造现代汉语言的力量，夸大了作家在语言面前的能动性。现在我们能否反过来思考，来看看汉语小说如何从汉语言本身的规定性出发创造自己的形式。在这条路上，贾平凹、莫言、李锐等作家可能有些极端，但是，却是我比较欣赏的。而鲁迅的做法可能更为你所欣赏，但我依然认为鲁迅的语言思路可能并不适合中国文学整体。以后是否有反过来的道路呢？即不是过多地依赖个人的才华，个人的理性思考，个人的精神品质，而是奠基在汉语言文字固有的规定性上的以方块字为本位的道路。

郜元宝：从个人爱好来说，我更喜欢善于驱遣文字的作家，他们的文字具有一种雕刻的力量，一种不可动摇的稳定性，可能开始是无声的，可是当我看完他们的作品以后，有一种声音却从无声的文字中弥漫了开来。我不喜欢那样一种作家，他们一开篇就给我很多的声音，就像走进一个广场，进入闹哄哄的群众集会一样，而文字反而变成了模糊的可有可无的影子。在前一种类型的作家中，我会深切地感到在静悄悄的文字的徐徐展开中有一种声音被建构出来，慢慢地弥漫开来；而在后一种类型的作家如莫言、李锐以及阎连科的作品中，一种未必经过作家自己的精神咀嚼过，而是通过单纯模仿所获得的外界的声音，总是喋喋不休地传来。不管这种声音是人物的说话，还是作者的说话，都给我以压抑感，使我难以进入他们的声音世界。他们的这种声音是以牺牲文字为代价的，就好像把生活中的声音以录音的方式搬到文本中去，使文本成为一种装载的工具，并最终使文本淹没于这种我们在日常生活中其实已经相当熟悉的声音。

此外，我还认为应该警惕两个概念：一是民间，它是一个很大的文学史的或者哲学的概念，不能仅仅理解为具体的文学创作；二是莫言所说的“中国风格”，这是一个具有危险性和蛊惑力的概念，就像传统，所谓“中国风格”，可能给人以力量，也可能把人淹没。在某些文人学者呼吁对“全球化”做出反应的今天，中国文学中仅仅出现了这种对声音的重视，对民间的重视，对“中国气派”的追求，这难道就是中国文学对“全球化”所能做出的唯一的回应方式吗?

葛红兵：我完全赞同你对民族化、民间精神这些概念的怀疑和反思。我提倡在汉语本身、方块字本身的规定上使汉语文学发声也完全没有要中国文学回到民间戏曲或者什么有形的东西上去，相反我对汉语言发声机制的欠缺很敏感，我在“全球化：对现当代文学研究的影响”研讨会上做的发言中对此也做了总结。汉语发声机制中缺乏一元论哲学重本体、整体、大全的思维基础，因此缺乏“全球化”关怀。另外，我比较了中国现当代文学作品和陀思妥耶夫斯基、托尔斯泰作品之后，感觉汉语言中缺少超越者的声音，缺少更大的更神圣的启示性的声音，这使汉语言发声缺乏“信”的基础。无论是中国现代启蒙作家还是莫言等，他们只是部分地找到了自己的发声方式，还没有从更高处把握文学声音效果，因此在他们的作品中只能听见“人”的声音（人的对话、诅咒、誓言、梦呓等等），“物”的声音，而没有超越“人”和“物”的超越者的声音。

郜元宝：你提出“超越性”概念，这很重要。同时，我认为思考中国文学和语言的关系问题，应该回到“五四”（尽管所谓回到“五四”在许多人那里已经变成一种形式化、仪式化的口号）。所谓回到“五四”，不是回到今天一些学者所总结的几条关于“五四”的结论，也不是回到“五四”人物的气派、成就，严格说来，这也是不可能、不必要的。回到“五四”，主要是回到“五四”所提出的我们至今尚未解决的一系列问题上去，只有这样，我们才能看清楚自己的来历和来路，看清楚自己实际的文化和语言的处境。五四文学革命开辟的语言天地很广阔，只是到了后来，才逐渐缩小。在我看来，即使“五四”人物对汉语言文字粗暴的指责与简单的改造，其中也包含着决心引入异质因素的要求，我们今天所说的鲁迅式的绝望的反抗，就是在这个过程中产生的。“五四”以后，我们的文学又经历了三十年代、四十年代、五六十年代、“文革”和新时期、九十年代以及世纪之交的心理转变，文学所可依靠的语言资源益发显得丰富驳杂，而我们的作家在进入这个丰富驳杂的语言传统之时，也就更容易碰到选择的困难，重新认识传统的困难。如果我们轻视这个困难，随意选择某种传统作为自己的文学的依靠，就很有可能因为自己对传统的误读，而为自己所误读的传统所欺骗。老实说，当我在李锐的《无风之树》中持续地经受他的人物语言单调乏味的重复叙说，当我在《檀香刑》的最后，只能听到一地的猫声时，我是有一种恐惧感的。不是因为听到“瘤拐”说话、听到人言变成猫叫而恐惧，而是因为中国现当代文学在这些有才华的作家那里路子越走越窄但自信心反而越来越大而感到恐惧。

（原载《大家》2002 年第 4 期）

莫言与中国精神

李敬泽

一

莫言已成“正典”。他巨大的胃口、充沛的体能，他的欢乐和残忍，他的宽阔、绚烂，乃至他的古怪，近二十年来一直是现代汉语文学的重要景观。

尽管莫言可能是承受了最高声望的作家，他被反复阐释甚至过度阐释，但他却不是特别令人喜爱或令人厌恨的作家。在中国，一个人可能厌恨王朔，因为王朔冒犯了他；也可能无保留地喜爱王安忆，因为王安忆为他提供了一种对自身经验和生活的想象方式，但大概很少有人以同样的激情对待莫言。当然，身处剧烈的文化冲突的时代，莫言始终面临各种偏见和误解，他有固执的反对者，但无论反对他或支持他，人们都很难确定一种简明的、自足的立场，莫言过于宽阔，人们难以确定他的要害。

通过喜爱或厌憎什么作家，我们在某种程度上整理自己对世界的看法，确认自己是什么人。在这个意义上，作家有助于形成社会的自我意识，同时也必然地被社会意识分类、编纂。这是一个博尔赫斯式的情景：一本一本的书被写出来，堆积在巨大、阴暗的图书馆中，幽灵般的图书馆员忙碌着，他们凭着嗅觉就能把大部分书送进了碎纸机，然后把剩下的书沿着大脑沟回般的通道上架、归档。

那么，莫言将引起争议，究竟把他存于何处？

——这种想象中的困难，体现了莫言与他的时代、他的时代中的读者和文学的复杂关系。

二

莫言很少对他的时代直接表达看法。他的作品中最具共时性志向的也许是中篇小说《师傅越来越幽默》，但这无疑是一次失败。在小说中，下岗的老工人不得不以一种颇具讽刺性的方式谋生，他在荒僻的林间开设了一座情人小屋。由此，“下岗”这个社会性的主题暗自转化为了“欲望”的喜剧，“排泄”（情人小屋的创意由收费厕所而起）、窥淫（师傅守在屋外——眺望）、身体和金钱（两者互相激发、互相证实）、中心与边缘（是去市政府闹事还是在城郊自生自灭?）、合法与非法（小屋如同一间容纳非法欲望的阁楼，它本身可能是非法的，但也可能被默许——以两条“中华”的代价），通过这一系列次生的主题，“师傅越来越幽默”了。

——这终究是莫言的小说。社会有社会的议程，作家有作家的议程，莫言几乎是蛮不讲理地把小说开上了他自己的轨道。莫言常常是粗暴的、不讲理的，他有绝对的自信，无论怎样他都能把事情摆平，但在《师傅越来越幽默》中，事情看来是摆不平了，尽管莫言轻易地抓住了要点，但在每个要点上他都无法展开，似乎他不幸误入一个没有宽度的世界，他只能尽快地穿过去，草草收场，这篇小说在莫言的作品中罕见地气力疲弱。

失败往往标明了一个作家的限度，莫言如果从那间郊区小屋再往外走、从某个世纪末的日子再往回走，一直走进田野、走进过去，那么他就会重新获得力量——这不是在谈论题材，而是说，莫言本身的艺术气质有一种天高地远的宏伟，他的眼光是总体性的、俯瞰式的，他所能看见的是发生了什么，而不是为何发生。这样一个作家如天地不仁，他需要把伦理和美学的自由保存在自己的手里，人的所有弱点、人的所有感觉和经验皆如草木荣枯，雷霆雨露、白云屎溺皆是壮阔、自在，没有任何外在尽度。

所以，尽管莫言因《红高粱》而广为人知，但在此前的《透明的红萝卜》中，他的世界的基本元素已经就绪。这篇小说对当时的主流文学界来说是个丑闻，而对莫言和他的支持者来说则是一次大胆的挑战、一次袭击。而在今天，它看上去其实是平和的、美丽的，只有当我们注意到那个在田野上游荡的少年实际上没有理由时，我们才能看出它在当时的危险性——

一个精灵原来不需要理由。同样的，《红高粱》、《狗道》中，人物从不思考，他们只是感受、行动，他们的世界是被呈现的，而不是被阐述、被评估。如果说，《红高粱》中你还可以把日本鬼子理解为有具体历史内容的“恶”，那么在《狗道》中，“恶”仅是一种自然之力，是自然的属性，狗道亦是天道，天道亦是人道，人的挣扎和斗争不需要任何理由。

这种“齐物”的眼光在《三十年前的一次长跑》中充分展现了它可能达到的深度；一群“右派”分子正在庆典般的欢乐气氛中奔跑，三十年的时光滤去了他们身上的意识形态内容，他们进入了乡村传奇，每个人皆如《封神榜》上人，有各种奇技和怪癖。如果把这篇小说与莫言同时代的关于“右派”这一特殊人群、关于“文革”这一历史时期的主流叙事相比较，你会看出，后者通常预设一种历史理性，它为其中的每个人提供一个根本理由、一个“意义”的支点，即使这种意义相对于每个人来说常常显得不相称。也许我们必须谅解这种主流叙事的夸张、滥情和简化，但是，这种将个人在历史中合理化和合法化的不懈努力反映和强化了中国精神中“成王败寇”的褊狭一面。而《三十年前的一次长跑》那种惊人的欢乐和驳杂表明，莫言对用历史覆盖生活怀有异议，当然，历史最终介入了这次长跑，警察来了，有人被带走了，但这更像是生活中不可避免的意外，是一次“故障”，是生活中富于魅力的惊奇和秘密。即使“历史”也夺不走我们的生活，我们的欢乐、丰饶，我们的生命力，莫言对此有一种大地般安稳的信心。

——在这个意义上，莫言是我们的惠特曼，他有巨大的胃口、旺盛的食欲，似乎没有什么东西是他不能消化的，他刚健、粗俗、汹涌澎湃，他阐扬着中国精神中更宽阔的一面，那既是经验的、感觉的、身体的，又是超验的、终极的，超越自我、超越历史理性。

在《欢乐》中，那个屡考不中的乡村青年在田野上彷徨，他当然极度的苦闷极度的累，我们或许可以由此进行社会历史的和个性的考察，把它视为中国考试制度和乡村知识青年之间的一份心理学档案；但在莫言这里，人物的命运是与自然世界疯狂的丰饶和腐烂相互投射的，这种投射不仅是诗学的隐喻关系，更是确凿的判断：无论生或死，人永远要承受一切或舍弃一切，这就是生活的真相，也是自然的秩序，在莫言的世界中，人最不可能产生的情感就是可怜自己。

所以，我们的惠特曼其实也有他的限度，他说到底是个神话作家——尽管“神话”这个词在莫言的时代并不体面，但究其实质，莫言表达这个民族浩大的自我想象，很难说它是肯定性的或否定性的，也许莫言对此并不在乎，重要的是，现代性的焦虑、历史的焦虑在这种想象中被超越，这个被焦虑折磨得精神憔悴的民族在这些小说里获得一种自由：为善、为恶、为一切。

正因如此，莫言特别不适合处理诸如“下岗”这样的题材，这个题材本身隐含着具体的道德疑难，它涉及现代都市中人随时面临的琐屑、繁杂、模棱两可的各种界限。尽管莫言在《师傅越来越幽默》中蛮横地力图执行自己的议程，但当他以对人物处境的分析性陈述开始时，他已经注定失败，因为随着这种处境而来的是充塞着各种各样“理由”的世界，人只能在其中踯躅而行，那如同漫天飞尘，莫言无法下咽，他吞得下一切，除了尘土。

三

1.《檀香刑》是一部伟大作品。

我知道“伟大”这个词有多重，我从来不肯在活着的中国作家身上用它。但是，让我们别管莫言的死活，让我服从我的感觉，“伟大”这个词不会把《檀香刑》压垮。

2.《檀香刑》的第一句看上去纯属败笔：“那天早晨，俺公爹赵甲做梦也想不到再过七天他就要死在俺的手里。”

这太像《百年孤独》的第一句，我们知道，莫言也知道，但他偏就这么写了，似乎是自报家门，有意呈露他与魔幻现实主义的血缘关系。

这是向马尔克斯致意，也是向马尔克斯告别。从第二句开始直到小说的最后一句，莫言一退十万八千里，他以惊人的规模、惊人的革命彻底性把小说带回了他的家乡高密，带回中国人的耳边和嘴边，带回我们古典和乡土的伟大传统的地平线。

3.《檀香刑》是二十一世纪第一部重要的中国小说，它的出现体现着历史的对称之美。

二十世纪是中国小说现代化的世纪，我们学会了在全球背景下思想、体验和叙述，同时，我们欢乐或痛苦地付出了代价：斩断我们的根，废弃我们的传统，让千百年回荡不息的声音归于沉默。

而《檀香刑》标志着一个重大转向，同样是在全球背景下，我们要接续我们的根，建构我们的传统，确立我们不可泯灭的文化特性。

4. 莫言说，他写了声音：火车的声音和高密地方戏猫腔的声音。《檀香刑》也是历史的声音。故事发生于一九〇〇年，是年，八国联军侵入北京，古老中国的现代化危机达到空前绝后的顶点。在山东，义和团运动被德国占领军和西式装备的清朝新军联合扑灭，骇人听闻的大刑将在高台之上、万众之前展开……

这个场面很像演戏，这就是戏，在中国民间，历史是戏，戏是现实。让我们闭上眼，倾听一九〇〇年的声音，高亢的、愤怒的、绝望的、凄凉的、凶恶的、阴冷的，撕心裂肺荡气回肠，这是中国的声音，它像利刃一样穿透了一百年的时光。

5. 莫言不再是小说家——一个在“艺术家神话”中自我娇宠的“天才”，他成为说书人，他和唐宋以来就在勾栏瓦舍中向民众讲述故事的人们成为了同行。

这不是指《檀香刑》采用了“凤头”、“猪肚”、“豹尾”之类古老的结构原则，而是指它的叙事精神：直接诉诸听觉，让最高贵和最卑贱的声音同样铿锵响亮；直接诉诸故事，却让情节在缭绕华丽的讲述中无限延宕；直接诉诸人的注意力：夸张、俗艳、壮观、妖娆，甚至仪式化的“刑罚”也是“观看”的集体狂欢……

——这是中国的民间美学，大“俗”久不作。

6. 说书人需要训练，做一个传统的说书人要比做现代小说家难得多，因为现代小说家可以放纵自己，哪怕把读者吓跑或气跑，而一个说书人的至高伦理是听众必须在，一个都不能少。

《檀香刑》中，莫言表现了精湛的艺术功底——我这么说似乎不是在夸他，哪个小说家不觉得自己功底精湛？但是，大多数中国小说家并无功底可言，他们顶多是聪明或绝顶聪明，但他们甚至没有能力让两个不同的人物说不同的话。因为他们把小说当成自己的事，从“我”开始，到

“我”结束。

当莫言模仿说书人时，他回到了小说艺术的原初理想：小说家没有自己的故事、自己的声音，讲故事如同在讲已经发生、尽人皆知的事，而声音是世界的声音，它封闭在故事中，等待着一张嘴张开让它流动、激荡。

7. 我们对小说艺术的思考方向，我们在全球背景下对自身境遇的思考方向都将改变。这种改变在社会、文化和文学事件的涌动中正在逐渐显现，而《檀香刑》是一股强劲的推动力，它使混沌变得清晰，使低语变成呼喊，它写出的是我们的历史，但它也在形成文化和文学的未来历史。

四

——这是我在《檀香刑》出版不久所写的札记。在仅仅两年之后，我觉得此文在某些环节上表达含混，比如“历史的声音”，比如“历史是戏、戏是现实”，这里的“历史”概念其实未经检验和界定，它是把历史当成了某种不言而喻的自在之物，但在我看来，“历史”恰恰是必须言喻的，不被说出的一切就不是历史。正是通过“说”，我们才会确定和皈依某种历史理性。

《檀香刑》所处理的题材是各种历史论述激烈争辩、讨价还价、勉强妥协的场所，“义和团”运动可以说是一个民族、一种文化自我保存的绝望斗争，是对帝国主义的反抗；但也可以说是开“历史”之倒车，是对现代性的反抗。由于我们选择不同的论述立场，同一件事获得了截然不同的判断：前者具有历史的正当性，而后者在历史的尺度上是不正当的。如果我们假设历史是有理性的，那么，我们所面对的困境却是，我们很难在这件事上达成意义的自洽，我们必须忍受断裂。

这也是中国精神的一个持久伤口，中国现代民族国家在这个伤口的血泊中建立和成长，它直到现在依然红肿，阵阵作痒。我们被两种不同的自我想象所支配：一种是被侵犯、被剥夺的软弱和愤怒，另一种则是接受侵犯者和剥夺者的逻辑，终有一日会消除我们的软弱。两种想象其实是相互派生的，在它们各自内部都涌动着“力”的焦虑，但是，在这两者之间始终存在着充满疑问的混乱区域：无力的愤怒将激发力，而这种力同时却是对无力的肯定和坚持，而任何有力的梦想的前提是忍受无力。

这种绕口令式的表述恰好说明了我们所面对的其实不是如何认识和遵从历史理性的问题，不是如何合于目的的问题，不是工程和博弈问题，而是一个巨大的精神疑难：我们就像《拇指铐》里的那个男孩儿，被铐在“历史”的树上，无可选择却渴望自由；而在《祖母的门牙》中，“力”在祖母和母亲之间转移，但我们却不知强者和弱者究竟谁还是她们自己。

所以，《檀香刑》那个血腥而壮丽的脔割场面尽管会使神经脆弱的读者感到不适，但却是中国现代精神的一个伟大神话，它把“力”的复杂缭绕、矛盾重重的迷宫在身体上展现出来：它是外来的、它是自身施于自身的、它是绝对的软弱、它是绝对的强大、它是痛苦、它是迷狂、它是卑贱的死亡、它是高贵的救赎、它是律法、它是人心、它是血、它是手艺和技术、它是传统、它是传统的沦亡、它是历史、它是对历史的反抗……

——莫言在这部小说中必须选择大地般超然客观的叙述立场，他取消了自己的声音，甚至取消了自己的角度。在此之前，田野、记忆和孩子是莫言叙事的三个支点，通过记忆、通过孩子的目光，他可以打开宽阔的世界，也就是说，孩子的目光拒绝任何选择，而记忆再通过时间将一切事物在天空和地面之间拉平。但是现在，他只需要田野，因为任何一种声音、一种角度都不足以覆盖中国灵魂的痛苦、艰难、辽阔和孤独。

而这正是莫言与他的时代、他的时代中的读者和文学的复杂关系的症结所在，他表现着我们很难正视、力图忘却的图景，那是被“历史”、被社会、被我们兢兢业业的日常生活和日常经验、被我们的文学齐心协力地遮蔽的我们世界的底部。

所以，莫言离他的时代无限远，也无比近。

（原载《小说评论》2003 年第 1 期）

叙述的极限

——论莫言

张清华

我感到徒劳的危险。

用什么样的词语和概念可以概括他的写作？任何一种企图都会因为这个作品世界的过于宽阔、巨大和生气勃勃而陷于虚飘、苍白和支离破碎。我甚至找不到一个差强人意的题目，因为他太综合了，他的江河横溢和泥沙俱下，他的密密麻麻与生机盎然，他的粗粝奔放又精细入微，他的庞大理念与泛滥感性，他的来自泥土大地的根根须须原汁原味，他的横移于欧风美雨的形形色色洋腔洋调，他的民间的丰饶野性与芜杂欲望，他的人文的大雅情趣与磅礴诗意，他的杂花生树繁缛富丽肢体横陈汪洋恣肆……使任何题目都失去了譬喻的意义。尤其是在《丰乳肥臀》和《檀香刑》之后，莫言已不再是一个仅用某些文化或者美学的新词概念就能概括和描述的作家了，而成了一个异常多面和丰厚的，包含了复杂的人文、历史、道德和艺术的广大领域中几乎所有命题的作家。

因此我用了“极限”这样一个字眼，试图为这篇蛇吞象式的文字找到一个起点。什么是“叙述的极限”？上面的描述很言不及义，但包含的意思也很明显，即，莫言在其小说的思想与美学的容量、在由所有二元要素所构成的空间张力上，已达到了最大的程度，他由此书写了当代小说的一系列“记录”，创造了一系列极限式的景观——是“跳高”，一切尺度都必定是建立在艺术之上的，莫言在艺术的范畴里做出了最惊险、最具有观赏性和“难度系数”的动作，这使他成为了最富含艺术的“元命题”的、最值得谈论的作家。

极限有不止一种的表现。我在一篇题为“文学的减法”的文章中，曾谈论过余华将“减法”运用到了极致的特点，他成功地把“历史”和“现实”删减成了“哲学”，通过对事件与背景的简化和剥离，通过对具体性的抽象化，实现了对叙事内容的“经验与形式”的提取，由此达到了“形而上学”的高度，并获得了朴素和更高意义上的真实，《活着》和《许三观卖血记》正是这样的成功例子（见《南方文坛》2002 年第 4 期）。如果这样的概括是有道理的话，那么，莫言恰好和余华是一对相反的例子——他不是运用“减法”，而是运用了“加法”甚至“乘法”，他成功和最大限度地裹挟起了一切相关的事物和经验、最大限度的潜意识活动，以狂欢和喧闹到极致的复调手法，使叙事达到了更感性、细节、繁复和戏剧化的“在场”与真实。

“叙述的极限”有表层和内里的两种表现：《欢乐》中长达八万字不分段的极尽拥挤和憋闷，堪称是形式上的极限；《酒国》中通篇漫不经心地将写真与假托混为一谈的叙述，堪称是荒诞和谐谑的极限；《檀香刑》中刽子手赵甲以五百刀对钱雄飞施以凌迟酷刑的场面描写，堪称是极限，这样叫人惊心动魄的行刑场面，在古今中外的文学里堪称闻所未闻，可它同最后行刑孙丙时的檀香刑大戏相比，却还仅仅是一个“铺垫”；《红高粱家族》中奶奶中弹倒地时插上的何止万字的“临终抒情”与回忆场景的壮丽笔法，堪称是抒情的极限，但和二奶奶恋儿之“奇死”——“诈尸”之后大骂不止的奇闻相比，又不免有小巫见大巫之嫌；《丰乳肥臀》中“配种站长”马瑞莲用马配牛、驴配猪、绵羊配家兔的骇人听闻的方式，进行她的所谓“无产阶级科学实验”的描写，堪称是荒谬的极限，但这和整个作品中母亲上官鲁氏一生的复杂和苦难的传奇比起来，却又显得那样平易和简单……这样的极限在莫言的小说中绝不是少量的例子。但这也还只是叙事的“表层”，在深层的意义上，莫言还创造了另一种极限，比如结构上的宏伟与磅礴——《丰乳肥臀》不是当代小说中“部头”最大的，但却是结构最宏伟和壮丽、最具历史辐射力的小说；《檀香刑》在表现中西文化冲突、传承新文学“吃人”主题传统方面是不是最深刻的一部小说可以讨论，但在叙事上却称得上是最富狂欢气质、最接近“戏剧”的小说；还有莫言在最近的一次讲演中所提出的“ 不是代表老百姓”，而是“作为老百姓写作”① 的观念，也堪称是确立了当代作家“写作伦理”的“底线”，这看起来是最低的，但也许又是最高的。至少在我看来，在当代的语境中，他的这种反省式的表述其实是最睿智和精确的——不仅是一种说话的“艺术”，更是彻底和令人感动的良知。

大地的感官：阿都尼斯的复活

从“人类学”的角度来看莫言，也许是一个“捷径”。从这个角度，复杂的问题会变得简单和清晰起来。艺术的复杂与综合，其实是一切生命样态本身的复杂所导致的映像，在当代中国，哪一个作家能像莫言这样，对人类学的丰富要素有如此的敏感和贴近的理解？他的小说中洋溢着的生命意识、酒神精神，他的活跃在细节与“神经末梢”上的本能与潜意识，他的狂放的反正统伦理的思想、崇高与悲剧的气质，他的源自大地的根性与诗意的境界，他的小说经验的民族与世界的双重性，还有他的充满魔幻色调的叙述、狂欢化的叙事美学……其实都与人类学有着最直接和密切的关系。如果说这一切构成了一棵生机勃勃枝繁叶茂的大树，那么人类学就是它的深扎于大地之中的根。是人类学丰富的思想滋养和“点化”了莫言，使他原有的丰厚和朴素的民间文化经验被提升，成为了可以具有跨文化的沟通可能的“人类经验”。

这颇近似一个点石成金的过程。“越是民族的就越是世界的。”人们已公认了这样的道理，但什么是“民族的”和“世界的”之间的桥梁？这正是人类学的方法和视野。这样的方法使他的描写超出了一般的“民俗”或“乡土风情”的范畴，而变成了“人性”范畴中的生命内容。从早期受到孙犁这样的性灵与风格作家的影响，写出了《售棉大路》、《黑沙滩》、《民间音乐》、《三匹马》……到在北京和军艺受到新文化思潮与方法的影响，写出了历史与人类学相激荡的《红高粱家族》，他的经验方式完成了一次蜕变，他由此成为了一个真正意义上的“大地的感官”，也由一个民间的歌手，变成了一个“现代”的作家。

---

① 莫言：《文学创作的民间资源——在苏州大学“小说家讲坛”上的讲演》，《当代作家评论》2001年第1期。

当然，在这一过程中“知识”远远不是最重要的，甚至对一个优秀的作家来说，“方法”也不是。即使是对他最有影响的福克纳，莫言也声称读他的东西“顶多十万字”①。最重要的是思想所带来的视野的拓展。一九八五年是一个文化人类学的风暴席卷庸俗社会学和政治伦理学的年份，也正是在这一年当代文学发生了突变。在这个突变中，新的“形式”和“方法”固然是影响的因素，但最根本的动力，还是人类学对伦理学的“革命”。在这个年份之前，很多作家已经接近于对诸如“人的生物本能”和某些“地域风俗”、“板块文化”的探讨，比如张贤亮的《绿化树》和《男人的一半是女人》之类，对人的自然人性的描写已不可谓不大胆，但是探求的视野，却仍明显地受到社会学与政治伦理学的框定。与“寻根”思潮有着瓜葛的一些作家，他们的作品中都流露出了某些人类学的思想，可是这些作品中“观念”的痕迹却往往大过了“内容”，方法裸露，所描写的具有人类学意味的场景内容却不多。而在莫言这里，“方法论”却轻易地就变成了“感官的本能”，他不知不觉地就绕过了对别人来说是难以逾越的屏障，把道德视域内那些看起来非常“危险”的东西，轻易地就变成了“合法”甚至崇高的东西。这其中奥妙何在？正是人类学的“生命诗学”发酵了他的那些乡村生活经验，使他越出了当代作家一直难以胀破的乡村叙述中的风俗趣味、伦理情调、道德冲突，而构建出了一个全然在道德世界之外的“生命的大地”，一部由人性和欲望而不是道德和伦理书写的民间生存的历史。

这是非常奇妙的，犹如一座神殿的建立和一扇魔窗的打开，世界的绽放、存在的敞开和生命的起舞，都是自动涌现的，莫言看到了这个更深邃和生机勃勃的世界，也更无遮障地深入到人的内心世界之中。就像《透明的红萝卜》中所写到的那深秋大地上的爱情故事，还有少年的“牛犊恋情结”一样，它们在地瓜和萝卜被烧烤出了芬芳的气味之时，达到了幻想中生命的高潮——“透明的红萝卜”是什么？是少年“黑孩”潜意识中突然膨胀起来的性能力的隐喻，这能力后来由于两个成年男性——“小石匠”和“小铁匠”的两种不同的优势（压抑和去势）而消失，留下了难言的抑郁和怅惘。人类学的思想使这篇小说成为了足以触及人性最隐秘之地的

① 莫言：《与莫言一席谈》，1987年1月10、17日《文艺报》。

诗，但这是一首人人都感到美妙，却很少有人曾经真正读懂的诗。莫言在这里完成了一次“人类学场景”中关于“儿童性经验的合法书写”，他没有简单和庸俗化地理解弗洛伊德，就像人类学家没有庸俗地理解弗洛伊德一样。我相信这是天赋，是对人性最富敏感和深邃的理解能力所导致的，是丰富的民间文化，乡村生活经验，原始思维在土地神话和乡村传说中的广泛遗存所影响和铸就的。从这个意义上，莫言可以说是一个东方式的阿都尼斯，是他首先复活了当代小说中的“大地”，使它显现出繁茂的生机。“高密东北乡”的“红高粱世界”，即是这大地的显形和载体。它对莫言的小说写作来说，具有决定性的意义。

英国人 J. G. 弗雷泽在他的人类学名著《金枝》中，曾用流传于古代西亚和中东一带的阿都尼斯神话，来研究早期人类的生命崇拜与艺术创造之间的关系。“大地外表上所经历的一年一度的巨大变化”使他们相信，大自然中一定有一位男神主宰着这一切，他定期地死去，然后又再次复生。“他的死亡带来了人们一年一度的悲悼活动”，而大自然生机的再现，也使人们相信他又一次从死神的怀抱中归来。西亚和希腊的悲剧与诗歌，同对这位神的祭悼仪式都有着密切的关系。[①] 阿都尼斯唤醒了人们对大地的理解，他使人们通过自然外表的变化和自身的生命周期，读出了宇宙的节律，激发了他们对生命的热爱和崇拜之情，并由此创造了艺术。这使我相信，艺术在它诞生之初就具有了大地的属性，是生命和自然所孕育的结果，只是随着社会的发展，伦理学意义上的道德价值与判断渐渐拘泥了它的这种自然的伟大属性，艺术的观念渐渐被意识形态化了的道德逼挤得越来越褊狭化了。

我当然没有简单地反对伦理学的意思。但莫言的意义，正在于他依据人类学的博大与原始的精神对伦理学的冲破。他由此张大了叙事世界的空间，几乎终结了以往文学叙事中“善——恶”、“道德——历史”冲突的历史诗学模式，也改造了人性中“道德”的边界和范畴，构建了他的“生命本体论”的历史诗学。《红高粱家族》中的“土匪”，正是在这个意义上变成了真正的“英雄”。伦理学把人群简单地分为“善”与“恶”的两类，而人类学却把人类还原为活的生命体，它是“从生物学的角度来看待人类

---

① 弗雷泽：《阿都尼斯的神话》，《金枝》第二十九章，中国民间文艺出版社 1987 年版。

本身”，这样它就把为伦理学所遮蔽的壮丽的生存之诗鲜活地呈现出来。红高粱世界中的民间道德的核心，是自然世界的法则，生命的强力是这里唯一的领舞者。面对生命世界的大法则，那些世俗世界的小伦理显得那样虚弱不堪；面对酒神那英雄的迷狂和汹涌的诗意，日神统治下的理性、道德、一切功利化的价值判断，则显得那样渺小卑俗。这也是面对“既杀人放火又精忠报国”的爷爷奶奶的壮丽人生，“我”却“深切地感到种的退化”的原因。

伦理学的肢解带来了“身体的解放”——作家毕飞宇的说法给了我启示，他说，莫言的小说是真正的和发挥到极致的“身体写作”，中国当代小说叙事中“身体的解放”是从莫言开始的——“不仅是写身体，而且是用身体去写”。这话是很有道理的，莫言小说中充满了身体的要素，这也是我将他比喻为阿都尼斯的一个理由。身体是感性和本能的载体，身体即是生命本身，所以在莫言的笔下，身体同时为他和他小说中的主人公带来了不可遏止的活力。从莫言自己来说，他得以在人物的“神经末梢”上展开他的写作，甚至他小说中活跃的无处不在的潜意识，都不是在“大脑”而是在身体和“器官”中展开的。某种意义上，“身体的道德”比形而上学的道德更具有真实感，更诚实可爱，这是莫言小说阅读快感的源泉，也是他笔下的人物之所以鲜活丰满的缘由。何以饱满丰盈，如飞行，如滑翔，如亲历，如毛孔张开，气味、颜色、形体、硬度和质感，一切都是原生的和毛茸茸地活在纸上，如河流一泻千里，如土地饱涨雨水……这都是“全身心”投入的结果。从这样的角度看，莫言小说中的那些“性”的本能和冲动，就不再受到那些没来由的误读，那些上官金童式的奇怪的欲望，就不再被理解为匪夷所思的败坏。

还有动物的描写。在当代，没有哪一个作家能像莫言这样多地写到动物，这是莫言“推己及物”的结果，人类学的生物学视角使他对动物的理解是如此丰富，并成为隐喻人类自己身上的生物性的一个角度。读他的中篇小说《牛》的时候，我感到澎湃着的生命创痛，我甚至感到了这里面冲激着的人文主义情怀：被阉割的滴血的生命，只有驯顺地劳动的生命，被压迫和被虐待的生命，源于人之恶的苦难同时又折射了人之命运的命运，令人震惊又被人漠视了的生存活剧……这一切通过一个放牛孩子的眼睛、心灵和潜意识活动折射出来，这和早期莫言只是从神奇和灵性的角度看动物，似乎有了本质的变化，说明他对人类学的理解是一直在深化的。他写了马，写了驴、狐狸、蛇、猪、鸟、狗、狼……在《檀香刑》中，他甚至把每一个人物都与一种动物对应起来。

其实还有更多的问题，民间世界也只有在人类学思想的烛照下，才能成为和大地、酒神、历史和生命本体论的美学相联通的东西，而不只是习俗和风情；才能具有形而上学的诗意，而不是一般意义上的田园诗。《红高粱家族》和《丰乳肥臀》可以说达到了这样的境界，某种程度上《檀香刑》也达到了，但它对中西文明冲突中历史悲剧的强化，有意识地削弱了民间生存的自足。民间在这部小说中，不再具有先验的诗意优势，这也许可以看做是莫言“历史与人类学的二元叙事”中前者的强化和后者的衰退。

至于与人类学思想有更密切联系的“狂欢节叙述”或“狂欢化叙事”，因为涉及复杂的美学与技术问题，我想另单独做一部分论述。

小说的伦理：“作为老百姓的写作”

刚刚在上面谈了反对伦理学的意义，马上就又来讨论“小说的伦理”，但其实这是两个不同的范畴，用“生命”来反对“道德”，本身也是小说伦理的一种体现，特别是当它演化成了用“民间伦理”来反对“主流习惯”的时候，它甚至还是一种高尚的追求。其实触动我写此文的直接因素，是莫言在去年早些时候的那篇讲演中所提出的那个看似平淡，却或许会有深远影响的“作为人民的写作”的概念，“不是代表老百姓写作，而是作为老百姓写作”。我相信这种表述不是“作秀”，因为我记起了那些眼泪——即便是他的一篇在我看来最不像小说的小说《天堂蒜薹之歌》，也深深地印着这样的痕迹：他是为最底层的老百姓写作的，是充满着血泪的文学，这似乎是最简单甚至看起来腐朽的道理，但它的感人之处正在这里，其中的悲愤和哀告，就是发自最弱小者的心灵，它没有丝毫的居于那些弱者之上的优越。一个作家的良知在这样的时候才可能真正接受考验，他会反对一切正统的道德，但却体现着这样的道德追求，人民的苦难就是他的苦难，人民的泪水就是他要在笔下化作的滚烫文字。他不会躲开他们，用了“艺术”、“生命”和“美”这样冠冕堂皇的理由。

我相信莫言对最朴素的写作立场的寻求：作家首先要放弃的，就是他对老百姓的蔑视，这样的蔑视很容易会和“爱”混同在一起。五四以来的作家们在写到这样的“人民”的时候，无不是充满了矛盾，“哀其不幸，怒其不争”——鲁迅是一个典型，他试图用文字来拯救他的人民，但事实却是他从未相信过他们是可以拯救的，阿Q、祥林嫂、孔乙己、华老栓、闰土……他们哪一个是可以拯救的？甚至他自己也不能被拯救——“狂人”就是他自己的一个隐喻，深深的孤独毁了他的自信。这就是启蒙主义者和他们的叙事自身难以解决的矛盾，某种意义上鲁迅后来不再写小说，也与这样一个矛盾有着深层的关系。在他之后，知识分子的从“为人生”到“为人民”的写作，无疑体现着他们对高尚的写作伦理的不懈追求，但其中不可否认的，也暗含了他们的优越感和权力思想。

有没有真正的“作为老百姓的写作”？我表示怀疑，因为真正的老百姓是不会也没有必要“写作”的；但我又相信莫言的真诚，这种将自己视同老百姓的“平民意识”，是对一个世纪以来中国作家的写作心态的反省。这种反省固然跟九十年代以来的文化情境——知识分子的价值追求遭到了来自商业暴力与意识形态的双重挤对——不无关系，包含了某种“表述的智慧”，但也是基于对前人写作的认真思考。莫言之所以认同“民间”的价值立场，而对“知识分子”的写作姿态和趣味发生怀疑，在我看既是对一个固执的自我幻觉的扬弃，同时也是对写作的价值和伦理的一个重新定位。其实也许可以这样说，以“知识分子”的心态反而是无法真正“代表人民”去写作的，而只有“用老百姓的思维来思维”，才会实现“真正的民间写作”——在事实上书写出人民自己的意愿，这应该是这句话的真正潜台词。正是在这个意义上，我认为这一概念是真正知识分子化的一种理解，不仅是身份的降解，也是一种醒悟，一种精神的自省与自律。我认为，莫言也许因此解决了一个问题，一个令二十世纪中国的作家长时间地陷入迷途的问题。因为在多数情况下，“为人民”或“代表人民”的写作，虽曾以其崇高的人文和启蒙含义激励过无数的作家，但“被代表”之下的“人民”却往往变成了空壳——他们生活的真实状况和他们所感所想，从未真正得到过揭示，正如德里达意图解构的“关于存在的形而上学”一样，“人民”，他们无形当中的“所指”会变得隐晦不明。

这一文学的“民间伦理原则”，事实上在《红高粱家族》等早期的作品中就已经显形了。与以往类似题材的作品不同，《红高粱家族》的历史叙事的核心结构正是“民间”，是民间社会和民间的生活，由原来的边缘位置上升到了中心地位，过去一直处于“被改造”的边缘地位的人物变成了真正的英雄，“历史的主体”在不经意中实现了位置的互换，“江小脚”率领的抗日正规部队“胶高大队”被挤出了历史的中心，而红高粱地里一半是土匪、一半是英雄的酒徒余占鳌却成了真正的主角。以往关于“抗战题材”的主题就这样被瓦解了，宏伟的“国家历史”和“民族神话”被民间化的历史场景、“野史化”的家族叙事所取代，现代中国历史的原有的权威叙事规则就这样被“颠覆”了。

这也可以看做是对“真实”这一历史伦理的一种追求，是谁写下了历史？在被权威叙事淹没了的边缘地带、在红高粱大地中，莫言找到了另一部被遮蔽的民间历史，也告别了“寻根”作家相当主流和正统的叙事目的。有的评论家曾说，“寻根文学”是当代中国作家“最后一次”试图集体影响并“进入中心”的尝试，而莫言所选择的民间美学精神，却终结了这一企图。对于整个当代文学的历史来说，这一终结的意义是不言自明的。联系起来看，在莫言早期的《秋水》、《白狗秋千架》、《球状闪电》……乃至后来的《红蝗》，更晚些的《牛》等大量的中短篇小说中所描写的那些看起来并没有什么“立场”和“倾向”的民间生活，同他在《天堂蒜薹之歌》中所表现的强烈的民间道德精神，其实是从两个方面——民间自身的生机和被施暴的屈辱——确立了他的基本的民间写作伦理。在《天堂蒜薹之歌》里莫言所设置的民间艺人张扣，应该不是一个叙事的装饰，他的底层的社会地位，纯粹“民间”的话语方式，无处不在的本能式的反应，还有与百姓完全一致的立场与命运，都表明他是莫言所追求的民间写作伦理的一个化身。

但仅仅是“张扣式”的表达未免过于直白了些，莫言热爱并为之感动，但却比他更“高”，他要把这民间的哀告和大地的忧伤连接起来，还要用“母亲”这样的人伦化身来激荡起它那高尚和神圣的内涵。《丰乳肥臀》才是最典型地体现着莫言对民间伦理的执著追寻的作品，他对被侵犯的民间生活的描写，同母亲的苦难与屈辱，和大地的悲怆与哀伤一起，合成了一曲感人的悲剧与哀歌。

《檀香刑》可以看做是另一种例子，它所体现出来的民间伦理，因为两种文化的冲突而变得复杂起来。用时髦的话说，其中的“现代性”的思考，对“民间”的某些文化因素构成了烛照，也在一定程度上改变了《红高粱家族》和《丰乳肥臀》等作品中那种民间大地的诗意，民间在这里变得分裂和矛盾起来。比如民间生活化身是孙眉娘，作者对她的态度与对《红高粱家族》中的奶奶、《丰乳肥臀》中的母亲显然都是一致的，是对民间生命形态的由衷赞美；民间生活的“变体”是孙丙，他的生命形态就显示了一种可怕的分裂，他身上的英雄气质和装神弄鬼的愚昧，显示了民间价值在现代文化背景中的悲剧命运。某种意义上，民间文化本身是没有“落后”和“愚昧”之征象的，只是当它被另一种强势文化所侵犯，并呈现出某种必然的“反应症”的时候，才会显示出它“丑”的一面。孙丙的命运某种意义上既是民间文化在现代历史进程中的命运，也是莫言对中西文化冲突中的中国现代历史的思考。它使我相信，“知识分子”的东西在莫言的叙事中仍是足够多的，莫言所说的“作为老百姓写作”在本质上并不会放弃“知识分子”的人文价值追求，相反，还会得到更逼近人民和民间的体现，将二者更好地统一起来。

《丰乳肥臀》：通向伟大的汉语小说

这部作品的重要使我不得不专门来谈论它。“伟大的汉语小说”，我意识到这将是一个备受争议的概念，然而也将是一个必要和重要的小说概念。因为《丰乳肥臀》和几部诞生于九十年代的长篇小说，这个词变得不再是一个虚构。《丰乳肥臀》是莫言迄今最好和最重要的一部小说，但现在关于这一点还远没有形成“共识”，甚至它还是莫言迄今受到最严重的误读的一部小说。即便在专业的批评家和研究者中，也存在着广泛的粗暴而简单化的误读。我不知道是什么原因造成了这种局面，是低能，还是浮躁？这样一部真正具备了“诗”和“史”的品质、一部富有思想和美学含量的磅礴和宏伟的作品，为什么没有得到人们耐心的阅读和公正的承认？八年来我认真地将它读了三遍，每读一次都有新的认识，现在我更坚定地认为，它是新文学诞生以来迄今出现的最伟大的汉语小说之一——至少它已经具备了某些这样的品质。就思想的深度和艺术的容量而言，不管是在当代，还是在整个二十世纪的新文学中，能够和它媲美的作品可以说寥寥无几。

伟大的汉语小说应该具备哪些品质？我似乎应该首先回答这样的问题。我所以认同莫言所说的“作为人民在写作”的观点，首要的一个原因，也是莫言在这部小说中成功地实践了这一观点。因为他是“作为老百姓在写作”的，所以这部作品可以说是实践了“伟大小说的历史伦理”。这个问题要弄清楚非常不容易，但是也可以简单地说，一部书写历史的小说，是不是在体现作者的“历史良知”的时候体现出了最大的勇气，在接近民间的真实和人民的意志、“老百姓”的意识方面，达到了“最大的限度”，这是判断其品质高下的首要标准。《丰乳肥臀》对二十世纪中国历史的充满血泪和诗意的波澜壮阔的书写是无人可比的；它对人民和知识分子命运的深切关注和感人描写，它的秉笔直书的勇毅与遍及毛孔的锐利，在所有当代文学叙事中堪称是首屈一指的；它在把历史的主体交还人民、把历史的价值还原于民间、书写人民对苦难的承受与消化的历史悲剧方面，体现出了最大的智慧。

请注意，我这里首先是把《丰乳肥臀》作为一部历史叙事的作品来谈论的。在中国文学的传统中，“历史”不但是一种书写的题材空间，同时也是一种品格与价值尺度，人们把杜诗称作“诗史”，把《史记》称作“无韵之《离骚》”，可以看出“诗”与“史”两者价值的互换，互为阐释和评价标准的特殊关系。能够写出“诗史”的诗人，也就变成了在“伦理”上最受尊敬的诗人——杜甫因之成为了独一无二的“诗圣”。“史”是什么？在最古老的文字中，“史”的本义是“中”，《说文解字》说：“史，记事者也，从又持中。中，正也。”可见，史的品质在于其“中正”和“真”。因此，秉笔直书即是史家之德，所谓“良史之笔”。文学也一样，其实把历史交还于人民和民间就是最大的“真”，这需要勇气和胆识。从某种意义上，书写历史也是解释现实，反过来说，书写历史不能中正真实，往往也是因为现实的种种框定限制。反过来说，坚持历史的真，也就是对现实的正直的回答。从这个意义上说，以老百姓的立场，也即是“人民”和“民间”的立场来书写历史，体现了小说的根本伦理。

伟大的小说当然要遵循这样一个伦理。我们曾充分地肯定当代先锋作家的“新历史主义”小说实验，肯定余华、格非、苏童、叶兆言等人的作品中丰富而新异的历史理念与叙事方式的探求，但同样也不要忘记，更具有“历史的建构”意义的，不仅是强调“怎么写”，而且更注重“写什么”的，可能还要数几位出生于五十年代的作家。我看重《丰乳肥臀》中的历史含量，如果说先锋新历史小说是在努力逃避历史的正面，而试图去历史的角落里找寻“碎片”的话，莫言却是在毫不退缩地面对，并试图还原历史的核心部分。从这个意义上说，莫言的历史主义是更加认真和秉持了历史良知的。虽然“人民”这样的字眼如今已遭受到了“德里达式”的质疑，但我依然坚信，当我们在面对一段历史——尤其是一段具有一个完整的“历史段落”的意义的历史——的时候，“人民”，作为历史主体的意义，仍然是历史正义性的集中体现。这是伟大小说应该秉持的历史伦理学。

然而崇高的伦理并不能单独构成“伟大小说”的要素，在《丰乳肥臀》中，上述完整的历史段落是通过一位伟大“母亲”的塑造——即上官鲁氏走过了一个世纪的生命历程，来建立和体现的。这一点非常重要，某种意义上是这位母亲造就了这部小说的伟大品质。在已有了百年历史的新文学中，说这样的形象是第一次出现绝不是夸张。莫言用这一人物，完整地寓言和见证了二十世纪中国的血色历史，而她无疑是这一历史的主体——“人民”的集合和化身。这一人物因此具有了结构和本体的双重意义。莫言十分匠心地将她塑造成了大地、人民和民间理念的化身。作为人民，她是这个世纪苦难中国的真正的见证人和收藏者，她不但自身经历了多灾多难的童年和少女时代，经历了被欺压和凌辱的青春岁月，还以她生养的众多的儿女构成的庞大家族，与二十世纪中国的各种政治势力发生了众多的联系，因而也就无法抗拒地被裹卷进了二十世纪中国的政治舞台。所有政治势力的争夺和搏杀，最终的结果只有一个，那就是由她来承受和容纳一切的苦难：饥饿、病痛、颠沛流离、痛失自己的儿女，或是自己身遭侮辱和摧残。在她的九个儿女中，除了三女儿“鸟仙”是死于幻想症，是因为看了美国飞行员巴比特的跳伞飞行表演（这好像和“现代文明”有关）而试图效仿坠崖而死之外，其余七个女儿都是死于政治的外力，死于各种政治势力的杀伐争斗，最后只剩下了一个“残废”的儿子上官金童。显然，“母亲”在这里是一个关于“历史主体”的集合性的符号，她所承受的深渊般的苦难处境，寓言了作家对这个世纪里人民命运的概括和深深的悲悯。

同时，这还是一个“伦理学”和“人类学”双重意义上的母亲：一方面她是生命与爱、付出与牺牲、创造与收藏的象征，作为伟大的母性化身，她是一切自然与生命力量的源泉，是和平、人伦、正义和勇气的化身，她所永远本能地反对的是战争和政治，因此她代表了民族历史最本源的部分；另一方面她也是人类学意义上的“大地母亲”，她是一切的死亡和复生、欢乐与痛苦的象征，她所持守的是宽容和人性，反对的则是道德和正统。她个人的历史也是一部“反伦理”的历史，充满了在宗法社会看来是无法容忍的乱伦、野合、通奸、杀公婆、被强暴，甚至与瑞典籍的牧师马洛亚生了一双“杂种”……但这一切不仅没有使她的形象受到损伤，反而更显示出她伟大和不朽的原始母性的创造力，使她变成了“生殖女神”的化身。正是这一形象，使得莫言能够在这部作品里继续并且极致地强化了他在《红高粱家族》时期就已经建立的“历史与人类学”的双重主题，使母亲变成这一主题的叙事核心与贯穿始终的线索。

这还是一个作为“民间”化身的母亲。她固守着民间的生命与道德理念，拒绝并宽容着政治是她的品格，所以她最终又包容了政治，当然也被政治所玷污。所有的军队和政治势力都是不请自来，赶也赶不走地住进她的家。在她身上，莫言形象地阐释出了二十世纪中国主流政治与民间生存之间的侵犯与被侵犯的关系，这是另一种历史的记忆。她无法选择自己的生活，只能用民间的伦理和生存观念来解释和容纳这一切，这是她作为“民间母亲”的证明。如果说母亲在她年轻的时代亲和基督教，是因为她经历了太多“夫权”的虐待的话，那么在她的晚年，则是因为她经历了太多的苦难与沧桑。她认同了“乡土化了的”基督教文化，基督的思想并非她的本意，但她需要用爱和宽恕来化解她的太多的创伤，而这正是“人民”唯一的和最后的权利。莫言诗意地哀吟和赞美着这一切，饱含了血与泪的心痛和怜悯。这是伟大的民间，被剥夺和凌辱的民间，也是因为含垢忍辱而充满了博大母性的永恒民间。从这个意义上，母亲也可以说就是玛利亚，但她是东方大地上的圣母。

显然，母亲这一形象是使《丰乳肥臀》能够成为一部伟大的小说、一部感人的诗篇、一首壮美的悲歌和交响乐章的最重要的因素，她贯穿了一个世纪的一生，统合起了这部作品“宏伟历史叙述”的复杂的放射性的线索，不仅以民间的角度见证和修复了历史的本源，同时也确立起了历史的真正主体——处在最底层的苦难的人民。

但《丰乳肥臀》的意义还不止于此，它的另一个重要的人物也同样具有强大的象征与辐射的意义，这就是遭受了更多误读的上官金童。这个中西两种血缘和文化共同孕育出的“杂种”，在我看来实际是二十世纪中国知识分子的化身。他的血缘、性格与弱点表明，他是一个文化冲突与杂交的产物，而他的命运，则更逼近地表明了知识分子在这个世纪里的坎坷与磨难。他身上的一切都是矛盾着的：秉承了“高贵的血统”，但却始终是政治和战争环境中难以长大的有“恋母癖”的“精神的幼儿”；敏感而聪慧，却又在暴力的语境中变成了“弱智症”和“失语症”患者；一直试图有所作为，但却始终像一个“多余人”一样被抛弃；一个典型的“哈姆莱特式”和“堂·吉诃德式”的佯疯者，但却被误解和指认为“精神分裂症者”……

理解上官金童这个人物，需要更加开阔的视界。在我看来，由于作家所施的一个“人类学障眼法”的缘故，这个人物身上的一些“生物性”被夸大和曲解了，实际上作家所要努力体现的是他身上文化的二元性，这是二十世纪中国知识分子的普遍的“先天”弱点的象征。仅仅是他的出身，他的文化血缘就有问题，有“杂种”与怪物的嫌疑，这已经先天地注定了他们的悲剧。来自西方的“非法”的文化之父，在赋予了他非凡的气质（外貌长相上的混血特征）、基督的精神遗传（父亲马洛亚是个瑞典籍的牧师）的同时，也注定了他的按照中国的文化伦理来讲的“身份的可疑”。二十世纪中国知识分子的不幸困境，正是源于这种二元分裂的出身：是西方现代的文化与思想资源造就了他们，但他们又是寄生在自己的土地上，对本土的民族文化有一种近乎畸形的依恋和弱势心理支配下的自尊。他们还要启蒙和拯救自己的人民，但却遭受着普遍的误解。这样的处境和身份，犹如鲁迅笔下的“狂人”所隐喻的那样，他本身就已经将自己置于精神深渊，因而也必然表现了软弱和病态的一面——他们没有像俄罗斯知识分子那样的下地狱的决心，但却有着相似的深渊般的命运。其实从“狂人”到“零余者”，到方鸿渐、章永璘，再到上官金童，这是一个连续的谱系。他们和俄罗斯文学中的“多余人”有相似之处，但却更为软弱和平庸。

容易被误读的还有上官金童的“恋乳癖”，理解这一点，我认为除了

“人类学”和寓言性的视角以外，还应该另有一个角度，即对政治与暴力的厌倦、恐惧与拒绝。因为某种意义上，男权与政治是同构的，而上官金童对女性世界的认同和拒绝长大的“幼儿倾向”，实际上也可以看做是对政治的逃避，这和他的哈姆莱特式的“佯疯”也是一致的。同时，也可以认为他与中国传统知识分子中的一种“另类”性格有继承关系——比如他也可以看做是一个当代的“贾宝玉式”的人物，他对女性世界的亲和，是表达他对仕途经济和男权世界的厌倦的一个隐喻和象征。

上官金童注定要成为一个悲剧人物，他的诞生本身似乎就是一个错误，这是文化的宿命。他所经历的一切屈辱、误解、贬损和摧残，非常形象地阐释着过去的这个世纪里中国知识分子的惨痛历史。但他在小说中还有另一个作用，即形成了另一条叙事线索和另一个历史的空间——如果说母亲是大地，他则是大地上的行走者；如果说母亲是恒星，他则是围绕着这恒星转动的行星；如果说母亲是圣母，他则是下地狱的受难者……如果说母亲是第一结构的核心，他则是另一个相映衬相对照的结构的核心。小说悲剧性的诗意在很大程度上得益于这一人物的塑造，他使《丰乳肥臀》变成了一个“民间叙事”与“知识分子”叙事相交合、“历史叙事”与“当代叙事”相交合的双线结构的立体叙事，两条线互相注解交织，从而极大地丰富了作品的历史与美学内涵。从这个意义上说，虽然这个人物的性格是足够病态和懦弱的，但这个形象的丰富内涵却深化和丰富了二十世纪中国知识分子的形象谱系。

《丰乳肥臀》的非同寻常之处在于，它的人物形象的塑造同时也担负起了它的庞大宏伟的结构，这也是使它能够跻身于“伟大汉语小说”的极重要的因素。它的主题、人物和叙事结构完整地融合在了一起，这是一个朴素的奇迹。就这一点来讲，很少有哪一部作品能够与它相比。一个世纪的风云际会和历史巨变，是这样自如舒放地贯穿在母亲的一生之中，她和她的众多的儿女们，宛如一个庞大的星座，搭建起了一个丰富的民间和政治相交织的历史空间，历史导演着他们的命运，也推进着头绪繁多又清晰可见的叙事线索。每一个人物其实都可以构成一部书，但莫言却把它们浓缩进一部书中。特别是，由母亲为结构核心所构成的一部民间之书，和由上官金童为结构核心所构成的一部知识分子之书，能够完全地融合到一起，并互为辉映相得益彰，更是一个令人难以置信的手笔，它不但使结构空间呈现出伟大的气象，而且最大限度地深化和延展了作品的主题。

我不能说《丰乳肥臀》是二十世纪汉语小说史上的一个不可逾越的高峰，但我坚信，时间将证明这部作品的价值，在它所体现的历史理念上，在它所体现出的美学意义上。也许很多年中将不会再出现具有这样气魄和品质的作品，因为就艺术的规律而言，它是可遇而不可求的。

复调与交响：狂欢的历史诗学

这仍然可以视为上一个问题的延伸或一部分。我所以如此推崇《丰乳肥臀》，其极致化了的“狂欢节式”的叙述和“复调的交响”也是一个原因。另外，最具有“诗学范例”意义的还有《檀香刑》，它们共同体现了莫言在长篇小说文体和叙事美学方面的成功探索与创造。

在长篇小说叙事美学的研究方面，迄今最具建树的是巴赫金。而巴赫金最为核心的两个小说诗学的命题即是“复调”与“狂欢”，这两个问题都与人类学的研究密切相关。从小说美学的角度说清这两个概念非常难，也不是我在这里的宗旨，但简单地说，它们都属于一个“人类学的历史诗学”的范畴。巴赫金把长篇小说这种具有一定的“时间长度”的叙事当作一种非常特殊的文体，他把它们看做是一种以“诗学”的方式叙述的“历史”，因此，关于长篇小说文体的研究，实际上就变成了一种“历史诗学”。[①] 在我看来，“复调”和“狂欢”虽是两个单独的概念，但其实它们也非常紧密地联系在一起。比如他以陀思妥耶夫斯基的小说为例，说他的人物描写打破了以往小说中“人物服从或统一于作者意志”的局面，人物的声音不再是“作者独白”的变相传达，而显示了与作者平起平坐的不同的“视野和声音”，也就是类似于音乐中的不同声部所形成的“复调”效果。这样来表述这个问题容易带上玄虚的色彩，因为说到底小说中的人物都是作者“叙述”出来的，人物不代表作者的声音代表谁的声音呢？显然，这是由小说“文体”本身的特殊性所决定的。但是在“戏剧”中就不一样了，小说中的人物被逼挤到一个平面化的文字的表述过程中，而戏剧

① 巴赫金：《小说的时间形式和时空体形式——历史诗学概述》，《小说理论》，河北教育出版社 1998 年版。

则赋予了人物以一个舞台——一个“共存的时空”，在这个时空中，他们各自“必须”说着自己的声音，表达着自己独立的意志，即使是“作者”也很难左右他们，让他们违背自己的性格而按照作者的意志去说话和行事……因此，小说中“复调”效果的产生，实际上取决于其“戏剧性”叙事因素的含量。

这样问题就变得简单了，“戏剧性”差不多正是“狂欢节化”的同义语，戏剧性因素的含量，决定了小说是否具有复调的性质，也决定了其对历史的叙述是否达到了应有的深度与活力。“小说的诗学”就这样变成了“历史的诗学”。以往包括革命小说在内的“伦理化”叙事所表现出的问题，正在于它戏剧性的匮乏，及其单一视野与腔调的表达。莫言小说中丰富的戏剧性因素，不但实现了对历史丰富性的生动模拟和复原，也体现了对长篇小说的文体的创造性改造。从《红高粱家族》到《丰乳肥臀》和《檀香刑》，其生命意志对“伦理意志的弱化”在叙事中所起的作用，正如巴赫金论述的“狂欢节”体验在叙事中所产生的效应一样：原始的语境出现了，诙谐具有了更广博的含义，人物的本能得以释放，民间世界的永恒意志代替了一切短暂的东西，权力、统治、主宰绝对价值的所谓“真理”，都处在了被反讽的地位，历史的本源的多样性、歧路与迷宫般的性质开始自动呈现……与此同时，人类学视野中的民间、大地、酒神和自然，同这两个概念也紧密相连，它们共同构成了小说叙事中的伟大气质与美感力量。

我用了这么大的篇幅来说明这两个小说概念，其实可以直接地用来解释《丰乳肥臀》中的叙事特点——尽管我可以肯定地说《丰乳肥臀》不可能是莫言读了巴赫金小说理论的结果，但人类学的思想构成了他们共同的资源。对莫言来说，他的创造性在于，他在对历史的叙述中最大限度地开启了存在与生命的空间，并形成了他自己特有的“历史诗学”，这也是他在当代小说叙事艺术的发展中做出的一个重要贡献。

从广义上说，“人类学”和“历史”本身，在莫言的小说中构成了一个大的复调结构，前者的横向弥漫性和后者的时间链条感，前者所显示的超越伦理的生命诗学和后者所体现的求解历史的道德良知，达成了互为丰富和混响的效果。如果具体地来看，在莫言的几个重要的长篇小说中，通常都有两个以上的“叙事人”，实际也就是有了两个“视野”和两个不同的“经验处理器”。这并不是最近的事情，在最早的《红高粱家族》中，两个叙述者“父亲”和“我”，即构成了巴赫金所说的复调叙事结构。“父亲”不但是小说中的人物，而且也是作为“目击者”的“第一叙事人”；“我”则是历史之河的这一边的隔岸观火者，用今天的观察角度来追述和评论“父亲”的经历；同时，在大部分时间里作为“儿童”的父亲，同“爷爷奶奶”的生活经验之间，也构成了很大的距离感，这样他对历史空间里的叙述，就拥有了两个甚至三个“声部”，这样，不同的叙事因素就都被调动起来了，在“混响”式的关系中，童话的、传奇的、鬼怪的、神秘和浪漫的民间事物，就以狂欢节式的方式出现在作品中。“爷爷奶奶”的传奇经历，构成了高密东北乡的神话世界；“父亲”的非理性的儿童式的感受方式，则构成了英雄崇拜的浪漫记忆；而“我”的“当代性”角色与身份，则构成了对这神话世界与浪漫记忆的追慕、想象、评述与抒情，并对当代文化进行愤激的反思。这是构成这部小说激情与诗意的“狂欢”气质的根本原因。

《丰乳肥臀》中，母亲和上官金童这两个主要人物也构成了类似的复调叙事关系。母亲是生活在她自己的历史逻辑里，民间的生活形态几乎是永恒不变的，她所感受的世界既动荡又重复，她以不变的意志与方式承受和消化着一切灾难和变故，她所生发出的是悲壮和崇高的诗意；而金童则无法抗拒地进入了现代中国的“激流”之中，他站在“过去”和“现在”的断裂处，看见的是万丈深渊，所显示的是怯懦、逃避和低能，他所生发出的是荒谬和滑稽。这样中国现代历史的价值双重性与审美的分裂性，就以美学的形式体现出来。它实现了这样一个悖论：书写了一幕“狂欢着的悲剧”，或者以悲剧的本质，透视了历史的狂欢。只有在这两个完全不同的眼光中，中国现代历史进程中“传统”和“现代”的二元命题才能真正得以展现。如果只是由其中一个构成单一的叙事结构，那就不是莫言了，那样的叙事我们在以往和在别处，都看得太多了。

其实“历史”除非与“人类学”相遇，无法产生“狂欢”的效果。《丰乳肥臀》在一开头就显示了令人惊心动魄的狂欢笔法，历史是以戏剧性的“共存关系”彼此呼应地存在着的：上官家的黑驴和上官鲁氏同时临产，而且都是难产；而这时日本鬼子就要打进村庄，司马库正在大喊大叫让村民撤退，沙月亮正在蛟龙河堤上设伏阻击；而后就是上官家七个女儿在河边目击的惊心动魄的战争场面……莫言堪称一个诗意地描写人类大戏的高手，战争和生殖、新生的喜悦和死亡的灾难同时降临到上官家中。“历史”在这里显示出它和“叙事”之间永远无法对等的丰富性和现场感。

然而历史本身也有“狂欢”的属性，《丰乳肥臀》对这一点有最精妙的模拟。它用拼贴法和“交叉文化蒙太奇”的修辞，模拟了二十世纪中国政治舞台上走马灯般的政治狂欢：一会儿是司马库赶走了鲁立人，一会儿鲁立人又俘虏了司马库，一会儿司马库又做“还乡团”杀了回来，一会儿鲁立人又代表人民政权枪毙了司马库，而且他死了之后还不断地被各种传言和宣传改编着，变成豺狼动物……在第五章中，上官家一会儿是“六喜临门”，一会儿则是惨剧不断；第六章中上官金童一会儿从囚犯变成老金的宠物，一会儿被作为废物踢出家门，一会儿成了鹦鹉韩夫妇的座上宾，一会儿又一文不名流落街头，一会儿因为外甥司马粮的巨富而扬眉吐气，一会儿又因为破产而无立锥之地……历史像一只巨手翻云覆雨。有一个堪称最妙的例子，是关于司马库“还乡团”的一前一后“官方”和“民间”的两种被拼贴并置在一起的叙事：公社“阶级教育展览室”的解说员纪琼枝刚刚对着宣传画，对司马库做了妖魔化的解释，把他描述为一个杀人不眨眼的魔鬼，接着又让贫农大娘郭马氏现身说法，而她所讲述的故事恰恰瓦解了前面的说法——司马库不仅不是一个魔鬼，反而表现出了通常的人性，正是他的及时出现，才从滥杀无辜的“小狮子”手中解救了她的生命，这可以说是富有“解构主义”意味的一节。另一种是横向的并置法：莫言常常用共时性的交错叙述来隐喻历史的多面性，如巴比特的飞行表演与“鸟仙”兴奋地坠崖而死，司马库与来弟的偷情同巴比特电影里外国人的恋爱镜头，哑巴的“无腿的跃进”和鸟儿韩与来弟的通奸，还有在农场中对“右派”知识分子的改造与对牲畜进行的杂交配种……都是刻意地采用了并置式的叙述，这样两种修辞手法所达到的“狂欢”效果，都极为生动地隐喻出历史本身的多元矛盾与沧桑变迁。

还有一个奇特的现象与“狂欢化”的叙事有关，这即是叙事载体的“弱智化”倾向。这是一个非常复杂的叙事问题、修辞问题和美学问题，也与人类学的背景有关。表现在作品中，《红高粱家族》中的“父亲”的“儿童式”叙述视角，《丰乳肥臀》中的上官金童“恋乳症”式的幼稚病以及后来的“精神失常”，还有《檀香刑》中的傻子赵小甲白痴式的观察眼光，他们都不只是一个性格化的人物形象，而是与整个作品的叙述格调密切相关，他们的“弱智”为小说营造了非常必要的“返回原始”的、充满“反讽”意味的、喜剧化和狂欢化的、犹如“假面舞会”式的叙述氛围。某种意义上，这种人物的弱智化不但没有“降低”作品的思想含量，反而使之大大增加了，这个问题在当代小说叙事中还有相当的普遍性，需要做深入的研究，这里限于篇幅就不予展开了。

复调与狂欢在《檀香刑》中更有着近乎极致的表现，这一点，下文会顺便谈及。

《檀香刑》：奇书的限度和逼近历史的可能

《檀香刑》可能是莫言小说中迄今“艺术含量”最大的一部小说，也是他的风格大变的一部小说。说它含量最大，是因为它最“用心良苦”，但与《丰乳肥臀》比，它就只是一部“奇书”或者“类书”了，比《丰乳肥臀》这样具有天籁品质的作品，还是“人为”地稍逊一筹。这样说或许不尽公平，但在美学的品质上，它们显然是经过了一个从崇高到荒谬的“滑落”。同样是悲剧，但一位伟大的母亲和一位风尘式的“妇人”，却使它们分别列入了两个“品级”。甚至前者的粗粝和庞杂也成为了它作为天籁之响的一部分，这真是没有办法的事情。而且莫言最近的谈论也表明，在他心目中前者的分量也超过了后者：“我坚信将来的读者会发现《丰乳肥臀》的艺术价值……我更加明确地意识到，《丰乳肥臀》是我最为沉重的作品”；“你可以不看我所有的作品，但你如果要了解我，应该看我的《丰乳肥臀》”。

但是《檀香刑》所显示的作家的叙事才华也是无可争议的。尤其是在美学风神上，它非常中国化了，和以往的结构方式与语言风格都不相同。也许是“种族记忆”的东西终于起了作用，它与中国传统小说美学中的“奇书”理念之间，似乎发生了内在的关系。

“奇书”是中国传统小说最典型的理念，但关于“奇书”的美学内涵，古代的文人们却总是语焉不详的，其中“体验”的东西，“幻”是第一重要的，幻是其艺术上追求的极境；其次“警世”是思想的灵魂，作者的良苦用心，不外教化讽喻，于奇幻和“淫艳”的外表之下，传达出伤怀人生的主旨。归根到底，奇书的生命在于其“醒世”的“教人生怜悯畏惧心”[①] 的力量，而当代中国小说中出现的一些具有奇书倾向和趣味的作品，却大抵徒具其形。我不能说《檀香刑》标志着莫言已然认同了中国传统小说的美学旨趣，但在“比喻”的意义上，它却无疑可以称得上是一部奇书式的作品。这不仅是因为它在小说的形式上采取了诸如“凤头”、“猪肚”和“豹尾”式的结构，用了非常“土味”的地方戏曲中的语言，还有对非常典型的民间生活情态和“幻异淫艳”的传奇式的人物事件的细描，更因为其对中国传统的文化——把刑罚变成了大戏、变成艺术和狂欢的文化——的精妙概括，是这样一个极具警世意味的理念，造就了它奇书的品格。

刑罚是怎样变成戏剧——对一些人是灾难，对另一些人则是节日——的？《檀香刑》极尽繁文缛节地书写了作为“戏剧”和“节日狂欢”的刑罚，它用反照甚至残酷的掩饰的方式，让我们目睹和欣赏了由种族的“集体遗忘”带来的欢乐，这是奇书的气魄和方法。但它却也戏剧性地强化了《狂人日记》和《药》一类作品曾经展现的主题。还是在这篇新近的讲演中莫言说：“酷刑的设立，是统治者为了震慑老百姓，但事实上，老百姓却把这当成了自己的狂欢节……执刑者和受刑者都是这个独特舞台上的演员。”这分明是“吃人”和“人血馒头”的叙事的重现。不过，如果我们再把目光放远一点，就会发现这其实也是中国古老的“刑罚历史”的一个延伸。早在《尚书·皋陶谟》中，就有了关于古代中国的经典刑罚——“五刑”的记载，曰“天讨有罪，五刑五用哉，政事懋哉懋哉！”此五刑曰：墨、劓、剕、宫、大辟（处死）。这一纪年时间，要上溯到夏禹的时代。可见“刑罚文明”创立之早、花样之丰富、功用之齐全，恐令全世界的统治者欲望其项背而不能！这还不包括在后代的统治者那里又发扬光大了的无数种变换花样的刑罚，像车裂、腰斩、凌迟、活埋……还有此小说中堪称旷世奇闻的“檀香刑”。正像小说中德国总督克罗德所说的，“中国什么都落后，但是刑罚是最先进的，中国人在这方面有特别的天才。让人忍受了最大的痛苦才死去，这是中国的艺术，是中国政治的精髓”。为什么会将刑罚变成了艺术，是什么东西使刑罚变成了中国人特有的“艺术”？

① 谢颐：《第一奇书序》，《张竹坡批评第一奇书金瓶梅》，齐鲁书社 1987 年版。

莫言的叙事才华不但表现在他最擅长戏剧性结构的设置，更在于他能够将结构这样的形式要素，变成内容和思想本身。《檀香刑》的故事，用最通俗的话来说可以概括为“一个女人和她的三个‘爹’的故事”，这样的结构本身就会产生出强大的叙述动力。但在这里作家的意图却不仅限于叙述的戏剧性构造，而是要生动地实现一个“历史的纠结与缠绕”的主题。在这个关系中，杀人者与被杀者、统治者与其工具、权力与民间、帮凶和知识分子，这些不同的社会势力纠结到了一起，成为盘根错节甚至血肉相连的因素，它们共同构成了“将刑罚变成狂欢”的力量。通过这些关系，中国文化和西方文化、现代文明与民族情结、权力阶层的利益与知识者的良知等等观念性的东西，也产生了尖锐多向的冲突与矛盾纠结。犯案的是孙眉娘的亲爹孙丙，而行刑的是孙眉娘的公爹赵甲，断案监斩的又是孙眉娘的“干爹”兼情人县令钱丁，这样一个关系，把孙眉娘这样一个乡村女性推上了血与火、恩与仇的情感的焦点之上，也把一场集杀人的悲剧与看客的狂欢于一体的喜剧，处理得更加集中。“甲”、“丙”、“丁”，这些名字不难看出都是中国人的芸芸众生的“代称”，他们就是整个狂欢与“吃人”群体的化身，包括孙丙，他自己既是这场荒唐悲剧的受难者，同时也是导演者，什么样的文化自然会导致出现什么样的结局。正是由于这样的杀人者和被杀者之间千丝万缕的血缘亲情的联系，这场悲剧才有了看头，有了令人激动和狂欢的乐趣，有了发人深省的深意。

不过，比之鲁迅的“吃人”主题，莫言的小说中又增加了“当代性”的思考——他要试图揭示东方的民族主义是以怎样的坚忍和蒙昧，来上演这幕民族的现代悲剧的；它要见证，乡土与民间的“猫腔”同强大的钢铁的“火车”鸣笛混响在二十世纪中国的土地上，上演了怎样的滑稽的喜剧；它要揭示在民族文化和民族根性的内部，是什么力量把酷刑演变成了节日和艺术……即使在《檀香刑》强烈的喜剧叙事的氛围中，也掩饰不住这样一些庄严的命题。在孙丙这个人物身上，我们可以看出一种“结构性的文化力量”，他的猫腔戏的生涯，杂烩了民间艺术、农民意识、传统的侠义思想、半带宗教神话半带巫术迷信的中国式的思维方式，将他杂糅成了一个文化的怪胎，这样的一个怪胎，在没有民族文化冲突的情况下，便表现为一种民间自由文化的力量，它既反对正统的专制，同时又与之构成沆瀣一气的游戏；但在具有了民族文化冲突的背景下，它就成为了一种集崇高与愚昧于一身的可怕的“民族主义”。统治者在需要的时候，会利用这种力量，但在真正面临外来的强力压迫的时候，又非常轻巧地牺牲了他们。这正是“义和团”运动的悲剧所包含的深层的文化因由，它揭示出中国传统文明在面对西方现代文明的强大的侵犯力量时，所必然显现出的虚弱、悲哀与丑陋。一部中国的近代历史，不出这样一个基本的逻辑，到头来受难和因这受难而狂欢的，不过都是底层的百姓们自己——请注意，在这一点上，莫言的文化态度发生了微妙的变化。在《红高粱家族》中他所勾画的传统文化的壮丽图景与民族生命精神的神话，在这里化为了更为清醒的思考，他试图告诉我们，孙丙所“扮演”的猫腔戏和他所真正“上演”的身受酷刑的大戏，是基于同一个原因，这是一个民族无法逃避的宿命。莫言最逼近地表现了面临现代文明挑战的传统文化与民间文化的命运，这与“五四”作家单向度地批判中国传统文化的态度相比，显然是更为复杂和深刻的。

任何艺术都源于“看客”的期待，杀人的艺术也不例外，这不但是袁世凯这样的统治者的需要，也是克罗德所代表的“西方文化权力”的需要，同时更是中国的底层民众自己的需要，应该说是他们共同创造了“檀香刑”这登峰造极的艺术。莫言非常精彩地描写了赵甲这样的“职业刽子手”的形象，在古今中外可以说是绝无仅有，他们令人惊异的“发明”能力和出神入化的精湛“技艺”，可以令一切杀人者汗颜，令一切看客叹为观止，这也是中国文化的特殊产物。可以这么说，《檀香刑》所揭示的是这样一个“结论”：在面对西方强势文化的时候，中国文化的悲剧在于，它是用它自己内部的完美的统治来维持它的“文明”地位的，形象一点说就是，它是靠了“刑罚的艺术”来遮饰它的腐朽、延续并证明它的“文明”之存在的。

《檀香刑》令我联想到了现代知识分子的相当“正统”的启蒙历史观，但它的写法却又非常“民间”，他用谐谑的笔调，勾画出了末日狂欢中的各色人物，同时演绎出两台戏剧——“一场真正的戏”（行刑的过程）和“一出虚拟的戏”（小说的叙事方式），将它们近乎完美地熔铸在一起，实现了无可争议的“复调”结构。很显然，在叙事中，历史的“自在”和历史的“声音”，是两个不同的东西，但通常作家很难在同一个叙述中把它们分开处理，如不分开，历史便可能成了某种“沉默的东西”，作家只能无声地模拟演示它。而莫言不但将它们分开，还大大地强化了“声音”的部分，其“凤头”和“豹尾”两部，均是以人物的独语或道白的形式来展开的，它象征着“身在历史中的人”对历史的感受。对一个写作者来说，这可能是最难的，它是戏剧的写法，但又比戏剧语言更驳杂，比戏剧对话更多变。但因为“戏剧”的形式在某种意义上更接近“历史”本身，所以莫言这样做实际上是力求对历史的更逼真、更具“现场感”的模拟。这需要才华、力量和勇气，但莫言成功了。“猪肚”部分，可以看做是一个关于背景和历史的“自在”的交代，它放在中间，有效地勾连出事件的前前后后与人物关系。这一部分可能作家认为是一个可以把一些比较驳杂的内容“装”进来的，所以它似有点游离和漫不经心，但其中对赵甲行刑钱雄飞以及“戊戌六君子”两节的描写，足以称得上是惊心动魄的，它将“传奇的历史”和真实的历史事件并置于一起，以民间的眼光和刽子手亲历的角度来写，使这历史格外有一种触手可及的具体和质感。

用戏剧的场景与氛围来写历史，这也算是一种“文本中的文本”，仿佛不是莫言在写小说，而是在阐释一部已经“存在”了的戏剧文本，在为这部猫腔戏作注，这样，历史在两个文本中呈现了一种被激活的状态。戏文中作为“民间记忆”的历史，同叙事者所仿造的“正史”之间形成了一种“应和”或“嬉戏”的状态。在以往莫言的小说中，总是作家自己憋不住出来表演一番，而在《檀香刑》中，他有了众多可用以操纵的“玩偶”，来代替他的“现场道白”。这在很大程度上“使历史戏剧化”了，这种历史的戏剧化修辞方式，在以往的小说中似乎还很难找到第二个例子。

语言的问题也是非常值得讨论的，我想莫言可能是下了决心要用“土语”——纯粹的民族话语，来写一部近代中国的历史，要“土到底”。在过去他一直是用一套比较“西化”的话语方式来写作，现在随着阅历和年龄的增长，他可能更希望尝试用“真正的母语”写作的滋味。不过这样做并不容易，因为这种土语需要一种再处理，所以莫言最终又选择了高密东北乡的“猫腔戏”的语言，它可以说是文雅的文人文化与粗鄙的民间文化相杂糅的产物，它代表了一个感性而古老的庞大的“过去”与“民间”，既是民族的历史的本体，同时又是他们赖以记忆历史的文本方式。但是这样一个话语系统正在日渐强大的钢铁的声音——火车的轰鸣所代表的现代文明的压迫下，渐渐销声匿迹。一个书写历史的作家用什么来唤起人们对历史的记忆？我想，他最需要的首先是语言，用一套现代人的话语系统、一个在“西方的话语霸权”所攫持下的叙述中，大约是很难找回自己的历史的。而莫言用两种声音来比喻这种对抗，既是对被淹没的历史本源的寻找，同时也是对习惯的历史方法的反思。从这个意义上，莫言获得了最大的历史深度。

“极限”不是止境，也不意味着抛物线式的下降。极限是一种自我的挑战，一种不存在禁区的探求。从这样的意义上说，叙述又是没有极限的，莫言还会一直向前。

（原载《当代作家评论》2003年第2期）

有一种叙述叫“莫言叙述”

——评长篇小说《四十一炮》

吴义勤

莫言的小说则无疑属于小说中的“极品”，而他的长篇新作《四十一炮》就更是一部“极品”中的“极品”。这是一部光芒四射的小说。通常，我们能从某部小说的某一个侧面、某一个角度感受到艺术的光芒，然而，在《四十一炮》这样的小说中，我们几乎在其每一寸空间的驻留，都会被那种令人目眩的艺术光芒照耀、震撼。小说中的每一人、每一物、每一场景、每一个语词，甚至那一块块“通灵”的肉，都无一例外地被艺术之光笼罩着，既令人陶醉，又魅力无穷。

思想长着双脚在游走

《四十一炮》的艺术魅力当然首先来自于它奇特的叙述方式。主人公罗小通坐在五通神庙里对大和尚的倾诉是小说的中心情节，而他的回忆、他的想象、他对现实的倾听与窥视则是小说故事的主要根源。在罗小通的叙述里，小说的故事呈现出三条线索：一条是“我”的回忆，这条线索叙述的是九十年代“我”的家族史，屠宰村村史，“我”的成长史；一条是“我”想象中兰大官（老兰的三叔）传奇性的爱情史和性史；一条是“我”在五通神庙里向大和尚讲故事时双城市正在发生的一切，肉食节的表演、黑白两道的争斗、市长权贵的粉墨登场、老兰的“新戏剧”，等等。表面上，小说由一个人叙述，难免视角的局限和内容的单调，但实际上这却是一部异常丰富、庞杂、近乎无所不包的小说，在小说的三条线索里包含了你阅读一部小说时所能期待读到的所有的东西。

这里有历史，有现实，有原始的乡风民俗、人情世故，也有商场、政界的勾心斗角，有传奇性的人物、传奇性的故事，也有爱恨情仇、生老病死，有性，有欲，也有“肉”，有现实的批判，也有对自我和历史的反思。但这一切在小说中又不是写实的或具象的，事实上这是一部充分寓言化和写意化的小说。作家追求的不是对九十年代以来中国社会现实进行精雕细刻的描绘或“全景式”、“史诗”性的反映，而是要捕捉这段历史或现实的本质性的、精神性的氛围与片断。正因为这样，小说中欲望的疯狂、财富的占有与追逐、官商的勾结、原始积累的血腥与残酷、权力的泛滥等等批判性主题都是以夸张的、写意的、荒诞化的意象呈现的，它们都非真实的现实具象，而是一种象征性的精神化影像，但这种影像对这个时代本质的切入无疑又是准确而深刻的。也就是说，《四十一炮》的“现实主义”是一种现实虚拟化、荒诞化的“现实主义”，这种虚拟和荒诞，没有把读者推离时代与现实，反而使得时代与现实变得更为真实。某种意义上，小说中的“肉神节”、“吃肉比赛”等等情节其实就是对于我们时代肉欲本质的一种隐喻。而反复写到的“雨水”、对“五通神”和“肉神”等的狂热也都是当今时代欲望泛滥的一种象征。莫言说他的小说没有“思想”，实际上所谓“没有思想”，是指对那种说教的、理念的、常识性的、没有生命和活力的“伪思想”的拒绝，而不是反对“思想”本身。从《四十一炮》这样的小说来看，不是没有“思想”，而是“思想”丰富、复杂得无法总结和归纳，是“思想”自己具有生命和活力，它长着双脚在小说中四处游走，我们无法逮住它。

复杂的人性面貌，隐隐的忧伤

其次，《四十一炮》的艺术魅力还来自于他笔下的人物。小说刻画了众多人物形象，这些人物无论是浓墨重彩、精雕细刻的，还是几笔勾勒、匆匆而过的，都以其鲜明的性格内涵、复杂的人性面貌，给人留下了深刻的印象。罗小通是一个名副其实的“肉神”，对肉的感情，对肉的痴迷，对肉的崇拜以及与肉之间的那种呼应、通灵都决定了他看待世界与人生的眼光。尽管小说中他以对老和尚坦白自己故事的方式企图皈依佛门，但他一只眼睛其实却一直在盯着“红尘”不放，他对雨中女人肉体和乳汁的迷恋，正是他“肉欲”本性的自然流露。而少年时代他对老兰的崇拜、对权力的陶醉、对注水肉的特殊才能也都显示了他人性的复杂性和内在的人格矛盾。父亲罗通是小说中一个很有深度的人物形象，他是一个乡村“知识分子”，他有个性，有追求，敢爱敢恨，与老兰较劲和跟野骡子私奔是他的壮举。但野骡子死后，他回到家乡，“英雄气”却荡然无存。跟着老兰干是对他尊严的挑战，他的痛苦无人能知，甚至“我”也不能理解。最后在种种谣言面前的精神崩溃，是他真正失败的标志。他的杀人行为，算是他血性的一种回归，但不幸的是他却杀了他不该杀的人。老兰是小说重点刻画的一个人物，他的性格非常复杂，内蕴也非常丰富。对叙述者来说，他先是一个偶像，后是一个仇人。在屠宰村，他有着现实的不可一世的“权力”，又有着足可炫耀的“家族历史”，他一言九鼎，权力、财富、女人应有尽有，有着巨大的精神优越感。但是在与父亲的较量中，他却一直处于下风，在吃辣椒比赛和野骡子的爱情争夺中他都输给了“父亲”。但在父亲私奔之后，他却不计前嫌地帮助“我们”母子，父亲回来后又宽宏大量地重用父亲。在“我”的眼中，他既有风度，又有魄力，与“父亲”的猥琐、窝囊形成了触目的反差。然而，他真的是一个慈祥、善良、大度的圣人吗？小说没有正面回答我们，但如果“我”父母的死真的是他的阴谋的话，那么他就是这个世界上最阴险、最奸诈、最残忍的恶魔，他不动声色的作恶能力令人恐惧。小说用他成为“我”仇人后四十一炮都打不死他的情节以及他在“肉神节”上越来越风光的情节，隐喻了这个封建性怪胎、这个“土皇帝”的令人恐怖的生存和再生能力。此外，母亲杨玉珍、野骡子、娇娇、甜瓜、姚七、苏州，甚至兰大官、秃顶市长、沈瑶瑶、黄香云也都是令人过目难忘的形象。作家不对笔下的人物进行道德的评价，而是极力挖掘与展示他们的人性深度与命运悲剧，读来既有人性的震撼，又有一种隐隐的忧伤。

他的语言汁液横流

再次，《四十一炮》的魅力还来自于它的语言。这是一篇以“诉说”

为主体的小说，是一个不折不扣的语言盛宴，缤纷多彩的语言，既赋予小说复杂的意味，又使语言本身获得了再生。莫言是一个语言的奇才，语言使他自由使他放松，他的语言汁液横流，他的细节饱满生动。语言赋予其小说以奇异的激情和想象力，使他笔下的一切都具有了生命和性格，奇思妙想，接踵而至，一草一木，甚至一块肉都会跳舞。小说通篇以罗小通的“准儿童”视角叙述而成，记忆与想象、现实与虚构、真实与荒诞、现在与过去相交织，童性的感觉、成人的狡猾、自恋自怜的语调与夸夸其谈的炫耀熔于一炉，从而营构出了一种亦真亦幻、亦实亦虚的“复调式”的艺术氛围。主人公罗小通无疑是一个语言的天才，是一个“炮孩子”，用莫言自己的话说：“罗小通在讲述自己的故事时，从年龄上看已经不是孩子，但实际上他还是一个孩子。他是我的诸多‘儿童视角’小说中的儿童的一个首领，他用语言的浊流冲决了儿童和成人之间的堤坝，也使我的所有类型的小说，在这部小说之后，彼此贯通，成为一个整体。”从叙事身份上看，罗小通的“儿童”身份显然是不纯粹的，他是精神性的“儿童”，是对成人世界绝望后向儿童世界的精神回归，因此，他的视角就是一种“复合”视角，他的身份就是一种“复合”身份，他的语言就是一种天真和沧桑相融的语言。不仅如此，莫言在《四十一炮》中追求的不仅是对语言魅力的展示，同时还是对语言“力量”的一种证明。作为一个“炮孩子”，罗小通的语言中就难免谎言和夸张。题目“四十一炮”既是四十一个谎言，又是真正的四十一发炮弹。作家借此传达出一种隐喻，即语言就是“炮弹”。他用语言“复仇”，用语言进行自我想象和自我满足，也用语言进行自我拯救。然而，语言的力量究竟有多大呢？小说没有正面回答我们，但正如罗小通的炮弹没能打倒仇敌一样，他的倾诉也不能真正拯救他。他能否成为一个和尚，能否看破红尘，也还是一个未知数。

（原载 2003 年 7 月 22 日《文艺报》）

附　录

作品年表

路晓冰

春夜雨霏霏　《莲池》1981年第5期

丑兵　《莲池》1982年第2期

雪花·雪花　《花山》1982年第3期

为了孩子　《莲池》1982年第5期

售棉大路　《莲池》1983年第3期（被《小说月报》转载）

我和羊　《花山》1983年第5期

民间音乐　《莲池》1983年第5期

金翅鲤鱼　《无名文学》1984年第1期

放鸭　《无名文学》1984年第1期

白鸥前导在春船　《小说创作》1984年第2期

岛上的风　《长城》1984年第2期

雨中的河　《长城》1984年第5期

黑沙滩　《解放军文艺》1984年第7期（获该刊本年度小说奖）

天马行空　《解放军文艺》1985年第2期

白狗秋千架　《中国作家》1985年第4期

桥洞里长出红萝卜　《文艺报》1985年第5期

石磨　《小说界》1985年第5期

老枪　《昆仑》1985年第6期

马蹄　《解放军文艺》1985年第7期（获该刊本年度优秀散文奖）

秋水　《奔流》1985年第8期

枯河　《北京文学》1985年第8期（获该刊本年度优秀小说奖）

大风　《小说创作》1985年第9期（《小说选刊》同年转载）

五个饽饽　《当代小说》1985年第9期
三匹马　《奔流》1985年第9期
也许是因为当过“财神爷”　《三十五个文学的梦》解放军出版社1985年12月第1版
金发婴儿　《钟山》1985年第1期
透明的红萝卜　《中国作家》1985年第2期
流水　《风流》1985年第2期
球状闪电　《收获》1985年第5期
爆炸　《人民文学》1985年第12期
“大肉蛋”　《文学自由谈》1986年第1期
美丽的自杀　《解放军文艺》1986年第1期
草鞋窨子　《青年文学》1986年第2期
几个位青年军人的文学思考　《文学评论》1986年第2期
黔驴之鸣　《青年文学》1986年第2期
筑路　《中国作家》1986年第2期
断手　《北京文学》1986年第3期（《新华文摘》同年转载）
两座灼热的高炉　《世界文学》1986年第3期
十年一觉高粱梦　《中篇小说选刊》1986年第3期
红高粱　《人民文学》1986年第3期（《小说选刊》、《中篇小说选刊》、《新华文摘》同年转载，获本年度全国优秀中篇小说奖）
透明的红萝卜（小说集）　作家出版社1986年3月第1版
狗道　《十月》1986年第4期
奇死　《昆仑》1986年第6期
《奇死》后的信笔涂鸦　《昆仑》1986年第6期
苍蝇　门牙　《解放军文艺》1986年第6期
与罗强烈的通信　《中国青年报》1986年7月8日
高粱酒　《解放军文艺》1986年第7期
唯有真情才动人　《文艺报》1986年8月
我想到痛苦、爱情与艺术　《八一电影》1986年第8期
高粱殡　《北京文学》1986年第8期
凌乱战争印象　《虎门》1987年第1期

与莫言一席谈　《文艺报》1987年1月10日、1月17日
欢乐　《人民文学》1987年第1—2合期
高密之光　《人民日报》1987年2月1日
弃婴　《中外文学》1987年第2期
红蝗　《收获》1987年第3期
罪过　《上海文学》1987年第3期
大音稀声　《昆仑》1987年第4期
英雄浪漫曲　《中外电影》1987年第5期
红高粱家族（长篇小说）　解放军文艺出版社1987年5月第1版
猫事荟萃　《上海文学》1987年第11期
高密之星　《人民日报》1987年12月13日
飞艇　《北京文学》1987年第12期
红高粱　西安电影制片厂摄制1987年
透明的红萝卜　新地出版社（台湾）1987年版
玫瑰玫瑰香气扑鼻（附：也算创作谈）　《钟山》1988年第1期
狗·鸟·马　《中国作家》1988年第1期
也算创作谈　《钟山》1988年第1期
养猫专业户　《天津文学》1988年第2期
影片《红高粱》观后杂感　《电影、电视艺术研究》1988年第4期
也叫"红高粱家族"备忘录　《电影、电视艺术研究》1988年第5期
革命浪漫主义　《西北军事文学》1988年第5期
爆炸（小说集）　解放军文艺出版社1988年8月第1版
高密之梦　《人民日报》1988年9月3日
生蹼的祖先　《长河》创刊号1988年10月
复仇记　《青年文学》1988年第11期
马驹横穿沼泽　《青年文学》1988年第11期（《作品与争鸣》同年转载）
红高粱家族　洪范书店（台湾）1988年版
我的"农民意识"观　《文学评论家》1989年第2期
打靶歌　《解放军文艺》1989年第2期
你的行为使我恐惧　《人民文学》1989年第3期
大水　莫言　刘毅然　《中外电影》1989年第3期

遥远的亲人　《时代文学》1989年第4期
我的农民意识观　《中国现代、当代文学研究》1989年第4期
欢乐十三章（小说集）　作家出版社1989年4月第1版
爱情故事　《作家》1989年第6期
供销社的朋友们　《农民日报》1989年8月22日、29日
奇遇　《北方文学》1989年第10期（《小说月报》同年转载）
透明的红萝卜　林白出版社（台湾）1989年版
天堂蒜薹之歌　洪范书店（台湾）1989年版
父亲在民伕连里　《花城》1990年第1期
十三步　洪范书店（台湾）1990年版
清醒的说梦者——关于余华及其小说的杂感　《当代作家评论》1991年第2期
地道　《青年思想家》1991年第3期
辫子　《青年思想家》1991年第4期
人与兽　《山野文学》1991年第4期（后收入《白狗秋千架》，上海文艺出版社2005年6月版）
幽默与趣味　《小说家》1991年第4期
飞鸟、夜渔、神嫖、翱翔、地震、铁孩、灵药、鱼市、良医　分别发表于马来西亚《南洋商报》、《星洲日报》，台湾《中国时报》、《联合文学》1991年
白棉花　《花城》1991年第5期（《中篇小说选刊》1992年第1期转载）
怀抱鲜花的女人　《人民文学》1991年第7—8合期
我与农村　《农民日报》1991年8月29日、30日、31日
白棉花（小说集）　华艺出版社1991年10月第1版
哥哥们的青春往事（六集连续剧）　河南电影制片厂摄制1991年
还是闲言碎语　《中篇小说选刊》1992年第1期
说说福克纳这个老头儿　《当代作家评论》1992年第5期
屠户的女儿　《时代文学》1992年第5期
红耳朵　《小说林》1992年第5期
模式与原型　《小说林》1992年第6期
战友重逢　《长城》1992年第6期

梦境与杂种　《钟山》1992年第6期

酒国　洪范书店（台湾）1992年9月版

圆梦——《食草家族》跋　《食草家族》花山文艺出版社1992年版

酒国　湖南文艺出版社1993年2月第1版

我的故乡与我的小说　《当代作家评论》1993年第2期

怀抱鲜花的女人（小说集）　社会科学出版社1993年3月第1版

金发婴儿（小说集）　长江文艺出版社1993年6月第1版

好谈鬼怪神魔　《作家》1993年8期（收入《中国当代作家面面观》，林建法选编，时代文艺出版社1994年6月第1版）

食草家族（长篇小说）　华艺出版社1993年12月第1版

愤怒的蒜薹（《天堂蒜薹之歌》修订本）　北京师范大学出版社1993年12月第1版

神聊（小说集）　北京师范大学出版社1993年12月第1版

怀抱鲜花的女人　洪范书店（台湾）1993年版

猫事荟萃（小说集）　新世界出版社1994年10月第1版

我的故乡和童年　《星光》1994年第11期（《新华文摘》1995年第1期转载）

梦境与杂种　洪范书店（台湾）1994年版

太阳有耳　长春电影制片厂摄制1994年

梦断情楼（二十四集连续剧）　亚洲电视艺术中心摄制1994年

我的故乡和童年　《新华文摘》1995年第1期

丰乳肥臀　《大家》1995年第5、6期

丰乳肥臀（长篇小说）　作家出版社1995年12月第1版

莫言文集（1-5卷）　作家出版社1996年2月第1版（包括《红高粱》、《酩酊国》、《鲜女人》、《神嫖》、《再爆炸》）

丰乳肥臀　洪范书店（台湾）1996年版

我与译文　《作家谈译文》，上海译文出版社1997年12月版

拇指铐　《钟山》1998年第1期（《小说选刊》转载）

长安大道上的骑驴美人　《钟山》1998年第5期

蝗虫奇谈　《山花》1998年第5期（《小说选刊》转载）

三十年前的一场长跑比赛　《收获》1998年第6期

牛　《东海》1998年第6期（《小说月报》第9期、《小说选刊》第9期转载）
白杨林里的战斗　《北京文学》1998年第7期
一匹倒挂在杏树上的狼　《北京文学》1998年第10期（《小说月报》转载）
会唱歌的墙（散文集）　人民日报出版社1998年12月第1版
红树林（十八集连续剧）　检察日报影视部摄制1998年
红耳朵　麦田出版社（台湾）1998年版
传奇莫言　联合文学（台湾）1998年版
祖母的门牙　《作家》1999年第1期
我们的七叔　《花城》1999年第1期（《小说选刊》转载）
红树林　《江南》1999年第1、2期
师傅越来越幽默　《收获》1999年第2期
野骡子　《收获》1999年第4期
藏宝图　《钟山》1999年第4期
沈园　《长城》1999年第5期（《小说选刊》、《小说月报》转载）
儿子的敌人　《天涯》1999年第5期
红树林（长篇小说）　海天出版社1999年3月第1版
红高粱家族（再版）　南海出版公司1999年5月版
独特的腔调　《读书》1999年第7期
被剥夺了的中学时代　收入《我的中学时代》　福建教育出版社1999年9月第1版
长安大道上的骑驴美人（小说集）　海天出版社1999年9月第1版
师傅越来越幽默（小说集）　解放军文艺出版社1999年12月第1版
胡扯蛋　《钟山》2000年第1期
司令的女人　《收获》2000年第1期
酒国（再版）　南海出版公司2000年2月版
说老从　《时代文学》2000年第3期
天花乱坠　《小说界》2000年第3期
红高粱家族（百年百种优秀中国文学图书）　人民文学出版社2000年7月第1版

莫言小说精选系列（1—3卷） 上海文艺出版社2000年9月第1版（《老枪 宝刀》、《苍蝇 门牙》、《初恋 神嫖》）

莫言短篇小说（1—3卷） 上海文艺出版社2000年10月第1版（《老枪宝刀》、《苍蝇 门牙》、《初恋 神嫖》）

莫言散文 浙江文艺出版社2000年10月第1版

嗅味族 《山花》2000年第10期

冰雪美人 《上海文学》2000年第11期

姑妈的宝刀 收入《老枪·宝刀》 春风文艺出版社2000年11月第1版

霸王别姬 空政话剧团2000年底在北京演出

会唱歌的墙 麦田出版社（台湾）2000年版

食草家族 麦田出版社（台湾）2000年版

倒立 《山花》2001年第1期

马语 《时代文学》2001年第1期

笑的潇洒 《语文教学与研究》2001年第2期

檀香刑（长篇小说） 作家出版社2001年3月第1版

关于"垓下"的想象突围 《读书》2001年第6期

笼中叙事、欢乐、冰雪美人结集 九天汉思公司与文化艺术出版社合作出版2001年7月

战友重逢（小说集） 解放军文艺出版社2001年8月第1版

生蹼的祖先、冰雪美人、新作加话剧合集 文化艺术出版社2001年9月第1版

我与税 《中国税务》2001年第10期

白棉花 麦田出版社（台湾）2001年版

扫帚星 《布老虎中篇小说》2002年春之卷

文学创作的民间资源——在苏州大学"小说家讲坛"上的讲演 《当代作家评论》2002年第1期（后以《作为老百姓写作》为题，收入《中国当代作家面面观——寻找文学的魂灵》，林建法、徐连源主编，春风文艺出版社2003年4月版）

翻译家功德无量 《当代作家评论》2002年第5期

马语 《语文教学与研究》2002年第16期

西部的突破——从《美丽的大脚》说起 《电影》2002年第11期

莫言中篇小说集（上、下） 作家出版社 2002 年 2 月第 1 版
红高粱家族（东岳文库） 山东文艺出版社 2002 年 9 月第 1 版
酒国（东岳文库） 山东文艺出版社 2002 年 9 月第 1 版
拇指铐（东岳文库） 山东文艺出版社 2002 年 9 月第 1 版
清醒的说梦者（东岳文库） 山东文艺出版社 2002 年 9 月第 1 版
罪过（东岳文库） 山东文艺出版社 2002 年 9 月第 1 版
师傅越来越幽默（东岳文库） 山东文艺出版社 2002 年 9 月第 1 版
透明的红萝卜（东岳文库） 山东文艺出版社 2002 年 9 月第 1 版
什么气味最美好（随笔集） 南海出版公司 2002 年 9 月第 1 版
良心作证 春风文艺出版社 2002 年 10 月第 1 版
司令的女人 云南人民出版社 2002 年 11 月第 1 版
冰雪美人 麦田出版社（台湾）2002 年版
红高粱的孩子 时报出版社（台湾）2002 年版
国外演讲与名牌内裤 《文学自由谈》2003 年第 2 期
作家和他的文学创作 《文史哲》2003 年第 2 期
胡说“胡乱写作” 《中国当代作家面面观——寻找文学的魂灵》，林建法、徐连源主编，春风文艺出版社 2003 年 4 月版
诉说就是一切 《当代作家评论》2003 年第 5 期
木匠与狗 《收获》2003 年第 5 期
拇指铐 江苏文艺出版社 2003 年 1 月第 1 版
莫言中短篇小说精选 青海人民出版社 2003 年 1 月第 1 版
四十一炮 春风文艺出版社与台湾洪范出版社于 2003 年 7 月共同推出
小说的气味（随笔集） 春风文艺出版社 2003 年 8 月第 1 版
丰乳肥臀（增补修订版） 中国工人出版社 2003 年 9 月版
十三步 春风文艺出版社 2003 年 10 月版
藏宝图 春风文艺出版社 2003 年 10 月版
写给父亲的信 春风文艺出版社 2003 年 10 月版
北京秋天下午的我 一方出版社（台湾）2003 年版
民间音乐 春风文艺出版社 2004 年 1 月版
我们的荆轲 《钟山》2004 年第 2 期

研究资料索引

路晓冰

有追求才有特色
　　——关于《透明的红萝卜》的对话　徐怀中等　《中国作家》1985年第2期
独具特色的《红萝卜》
　　——谈小说《透明的红萝卜》　何铭　《中国青年报》1985年5月26日
“妙在似与不似之间”
　　——评中篇小说《透明的红萝卜》　李陀　《文艺报》1985年7月6日
关于《透明的红萝卜》的思考　崔京生　《文汇报》1985年7月29日
深入人的心灵
　　——读《三匹马》　夏厦　《奔流》1985年第9期
有追求才有特色　徐怀中　《作品与争鸣》1985年第12期
游魂的复活
　　——评《红高粱》　雷达　《文艺学习》1986年第1期
艺术追求与特色
　　——读《透明的红萝卜》及其评论　蔡毅　《作品与争鸣》1986年第1期
现代小说中的意象
　　——序莫言小说集《透明的红萝卜》　李陀　《文学自由谈》1986年第1期
为了告别那个荒凉的世界
　　——评莫言的《枯河》及其他　冯立三　《北京文学》1986年第2期

天马行空

——莫言小说艺术特点　朱向前　《小说评论》1986年第2期

奇情异彩亦风流

——莫言感觉层小说探析　张志忠　《钟山》1986年第3期

“五老峰”下荡轻舟

——读《红高粱》有感　丛维熙　《文艺报》1986年4月12日

莫言的感觉　晓华　汪政　《当代文坛》1986年第4期

谈《透明的红萝卜》的一点缺憾　张君恬　《当代文坛》1986年第4期

被记忆缠绕的世界

——莫言创作中的童年视角　程德培　《上海文学》1986年第4期

动人的透明，迷人的诱惑

——论《透明的红萝卜》的透明度和《冈底斯的诱惑》的诱惑性　李劼　《文学评论家》1986年第4期

莫言小说“写意”散论　朱向前　《当代作家评论》1986年第4期

论莫言的艺术感觉　张志忠　《文艺研究》1986年第4期

《透明的红萝卜》的美学意蕴　北川　《当代作家评论》1986年第4期

心灵的渴望与追求

——谈莫言小说集《透明的红萝卜》　谢欣　《当代作家评论》1986年第4期

现实世界·感情世界·童话世界

——评莫言的四部中篇小说　钟本康　《当代作家评论》1986年第4期

随意性与独创性

——读莫言的《红高粱》　封秋昌　《文论报》1986年5月11日

关于《透明的红萝卜》及其他　燃糠　《文学研究参考》1986年第5期

心灵底片的曝光

——试析莫言作品的瞬间印象方式　林在勇　《文学评论家》1986年第5期

感觉化的世界

——莫言小说印象　朱珩青　《批评家》1986年第5期

莫言和他的《红高粱》　陆文虎　《文学自由谈》1986年第5期

莫言的小说模式及其意义初探　贺绍俊　潘凯雄　《文学评论家》1986

年第5期

混浊迷茫中的活力

——谈莫言新作《高粱酒》 俞玉 《小说评论》1986年第5期

血与火生发的外观

——《红萝卜》、《红高粱》管窥 北村 《文学评论家》1986年第6期

《红高粱》的意味与创造性 周政保 《小说评论》1986年第6期

莫言的意义 李洁非 张陵 《读书》1986年第6期

读《红高粱》笔记 李陀 《小说选刊》1986年第7期

感觉和创造性想象

——关于中篇小说《红高粱》的通信 莫言 罗强烈 《中国青年报》1986年7月18日

小说领域里的稚拙美

——《红高粱》印象 吴炫 《文学报》1986年7月24日

穿越历史的悠长召唤

——莫言的《红高粱》中篇系列一瞥 朱向前 《人民日报》（海外版）1986年8月13日

惊愕·恶心·沉思

——"高粱"系列中篇小说漫评 艾晓明 《文论报》1986年8月30日

赞赏与不赞赏都说

——关于《红高粱》的话 李清泉 《文艺报》1986年8月30日

莫言和他的小说 朱珩青 《博览群书》1986年第8期

淹没在水中的红高粱

——莫言印象 赵玫 《北京文学》1986年第8期

《红高粱》的结构艺术及其他 王力平 《文论报》1986年10月11日

在美丑之间

——读《红高粱》致立三同志 蔡毅 《作品与争鸣》1986年第10期

祭奠的也应该是能复活的

——读《红高粱》复蔡毅同志 冯立三 《作品与争鸣》1986年第11期

古老的形式，现代的意识

——评莫言的新作《筑路》 支肃 《文汇报》1986年11月19日

深情于他那方小小的"邮票"

——莫言小说漫评　朱向前　《人民日报》1986年12月8日

文体解放与观念解放

——也谈《红高粱》　李书磊　《文论报》1986年12月21日

论余占鳌　陈墨　王野　《解放军文艺》1986年第12期

再现与表现的结合　金汉　《昆仑》1987年第1期

情绪、情感、文体意识

——读莫言的小说　朱珩青　《文学自由谈》1987年第1期

理论不足将使莫言没言

——读《断手》有感　常智奇　《文学自由谈》1987年第1期

莫言的艺术感觉与现代生活　应雄　《文学自由谈》1987年第1期

痛苦地寻求欢乐

——莫言的"欢乐"绍介　刘心武　《人民日报》（海外版）1987年1月13日

与莫言一席谈　莫言　陈薇　温金海　《文艺报》1987年1月10日、17日

评近年小说新潮中的莫言

——兼论当今"新潮小说"的某种趋优走向　金汉　《浙江师范大学学报》1987年第1期

拂去历史的尘积

——试谈《红高粱》的"翻案"　李放眉　《今日文坛》1987年第1期

英雄的自我否定与超越

——读《断手》　高今　《文学评论家》1987年第1期

"莫言"莫可言　朱向前　《昆仑》1987年第1期

精神分析学与《红高粱》的叙事结构　李洁非　张陵　《北京文学》1987年第1期

灵性激活历史

——《红高粱》、《灵旗》、《第三只眼》纵横谈　雷达　《上海文学》1987年第1期

历史的灵魂与灵魂的历史

——论"红高粱"系列小说的艺术独创性　雷达　《昆仑》1987年第1期

论莫言小说的得失　陈清义　《信阳师范学院学报》（哲社版）1987年第1期

欢乐的错误　吴亮　《文汇读书周报》1987年2月21日
走向开放的革命战争历史文学　西南　《小说评论》1987年第2期
近年莫言小说评论漫述　灌林　《福建论坛》（文史哲）1987年第2期
文学的魂
——张承志、莫言比较论　樊星　《当代文坛》1987年第3期
莫言与马尔克斯　王国华　石挺　《艺谭》1987年第3期
《红高粱》中色彩词语的运用　胡松柏　《上饶师专学报》1987年第4期
融合与超越　王冲等　《外国文学研究》1987年第4期
审视：农民英雄主义　王炳根　《文艺争鸣》1987年第4期
试谈莫言小说的“意象”　范宗武　《文学评论家》1987年第4期
莫言：走上文坛　张志忠　《外国文学研究》1987年第4期
莫言：这也是一种文化
——评《红高粱》、《高粱酒》、《高粱殡》　陈墨　《当代文艺探索》1987年第4期
评莫言的中篇小说《欢乐》　沈戈　《天津日报》1987年4月11日
想象的自由与描写的节制
——关于莫言小说创作的思考　陈慧忠　《文汇报》1987年5月4日第3版
论阿城、莫言对人格美的追求与东方文化传统　胡河清　《当代文艺思潮》1987年第5期
《红高粱》的失误及其原因　潘新宇　《文艺争鸣》1987年第5期
莫言小说中的性意识
——兼评《红高粱》　吴俊　《当代作家评论》1987年第5期
文化与神话　陈墨　《解放军文艺》1987年第6期
忧郁的土地，不屈的精魂
——莫言散论之一　季红真　《文学评论》1987年第6期
试论莫言小说的借鉴特色和独创性　李万钧　《当代文艺探索》1987年第6期
感觉的超越，意象的编织
——莫言《罪过》的语言分析　钟本康　《当代文坛》1987年第6期
莫言文体论　张志忠　《文学评论家》1987年第6期

莫言：沸腾的感觉世界的爆炸（复旦大学学生“新时期文学”讨论实录之五）　王宏图整理　《当代文艺探索》1987年第6期

声色犬马　皆有境界
——莫言小说艺术三题　陈思和　《作家》1987年第8期

人性战胜兽性的艰难历程
——评莫言的《红蝗》　封秋昌　《文论报》1987年9月11日

有物无序成奇花
——《红高粱》赏析　李少咏　《文学知识》1987年第9期

陌生化——感觉的重构
——谈莫言的创作　张志忠　《文学自由谈》1988年第1期

现代人的民族民间神话
——莫言散论之二　季红真　《当作作家评论》1988年第1期

红色的变异
——从《透明的红萝卜》、《红高粱》到《红蝗》　夏志厚　《上海文论》1988年第1期

漫议莫言小说的横向借鉴　吴昌雄　《湖北教育学院学报》1988年第1期

历史与现时的二元对话
——兼谈莫言新作《玫瑰玫瑰香气扑鼻》　陈思和　《钟山》1988年第1期

毫无节制的《红蝗》　贺绍俊　潘凯雄　《文学自由谈》1988年第1期

莫言及其感觉的宿命　大卫　《文学自由谈》1988年第2期

充满生命感觉的世界　张志忠　《百家》1988年第2期

“红高粱”生存观的浓郁展现
——评莫言长篇小说《红高粱家族》　张云鹏等　《昌潍师专学报》1988年第2期

贵在奉献
——读莫言小说的浮想　李观行　《昌潍师专学报》1988年第2期

对莫言及其作品的几点感想　明连军　《昌潍师专学报》1988年第2期

色彩的魅力
——莫言与后期印象画派　林坚　《盐城师专学报》1988年第2期

融合与超越　王冲　石挺　《当代文学研究资料与信息》1988年第2、3期

神话世界的人类学空间
——释莫言小说的语义层次　季红真　《北京文学》1988年第3期
幽闭而骚乱的心灵
——论作为一种文学现象的莫言小说　颜纯钧　《当代作家评论》1988年第3期
历史的意象与意象的历史
——莫言长篇小说《红高粱家族》得失谈　江春　《齐鲁学刊》1988年第4期
莫言，一杯热醪心痛　刘毅然　《中国作家》1988年第4期
“借给”读者一双眼睛
——谈《红高粱》的艺术“视角”　李庆信　《滇池》1988年第4期
一部写人的战争文学作品
——析莫言的小说《红高粱》　吴景榕　《抚顺教育学院学报》1988年第4期
《红高粱》的历史文化意识　卢圣俞　《荆州师专学报》1988年第4期
红高粱家族的“童话”和民族记忆的复苏　吴澄　《上海师大学报》1988年第4期
人的生命本体的窥视与生存状态的摹写
——莫言小说对世界的认识与表现方式　张德祥　《小说评论》1988年第4期
死亡与莫言小说的生命意蕴　周海波　赵歌放　《当代文坛》1988年第4期
莫言小说里的“恶心”　李洁非　《当代作家评论》1988年第5期
莫言对军事文学的激扬和催化　黄国柱　《文艺报》1988年6月4日
使命感的驱使
——读莫言的长篇小说《天堂蒜薹之歌》　王利芬　《文论报》1988年6月15日
愤怒，一种新的情感形式的探索
——读莫言第一部长篇小说《天堂蒜薹之歌》　朱珩青　《萌芽》1988年第9期
反文化的失败
——莫言近期小说批判　王干　《读书》1988年第10期

莫言印象　程永新　《新民晚报》1988年11月7日

高粱地里的美学

——重读莫言的《红高粱》系列　吴炫　《文科月刊》1988年第11期

一点启迪　张志忠　《青年文学》1988年第11期

莫言的冲突　罗强烈　《青年文学》1988年第11期

鬼才写鬼事　李洁非　《青年文学》1988年第11期

他不想重复自己

——《十三步》和莫言　朱珩青　《作家报》1989年1月22日

生命意志的弘扬　酒神精神的赞美

——以尼采的悲剧观释莫言的《红高粱家族》　陈炎　《南京社联学刊》1989年第1期

莫言创作研讨会综述　房赋闲　《文史哲》1989年第1期

莫言小说的“亵渎意识”　周政保等　《小说评论》1989年第1期

用感觉编织的艺术世界

——莫言小说技法探踪　邓嗣明　《写作》1989年第1期

“祖宗崇拜”与莫言文化选择的偏执　谭好哲　《文学评论家》1989年第1期

莫言论　王欣荣　《东岳论丛》1989年第1期

亵渎的神话：《红蝗》的意义　丁帆　《文学评论》1989年第1期

爱与死：战争背景下的生命意识及其他

——《百年孤独》与《红高粱家族》的文化心态比较　李迎丰　《教学研究》（社科版）1989年第1期

《十三步》：精神痛苦的宣泄　林为进　《文论报》1989年2月25日

红色、亮色、对比色及其弥漫和爆炸

——谈莫言小说的色彩　朱珩青　《文学自由谈》1989年第2期

文化寻根与《红高粱》现象　丁少伦　《山东师大学报》1989年第2期

天然的歧途

——莫言作品侧识　李德明　《文学评论》1989年第2期

走进高粱地

——莫言小说研讨会述介　姜大立　《文学评论家》1989年2日

重振古老民族的生命元气

——对莫言小说生命意识的一点重估　李掖平　《当代小说》1989

年第3期
对纯种红高粱的又一声呼唤
——评莫言新作《复仇记》 焦会生 《殷都学刊》1989年第3期
莫言与我和高密 张世家 《青年思想家》1989年第3-4期合刊
没有高粱有了味道
——莫言《十三步》印象 田晓 《博览群书》1989年第4期
红高粱家族演义 [香港]周英雄 《当代作家评论》1989年第4期
从《红高粱》到"食草家族" 贾靖 《辽宁教育学院学报》1989年第4期
对立与虚无
——莫言现象的哲学基点和艺术视角论纲 梅琼林 《华中师大研究生学报》1989年第4期
人性的张力
——从莫言的作品看莫言 李红宁 《百家》1989年5月6日
莫言创作新趋向探源
——兼评长篇小说《十三步》 朱珩青 《小说评论》1989年第5期
"写作已成了我生命中的一部分"
——莫言神聊 石一宁 《当代文坛报》1989年第5-6期
《红高粱》:模仿·断裂·演戏·野展 卢英宏 《电影创作》1989年第7期
莫言小说的价值与缺陷 杨联芬 《北京师范大学学报》(社科版)1990年第1期
莫言创作心态探源 段海霞 《淮北煤师院学报》1990年第1期
这样的东西能"化大众"吗?
——《红蝗》印象 谢馨藻 《理论与创作》1990年第2期
"你"和"他"的妙用
——析莫言小说《你的行为使我们恐惧》的语言 盛林 《语文月刊》1990年第2期
荒野弃儿的归属
——重读《红高粱家族》 孟悦 《当代作家评论》1990年第3期
倒错的"丰碑"
——评《红高粱家族》 甘藻之 《广西师院学报》(哲社版)1990年第4期

王安忆、莫言的疲惫　郭熙志　《文学自由谈》1990年第4期
《黎明的河边》与《红高粱》的散点比较透视　叶公觉　《集美师专学报》1990年第4期
在另一面
——莫言三年前的一篇小说　李洁非　《当代作家评论》1990年第6期
福克纳、莫言比较论　胡小林　刘伟　《当代作家评论》1990年第8期
对莫言的彻底颠覆
——先锋小说、新写实小说合论　丁念保　《飞天》1990年第11期
论福克纳与马尔克斯对莫言的影响　张卫中　《徐州师范学院学报》（哲社版）1991年第1期
莫言小说的美学追求　刘国良　《南通师专学报》(社科版)1991年第1期
选择与回归
——论莫言小说的传统艺术精神　张清华　《山东师大学报》1991年第2期
说预叙
——从莫言的小说看一种特殊的叙述方式　王剑　《写作》1991年第4期
“异端”间的潜对话
——西方象征主义与莫言、张承志的小说　钱林森　刘小荣　《南京大学学报》（哲学·人文·社科版）1992年第1期
莫言小说中的人和事　管谟贤　《青年思想家》1992年第1期
评张志忠的《莫言论》　张德祥　《当代作家评论》1992年第1期
莫言小说与西方现代主义文学　张学军　《齐鲁学刊》1992年第4期
云谲波诡，兼容并蓄
——《怀抱野花的女人》读解　奚佩秋　《齐齐哈尔师院学报》1992年第5期
艺术的叛逆
——评《十三步》　张云龙　《莫言研究资料》贺立华、杨守森编　山东大学出版社1992年8月版
魔幻现实主义地描写中国农村［日本］藤井省三　胡以男译　日本ICC出版局1991年版莫言短篇小说集《来自中国乡村的报告》《莫言研究资

料》 贺立华、杨守森编 山东大学出版社 1992 年 8 月版

英文版《爆炸及其他的故事》引论 ［英］加内斯·威克雷 杨守森译，季广茂校 《莫言研究资料》贺立华、杨守森编 山东大学出版社 1992 年 8 月版

纵向剖析与立体透视
——谈理论专著《怪才莫言》与《莫言论》 张军锋 《莫言研究资料》贺立华、杨守森编 山东大学出版社 1992 年 8 月版

莫言小说研究概述 白烨 《莫言研究资料》贺立华、杨守森编 山东大学出版社 1992 年 8 月版

全国首届莫言创作研讨会纪实 房福贤 《莫言研究资料》贺立华、杨守森编 山东大学出版社 1992 年 8 月版

说梦：人生之谜的沉思
——《食草家族》序 杨守森 贺立华 《食草家族》花山文艺出版社 1992 年版

回到寓言
——论莫言及其近作 李洁非 《当代作家评论》1993 年第 2 期

酒国的虚实
——试看莫言叙述的策略 （香港）周英雄 《当代作家评论》1993 年第 2 期

莫言：一个物化时代的感伤诗人
——读莫言的几个近作 万千 《当代作家评论》1993 年第 2 期

莫言文体多重结构中传统美学因素的再审视 张清华 《当代作家评论》1993 年第 6 期

英美评论家评《红高粱家族》 钟志清 《外国文学动态》1993 年第 6 期

入了世界文学的版图
——莫言著作、葛浩文译文印象及其他 刘绍铭 《作家》1993 年第 8 期

新军旅作家“三剑客”
——莫言、周涛、朱苏进平行比较论稿 朱向前 《解放军文艺》1993 年第 9 期

莫言小说与“印象派之后”的色彩美学 吴非 《小说评论》1994 年第 5 期

盛大的衰颓
——论莫言的《酒国》 杨小滨 《中外文学》1994年第6期
莫言小说摹绘格使用特色 江南 《扬州师院学报》1995年第2期
莫言小说仿拟格使用特色
——兼谈仿拟格修辞群的功能 江南 《修辞学习》1995年第2期
莫言与贾平凹的原始故乡 李咏吟 《小说评论》1995年第3期
《丰乳肥臀》解 莫言 《光明日报》1995年11月22日
《酒国》散论 张闳 《今天》1996年第1期
《酒国》的修辞分析 张闳 《作品》1996年第1期
《丰乳肥臀》
——性变态视角 彭荆风 《文学自由谈》1996年第2期
令人遗憾的平庸之作
——也谈莫言的《丰乳肥臀》 楼观云 《当代文坛》1996年第3期
莫言：反讽艺术家
——读《丰乳肥臀》 张军 《文艺争鸣》1996年第3期
百年屈辱、百年洪荒
——对《丰乳肥臀》的文学史价值质疑 唐韧 《文艺争鸣》1996年第3期
上官鲁氏的悲剧
——《丰乳肥臀》人物浅析 中颉 付宁 《当代文坛》1996年第4期
倾斜的母性
——《丰乳肥臀》读后感 余立新 《中流》1996年第5期
莫言有话要说 薛兆强 《作品与争鸣》1996年第7期
唤起作家的良知
——读《〈丰乳肥臀〉解》有感 温克寒 《作品与争鸣》1996年第7期
歪曲历史，丑化现实
——评小说《丰乳肥臀》 陶琬 《中流》1996年第7期
浅谈《丰乳肥臀》关于历史的错误描写 汪德荣 《中流》1996年第7期
母性崇拜与肥臀情结
——读莫言的《丰乳肥臀》 刘蓓蓓 李以洪 《文艺评论》1996年第9期

评小说《丰乳肥臀》 寒时礼 《中流》1996年第9期
历史不能胡涂乱抹 玉华 《中流》1996年第10期
听“大家”的，还是听大家的 《中流》1996年第11期
这不仅是一部作品的问题 晓阳 《中流》1996年第11期
读书偶感 冬生 《中流》1996年第11期
文坛的堕落与背叛 《中流》1996年第12期
过去的乌托邦与失落的现代性 王韬 葛红兵 《吉首大学学报》(社会科学版) 1997年第1期
沉沦与救赎：无根的一代
——重读莫言、刘震云 张均 《小说评论》1997年第1期
影响和汇合
——《丰乳肥臀》的解构主义解读 金衡山 《国外文学》1997年第1期
众里寻她千百度
——寻根文学的文化玄惑与审美失落 皇甫晓涛 《克山师专学报》1997年第1期
对真善美的叛逆
——评《丰乳肥臀》 蔡梅娟 《淄博学院学报》(社会科学版) 1997年第2期
穿越高粱地莫言研究综述 陈吉德 《山东师大学报》(社会科学版) 1997年第2期
《丰乳肥臀》的叙述方式与结构艺术 王岩 《克山师专学报》1997年第4期
迟到的批评
——莫言《丰乳肥臀》择谬述评 陈淞 《河南大学学报》(社会科学版) 1998年第3期
恋乳奇谈
评莫言《丰乳肥臀》 王德威 《台港文学选刊》1998年第5期
莫言：恋乳的痴狂 邓晓芒著 《灵魂之旅——九十年代文学的生存境界》湖北人民出版社1998年9月第1版
诺贝尔文学奖视域中的大江健三郎与莫言 麦永雄 《桂林市教育学院学报》1999年第2期

千言万语　何若莫言　王德威　《读书》1999年第3期
王德威评《丰乳肥臀》　王德威　《当代作家评论》1999年第3期
在写作中发现检讨自我
——莫言访谈录　莫言　李子顺　庚钟银　《艺术广角》1999年第4期
莫言小说的基本主题与文体特征　张闳　《当代作家评论》1999年第5期
无奈的幽默　潘越　《作品与争鸣》1999年第12期
对城市还是陌生　吴庆俊　《作品与争鸣》1999年第12期
莫言小说色彩词的超常运用谈片　殷相印　《修辞学习》2000年第1期
从审美到审丑
——莫言小说的美学走向　王金城　《北方论丛》2000年第1期
莫言、残雪小说的现代主义特征　游友基　《漳州师范学院学报》（哲学社会科学版）2000年第1期
消解崇高
——莫言军事小说的文化解码　武文茹　《佳木斯大学社会科学学报》2000年第2期
从叙事方法看《变》与《红树林》的异同　张茁　《文艺评论》2000年第3期
从崇拜到亵渎
——莫言小说的母性言说　薄刚　王金城　《北方论丛》2000年第3期
以肉为本　体书“莫言”　乐钢　《今天》2000年第4期
天花乱坠　吴俊　《当代作家评论》2000年第4期
消解崇高：莫言军事小说的文化解码　王金城　《福州师专学报》2000年第5期
真实与虚幻的迷宫
——《酒国》与《城堡》之比较　黄佳能　陈振华　《当代文坛》2000年第5期
感官的王国
——莫言笔下的经验形态及功能　张闳　《当代作家评论》2000年第5期
变化中的莫言
——谈莫言近期中短篇小说　周春玲　《当代作家评论》2000年第5期

民间的现代之子

——重读莫言的《红高粱家族》 王光东 《当代作家评论》2000年第5期

《丰乳肥臀》是一部"近乎反动的作品"吗?

——评何国瑞先生文学批评中的观念与方法 易竹贤 陈国恩 《武汉大学学报》(人文社会科学版) 2000年第5期

《红蝗》中的生命意识 易小斌 《三峡大学学报》(人文社会科学版) 2000年第6期

描写乡村的大师——莫言 《中华读书报》2000年9月20日

"这一个"莫言 曹敏

http: //www. booktide. com/News/20000920/200009200017. Html 2000年9月20日

莫言回忆变乖历程

——说话多了惹麻烦 《申江服务导报》2000年11月2日

"三匹马"拉我一块走

——访作家莫言 高丽 《今晚报》2000年11月24日

莫言笔下的虞姬和吕雉 李格 《南方周末》2000年12月15日

丛林世界的话语

——莫言笔下的"丰乳肥臀" 王泊 李蓓 《南通师范学院学报》(哲学社会科学版) 2001年第1期

话说莫言 从维熙 《时代文学》2001年第1期

莫言的九十年代进行曲 张志忠 《时代文学》2001年第1期

我的高密同乡宣言 杨守森 《时代文学》2001年第1期

我与莫言 何振邦 《时代文学》2001年第1期

生命意识的张扬 民族精神的体现

——也谈电影《红高粱》现象 马超 《许昌师专学报》2001年第1期

比较研究:莫言与福克纳 (美) M. 托马斯·英奇 金衡山 《当代作家评论》2001年第2期

莫言对酒神精神的追寻与逃离

——谈《红高粱》的双重品格 马海霞 《石家庄师范专科学校学报》2001年第2期

论莫言小说的感觉崇拜　张献荣　《河北青年管理干部学院学报》2001年第2期

思接千载谈“笑”风生　魏天真　《语文教学与研究》2001年第2期

论莫言小说的生命体验　张献荣　《辽宁商务职业学院学报》2001年第3期

论莫言小说的女性崇拜与叙事特征　侯运华　《新乡师范高等专科学校学报》2001年第3期

永垂不朽的声音

——我看莫言的过去、现在和未来　柳建伟　《解放军艺术学院学报》2001年第3期

檀香刑　吴俊　《当代作家评论》2001年第3期

《酒国》

——反讽叙事　叶永胜　刘桂荣　《当代文坛》2001年第3期

莫言戏言檀香刑　尚晓岚　《北京青年报》2001年4月2日

在民间传说中获得灵感

——读莫言长篇小说《檀香刑》　石一龙　《新民晚报》2001年4月16日

莫言访谈

——记忆被一种声音激活　《南方周末》2001年5月18日

莫言近年小说创作的民间叙述

——莫言论之一　陈思和　《钟山》2001年第5期

论《丰乳肥臀》的生殖崇拜与狂欢叙事　谭桂林　《人文杂志》2001年第5期

当死亡比活着更困难

——《檀香刑》中的人性分析　谢有顺　《当代作家评论》2001年第5期

挑战阅读　张伯存　《当代作家评论》2001年第5期

一种孤独远行的尝试

——《酒国》之于莫言小说的创新意义　黄善明　《当代作家评论》2001年第5期

论莫言小说的对生命强力的张扬　张献荣　《河北学刊》2001年第5期

关于“垓下”的想象突围　李陀　莫言　陶庆梅　《读书》2001年第6期
生命强力的高扬，感觉世界的狂欢
——评《红高粱》的艺术追求　戴国庆　李永东　《郴州师范高等专科学校学报》2001年第6期
莫言短篇小说《拇指铐》的意象系统　邓维加　《淮北煤师院学报》（哲学社会科学版）2001年第6期
文学与民间性
——莫言小说里的中国经验　张柠　《南方文坛》2001年第6期
中国风格
——关于《檀香刑》　蒋原伦　《南方文坛》2001年第6期
刑场背后的历史
——论《檀香刑》　洪治纲　《南方文坛》2001年第6期
莫言的精神哲学
——读莫言《檀香刑》　丁国强　中华读书网2001年6月8日
语言是作家的分泌物
——莫言访谈录　《北京日报》2001年9月30日
《檀香刑》的“撤退”与写好“中国小说”　周政保　《中华读书报》2001年11月2日
轻逸
——论莫言的短篇小说　罗小茗　《世界末的中国文坛》　徐俊西主编　上海文艺出版社2002年1月版
福克纳与莫言
——故乡神话的构建与阐释　李迎丰　《解放军外国语学院学报》2002年第1期
从《红高粱》到《檀香刑》　莫言　王尧　《当代作家评论》2002年第1期
是大象，还是甲虫？
——评《檀香刑》　李建军　《河南师院学报》2002年第1期
李博士：你认识大象与甲虫吗　俞敏华　《文学自由谈》2002年第3期
换一眼睛看莫言
——《酒国》印象三则　李珺平　《湛江师范学院学报》2002年第1期
历史的挽歌与生命的绝唱

——论莫言长篇新作《檀香刑》 韩琛 《小说评论》2002年第1期

理性处方：莫言小说的文化心理诊脉 王金城 《北方论丛》2002年第1期

小说的现实世界与超现实世界

——苏童、莫言童年视角小说创作比较 应玲素 《湖州师范学院学报》2002年第1期

文学创作的民间资源

——在苏州大学“小说家讲坛”上的讲演 莫言 《当代作家评论》2002年第1期（后以《作为老百姓写作》为题，收入《中国当代作家面面观——寻找文学的魂灵》，林建法、徐连源主编，春风文艺出版社2003年4月版）

大江健三郎和莫言的对话

——寻找红高粱的故乡 《南方周末》2002年2月28日

历史与话语的狂欢

——莫言小说《檀香刑》浅论 胡燕春 《曲靖师范学院学报》2002年第2期

试比较莫言与卡夫卡寓言小说的异同 吴玉珍 《兰州铁道学院学报》2002年第2期

于残酷中审视人性

——莫言《檀香刑》与卡夫卡《在流放地》之比较 程倩 王新国 王永贵 《解放军艺术学院学报》2002年第2期

评论《丰乳肥臀》的立场、观点、方法之争

——答易竹贤、陈国恩教授 何国瑞 《武汉大学学报》2002年第2期

一个叫“我”的孩子 何向阳 《莽原》2002年第3期

翻译家功德无量 莫言 《世界文学》2002年第3期

浅析《丰乳肥臀》中的动物意象 周红霞 《山东省经济管理干部学院学报》2002年第3期

介入近代史深层

——莫言《檀香刑》评论 何向阳 《辽宁日报》2002年4月25日

第三只眼睛

——论《透明的红萝卜》中黑孩形象的文学功能 王书情 《怀化学院学报》2002年第4期

重读《红高粱》

——战争修辞话语的另类书写　谭学纯　《青海师范大学学报》（哲学社会科学版）2002 年第 4 期

幻觉幻化艺术在莫言短篇小说《夜渔》中的应用　朱旭晨　《中国青年政治学院学报》2002 年第 4 期

关注人生　关注人性

——重读莫言《天堂蒜薹之歌》　张秉正　《新闻出版交流》2002 年第 4 期

语言、声音、方块字与小说

——从莫言、贾平凹、阎连科、李锐等说开去　郜元宝　葛红兵　《大家》2002 年第 4 期

百年苦旅："吃人"意象的精神对应

——鲁迅《狂人日记》和莫言《酒国》之比较　张磊　《鲁迅研究月刊》2002 年第 5 期

莫言近年中短篇小说透视　胡秀丽　《当代文坛》2002 年第 5 期

死亡仪式的狂欢化再现

——关于《檀香刑》　陈晓兰　《创作》2002 年第 5 期

肉体与政治的寓言

——关于《檀香刑》中的酷刑　陈润华　《创作》2002 年第 5 期

《檀香刑》：人性的丑恶展览　朱国昌　《文艺争鸣》2002 年第 5 期

"戏剧化"生存

——《檀香刑》的叙事策略　杨经建　《文艺争鸣》2002 年第 5 期

"作为老百姓写作"

——莫言在南京大学谈作家的使用　兰亚明　田伟钊　《中国教育报》2002 年 6 月 11 日第 7 版

一个充满野性的自由精灵

——莫言《红高粱》家族中余占鳌形象分析　张爱萍　《皖西学院学报》2002 年第 6 期

试论莫言《酒国》对鲁迅精神的继承

——鲁迅传统在 1990 年代研究系列之一　罗兴萍　《安徽师范大学学报》（人文社会科学版）2002 年第 6 期

主持人语　於可训　《小说评论》2002 年第 6 期

自述　莫言　《小说评论》2002 年第 6 期

发现故乡与表现自我

——莫言访谈录　周罡　莫言　《小说评论》2002 年第 6 期

犹疑的返乡之路

——论莫言民间文化立场的回归与游离　周罡　《小说评论》2002 年第 6 期

莫言访谈录　石一龙　《红岩》2002 年第 6 期

文学视野之外的莫言　朱洪军　《红岩》2002 年第 6 期

莫言：从檀香刑的梦中醒来　谢有顺　http：//www．sina．com．cn　2002 年 7 月 15 日

换个角度谈莫言　朱洪军　《华人时刊》2002 年第 9 期

论莫言小说中的性别盲区　章长城　《厦门教育学院学报》2003 年第 1 期

从莫言的“家族小说”看男性神话与女性神话的文化嬗变　薛文礼　《青岛大学师范学院学报》2003 年第 1 期

莫言与中国精神　李敬泽　《小说评论》2003 年第 1 期

在民间戏说民间

——《檀香刑》中民间叙事的解析与评判　郑坚　《当代文坛》2003 年第 1 期

红色冲动与历史还原

——对莫言小说的一次局部考察　周景雷　《当代文坛》2003 年第 1 期

杂语写作：莫言小说创作的新趋势　王爱松　《当代文坛》2003 年第 1 期

论“个人化写作”、“民间写作”与“自我写作”

——一个关于现实主义的新阐释　周飞伶　《广西师院学报》（哲学社会科学版）2003 年第 1 期

撤退与进击

——试论《檀香刑》的叙事艺术及意义　凤媛　《安徽教育学院学报》2003 年第 2 期

游走于两个世界间的作家

——马尔克斯与莫言创作的类同比较　李晓辉　李艳梅　《内蒙古民族大学学报》（社会科学版）2003 年第 2 期

默默地执著于蛹破的辉煌

——谈莫言小说《檀香刑》的自我超越　毕兆明　张嘉玉　《内蒙古民族大学学报》(社会科学版) 2003年第2期

《丰乳肥臀》的后现代性解读　李鸿　《吉林师范大学学报》(人文社会科学版》2003年第2期

叙述的极限

——论莫言　张清华　《当代作家评论》2003年第2期

文字对声音、言语的遗忘和压抑　葛红兵　《中国现代文学研究丛刊》2003年第3期

莫言的《酒国》与巴赫金的小说理论　陈燕遐　《二十一世纪》网络版2003年第4期

莫言：在高密东北乡上空飞翔

——莫言传　叶开　"网易文化自助餐·读书论坛" 2003年4月19日

民俗文学的庙堂之音

——评莫言《檀香刑》的国家主义倾向　傅正明　http: //www. epachtimes. com　2003年5月1日

冰雪欺美人，美人如冰雪

——《冰雪美人》的文化心理和美学内涵解读　何希凡　《名作欣赏》2003年第5期

艺术的叙述和"载道"的期许

——《冰雪美人》的阅读体验　达吾　《名作欣赏》2003年第5期

爱缘于合目的的生命形式　曲春景　《名作欣赏》2003年第5期

致命的偏见与可敬的尊严

——读莫言的短篇小说《冰雪美人》　任军　《名作欣赏》2003年第5期

在压抑中艰难地生存

——读莫言的短篇小说《冰雪美人》　洪玲　《名作欣赏》2003年第5期

一次出乖露丑的表演

——读莫言的短篇小说《倒立》　吴毓生　《名作欣赏》2003年第5期

天凉好个秋

——莫言《倒立》内蕴解读　傅金祥　《名作欣赏》2003年第5期
揭示老同学聚会中不同的心理心态
——读莫言的短篇小说《倒立》　杨剑龙　《名作欣赏》2003年第5期
一个可逆性的文本
——《丰乳肥臀》的语言文化解读　赵奎英　《名作欣赏》2003年第5期
莫言放炮　邓子　人民网2003年7月8日
莫言谈《四十一炮》　许岩　《燕赵都市报》2003年7月11日
莫言专访：雕虫小技征服世界　易禹琳　《三湘都市报》2003年7月15日
温饱时代制造食色男女　何洋　中华读书网2003年7月15日
莫言印象：宽容寡言如佛　常晶　中华读书网2003年7月15日
莫言：炮制“没有思想”的小说　木叶　《上海电视周刊》2003年7月24日
新小说像狗一样追着我
——关于《四十一炮》的对话　莫言　舒明　《文汇报·书缘》2003年7月25日
一枚激情的炮弹　李师江　《南方都市报》2003年7月29日
有一种叙述叫“莫言叙述”
——评长篇小说《四十一炮》　吴义勤　《文艺报》2003年7月22日
莫言：以低调写作贴近生活　莫言　杨扬　《文学报》2003年7月31日
莫言：我正做着我愿意做的事　莫言　咸江南　《中华读书报》2003年8月13日
说故事的莫言
——读《四十一炮》　史佳林　《文汇读书周报》2003年8月29日
论莫言《檀香刑》的文化内涵　季桂起　《齐鲁学刊》2004年第1期
在语言暴力的乌托邦中迷失　余杰　《社会科学论坛》2004年第3期
莫言北海道实录　莫言　《小说界》2005年第2期

敬 告 作 者

为了保护有关作者的合法权益，我社曾多方努力联系本套书所涉及作品的版权事宜。但遗憾的是，由于种种原因，仍未能与少数作者取得联系。现谨对尚未取得联系的作者深表歉意，并请有关作者或著作权人见书后，尽快致函山东文艺出版社，以便及时奉寄样书和稿酬。

邮政编码：250002
通讯地址：山东省济南市英雄山路 189 号
通讯单位：山东文艺出版社总编室
联系电话：0531—82098776
传真电话：0531—82098776

图书在版编目(CIP)数据

莫言研究资料/孔范今,施战军主编;路晓冰编选.—济南:山东文艺出版社,2006.5
(中国新时期文学研究资料汇编.乙种/孔范今,雷达,吴义勤,施战军主编)
ISBN 978-7-5329-2428-8

Ⅰ.莫… Ⅱ.①孔… ②施… ③路… Ⅲ.莫言-文学研究 Ⅳ.I206.7

中国版本图书馆 CIP 数据核字(2006)第 030606 号

莫言研究资料

孔范今　施战军　主编　　路晓冰　编选

主管部门:山东出版集团
集团网址:www.sdpress.com.cn
出版发行:山东文艺出版社
社　　址:山东省济南市英雄山路 189 号
邮　　编:250002
网　　址:www.sdwypress.com

读者服务:0531-82098776(总编室)
　　　　　0531-82098775(发行部)
电子邮箱:sdwy@sdpress.com.cn

印　　刷:山东人民印刷厂泰安厂
开　　本:705 毫米×1000 毫米　16 开
印　　张:25　插页/2
字　　数:387 千字
版　　次:2006 年 5 月第 1 版
印　　次:2012 年 10 月第 3 次印刷
书　　号:ISBN 978-7-5329-2428-8
定　　价:30.00 元

ISBN 978-7-5329-2428-8

9 787532 924288

ISBN978-7-5329-2428-8

I·1950 定价：30.00元